Fantasy

Herausgegeben von Wolfgang Jeschke

Von Paula Volsky erschienen in der Reihe
HEYNE SCIENCE FICTION & FANTASY:

Der Zauberer-Zyklus:

Band 1: Die Lady des Zauberers · 06/4735
Band 2: Das Vermächtnis des Zauberers · 06/4736
Band 3: Der Fluch des Zauberers · (in Vorb.)

PAULA VOLSKY

DAS VERMÄCHTNIS DES ZAUBERERS

Zweiter Roman
des
Zauberer-Zyklus

Deutsche Erstausgabe

Fantasy

WILHELM HEYNE VERLAG
MÜNCHEN

HEYNE SCIENCE FICTION & FANTASY
Band 06/4736

Titel der amerikanischen Originalausgabe
THE SORCERER'S HEIR
Deutsche Übersetzung von Irene Holicki
Das Umschlagbild schuf Dieter Rottermund
Die Illustrationen im Text zeichnete Johann Peterka

Redaktion: E. Senftbauer

Printed in Germany 1990
Umschlaggestaltung: Atelier Ingrid Schütz, München
Satz: Schaber, Wels
Druck und Bindung: Elsnerdruck, Berlin

ISBN 3-453-04323-5

Prolog

»WERDE ICH HEUTE ABEND meinem Vater begegnen, Mutter?«

»Terrs, dein Vater ist tot, das weißt du doch«, antwortete Lady Verran.

»Woher weißt du so genau, daß er tot ist?«

»Nur der Tod hätte ihn davon abhalten können, uns hierher zu folgen.«

»Kann ich ihm nicht trotzdem begegnen?«

»Nein. Versuche doch zu verstehen. Wenn jemand tot ist, dann bedeutet das, daß er für immer fort ist. Einem toten Menschen kannst du nicht begegnen.«

»Warum nicht?« wollte der kleine Junge wissen. *»Alle anderen können es doch auch.«*

Verran seufzte. Es gab Zeiten, da kam ihr Sohn ihr kaum noch vor wie ein Mensch, und jetzt war es wieder einmal so weit. Aber war es ein Wunder? Schließlich hatte er die sieben Jahre seit seiner Geburt ausschließlich unter der Erde bei den Vardrul des Nazara Sin verbracht. Für das Kind stellten diese merkwürdigen, weißen Wesen die Norm dar, und er fühlte sich bereits jetzt als Außenseiter. Sie wollte seinen Kummer nicht noch vergrößern, aber gewisse Dinge mußte er einfach lernen. Also erklärte sie ihm mit sanfter Stimme: »Terrs, du bist ein menschliches Wesen. Du bist den Vardrul ähnlich und doch auch wieder nicht. Sie haben bestimmte Eigenschaften, die dir fehlen. Du kannst die Ahnen nicht erkennen, wie es die Vardrul tun.«

»Doch, das kann ich. Ich kann alles, wenn ich will und wenn ich mir genug Mühe gebe«, antwortete der Junge, und in diesem Augenblick war die Ähnlichkeit mit seinem Vater, dem großen Adepten Terrs Fal Grizhni, fast unheimlich.

»Hör zu, Kind ...« Verran versuchte es mit Diplomatie. »Du solltest stolz darauf sein, daß du ein Mensch bist. Du kannst viele Dinge, zu denen die Vardrul nicht in der Lage sind.« Terrs machte ein skeptisches Gesicht, und sie fuhr fort. »Zum Beispiel kannst du bei Tageslicht nach Oben gehen, ohne daß deine Augen Schaden nehmen. Du kannst niedrige Temperaturen ertragen, ohne in die Kältestarre zu fallen ...«

»Daran liegt mir nichts, Mutter! Ich will nur meine Ahnen erkennen, so wie alle anderen auch!« Trotz seiner Erregung sprach der Junge mit gedämpfter Stimme, denn er war bereits zu Beginn des Ausfluges ermahnt worden, leise zu sein. »Ich werde meine Ahnen erkennen und die ... Clan-Wärme spüren.« *Clan-Wärme* war die ungenaue Übersetzung eines Vardrul-Begriffs ins Lanthianische, eines Begriffs, der die mächtige Woge der Zuneigung, des Verstehens und des Einsseins beschrieb, die die Vardrul überschwemmte, wenn Angehörige einer Sippe einander berührten.

»Terrs, sieh dich um«, bat Verran.

Der Junge gehorchte. Er und seine bedauerlicherweise menschliche Mutter befanden sich zusammen mit Nyd, ihrem hybriden Diener, inmitten einer größeren Gruppe von Vardrul. Die Wesen verhielten sich ziemlich ruhig. Ihre melodischen Stimmen klangen gedämpft, ihre Körper leuchteten nur schwach. Sie gingen durch einen Felskorridor, der die äußerste Grenze der Gravula-Erweiterung der Höhlen des Nazara Sin darstellte. Sie mußten Vorsicht walten lassen, denn über ihnen lag die Gravula-Wüste, und die Gravula gehörte zur Sphäre der Menschen. Hier an der Grenze des Vardrul-Reiches gab es kein Felsenlicht mehr, die einzige Lichtquelle war das sanft strahlende Fleisch der Vardrul selbst. Für Terrs war dieses Leuchten ein vertrauter, beruhigender Anblick, Verran dagegen würde sich wohl nie daran gewöhnen. Die Vardrul hatten umfangreiche Vorsichtsmaßnahmen gegen die Kälte getroffen. In ihren feuchtwarmen Höhlen konnten sie gewöhnlich auf Kleidung verzichten, in diesem entlegenen Korridor vermochte jedoch nicht einmal das leistungsfähige, von Terrs Fal Grizhni mittels Kognition geschaffene Heizungssystem für genügend Wärme zu sorgen. Die eckigen Gestalten der Vardrul waren unter dicken Umhängen verborgen. Die fast fleischlosen Gesichter mit den riesigen, ausdrucksvollen Augen leuchteten unter tiefen Kapuzen hervor. Die Höhlenbewohner mußten sich auf diese Weise schützen, denn selbst ein geringer Verlust von Körperwärme konnte den komaähnlichen Zustand hervorrufen, der als Kältestarre oder manchmal auch als ›Kleiner Tod‹ bezeichnet wurde.

Die Vardrul hatten es eilig. So gefährlich und unangenehm die Gravula-Erweiterung auch war, hier befand sich der einzige, unterirdische Zugang zu den Granitweisen, jenen geheimnisvollen Monolithen, die seit Anbeginn der Zeiten über die Wüste wachten. Die Weisen markierten einen der traditionellen Schauplätze für ein altes Ritual, das Erkennen der Ahnen.

»Sag mir, was du siehst!« verlangte Verran.

Terrs beherrschte die Kunst der Beschreibung noch nicht so recht. »Ich sehe die Erweiterung«, antwortete er langsam. »Und ich sehe ... ich sehe ...« Er zögerte kurz, dann fiel er in die singende Sprache der Vardrul.

»Sprich lanthianisch!« unterbrach ihn Verran ein wenig schroff.

»Das kann ich nicht. Die Worte sind nicht da.«

»O doch, du mußt nur danach suchen. Sprich wie ein Mensch, Terrs ... sprich so, wie dein Vater gesprochen hat.«

»Ich sehe«, der Junge quälte sich ab, »den ... Vater ... Führer ... äh, den Ersten der Zmadrc-Gruppe-die-eins-ist-und-in-der-alle-miteinander-verbunden-sind.«

»Den Patriarchen der Zmadrc-Sippe«, übersetzte Verran mit einem Blick auf den fraglichen Vardrul.

»Er führt uns zu den Granitweisen, wo das Erkennen

der Ahnen stattfinden soll. Und sein Hiir — die Art, wie er leuchtet, meine ich — sagt uns, daß dieser Ort und der Ort da oben — daß sie ...« Wieder ließ ihn die Sprache der Menschen im Stich. *»Ruu Gravulani zmd fu krakweii Lahnziumi ni Ftva'ardhtruli fu ...«*

»Daß die Atmosphäre dieses Ortes den Menschen von Lanthi Ume zuträglicher ist als den Vardrul.« Nach sieben unter der Erde verbrachten Jahren beherrschte Verran die Sprache der Vardrul recht gut.

»Nein, Mutter, das ist nicht alles. Sein Hiir verrät uns noch mehr, und du gibst nicht alles wieder«, wandte Terrs ein.

»Was ich sagte, genügt.« Verran konnte ihre Gereiztheit nur mit Mühe unterdrücken.

Der Zug hielt an, und alle Vardrul ließen sich fast gleichzeitig auf dem Boden nieder, um sich auszuruhen. Verran, Nyd und Terrs blieben als einzige stehen. Terrs machte hoffnungsvoll einen Schritt auf den Zmadrc-Patriarchen zu.

»Warte, wir sind nicht noch fertig«, bemerkte Verran, und der Junge blieb widerwillig stehen. Sie ließ sich ebenfalls nieder und klopfte mit der Hand neben sich auf den Boden. »Setz dich neben mich!«

Sein Gesicht erstarrte. »Das ist unbequem.« Die Vardrul saßen niemals.

»Na schön, dann leg dich hin!« Er gehorchte, sah aber seine Mutter so argwöhnisch an, daß er ihr beinahe leid tat. Einen Augenblick lang überlegte sie, ob sie ihn nicht zu seinen Freunden laufen lassen sollte. *Nein, er muß lernen.* »Sieh dir die Vardrul an, Terrs. Betrachte dir genau ihr leuchtendes Fleisch, ihre großen Augen, ihre knochenlosen Finger. Und jetzt sieh dich selbst an und mich.« Terrs wandte den Blick ab. »Sag mir was du siehst«, befahl sie. Er schwieg, und sie mußte die Antwort selbst geben. »Du siehst Wesen mit undurchsichtiger Haut, mit knochigen Fingern und relativ kleinen Augen. Wesen, die ihre Ahnen nicht erkennen können.

Wesen, die das Licht ertragen, die frische Luft brauchen, Wind und Regen, das Meer, grüne Pflanzen. Mondlicht, Sterne und Sonnenschein — *Sonnenschein*, Terrs!« Verran wurde dabei fast von ihren Gefühlen überwältigt, aber das würde dem Jungen nichts nützen. »Du siehst Menschen. Keine Vardrul, sondern Menschen!«

Terrs bemerkte, wie erregt seine Mutter war, und das verstörte ihn. Er verstand nicht alles, was sie ihm erklärte, aber er begriff genug, um Schmerz zu empfinden. Die Tränen stiegen ihm in die Augen. »Ich will kein Mensch sein. Wir sind häßlich!« bemerkte er, immer noch leise, obwohl er bis ins Innerste aufgewühlt war. »Unsere Gesichter sind weich wie Brei. Unsere Haut ist wie die von Toten! Wir sind hier als einzige häßlich, und das hasse ich …« Er suchte nach Worten in der Menschensprache, die auszudrücken vermochten, wie minderwertig Wesen waren, die nicht die Fähigkeit besaßen, ihre Ahnen zu erkennen, gab schließlich auf und fiel wieder in die Sprache der Vardrul. Ein eindringliches Tremolo verbunden mit einem Anstieg der Tonhöhe vermittelte auf die herkömmliche Vardrulart, wie elend er sich fühlte. Sein Hiir, hätte er diese Ausdrucksmöglichkeit zur Verfügung gehabt, wäre schwach und unregelmäßig gewesen.

Terrs sprudelte jetzt in solcher Schnelligkeit melodische Stakkatotöne heraus, daß seine Mutter ihm nicht zu folgen vermochte. Seine schwarzen Augen standen voll Tränen, und das machte ihn noch verlegener — denn die Vardrul weinten nicht. Der Junge wandte sich ab, und Verran streckte die Hand aus, um ihn zurückzuhalten. Ihre Worte hatten alles nur noch schlimmer gemacht, und sie hätte ihn gerne getröstet.

»Weine nicht, Terrs. Eines Tages werden wir von hier fortgehen, werden zu unseresgleichen zurückkehren, und dann wirst du dich nie mehr einsam fühlen.«

Er entwand sich ihrem Griff. »Ich werde nicht fortgehen. Ich gehöre hierher, und ich werde nicht gehen. *Und ich weine auch gar nicht!*«

»Ich kann dich ja verstehen ...«

»Nein, das kannst du nicht. Die meiste Zeit weißt du nicht einmal, was ich sage, wie willst du dann verstehen, was ich empfinde? Du weißt überhaupt nicht, was die Leute hier sagen.«

»So wirst du nicht mit mir sprechen, das lasse ich mir nicht bieten.«

»Es tut mir leid.«

»Terrs!«

Der Junge sprang auf. »Ich will jetzt mit meinen Freunden reden.« Ehe er wegging, zwang er sich ganz bewußt zur Ruhe. Die Tränen verschwanden, sein Gesicht hellte sich auf. Obwohl er erst sieben Jahre alt war, besaß er eine bemerkenswerte Selbstbeherrschung.

Wie sein Vater, dachte Verran. *Er ist seinem Vater so ähnlich.* Ehe sie noch ein Wort sagen konnte, schlängelte er sich bereits durch die Reihen liegender Vardrul bis an die Seite des einzig überlebenden, weiblichen Kinds des Zmadrc-Patriarchen, das bei den anderen Angehörigen ihrer Sippe lag. Das Andenken an ihre dreizehn toten Schwestern wurde dadurch in Ehren gehalten und bewahrt, daß die Kleine den Namen Zmadrc Vierzehn trug. Sie war gerade zehn Große Vens alt, ein lebhaftes Kind mit einer reizenden Stimme, und sie war Terrs' liebste Spielgefährtin.

Voll Unbehagen beobachtete Verran, wie ihr Sohn sich zwischen den Angehörigen der Zmadrc-Sippe niederließ. Er schien sich bei ihnen viel wohler und glücklicher zu fühlen als in ihrer Gesellschaft! Während sie noch hinsah, hüpfte die große schwarze Fledermaus von der Schulter des Zmadrc-Patriarchen auf Terrs' Kopf, blieb kurz dort sitzen und flog dann davon. Terrs stimmte in das Gelächter der anderen ein. Es war kein menschliches Lachen. Die rhythmischen Flötentriller hallten unheimlich durch den Korridor, und Verran schauderte.

»Es hört sich an, als sei er einer von ihnen«, bemerkte sie laut, und Nyd, der neben ihr saß, krächzte zustimmend. In den Jahren seit ihrer Flucht aus Lanthi Ume hatte sich Nyd nur wenig verändert. Seine Augen und seine Zähne waren scharf wie eh und je, und er besaß noch immer gewaltige Kräfte. Verran hatte keine Ahnung von der normalen Lebensdauer eines Hybriden, aber Nyd war so voller Energie, daß sie momentan noch keinen Grund hatte, sich Sorgen zu machen. Der Hybride war immerhin der einzige Gefährte, der ihr von Oben noch geblieben war. Wenn es ihn einmal nicht mehr gab, hatte sie niemanden mehr, der ihre Erinnerungen an Lanthi Ume und an Terrs Fal Grizhni teilte. Dann würde es nur noch die düsteren, warmen Höhlen geben, die freundlichen, aber fremdartigen Vardrul und einen Jungen, der ihr von Tag zu Tag weniger menschlich vorkam.

»Es gefällt mir gar nicht, daß er hier aufwächst«, sagte sie zu Nyd. Der Hybride konnte nicht allen ihren Gedanken folgen, aber darauf kam es nicht an — sie wußte, daß er mit ihr fühlte. »Als er noch ein Baby war, war es nicht so schlimm, aber jetzt wird er allmählich älter, und er hat keine Ahnung, wie es ist, als Mensch zu leben. Oh, die Vardrul sind gütig und sanft und unglaublich großzügig. Sie haben uns das Leben gerettet, sie haben uns bei sich aufgenommen, und dafür werde ich ihnen ewig dankbar sein. Aber wir sind nicht dafür geschaffen, unser ganzes Leben unter der Erde zu verbringen. Das hätte Lord Grizhni für seinen Sohn gewiß nicht gewollt.« Als Nyd den Namen seines Schöpfers hörte, krächzte er traurig. »Und *ich* will es ganz bestimmt nicht. Wenn sich nichts ändert, wird er — ich weiß nicht, was.«

Als sie sich umdrehte, begegnete sie dem eindringlichen Blick des Zmadrc-Patriarchen. Die drei Muskelwülste um seine großen Augen bewegten sich, offensichtlich wollte er ihr irgend etwas mitteilen, aber Verran wurde nicht klug daraus. Das normale Mienenspiel der Vardrul war ihr inzwischen größtenteils vertraut, Feinheiten in der Bewegung der fremden Züge vermochte sie jedoch noch immer nicht zu deuten.

Der Vardrul-Führer erhob sich, und seine Angehörigen taten es ihm nach. Leise setzte sich die Kolonne wieder in Bewegung, und nun gab es keine Unterbrechung mehr.

Nach einer Weile stieg die Erweiterung steil nach oben an, ein sicheres Zeichen, daß der Tunnelausgang nicht mehr fern war. Die Steinwände waren kalt und nackt, hier gab es kein Felsenlicht, keine eßbaren Pilze, keine Reliefs, keine Schattenskulpturen und keine der vielfarbigen Schleimpflanzenarten, nichts von all den Dingen, die den bewohnten Höhlen in den Augen der Vardrul ihre Schönheit verliehen. Es gab überhaupt wenig zu sehen, aber Verrans Erregung steigerte sich schnell. In wenigen Augenblicken würde sie zum erstenmal wieder Oben sein seit — wie lange war es eigentlich her? Ein Jahr? Mindestens eineinhalb Große Vens, dachte sie, und plötzlich hätte sie am liebsten geweint. Zum hundertsten Mal überlegte sie, ob es wohl eine Möglichkeit gebe, mit Terrs und Nyd die Höhlen zu verlassen und anderswo Schutz zu suchen. *Nach Lanthi Ume können wir nie wieder zurück, soviel ist sicher. Vielleicht könnten wir zu den Verwandten meiner Mutter nach Gard Lammis?* Um so lange dort zu bleiben — bis ihr Aufenthaltsort von Agenten des Herzogs von Lanthi Ume entdeckt wurde. Denn der Herzog würde die Suche nicht aufgeben, davon war sie überzeugt. Povon Dil Shonnet würde niemals Ruhe finden, solange er befürchten mußte, daß Fal Grizhnis Witwe und sein Kind noch am Leben waren. *Er würde Terrs ohne die geringsten Bedenken töten, wenn er könnte. Terrs ist hier tatsächlich am sichersten, um welchen Preis auch immer.*

Die Vardrul-Kolonne hielt an. Ein paar Schritte weiter schien der Korridor an einer massiven Felswand zu enden. Verran war diesen Weg jedoch bereits früher gegangen und wußte, daß dies nur eine Täuschung war.

Der Zmadrc-Patriarch berührte mit seinen Tentakelfingern ein halbes Dutzend unmarkierter Druckpunkte. Der Stein schwang beiseite, und eine Treppe wurde sichtbar, die der Zmadrc alleine hinaufstieg. Die Treppe führte in einen Raum, der im Innersten des größten Granitweisen verborgen war — in jenem gewaltigen Monolithen, den man als den Meister bezeichnete. Dieser Raum diente den Vardrul als Beobachtungsposten. Wenn man verschiedene Steinpfropfen entfernte, konnte man von dort aus die umliegende Gravula-Wüste überblicken, und das tat der Zmadrc-Patriarch nun, um festzustellen, ob sich menschliche Räuber in der Nähe befanden.

Ein leises Poltern und ein frischer Luftzug von oben verrieten Verran, daß sich die verborgene Pforte in der Nordwand des Meisters geöffnet hatte. Die Stimme des Zmadrc war zu hören, schwoll an, verstummte. Ein Vardrul nach dem anderen stieg nach oben, durchschritt das Innere des Meisters und trat ins Freie, in die Welt des Oben.

Frische Luft! Verrans Lungen weiteten sich, Freude stieg in ihr auf. Scharfe, kalte Brisen, weiter, offener Raum, am Himmel die Sterne und der Mond — ein riesiger Herbstmond, dessen Licht die ganze, öde Landschaft in Silber tauchte. Verlassen und unwirtlich war die Wüste — so kahl, zerklüftet und steinig, daß nicht einmal ein bescheidenes Gehöft hier sein Leben fristen konnte. Aber für Verran besaßen die leeren Hügel eine Schönheit, mit der sich auch die prächtigsten Pilzkristallgärten der Vardrul niemals messen konnten. Der Wind war stürmisch und kalt, fast unangenehm, aber es war der Atem der Freiheit. Der ständige Druck, dessen sie sich kaum mehr bewußt war, wich von ihr, als hätten ihn die Luftströmungen fortgetragen. *Sogar hier fühlt man sich in seinem Element,* dachte sie. *Hier ist Oben. Hier gehöre ich hin.* Neben ihr zischte Nyd, und seine Nüstern blähten sich, um unvergessene Gerüche einzufangen.

Die Köpfe unter den Kapuzen gesenkt, die Gesichter leuchtend wie der Tödliche Strahlenpilz, der in den innersten Höhlen gedieh, glitten die Vardrul in den Schatten der Monolithen. Schweigend stellten sich die Sippenangehörigen am Rand des großen Steinkreises auf. Die leichte Bewegung ihrer weiten Gewänder zeugte von ihrem Unbehagen. Die Vardrul fröstelten. Oben war es kalt — unangenehm kalt für jemanden, der an ein kognitiv geschaffenes, tropisches Klima gewöhnt war, eine beängstigende Umgebung für Wesen, die die Kältestarre zu fürchten hatten.

Verran, Terrs und Nyd standen abseits von den anderen. Sie waren vom Erkennen der Ahnen ausgeschlossen. Nur aus Respekt für Fal Grizhni hatte man dessen Witwe und seinen Sohn überhaupt aufgefordert, an dieser Zeremonie teilzunehmen. Terrs hatte gar nicht mitkommen wollen, bis er erfuhr, daß auch der Zmadrc und Vierzehn dabei sein würden. Jetzt beobachtete der Junge seine Freunde mit sehnsüchtigem Blick.

»Schau, Terrs«, sagte Verran und zeigte nach oben. »Du hast noch nie einen Vollmond gesehen. Und sieh dort hinüber zu dieser Sternengruppe — das ist das Sternbild des Löwen. Ist es nicht schön?«

»Ganz hübsch«, stimmte der Junge gleichgültig zu. »Die Decke muß furchtbar hoch sein.«

»Decke?« Sie lächelte. »Wir sind Oben, Sohn. Hier gibt es keine Decke.«

»Und woran ist dann der Mond befestigt? Und die Sterne?«

»Sie sind überhaupt nicht befestigt, soweit ich weiß.«

»Warum fallen sie dann nicht herunter?«

»Das ist tatsächlich eine schwierige Frage. Die Dinge

fallen nicht immer herunter, nicht überall. Dein Vater hätte es dir erklären können ...«

»Es *muß* aber eine Decke geben, Mutter. Überall gibt es eine Decke. Wenn es keine Decke gibt, wo ist dann der Raum zu Ende?« Sie antwortete nicht, und Terrs verschränkte trotzig die Arme. »Ich glaube an die Himmelsdecke, auch wenn wir sie nicht sehen können. Ich weiß, daß sie da sein muß.«

Die Vardrul hatten ihre Positionen eingenommen. Die reglosen Gestalten in ihren dunklen Umhängen wären fast unsichtbar gewesen, hätten nicht ihre Gesichter in den Schatten der Granitweisen geleuchtet. Der Zmadrc-Patriarch trat in die Mitte des Kreises, bestieg einen großen Felsen und stellte sich zwischen die beiden Steinsäulen, die die flachen Kuppe krönten. Das Ruu des Zmadrc — der Ausdruck beschrieb den Zustand der Selbsterkenntnis und der inneren Heiterkeit eines Vardrul in Verbindung mit seiner Beziehung zu den Angehörigen seiner Sippe, zu seiner Umwelt und zu den Ahnen — war in seiner harmonischsten Phase, und deshalb hatte man ihm die Führung der Expedition übertragen. Zu seinen Aufgaben gehörte es, die feierliche Vorrede zur Zeremonie des Erkennens zu halten. Das Ritual war wie bei allen Vardrul-Zeremonien sehr schlicht, und der Patriarch faßte sich kurz. Hätte man die Rede in die Sprache der Menschen übersetzt und unbekannte Begriffe ausgelassen oder umschrieben, so hätte sie etwa folgendermaßen gelautet:

»Wieder einmal haben wir Vardrul uns nach Oben begeben, in unsere ursprüngliche Heimat. Wieder versammeln wir uns bei den Granitweisen, die Zeugnis geben von der Kunst und dem Einssein unserer Ahnen. Wir kommen im Dunkeln und heimlich an diesen heiligen Ort, denn wir können nicht mehr frei über das Oben wandeln wie in vergangenen Zeiten. Das Land, das wir einst bewohnten, wird nun von Menschen beherrscht. Menschen bauen ihre Städte auf den Trümmern unserer Städte, und die Todesteiche unserer Vorfahren sind ausgetrocknet. Um der Vernichtung zu entgehen, suchten unsere Ahnen Zuflucht unter der Erde, und dort blühte unser Volk auf. So wurden unsere schönen Höhlen gleichzeitig zur Rettung und zum Gefängnis unserer Rasse. Bei einigen von uns ist die innere Heiterkeit durch den Haß auf die menschlichen Eindringlinge gestört, und dieser Haß vergiftet unser Einssein. Laßt uns solcher Disharmonie abschwören, denn sie ist nicht nur schädlich, sondern überflüssig. Uns ist geweissagt, daß ein großer Herrscher unter uns erstehen wird, und er wird die Vardrul zurück nach Oben führen. Wir werden wissen, wann diese Zeit gekommen ist, denn die Himmel werden verkünden, daß unsere Macht zunimmt, und Oben wird man sich auf unser Kommen vorbereiten. Alle Kräfte der Natur werden uns willkommen heißen, der Mensch wird vor uns fliehen, wir werden unseren angestammten Platz einnehmen, und auf der Welt wird endlich wieder die rechte Ordnung einkehren. So lautet die Weissagung, so haben unsere Ahnen es uns versprochen. Die Ahnen sind mit uns, jetzt und immerdar. Ihre Weisheit ist unsere Stütze, sie macht uns eins. Geliebte Angehörige, laßt uns nun die Ahnen erkennen.«

Vielen Dank, Zmadrc R'dsvyllsch, dachte Verran grollend. *Damit hast du die Abneigung meines Sohnes gegen seine eigene Rasse noch verstärkt.* Sie blickte auf Terrs hinab. Der Junge beobachtete die Vorgänge mit der undurchdringlichen Miene, die er von seinem Vater geerbt hatte.

Es wurde unnatürlich still, als jeder Vardrul sich in sich selbst versenkte und sich an der Kette der Familienerinnerungen entlang, die sie alle im Blut, in den Knochen, in jedem Nerv trugen, immer weiter in der Zeit zurücktastete. Alle Vardrul besaßen die Fähigkeit, sich auf diese besondere Weise nach innen zu wenden und dieser Kette von Generation zu Generation zu fol-

gen, aber die Gabe war nicht bei allen gleich stark ausgeprägt. Die ganz Jungen oder auch die weniger Glücklichen erkannten nur die Ahnen der unmittelbar vorhergehenden Generationen. Ein Patriarch wie der Zmadrc hingegen konnte, wenn sein Ruu in einer günstigen Phase war, bis zu den primitiven Ahnen zurücksehen, die so wild und scheu wie die einheimischen Fledermäuse durch die Korridore des Nazara Sin schlichen. Und manchmal, es mochte freilich bloße Einbildung sein, glaubte der Zmadrc, bis zu den Schöpfern der Granitweisen in die Vergangenheit vorzudringen und leuchtende Gestalten zu begrüßen, die ohne Furcht unter dem Sternenhimmel wandelten.

Bei dem Anblick, der sich ihr nun bot, vergaß Verran ihren Groll und ihr Unbehagen. Die Vardrul konzentrierten sich mit aller Kraft. Ihre Gesichter waren leer, die Muskelbänder um die Augen entspannt. An den Fluktuationen des Hiir war abzulesen, wie intensiv die Anstrengung tatsächlich war. Zuerst flackerten die Wesen wie Kerzenflammen in einem Luftzug. Wenn sie dann den Ahnen begegneten und sie erkannten, hörte das Flackern allmählich auf. Der kollektive Hiir verstärkte sich schlagartig, und ein Vardrul-Gesicht nach dem anderen begann außerordentlich hell zu strahlen. Verran hörte ein leises Geräusch neben sich und sah auf ihren Sohn hinab. Terrs atmete sehr schnell, und sein Gesicht war nicht mehr undurchdringlich, sondern er blickte sehnsüchtig auf den Kreis der Vardrul. Verran legte ihm tröstend die Hand auf die Schulter, aber der Junge schien es nicht zu bemerken.

Alle Vardrul waren nun zur Erkenntnis gelangt und leuchteten in der Nacht wie ein Ring aus Feuer. Der Kreis der statuenhaften, dunkel gekleideten Gestalten mit den sanft strahlenden Gesichtern — die uralten Monolithen, der Vollmond am Himmel —, all das war ein seltenes Schauspiel, und Verran machte sich klar, daß sie und ihr Sohn vielleicht die einzigen Menschen waren, die dies jemals erleben würden. Ein Zittern unter ihrer Hand, die immer noch auf der Schulter ihres Sohnes ruhte, lenkte sie ab. Sie blickte hinab, und in diesem Augenblick riß Terrs sich los. Sie war so erschrocken, daß sie es versäumte, ihn festzuhalten.

Terrs stürmte geradewegs in den Kreis der Vardrul hinein. Wenn er eine Reaktion erwartet hatte, so wurde er enttäuscht, denn die Sippenangehörigen nahmen seine Anwesenheit gar nicht wahr. Der Kontakt mit den Ahnen blieb erhalten, wurde nicht einmal durch ein Flackern des Hiir gestört. Terrs blickte mit großen Augen um sich, fast als schäme er sich seiner eigenen Dreistigkeit.

»Terrs, komm zurück! *Sofort*«, zischte Verran. Ihr Sohn regte sich nicht. »Ich sagte, du sollst herkommen — *auf der Stelle!*«

Terrs beachtete sie nicht. Sichtlich verwirrt blieb er noch einen Moment stehen, dann rannte er zum Fuß des großen Felsens, auf dem der Zmadrc-Patriarch wie eine leuchtende Götterstatue stand. »Zmadrc R'dsvyllsch, hilf mir, meine Ahnen zu erkennen«, flehte der Junge mit seiner hohen Kinderstimme. »Hilf mir, meinen Vater, den Fal-Grizhni-Patriarchen, zu erkennen. Auch ich bin ein Vardrul!«

Terrs erhielt keine Antwort und wandte sich ungestüm vom Felsen ab. »Dann werde ich es euch beweisen. Ich werde meinen Vater erkennen. Ich *kann* es!« Das Kind atmete tief ein und bemühte sich erfolglos, sich zu sammeln. Es gelang ihm, seinen keuchenden Atem zu beruhigen, aber am Zittern seiner Hände war zu erkennen, wie erregt und angespannt er war. Der Junge imitierte bewußt die aufrechte Haltung der Umstehenden, kniff die Augen fest zu und konzentrierte sich mit der ganzen Kraft seines jungen Geistes. Seine kleinen Hände ballten sich zu Fäusten, sein Gesicht verzerrte sich, und der Schweiß trat ihm auf die Stirn. Für sein Alter hatte Grizhnis Sohn einen ungewöhnlich ausgeprägten Willen, aber er war doch nicht stark genug, um die physiologischen Grenzen zu überwinden, die ihm als Mensch gesetzt waren. Minutenlang setzte er verbissen den Kampf fort, bis ihm die ersten Tränen aus den Augenwinkeln quollen. Seine Konzentration ließ nach, und er bemühte sich krampfhaft, sie wiederzufinden. Er biß die Zähne zusammen, sein ganzer Körper spannte sich, aber die Ahnen blieben stumm. Schließlich bekam er Kopfschmerzen, und seine Konzentration brach völlig zusammen. Er mußte einsehen, daß er versagt hatte, und die Tränen rannen ihm unaufhaltsam über die Wangen, was seine Erniedrigung noch vergrößerte.

Verran, die ihn voll Schmerz und Mitleid beobachtet hatte, wandte sich nun an Nyd. »Vielleicht begreift er es jetzt. Hole ihn dort heraus, Nyd.« Der Hybride sprang in den Kreis.

Aber Terrs gab sich noch nicht geschlagen. »Schön, ich kann es noch nicht alleine«, murmelte er. »Ich brauche Hilfe.« Er blickte suchend in die leuchtenden Gesichter, dann wandte er sich zu dem Zmadrc um und schrie aus Leibeskräften: »Zmadrc R'dsvyllsch!« Seine erstaunlich laute Stimme wurde zwischen den Monolithen hin- und hergeworfen und schallte hinaus über die verlassenen Hügel der Gravula-Wüste, aber die Vardrul hörten ihn nicht. Er versuchte es noch einmal, konnte aber wieder nicht durchdringen. Terrs war außer sich vor Enttäuschung und Erregung. Zum Entsetzen seiner Mutter sprang er mit einem Satz auf den großen Felsen zu, kletterte hinauf und stellte sich neben den Zmadrc. »Zeige mir, wie man die Ahnen erkennt«, bettelte, forderte er.

»Terrs, jetzt ist es genug! *Komm sofort herunter!*« befahl Verran, aber er reagierte nicht, und sie wußte nicht einmal, ob er sie überhaupt gehört hatte.

»Ich weiß, daß ich es kann, du mußt es mir nur zeigen!« drängte Terrs, er war so besessen von seinem

Wunsch, daß er alle Rücksicht vergaß und den Vardrul heftig am Arm rüttelte.

Das Hiir des Zmadrc veränderte sich, sein Gesicht verblaßte. Einen Augenblick lang schien das Bewußtsein in seine hellen Augen zu strömen, die Muskelbänder zogen sich zusammen. Dann setzte er seine ganze Geisteskraft ein, um die geschwächte, ins Wanken geratene Verbindung zu seinem Vorfahren wiederherzustellen, und sein Hiir flammte auf wie eine Fackel. Aber das verzweifelte Menschenkind ließ sich nicht länger ignorieren, die Bemühungen des Zmadrc scheiterten. Allmählich wich das strahlende Leuchten aus seinem Gesicht, seine Augen nahmen wieder ihren normalen Ausdruck an. Das Band war zerrissen, der Kontakt unterbrochen. In stummem Schrecken starrte der Zmadrc auf Terrs hinab.

Als der Patriarch abgelenkt wurde, griff die Störung auf die meisten Angehörigen der Zmadrc-Sippe über, und viele der Vardrulgesichter begannen unheilverkündend zu flackern, die Verbindung zu den Ahnen war bedroht. In mehreren Fällen brach die Konzentration ganz zusammen, und der Kontakt riß unvermittelt ab. Mit leisem Trällern gaben die Sippenangehörigen ihrer Bestürzung Ausdruck.

Jählings begriff Terrs, was er getan hatte. Sein Geschrei verstummte, er erstarrte und blickte mit offenem Mund zu dem Zmadrc hinauf. Scham und Schuldbewußtsein ließen ihn tief erröten. Sogar im Mondschein war zu erkennen, wie seine Wangen sich dunkel färbten, und seiner Mutter schoß unwillkürlich der Gedanke durch den Sinn, Terrs habe nun doch wenigstens erreicht, daß sein Hiir sich veränderte. »Es tut mir leid.« Zuerst brachte der Junge nur ein Flüstern heraus, dann wiederholte er seine Entschuldigung lauter, damit seine zittrige Stimme alle Sippenangehörigen erreichte, die er gekränkt hatte. Schließlich hob er den Kopf. »Ich wollte es nicht verderben, Zmadrc R'dsvyllsch, es tut mir leid.«

Verran konnte die Antwort des Patriarchen nicht hören, denn der sprach sehr leise und sanft, und sie vermochte auch den Ausdruck nicht zu deuten, mit dem er sich zu ihrem Sohn hinunterbeugte, aber es war der gleiche Blick, mit dem er oft seine eigenen Kinder ermahnte. Terrs vollführte mit seinen Fingern die wellenförmige Bewegung, die bei den Vardrul Zustimmung ausdrückte, und stieg langsam vom Felsen. Unten wartete Nyd auf ihn. Der Junge nahm die Pranke des Hybriden, und sie verließen zusammen den Kreis. Terrs hatte den Kopf gesenkt und sah starr zu Boden, aber er mußte die bohrenden Blicke der Vardrul fast körperlich gespürt haben. Als er näher kam, sah Verran, daß er immer noch weinte. Er hatte den Kampf gegen die Tränen verloren, aber seine Lippen waren noch immer fest zusammengepreßt, und kein Laut war zu hören.

Ihr Blick glitt über den Kreis der Vardrul hin. Die meisten hatten den Vorfall gar nicht bemerkt. Viele von der Zmadrc-Sippe hatten bereits erneut Kontakt zu den Ahnen aufgenommen, und ihre Gesichter strahlten hell. Der Zmadrc-Patriarch schien jedoch Mühe zu haben, sich wieder zu sammeln, und auch seine Tochter Vierzehn sah Terrs immer noch nach.

Ihr Sohn stand mit gesenktem Kopf vor ihr. »Ich werde dich nicht bestrafen, Terrs«, erklärte sie ihm ruhig, »weil ich nicht glaube, daß es einen Sinn hätte. Was du jetzt empfindest, ist Strafe genug. Du weißt doch, was du angerichtet hast, nicht wahr?«

»Ja.« Er nickte, die schwarzen Augen noch immer auf den Boden geheftet.

»Versprichst du mir, daß du nie, *niemals* wieder so etwas tun wirst?«

»Ja.«

»Und siehst du jetzt ein, daß du kein Vardrul bist und auch nie ein Vardrul sein kannst?«

»Nein.«

»Was?«

»Nein, Mutter.« Endlich hob er den Kopf und sah ihr in die Augen. Sie erkannte darin seinen Schmerz und seine Demütigung, aber dahinter blitzte stählerne Entschlossenheit.

»Ich werde einen Weg finden, zu ihnen zu gehören, und eines Tages werde ich meine Ahnen erkennen, und sie werden meine Sippe sein. Ich werde es immer wieder versuchen.«

»Kind, das ist doch Unsinn. Begreifst du denn nicht ...«

»Mutter«, unterbrach der Junge, »was ist Kognition?«

Die Frage kam unerwartet. »Nun — Kognition ist die Macht über Gegenstände und Ereignisse, wie sie von den Adepten der Esoterikerloge von Lanthi Ume ausgeübt wird.«

»Mein Vater war ein Adept der Esoterikerloge.«

»Der größte, den es jemals gab, Terrs.«

»Und die Menschen haben ihn getötet.«

Sie schwieg. In den letzten Jahren hatte sie, aus Angst, das Gemüt ihres Sohnes zu vergiften, darauf verzichtet, ihrer Empörung gegen die Mörder Fal Grizhnis Luft zu machen. Aber offenbar war der Schaden bereits geschehen.

»Es waren seine Schriften, die du aus der Stadt mitgebracht und aus denen du mich lesen gelehrt hast, nicht wahr?«

Verran nickte zögernd.

Sie begriff jetzt, wohin seine Fragen führten, und diese Richtung gefiel ihr nicht.

»Geht es in den Büchern meines Vaters um Kognition?

»Ja.«

»Dann werde ich lernen, die Kognition anzuwenden, und sie wird mir helfen, meine Ahnen zu erkennen.«

»Das kannst du nicht lernen.« Verran sagte es sehr ruhig. »Das ist viel zu schwierig und ... zu gefährlich.

Außerdem gibt es hier niemanden, der dir helfen könnte, und alleine wirst du es nicht schaffen.«

»Ich kann es und ich werde es. Du wirst schon sehen.« Der Junge weinte nicht mehr. Sein Gesicht war hart geworden und wirkte gar nicht mehr kindlich. »Ich gebe nicht auf, Mutter, das verspreche ich dir. Ich werde niemals aufgeben.«

01

Sie hatten den Sandivell-Kanal blockiert, und jetzt saß die *Sublimity* in der Falle. Die große Venerise schwankte mit schlaff herabhängenden Wimpeln und Seidensegeln hin und her wie ein abgeschossener Vogel. Als Herzog Povon Dil Shonnet über das Wasser blickte, entdeckte er eine Horde aufgebrachter Bürger. Diesmal hatten seine Untertanen sich selbst übertroffen. Eine ganze Flotte von Flößen, Barken, Dombuli und Sendilli versperrte die Mündung des Sandivell. Die kleinen Boote wimmelten von Menschen, die alle in tiefstes Schwarz gekleidet waren und die Gesichter hinter Totenkopfmasken verborgen hatten. Bürger in ähnlicher Aufmachung säumten — zu Hunderten — die Docks und Kais. Obwohl die Sonne noch nicht untergegangen war, hielten sie brennende Laternen und Kerzen in den Händen. Totenstille lastete über dem Kanal. Man konnte nicht abstreiten, daß die Lanthianer Phantasie besaßen.

Herzog Povon knabberte an einer Handvoll gezukkerter Nüsse und warf seinem Volk nicht gerade liebevolle Blicke zu. »Was wollen sie von mir?« fragte er. »Mein Blut? Mein Leben?«

Die Fragen waren eigentlich eher rhetorisch, denn der Herzog setzte wenig Vertrauen in die Fähigkeit seiner Begleiter, mit intelligenten Antworten aufzuwarten. Bei Lord Beskot Kor Malifon rechnete man zum Beispiel nicht mit großen Geistesblitzen. Beskot war ein durchaus reizender Mensch — seine Feste, seine Umzüge, seine Maskenbälle waren Wunder an Kunstsinn und Skurrilität. Er kleidete sich mit makelloser Eleganz, besaß ein prächtiges Haus, und seine neueste Venerise, die *Goldene Begeisterung,* war unvergleichlich. Der nächtliche Stapellauf der *Goldenen Begeisterung* vor zwei

Jahren war ein denkwürdiges Ereignis gewesen, es hatte ein Feuerwerk gegeben, die Musikanten waren als bizarre Wasserkobolde maskiert gewesen, und Beskot hatte ein Festmahl für zweihundert Gäste ausgerichtet. Beskots damalige Mätressen, zwei rhelische Seiltänzerinnen, die einander glichen wie ein Ei dem anderen, hatten zur Feier des Tages, die nackte Haut mit Goldbronze bemalt, unbekleidet auf dem Bugspriet ihre Kapriolen vollführt. Das Spektakel hatte die halbe Stadt schockiert und gleichzeitig unter einigen weniger originellen Bonvivants des Hofes eine kurzlebige Begeisterung für das Seiltanzen ausgelöst. Ja, Beskot Kor Mailfon besaß zweifellos eine starke Ausstrahlung und sehr viel Lebensart. Aber politischen Scharfblick — nein.

Dann war da die Keldhaam Gnuxia, auch sie eine nicht eben vielversprechende Informationsquelle. Die jungfräuliche Tochter des Keldhar von Gard Lammis stand im vierten Jahrzehnt ihres Lebens und war eine überwältigende Persönlichkeit. Hochgewachsen, aufrecht, von kräftiger Statur, mit graugesprenkeltem Haar und energischem Kinn, stand sie wie ein Monolith auf dem Mosaikdeck der *Sublimity.* Aus ihren dunklen Augen unter den kühnen, schnurgeraden Brauen sprach maßloser Dünkel. Ihre fleischigen Nüstern blähten sich abschätzig, und ihre breiten Lippen waren verächtlich geschürzt. Povon warf einen Blick auf die stämmige Gestalt mit den amazonenhaften Muskeln und den derben, zupackenden Händen, die so entschlossen vor ihm stand, und seufzte. Als vor einigen Monaten einer der größten der auf den Keldhar von Gard Lammis ausgestellten Wechsel fällig geworden war, hatte sich der Herzog mehr als gewöhnlich in Verlegenheit befunden. Um seinen ›geschätzten Vetter von Lanthi Ume‹ nicht in Schwierigkeiten zu bringen, hatte der Keldhar damals angeboten, ihm die Schuld zu erlassen, vorausgesetzt, der verwitwete lanthianische Herrscher erkläre sich bereit, die Keldhaam Gnuxia ohne Mitgift und am besten unverzüglich zur Gemahlin zu nehmen. »Denn eine solche Vereinigung zweier weicher, liebender Herzen würde paradoxerweise am besten dazu dienen, ein stählernes Band zwischen unseren Stadtstaaten zu schmieden — ein Band, das selbst Pest, Hunger oder Zwist niemals zu zerreißen vermöchten«, hatte der Keldhar in seinem gewohnt blumigen Stil geschrieben. Darüber konnte man zwar geteilter Meinung sein, doch das Angebot des Keldhar schien sofortige Entlastung zu verheißen, und Povon hielt es für angebracht, sein Einverständnis zu geben. Seine Erleichterung schwand jedoch, als er seine gewaltige, bereits ergrauende Zukünftige zum erstenmal sah. Bei näherer Bekanntschaft erwies sich die Keldhaam Gnuxia als herrschsüchtige Person mit scharfer Zunge. Povon empfand mittlerweile einen Widerwillen, der an Abscheu grenzte, wenn er an die bevorstehende Hochzeit dachte. Mit zahlreichen, raffinierten Manövern hatte er das Unvermeidliche bisher immer wieder hinausgeschoben, es gab jedoch kein Entrinnen, und jeder Tag, der verging, brachte ihn dem Altar ebenso unerbittlich näher wie ein Schinderkarren, der einen Gefangenen in den Tod fuhr.

Der letzte Gast war vielleicht derjenige, der am wenigsten erwarten ließ. Lord Sneever Dil Shonnet, der einzige Sohn des Herzogs, stand — nach Povons Ansicht viel zu dicht neben seinem Vater. Man wußte schließlich nie, welche von Sneevers zahllosen Krankheiten sich als ansteckend herausstellen würde. Sneever hatte seit seiner Geburt ununterbrochen mit Verdauungsstörungen zu kämpfen. Dank mannigfaltiger Allergien lief ihm ständig die Nase, und sein rasselnder, bellender Husten war chronisch. Herzog Povon haßte diesen Husten. Sneever war im Wachstum zurückgeblieben, klapperdürr, rachitisch und schwächlich. Blaue Adern schlängelten sich wie dicke Würmer über seinen Handrücken, und obwohl er erst siebenundzwanzig Jahre alt war, gingen ihm bereits die Haare aus. Sein Teint war fahl, und die großen, vorquellenden blauen Augen waren stets von Angst oder noch Schlimmerem erfüllt. Ein zaghaftes, allzu bereitwilliges Lächeln — ein zuckendes Augenlid — eine sehr hohe Tenorstimme — und ein übertrieben unterwürfiges Gebaren rundeten das Bild eines höchst ungeeigneten Nachfolgers ab. Deshalb war der Herzog sehr überrascht, als Sneever ihm antwortete.

»Sie wollen Brot, Hoheit.«

»Können sie dann nicht hingehen und dafür arbeiten wie jeder anständige Mensch?«

»Sie behaupten, die Löhne seien viel zu niedrig und die Arbeitslosigkeit zu hoch. Als Beweis führen sie die jüngsten Preissteigerungen für Nahrungsmittel und Brennmaterial an. Sie hungern und frieren, Hoheit.«

»Und dafür müssen sie mich verantwortlich machen?« beklagte sich der Herzog. »Warum tragen sie ihre Beschwerden nicht den gierigen Händlern vor, die sind doch schließlich an allem schuld?«

»In ihrer Not erhoffen sie sich eben Beistand von ihrem Herrscher, Hoheit.«

»Junge, du bist naiv. Du solltest bei deinen Liebhabereien bleiben, falls du welche hast, und die Politik den Leuten überlassen, die etwas davon verstehen. Diese verwöhnten Drückeberger dort draußen suchen nicht etwa Hilfe. Sie brauchen nur einen Sündenbock, und dazu haben sie mich, ihren Herzog, auserkoren. Soll der Herzog von Lanthi Ume auf dem Altar der Habgier seiner Untertanen geopfert werden? Oh, in welch sittenlosen Zeiten leben wir doch!«

»Ganz und gar sittenlos, mein Verlobter.« Aus dem Munde der finster blickenden Keldhaam Gnuxia klang die liebevolle Anrede eher wie eine Schmähung. »Sittenlose Zeiten, eine sittenlose Bevölkerung und eine sittenlose Stadt. Sittenlos und chaotisch. In Gard Lammis liegen die Dinge anders, das kann ich Euch versichern. In Gard Lammis wird das Volk so regiert, wie es sich gehört, und kennt seine Pflicht. In Gard Lammis läßt man den Pöbel nicht so einfach außer Rand und Band geraten. Mein Vater, Seine Herrlichkeit der Keldhar, würde das nicht dulden. Dem Keldhar von Gard Lammis bringt man jederzeit die Ehrerbietung entgegen, die sein Rang und seine Person verdienen. Daran erkennt man den geborenen Herrscher.«

So verschieden Vater und Sohn sonst sein mochten, die Blicke, die sie der Keldhaam Gnuxia zuwarfen, verrieten die gleiche Abneigung.

Vor ihnen nahm das Spektakel seinen Lauf. Auf einem Floß in der Mitte der Blockadeflotte wurde nun eine große Puppe gezeigt, die einer menschlichen Leiche nachgebildet war. Sie war in ein schwarzes Leichentuch gehüllt und trug eine schwere Eisenkette mit einer Kanonenkugel an den Füßen. Um ihren Hals hing ein Schild mit der Aufschrift: DIE EHRE VON LANTHI UME. Die Puppe wurde feierlich über Bord gehievt und im Sandivell-Kanal versenkt. Seltsamerweise ging auch weiterhin alles völlig lautlos vor sich, die schwarzgekleideten Lanthianer hinter ihren Totenkopfmasken schwiegen. Die Wirkung war niederschmetternd.

Das rundliche Gesicht des Herzogs färbte sich rot, und er trommelte mit seinen beringten Fingern auf die Reling. »Das geht zu weit«, murmelte Seine Hoheit. »Wenn nur Kronil und seine Gardisten hier wären!«

»Und warum sind sie nicht hier?« fragte Gnuxia und verschränkte angriffslustig ihre muskulösen Arme. »Seine Herrlichkeit der Keldhar wird jede Minute von seinen Gardisten begleitet. Sie sind ihrem Herrn völlig ergeben. Haben Eure Lanthianer vergessen, was persönliche Loyalität bedeutet? Haben sie es überhaupt jemals gewußt?«

Eine zweite Puppe erschien. Diesmal war sie klein

und rundlich. Auf dem Schild um ihren Hals stand: DIE EHRE DES HERZOGS. Die Puppe traf klatschend auf dem Wasser auf, und Herzog Povon begann, an seinen lakkierten Nägeln zu kauen. »Mörder«, flüsterte er. »Barbaren. Was wollt ihr? Kann euch nur mein Tod zufriedenstellen?«

»Ihr habt Angst.« Gnuxias Verachtung wurde sichtlich größer. »Der Herrscher von ganz Lanthi Ume hat Angst. Warum treibt Ihr diese Köter nicht mit der Peitsche in ihren Zwinger zurück?«

»Von solchen Dingen versteht Ihr nichts, Keldhaam.«

»Ich bin genau im Bilde. Schließlich bin ich nicht umsonst eine Tochter von Gard Lammis. Euch selbst hingegen fehlt der Durchblick. Ach, Seine Herrlichkeit wußte nicht,was er tat, als er mich an Lanthi Ume auslieferte!«

»Weib, habt Ihr denn keine Ahnung von Diplomatie?« fragte der Herzog.

»Ha! Diplomatie ist eine gute Sache — Feigheit ist mir freilich unerträglich. Ich bete nur darum, daß unserer Verbindung kein Nachwuchs beschieden sein möge, denn Ihr würdet eine Brut von Feiglingen zeugen, Verlobter, ähnlich Euch selbst und — dem da.« Sie zeigte verächtlich mit dem Daumen auf Sneever, ohne sich nach ihm umzuwenden. Sneever errötete heftig, und sein Augenlid zuckte.

»Sollte das Schicksal in seiner Güte eine Braut mit Fruchtbarkeit segnen, deren Alter höchstens noch Ehrfurcht verdient, so werde ich mich glücklich schätzen«, murmelte der Herzog, und Gnuxia funkelte ihn böse an.

Ein paar Meter entfernt berieten sich die schwarzvermummten Bürger: Povon beobachtete sie unruhig. »Sie bemühen sich gar nicht, ihre Absichten zu verschleiern — sie wollen die Revolution schüren«, bemerkte er. »Diese Wahnwitzigen werden die ganze Stadt entzweien. Kann man denn gar nichts tun? Ist nirgendwo Hilfe zu finden?«

Von der Keldhaam Gnuxia war nur ein verächtliches Knurren zu hören, aber Beskot Kor Malifon meldete sich mit lobenswertem Eifer zu Wort. »Vielleicht kann ich Euch helfen, Hoheit.« Wieder eine Überraschung. Herzog Povon drehte sich erwartungsvoll um. »Ich habe eine gewisse Menge von Snys Ambrosia bei mir«, erklärte Beskot. »Eine köstliche Essenz — wirklich köstlich. Auf ihre Weise fast so vollkommen wie der Mondtraum von Uhanna, obwohl die Wirkung vielleicht ein wenig auf Kosten der Raffinesse geht. Kennen Hoheit das Ambrosia?«

Povon schüttelte den Kopf.

»Snys Ambrosia verjagt die Zweifel, stärkt den Geist und flößt dem Herzen Mut ein. Wie ich hörte, wurde die Formel unter den Sachen eines einstmals berühmten Mannes entdeckt — wie hieß er doch nur? Ich kann mir die Namen dieser Adepten einfach nicht merken. Die Hälfte von ihnen sind nicht einmal von Adel, und welcher bürgerliche Name läßt sich schon vernünftig aussprechen? Sie klingen immer so, als grunzte eine Herde Schweine. Ach ja, natürlich, jetzt entsinne ich mich — es war Saxas Gless Vallage. Gegen *diesen* Namen ist übrigens nichts einzuwenden. Eine alte, vornehme Familie, alles Gentlemen. Hoheit erinnern sich an Saxas Gless Vallage?«

»Natürlich erinnere ich mich an meinen Freund Saxas«, antwortete der Herzog wehmütig. »Er hat mir die *Sublimity* zum Geschenk gemacht, und seine Essenzen waren phantastisch. Ein Jammer, daß er jetzt nicht hier ist — seine Kognition hätte uns in dieser Lage gute Dienste geleistet. Wenn es auf der Welt so etwas wie Gerechtigkeit gäbe, hätte Saxas die Führung der Esoteriker übernommen, denn er war ein treuer Freund seines Herzogs. Was man von diesem streitsüchtigen Emporkömmling, dem Großmeister Jinzin Farni, nicht gerade behaupten kann. Aber selbst Farni ist mir immer noch lieber als sein Vorgänger.« Der Herzog verstummte und schüttelte sich, er wollte an den Namen seines längst verstorbenen Feindes, des Großmeisters Terrs Fal Grizhni, nicht einmal denken, und ihn schon gar nicht aussprechen. »Ich würde Euer Snys-Ambrosia gerne ausprobieren. Als Euer Herzog habe ich Lasten zu tragen, wie man sie keinem Sterblichen aufladen sollte, und ich brauche eine Stärkung.«

»Eine künstliche Stärkung, die künstlichen Mut erzeugt.« Die Keldhaam Gnuxia wandte ihm den Rücken zu. Die anderen gaben sich alle Mühe, sie nicht zu beachten.

»Es ist mir ein Vergnügen, Hoheit.« Beskot griff in seine Tasche, zog eine Metalldose und einen winzigen Löffel heraus und reichte beides dem Herzog. »Geht sparsam damit um!«

Povon ließ den Deckel der Dose aufschnappen. Eine dicke, grünliche, in allen Regenbogenfarben schillernde Paste kam zum Vorschein. Er stach mit dem Löffel eine große Portion heraus und schluckte sie. »Merkwürdiges Aroma, aber nicht unangenehm.« Wieder tauchte er den Löffel ein und schluckte eine zweite Dosis.

»Eine Kostprobe müßte genügen«, mahnte Beskot, aber es war nicht sicher, ob der Herzog ihn gehört hatte.

»Was ist eigentlich mit dem Kognoszenten Saxas Gless Vallage geschehen?« erkundigte sich Sneever Dil Shonnet neugierig. »Ist er tot?«

»Er ist seit siebzehn Jahren so verrückt wie ein brünstiger Schlammspritzer. Man hat ihn in einem eiskalten, feuchten Keller im Haus Vallage an die Mauer gekettet. Unter Kanalniveau. Ich glaube, seine Familie hofft immer noch, er holt sich eine Erkältung und stirbt daran, aber seine Konstitution ist so gut, daß ihm das alles nichts anhaben kann. Tragische Geschichte. Der arme Bursche.« Der Herzog runzelte zerstreut die Stirn.

»Ich spüre noch gar nichts. Wie lange dauert es denn? Ich will nicht so lange warten.« Er genehmigte sich noch eine dritte Portion von Snys Ambrosia.

»Was war denn die Ursache für dieses Leiden?«

Povon zuckte die Achseln. »Wer kann das sagen? Jedenfalls ist jetzt nicht der rechte Moment, um darüber zu sprechen. Unser Leben ist in Gefahr. Seht nur.« Er zeigte mit zitternder Hand auf den Kanal hinaus.

Eine kleine Gruppe von Sendilli hatte sich aus dem Flottenverband gelöst und strebte nun der *Sublimity* zu. Die Bürger in den Booten wirkten beruhigend zivilisiert. Sie hatten ihre Masken abgelegt. Einer von ihnen schwenkte eine blaue Fahne.

»Warum wedeln sie denn mit diesen Fetzen herum?« erkundigte sich Beskot Kor Malifon.

»Sie wollen verhandeln«, erklärte Sneever.

»Verhandelt ein Herrscher mit Tieren?« fragte Gnuxia. »In Gard Lammis gibt es so etwas nicht.«

»In Lanthi Ume auch nicht, Keldhaam.« Die Sache wäre vielleicht anders ausgegangen, wenn der Herzog weniger Ambrosia zu sich genommen hätte, doch als die Droge zu wirken begann, veränderte sich Povons Miene. Seine Pupillen weiteten sich, seine Augen begannen zu glühen. Er wandte sich an den Steuermann und bellte plötzlich mit ganz ungewohnter Entschlossenheit Befehle. »Inbegriff der Macht.« Dieses Kommando ermächtigte den Steuermann, die kognitiven Eigenschaften, mit denen die Venerise von ihrem Schöpfer Saxas Gless Vallage ausgestattet worden war, voll auszuschöpfen. »Zum Lureis, mit voller Kraft! Wir brechen durch!«

Seine Gefährten wechselten erstaunte Blicke.

»Aber die Bürger, Hoheit, sie sind ...«

»Wir brechen durch! Mit voller Kraft! Mit voller Kraft!«

Der Steuermann zuckte ungerührt die Achseln. Die

Befehle des Herzogs wurden ausgeführt. Ein Ruck ging durch die *Sublimity,* sie hob sich mit der vorderen Hälfte aus dem Wasser, machte mit unglaublicher Geschwindigkeit einen Satz nach vorne und raste, leicht über die Wasseroberfläche dahingleitend, wie eine Flutwelle auf die kleinen Boote und Flöße zu, die ihr den Weg versperrten. Die Insassen zögerten einen Augenblick lang ungläubig, doch dann versuchten die meisten, die Bahn freizumachen. Die Abgesandten in den Sendilli schwangen wild die Ruder, und die *Sublimity* verfehlte sie nur um Haaresbreite. Von allen Seiten waren Schreie und Verwünschungen zu hören. Herzog Povon achtete nicht darauf. Er stand wie eine pausbäckige Galionsfigur im Bug des Bootes, das Kinn kampflustig vorgereckt, die Pupillen so riesengroß, daß seine von Natur aus blaßblauen Augen ganz schwarz erschienen.

Die *Sublimity* fegte auf die Blockade zu, und die Dombuli stoben vor ihr davon. Ein paar erzürnte Zuschauer am Ufer schleuderten Steine, aber sie konnten nichts ausrichten. Als die dahinrasende Venerise die Mündung des Sandivell erreichte, war der Kanal fast frei, nur ein paar der langsameren Flöße lagen noch quer. Herzog Povon zögerte nicht. »Da!« befahl er und zeigte auf eine Lücke, die zu klein war, um auch nur ein Sendil durchzulassen, von der *Sublimity* ganz zu schweigen. »Laß uns fliegen, Steuermann!« Er warf den Kopf zurück und brüllte vor Lachen.

Wieder machte die *Sublimity* einen Satz. Die Flößer sahen sie kommen, und die meisten waren klug genug, über Bord zu springen und auf die Hafenmauern zuzuschwimmen. Wer jedoch nicht so schnell reagierte, dem erging es schlecht. Der ausgesteifte Kiel der *Sublimity* traf auf das erste Floß, und es zerbrach wie ein Spielzeug. Balken splitterten und krachten, Körper flogen durch die Luft, Schreie ertönten aus dem Wasser und vom Ufer. Einige der Flößer waren vor Schreck zu betäubt, um schwimmen zu können, und diese Unglücklichen versanken schnell in den Fluten.

»Das wird sie lehren, mit wem sie es zu tun haben«, erklärte Povon, und seine Verlobte betrachtete ihn mit neu erwachtem Interesse.

Die *Sublimity* bahnte sich einen Weg durch eine Traube von Sendilli, die keine Chance hatten, stieß eine schwimmende Plattform beiseite, rammte eine letzte Barke und versenkte sie. Dann waren alle Hindernisse beseitigt, das Wasser war frei, die Venerise konnte mit ihren prall gefüllten, goldenen Segeln und dem im Sonnenschein blinkendem, goldenem Takelwerk ungehindert über den Sandivell-Kanal rasen. Ringsum erhoben sich die bunten Türme, Kuppeln und Paläste von Lanthi Ume. Die Stadt bot trotz der Armut und der wachsenden Verzweiflung ihrer Bürger wie immer einen prachtvollen Anblick. Nur der Abfall, der auf den einst makellos sauberen Kanälen schwamm, und das abbröckelnde Mauerwerk an einigen der glanzvollen Brücken zeugten vom fortschreitenden Verfall der großen Stadt. Ob Herzog Povon jemals Zeit fand, sich mit solch unangenehmen Dingen zu befassen, war freilich zweifelhaft. Es war nicht einmal sicher, ob Herzog Povon neben seinen strapaziösen Vergnügungen überhaupt jemals die Zeit fand, sich Gedanken zu machen. Höchstenfalls ganz selten belasteten tiefgründige Überlegungen den herzoglichen Geist, und das herzogliche Gewissen war ohnehin nicht vorhanden. Daher war Beskot Kor Malifon ein wenig überrascht, als er bemerkte, daß ein beunruhigtes Stirnrunzeln das Antlitz seines Herrschers verdüsterte. Als er dem Blick des Herzogs folgte, entdeckte er einen großen Haufen aus rußgeschwärzten Steinen, verkohlten Balken und verbogenen Metallstreben. Die *Sublimity* hatte den Zusammenfluß des Sandivell- und des Lureis-Kanals erreicht. Die geschwärzten Trümmer waren die einzigen Überreste des Grizhni-Palasts, und sie lagen seit siebzehn Jahren unberührt da. Allgemein wurde angenommen, daß die Gebeine der Gardisten, die bei der großen Feuersbrunst umgekommen waren, sich noch immer unter dem Schutt befanden, aber niemand wußte das mit Sicherheit, denn niemand hatte jemals versucht, sie auszugraben. Wenn dem nämlich so war, dann befanden sich auch Terrs Fal Grizhnis Gebeine noch dort, denn er hatte zusammen mit seinen Feinden den Tod gefunden. Und gewiß spukte der Geist des größten Adepten, den die Esoteriker jemals hervorgebracht hatten, in der Nähe seiner sterblichen Überreste. Nicht einmal die Verwandten der getöteten Gardisten wagten es, Fal Grizhnis letzte Ruhe zu stören. Und obwohl unter den Trümmern durchaus Reste der Silberverkleidung der einstigen Palastkuppel zu finden gewesen wären, hielten sich sogar die Diebe von dieser Stelle fern.

Povon zuckte unbehaglich die Achseln und kehrte der Ruine den Rücken zu, bis die *Sublimity* daran vorbei war, ein wenig abdrehte und in den Lureis-Kanal einfuhr. Das Schiff raste weiter, vorüber an Parks und Palästen, an der eleganten Prendivet-Promenade, die in letzter Zeit ein beliebtes Jagdrevier für die immer zahlreicher werdende Gemeinde der Taschendiebe geworden war, und schließlich am Skrevulis-Brunnen, der von den Spaßvögeln der Stadt wegen der vielen Bettler, die sich hier zu versammeln pflegten, als Skrofulose-Brunnen bezeichnet wurde. Povon schüttelte mißbilligend den Kopf. Es war höchste Zeit, daß er einen Erlaß herausgab, der den Bettlern den Aufenthalt am Skrevulis-Brunnen untersagte, sie vielleicht sogar ganz von den Ufern des Lureis verbannte. Sie verunstalteten das sonst so prächtige Stadtgebiet.

Die *Sublimity* ging im Schatten des massigen herzoglichen Palastes vor Anker. Eines ihrer Boote brachte den Herzog und seine Gäste an den vergoldeten Kai. Povon blickte sich um. Auf dem Lureis schien alles ruhig zu sein. Seine verärgerten Untertanen maßten sich anscheinend doch nicht an, ihn bis zum Palast zu verfolgen — wenigstens heute nicht. Aus Povons Augen strahlte der Triumph. Seine Befriedigung währte freilich nicht lange, denn als ihm der Steuermann den Tod eines der verurteilten Verbrecher meldete, durch deren Lebenskräfte die Venerise angetrieben wurde, war ihm die Freude verdorben.

»Dann such dir einen Ersatz!« fauchte der Herzog. Zwei weitere Portionen von Snys Ambrosia waren erforderlich, um seine überreizten Nerven zu beruhigen, doch dann flaute sein Zorn ab, die ganze Welt wich zurück, und ein rosa Schleier ließ die Umrisse der Stadt weicher erscheinen. Süße Düfte überlagerten den Sommergestank der verschmutzten Kanäle. Zufriedenheit strömte durch alle Adern, ein köstliches Gefühl, und Povon blieb stehen, um es auszukosten. Durch den Nebel bemerkte er die neugierigen, verächtlichen oder besorgten Blicke seiner Gefährten.

»Hütet Euch vor dem Ambrosia, Hoheit!« warnte Beskot Kor Malifon. »Es ist eine phantastische Substanz, gewiß, aber es strebt nach Macht. Wie eine Frau ist es ein vollkommener Sklave, aber wenn man ihm die Zügel hingibt, verwandelt es sich in einen brutalen Tyrannen.«

»Ihr seid ein hohlköpfiger Fant«, erklärte die Keldhaam Gnuxia. »Ich habe Eure Narreteien satt.«

Povon kicherte. »Meine schöne Verlobte hat recht, Beskot. Ihr schmäht das Ambrosia. Auf Verleumdungen höre ich nicht, und deshalb müßt Ihr mich jetzt verlassen, und das gilt für Euch alle. Ich möchte allein sein.« Er drehte sich ruckartig um und stolperte auf den Palast zu. Beskot und Sneever schienen seinem Befehl Folge leisten zu wollen, aber die Keldhaam Gnuxia ließ sich nicht so leicht abwimmeln. Mit drei großen Schritten war sie an der Seite ihres torkelnden Zukünftigen. Eine Hand legte sich auf die Schulter des Herzogs.

»Die Gardisten — wollt Ihr sie nicht ausschicken?« fragte Gnuxia.

»Nicht nötig, Keldhaam«, antwortete Povon ein wenig undeutlich.

»Nicht nötig? Nicht nötig? Habt Ihr den Verstand verloren? Aufsässige Untertanen haben Euch herausgefordert und Euch bedroht. Wollt Ihr Eure Autorität nicht unter Beweis stellen?«

»Nicht jetzt. Ich bin sehr erschöpft. Wir werden ein andermal darüber sprechen.« Hoffnungsvoll machte der Herzog einen Schritt auf den Palast zu.

»Nein. Jetzt. Jetzt werden wir darüber sprechen.« Ihre Stimme wurde lauter, und der Herzog zuckte zusammen. »Als Eure künftige Gemahlin ist es meine Pflicht, Euch auf die Schwächen Eurer Politik hinzuweisen und Eure Fehler zu verbessern, wo immer ich kann. Die Lage, die jetzt entstanden ist, verlangt eine unverzügliche und entschiedene Reaktion. Ihr seid mit Eurem unbotmäßigen lanthianischen Volk bisher viel zu milde verfahren, das muß ein Ende haben. *Ich sagte, es muß ein Ende haben.* Wo bleibt Euer Stolz, Verlobter? Wo bleibt Eure Kraft, Eure Mannhaftigkeit? Versteht Ihr mich nicht? Antwortet. Ich bestehe auf einer Antwort.«

Die Stimme hämmerte unerbittlich auf Povon ein. Der pastellfarbene Schleier verlor etwas von seinem Reiz. Der so Gequälte öffnete den Deckel der Metalldose und tauchte noch einmal den Löffel in Snys Ambrosia.

»Steckt das weg. Rührt es nicht wieder an. Ihr ruiniert Euch noch das letzte bißchen Verstand, und das lasse ich nicht zu. Ich bin nicht gewillt, diese lanthianische Lasterhaftigkeit noch länger zu dulden«, erklärte Gnuxia.

Sie einfach nicht zu beachten, war unmöglich, und Povon gab es schließlich auf. Aus dem Augenwinkel sah er, daß Beskot und der elende Sneever die Szene fasziniert beobachteten. Er reckte das Kinn vor. »Ich werde mir diese Stärkung nicht rauben lassen. Als Herzog bin ich mit allen möglichen Sorgen belastet und habe das Recht, mich jeder Hilfe zu bedienen, die ich finden kann.« Damit hob er den Löffel an die Lippen.

Gnuxia schlug ihm das Ding aus der Hand, aber Povon ließ sich nicht einschüchtern, steckte einen Finger in die klebrige Masse, zog einen Klumpen heraus und leckte ihn verzückt ab.

»*Das ist widerlich! Widerlich!* Das erlaube ich nicht! Hört sofort damit auf! Habt Ihr mich verstanden?« Povon schien taub zu sein. Über alle Maßen gereizt, gab Gnuxia ihm einen harten Klaps auf die Hand, und die Zuschauer keuchten erschrocken auf. Von dem plötzlichen Schmerz überrascht, ließ Povon die Metalldose los. Snys Ambrosia fiel auf den Kai, rollte über den Rand und versank im Lureis-Kanal.

Dem Herzog entfuhr ein Entsetzensschrei, und er ging trotz seiner Benommenheit wütend auf seine Verlobte los. »Nehmt Euch in acht, Keldhaam, Ihr geht zu weit, und auch Ihr seid nicht gegen Strafe gefeit. Ich habe durchaus die Macht, eine aufsässige Frau zu beherrschen.«

»Pah, Ihr habt nicht einmal die Macht, Euch selbst zu beherrschen. Ihr braucht eher eine Wärterin als eine Gemahlin. Aber das Schicksal und seine Herrlichkeit der Keldhar haben mir nun einmal diese Rolle zugewiesen, und es ist meine Pflicht, sie nach besten Kräften auszufüllen.« Sie richtete sich zu voller Größe auf und starrte auf ihn hinab. »Was Eure schwächlichen Drohungen angeht, Verlobter, so verachte ich sie. Ihr würdet es nicht wagen, die Hand gegen eine Tochter von Gard Lammis zu erheben. Eine Tochter von Gard Lammis läßt sich von keinem Lanthianer so behandeln. Versucht es nur. Und stellt Euch dann dem Zorn meines Vaters, Seiner Herrlichkeit des Keldhar, der sein Fleisch und Blut gewiß zu schützen wissen wird.«

Herzog Povons Kampfgeist war bereits wieder erloschen, und er stolperte mit resigniertem Kopfschütteln auf den Palast zu. Ihre Stimme verfolgte ihn jedoch noch weiter und zwang ihn, erneut stehenzubleiben.

»Wartet! Unser Gespräch ist noch nicht beendet. Es gibt noch vieles zu klären. Ich werde Euch begleiten.«

»Ihr könnt mich wohl kaum in meine Privatgemächer begleiten, Keldhaam.«

»Einer beherzten Frau ist nichts unmöglich, Verlobter. Ich sagte, ich werde mitkommen. Sechs meiner Frauen werden mich geleiten, um meine Ehre zu schützen.«

»Dazu wären bei weitem nicht so viele nötig«, murmelte der Herzog und setzte seinen Weg schwankenden Schrittes fort. Schließlich erreichte er seine Privatsuite und flüchtete sich in sein pompöses Schlafgemach, wohin ihm nicht einmal die mannhafte Gnuxia und ihre sechs unerschrockenen Damen zu folgen wagten. Povon warf sich auf die Seidenkissen. Sein Magen rebellierte, der Raum drehte sich um ihn. Er schloß die Augen, und sofort übermannte ihn der Schlaf.

Er brachte ihm jedoch keinen Frieden.

Povon träumte. Er wanderte zwischen den Trümmern des Grizhni-Palastes umher, die schwarz und rauchend unter einem flammendroten Himmel lagen. Ringsum erhob sich eine Wildnis aus verkohltem Schutt. Die stolzen Türme waren eingestürzt, der Palast und sein Herr waren endlich besiegt. Die trostlose Szene verkündete den Triumph des Herzogs. Aber wie immer blieb ihm das wahre Glück versagt. Es war unfair. Noch im Schlaf wehrte er sich gegen diese Ungerechtigkeit. Konnten denn die Großen niemals Ruhe finden? Mußte er ewig für seine hohe Geburt, für sein Vermögen und für seinen überlegenen Geist, diese sogenannten Gaben, bezahlen? Nahmen die Schikanen nie ein Ende?

Povon fand die Ruine bedrückend und wünschte sich, ihr zu entrinnen. Er sehnte sich nach der Behaglichkeit und dem Luxus seiner geliebten *Sublimity,* die nur ein Stück weiter rechts im Lureis-Kanal vor Anker lag. Oder war es weiter links? Der Herzog mußte sich eingestehen, daß er es nicht mehr wußte. Als er sich verwirrt umsah, begannen sich die geschwärzten Steine, die seit siebzehn Jahren ungestört hier geruht hatten, zu regen. Zuerst langsam, dann immer schneller bauten sich die zerstörten Mauern wieder auf, stiegen höher und höher, wölbten sich über ihm und verdeckten den feurigen Himmel. Herzog Povon war gefangen. Von der Decke des Kerkers wuchsen Stalaktiten nach unten, vom Boden stiegen Stalagmiten auf, rötlicher Schleim überzog die Wände. Die Atmosphäre war tropisch warm und feucht. Es gab weder Fenster noch Türen. Vergeblich hämmerte Povon mit den Fäusten gegen die Mauern und schrie um Hilfe. Er erreichte damit nur, daß er die Aufmerksamkeit eines grausigen Begleiters erregte.

Aus den Schatten trat ein Wesen, wie Povon es sich in seinen wildesten Phantasien niemals vorgestellt hätte. Groß und eckig war es, sein weißes Fleisch leuchtete, es hatte Tentakel anstelle von Fingern und riesige, unsagbar fremdartige Augen. Trotz des schaurigen Äußeren schien es jedoch nicht gewalttätig zu sein. Es bedachte den Herzog, der sich ängstlich am Boden zusammenkauerte, nur mit einem kurzen, unergründlichen Blick, sein Fleisch wurde merklich heller, dann wandte es seine Aufmerksamkeit einem Steinhaufen zu, der in der Mitte des Raumes lag. Das Wesen rollte einen der Steine nach dem anderen beiseite, bis nur noch ein kleines Häufchen Schutt übrigblieb.

Der Schutt erbebte. Povon beobachtete den Haufen wie gebannt und nahm kaum wahr, wie sich das weiße Geschöpf lautlos auflöste. Das Geröll wurde beiseite geschoben, Staub wirbelte auf, und eine blutbefleckte menschliche Hand wühlte sich nach außen. Ein Arm in einem schwarzen Ärmel folgte. Povon suchte in panischer Angst sein Verlies ab. Es gab keinen Ausgang, kein Versteck. Er preßte sich flach gegen die Mauer. Vor ihm tauchte langsam ein zweiter Arm auf. Dann geriet der Schutt noch heftiger in Bewegung, und eine hochgewachsene Gestalt stieg aus dem Grab.

Noch einmal erblickte Povon die starren, fahlen Züge seines einstigen Feindes, des Großmeisters Terrs Fal Grizhni. Grizhni — lebend, wenn auch aus zahllosen Wunden blutend. Grizhni — mit seinem weißen, verächtlichen Gesicht und seinen schrecklichen Augen, in denen grauenvolles Wissen funkelte wie gefrorener Mord. Fal Grizhni trat näher.

Povon wollte schreien, brachte aber keinen Laut hervor. Seine Glieder waren bleischwer, er konnte keinen Finger rühren. Er konnte nur wie versteinert zusehen, wie sein Feind immer näher kam, die schwarzverhüllten Arme erhoben, die weißen Hände wie Klauen ausgestreckt. Die Lippen bewegten sich und formten unhörbare, kognitive Silben ...

Povons Entsetzen machte sich in einem wilden Kreischen Luft, und davon erwachte er, doch er schrie noch mehrere Sekunden lang weiter, obwohl er bereits die Augen geöffnet hatte. Der Lärm drang bis zur Keldhaam Gnuxia, ihren Frauen und einer Gruppe von Dienern. Zwei der Dienstboten eilten ihrem Herrn zu Hilfe. Sie fanden den Herzog aufrecht in den seidenen Kissen sitzend, die Augen weit aufgerissen, fast hervorquellend aus dem dunkelroten Gesicht, das Haar schweißnaß. Sie hatten einige Mühe, ihn zu beruhigen.

Endlich kam der Herzog wieder ganz zu sich, er zitterte an allen Gliedern und schämte sich ein wenig seiner Panik, doch seine Diener sicherten ihm Stillschweigen zu, was seinen Gleichmut weitgehend wiederherstellte. Lanthi Ume würde nichts von der grausigen Episode erfahren, die sich doch schließlich wohl nicht wiederholen würde. Nie wieder, so schwor er sich, würde er den herzoglichen Körper mit Snys Ambrosia vergiften. Nie wieder wollte er einen so gräßlichen Alptraum erleben.

Darin sollte sich der Herzog irren. Das Ambrosia blieb verschwunden, aber die Träume kehrten wieder und bereiteten ihm noch viele entsetzliche Nächte.

02

Verran betrachtete den Pilzkristallgarten mit kritischen Blicken. »Sie werden ihn abscheulich finden«, bemerkte sie.

Nyd klopfte mit seinen Krallen heftig auf den Steinboden.

»O doch! Sie werden ihn unbegreiflich häßlich finden. Aber das kümmert mich nicht«, fügte sie nicht sehr überzeugend hinzu.

Nach menschlichen Vorstellungen war der Garten jedoch schön — eine großflächige, kompliziert wie ein Kaleidoskop angelegte Komposition aus schwarzen und grünen Kristallen mit saphirfarbenem Schleim dazwischen, in polygone Beete eingeteilt, die in ihrer Regelmäßigkeit die Symmetrie der kristallinen Komponenten wiederholten. Die Pflege dieses Gartens war eine von Verrans Hauptbeschäftigungen, und im Laufe vieler Großer Vens hatte sie ihn von einem bescheidenen Fleckchen aus grünen Kristallen — die sie ihrer Farbe wegen gewählt hatte, weil diese sie an die Pflanzen des Oben erinnerte — zu einer glitzernden Fläche heranwachsen sehen, die drei Viertel des Fußbodens einer ziemlich geräumigen Grotte einnahm. Aber die strenge Ausgewogenheit, die Lady Verran als so angenehm empfand, war den Vardrul fremd. Deren Gärten breiteten sich, ähnlich wie die Höhlen selbst, unregelmäßig nach allen Richtungen hin aus. Die Wesen brachten ihr Mißfallen nicht direkt zum Ausdruck — die Sprache der Vardrul besaß gar keine Elemente, die den menschlichen Begriff des Mißfallens genau erfaßt hätten —, aber sie mieden unauffällig diese verunstaltete Grotte und verrieten damit, daß sie hier unter einem Gefühl tiefer Disharmonie zu leiden hatten. Verran war sich dessen schmerzlich bewußt, aber der Garten war eines der wenigen Dinge in ihrem Leben, die ihr Befriedigung bereiteten, und sie konnte sich einfach nicht dazu durchringen, ihn aufzugeben.

»Glaubst du, ich sollte an den äußeren Spitzen noch ein paar rote Akzente setzen?« fragte sie. Nyd knurrte unverbindlich, denn für dergleichen hatte er wenig Sinn. Verran wußte genau, daß der Hybride sie nur zufriedenstellen wollte, obwohl ihm der Pilzkristallgarten vollkommen gleichgültig war. Das war kaum verwunderlich, aber doch deprimierend, denn er brachte damit nur noch stärker zum Ausdruck, wie sinnlos alles war, womit seine Herrin sich zu beschäftigen pflegte. Selbst Verran selbst erschienen ihre diversen Zerstreuungen — der Garten, ihre Steingravuren und das Weben — erschütternd unwichtig. Außerdem gab es das Tagebuch — sie führte es noch immer regelmäßig, aber die meisten Einträge waren ziemlich nichtssagend. Was gab es schließlich auch zu schreiben? Die Stunden vergingen in gleichförmiger Ereignislosigkeit. Früher hatte sie gelegentlich Lieder, Verse und Geschichten für Terrs verfaßt. Damals hatte sie es noch für wichtig gehalten, daß ihr Sohn möglichst viel von Lanthi Ume und der Welt der Menschen erfuhr. Aber jeder Versuch, ihre Erinnerungen an Oben schriftlich festzuhalten, hatte sie in tiefste Depressionen gestürzt, und so hatte sie dieses Vorhaben schon lange aufgegeben. Was die Lieder und Gedichte anging — seit Terrs den Kinderschuhen entwachsen war, schien er an solchen Dingen keine Freude mehr zu haben. Die atonale Musik der Vardrul, als Gegenpol zum Wohlklang der gesprochenen Sprache konzipiert, gefiel ihm weit besser als die schlichten, lanthianischen Melodien; und die Reime klangen für seine Kinderohren, die auf die nuancierte Sprechweise der Vardrul eingestimmt waren, recht trivial. Soviel zu ihren schriftstellerischen Versuchen.

Was gab es noch? Nun, den Sprachunterricht, dem man durchaus einige Bedeutung beimessen konnte —

jedenfalls war es einmal so gewesen. Verran hatte sich viele Große Vens lang nach Kräften bemüht, die Vardrul-Sprache zu erlernen, und bis zu einem gewissen Maße war ihr das auch gelungen. Die Kommunikation mit ihren nichtmenschlichen Gastgebern funktionierte. Sie konnte mit Mühe die komplizierten Silben singen, auch wenn sie sich dabei fast die Zunge abbrach, sie konnte sich verständlich machen und ihrerseits die Worte der Vardrul verstehen — meistens jedenfalls. Die Worte — aber sonst nichts. Nicht die Haltung, die Reaktionen oder die Empfindungen, die dahinterstanden. Daß die Vardrul Gefühle besaßen, noch dazu sehr tiefgehende, daran zweifelte Verran nicht, aber es war ihr völlig unmöglich, sie zu durchschauen. Die Reaktionen der Vardrul würden ihr immer ein Rätsel bleiben. Das unmögliche Mienenspiel, die unendlich subtilen Variationen der Stimmhöhe, die Schwankungen des Hiir — für diese Ausdrucksmöglichkeiten gab es keine menschlichen Entsprechungen. Verran würde sie nie begreifen und hatte sich mit ihren eigenen Grenzen seit langem abgefunden. Andererseits zeigten auch die Vardrul keine große Begeisterung für die Sprache der Menschen. Verran hatte sich erboten, ihren Gastgebern Lanthianisch beizubringen, und das Angebot war auch angenommen worden. Dann hatte sie eine Weile Unterricht gegeben und den Ausdauerndsten unter den jüngeren Höhlenbewohnern auch mehr oder weniger die Anfangsgründe der lanthianischen Syntax beizubringen vermocht. Zu diesen befähigteren Schülern zählte Terrs' Freundin Zmadrc Vierzehn — zweifellos ein intelligentes, fleißiges Kind. Schon bald waren jedoch immer weniger Vardrul zum Unterricht erschienen. Selbst Vierzehns Interesse hatte mit der Zeit nachgelassen, und schließlich hatte man die Stunden aus Mangel an Teilnehmern eingestellt.

Und was hast du seither getan, was auch nur einen halben Dakkle wert wäre? fragte sie sich.

Ich war Terrs eine gute Mutter. Das zählt immer, in jeder Gesellschaft.

Wirklich? Terrs ist erwachsen. Er braucht keine Mutter mehr, falls er jemals eine gebraucht hat. Und was noch wichtiger ist — der Gedanke kam ganz von selbst — *er will gar keine.*

Das ist nicht wahr. Überhaupt nicht wahr. Er weiß, daß ich ihn immer geliebt und sein ganzes Leben lang für ihn gesorgt habe. Das muß doch auch etwas gelten.

Du liebst ihn, und deshalb muß er dich auch lieben, meinst du? Denk noch einmal darüber nach. Er hat dir nie wirklich verziehen, daß er ein Mensch ist.

»Das wird allmählich lächerlich.« Verran sagte es laut, und Nyd warf ihr aus seinen gelben Augen einen fragenden Blick zu. »Und es ist krankhaft. Ich will so etwas nicht denken.«

Ach nein? *Glaubst du wirklich, du könntest deine eigenen Gedanken kontrollieren, du armes Ding? Nur zu, versuch es. Ich wünsche dir viel Glück dabei.*

Ich kann es, und ich werde es tun. Verran krampfte die Hände in ihrem Schoß zusammen. »Nyd«, sagte sie dann langsam. »Ich habe beschlossen, die roten Akzente doch zu setzen. Mehr noch, ich werde den ganzen Garten vergrößern. Dazu muß ich erst einmal das Muster und die Farbverteilung planen, das wird meine ganze Aufmerksamkeit in Anspruch nehmen.«

O nein, das kannst du im Schlaf. So leicht wird es dir nicht gelingen, dich abzulenken. Da mußt du dir schon mehr Mühe geben.

»Ich glaube, ich werde auch damit beginnen, Wörter für ein Lexikon der lanthianischen und der Vardrulsprache zusammenzutragen. So etwas könnte nützlich sein.«

Für wen? Die Vardrul können nicht lesen — schreiben übrigens auch nicht, es sei denn, du rechnest diese Bilderzeichen dazu.

Sicher, aber die Menschen könnten es eines Tages benutzen.

Wirklich? Wie und wann denn?

Das weiß ich nicht. Aber es könnte sein, und ich hoffe, daß es dazu kommt.

Eine grausame Hoffnung. Wenn Mensch und Vardrul sich gegenüberstehen, bedeutet das das Ende für die sanften Vardrul. Das weißt du doch.

Ich weiß gar nichts. Es braucht auch nicht wahr zu sein.

»Wenn die Vardrul mit den Menschen sprechen könnten«, fuhr sie verbissen fort, »würden beide Seiten vielleicht die Angst voreinander verlieren. Weiße Dämonen aus den Höhlen, von wegen! Nun, mal sehen — die einzige Möglichkeit, die Vardrulsprache schriftlich festzuhalten, wäre eine Kombination aus Buchstaben und Noten. Das ließe sich machen, aber die Bedeutung der Hiir-Schwankungen wäre damit noch nicht erfaßt. Ob ich wohl ein Symbolsystem erfinden sollte, das verschiedene Grade der Lumineszenz darstellt, oder wäre das zu kompliziert? Was meinst du, Nyd?«

Nyd hatte zu diesem Thema nichts beizutragen.

»Das wird ein sehr umfangreiches Projekt. Terrs kann mir dabei eine große Hilfe sein, er versteht die Sprache ja so viel besser als ich. Wir können gemeinsam daran arbeiten, vielleicht kommen wir uns dabei näher ...«

Jetzt greifst du nach einem Strohhalm.

»Auf diese Idee hätte ich schon vor Jahren kommen sollen.«

Ja, aber vor wie vielen Jahren? Wie viele Jahre lebst du denn schon hier unter der Erde? Es ist so schwer, auf dem laufendem zu bleiben — es ist alles schon so lange her, und neuerdings geschieht gar nichts mehr. Es müssen vierundzwanzig — nein, fünfundzwanzig Große Vens sein, und das ergibt etwa siebzehn Jahre.

»Siebzehn Jahre!« flüsterte sie, und etwas in ihrer Stimme veranlaßte Nyd zu einem gequälten Winseln. »Lord Grizhni ist seit siebzehn Jahren tot. Und Terrs ist siebzehn — genauso alt wie ich war, als ich hierherkam.«

Das heißt, du bist jetzt vierunddreißig. Eine Frau in den mittleren Jahren.

Merkwürdig, ich fühle mich gar nicht so. Wie ich wohl aussehe? Ich habe mich die ganze Zeit über eigentlich gar nicht richtig angesehen. In den Vardrulhöhlen gab es keine Spiegel, denn persönliche Eitelkeit war den Vardrul fremd. Sie besaßen einen sehr ausgeprägten Schönheitssinn, der aber für menschliche Begriffe fast unverständlich war. Sie wußten die Schönheit ihrer eigenen Rasse sehr zu schätzen, aber den kleinen, körperlichen Unterschieden zwischen den einzelnen Individuen schenkten sie so gut wie keine Beachtung. Für einen Vardrul waren alle anderen Vardrul, deren Ruu sich in einer günstigen Phase befand, gleich schön. Deshalb bestand kein Bedarf für Spiegel. Verran hatte sich von Zeit zu Zeit flüchtig in den lauen Wassertümpeln gesehen, die es überall in den Höhlen gab, aber diese schwankenden Bilder waren nicht sehr aufschlußreich. Jetzt blickte sie an sich hinab. Ihr Körper in dem schlichten, grauen Gewand aus selbstgewebtem Faserstoff war schlank und gelenkig wie eh und je. Das Kleid selbst — oder vielmehr die Tatsache, daß sie überhaupt etwas auf dem Leibe trug — war in dieser Umgebung freilich ziemlich ungewöhnlich. Die Vardrul pflegten wegen der feuchten Wärme, die in ihren Höhlen herrschte, auf Kleidung zu verzichten. Sich in Faserstoffe zu hüllen, war mehr als überflüssig, denn dadurch wurden nicht nur die empfindlichen Hautsensoren blockiert, sondern auch Veränderungen des Hiir verdeckt und somit eine entscheidende Verständigungsmöglichkeit ausgeschaltet. Aber Verran konnte sich nicht überwinden, sich nackt zu zeigen, allerdings nicht aus Schamgefühl, sondern weil sie mit großem Unbehagen festgestellt hatte, daß die Nacktheit die Unterschiede zwischen ihr selbst und ihren Gastgebern besonders stark betonte. Vor vielen Großen Vens hatte sie es ein paarmal gewagt, ohne Kleidung zu erscheinen, und dabei war sie stets zum Gegenstand eines unangenehmen, wissenschaftlichen Interesses geworden. Trotz ihrer angeborenen Höflichkeit konnten es die Vardrul nicht lassen, den undurchsichtigen, menschlichen Körper zu studieren, der ihrem eigenen so verwirrend ähnlich und gleichzeitig unähnlich war. Die analysierenden Blicke waren Verran unerträglich gewesen. Ihre instinktive Reaktion war durch das Urteil von Persönlichkeiten wie dem Zmadrc- und dem Lbavbsch-Patriarchen bestätigt worden. Nicht nur ihre abnormen physischen Eigenschaften, sondern mehr noch der Aufruhr ihrer eigenen Gefühle in solchen Situationen lösten, wie diese beiden feststellten, unter den Vardrul tiefe Disharmonie aus. Terrs, damals noch ein kleines Kind, hatte den Sachverhalt noch treffender dargestellt: »Wir sind Mißgeburten, Mutter«, hatte er bemerkt. »Zwei häßliche Mißgeburten. Ich möchte mich am liebsten verstecken.« Seit damals war Verran nur noch bekleidet erschienen, und Terrs hielt es ebenso, bis auf den heutigen Tag.

Ist mein Haar schon grau? Sie nahm eine Strähne zwischen die Finger und untersuchte sie genau. Immer noch lang, immer noch glänzend, immer noch von der Farbe wilden Honigs. Vielleicht etwas dunkler, denn die einst von der Sonne ausgebleichten goldenen Streifen waren längst verschwunden. Wenn sich hier und dort graue Fäden daruntermischten, dann waren sie im gedämpften Felsenlicht nicht zu sehen.

Und ihr Gesicht? Sie berührte ihre Wangen, die Stirn, die Schläfen. Das Fleisch fühlte sich weich und glatt an wie immer. Aber trotzdem ... »Vierunddreißig!« sagte sie laut, und Nyd antwortete mit einem Krächzen. Verran studierte den Hybriden, an dem die Zeit keineswegs spurlos vorübergegangen war. Es konnte kein Zweifel bestehen — Nyd war gealtert, sogar ziemlich stark. Das drahtige Gesichts- und Körperfell war grau geworden. Sein Schritt hatte viel von seiner Elastizität verloren, und seine Reißzähne waren vergilbt. Aber er war immer noch aktiv und lebhaft und blieb weiterhin der ergebenste Gefährte, den sie jemals gekannt hatte.

»Stirb mir nicht weg, mein Lieber.« Sie sagte es bewußt beiläufig, damit der Hybride den Inhalt ihrer Worte nicht erraten konnte. »Ich glaube, das könnte ich nicht ertragen.«

Aber eines Tages wirst du dich damit abfinden müssen, vielleicht schon bald. Früher oder später wird er nicht mehr da sein, und was dann? Wenn man Unfall oder Krankheit ausschließt, hast du noch ein langes Leben vor dir, vielleicht noch einige Jahrzehnte. Und wie willst du die nächsten vierzig Jahre verbringen?

Ich will nicht noch vierzig Jahre an diesem Ort festsitzen!

Dein Pech, denn wahrscheinlich bleibt dir gar nichts anderes übrig. Möglicherweise dauert es sogar noch länger, denn du stammst aus einer langlebigen Familie. Erinnerst du dich an Großmutter Deesquil, die noch mit sechsundneunzig auf der Prendivet-Promenade spazierenging? Denk an die kommenden Jahrzehnte, die du unter der Erde bei den Vardrul verbringen wirst.

Ich glaube, das stehe ich nicht durch. Nein, ich glaube nicht. Verran bemerkte, daß ihr die Kehle merkwürdig eng geworden war. Ihr Atem ging schneller. Ein Gefühl der Panik hatte sie erfaßt.

Ich brauche Sonnenlicht. Frische Luft. Andere Leute. Menschen.

Beruhige dich. So schlimm ist es hier unten doch nun wirklich nicht.

Ich ersticke!

Nach siebzehn Jahren müßtest du dich eigentlich daran gewöhnt haben.

Ich habe mich nicht daran gewöhnt. Es wird immer schlimmer.

Ruhig. Ruhig. Ruhig.

Ich brauche andere Leute, die mir wichtig sind und denen

ich wichtig bin. Nicht jemand wie Terrs. Der Gedanke drängte sich gnadenlos auf. *Er ist ohnehin mehr Vardrul als Mensch.*

Nein, das ist nicht wahr, er möchte es nur sein. In Wirklichkeit ist er ganz sein Vater. Bleib ruhig.

Wenn ich noch viel länger hierbleiben muß, verliere ich den Verstand. Es ist mir egal, wie behaglich und sicher diese Höhlen, wie gütig und sanftmütig die Vardrul sind, wie glücklich ich mich schätzen muß, überhaupt noch am Leben zu sein. Dieser Ort ist nicht für Menschen geeignet. Ich halte es hier nicht ein ganzes Leben lang aus, das ist unmöglich. Am liebsten würde ich jetzt gleich sterben, dann hätte das Elend, die Leere ein Ende.

Du tust dir entsetzlich leid, nicht wahr?

Und wenn schon? grollte sie. *Das ist kein Verbrechen.*

Kein Verbrechen, nur Feigheit. Wo bleibt deine Disziplin? Du warst Fal Grizhnis Gemahlin. Benimm dich dementsprechen und beherrsche dich.

»Ich werde mich beherrschen.« Als sie sich umdrehte, ruhten Nyds gelbe Augen auf ihr. Ihr ruckartig wechselndes Mienenspiel hatte den Hybriden offenbar in Unruhe versetzt, denn sein Gesichtshaar sträubte sich ängstlich. »Alles in Ordnung, Nyd. Mir fehlt nichts.« Nyd krächzte mitfühlend.

»Keine Sorge. Wir sprachen doch eben über dieses Wörterbuch, nicht wahr?«

Nyd bekundete wenig Interesse daran, und Verran konnte es ihm nicht verdenken. Es fiel ihr ja selbst schwer, große Begeisterung für das Projekt aufzubringen.

Aber es wird mir helfen, mir die Zeit zu vertreiben.

»Ich überlege gerade, was wohl besser wäre, die Begriffe alphabetisch zu ordnen oder nach der Tonhöhe?«

Nyd verstand offensichtlich nicht, worum es ging.

Warum sollte er auch? Was geht es ihn an — er ist weder Mensch noch Vardrul. Es ist durchaus möglich, daß er der letzte seiner Art ist. Seine Nestgefährten sind wahrscheinlich alle vor siebzehn Jahren umgekommen, als die herzogliche Garde den Grizhni-Palast stürmte. Der arme Nyd ist vermutlich der letzte noch lebende Grizhni-Hybride. Und du glaubst, du müßtest dich einsam fühlen! Er hat viel mehr Grund dazu.

»Nyd«, hörte sie sich fragen. »Erinnerst du dich noch, wie es Oben war? Denkst du manchmal an Lanthi Ume, an den Grizhni-Palast, an Lord Grizhni?« Sie haßte sich selbst für diese Fragen. Gewöhnlich vermied sie es, sich länger mit der Vergangenheit zu beschäftigen, denn die Erinnerung bildete einen zu schmerzlichen Kontrast zu ihrer gegenwärtigen Lage. Aber jetzt war sie in die heimtückischste aller geistigen Fallen gegangen und, was noch schlimmer war, sie hatte auch Nyd mit hineingezogen. Es war unfair, ja, grausam, den Hybriden an sein vergangenes Glück zu erinnern, aber die Worte waren ihr fast unwillkürlich entschlüpft.

Nyd ließ ein trauriges Krächzen hören, und Verran schämte sich sehr. »Nein, es tut mir leid, denk nicht mehr daran!«

Aber jetzt würde er daran denken, und das war ganz allein ihre Schuld. Er würde sich erinnern und unglücklich sein, es sei denn, ihr fiel etwas ein, womit sie ihn ablenken konnte. »Paß auf, ich habe eine Idee«, schlug sie mit einigermaßen überzeugender Begeisterung vor. »Wir suchen Terrs. Ich habe ihn seit dem F'tvarjrii ...« Das war eines der wenigen Vardrul-Worte, die Eingang in ihren normalen Sprachgebrauch gefunden hatten. Da die Vardrul in engem Kontakt miteinander und mit ihrer Umwelt standen, pflegten sie fast gleichzeitig aus dem Schlaf zu erwachen. Ruheperioden wurden nach Kolorationen gemessen, nach der Zeitspanne also, die eine bestimmte Art von heimischen Schleimpflanzen brauchte, um ihren sehr regelmäßigen Transformationszyklus von Rot über Violett bis Schwarz zu durchlaufen. Ein Kleines Ven umfaßte drei Kolorationen. Waren zweihundertvierzig Kleine Vens vergangen, so ergab das, gemessen an der Flüssigkeit, die sich in einem geeichten Gefäß unter dem Blutenden Stalaktiten sammelte, ein Großes Ven. In welcher Beziehung die Vens zum Wechsel von Licht und Dunkelheit standen, nach dem die Bewohner des Oben ihr Leben bemaßen, war unklar, wahrscheinlich hatte beides nichts miteinander zu tun. Der Vardrul-Ausdruck für das gemeinsame Erwachen nach einer Ruheperiode von annähernd einer Koloration Dauer lautete *F'tvarjrii*. Auch Verran war inzwischen gewöhnt, zum F'tvarjrii aufzuwachen; so viel Harmonie hatte sie bisher erreichen können. In letzter Zeit neigte sie jedoch dazu, dazwischen immer wieder einzudösen. Klugerweise forschte sie nicht nach den Gründen, denn sonst hätte sie sich nämlich eingestehen müssen, daß sie das Bedürfnis hatte, die Zeiten der Bewußtlosigkeit auszudehnen.

»Wahrscheinlich liest er«, fuhr sie fort, »und dabei vergißt er immer das Essen. Wollen wir Terrs suchen?«

Die Antwort war ein klägliches Winseln.

»Wahrscheinlich ist ihm schon ganz schwindlig vor Hunger, und er merkt es nicht einmal. Du weißt doch, wie er ist. Und du willst doch wohl nicht, daß Terrs krank wird, oder?« Dieser Appell schien zu wirken. Nyd zischte und klapperte heftig mit seinen Krallen. »Schön, dann komm, mein Lieber.«

Gemeinsam durchquerten sie die vom Felsenlicht erhellten Gänge und Höhlen, die ihnen, wenigstens in diesem Teil des Labyrinths, nun schon seit langem so vertraut waren wie einst die Korridore des Grizhni-Palasts. Niemand, nicht einmal die Vardrul selbst, kannte die Höhlen in ihrer Gesamtheit. Das System, das die ganze Felsschicht unter der Insel Dalyon durchsetzte, war unvorstellbar weiträumig und unübersichtlich — viel größer, als die meisten der Oben lebenden Menschen es sich jemals hätten träumen lassen. Da gab es endlos lange Korridore und zahllose Kammern. Die natürliche Vielfalt war durch die Bewohner mit technischen Mitteln noch vergrößert worden, sie hatten bereits bestehende Gänge erweitert und verlängert, neue Korridore gebohrt, wo es sich anbot, und neue Räume ausgehöhlt, wenn es erforderlich war. Diese künstlichen Veränderungen waren erst in jüngerer Zeit vorgenommen worden. Viele Generationen lang — seit ihrer Vertreibung von Oben — hatten sich die Vardrul auf jenen ziemlich kleinen Bereich der Höhlen beschränken müssen, in dem natürliche, heiße Quellen für die hohen Temperaturen sorgten, die diese Wesen brauchten, um leistungsfähig zu sein. Erst als Terrs Fal Grizhni vor etwa fünfunddreißig Jahren sein großes, kognitiv geschaffenes Heizungssystem installiert hatte, waren die Felsensäle erwärmt und das ganze Tunnelnetz für die Bevölkerung zugänglich geworden. Nun konnten die Geschöpfe ihr unterirdisches Reich ungehindert durchstreifen. Von Ven zu Ven entstanden neue Siedlungen, gleichzeitig vergrößerte sich die Zahl der Vardrul, und ihr Selbstvertrauen wuchs. Nichts von alledem hatte jedoch den schüchternen, bescheidenen, zutiefst sanftmütigen Charakter der Vardrul verändert, und auch ihre Vorstellung von geistiger und natürlicher Harmonie war bisher nicht beeinträchtigt worden.

Verran beobachtete alles mit scharfem Blick, eine Fähigkeit, die sie sich bewußt zu bewahren suchte, auch wenn sie nun schon so lange in dieser mittlerweile vertrauten Umgebung weilte und sie als bedrückend empfand. Auf eine fremdartige Weise war die Welt der Vardrul zweifellos schön. Ringsum spielte das diffuse Felsenlicht auf Kolonnen blanker, durchsichtiger Stalaktiten und Stalagmiten; auf behauenen Säulen und Steinteppichen, natürlich entstandenen Formationen, die wie weich fallende Stoffe oder wie Spitzengewebe aussahen; auf Kristallgewächsen von so klaren Formen und reinen Farben, daß sie die Blumen des Oben weit übertrafen; auf üppig wuchernden Schleimpflanzen; auf dunklen, brodelnden, von schneeweißen Pilzkolonien eingefaßten Teichen; und auf Schattenreliefs, die große Ereignisse der Vergangenheit darstellten. Die Vardrul schätzten diese Reliefs freilich mehr wegen ihres ästhetischen Wertes als wegen ihrer historischen Bedeutung. Wesen, die mit ihren Ahnen in Verbindung treten konnten, hatten kein echtes Bedürfnis, ihre Geschichte schriftlich oder in Bildern festzuhalten. Für Verran waren die Schattenreliefs zum größten Teil unverständlich, denn ihre Bedeutung und ihr Zusammenhang wurden weitgehend mittels bestimmter Hieroglyphen vermittelt, die zu erklären die Vardrul zwar bereit, aber offenbar unfähig waren. Allem Anschein nach konnte man sie nur verstehen, wenn man mit den physischen und emotionellen Empfindungen bei der bewußt gesteuerten Veränderung des Hiir vertraut war. Außerdem waren die Plastiken nach scheinbar sinnlosen Regeln ausgeführt, die Komposition wirkte völlig unausgewogen, und ein Lanthianer mußte sich von dieser Art der Darstellung unbedingt abgestoßen fühlen. Nur ein einziges Relief hatte Lady Verrans Aufmerksamkeit stets gefesselt, weil es klar erkennbar die Entstehung von Terrs Fal Grizhnis kognitiv betriebenem Heizungssystem darstellte. Da war die Kraftquelle selbst, eingeschlossen in einem versiegelten Kasten mit vier blinkenden Halbkugeln auf dem Deckel — eine erstaunlich kleine Apparatur in Anbetracht der riesigen Räume, die durch ihre Wirkung bewohnbar gemacht wurden; kompakt, autark und auf unbegrenzte Zeit funktionsfähig, solange sich niemand daran zu schaffen machte. Und da war Fal Grizhni, wie er damals ausgesehen hatte — merklich jünger als der Adept, den Lady Verran geheiratet hatte. Der unbekannte Bildhauer hatte Grizhni gut getroffen, seine hochgewachsene, hagere Gestalt, die langen, schmalen Hände, das knochige Gesicht. Nur die Augen stimmten nicht, denn der Künstler hatte es nicht lassen können, die ringförmige Muskulatur der Vardrul wenigstens anzudeuten. Trotzdem war es ein gutes Porträt, und in den ersten beiden Großen Vens ihres Hierseins war Verran wie von einer unsichtbaren Kraft immer wieder hierhergezogen worden. Viele Kolorationen lang hatte sie wie gebannt vor dem Bild ihres verlorenen Gatten gestanden und es verzweifelt angestarrt. Schließlich hatte jedoch ihr Selbsterhaltungstrieb triumphiert und dieser Selbstquälerei ein Ende gemacht, und von da an hatte sie das Relief eher gemieden.

Jetzt führte ihr Weg sie jedoch direkt dorthin.

Der Raum, in dem Terrs gewöhnlich zu finden war, wurde mit einem Vardrul-Ausdruck bezeichnet, der sich recht gut mit dem menschlichen Wort *Bastion* wiedergeben ließ. Es war ein sehr alter Raum — das heißt, eine kleine, natürlich entstandene Felskammer, nicht künstlich ausgehöhlt und ohne jeden Schmuck, die sich im ältesten Teil des bewohnten Höhlensystems unter den Hügeln des Nazara Sin befand. Die Bastion lag am Ende eines sehr schmalen, gewundenen Ganges und war ziemlich schwer zu erreichen, daher auch der Name, der nach menschlichen Begriffen dennoch unzutreffend war. Keine feste Tür versperrte den Eingang. Dinge wie Tore, Gitter, Riegel oder Schlösser waren in der Welt der Vardrul unbekannt. Die Portieren, die den Eingang bestimmter Räume verhüllten, sollten nur für Ungestörtheit sorgen, boten aber keinen Schutz. Trotzdem wurden in der Bastion die wertvollsten Besitztümer der Vardrul aufbewahrt. Dort lagen auch die fast als Heiligtümer verehrten Erbstücke des Fal-Grizhni-Patriarchen — der Foliant, die Pergamentrolle, die Mappe mit den Notizen und die Goldplakette, die Verran und Nyd vor so vielen Jahren auf ihrer Flucht aus Lanthi Ume mitgenommen hatten. Diese einzigen Exemplare menschlichen Schrifttums hatte Verran einst verwendet, um ihren Sohn das Lesen zu lehren, und sie hatte seither oft genug Anlaß gehabt, dies zu bereuen. Die Informationen in den Niederschriften seines Vaters hatten den Ehrgeiz des jungen Terrs geweckt, und er hatte es sich zum Ziel gesetzt, die Kognition zu beherrschen. Seit fünfzehn Großen Vens studierte und kämpfte Grizhnis Sohn nun schon. Die häufigen Mißerfolge stärkten nur seine Entschlossenheit, und inzwischen gönnte er sich keine Pause mehr. Er hielt sich praktisch ständig in der Bastion auf, und manchmal bekam ihn Verran viele Kleine Vens lang nicht zu Gesicht. Sie fühlte zwar mit ihm, wenn er wieder eine Enttäuschung erlebte, andererseits nagte ständig die Angst vor einem eventuellen Erfolg an ihr.

Linker Hand zog sich das Relief an der Wand entlang. Obwohl sie es seit einigen Großen Vens nicht mehr gesehen hatte, war es bis ins kleinste Detail unauslöschlich in ihrem Gedächtnis gespeichert. Sie konnte sich die Szene so deutlich vorstellen, daß sie eigentlich gar nicht hinzusehen brauchte. Aber teils aus Neugier und teils, um ihre eigenen Erinnerungen auf ihre Genauigkeit hin zu überprüfen, drehte sie den Kopf und betrachtete noch einmal das in Schwarz- und Grautönen gehaltene steinerne Abbild ihres Gemahls. Da stand der große Fal Grizhni, und sie wappnete sich schon gegen den unvermeidlichen Schmerz, der sie gleich durchfahren würde. Als er nicht kam, hielt sie inne und horchte in sich hinein. Trauer, ja. Bedauern. Ein dumpfer Schmerz über den Verlust, Sehnsucht. Aber der anfangs so heftige Kummer hatte sich gelegt, und die übrigen Empfindungen waren ziemlich gedämpft. *Merkwürdig,* dachte sie. *Allmählich kommt mir alles so unwirklich vor wie ein Traum, ein angenehmer Traum. Noch ein paar Große Vens hier unten, und ich werde mich fragen, ob das alles wirklich einmal geschehen ist. Nicht die Kraft meiner Erinnerung, sondern die Existenz dieses Reliefs wird mir bestätigen, daß die Vergangenheit einmal Wirklichkeit war.* »Und es wird ein falsches Bild sein, weil seine Augen nicht so waren«, schloß sie laut.

Neben ihr zischte Nyd fragend. Sein primitiver Geist

war nicht daran gewöhnt, visuelle Symbole zu deuten, und deshalb hatte er niemals eine Beziehung zwischen der einfarbigen Darstellung an der Wand der Höhle und dem längst verstorbenen Großmeister Fal Grizhni hergestellt. Das Interesse seiner Herrin an Schattenreliefs war ihm einfach unverständlich.

»Nichts«, beruhigte ihn Verran. »Komm, wir suchen Terrs.«

Als sie weitergingen, begegneten sie mehreren Vardrul, die ihnen den höflichen, respektvollen und etwas steifen Gruß entboten, wie er den hoffnungslos Unharmonischen vorbehalten war. Diese wohlmeinenden Begrüßungen hatten Verran stets bedrückt, seit sie gelernt hatte, gewisse Nuancen der Tonhöhe zu unterscheiden. Sie erwiderte sie nun mit allem Anstand, den sie aufbringen konnte, und beschleunigte ihre Schritte. Nyd hüpfte keuchend neben ihr her und bemühte sich, nicht zurückzubleiben. Bald betraten sie einen gewundenen Gang, der so schmal war, daß sie nicht mehr nebeneinander gehen konnten, zwängten sich durch einen so engen Flaschenhals, daß die Stacheln von Nyds Halskrause an der Wand entlangstreiften, schoben einen Faservorhang beiseite und betraten die Bastion.

Terrs lag auf einer Schräge und war so vertieft in seine Studien, daß er ihr Eintreten gar nicht bemerkte. Sie nützte die Gelegenheit, um ihn zu beobachten, und wie jedesmal fiel ihr auf, daß der Junge seinem Vater immer ähnlicher wurde. Der gleiche hochgewachsene, hagere Körper; die gleiche Haut- und Haarfarbe; die gleichen kräftigen, scharf ausgeprägten Züge und vor allem die gleichen durchdringenden, schwarzen Augen. Die langen Finger, die Schulterhaltung, der eckige Unterkiefer — all das war ein Erbe Grizhnis. Aber es gab auch Unterschiede. Terrs war noch ein Stück kleiner, als sein Vater gewesen war. Er hatte noch nicht sein volles Gewicht erreicht, und er war so schlank, daß er fast schlaksig wirkte. Während Fal Grizhnis Körperhaltung aufrecht und starr gewesen war, der Kopf arrogant erhoben, der Schritt zielbewußt, bewegte sich der junge Terrs mit der fließenden Anmut der Vardrul. Seine Gesichtszüge waren zwar denen Grizhnis sehr ähnlich, aber er setzte sie anders ein. Die lebenslange Nachahmung der Mimik der Vardrul hatte um Augen und Lippen herum bereits ihre Spuren hinterlassen.

Anders als sein Vater war der Junge glattrasiert. Nur inständige Bitten seiner Mutter hatten ihn daran hindern können, sich Augenbrauen und Wimpern auszuzupfen und sich die schwarzen Locken zu scheren, um wie seine Vardrul-Gefährten völlig unbehaart zu sein. Verrans aufrichtige Bestürzung hatte ihn umgestimmt. Noch mehr hatte ihn freilich der Hinweis beeindruckt, das dichte Haar verberge ein wenig die typisch menschliche Form seines Schädels. Da er die Wahl zwischen zwei Eigenschaften hatte, die er gleichermaßen als groteske Mißbildungen ansah, hatte er sich ausnahmsweise dafür entschieden, sich nach den Wünschen seiner Mutter zu richten.

Nyd krächzte zur Begrüßung, und Terrs hob den Kopf. Verran sah überrascht, daß sein Gesicht leicht gerötet war. Die bleichen Züge, die niemals dem Sonnenlicht ausgesetzt wurden, bekamen nur selten Farbe. Terrs' Augen strahlten ungewohnt hell, sie funkelten fast, und sofort fürchtete sie, er sei krank. Terrs war als Kind infolge des Lebens unter der Erde und einer Ernährung, die ihn zwar vor dem Tode bewahrte, aber doch nicht auf menschliche Bedürfnisse abgestimmt war, recht anfällig gewesen und hatte alle möglichen ausgefallenen Krankheiten aufgeschnappt, gegen die die Vardrul-Kinder offenbar immun waren. Seit einigen Großen Vens hatte sich seine Gesundheit zwar gebessert, aber seine Mutter machte sich immer noch Sorgen. »Ist alles in Ordnung mit dir?« erkundigte sie sich ängstlich. »Du siehst so aus, als hättest du Fieber.« Sie legte ihm die Hand auf die Stirn, aber die Haut war kühl und trocken.

Ihre Überraschung wuchs, als er sich lächelnd von der Schräge erhob. Sein Lächeln wirkte jetzt natürlicher als früher, denn er hatte es aufgegeben, die Mimik der Vardrul nachzuahmen. Nachdem er sich viele Kolorationen lang vergeblich darum bemüht hatte, mußte er schließlich einsehen, daß es keine Möglichkeit gab, bestimmte wichtige Augenmuskeln, die ihm fehlten, auf andere Weise zu kompensieren. Jetzt lächelte er zwar wie ein Mensch, aber er tat es nur sehr selten. Gewöhnlich zeigte er eine verschlossene Miene, hinter der sich eine finstere Kälte verbarg, die seine Mutter nicht zu mildern vermochte.

»Mir fehlt nichts, Mutter, du brauchst dir keine Sorgen zu machen. Auch du nicht, Nyd. Mir geht es wirklich ausgezeichnet.« Er sprach makelloses, akzentfreies Lanthianisch, aber im ungewöhnlichen Rhythmus und im melodischen Tonfall machte sich der Einfluß der Vardrul bemerkbar. Die Wirkung war unbestreitbar fremdartig.

»Nyd und ich haben schon befürchtet, du würdest hier drin verhungern«, antwortete sie und lächelte ebenfalls. »Wir dachten, wir finden hier nur mehr ein Skelett. Aber ich muß zugeben, daß du einen sehr lebendigen und glücklichen Eindruck machst.«

»Dann sieht man es mir also an?«

»Was? Ist etwas geschehen?«

»Ja, endlich ist etwas geschehen. Was ist das Beste, was du dir vorstellen kannst, Mutter?«

Es müßte damit zusammenhängen, daß wir von hier fort können, dachte sie, aber das hatte ihr Sohn wohl kaum im Sinn. Für seine ungewöhnliche Zufriedenheit konnte es nur eine unangenehme Erklärung geben. »Es hat sicher etwas mit deinen Studien zu tun. Du hast Fortschritte gemacht, du hast das Gefühl, daß du dich allmählich der Kognition näherst?«

»Mich nähern? Ich bin vor zwei Großen Vens zum ersten Mal zur Kognition gelangt. Seither setze ich sie in begrenztem Ausmaß ein.«

Verran blinzelte. »Ich glaube, du verstehst nicht ganz, wovon ich spreche. Du hast nie erlebt, wie das ist, und ...«

»Sei nicht so gönnerhaft, Mutter.« Terrs war genauso ungeduldig wie alle Jugendlichen, die Oben aufgewachsen waren. »Meinst du, ich weiß immer noch nicht, was Kognition ist, obwohl ich mich seit fünfzehn Großen Vens damit beschäftige?«

Er ist nicht nur äußerlich der Sohn seines Vaters. »Ich weiß, daß du viel gelesen hast.«

»Du glaubst mir also nicht. Dann werde ich es dir beweisen.«

»Das ist nicht nötig. Natürlich glaube ich dir!«

»Sieh her.« Terrs zog einen kleinen, farblosen, achtflächigen Kristall aus der Tasche seines Gewandes.

»Was ist das?«

»Eine kognitive Hilfe. Der Kristall wird mir helfen, meine Kraft zu konzentrieren.«

»Woher hast du ihn?«

»Aus Zmadrc R'dsvyllschs Garten. Es ist ein ganz gewöhnlicher Kristall ohne besondere Eigenschaften. Alle möglichen anderen kleinen Gegenstände wären genauso geeignet gewesen. Wichtig ist nur, was ich damit mache. Jetzt paß auf.« Terrs sah den Kristall eindringlich an, sprach leise Worte, und einen Augenblick später glühte der Stein. Verran unterdrückte einen Aufschrei. Nyd entfuhr ein Zischen des Erkennens. Terrs war völlig vertieft in sein Werk und schenkte ihnen keinerlei Beachtung. Er sprach mit fast unhörbarer Stimme weiter, und schließlich erschien vor ihm in der Luft aus dem Nichts ein rotglühender Nebelfleck. Der brodelnde Rauch verdichtete sich schnell und kondensierte schließlich zu einem dreidimensionalen Buchstaben aus flammendrotem Licht.

Verran hatte vor vielen Jahren etwas Ähnliches gesehen. »Das ist eine Schrift, nicht wahr?« fragte sie staunend.

»Ja«, antwortete Terrs. »In der kognitiven Sprache, die der Fal-Grizhni-Patriarch für die Esoteriker von Lanthi Ume erfunden hat, bedeutet es ›Ich grüße Euch.‹ Wenn ich mehr wüßte und über größere Kraft verfügte, könnte ich diese Schrift nach Belieben überall hinschikken. Bisher gelingt es mir noch nicht, sie über diesen Raum hinaus zu projizieren. Aber das wird sich mit der Zeit ändern.«

Verran blickte von dem glühenden Symbol in das Gesicht ihres Sohnes. Seine Augen, lebhaft wie nie zuvor, waren fest auf seine Schöpfung gerichtet.

»Glaubst du mir jetzt?« fragte er leise.

Und ob ich dir glaube. Warum mußt du das tun? Neben ihr krächzte Nyd, und sie spürte seine tiefe Erregung. Sie selbst war von dunklen Ahnungen erfüllt. Vor ihren Augen verblaßte das feurige Symbol. Als es verschwunden war, wandte sie sich an Terrs und fragte: »Warum hast du mir etwas verschwiegen, was von solcher Wichtigkeit ist? Du tust das bereits seit zwei Großen Vens und hast kein Wort davon erwähnt?«

Er ließ sich Zeit mit der Antwort. »Ich habe oft überlegt, ob ich dir davon erzählen soll. Aber du wärst nicht einverstanden gewesen, du hättest nur gejammert und versucht, mich davon abzubringen. Und das wollte ich vermeiden.«

So sieht er mich also? Nach kurzer Überlegung mußte sie jedoch zugeben, daß er recht hatte. »Mag sein, daß ich so reagiert, daß ich vielleicht wirklich versucht hätte, dich davon abzuhalten, weil ich die Kognition immer gefürchtet habe. Es ist eine so unnatürliche Kunst ...«

»O nein, das ist nicht wahr«, fiel Terrs ihr leidenschaftlich ins Wort. »So etwas würdest du nicht sagen, wenn du verstündest, was Kognition wirklich ist.

Nichts könnte natürlicher sein. Es geht nur darum, verschiedene Kräfte zu verstehen, vollkommen zu verstehen …«

»Das hat auch dein Vater behauptet.«

»Natürlich. Jeder Adept würde das sagen.«

»Aber deinen Vater konnte die Kognition nicht retten, und als er sie am dringendsten gebraucht hätte, war sie nutzlos. Er war sicher — so sicher —, daß seine Kräfte ihn vor allem schützen würden. Er hat sich absolut auf sie verlassen, und am Ende haben sie versagt. Vor allem deshalb fürchte ich die Kognition und mißtraue ihr.«

»Nur, weil du sie nicht begreifst«, beharrte Terrs. »Was meinen Vater angeht, so weißt du nicht mit Sicherheit, ob seine kognitiven Fähigkeiten wirklich im kritischen Moment versagten und damit zu seinem Tod führten. Das kannst du gar nicht wissen, weil du nicht dabei warst. Wir haben nicht einmal einen überzeugenden Beweis, daß er überhaupt tot ist.«

»Er ist seit siebzehn Jahren tot, dessen kannst du sicher sein.«

Terrs blickte in ihr starres Gesicht, zögerte einen Augenblick und fuhr dann fort: »Schön, wir wollen annehmen, daß er tot ist. Wahrscheinlich hast du recht. Aber nichts kann deine Behauptung stützen, daß sein Tod auf ein Versagen der Kognition zurückzuführen ist. Auch die mächtigste Kognition kann durch genügend starke Gewaltanwendung gebrochen werden. Außerdem kann sich die Kraft selbst des größten Adepten vorübergehend erschöpfen, aber deshalb versagt sie noch nicht. Es wäre möglich, daß der Grizhni-Patriarch einen großen Teil seiner kognitiven Energie ganz kurz vor seinem Tod auf ein wichtiges Projekt verwendet hat und deshalb entkräftet und für seine Feinde ungewöhnlich angreifbar war. Würdest du zugestehen, daß dies möglich ist?«

»Es ist möglich, aber wir können es nicht wissen.«

Sogar in seiner Ausdrucksweise erinnert er mich an Lord Grizhni.

»Genau das will ich doch sagen. Man kann es nicht wissen, es gibt keine echten Beweise. Und folglich läßt sich dein Mißtrauen gegenüber der Kognition nicht rational begründen.«

»Nicht für einen Jungen, der so wenig von den Gewohnheiten und Bedürfnissen der Menschheit weiß.«

»Fängst du nun wieder damit an? Mir genügt, was ich weiß. Die Menschheit ist keine besonders liebenswerte Gattung.«

»Wie sehr du doch deinem Vater gleichst! Aber er hatte wenigstens Erfahrung, er hatte die Menschen unmittelbar beobachtet und wußte, wovon er sprach.«

»Im Gegensatz zu mir, willst du wohl sagen. Nun, darüber haben wir schon oft debattiert. Ich will nicht noch einen Streit anfangen. Wenn es dich kränkt, werde ich kein Wort mehr über die Menschheit verlieren. Ich möchte nur noch einmal wiederholen, daß du dich irrst, was die Kognition angeht.«

»Sie liegt dir wirklich am Herzen, nicht wahr?«

»Ich will mich mit ihr beschäftigen, Mutter. Ich werde weiter daran arbeiten. Es hat keinen Zweck, wenn du versuchst, mich daran zu hindern.« Seine Miene war um kein Haar weniger frostig und unnachgiebig als einst die seines Vaters.

Vermutlich hat es wirklich keinen Zweck. Er hat einen eisernen Willen. Laut antwortete sie: »Ich will mich gar nicht gegen dich stellen. Ob du es glaubst oder nicht, ich sehe den Sinn meines Lebens nicht darin, dir ständig Hindernisse in den Weg zu legen. Aber eines möchte ich dir sagen, etwas, was dir offenbar gar nicht klar ist. Nun mach kein so mißtrauisches Gesicht. Ich möchte dir nur sagen, wie stolz ich auf dich bin.«

»Stolz?« Sein Gesicht entspannte sich ein wenig, aber die Augen blickten noch immer skeptisch.

»Ja, stolz auf das, was du getan hast. Ich hätte es nie

für möglich gehalten, daß du tatsächlich zur Kognition gelangen würdest. Angesichts der Fähigkeiten deines Vaters ist es nicht verwunderlich, daß auch du mit gewissen Talenten geboren wurdest. Aber daß du hier unten gelernt hast, damit umzugehen, ganz allein, ohne einen Adepten, der dir alles erklärt hätte, ohne Texte oder Nachschlagewerke außer den wenigen Schriften Lord Grizhnis — das ist eine außergewöhnliche Leistung, und ich bewundere dich mehr dafür, als ich sagen kann.«

Jetzt tauten seine Augen und seine Stimme auf. »Danke, Mutter. Ich hätte nicht erwartet, daß du so denkst. Aber so groß ist mein Verdienst gar nicht. Es war nicht so schwierig, wie du glaubst, denn die Erläuterungen des Fal-Grizhni-Patriarchen waren so einleuchtend, daß jeder Leser sie verstehen mußte. Und es ist alles so ausgewogen, so eng miteinander verflochten, so ... unvermeidlich, sobald man es einmal richtig durchschaut hat.«

»Für dich, du hast den Verstand dafür. Was du uns eben gezeigt hast — diese Schrift in der Luft —, war phantastisch.«

»Aber das ist doch nur eine belanglose Kleinigkeit«, wehrte Terrs ab. »Das kann ich seit eineinhalb Großen Vens. Es ist kaum der Rede wert. Nein, was nach dieser langen Zeit endlich eingetreten ist, ist etwas ganz anderes. Meine Kognition hat eine — wie soll ich es ausdrücken —, eine wichtige Veränderung bewirkt.«

»Du meinst, du kannst noch mehr?« Sie hoffte, daß es begeistert klang. Sie war zwar aufrichtig stolz auf die Leistung ihres Sohnes, aber die instinktive Furcht ließ sich nicht verdrängen.

»Ja, viel mehr.« Jetzt hörte man seiner Stimme an, wie aufgeregt er war, obwohl er sich bemühte, vardrulhafte Gelassenheit zu bewahren. »Mutter, ich habe einen großen Schritt nach vorne getan. Zum erstenmal habe ich einen greifbaren Beweis dafür, daß ich vorankomme. So oft habe ich gezweifelt, so oft gefürchtet, mein Ziel nie zu erreichen. Aber jetzt weiß ich endlich, daß es mir gelingen wird.«

»Was wird dir gelingen? Was ist dein Ziel?«

»Die Harmonie. Das Erkennen meiner Ahnen.«

»Wovon redest du? Ich verstehe dich nicht.«

»Ich weiß, es ist schwer zu glauben. Es muß dir ungeheuerlich vorkommen, daß ein Mensch so viel erwarten kann. Aber ich werde es schaffen, Mutter. Mit jedem Kleinen Ven komme ich der Sache näher. Wenn du siehst, wie weit ich bereits bin, wirst du mich verstehen und mir glauben.«

»Terrs — dieses Ritual des Erkennens der Ahnen, ich weiß, daß du immer daran teilnehmen wolltest, aber inzwischen hast du doch sicher eingesehen, daß dazu nur die Vardrul fähig sind. Was ist denn noch nötig, um dich zu überzeugen, daß die Natur uns Menschen nicht dafür geschaffen hat?«

»Die Natur — das ist der springende Punkt. Wir sind von Natur aus minderwertig, aber die Natur läßt sich mit Hilfe der Kognition korrigieren.«

»Korrigieren? Inwiefern korrigieren?« Ihre Angst wuchs, tiefes Unbehagen erfaßte sie. »Was hast du getan?«

»Ich werde es dir zeigen.« In seiner Begeisterung über seinen jüngsten Erfolg merkte Terrs gar nicht, wie besorgt die Frage seiner Mutter klang. Er griff in die Tasche und zog einen zweiten, achtflächigen Kristall heraus, der fast genauso aussah wie der erste. »Es fällt mir noch ziemlich schwer. Vielleicht dauert es eine Weile. Du mußt Geduld haben.«

»Was hast du vor? Bitte, warte noch: Ich möchte erst darüber sprechen. Terrs, *was machst du da?*»

Er antwortete nicht. Er hatte die geöffneten Hände ausgestreckt, auf jeder Handfläche ruhte ein Kristall. Sein Kopf war gesenkt, die Augen geschlossen, und er flüsterte melodische Silben. Lange Zeit geschah nichts.

Offenbar wollte die Demonstration nicht gelingen, aber Terrs blieb ganz ruhig, er schien es gar nicht wahrzunehmen, sondern flüsterte immer weiter, und endlich, als seine Mutter ihn schon drängen wollte, den Versuch abzubrechen, begannen die beiden Kristalle zu glühen. Nyd zischte erschrocken, verstummte aber sofort wieder. Im Grizhni-Palast war der Hybride von klein auf dazu erzogen worden, sich still zu verhalten, wenn sich kognitive Kräfte manifestierten. Siebzehn Jahre waren vergangen, seit er sich zum letzten Mal in Gegenwart eines Adepten befunden hatte, aber diese frühe Lektion hatte er nie vergessen.

Das rhythmische Flüstern dauerte an, und während das Leuchten der Kristalle immer stärker wurde, verblaßte das Felsenlicht in der Bastion. Verran zuckte zusammen, sagte aber nichts. Ein kalter Hauch streifte die tropische Atmosphäre, und sie spürte, wie auf ihren Armen eine Gänsehaut entstand. Das Licht wurde immer schwächer, fast dämmrig, bis von den Wänden, von der Decke und vom Fußboden nur noch ein kaum wahrnehmbarer Schein ausging. Die drei Gestalten, die beiden Menschen und der Hybride, waren nur noch umrißhaft zu erkennen. Einzelne Züge ihres Körperbaus, ihrer Gesichter, ihrer Kleidung verwischten sich. Nur die beiden Kristalle gaben ein reines, hartes Licht ab und beleuchteten einen kognitiven Verwandlungsprozeß.

Terrs' Hände veränderten sich. Ihre Umrisse wurden unscharf, begannen zu vibrieren. Die Finger zogen sich abscheulich in die Länge. Die Knochen schienen sich aufzulösen, Gelenke und Fingernägel verschwanden, Zeige- und Mittelfinger wurden durch kräftige, biegsame Tentakel ersetzt. Aber das war noch nicht das Schlimmste. Vor Lady Verrans entsetztem Blick begannen die Hände ihres Sohnes zu leuchten. Gleichzeitig verblaßten die beiden Kristalle, als sei ihr Schein auf das menschliche Fleisch übergegangen. Menschlich?

Verran zwang sich, genau hinzusehen. Das Felsenlicht wurde wieder stärker, und sie konnte alles deutlich erkennen. Terrs' Tentakel waren glatt und ein wenig feucht. Die Haut war makellos weiß. Dies konnte man beim besten Willen nicht mehr als menschliches Fleisch bezeichnen. Verrans Ekel war fast noch größer als ihr Entsetzen.

Terrs steckte die Kristalle in die Tasche, hob seine leuchtenden Hände und bewegte entzückt die Tentakel. Ein triumphierendes Lächeln erhellte sein Gesicht, als er sich seinem Publikum zuwandte. »Da. Sieh es dir schnell an, es wird nicht lange halten. Ich komme mit der Temporalkomponente noch nicht zurecht — das heißt, ich kann die Wirkung noch nicht fixieren. Aber das ist der Beweis meines Erfolges.«

»Was hast du mit dir gemacht?« Verrans Stimme klang schrill. Sie holte tief Atem und wartete einen Augenblick, um sich zu beruhigen. Als sie wieder sprach, hatte sie wenigstens ihre Stimme unter Kontrolle. »Ist dieser Zustand vorübergehend?«

»Leider.« Terrs sah sie an, und sein Lächeln verblaßte. »Was ist los, Mutter? Du bist ja ganz verstört. Hast du Angst, daß ich dabei Schaden nehme? Es gibt keinen Grund zur Besorgnis. Das Verfahren ist ungefährlich.«

»Ungefährlich? Du stehst vor mir, entsetzlich verändert — deine schönen Hände sind *verunstaltet* — und behauptest, es sei *ungefährlich?* Du weißt nicht, was du redest. Ich wünschte, ich hätte dir Lord Grizhnis Schriften niemals gezeigt!«

»Sie sind mein Erbteil. Ich hatte ein Recht darauf, sie zu sehen.«

»Ja, aber ich hätte warten sollen, bis du alt und verantwortungsbewußt genug warst, um vernünftig damit umzugehen!«

»Und doch hast du mir erst vor wenigen Augenblikken zu meiner Leistung gratuliert. Du hast behauptet, du seist stolz auf mich, und ich habe dir geglaubt — ich habe geglaubt, du seist vielleicht sogar bereit, die Sache einmal aus meiner Sicht zu betrachten. Ich hätte es besser wissen müssen«, gab Terrs zurück, und obwohl er sich eisern beherrschte, klang seine Stimme verbittert.

»Ich habe es ehrlich gemeint. Aber ich hätte mir niemals träumen lassen, daß du die Kognition dazu verwenden würdest, dich zu entstellen.«

»Entstellen? Bist du blind? In meinem ganzen Leben ist dies das erste Kleine Ven, in dem mir nicht übel wird, wenn ich meine eigenen Händen ansehe. Kannst du das nicht begreifen? Kannst du dich nicht mit mir freuen? Kannst du deine Vorurteile nicht ein einziges Mal vergessen?«

»Das hat nichts mit Vorurteilen zu tun. Terrs, wenn du dich nur sehen könntest — ein menschlicher Körper mit den Händen eines Vardrul! Es ist so abartig, eine so widernatürliche Verbindung! Du machst dich zu — zu einem Monstrum.«

»Ich war mein ganzes Leben nichts anderes, und jetzt habe ich endlich die Chance, normal auszusehen. Gönnst du mir das nicht? Du kannst ja deine eigenen menschlichen Mißbildungen hegen und pflegen, soviel du willst, aber erwarte bitte nicht das gleiche von mir.«

Verran unterdrückte eine scharfe Erwiderung. Sie sah ihren Sohn an, erkannte den Schmerz hinter der eisigen Fassade und erinnerte sich, daß er unglücklich gewesen war, solange er denken konnte. Plötzlich vermochte sie ihren Zorn und ihren Abscheu viel besser zu kontrollieren und war in der Lage, milde zu antworten: »Terrs, noch vor einer Minute hast du mein Mißtrauen gegenüber der Kognition schlicht meiner Unwissenheit zugeschrieben, und ich habe eingeräumt, daß diese Möglichkeit besteht. Kannst du dich jetzt nicht genauso verhalten? Deine Abneigung, dein Mißtrauen gegenüber deiner eigenen Gattung beruhen ebenfalls auf Unwissenheit. Kannst du dein Urteil nicht zurückstellen, bis du Gelegenheit hattest, anderen Menschen zu begegnen und sie kennenzulernen?«

»Diese Gelegenheit wird sich wahrscheinlich niemals ergeben.«

»Warum eigentlich nicht?« regte sie vorsichtig an. »Wenn wir diese Höhlen verlassen würden, könntest du andere Menschen kennenlernen. Es müßte ja nicht für immer sein«, fügte sie schnell hinzu, als sie sah, wie sich sein Gesicht verfinsterte.

»Nein. Das kommt nicht in Frage.«

»Nicht einmal, wenn ich dich darum bitte?«

»Wenn du gehen mußt, Mutter, dann geh. Ich weiß, daß du es gerne möchtest. Aber erwarte nicht, daß ich mich mitschleppen lasse. Ich denke gar nicht daran.«

»Warum nicht?« forderte sie ihn heraus. »Hast du Angst, mein Sohn? Angst vor dem Licht? Oder vor der Erkenntnis, daß du unrecht hattest?«

»Keines von beidem. Ich habe keine Angst, ich bin nur nicht interessiert. Ich war Oben, mehr als einmal. Dort ist es kalt, leer und trostlos.«

»Du hast doch nur die Gravula-Wüste gesehen! Das war kein fairer Vergleich!«

»Außerdem«, fuhr Terrs erbarmungslos fort, »weiß ich nicht so wenig über die Menschen, wie du glaubst. In der Geschichte der Vardrul wird viel über die Menschheit erzählt, und das meiste ist ekelhaft.«

»Das können die Vardrul wohl kaum beurteilen. Sie sind seit Hunderten, vielleicht sogar seit Tausenden von Jahren von der Menschheit abgeschnitten. Sie gehören einer anderen Gattung an, und man kann nicht erwarten, daß sie uns verstehen. Außerdem haben sie keine schriftlichen Zeugnisse — ihre Geschichte setzt sich aus alten Mären und Legenden zusammen, denen man wohl nicht allzuviel Glauben schenken darf.«

»Jetzt spricht wieder die Selbstgerechtigkeit aus dir. Du erkennst nur eine Form von Zeugnissen an, nur eine Methode, Informationen zu bewahren. Alles andere lehnst du ganz automatisch als ungültig ab.«

»Und du verläßt dich lieber auf die Urerinnerungen einer fremden Rasse als auf den Augenschein. Obwohl du die Chance hättest, die Welt mit eigenen Augen zu sehen, willst du dich lieber mit den Sagen der Vardrul begnügen. Wer von uns ist nun engstirniger?«

»Habe ich die Menschheit nicht aus nächster Nähe erlebt? Ich habe mich beobachtet, und ich habe dich beobachtet. Damit habe ich zwei ganz normale Vertreter des Menschengeschlechts studiert, und ich habe Häßlichkeit gesehen, körperliche und moralische Minderwertigkeit und eine tiefe, unsägliche Disharmonie. Seit fünfundzwanzig Großen Vens erlebe ich das nun, und das genügt mir. Ich brauche mich wohl kaum noch nach Oben zu begeben, um meine Beobachtungen bestätigt zu bekommen.«

»Terrs, du urteilst nach völlig verzerrten Maßstäben.«

»Ich glaube nicht. Und wenn, dann sind es *meine* Maßstäbe, Mutter. Es wird dir nicht gelingen, mir die deinen aufzuzwingen.«

»Zwingen? Warum mußt du alles wie einen Konflikt sehen? Besteht dafür denn eine Notwendigkeit?«

»Nicht, wenn du akzeptieren würdest, daß ich nicht so denke oder fühle wie du.«

»Das habe ich längst akzeptiert.«

»Tatsächlich? Dann versuche nicht, mich zurückzuhalten, Mutter. Versuch nicht, mich in einen Käfig zu sperren!«

»Ich will dich doch nur aus einem Käfig befreien, mein Lieber. Würdest du doch begreifen, daß ich dich liebe und nur das Beste für dich will! Und bitte hör auf, mich anzufunkeln, als sei ich dein Feind.«

Ihr leidenschaftlicher Appell schien ihn doch ein wenig zu rühren. Er lächelte ein wenig, schüttelte den Kopf und verzichtete auf eine Antwort. Dann legte er ihr die Hand auf die Schulter, beugte sich herab und drückte ihr zur Versöhnung einen Kuß auf die Wange. Sie konnte einen Schauder nicht unterdrücken, als er sie mit den leuchtenden Tentakeln berührte.

Terrs spürte die Reaktion, richtete die dunklen Augen auf die verwandelten Gliedmaßen und bemerkte fast unhörbar: »Ich spüre die Clan-Wärme nicht.« Unter seinem Blick begann das Leuchten schwächer zu werden. Er preßte enttäuscht die Lippen zusammen. Vielleicht hatte die Gefühlserregung seiner noch nicht voll entwickelten Kognition entgegengewirkt, vielleicht war die Transformation auch einfach vergänglicher, als er gedacht hatte, jedenfalls wurde das Leuchten immer blasser, die Tentakel verloren ihre Biegsamkeit, verwandelten sich in Finger zurück, und einen Augenblick später hatten seine Hände ihre ursprüngliche Gestalt wieder angenommen.

Verran stieß unwillkürlich einen Seufzer der Erleichterung aus, der Terrs nicht entging. Seine Brauen zogen sich zusammen, und er erklärte mit Nachdruck: »Beim nächsten Mal wird es länger anhalten.«

»Hast du vor, deine Hände auf Dauer zu verändern?« Sie sprach sehr zurückhaltend, denn jeder andere Tonfall hätte nur seine Aggressionen geweckt.

»Der Begriff *Dauer* bedeutet nicht viel. Wenn ich die Kognition einmal ganz beherrsche, werde ich die Macht haben, mich nach Belieben zu verwandeln und wieder zurückzuverwandeln. Die Entscheidung liegt dann allein bei mir.«

»Aber du willst dich dem Wissen verschließen, das dich befähigen könnte, eine ausgewogene Entscheidung zu treffen. Dein Standpunkt ist einseitig. Terrs, begreifst du denn nicht ...«

»Mutter, wir werden gleich wieder zu streiten anfangen, und das wollen wir doch beide nicht. Es ist ganz allein mein Problem, und ich werde es allein lösen. Aber du mußt dich damit abfinden, daß ich hierher gehöre, in diese Höhlen. Früher oder später werde ich zur

Harmonie gelangen, sowohl für mich wie auch für meine Söhne.«

»Söhne? Du willst Kinder?« Sie mußte ein Lächeln unterdrücken. Terrs war ja selbst fast noch ein Kind, jedenfalls kam es ihr als Mutter so vor. Immerhin lieferte diese Bemerkung ihr neue Munition. »Natürlich wirst du eines Tages einen Sohn haben. Du mußt den Namen Fal Grizhni schließlich erhalten, denn das wäre gewiß Lord Grizhnis Wunsch gewesen. Aber das heißt, daß du diese Höhlen verlassen mußt. Du mußt nach Oben gehen, um dir eine Frau zu suchen. Hier unten wirst du keine finden.«

»Ganz im Gegenteil. Ich habe die begründete Hoffnung, daß Zmadrc R'dsvyllsch bald sein Einverständnis geben und mich als Bruder/Gemahl seiner Tochter Zmadrc Vierzehn in die Sippe aufnehmen wird.«

Einen Augenblick verschlug es Verran vor Staunen die Sprache, dann platzte sie ohne zu überlegen heraus: »Das — ist — das — Lächerlichste — was ich — je gehört habe!«

»Lächerlich, Mutter?« erkundigte sich Terrs ebenso kalt und von oben herab, wie sein Vater es hätte tun können.

»Unmöglich!«

»Tatsächlich?«

»Ja, unmöglich! Das ist doch wohl ein Scherz, nicht wahr?« Sie sah, daß ihm nicht nach Scherzen zumute war. »Es geht doch gar nicht darum, ob der Zmadrc-Patriarch dich aufnimmt oder nicht. Du kannst nicht Bruder/Gemahl einer Vardrul-Frau sein!«

»Ich kann es, und ich will es.«

»Nicht, wenn ich dabei noch etwas mitzureden habe.«

»Das hast du nicht. Ich will dich nicht kränken, Mutter, aber ich bin erwachsen und werde selbst entscheiden, was ich tue.«

»Du bist noch nicht erwachsen. Du bist noch ein Junge. Und dieser verrückte Plan beweist, wie unreif du noch bist. Deine pubertären Triebe haben dir die Sinne verwirrt, und nirgendwo ist ein menschliches Mädchen in Sicht. Deshalb mußt du nach Oben, und zwar bald. Es ist dringend nötig.«

»Nicht so dringend wie für dich, fürchte ich. Aber das tut nichts zur Sache. Ich bleibe hier und trete in die Zmadrc-Sippe ein.«

»Terrs, ich zweifle allmählich an deinem Verstand. Denke doch wenigstens an die Söhne, die du haben willst, wie du mir eben sagtest. Auch wenn du deine Hände in weiße Zappeldinger verwandelst, bist du noch lange kein Vardrul, und es bedeutet nicht, daß eine Vardrul-Schwester/Gemahlin ein Kind von dir empfangen kann.«

»Noch nicht, aber das wird sich ändern. Die Unterlagen des Fal-Grizhni-Patriarchen enthalten auch das Geheimnis der Hybridzüchtung. Auf diese Weise wurde Nyd geschaffen. Mit dem gleichen Verfahren werde ich eine Vereinigung zwischen mir und Zmadrc Vierzehn erreichen, und ich werde zur Harmonie mit der ganzen Sippe gelangen. Es ist nur eine Frage der Zeit, Mutter — und diese Zeit wird nicht mehr sehr lang sein.«

Darauf wußte Verran nichts mehr zu sagen. Einen Augenblick später drehte Terrs sich um und verließ leise die Bastion. Seine Mutter blieb völlig fassungslos zurück.

03

Herzog Povon erwachte schreiend — wie es in letzter Zeit schon fast die Regel war. Genau genommen war es das vierzehnte Mal hintereinander, daß schreckliche Träume die herzogliche Ruhe gestört hatten. Der Alptraum war immer der gleiche — der Höhlenkerker, aus dem es kein Entrinnen gab; die Erscheinung jenes leuchtenden, weißen Gespensterwesens; und schließlich die Wiederauferstehung eines gräßlichen, rachsüchtigen Terrs Fal Grizhni. Doch der Traum verlor durch die Wiederholung nichts von seinem Schrecken — ganz im Gegenteil, er wurde von Mal zu Mal beängstigender. Der Herzog richtete sich im Bett auf und blickte sich verstört um. Er befand sich in seinem eigenen Schlafgemach mit den schweren Möbeln, und auch das kleine Nachtlicht brannte, das auf seinen Befehl in letzter Zeit stets aufgestellt werden mußte. Die vertraute Umgebung vermochte Povon nicht zu trösten — vermochte weder das Pochen seines Herzens noch seine zitternden Glieder zu beruhigen. Dazu war ein wirksameres Mittel vonnöten.

Der Herzog kletterte mühsam aus dem Bett und stolperte quer durch den Raum zu einer goldbeschlagenen Truhe in einer Ecke. In der obersten Schublade befand sich ein edelsteinbesetzter Flakon, bis zum Rand gefüllt mit dem Mondtraum von Uhanna — dieser herrlich erquickenden Essenz, die der Herzog allen anderen vorzog. Povon verleibte sich eine größere Dosis ein und wurde bald dafür belohnt. Sein Puls verlangsamte sich, seine Hände hörten auf zu zittern. Ein Strahlenkranz in den Farben des Regenbogens umschwebte das Nachtlicht, die Luft war geschwängert mit lieblichen Düften. Das Grauen schwand, und Augenblicke später war das Herz des Herzogs wieder von Heiterkeit erfüllt, der jedoch ein Quantum Vorsicht beigemischt war. Der Herzog erinnerte sich an seinen Aufschrei, der zweifellos von seinen Kammerdienern belauscht worden war. Die Keldhaam Gnuxia würde gewiß unverzüglich davon erfahren, denn zumindestens einige seiner Leute standen in ihren Diensten. Seit Gnuxia am Hofe weilte, hatte sie ein ausgedehntes Spionagenetz aufgebaut, und nur wenige Vorkommnisse im Inneren des herzoglichen Palastes blieben ihr verborgen. Zu ihren Spionen gehörten auch eine Reihe der Kammerdiener des Herzogs, dem es bisher nicht gelungen war, den Übergriffen seiner Verlobten einen Riegel vorzuschieben. Wenn Povon die Betreffenden entdeckte und aus seinen Diensten entließ, machte sich Gnuxia einfach durch Bestechung oder Einschüchterung die Ersatzkräfte gefügig. Angesichts der herrschenden Knappheit an fähigem Personal war es bequemer, sich mit den Informanten abzufinden. Auf diese Weise war die Keldhaam bis in die intimsten Einzelheiten über alles unterrichtet, was ihr Verlobter tat, und im allgemeinen konnte sie dieses Wissen bestens verwenden, um sich in seine Angelegenheiten zu mischen und ihn zu tyrannisieren.

Sie würde jeden Moment in seinem Schlafgemach erscheinen, darüber war sich Povon im klaren. Sobald sie die Nachricht von seiner jüngsten Nervenkrise erhielt, würde sie Einlaß begehren, und keiner der Diener würde es wagen, ihr den Weg zu versperren. Dann würde sie mit ihren Patentrezepten und Heilmitteln über ihn herfallen, ihn mit ihren Pillen, Tränken, Salben, Amuletten, Blutegeln und sonstigen Folterinstrumenten quälen. Sie würde ihm eine Diät verordnen, ihm seine Essenzen und jeglichen Alkohol verbieten und Auskunft über die Häufigkeit seiner Darmentleerungen verlangen. Tag und Nacht würde sie nicht von seiner Seite weichen, und ganz gleich, was er sagte oder tat, er würde sie nicht zum Gehen bewegen können. Immer näher rückte ihre Ankunft, und die Aussicht war entsetzlich. Dank des Mondtraums arbeitete Povons Verstand im Schneckentempo. Es dauerte eine oder zwei Minuten, bis er auf die Idee kam, aus seinen Gemächern zu fliehen. Er würde irgendwo anders im Palast Zuflucht suchen, und sie würde ihn niemals finden.

Es fiel dem Herzog nicht ganz leicht, seinen Morgenmantel anzulegen und sich zur Tür zu tasten. Sein Gang war unsicher, und er wußte nur sehr verschwommen, was er eigentlich wollte. Fliehen — entrinnen — sich verstecken — diese Worte dröhnten laut durch sein vernebeltes Gehirn, aber wie er das bewerkstelligen sollte, davon hatte er keine Ahnung. Povon wanderte vom Schlafgemach in den Ankleideraum und weiter in den Empfangssalon und ins Vorzimmer. Schließlich verließ er seine Privatsuite durch die große vergoldete Doppeltür. Der Säulengang, der nun vor ihm lag, war verlassen. So weit, so gut. Der Herzog eilte den Korridor entlang, die Marmortreppe mit der Balustrade aus Miniaturkaryatiden hinunter und durch die Rosengalerie mit den silbernen Gittern und den meisterhaft geformten, purpurroten Steinrosen an den Wänden. Dann stolperte er unter einem Torbogen aus Alabaster hindurch in den riesigen Audienzsaal.

Ganz außer Atem blieb er stehen und lehnte sich keuchend an die Wand. Vor ihm erstreckte sich eine glitzernde, kahle Fläche aus poliertem Marmor. In der Ferne ragte das Podest mit dem edelsteinbesetzten Herzogsthron auf. Eine Gestalt in einem langen Mantel saß aufrecht, mit durchgedrücktem Rücken auf dem Thron und spielte stumm und etwas verlegen den Herrscher.

Povon kniff ungläubig die Augen zusammen. Sollte wirklich ein fremdes Hinterteil das Kissen entweihen, das einzig und allein dem Herzog vorbehalten war? Er blinzelte, sein Blick klärte sich ein wenig. Er vermochte nun das Gesicht und die magere Gestalt des Thronräubers zu unterscheiden und erkannte seinen Sohn. Lord Sneever — der klägliche, weinerliche Sneever — wagte es, sich auf den Thron zu setzen. Der Zorn verlieh dem Herzog neue Kräfte, er stieß sich von der Wand ab und taumelte auf das Podest zu. Als er näher kam, bemerkte er, daß Sneever auch den Hermelinkragen und die gestohlene Krone trug. Ein säuerliches, fast nüchternes Lächeln erschien auf seinen Lippen.

Sneever hörte die Schritte auf dem Marmor, drehte sich um und erblickte seinen Vater. Sein bleiches Gesicht färbte sich dunkelrot. Seine Augen weiteten sich, traten fast aus den Höhlen. Seine Hände krampften sich um die Armlehnen des Throns, er erstarrte wie ein erschrecktes Kaninchen. Nur das heftige Zucken des rechten Augenlids verriet, daß er überhaupt noch lebte.

Schwankend blieb der Herzog vor dem Podest stehen. »Was haben wir denn da?« erkundigte er sich in gespielter Verwunderung. »Was finde ich denn hier auf meinem Thron?«

Sneevers Lippen zuckten, aber er brachte keinen Laut hervor.

»Ich sehe vor mir eine Jammergestalt im herzoglichen Mantel, mit der Herzogskrone auf dem Kopf«, fuhr der Herzog nachdenklich fort, »die sich nicht bewegt und auch nicht spricht. Ob es wohl eine Schneiderpuppe ist? Oder vielleicht eine Vogelscheuche, die neu gestopft werden müßte? Ein lebender Mensch kann es doch gewiß nicht sein.«

»Hoheit ...«, würgte Sneever heraus.

»Die Gestalt bewegt sich. Sie spricht. Nun muß ich doch annehmen, daß sie lebt. Aber wer mag es dann sein? Ein Verräter, der sich als Herzog verkleidet hat? Gewiß nicht, dafür ist es eine zu miserable Fälschung. Diese schmalen, mädchenhaften Schultern sind nicht dafür geschaffen, die Last der Staatsgewänder zu tragen. Dieser dürre Gänsekragen würde das Gewicht einer Krone gar nicht aushalten. Das ist bestenfalls die Karikatur eines Herzogs. Mit Betrug hat es sicher nichts zu tun, denn so etwas kann gar nicht ernst gemeint sein.«

»Hoheit — Vater — erlaubt mir zu erklären!« flehte Sneever. Seine Finger zerrten an der Schnalle des Mantels.

»Nein — löst sie nicht. Bleibt, wo Ihr seid«, befahl der Herzog, als sein Sohn sich vom Thron erheben wollte. »Der Anblick ist so selten und köstlich, daß ich ihn ausgiebig genießen und, sofern mir das möglich ist, meinem Gedächtnis einprägen möchte.«

Sneever sank auf das Kissen zurück. Nur seine großen, blauen Augen schweiften hoffnungslos auf der Suche nach Rettung oder einem Ausweg durch den Audienzsaal.

»Was mag das nun sein?« überlegte der Herzog sichtlich amüsiert. »Dieses Klappergestell mit meinen herzoglichen Insignien — dieses merkwürdige Zerrbild auf dem Thron —, was *kann* das nur zu bedeuten haben? Eine Karikatur? Eine Travestie? Ach, jetzt habe ich es!« Er schnippte mit den Fingern. »Es ist doch ein Scherz! Ich sehe einen Schauspieler vor mir, einen Spaßmacher aus dem Shonnet-Theater, der gekommen ist, um den Hof mit seinen Kunststücken zu unterhalten! Das ist ja entzückend! Nun, mein Junge, könnt Ihr uns etwas singen? Könnt Ihr uns lustige Gedichte vortragen? Ein paar Verse aus einer beißenden, politischen Satire vielleicht? Man sagt ja, die Satire reinigt den Körper der Politik von seiner Selbstgefälligkeit, und das ist doch sicher Eure Absicht? Oder etwa nicht?«

Er erhielt keine Antwort. Sneever rutschte unruhig hin und her und warf sehnsüchtige Blicke zum nächsten Ausgang.

»Was, Ihr wollt nicht mit mir sprechen? Bedrückt Euch vielleicht etwas, mein lieber Clown? Ach, ich verstehe. Was bringt es ein, sich vor einem einzigen Zuschauer zu produzieren? Ihr wünscht Publikum, viel Publikum, damit es mit seinem Gelächter, seinen Pfiffen und Buhrufen Eure Kunst weckt und Euch zu ungewöhnlichen Höhen komischen Einfallsreichtums anspornt. Der Applaus wird Eurem Witz auf die Sprünge helfen, denn er ist das Brot des wahren Possenreißers. Euer Wunsch soll in Erfüllung gehen.« Der Herzog setzte sich stolpernd in Bewegung.

»Vater, was habt Ihr vor?« schrie Sneever.

»Ein Publikum, Clown. Ich rufe Euch ein Publikum herbei.«

»Nein — wartet — hört mich bitte an — ich will kein Publikum!«

»Bescheidenheit steht einem Possenreißer schlecht zu Gesicht.« Der Herzog bestieg das Podest, streckte die Hand aus und berührte mehrmals einen Elfenbeinknopf, der in eine Armlehne des Thronsessels eingelassen war. Wenn dieser Knopf in einem bestimmten Rhythmus gedrückt wurde, erklang in allen Räumen des Palastes leise Musik. Diese Einrichtung, eine kognitive Erfindung des schmerzlich vermißten Saxas Gless Vallage, ermöglichte es dem Herzog, Diener, Sklaven, Gardisten und Höflinge nach Belieben zu sich zu rufen. Soeben hatte er auf diese Weise sein ganzes Gesinde herbeizitiert. Wenige Augenblicke später betraten, einzeln und in kleinen Gruppen, die ersten den Audienzsaal. Viele gähnten und rieben sich noch den Schlaf aus den Augen, aber alle waren dem Ruf prompt gefolgt. Mit den Dienstboten kamen einige Höflinge, die noch spät beim Spiel gesessen und aus Neugier ihre Karten und Würfel im Stich gelassen hatten.

Sneever beobachtete die Menge, die sich um den Thron scharte. Die vertrauten Gesichter sahen interessiert und fragend zu ihm auf. Er konnte den Druck der vielen Augen nicht ertragen und senkte die Lider. Dabei bemerkte er, daß seine Hände zitterten.

»Meine lieben Freunde und Untertanen«, — Povon lallte ein wenig, aber das hinderte ihn nicht daran, mit übertrieben schwülstiger Betonung zu sprechen —, »Ihr fragt Euch gewiß, warum ich Euch heute abend hier zusammengerufen habe. Eine erlesener Genuß erwartet uns, wie er nur selten geboten wird. Wir haben in unserer Mitte einen Flüchtling aus dem Theater — einen Spaßmacher, der gern seine Kunst bei Hofe zeigen möchte. Dieser unternehmungslustige Hanswurst — sein Kostüm und seine Erscheinung lassen einen ausgeprägten Sinn für Komik erwarten — wird uns als Spiegel dienen, worin wir unsere eigenen Schwächen und Torheiten erblicken mögen. Allein schon seine groteske Imitation eines Herzogs wird uns gewiß moralisch erbauen und in nicht geringerem Maße erheitern. Ich trete nun zurück und gebe in Erwartung einer ergötzlichen Darbietung die Bühne frei für unseren Besucher. Meine Freunde, lassen wir zur Begrüßung unsere Hände sprechen.«

Der Herzog begann kräftig zu klatschen. Mehrere Diener und Höflinge taten es ihm nach. Der Beifall war schwach und etwas unsicher und erstarb gleich wieder. Erwartungsvolles Schweigen trat ein.

Sneever betrachtete sein Publikum, und die Farbe wich aus seinen Wangen. Sein rechtes Augenlid bebte wie eine durchschnittene Schlange. Zum erstenmal in seinem Leben griff der Tick auch auf das linke über. Nun zuckten beide Lider heftig in unterschiedlichem Rhythmus, ein bizarrer Anblick.

»Gut — sehr gut«, lobte der Herzog. »Eine wahrhaft beachtliche Einführung, deren Wirkung durch musikalische Begleitung vielleicht noch verstärkt werden könnte. Ausgezeichnet. Und was habt Ihr als nächstes zu bieten?«

Sneever rutschte schweigend auf dem Thron hin und her.

»Wollt Ihr uns nicht vielleicht mit ein wenig Gesang erfreuen? Ich bitte Euch darum.«

Unwillkürlich entfuhr dem Sohn des Herzogs ein dünnes Gurgeln.

»Die Interpretation ist interessant, aber ich kann den Text nicht hören. Etwas lauter, mein Herr. Etwas lauter.« Er wandte sich an seine Untertanen. »Meine Freunde, unser Besucher scheint etwas schüchtern zu sein. Wir wollen ihn ein wenig anfeuern.«

»Singt, Sneever — singt!« ertönte es aus einigen der servileren Kehlen. Die meisten Zuschauer blieben stumm und wollten sich auf nichts einlassen.

»Singt!«

Schwacher Applaus, ein wenig Gelächter, in das der Herzog einstimmte, und ein kühner, höhnischer Pfiff.

Sneevers Schultern krümmten sich unter dem Samtmantel. Das Wasser stieg ihm in die Augen. Er biß sich die Lippen blutig, aber die Tränen ließen sich nicht unterdrücken, sie flossen über und rannen über seine Wangen. Unverständliches Gemurmel durchlief die Reihen der Zuschauer, viele schienen eher geneigt, Mitleid mit ihm zu empfinden.

»Das wird ja immer besser!« Der Herzog amüsierte sich so gut, daß sogar sein Lallen verschwand. »Lachen und Weinen liegen dicht beieinander, und ein Hauch Sentimentalität verleiht jeder Komödie die nötige Würze. Wir haben einen Meister seiner Kunst vor uns, einen wahren König — oder vielleicht eher einen Herzog — der Clowns.« Povon lachte, und mehrere Höflinge, die sich seine Gunst nicht verscherzen wollten, stimmten ein. Sneevers Tränen liefen schneller. Verstohlen versuchte er, sich die Nase am Ärmel des Samtmantels abzuwischen, aber die Bewegung blieb nicht unbemerkt, und das Lachen wurde lauter.

»Unser Clown ist offenbar nicht willens, uns mit seiner Stimme zu erfreuen«, bemerkte der Herzog. »Vielleicht hätte er dann die Güte, uns einen Tanz zum besten zu geben?«

»Tanzt, Sneever!« erscholl es aus dem Publikum.

Sneever drückte sich so tief in seinen Sessel, wie es nur ging, ein fruchtloser Versuch, sich unsichtbar zu machen.

»Auf die Hinterbeine mit Euch, Sir!« drängte der Herzog. »Erhebt Euch!«

»Tanzt, Sneever!« Weitere Stimmen schlossen sieh an. Beflissene Hände griffen nach Lord Sneever, um ihn vom Thron zu ziehen. Der junge Mann wehrte sich vergebens. Schließlich stand er auf dem Podest, allen Blikken hilflos ausgeliefert.

»Den Marquirvischen Hopser, Clown«, schlug der Herzog hilfsbereit vor. »Eine meiner Lieblingsnummern.«

»Nehmt die Beine in die Hand, Sneever!«

Sneever stand bis auf die zuckenden Lider reglos da und starrte verständnislos seine Füße an. Die Schreie ringsum wurden ungeduldiger. Jemand begann die Marquirvische Kriegshymne im Hopserrhythmus zu pfeifen. Hände klatschten, Füße stampften. Einige Zuschauer blieben unbeteiligt, während andere sich mitreißen ließen und ihre Begeisterung johlend zum Ausdruck brachten. Sneever war schweißüberströmt. Die Gesichter ringsum verschwammen, verschmolzen miteinander. Er schwankte und stand kurz vor dem Zusammenbruch, als eine kräftige Stimme den Lärm übertönte, seine Aufmerksamkeit erregte und ihn vor einer Ohnmacht bewahrte.

»Was ist das für ein Tumult im Audienzsaal des Herzogs! Wo bleibt der nötige Respekt?«

Sneevers Schwindel legte sich. Er wischte sich hastig die Tränen aus den Augen und spähte nach dem Neuankömmling. In der fernen Tür hatte sich die Keldhaam Gnuxia aufgebaut wie eine Kriegsgöttin, die Arme verschränkt, die schwarzen Brauen finster zusammengezogen. Ein riesiger wattierter Morgenmantel ließ den ohnehin schon massigen Körper noch gewaltiger erscheinen. Im Raum wurde es totenstill. Die Keldhaam trat ein, dicht gefolgt von vier ihrer athletischsten Dienerinnen, deren Absätze über den Marmorboden klapperten und an die gemessenen Tritte gestiefelter Gardisten erinnerten. Herzog Povon duckte sich unwillkürlich.

Gnuxia erreichte den Rand der Zuschauermenge, und die Leute wichen zur Seite. Sie schritt bis an den Fuß des Podests, dort blieb sie stehen und sah ihren Verlobten an. »Was hat dieser Mummenschanz zu bedeuten? Ich verlange sofort eine Erklärung.«

»Nur ein kleiner Spaß«, antwortete Herzog Povon mit einigermaßen fester Stimme. »Die Keldhaam braucht sich nicht weiter darum zu kümmern.«

»Ich brauche mich nicht darum zu kümmern? Ach, wenn es doch nur so wäre, wie glücklich würde ich mich schätzen! Ich verlange doch nicht mehr, als die Gemahlin eines starken, intelligenten Herrschers zu sein, eines Herrschers, der fähig ist, sein Reich ohne meine Aufsicht zu regieren. Meiner Mutter, der Gattin Seiner Herrlichkeit des Keldhar, ist dieses angenehme Los beschieden. Die Tochter meiner Mutter wurde vom Schicksal leider nicht so begünstigt. Seine Herrlichkeit hat mich, zweifellos in der Hoffnung, mein gesundes Urteilsvermögen könne einem dekadenten Verbündeten eine gewisse Stütze sein, an Lanthi Ume versprochen, und wie es der Keldhar wünscht, so muß es geschehen. Und so *wird* es auch geschehen. Daher bemühe ich mich mit den schwachen Kräften, die mir zu Gebote stehen, Eure und die noch zerbrechlichere Würde Eures schwachsinnigen Sohnes in der Öffentlichkeit zu bewahren.«

»Madame ...«, setzte Sneever kläglich an.

»Schweigt, Sir!« befahl sie. »Erspart uns Euer leeres Geschwätz. Habt Ihr uns noch nicht genügend gekränkt? Setzt sofort diese Krone ab und kommt von diesem Podest herunter. Schämt Ihr Euch nicht, Euch in aller Öffentlichkeit so zu produzieren? Ich meine, Ihr solltet Euch schämen. Ich könnte es nicht ertragen, so vor aller Welt der Lächerlichkeit preisgegeben zu sein — lieber würde ich sterben. Offenbar habt Ihr keinen

Stolz — aber Ihr seid ja Lanthianer, und Euer Blut besteht zur Hälfte aus Kanalwasser. Nun, Sir? Wollt Ihr nun diese Krone absetzen, oder bedarf es dazu noch weiterer Überredung?«

Hastig zog sich Sneever den Goldreif vom Kopf.

»Ich werde sie an mich nehmen«, verkündete Gnuxia.

Er zögerte, und sie schnippte gebieterisch mit den Fingern. »Nun, Sir, ist Eure Hand ebenso langsam wie Euer Verstand? Gebt heraus, was Ihr gestohlen habt, dann könnt Ihr Euch zurückziehen. Wollt Ihr Euch etwa nicht zurückziehen. Ich würde vor Scham mein Gesicht verhüllen. Ich würde meine Gemächer nicht mehr ohne Maske verlassen.«

Keiner der Anwesenden wagte, eine Bemerkung zu machen.

Sneever händigte ihr den Stein des Anstoßes aus, rührte sich jedoch nicht von der Stelle. Er zitterte an allen Gliedern. Vielleicht waren seine Beine zu schwach, um ihn aus dem Audienzsaal zu tragen, vielleicht wollte er aber auch das folgende Gespräch nicht versäumen.

»Ich werde diese Krone sicher verwahren, damit ihr durch Vater oder Sohn nicht weitere Schande widerfährt. Im Namen Seiner Herrlichkeit des Keldhar nehme ich sie in meine Obhut.« Nachdem Gnuxia nun die Krone in Händen hatte, erlosch ihr Interesse an Sneever, und sie wandte sich dem schwankenden Herzog zu. »Eure Augen sind noch glasiger als sonst«, bemerkte sie. »Eure Pupillen sind geweitet, Euer Gesicht ist bleich, ich ahne das Schlimmste.«

»Die Befürchtungen der Keldhaam sind ganz unbegründet«, gab der Herzog etwas kleinlaut zurück, trat dabei verlegen von einem Fuß auf den anderen und ließ seine blauen Augen hilfesuchend durch den Saal schweifen. In diesem Augenblick war die eigentlich sonst gar nicht besonders große Familienähnlichkeit zwischen Povon und seinem Sohn ungewöhnlich deutlich.

»Man hat Euch im Schlaf schreien hören«, fuhr Gnuxia erbarmungslos fort. »Ich weiß, daß es wahr ist, Ihr könnt Euch das Leugnen sparen. Ihr leidet unter bösen Träumen und Visionen — ein sicheres Zeichen, daß Euer Organismus verunreinigt und mit angestauten Körpersäften belastet ist, daß Ihr unter verschiedenen Blutschmarotzern, der Kälte der Melancholie und vielleicht sogar dem Unsichtbaren Wilderer leidet. Nachdem Ihr Euch nicht davon abbringen laßt, Euren Körper weiterhin mit diesem Dreckszeug zu vergiften, ist das kaum verwunderlich. Aber das wird sich alles ändern. *Ich sagte, es wird sich ändern.* Ich werde dafür sorgen, daß Euer Blut gereinigt wird, Verlobter — darauf könnt Ihr Euch verlassen. Die Purgierung wird Eure Rettung sein.«

»Keldhaam, dies ist wohl weder die Zeit noch der Ort, um ...«

»In diesem Punkt gebe ich Euch recht«, unterbrach Gnuxia ihren Zukünftigen. »Eure lanthianischen Diener sind geschwätzig und unzuverlässig. Man kann es nicht wagen, in ihrer Gegenwart offen zu sprechen. Wie anders geht es doch in Gard Lammis zu! Gleichviel. Wenn ich Herzogin bin, wird alles anders, das versichere ich Euch. Bis dahin heißt die Losung Diskretion. Wir werden diese Unterhaltung ohne Zeugen in Eurer Suite fortsetzen. Ich brauche bestimmte Informationen. Meine Frauen werden mich begleiten, um meine Ehre zu schützen. Kommt, Verlobter.«

Der Herzog blickte in die gnadenlosen Augen seiner weiblichen Häscher, und als er dort keinen Funken Barmherzigkeit entdeckte, folgte er ihnen wortlos, mit gesenktem Kopf und resignierter Miene aus dem Audienzsaal.

Nachdem der Herrscher gegangen war, standen die Höflinge und Diener noch eine Weile tatenlos herum. Ihre verstohlenen Blicke, teils mitleidig, teils verächtlich, durchbohrten Sneever wie Dolche. Leises Gemurmel, gelegentlich von einem unterdrückten Kichern unterbrochen, erfüllte die Luft. Der Sohn des Herzogs schien nichts wahrzunehmen. Er saß auf der Kante des Podests, die dürren Beine hochgezogen, das Kinn auf die Knie gestützt. Sein Blick war starr auf den Fußboden geheftet, und seine Hände zitterten noch immer. Er schwieg, und niemand richtete direkt das Wort an ihn. Die Aussicht, den Spaß noch fortzusetzen, war gering, und so schlenderten die Zuschauer allmählich auf die verschiedenen Ausgänge zu. Bald war der große Audienzsaal leer, und erst jetzt hob Sneever den Kopf. Seine blauen Augen schweiften durch den verlassenen Raum, der immer noch von fünfhundert Kerzen verschwenderisch erleuchtet wurde. Sein Blick blieb an dem Torbogen hängen, durch den sein Vater gegangen war, und plötzlich trat ein merkwürdiges Funkeln in seine Augen. Geschuppte Wesen mit Reißzähnen schienen sich in ihren fahlen Tiefen zu tummeln. Es war ein ganz ungewohnter Anblick, und man konnte nur raten, was er zu bedeuten hatte.

Die Ereignisse jener Nacht ließen weder den Herzog, noch seinen Erben zur Ruhe kommen. Povon und Lord Sneever gerieten ins Grübeln. Die Schlußfolgerungen, zu denen sie gelangten, waren verschieden, aber in beiden Fällen war ein heimlicher, nächtlicher Ausflug etwa zur gleichen Zeit das Ergebnis. Kurz nach Sonnenuntergang am nächsten Abend legten im Abstand von einer Stunde zwei Dombuli vom herzoglichen Kai ab, beide ungekennzeichnet, ohne Wappen und auch sonst ohne besondere Merkmale. Sie waren mit einem, beziehungsweise zwei Fahrgästen besetzt, die weite Mäntel und große Hüte trugen. Beide Boote strebten auf Umwegen dem heruntergekommensten Teil der Stadt zu. Die Passagiere wußten nichts voneinander.

Das erste Dombul durchfuhr ein Gewirr von schmalen Nebenkanälen. Hier standen die baufälligen Gebäude dicht beieinander. Auf den Piers herrschte trotz der späten Stunde noch immer dichtes Gedränge. Die Menge war impulsiv, ausgelassen und geschwätzig — kurz, typisch lanthianisch. Gespräche, Musik und der Geruch nach Fisch mit Zwiebeln, in billigem Öl gebraten, erfüllten die Luft. Einer der Insassen des Dombuls hielt sich eine Pomeranzenkugel an die Nase.

Das Boot ließ die Stimmen und die Musik hinter sich zurück und fuhr in den alten Strichwasserkanal ein, dessen Ufer verfallene Lagerschuppen, geschlossene Verkaufsstände und verwahrloste Mietskasernen säumten. Auf dem Strichwasser war es dunkel. Nur aus wenigen der umstehenden Gebäude drang ein Lichtschein, denn die Bewohner der Destula, dieses uralten, verpesteten Elendsviertels, pflegten ihre Fensterläden mit Lumpen auszupolstern, ein Verfahren, das einen doppelten Zweck erfüllte: Es schützte im Winter vor der Kälte, und es verhinderte, daß man von außen erkennen konnte, ob sich dahinter jemand aufhielt. Eine solche Tarnung hielt man in dieser Gegend besonders bei Nacht oft für ratsam. Da die meisten Fensterläden andererseits mit Gucklöchern versehen waren, boten sie den zahllosen Taschendieben und Banditen der Destula trotzdem die Möglichkeit, die Straßen unauffällig zu überwachen.

Das Dombul stieß an den Destula-Pier, die Fahrgäste stiegen aus und ließen den schwer bewaffneten Dombulführer mit dem Auftrag zurück, das Boot zu bewachen, was diesem sichtlich unangenehm war. Die beiden Passagiere gingen, mit Laternen ausgerüstet, an der Ufermauer entlang bis zur Brücke der Arglistigen Katzen, versuchten jedoch nicht, sie zu betreten. Ihre Vorsicht war berechtigt, denn die wilden Katzen der Brücke duldeten keinen Eindringling in ihrem Revier. Ein besonders harter Winter vor fünf Jahren — in weiten Teilen der Stadt hatte eine Hungersnot geherrscht

— hatte alle Zweifel an den Berichten über die menschenfressenden Neigungen dieser Tiere ausgeräumt. In der Gasse hinter dem verlassenen Lagerhaus, in geringer Entfernung von der Brücke, hatte man die angenagten Leichen von nicht weniger als drei unvorsichtigen Bettlern gefunden. Nach dem dritten derartigen Vorfall hatten einige Eiferer in der Stadt die Ausrottung der gefährlichen Streuner gefordert. Einige Traditionalisten unter den Bürgern hatten sich dagegen gewehrt und auf die historische Bedeutung der alten Brücke und ihrer tierischen Besatzungsmacht verwiesen. Monatelang hatte in den Schenken, auf den Marktplätzen und in den Miet-Dombul von Lanthi Ume der Streit gewütet. Schließlich ließ das Interesse der Bevölkerung nach, und die Arglistigen Katzen konnten ungehindert weiter ihr Unwesen treiben. Durch Inzucht geprägt, an ihren violetten Augen und ihrer ungewöhnlichen Wildheit erkennbar, trieben sich die Tiere seither in immer größerer Zahl und zunehmend dreister in dieser Gegend herum.

Die Fahrgäste des Dombuls umgingen die Brücke in weitem Bogen und legten noch ein Stück Weges am Strichwasser entlang zurück, ehe sie nach links in eine mit einem Steinsalamander gekennzeichnete Gasse einschwenkten. Nachdem sie ein paar Schritte gegangen und noch zweimal abgebogen waren, gelangten sie in eine schwarze Sackgasse, wo die Luft so verpestet war, daß der kleinere der beiden Männer zu würgen begann.

»Puh!« keuchte Herzog Povon und nahm wieder Zuflucht zu seiner Pomeranzenkugel. »Gräßlich! Das kann nicht der rechte Ort sein, Beskot. Wir haben uns verlaufen.«

»Ich versichere Euch, Hoheit, daß wir hier richtig sind«, antwortete Lord Beskot Kor Malifon, dessen gewohnte Eleganz unter dem Umhang und dem breitrandigen Hut fast nicht zur Geltung kam. »Ich will verdammt sein, wenn wir ihn hier nicht finden.«

»Warum hat man mich nicht ausreichend informiert? Warum hat man zugelassen, daß ich mich ohne Stärkung hierherwagte?« klagte der Herzog. »Ich habe nicht den leisesten Hauch einer Essenz bei mir. Ihr hättet mir sagen müssen, was mich erwartet. Warum habe ich mich nur zu diesem Unternehmen überreden lassen? Außerdem glaube ich es nicht — kein Kognoszent der Esoteriker würde sich in einer solchen Kloake verkriechen.«

»Er ist kein Kognoszent mehr. Der selbsternannte Weise Nulliad ist ein Geächteter.«

»Ein was?«

»Ein Geächteter«, wiederholte Beskot. »Ein Adept, der vor langer Zeit aus der Loge ausgestoßen wurde.«

»Vor wie langer Zeit?«

»Ach, sagen wir, etwa vierzig Jahre, Hoheit.«

»Dann sprechen wir von einem hilflosen Greis.«

»Keineswegs. Er war — und ist, nach allem, was man hört — einer der größten Adepten. Er hat einen scharfen Verstand, und seine kognitiven Fähigkeiten sind beeindruckend.«

»Wenn er wirklich so großartig ist, warum hat man ihn dann aus der Loge ausgestoßen?«

»Insubordination, Hoheit. Niemand kann die Geschichte bestätigen, aber es heißt, daß ein sehr mächtiger Adept in der Zeit von Großmeister Lekkel Dri Vannivo — das war Fal Grizhnis Vorgänger, wenn mich nicht alles täuscht —, daß sich damals ein Ältester und ein Mitglied des Rates der Esoteriker gegen den Kodex seiner Loge auflehnte und in voller Absicht die Kognition des Großmeisters sabotierte. Wegen dieses Vergehens wurde er vor den Rat zitiert. Da sich der Adept dieser Schande nicht aussetzen wollte, verließ er die Loge, legte den Titel Kognoszenz, auf den er keinen rechtlichen Anspruch mehr hatte, ab, änderte seinen Namen und ließ sich, wohl eine Persiflage auf seinen ehemaligen Rang, als Weiser Nulliad in der Destula nieder. Auf diese Weise sind die Fähigkeiten eines großen Adepten wie nie zuvor der allgemeinen Öffentlichkeit zugänglich.«

»Der allgemeinen Öffentlichkeit — das gefällt mir nicht, das läßt auf Mittelmäßigkeit schließen«, bemerkte der Herzog. »Wenn dieser Geächtete wirklich Talent besitzt, warum setzt er es dann nicht zum Wohle derer ein, die in der Lage sind, für sein Fortkommen zu sorgen? Warum hat er sich überhaupt entschieden, hier zu leben?«

»Ach, Hoheit, wer durchschaut schon die Grillen dieser Adepten? Vielleicht neigt dieser Weise Nulliad zu demonstrativem Egalitarismus. Vielleicht will er die Welt mit seiner Verschrobenheit beeindrucken. Vielleicht möchte er auch nur den Esoterikern ein Schnippchen schlagen. Ich persönlich bin der Meinung — und ich halte mich durchaus für einen Experten in solchen Dingen —, daß Nulliads Geste zwar jene beiläufige Lässigkeit vermissen läßt, die für makellose Eleganz so unerläßlich ist, aber doch von einer gewissen, charakteristischen Impertinenz zeugt, die durchaus Beachtung verdient.«

»Impertinenz — damit habt Ihr den Nagel auf den Kopf getroffen, Beskot. Impertinenz. Der Bursche bequemt sich nicht etwa, bei Hofe zu erscheinen, wenn man ihn ruft, sondern läßt ausrichten, daß der Herzog zu *ihm* kommen muß. Und da ich keinen wahren Freund habe, der bereit wäre, mir behilflich zu sein oder meine Interessen zu wahren, bleibt mir in meiner Verzweiflung nichts anderes übrig, als auf seine Bedingungen einzugehen. Ich, der regierende Herzog von Lanthi Ume! Hier — in dieser schrecklichen Gegend, bei Nacht, zu Fuß wie ein Bauer, alle meine Empfindungen gröblich verletzt und ohne eine Essenz oder auch nur einen Beruhigungstrank! Wie konnte es nur so weit kommen? Ihr habt mich dazu überredest, es ist alles Eure Schuld.«

»Die Träume, Hoheit. Die Alpträume«, erinnerte Beskot seinen Herrn. »Der Weise Nulliad gilt als Meister unter den Traumdeutern. Vielleicht kann er Eurer Hoheit helfen, die Träume zu verstehen und Frieden zu finden.«

»Das möchte ich ihm geraten haben«, brummte der Herzog. »Das möchte ich ihm wirklich geraten haben. Wenn der Bursche ein Scharlatan ist, lasse ich ihn öffentlich auspeitschen. Ich lasse ihn nackt ausziehen und ihn zwei Tage lang auf dem Lureis schwimmen, das schwöre ich!«

»Hoheit würden die Augen der Stadt mit einem solchen Schandfleck beleidigen? Pfui!«

»Um als Wohltäter der Menschheit gepriesen zu werden, wenn der Schandfleck schließlich ins Meer hinausgetrieben wird.«

Diese Perle staatsmännischer Weisheit konnte nicht die gebührende Würdigung erfahren, denn die unvorsichtig laut gesprochenen Worte mit ihrem aristokratischen Akzent hatten die Aufmerksamkeit einiger furchterregender Bewohner der Destula auf sich gezogen. Nun versperrte eine ganze Bande Herzog Povon den Weg — fünf kräftige, athletische junge Rabauken, mit Stöcken aus Lue-Holz bewaffnet, die sie sich aus abgeschnittenen Sendillirudern gefertigt hatten. Rötlichgelber Laternenschein beleuchtete fünf pockennarbige Visagen, die fünfmal das gleiche höfliche und dennoch wenig Vertrauen einflößende Lächeln zeigten. Ein gemeinsames Merkmal dieser jungen Männer waren kohlschwarze Zähne — der Effekt wurde durch wiederholte Anwendung eines Präparats erzielt, das eigentlich als Schuhwichse im Handel war. Einer der Rabauken — dessen stämmiger, breitschultriger Körperbau auf ungewöhnliche Kraft und Beweglichkeit schließen ließ — trat vor und wandte sich in respektvoll besorgtem Ton an den Herzog. »Habt Ihr Euch etwa verirrt, Sir?«

Povon und Beskot schwiegen.

»Habt Euch von Euren Begleitern entfernt, was, Sir? Habt die falsche Abzweigung genommen, seid in eine unbekannte Gegend geraten und findet jetzt nicht mehr zurück?«

Keine Antwort. Povon blickte über die Schulter und sah, daß sich von hinten vier weitere junge Männer mit ebenfalls geschwärzten Zähnen näherten.

»Eine gefährliche Gegend für zwei vornehme Herren, die bei Nacht allein unterwegs sind.« Der Rabauke schüttelte bedauernd den Kopf. »Wenn ich nur wüßte, wo ich anfangen sollte, könnte ich Euch so einiges erzählen, was hier bei Nacht schon an schrecklichen Dingen vorgefallen ist. Deshalb tue ich keinen einzigen Schritt ohne meine Freunde hier — ja, die vier hinter Euch sind auch meine Freunde, Sir. Nur zur Sicherheit, wißt Ihr. Ein guter Rat, Ihr Herren.«

Povon und Beskot wechselten erschrockene Blicke.

»Es ist auch durchaus angebracht, in einer Gegend wie der Destula eine Waffe bei sich zu tragen«, fuhr der Rabauke hilfsbereit fort. »Noch ein guter Rat. Ich selbst wage mich nie ohne meinen braven Stock hier aus dem Haus. Wirklich sehr nützlich.« Mit einem finsteren Grinsen versetzte er der Mauer neben sich einen krachenden Schlag, der Povon zusammenzucken ließ. »Seht Ihr?«

Endlich fand Herzog Povon die Sprache wieder, aber seine Stimme klang dünn und hoch. *»Wißt Ihr eigentlich, wer ICH BIN?«*

»Eine sehr wichtige Persönlichkeit, Sir, nach dem ungewöhnlich schönen Ring zu urteilen, den Ihr da am Finger habt. Aus der Nähe könnte ich das noch genauer beurteilen. Darf ich einen Blick darauf werfen?«

»Laß uns vorbei, Bursche!«

»Natürlich, Sir, wie Ihr meint, ganz nach Belieben. Aber darf ich Euch vielleicht einen Vorschlag machen? Die beiden Herren brauchen Schutz. Meine Freunde und ich können Euch damit dienen. Unser Preis ist hoch, aber wir haben auch etwas zu bieten. Bisher hat sich noch kein einziger Kunde beklagt.«

»Wir brauchen keinen Schutz, Bursche!«

»Oh, das ist ein Irrtum, Sir, mein Wort darauf.« Immer noch lächelnd rückten die Rabauken näher.

Verzweifelt ergriff Beskot Kor Malifon das Wort. »Wir stehen unter dem Schutz des Weisen Nulliad.«

Als die Burschen diesen Namen hörten, blieben sie unvermittelt stehen. Das schwarze Lächeln verschwand wie weggezaubert.

»Nulliad erwartet uns«, fuhr Beskot fort. »Er wundert sich sicher schon über unsere Verspätung. Vielleicht könntet Ihr uns sagen, wo er zu finden ist?«

Povon zog überrascht die Brauen hoch. Beskot bewies eine Geistesgegenwart, die er ihm gar nicht zugetraut hätte.

Die Rabauken berieten sich leise. Mehrfach war, in ängstlichem Tonfall gesprochen, der Name *Nulliad* herauszuhören. Endlich antwortete der Anführer widerwillig: »Da wohnt er«, und zeigte auf ein verfallenes Mietshaus ganz in der Nähe. Mit etwas unsicherer Stimme bedankten sich die Besucher, und die jungen Männer zogen murrend ab.

Der Weise Nulliad hauste im obersten Geschoß eines fünfstöckigen Gebäudes. Noch nie hatte Herzog Povon aus eigener Kraft so viele Stufen erklimmen müssen. Als er den zweiten Treppenabsatz erreichte, war sein Gesicht gerötet, und er atmete schwer. Auf dem dritten blieb er stehen, um sich auszuruhen, hielt sich aber nicht lange auf. Der Flur war schmutzig und schlecht beleuchtet, und es wimmelte von Kakerlaken. Povon unterdrückte seinen Abscheu und kämpfte sich weiter. Der arme Beskot folgte ihm. Als sie endlich oben angekommen waren, rangen sie beide nach Luft.

Die Wände des Flurs waren mit einer Rußschicht überzogen. Der alte Anstrich, eine Farbschicht, so dick wie eine Panzerplatte, war von Sprüngen durchsetzt, in denen sich ebenfalls der Ruß abgelagert hatte. Der Fußboden war übersät mit abgenagten Knochen, Fischköpfen, Obstresten und eingetrockneten Haferbreiklumpen. Die Tür des Weisen Nulliad war dagegen makellos sauber. Am unteren Rand zog sich ein Lichtstreifen entlang. Beskot klopfte, und eine trockene Greisenstimme forderte sie zum Eintreten auf.

Es war dem Weisen Nulliad gelungen, die Mächte des Chaos in Schach zu halten. Seine nüchternen, spärlich möblierten Räume waren frei von jeglichem Unrat. Die Teppiche waren fadenscheinig, aber sauber, die Möbel schäbig, aber fleckenlos rein, die staubfreien Bücher penibel geordnet. An den Wänden hingen in exakt gleichen Abständen voneinander Schaubilder, Diagramme, Landkarten und Kurvenblätter. Auf einem Bord standen kognitive Instrumente, mit mathematischer Präzision ausgerichtet. Nulliads Ordnungssinn machte auch vor seiner eigenen Person nicht halt. Die schwarze Robe des alten Geächteten — die Robe eines Adepten der Esoterikerloge, aber ohne das doppelköpfige Drachenemblem — war so gestärkt und geplättet, daß sie steif von seinem Körper abstand. Seine Hände waren peinlichst gepflegt, die Nägel gerade geschnitten. Sein langes, graues Haar hing ihm in vielen miteinander verflochtenen Zöpfen wie eine Matte über den Rücken — eine Frisur, wie man sie in Lanthi Ume seit fünfzig oder noch mehr Jahren kaum noch sehen konnte. Sein Gesicht war wachsbleich, seine Haltung starr, seine Gesten wirkten sorgsam einstudiert. Lediglich die Linien in seinem Gesicht schienen keinem Zwang unterworfen zu sein. Die Falten, die sich über die hohe Stirn schlängelten, sich in die schmalen Lippen kerbten und in die Haut um seine Augen eingegraben waren, verrieten, daß sein Mienenspiel von der Tragik bis zum Irrsinn der verschiedensten Ausdrucksvarianten fähig war. Diese Lebhaftigkeit, falls sie überhaupt existierte, wurde freilich nicht so ohne weiteres zur Schau gestellt.

Im Augenblick wirkte Nulliads Miene distanziert. Die Wölbung seiner Nasenflügel, die schweren, wie bei einem Basilisken die Augen halb verdeckenden Lider und das hocherhobene Kinn strahlten Allwissenheit aus.

»Hoheit.« Nulliad sagte es ohne Unterwürfigkeit. »Nulliad ist bereit, Euch zu empfangen. Ihr könnt Euch setzen. Nein, nicht dorthin. Das ist nicht der passende Platz für Euch. Seit so freundlich, *hier* Platz zu nehmen, aber bewegt mir den Stuhl nicht. Er steht jetzt genau richtig. Ihr ...«, damit wandte sich der Geächtete an Beskot Kor Malifon, »könnt einen der übrigen Stühle nehmen. Unter keinen Umständen hat sich einer von Euch zu erheben, um etwa ziellos im Zimmer herumzuwandern.«

»Warum nicht, Weisheit?« erkundigte sich Beskot unvorsichtigerweise. »Würden wir damit Eure — wie nennt Ihr es doch — Kognition stören?«

»Unkontrollierte Bewegungen dulde ich nicht«, entgegnete der Geächtete. »Man muß den Kräften der Anarchie entgegenwirken, und dazu benötigt Nulliad Eure Unterstützung. Verlangt keine weiteren Erklärungen.«

»Ich bin es nicht gewöhnt, dermaßen eingeschränkt zu werden. Der Weise vergißt sich.« Povon schürzte mißbilligend die Lippen.

»Der Herzog von Lanthi Ume will sich von Nulliad beraten lassen. Wenn Seine Hoheit Erfolg bei seinen Unternehmungen wünscht, dann empfiehlt es sich doch gewiß, die Ratschläge zu beherzigen, für die man einen so weiten Weg auf sich genommen hat.«

»Weit war er in der Tat, und womit werde ich dafür belohnt? Mit Impertinenz. Mit unerträglicher Anmaßung. Ich möchte Euch daran erinnern, Ehrenwerter Nulliad, daß die Adepten der Esoterikerloge sich bei Hofe einzufinden pflegen, wenn ich sie dazu auffordere. Für diese Regel gibt es keine Ausnahme.«

»Der Weise Nulliad ist über die Esoteriker hinausgewachsen. Er ist zu anderen, weit größeren Projekten übergegangen. Hier, in diesem schrecklichen Sumpf aus Schmutz und Korruption, den man die Destula nennt, führt Nulliad einen einsamen Kampf gegen die Dämonen des Chaos, der Unordnung und der Unvernunft. Hier in seiner ärmlichen Behausung hat er ein winziges Reich der Ordnung, der Regelmäßigkeit und der Symmetrie geschaffen. Draußen regiert der Wahnsinn. Innerhalb dieser Mauern müht sich ein disziplinierter Verstand, den Großen Plan des Seins in die Tat umzusetzen. Daß es sich dabei um ein sich wiederholendes Muster handelt, bezweifelt Nulliad nicht. Alles ist streng geordnet.«

Der Herzog ließ sich damit nicht abspeisen. »Sogar Großmeister Jinzin Farni persönlich kommt an den Hof, wenn ich ihn rufen lasse.«

»Und warum haben Hoheit das in diesem Fall nicht getan?« Nulliad gestattete sich den Anflug eines frostigen Lächelns.

»Pah, hier geht es um eine Sache, die die Fähigkeiten der Esoteriker übersteigt«, entgegnete der Herzog. »Deshalb bin ich zu Nulliad gekommen, der die Esoteriker einst verschmähte. Jeder Adept hat sein eigenes Fachgebiet, so sagte man mir jedenfalls. Saxas Gless Vallage braute die köstlichsten Essenzen. Bome Booru studierte den Flug der Dämonen. Grizhni, dieses Schwein, hat sich ständig gegen die Atmosphäre vergangen. Allein der Weise Nulliad ist jedoch spezialisiert auf ...«

»... Träume«, führte Beskot Kor Malifon den Gedankengang seines Herrn zu Ende. »Es heißt, Nulliad könne Träume lesen wie ein Schreiber das Hochstrellische, oder ich will verdammt sein!«

»Träume«, stimmte der Herzog zu und seufzte tief auf. »Träume. Und nun bin ich gekommen, um mir diese Gerüchte bestätigen zu lassen und um die Freundschaft des großen Nulliad zu seinem Herzog auf die Probe zu stellen.« Die Möglichkeit einer finanziellen Vergütung erwähnte er nicht, denn er hätte befürchtet, den großen Adepten mit einem solchen Angebot zu beleidigen.

Nulliad senkte den Kopf. »Alpträume stören die Ruhe des Herzogs?«

»Alpträume. Nur einer, der sich aber ständig wiederholt.« Povon schauderte. »Nicht einmal meine stärksten Essenzen können mir Frieden verschaffen. Ich beginne allmählich, die Nacht zu fürchten.«

»Seine Hoheit hat gut daran getan, sich an Nulliad zu wenden. Die häufige Wiederkehr dieser Vision läßt darauf schließen, daß sie von großer Bedeutung ist. Es ist ganz klar, daß damit eine wichtige Botschaft übermittelt werden soll.«

»Eine Botschaft? Von wem?« wollte der Herzog wissen

Nulliad wies mit einer weit ausholenden Geste auf ein ganzes Bücherregal. »Wenn Seine Hoheit bereit wäre, sich den Inhalt der ersten neunundzwanzig dieser Bände einzuprägen, dann könnte Seine Hoheit fast in der Lage sein, an das Problem heranzugehen.« Povon schwieg mürrisch. »Im Moment genügt die Feststellung, daß der Traum des Herzogs eine Bedeutung besitzt und wahrscheinlich mehr oder weniger prophetischer Natur ist. Nulliads Kognition wird diese Bedeutung offenlegen.«

»Bedeutung? Kognition?« Der Herzog schaukelte nervös mit seinem Stuhl. »Dafür sehe ich keine Notwendigkeit. Ich bin hierhergekommen, um einen Adepten zu finden, der fähig ist, mir Linderung zu verschaffen — mit einem Trank oder einer Arznei, die die bösen Träume für immer vertreibt. Oder, falls das nicht möglich ist, mit irgendwelchen Essenzen oder betäubenden Dämpfen, die meinen Geist beruhigen. Mehr wünscht Euer Herzog nicht. Irgendwelche Bedeutungen sind nebensächlich.«

»Seine Hoheit sieht die Sache falsch. Und hört bitte auf zu schaukeln. Ihr werdet den Stuhl noch verrücken.

Nur wenn der Herzog versteht, wird er wahren Frieden finden. Nur Wissen wird ihm die Kraft geben, so zu handeln, wie es seinen Interessen am besten dient. Zum Beispiel — es besteht durchaus die Möglichkeit, daß der Alptraum Euch vor einer bevorstehenden Katastrophe warnen soll. Der Nutzen einer solchen Warnung liegt auf der Hand.«

»Vielleicht.« Herzog Povon knabberte an einem Fingernagel. »Ja, vielleicht. Ihr habt also keine betäubenden Dämpfe?«

»Nein. Wenn ich Seine Hoheit auf kognitivem Wege in einen Zustand versetze, der ihm die Selbstoffenbarung erleichtert, wird ihm das viel mehr nützen.« Nulliad schob vorsichtig einen der Tische um eine Haaresbreite näher ans Fenster und fegte ein unsichtbares Stäubchen von der Platte.

»Ein Zustand zur Förderung der Selbstoffenbarung? Ihr redet wie meine Verlobte. Ich werde Euch meinen Traum erzählen. Wenn Ihr wirklich der Fachmann seid, für den Ihr Euch ausgebt, werdet Ihr mir seine Bedeutung erklären und mir angemessene Schutzmaßnahmen empfehlen. Das wird genügen.«

»Ganz so einfach ist es nicht.« Die Aufmerksamkeit des Geächteten richtete sich kurz auf Kor Malifon. »Bitte berührt Nulliads Eigentum nicht. Stellt das Buch sofort an seinen ursprünglichen Platz zurück. So, das genügt fürs erste. Nein, Hoheit«, fuhr er dann fort, »die Deutung von Träumen ist kein so geradliniges, mechanistisches Verfahren, wie Ihr offenbar glaubt. Nächtliche Visionen strotzen von merkwürdigen Bildern und Symbolen, deren Bedeutung abhängig ist vom Wesen und den Erinnerungen des jeweiligen Träumers. Es gibt keine allgemeingültigen Symbole, auch wenn gewisse Wohlmeinende aber irregeleitete Quacksalber der Gegenwart das behaupten. Daher kann man ohne die Einsichten, die nur durch eine kognitive Bindung zu gewinnen sind, zu keiner wirklich genauen Interpretation gelangen. Ist der Herzog bereit, sich in Nulliads Hände zu geben?«

»Wie lange würde dieser Zustand anhalten?«

»Nur so lange, wie Seine Hoheit braucht, um den Traum zu erzählen.«

»Wird es schmerzhaft sein?«

»Derlei Dinge sind schwer vorherzusagen.«

»Und wenn es nicht funktioniert?«

»Dann sind andere, etwas gewaltsamere Maßnahmen angezeigt, aber im Moment ist es weder angenehm noch empfehlenswert, sie in Erwägung zu ziehen. Doch genug damit. Ist Seine Hoheit bereit?«

Der Herzog hielt es für angebracht, sein Einverständnis zu geben, und nickte finster. Er fühlte sich hilflos, was für ihn ebenso ungewohnt wie unangenehm war, und wandte sich daher an seinen Begleiter. »Ihr habt mich hierhergebracht, Beskot. Wenn die Sache schlimm ausgeht, mache ich Euch persönlich dafür verantwortlich.«

»Mich? Aber wirklich, Hoheit ...«

»Der Herzog wird sich jetzt beruhigen«, befahl Nulliad. »Er wird sich bemühen, sich an alle Einzelheiten seines Alptraums zu erinnern und sie systematisch zu ordnen.«

»Dazu brauche ich mich nicht zu bemühen. Ich könnte gar nichts vergessen, selbst wenn ich wollte«, murmelte der Herzog.

»Denkt nach!«

Der Herzog verstummte mit düsterer Miene. Auch Beskot Kor Malifon schwieg. Ein leiser, unverständlicher Singsang aus dem Munde des Weisen Nulliad unterbrach die Stille. Die Silben folgten einander in gemessenem Rhythmus. Nulliad selbst wirkte abwesend, sein Blick war leer. Es schien fast, als nehme er seine Umgebung gar nicht mehr wahr. Endlich erweiterte sich sein Geist, ein Zeichen, daß er zur Kognition gelangt war. Der Geächtete näherte sich Herzog Povon, der ihn mißtrauisch beäugte. Nulliad legte seine Hand, die aus Gummi zu bestehen schien, auf Povons Stirn und befahl: »Erzählt nun die Vision in ihrer Gesamtheit.«

Herzog Povon spürte, wie ein fremder Geist in ihn eindrang. Ein krampfhaftes Zittern überfiel ihn, die verschiedensten Empfindungen zuckten über sein Gesicht und spiegelten sich in Nulliads Zügen. »Was habt Ihr mit mir gemacht?« Die Stimme des Herzogs bebte. »Eure Kognition greift fehl. Was habt Ihr mit meinem Geist angestellt?«

»Ihn berührt. Nulliads Kognition greift nicht fehl. Erzählt nun die Vision.«

Der Herzog nagte an seiner Unterlippe. Der Weise Nulliad tat es ihm nach. Nulliads Gesicht zeigte auch die Furcht und die Gereiztheit des Herzogs, Gefühle, die ihm selbst völlig fremd waren.

»Sprecht!«

Nun folgte eine genaue Beschreibung des immer wiederkehrenden, herzoglichen Alptraums — von den Ruinen des Grizhni-Palastes, die einsam unter dem flammendroten Himmel lagen, über den feuchten Höhlenkerker mit seinem leuchtenden, weißen Insassen bis zur Auferstehung des rachedurstigen Terrs Fal Grizhni. Herzog Povon erzählte stockend. Von Zeit zu Zeit hielt er inne und fuhr sich mit der Zunge über seine trockenen Lippen. Jedesmal ahmte Nulliad die Geste nach wie ein Spiegel. Dann war die Erzählung zu Ende, und eine Weile herrschte Schweigen.

Der Weise Nulliad zog die Hand zurück und entfernte sich einen Schritt weit von seinem Besucher. Die kognitive Bindung war zerrissen. Die Angst des Herzogs schwand, er atmete wieder regelmäßig. Innerhalb von wenigen Augenblicken hatte er sein Gleichgewicht so weit wiedergefunden, daß er sich relativ unbeschwert erkundigen konnte: »Hat dieser kleine Zeitvertreib sich für Nulliad als ebenso gewinnbringend wie unterhaltsam erwiesen?«

Der Geächtete antwortete seinerseits mit einer Frage. Offenbar war ihm etwas rätselhaft. »Geht Nulliad recht in der Annahme, daß alle Bewohner des Hauses von Großmeister Terrs Fal Grizhni vor siebzehn Jahren den Tod fanden?«

»Das ist richtig«, antwortete Povon mit leichtem Unbehagen. Die Zerstörung des Grizhni-Palasts samt seiner Bewohner war ein Vorfall, an den er sich nicht gerne erinnerte. Nicht etwa, daß er deshalb unter Schuldgefühlen gelitten hätte, aber er fürchtete die Mißbilligung der Allgemeinheit.

»Dann ist das Haus Grizhni völlig ausgelöscht?«

»Soviel ich weiß, ja.«

»Irgendwo ist hier ein Widerspruch. Keinerlei Bastarde?«

»Ha — nicht bei unserem Grizhni! Es ist ein Wunder, daß dieser scheinheilige Eisblock es überhaupt geschafft hat, jenes unglückliche Mädchen zu schwängern, das er geheiratet hatte. Ich vermute, daß ihr Schoß bald darauf zugefroren ist. Nein, keine Bastarde.«

»Und Lady Grizhni hat nicht lange genug gelebt, um das Kind zur Welt zu bringen?«

»Vermutlich nicht. Nein, gewiß nicht. Unmöglich.«

»Bestanden daran nicht gewisse Zweifel?« erkundigte sich Beskot Kor Malifon. Er machte Anstalten, sich zu erheben, aber als ihn der Basiliskenblick seines Gastgebers traf, sank er sofort zurück. »Ich glaube mich zu erinnern, daß damals viele Gerüchte und Spekulationen im Umlauf waren. Es hieß, Lady Grizhni sei dem Massaker entronnen und habe gelobt, ihren Gemahl zu rächen. Die Leute behaupteten, sie an allen möglichen unwahrscheinlichen Orten gesehen zu haben, eine bleiche, tragische Gestalt. Der Klatsch hat mich zu einem meiner satirischsten Pamphlete inspiriert — *Die junge Lady Grizhni in der Schenke.* Vielleicht erinnern Hoheit sich noch daran?«

»Ist das richtig?« wollte Nulliad vom Herzog wissen. »Die Frau von Großmeister Grizhni könnte überlebt und ein Kind geboren haben?«

»Unwahrscheinlich«, gab der Herzog zurück, aber sein Unbehagen war stärker geworden. »Wirklich höchst unwahrscheinlich.«

»Aha. Damit ist jede Ungewißheit beseitigt. Nulliad kann jetzt Seiner Hoheit die volle Bedeutung des Alptraums erklären.«

Der Herzog hatte den Verdacht, daß er es so genau gar nicht wissen wollte, und sein fragendes Knurren klang bestenfalls halbherzig.

»Der Traum ist gleichzeitig enthüllend und in gewissem Maße prophetisch.«

»Warum sollte ich jetzt, nach so vielen Jahren, solche Visionen haben?« fragte Povon.

»Um es so auszudrücken, daß Seine Hoheit es verstehen kann, die Träume kamen, weil die Zeit dafür reif war.« Nulliad schien selbst zu spüren, wie unbefriedigend diese Antwort war, und so fügte er hinzu: »Vielleicht erinnert sich Seine Hoheit an einen ungewöhnlichen Vorfall, der mit dem ersten Auftreten des Alptraums in Verbindung stand?«

Povon schüttelte den Kopf. Er wollte an die Wirkungen von Snys Ambrosia nicht denken und schon gar nicht darüber sprechen.

»Schön, das führt auch zu nichts. Wir wollen uns nun mit dem Traum selbst beschäftigen. Die neuen Informationen bezüglich des Schicksals von Lady Grizhni haben alles geklärt. Gestattet Nulliad, zu bestätigen, was Seine Hoheit zweifellos bereits ahnt. Grizhnis Witwe ist unverletzt entkommen. Dessen kann der Herzog sicher sein.«

»Lady Grizhni kümmert mich nicht.« Die Stimme des Herzogs war rauh vor Ungeduld. »Sie war doch nur ein junges Mädchen, ganz reizend übrigens, und stellte keine Bedrohung dar. Ich hätte sie eigentlich gerne am

Leben gelassen. Grizhni selbst ist es, der mich beunruhigt. Der Alptraum kann doch wohl — er kann doch wohl nicht bedeuten, daß er vom Tode auferstanden ist?« schloß Povon. Die Frage fiel ihm nicht leicht.

»Genau das hat er zu bedeuten, aber nur bildlich gesprochen. Großmeister Grizhni ist unwiderruflich tot. Aber seine Gemahlin konnte entkommen, hat offenbar einem Sohn das Leben geschenkt, und diese jüngste Blüte des Hauses Grizhni könnte für Seine Hoheit vielleicht eine gewisse Gefährdung darstellen.«

»Da gibt es kein ›Vielleicht‹«, erklärte der Herzog. »Wenn ein Sohn existiert, dann ist er gefährlich. Seid Ihr dessen ganz sicher?«

»Unter der Voraussetzung, daß nicht durch die Kognition irgendeines Adepten falsche Prophezeiungen in die Träume Seiner Hoheit eingeschleust wurden, ist Nulliads Deutung zuverlässig.«

»Enthält Nulliads Deutung vielleicht auch noch eine Erklärung für das leuchtende, weiße Ungeheuer, das in der Vision auftritt?«

»Ach ja, das ist interessant, sehr interessant. Der Weise Nulliad hat im Geist Seiner Hoheit nichts gefunden, was der Beschreibung des leuchtenden, weißen Wesens in diesem Traum entspräche. Es ist ein vollkommen fremdes Bild. Der Weise Nulliad war gezwungen, auf seine umfassenden Kenntnisse im Bereich der Geschichte, der Tradition und der allgemeinen Kognition zurückzugreifen, und dabei gelangte er zu dem Schluß, daß es sich bei dem weißen Wesen aus dem Traum um einen Vardrul handeln muß.« Die beiden Besucher machten verständnislose Gesichter, und Nulliad erklärte: »Vardrul sind jene Geschöpfe, die von den Lanthianern häufig als ›Weiße Dämonen aus den Höhlen‹ bezeichnet werden.«

»Pah — ein Mythos«, warf Beskot Kor Malifon abfällig ein.

Nulliad würdigte diese Bemerkung keiner Antwort.

»Warum sollte ich von den Weißen Dämonen träumen?« fragte Povon.

Nulliad seufzte geduldig. »Kann sich Seine Hoheit das nicht selbst erklären?«

»Die Erklärungen zu liefern ist Eure Sache. Das tut sogar Großmeister Jinzin Farni für seinen Herzog.«

»Offenbar ist es auch nötig. Schön. Wenn man berücksichtigt, daß es sich um eine informative Vision handelt, ergibt es sich von selbst, daß die Anwesenheit des Vardrul auf eine bestimmte Örtlichkeit hinweisen soll. Die Beschreibung Seiner Hoheit von der abrupten Verwandlung der Ruinen des Grizhni-Palastes in einen Raum, der offensichtlich eine Höhle ist, bestätigt diese Deutung.«

»Eine Höhle?«

»Das kann Seine Hoheit doch gewiß nicht überraschen? Seine Hoheit hat doch inzwischen sicher begriffen, daß Lady Grizhni vor siebzehn Jahren aus Lanthi Ume geflohen ist, bei den Vardrul des Nazara Sin Zuflucht gesucht und ihren Sohn dort geboren und wahrscheinlich auch aufgezogen hat. Brauchte Seine Hoheit tatsächlich Nulliads Hilfe, um zu einer so offensichtlichen Erkenntnis zu gelangen?«

Povon überhörte die Beleidigung. »In meinem Traum greift Fal Grizhni mich an. Er streckt die weißen Hände nach mir aus, er will mich töten.« Die Stimme des Herzogs zitterte, er verstummte, schluckte und fragte dann flehentlich: »Was hat das zu bedeuten?«

»Man kann davon ausgehen, daß Grizhnis Sohn — der jetzt fast schon ein Mann ist — dem Mörder seines Vaters nicht gerade freundschaftliche Gefühle entgegenbringt.«

»Ich habe seinen Vater nicht ermordet! Das waren Haik Ulf und seine Gardisten. Ich war nicht einmal dabei!«

»Hat Seine Hoheit den Angriff auf Grizhnis Palast nicht persönlich genehmigt?«

»Das ist nicht das gleiche!«

»Ein sehr feiner Unterschied, den der junge Grizhni vielleicht als Haarspalterei betrachten könnte.«

»Fal Grizhni war erwiesenermaßen ein Verräter an seinem Herzog! Er hat die höchste Strafe verdient!«

»Abstrakte Rechtsvorstellungen gehen möglicherweise über den noch nicht ausgereiften Verstand des jungen Grizhni hinaus!«

»Ich will davon nichts hören! Dazu bin ich nicht hierher gekommen! Beskot, warum habt Ihr mich hergebracht?« quengelte der Herzog. Beskot schwieg, und Povon wurde immer aufgeregter. »Was für eine Gefahr stellt dieser Sohn Grizhnis dar? Hat er geschworen, seinen Vater zu rächen? Könnt Ihr mir das sagen?«

»Es ist nicht sicher, ob in aller Form ein Racheschwur geleistet wurde. Der Inhalt der Vision deutet nur auf die feindselige Gesinnung des jungen Grizhni hin.«

»Und er plant einen Anschlag auf seinen Herzog, genau wie damals sein Vater! Sagt mir, Weisheit — besitzt dieser junge Verräter kognitive Fähigkeiten?«

»Ohne Zweifel. Unklar ist jedoch, in welchem Maße er sie einzusetzen vermag.«

»So ist das also. Ich beginne zu begreifen. Ich bin in Gefahr, mein Wohl ist bedroht, und ich habe eine Warnung erhalten. Ich habe die Chance, mich zu verteidigen. Vielleicht ist es doch gut, daß ich hierher kam. Obwohl ich es nicht ohne Stärkung hätte tun sollen.« Der Herzog richtete sich auf. »Weisheit. Wollt Ihr behaupten, daß Grizhnis Sohn bis auf den heutigen Tag bei den Ungeheuern des Nazara Sin lebt?«

»Der Traum Seiner Hoheit besagt genau dies. Der Weise Nulliad kann nicht mit Sicherheit sagen, ob die darin enthaltenen Informationen völlig korrekt sind, aber im allgemeinen sind Visionen dieser Art recht zuverlässig.«

»Mehr brauche ich nicht zu wissen. Grizhnis Sohn lebt. Grizhnis Sohn plant meine Vernichtung. Er haust in den Höhlen des Nazara Sin. Was ich nun zu tun habe, ist klar. Ich muß alle nötigen Schritte unternehmen, um mich zu schützen.« Povon blickte Nulliad Bestätigung heischend an, aber das Gesicht des Geächteten blieb undurchdringlich. »Eine militärische Aktion — ein Überraschungsangriff auf die Höhlen — die Zerstörung von Fal Grizhnis mordlustigem Welpen und der Verräter, die ihn die ganzen Jahre über beherbergt haben — dann werde ich wieder ruhig schlafen können.«

Der Geächtete blieb noch immer stumm, aber Povon ließ sich durch sein vernichtendes Schweigen nicht einschüchtern. »Ihr habt Eurem Herzog einen großen Dienst erwiesen, Weiser Nulliad. Kann ich mich irgendwie erkenntlich zeigen?«

»Ja. Nehmt Euch in acht, Nulliads Habseligkeiten nicht in Unordnung zu bringen, wenn Ihr geht.«

»Das werden wir tun. Wir lassen Euch nun in der Einsamkeit zurück, die Eurem Wesen so ausgezeichnet entspricht. Noch einmal meinen Dank. Kommt, Beskot.«

Povon und sein Begleiter verließen den Raum, ohne seine Ordnung zu stören. Sie erreichten den Destula-Pier ohne Zwischenfälle, und dort wartete ihr Dombul auf sie, von dem bewaffneten Diener war jedoch nichts zu sehen. Der Bursche hatte sich aus dem Staub gemacht. Beskot Kor Malifon mußte selbst zu den Rudern greifen und erwies sich, wie vorherzusehen war, als ungeübt, was die Rückfahrt zum herzoglichen Palast um einiges verlängerte. Als Herzog Povon endlich zu Hause anlangte, suchte er sofort sein Schlafgemach auf, denn er war zuversichtlich, sich mit seinem neuerworbenen Wissen endlich den Frieden erkauft zu haben. Nachdem das Rätsel des Traumes gelöst war, mußte die Vision doch ihren Schrecken verloren haben. Das stellte sich freilich als Irrtum heraus. Kaum, daß Povon eingeschlafen war, stellte sich der Alptraum ein, grauenerregender als je zuvor. Wieder erwachte der Herzog schreiend, und dieses Mal beschloß er, gleich am nächsten Morgen einen Trupp Gardisten zu den Höhlen des Nazara Sin zu entsenden.

Während der Herzog seine Unterredung mit dem Weisen Nulliad führte, fand nicht weit entfernt eine zweite Besprechung statt.

Das zweite Boot, das in dieser Nacht den herzoglichen Kai verließ, strebte ebenfalls der Destula zu. Das Dombul — es hatte einen Ruderer und einen einzelnen, maskierten Passagier an Bord — legte an einer schäbigen kleinen Einfahrt an, die ein Stück südich vom Destula-Pier vom Strichwasserkanal abzweigte. Während der Ruderer zurückblieb, um das Boot zu bewachen, stieg der Fahrgast aus und begab sich allein durch Gassen und Gäßchen zu Grues Speisehaus, erkennbar an einem Schild mit einem schwarzen Geier, das als ironische Beurteilung der Fähigkeiten des Kochs zu verstehen war. Grues Speisehaus hatte bereits geschlossen, aber der charakteristische Duft nach ranzigem Öl und nicht mehr ganz frischem Fisch hing noch in der Luft. Die Tür war verriegelt und die Fenster dunkel. Ein Stockwerk darüber waren die Fenster hingegen hell erleuchtet, was in dieser Gegend ungewöhnlich war und entweder auf sehr naive oder ungewöhnlich selbstbewußte Bewohner schließen ließ.

An der Außenseite des Gebäudes befand sich eine wackelige Holztreppe, die zu einem Eingang im oberen Stockwerk führte. Der Besucher stieg hinauf, blieb vor der Tür stehen, holte tief Atem und klopfte mit zitternder Hand.

Von drinnen antwortete eine männliche Stimme: »Wer ist da?«

»Hier ist Lord Niemand«, log der Maskierte. In Wirklichkeit war es Lord Sneever Dil Shonnet. »Man sagte mir, Ihr erwartet mich. Habe ich das falsch verstanden? Habt Ihr mich nicht erwartet?«

»Vielleicht.« Ein Knirschen, der Riegel wurde zurückgezogen. Von drinnen waren sich entfernende Schritte zu hören. »So tretet denn ein.«

Sneever zögerte einen Augenblick, dann folgte er der Aufforderung und schloß die Tür hinter sich. Er befand sich in einem sehr schmutzigen, großen Raum, der mit eigentümlich schäbigem Prunk ausgestattet war und fast wie eine Karikatur des herzoglichen Palastes wirkte. Von den massiven, kunstvoll geschnitzten Tischen und Stühlen blätterte an vielen Stellen die Goldfarbe ab. Die Polstermöbel waren verdreckt, durchgesessen und zerrissen. Die Spiegel in den schadhaften Goldrahmen waren blind und von Sprüngen durchzogen. In den Kristallüstern hatten die Spinnen dichte Netze gewebt.

In ebenso fadenscheiniger Pracht zeigten sich die beiden Bewohner, die vor den Resten ihrer Abendmahlzeit am Tisch saßen. Der eine war ein langgliedriger, kräftiger, muskulöser Mann, der die erste Jugend bereits hinter sich hatte. Sein blühendes Gesicht war breit, über seine Nase zog sich ein tiefer Spalt. Das pomadeglänzende Haar trug er zu einem kunstvollen Knoten aufgetürmt. Sein ebenfalls pomadisierter, gekräuselter Bart war in der Mitte gescheitelt. Die schlechtsitzende Kleidung des Mannes verriet den Wunsch nach Eleganz — der Überrock aus Brokat, mit fleckiger Spitze besetzt, war reich gefältelt und mit Schlitzen versehen. Unter den Schlitzen blitzte angegrautes Unterzeug hervor, das seit mehreren Jahren nicht mehr gewechselt worden zu sein schien. Wein- und Fettflecken zierten die Vorderseite des Kleidungsstücks. Die engen gemusterten Hosen waren ebenfalls bekleckert. Die neuen Schuhe mit den extrem langen Spitzen waren hochmodern. Eine Reihe von Schmuckstücken vervollständigten die Aufmachung. Die zahlreichen Ringe, Ketten, Ohrringe, Kniespangen und Bartperlen waren mit farbig glitzernden Steinen besetzt, die freilich auf den ersten Blick als Imitationen zu erkennen waren.

An der anderen Tischseite saß ein junges Mädchen von vielleicht zwölf oder dreizehn Jahren. Ihre Haut war kalkweiß, ihr Haar gelb wie Stroh, und sie hatte ein Mondgesicht mit einem winzigen, lippenlosen Schlitz anstelle eines Mundes, einer gespaltenen Nase und weißlichen Wimpern über fahlen Augen, die ebenso hell und hart glitzerten wie die künstlichen Edelsteine des Mannes. Ihr kleiner, rundlicher Körper steckte in einem Seidenkleid, das gar nicht zu ihr paßte, einem Frauengewand, das für sie zurechtgeschneidert worden war. Die Ärmel waren zurückgeschoben und ließen breite, kräftig wirkende Hände und muskulöse Unterarme sehen. Der mit Fettflecken übersäte Rock war hochgenommen. Offenbar war ihr Bewegungsfreiheit wichtiger als Eleganz.

Die beiden am Tisch hielten es nicht für nötig, sich beim Eintritt des Besuchers zu erheben, sie lehnten sich nur in ihren Stühlen zurück und betrachteten Sneever so herablassend, daß der Sohn des Herzogs trotz seines hohen Ranges in Verwirrung geriet.

Die Stille zog sich in die Länge, und Sneever trat verlegen von einem Fuß auf den anderen. Endlich verlor er die Nerven und fragte kleinlaut: »Seid Ihr der Meuchelmörder Whurm Didnis?«

»Ich bin der Lord Yans Whurm Didnis«, antwortete der Mann am Tisch. »Lord Whurm Didnis auf Grund meiner Geburt, Meuchelmörder Didnis dank der Grausamkeit des Schicksals.«

Da Sneever kein Adelsgeschlecht mit Namen Didnis kannte, enthielt er sich taktvollerweise einer Antwort.

»Und hier sitzt meine geliebte Tochter und Erbin, Lady Josquinilliu Whurm Didnis«, fuhr der Meuchelmörder fort. »Begrüße unseren Besucher, Josky, mein Liebling!«

Joskys kieselharte Augen musterten Sneever flink von Kopf bis Fuß. »Laßt ihn doch die Maske abnehmen, Mylord«, schlug sie vor.

»O nein, mein liebes Kind. Wir dürfen die Intimsphäre unseres Gastes nicht verletzen. Unsere gute Erziehung zeigt sich darin, daß wir uns auch in unserer gegenwärtigen gesellschaftlichen Stellung an die normalen Umgangsformen halten.«

»Ich möchte aber sein Gesicht sehen.« Das Kinn des Mädchens schob sich trotzig vor. »Wenn ich es nicht sehen kann, werde ich nervös. Wollt Ihr, daß ich nervös werde, Mylord? Wollt Ihr, daß ich wieder Magenschmerzen bekomme wie beim letztenmal?«

»Mein liebes Kind, du weißt, daß ich das nicht will. Aber unser Besucher möchte nun einmal anonym bleiben. Es würde doch gewiß nicht für unsere Gastlichkeit sprechen, wenn wir darauf bestünden ...«

Josky schien an Widerspruch nicht gewöhnt zu sein. Sie machte ein finsteres Gesicht, und ihre Augen wurden noch härter. »Ich *will* aber sein Gesicht sehen! Wie sollen wir denn wissen, ob wir ihm vertrauen können, solange er diese Maske aufhat?«

»Und woher wissen wir das, wenn er sie abnimmt?« Whurm Didnis lächelte nachsichtig. »Aber meine kleine Lady Josquinilliu soll ihren Willen haben.«

Joskys Kiefermuskeln entspannten sich, die finstere Miene war wie weggeblasen. Sie beugte sich über den Tisch und drückte ihrem Vater einen Kuß auf die Wange.

Whurm Didnis strahlte. Zu Sneever gewandt, bemerkte er: »Nun, Sir, Ihr habt es gehört. Meine kleine Prinzessin gibt keine Ruhe, ehe sie nicht Euer Gesicht gesehen hat. Es hat keinen Sinn, ihr etwas abzuschlagen — sie setzt *immer* ihren Willen durch. Ich muß Euch daher auffordern, Euer Visier abzunehmen. Kommt ins Licht, damit wir Euch ansehen können. Ihr könnt auch Platz nehmen, wenn Ihr wollt.«

Sneever setzte sich an den Tisch. Seine Hände näherten sich nur zögernd den Bändern seiner Maske, aber es kam ihm gar nicht in den Sinn, sich gegen den

Befehl des Meuchelmörders zu sträuben. Seine Befürchtungen erwiesen sich jedoch als unbegründet. Man erkannte ihn auch ohne Visier nicht. Lady Josky tat mit einem leisen Seufzer kund, daß ihre Neugier befriedigt war, das war alles.

»Nun, Sir, könnt Ihr Euer Anliegen vortragen.« Whurm Didnis sprach wie ein hoher Herr mit einem Händler.

Sneever spürte, wie sein nacktes Gesicht rot wurde. Wie üblich war er unfähig, jene selbstverständliche, einschüchternde Überlegenheit auszustrahlen, die die einzig angemessene Reaktion auf die Unverschämtheit des Meuchelmörders gewesen wäre. Statt dessen verschlug es ihm völlig die Sprache, und sein Augenlid begann zu zucken. Als er bemerkte, wie Lady Josky ihn freimütig mit kindlicher Neugier beobachtete, wurde seine Verlegenheit noch größer. Endlich konnte er sich soweit überwinden, daß er sagte: »Ihr seid also der Whurm Didnis, der, gegen ein gewisses Entgelt — äh — behilflich ist bei der Beseitigung von — von — gewissen Schwierigkeiten, was, soweit ich verstanden habe, bedeutet ...«

»Ich bin der Meuchelmörder Didnis. Meine Dienste stehen wenigen Auserwählten zur Verfügung. Ich bin schnell, unfehlbar, und kein Opfer entrinnt mir. Ist Eure Frage damit beantwortet?«

»Gewiß, Sir ...« Sneever empfand die ganze Situation als fast unerträglich peinlich. Er warf einen gequälten Blick auf die ungerührte Lady Josky. »Es ist doch sicher nicht angebracht, derlei Dinge in Gegenwart eines Kindes zu besprechen.«

Whurm Didnis öffnete den Mund zu einer Antwort, aber seine Tochter kam ihm zuvor. »Selber Kind.« Josky verströmte die typische Arroganz der Halbwüchsigen. »Ich bin die Gehilfin seiner Lordschaft und sein Lehrling, man könnte mich fast als seine rechte Hand bezeichnen. Ich bin bereits so beschlagen in unserem

Fach, daß er ohne mich gar nicht mehr auskommen könnte. Ist es nicht so, Dad? Wir stellen gemeinsam das zerrüttete Ansehen des edlen Hauses Didnis wieder her. Seine Lordschaft hat mir alles beigebracht. Glaubt Ihr, ich verstehe nichts von Giften? Stellt mir eine Frage, irgendeine. Oder glaubt Ihr, ich sei nicht kräftig genug, um einen Würgeriemen zuzuziehen? Ha! Möchtet Ihr eine Wette abschließen? Würdet Ihr Euer Leben einsetzen? Ihr werdet schon sehen, was für ein Kind Ihr vor Euch habt, darauf könnt Ihr Euch verlassen.«

Whurm Didnis brüllte vor Lachen. »Was hat sie nur für ein Temperament!« rief er. »Ein tapferes Herz und einen edlen Verstand! Welch ein Mädchen! Lady Josky, ich bin stolz auf Euch!« Er wandte sich wieder an Sneever, der fasziniert und gleichzeitig angewidert zugehört hatte. »Nun wißt Ihr Bescheid. Ich vertraue ihr vollkommen, sie ist in alles eingeweiht. Ihr könnt offen sprechen.«

Sneever sah keinen Ausweg mehr. Sein Mund war trocken, aber trotzdem brachte er heraus: »Nun denn, Lord Didnis, ich habe eine Aufgabe für Euch — einen Auftrag, meine ich — ein Unternehmen von großer Tragweite, und ich hoffe, Ihr werdet ...«

»Um wen geht es?« Whurm Didnis schnitt seinem faselnden Kunden erbarmungslos das Wort ab.

»Ich bin zu Euch gekommen, weil Ihr angeblich der Beste seid — ebenso verschwiegen wie geschickt.«

»Um wen geht es?« wiederholte Didnis.

»Die Sache ist sehr heikel und verlangt äußerste ...«

Sneever brach ab, als ihn ein Blick aus den kieselharten Augen des Meuchelmörders traf. »Ich will damit sagen, es ist — nun ja — es geht um den Herzog«, platzte er schließlich heraus. »Um den Herzog Povon Dil Shonnet.«

Einen Augenblick lang herrschte Schweigen. Sneever stellte befriedigt fest, daß er nun endlich doch Eindruck auf seine Gastgeber gemacht hatte. Auf diesen Namen war Whurm Didnis nicht gefaßt gewesen, soviel war sicher. Seine bestürzte, skeptische Miene verriet es ganz deutlich. Lady Josky reagierte zwar ganz anders, aber nicht weniger aufrichtig als ihr Erzeuger. Ihre fahlen Augen glühten, und sie murmelte ergriffen: »Oh, sagenHAFT!«

»Der Herzog persönlich. Das ist kein einfaches Ziel«, bemerkte Whurm Didnis schließlich.

»Beschränkt sich der Meuchelmörder Didnis, der oberste aller Attentäter, etwa nur auf einfache Ziele?« erkundigte sich Sneever. Die Unschlüssigkeit seines Gastgebers gab ihm einen großen Teil seines Selbstvertrauens zurück. Seine Verwirrung legte sich, sein Augenlid hörte auf zu zucken. »Hat man mir zu viel von Euren Fähigkeiten berichtet, Sir? Übersteigt diese Aufgabe Eure Kräfte?«

»Keine Aufgabe übersteigt die Fähigkeiten eines Lord Yans Whurm Didnis«, versicherte ihm der Meuchelmörder. »Uns Adeligen liegt die Tapferkeit im Blut, und ich fühle mich jedem Wagnis gewachsen. Aber der Herzog — darüber muß man gründlich nachdenken.«

»Ich bezahle Euch das Dreifache des üblichen Preises«, versprach Sneever forsch. Ein merkwürdiges Gefühl der Freiheit, fast ein Glückstaumel hatte ihn erfaßt.

»Ich hätte auch nicht weniger erwartet. Und doch ... einen Mann zu erledigen, der so im Licht der Öffentlichkeit stehe, und dabei selbst mit heiler Haut davonzukommen, das ist schwierig. Sorgfältige Überlegung und eine bis in die letzten Einzelheiten gehende Planung wären hier erforderlich. Es wäre ein gewaltiges Vorhaben.«

»Aber es würde die Mühe lohnen«, antwortete Sneever, und dann sprudelte es wie von selbst aus ihm heraus, fast als wäre in seinem Inneren ein Damm gebrochen: »Es gibt keinen Menschen auf dieser Welt, der den Tod mehr verdient hätte als der Herzog. Er ist ein Ausbund an Grausamkeit, an Selbstsucht, an Bosheit.

Er muß sterben. Und wenn er dabei leiden muß — das wäre nicht mehr als gerecht. Ich möchte sogar, daß er leidet. Ich möchte dabei zusehen — stundenlang. Ich möchte ihn jammern und schreien und um Gnade betteln hören. Und dann möchte ich sein Gesicht sehen, wenn ihm diese Gnade verweigert wird. Das wäre das höchste Glück für mich.«

»Ach, eine persönliche Fehde also?« Whurm Didnis nickte mitfühlend. »Das kann ich verstehen. Aber es ist nicht meine Sache, und ich habe mich noch nicht entschlossen.«

Lady Josky kannte freilich kein Zaudern. »Mylord, Ihr wollt doch wohl nicht ablehnen? Er wird sich an jemand anderen wenden, und dann *wird ein anderer den Herzog erledigen!«*

»Das ist richtig, Prinzessin, aber es gibt viel ...«

»Wir sind die Besten, Mylord. *Wir* sollten es machen. Stellt Euch doch nur vor — der Herzog!«

»Liebste Tochter, du hast das Herz eines Löwen, dein Mut ist bewundernswert, aber ...«

»Wir können es schaffen, Dad. Wir beide zusammen. Ich weiß es. Wenn wir es nicht tun, macht es ein anderer, und der fängt dann an, sich aufzuspielen und damit zu prahlen, daß er besser ist als wir. *Und das wäre nicht wahr!»*

»Liebes Kind, du bist etwas voreilig.«

Joskys helle Augen wurden schmal, sie beugte sich vor. »Ich *will* es, Dad! Bitte, sag ja. Ich will es mehr als alles auf der Welt!«

Whurm Didnis konnte nicht länger widerstehen. Er wandte sich an Sneever und bemerkte: »Ich brauche aber einige Informationen über die Gewohnheiten des Herzogs und die Lage seiner Gemächer im Palast.«

Sneever nickte. »Kein Problem.«

»Und ich verlange die Hälfte der Bezahlung im voraus.«

»Einverstanden.«

»In diesem Fall, Lord Nobody, könnt Ihr ganz beruhigt sein — der Herzog ist bereits so gut wie tot.«

Sneever griff unter seinen Umhang, scheinbar, um nach seiner Börse mit Gold zu suchen, in Wirklichkeit jedoch, um zu verbergen, wie seine Hände zitterten. Lady Josquinilliu lächelte und warf ihrem Vater eine Kußhand zu.

04

Als Lady Grizhni in ihrer Rolle als Grizhni-Matriarchin zum Zeichen für die Bereitschaft der Zmadrc-Sippe, ihren Sohn als künftigen Bruder/Gemahl der jungen Zmadrc Vierzehn in den Clan aufzunehmen, die Kieselkette erhielt, geriet sie in heftige Erregung. Natürlich war es keine allzu große Überraschung. Terrs hatte seine Absichten sehr klar zum Ausdruck gebracht, und sie hatte zweifellos lange genug Bescheid gewußt. Aber sie hatte nicht erwartet, daß die Ereignisse sich so überstürzen würden.

»Es ist zu früh! Er ist doch noch ein Junge! Er weiß selbst nicht, was er will!« rief sie laut aus.

Ihr hybrider Gefährte krächzte. Wie gewöhnlich reagierte Nyd mehr auf den Tonfall seiner Herrin als auf ihre Worte, aber Verran bildete sich ein, mehr als einfache Besorgnis aus dem Geräusch herauszuhören. Sie überlegte, was sie eben gesagt hatte, und mußte sich eingestehen, daß Terrs nur zu genau wußte, was er wollte.

»Aber er begreift gar nicht, was er da tut! Bruder/Gemahl einer Vardrul — das ist so widernatürlich, das kann nicht richtig sein! Er wählt eine fremde Lebensart, er zerstört sich selbst — *und ich kann nichts tun, um ihn daran zu hindern!*«

Der Gedanke war schmerzlich. Es tat weh, zugeben zu müssen, daß ihr Sohn ihrem Einfluß entwachsen war. Aber sie war sich nur zu sehr bewußt, daß kein Appell an seine Vernunft, seine Liebe oder sein Gewissen, kein Argument, keine Bitte Terrs abhalten würde, genau das zu tun, was er wirklich wollte. Er würde seinen eigenen Weg gehen, nicht anders als sein Vater.

»Es hat keinen Sinn, mit Terrs zu diskutieren«, teilte Verran dem verständnislos lauschenden Nyd mit. »Er wird mir gar nicht zuhören. Aber vielleicht kann der Zmadrc-Patriarch etwas ausrichten. Vielleicht kann ich ihn überreden, diese Aufnahmezeremonie abzusagen oder wenigstens zu verschieben. Dann müßte Terrs warten, ob es ihm gefällt oder nicht. Und je länger er wartet, desto größer werden die Chancen, daß er zur Vernunft kommt. Ja, ich muß mit dem Zmadrc sprechen. Wenigstens versuchen muß ich es.« Schon der Gedanke an diese Unterredung war bedrückend. Sie würde in der Vardrul-Sprache geführt werden müssen, denn der Zmadrc-Patriarch konnte kein Wort Lanthianisch. Verran dagegen beherrschte die fremde Sprache einigermaßen — mehr als ausreichend unter normalen Umständen. Aber es gab noch immer viele Nuancen der Tonhöhe und des Hiir, die sich ihrem Verständnis entzogen, und wirklich fließend, geschweige denn gewandt würde sie sich nie ausdrücken können. Sie konnte weder ihre Gedanken absolut präzise umsetzen, noch, was noch wichtiger war, vermochte sie die Reaktionen ihrer Vardrul-Zuhörer genau einzuschätzen. Oh, Zmadrc R'dsvyllsch würde ihr sehr höflich zuhören. Der Zmadrc war stets zuvorkommend und freundlich. Aber er würde sie mit seinen großen, nichtmenschlichen Augen anstarren, und sie würde niemals erfahren, was er wirklich dachte oder empfand. Trotzdem, versuchen mußte sie es.

»Kommst du mit, Nyd?« forderte sie ihn auf, und der Hybride erklärte sich begeistert bereit. Als sie ihre Höhle verließen und durch die vom Felsenlicht erhellten Gänge wanderten, mußte Verran feststellen, daß der Hybride Mühe hatte, mit ihr Schritt zu halten. Er humpelte und schien unter Schmerzen zu leiden. »Was ist los? Was hast du, mein Lieber?«

Nyd krächzte ungeduldig und ging schneller. Offenbar hielt er die Sache nicht für erwähnenswert.

Entzündete Gelenke, dachte Verran. *Er wird allmählich alt. Und er ist nicht der einzige.* Sie verlangsamte ihren

Schritt, und Nyd dankte es ihr mit einem halb unterdrückten Zischen der Erleichterung.

Selbst bei diesem gemächlichen Tempo brauchten sie nicht lange, um den großen Pilzkristallgarten zu erreichen, der von den Sippen der Zmadrc und der Lbavbsch gemeinsam bestellt wurde und wo der Zmadrc-Patriarch gewöhnlich während der Ersten Koloration jedes Kleinen Ven anzutreffen war. Man brauchte nicht um Erlaubnis zu bitten oder einen Termin zu vereinbaren, wenn man mit dem Oberhaupt der Sippe eine Unterredung führen wollte. Man sprach ihn einfach an, und wenn er nicht anderweitig beschäftigt war, widmete er einem seine Zeit. Diese unkomplizierte Art des Umgangs miteinander war ein Aspekt der Vardrul-Gesellschaft, der Verran eigentlich besser gefiel als das starre Zeremoniell von Lanthi Ume.

Vor ihr erstreckte sich der gewaltige Garten der Zmadrc-Lbavbsch, weitläufig und unübersichtlich, wie es dem Geschmack der Vardrul entsprach. Hier trafen sich verschiedene Mitglieder beider Familien, aber worüber sie sich gewöhnlich unterhielten, hatte Verran nie erfahren. Nicht, daß man sie absichtlich ausgeschlossen hätte — dazu hatten die Vardrul zu gute Manieren. Aber wenn sie in der Vergangenheit einen Anlauf unternommen hatte, sich an den Gesprächen zu beteiligen, hatte sie jedesmal Befangenheit gespürt, eine leichte Spannung und eine niemals nachlassende Disharmonie. Nach vielen dieser peinlichen Versuche hatte sie es schließlich aufgegeben.

Im Zentrum des Gartens sprudelte eine natürliche, heiße Quelle, umgeben von einem Zaun aus riesigen, schwertförmigen Kristallen. Hier, wo das Felsenlicht sanft, die Hitze stark und die Feuchtigkeit nach menschlichen Maßstäben fast unerträglich war, standen eine Reihe von Schrägen, und auf einer davon lag der Zmadrc-Patriarch. Zu ihm lenkte Verran ihre Schritte.

Als sie näher kam, erhob sich der Zmadrc, verschlang höflich seine Tentakel und trällerte die Vardrul-Begrüßung für geachtete Gäste, die nicht als vertraute Freunde angesehen wurden. Da Terrs in die Zmadrc-Sippe aufgenommen werden sollte, hätte Verran vielleicht Anspruch auf einen leicht abgewandelten familiären Gruß gehabt, aber das hätte ihre Verlegenheit nur noch verstärkt und wäre vermutlich auch dem Zmadrc nicht angenehm gewesen. Soweit sie überhaupt fähig war, ihn zu verstehen, wußte sie sein Taktgefühl zu schätzen.

Sie erwiderte den Gruß und brachte, den schlichten Umgangsformen der Vardrul entsprechend, sofort ihr Anliegen vor. Nun folgte ein gekünsteltes, für beide Seiten unerquickliches Gespräch, das nur annähernd in die Sprache der Menschen zu übersetzen war.

»Zmadrc R'dsvyllsch, ich habe die Kieselkette erhalten, und ich bin beunruhigt«, verkündete Verran, behutsam die schwierigen Silben summend. »Meine Harmonie ist aufs äußerste gestört. Die Aussicht, daß mein Sohn in die Zmadrc-Sippe aufgenommen werden soll, erschreckt mich, obwohl es eine große Ehre für ihn ist, denn ein solches Unterfangen ist wider die Natur und wider alle Realität.«

Der Zmadrc-Patriarch erwog ihre Worte. Das Unbehagen der Grizhni-Matriarchin war nicht zu übersehen, aber was sie ihm zu erklären versuchte, war absolut unverständlich. »Der junge Fal Grizhni Terrs genießt um des Grizhni-Patriarchen willen große Wertschätzung und wird deshalb aufgenommen.« Einem anderen Vardrul hätten die wellenartigen Kontraktionen seiner Augenwülste in Verbindung mit einer Veränderung des Hiir im entsprechenden Rhythmus vermittelt, daß man ihm seine Ängste nehmen wollte, aber die Grizhni-Matriarchin schien das nicht zu begreifen. »Er hat Beziehungen zu einigen Zmadrc-Angehörigen angeknüpft, die ihn bewundern, weil er mit solcher Beständigkeit« — der Vardrul-Ausdruck, den er verwendete, bedeutete eigentlich ›anhaltende Entschlossenheit im Angesicht überwältigender Schwierigkeiten‹ und enthielt die Andeutung, daß das Ziel fast unerreichbar war — »bemüht ist, sein innerstes Wesen zu verändern. Es ist uns eine Ehre, ihn in unsere Sippe aufzunehmen.«

»Patriarch, Ihr seid meinem Sohn seit seiner Geburt ein Freund, und das ist sehr wichtig für ihn. Ich weiß, daß Terrs Euch um diesen Gefallen gebeten hat, und ich bin Euch sehr dankbar, daß Ihr die Güte besessen habt, seinen Wunsch zu erfüllen. Aber Terrs ist noch sehr jung, jedenfalls würde man ihn Oben für sehr jung halten, und gewiß noch nicht reif für so große Entscheidungen. Er weiß nicht immer, was das Beste für ihn ist, und was er jetzt von Euch verlangt, vermag er gar nicht richtig zu begreifen.« Wie schwierig doch die Vardrulsprache war! Was sie ausdrücken wollte, war die Vorstellung der Unreife, aber die Folge von Tönen, die diesem Begriff am nächsten kam, beinhaltete auch die Komponente ›etwas töricht‹ oder ›leichtgläubig‹, und das wollte sie nun ganz und gar nicht sagen.

Der Zmadrc hatte sie offensichtlich mißverstanden. »Der junge Terrs Fal Grizhni Terrs hat einen sehr scharfen Verstand, er erfüllt mich mit ...« Das Wort, das er verwendete, hätte Ehrfurcht, Staunen oder sogar leichte Angst bedeuten können, und das einschränkende Tremolo machte die Sache auch nicht klarer.

»Ja.« Verran wählte ihre Worte noch sorgfältiger. »Er ist weise, vielleicht nicht weniger weise als der Grizhni-Patriarch, wenn auch bei weitem nicht so gelehrt. Aber das heißt nicht, daß er nicht auch Fehler machen kann. Und jetzt ist er im Begriff, einen zu begehen. Zmadrc R'dsvyllsch, wie kann mein Sohn in Eure Sippe eintreten? Er ist ein Mensch. Das versucht er zwar zu verleugnen, aber es kann ihm nicht gelingen, wider seine Natur zu handeln.« Diese verfluchte Barriere, die jede Verständigung so erschwerte! »Er wird immer ein Außenseiter unter Euch bleiben. Er wird es schmerzlich spüren, und er wird unglücklicher sein denn je. Er wird Disharmonie in die Zmadrc-Sippe bringen.« Ob der Zmadrc sie wohl verstand? Ob er ihr zustimmte? Wie gewöhnlich strahlten die riesigen Augen in dem leuchtenden Gesicht rätselhafte Botschaften aus.

Die Grizhni-Matriarchin machte sich Sorgen um den Zustand des Ruu ihres Sohnes. Ihre Befürchtungen erstreckten sich offenbar auch auf das Wohl der gesamten Zmadrc-Sippe. Eine Erklärung des Gleichgewichts des Hdsjri hätte sie vielleicht beruhigen können, aber das würde diese unglückliche Menschenfrau niemals verstehen. Der Zmadrc hätte ihr einen ausführlichen Vortrag über das höchst wichtige Thema des F'tvar'drsch Re halten können, aber auch davon hätte sie nichts begriffen. Zmadrc R'dsvyllsch hätte die in Disharmonie befangene Matriarchin gerne getröstet, aber seine Möglichkeiten waren begrenzt, und so konnte er nur feststellen: »Wir sehen Hoffnung für den jungen Fal Grizhni Terrs.«

War das alles, was er zu sagen hatte? Sie starrte ihn an und sah, wie sein Fleisch sich verdunkelte. Diese Abschwächung des Hiir konnte Mitgefühl oder Mitleid bedeuten, maßvolle Trauer oder eine Kombination aus alledem. Ob diese Gefühle Verran, Terrs oder beiden galten, war unklar. Verran ließ nicht locker. »Wie kann mein Sohn Bruder/Gemahl Eurer Tochter Vierzehn werden? Ihr wollt doch sicher keine solche Disharmonie über sie bringen?«

Die Grizhni-Matriarchin schien nicht ganz zu verstehen, was Disharmonie eigentlich war, sonst hätte sie keine so sinnlose Frage stellen können. Eine Erklärung war jedoch unmöglich, ohne sich auf das Lvjirri zu beziehen, und das hatte sie, die ihre Ahnen nie erkannt hatte, noch nie erlebt und würde es daher nicht begreifen.

Warum antwortet er nicht? fragte sich Verran. Ist ihm sein Kind denn gleichgültig?

Endlich entgegnete der Zmadrc: »Die junge Zmadrc Vierzehn hat ihre volle Größe erreicht, und sie hat ihre Wahl getroffen, womit sie ihre Zuversicht kundtut, daß ihr künftiger Bruder/Gemahl schließlich zu voller Harmonie gelangen wird.«

»Aber was ist mit Kindern, Zmadrc R'dsvyllsch?« Verran mußte sich zu dieser Frage zwingen, denn sie haßte es, auch nur an die Möglichkeit zu denken. »Was ist mit Kindern?«

»Darauf können wir nur hoffen, Grizhni-Matriarchin.«

Ist das Heuchelei? Nein, er meint es ernst. Aber wie kann er? Laut bemerkte sie, so ruhig wie möglich: »Es wäre besser, wenn es nicht dazu käme.« Diesmal vermochte Verran die Reaktion des Zmadrc ohne Mühe deuten — schlichtes Erstaunen. Für die Vardrul mit ihrer begrenzten Fruchtbarkeit und ihrem Gefühl des Einsseins waren Kinder ohne jede Einschränkung ein Segen. Der Zmadrc konnte sich einen anderen Standpunkt kaum vorstellen.

Das Fleisch des Patriarchen flackerte sprunghaft, und er summte einen einzelnen Ton, so hoch, daß er fast über der menschlichen Hörschwelle lag. Seine Gesprächspartnerin spürte ihn mehr, als daß sie ihn vernahm.

»Wenn Kinder kommen, werden sie halb Mensch, halb Vardrul sein«, fuhr Verran fort. Dieser Gedanke war noch relativ leicht auszudrücken, aber danach wurde es schwieriger. »Vor langer Zeit hat mein Gemahl, der Grizhni-Patriarch, mir gesagt, daß die Kognition das Wesen eines Menschen nicht zu ändern vermag. Terrs kann also sein Äußeres wandeln, er mag vielleicht sogar so weit kommen, daß er seine Ahnen erkennt, aber im Grunde wird er immer ein Mensch bleiben. Wenn Terrs eine Vardrul zur Schwester/Gemahlin nimmt, wird der Nachwuchs, der aus dieser Verbindung entsteht« — sie suchte nach den richtigen Silben, der angemessenen Tonhöhe — »das Menschsein in sich tragen. Es wird sich von Sippe zu Sippe weiterverbreiten, bis das Wesen der Menschen in die Adern der gesamten Vardrul-Rasse eingedrungen ist. Euer Volk wird sich verändern, Zmadrc R'dsvyllsch. Ihr werdet keine Vardrul mehr sein.«

»Ich verstehe nicht. Der junge Fal Grizhni Terrs strebt doch nach Einssein, nach Harmonie. Wenn er diese Dinge erreicht, die in sich gut sind, wie kann dann das Ergebnis anders als gut sein?«

Wie soll ich das erklären? Sie fuhr sich mit der Zunge über die Lippen und wagte den Versuch. »Patriarch, Ihr kennt den Charakter der Menschen nicht. Den Menschen wohnt eine Wildheit, eine Grausamkeit, eine Brutalität inne, die manchmal deutlich sichtbar, manchmal tief im Inneren verborgen ist — aber in gewissem Maße ist sie immer vorhanden. Die Vardrul sind frei von diesem Makel. Eure Verwandten/Untertanen sind gütig, freundlich und friedfertig, und es wäre am besten, wenn sie so blieben. Die Folgen einer Veränderung könnten schädlich sein, vielleicht sogar tragisch.« Das Vokabular der Vardrulsprache gestattete es nicht, den menschlichen Begriff der Tragik mit der darin enthaltenen Nebenbedeutung der Selbstzerstörung zu erfassen. Die Phrase, die Verran verwendete, drückte eher ›höchster Kummer, endgültige Zerstörung aller Hoffnung und allen Glücks‹ aus.

Der Zmadrc dachte schweigend über diesen Rat nach. Die Schwächung seines Hiir war sehr ausgeprägt, und seine Augenwülste waren ungewohnt reglos. Als seine Antwort kam, war sie etwas unverständlich. »Und doch erfüllt das Ruu der Zmadrc-Ahnen wie nie zuvor die Bedingungen des Lvjirri. Wußtet Ihr das denn nicht?«

Für Verran grenzte das an sinnloses Gefasel. Hatte er sie überhaupt verstanden? Sie konnte es nicht beurteilen. Es gab nur einen kritischen Punkt, den sie ihm begreiflich machen mußte. »Zmadrc R'dsvyllsch«, flehte sie, »nehmt Terrs als Verwandten/Untertan auf, wenn es sein muß, aber ich bitte Euch inständig, macht ihn nicht zu Zmadrc Vierzehns Bruder/Gemahl.«

Diesmal war es ihr gelungen, sich verständlich zu machen, und der Zmadrc-Patriarch konnte eine eindeutige Antwort geben. »Diese Entscheidung liegt bei der jungen Zmadrc Vierzehn, und sie hat bereits die Kristalle der Zustimmung übersandt. Man darf den Jungen doch gewiß nicht ihre Freiheiten und Vorrechte nehmen. Die Aufnahme des Fal Grizhni Terrs in die Zmadrc-Sippe wird also in zwei Kleinen Vens am Rand des Todesteiches unserer Familie stattfinden. Aber die Grizhni-Matriarchin braucht keine Angst zu haben, denn der junge Fal Grizhni Terrs wird zu diesem Zeitpunkt noch nicht Bruder/Gemahl meiner Tochter, sondern erst ihr Zukünftiger. Er muß erst noch seine Ahnen erkennen und die Clan-Wärme erfahren, ehe die Beziehung wirklich bestehen kann.«

Diese Antwort erfüllte zwar Verrans Erwartungen nicht ganz, ließ aber doch Raum für ein wenig Hoffnung. Terrs war nicht unwiderruflich gebunden, solange er die Ahnen nicht erkannt hatte. Er würde noch viele Vens lang studieren und üben müssen, bis seine Kognition einer solchen Aufgabe gewachsen war. Mit etwas Glück würde es ihm niemals gelingen. *Natürlich kann er auch schon in einer Koloration so weit sein.* Jedenfalls, so beruhigte sie sich, blieb noch Zeit — Zeit, um ihn vielleicht seine eigene Torheit erkennen zu lassen. Verran spürte, wie sie ein wenig ruhiger wurde. Die Situation war zwar bedrohlich, aber noch nicht verzweifelt. Der Zmadrc-Patriarch hatte wieder zu sprechen begonnen. Sie mußte sich konzentrieren, wenn sie etwas verstehen wollte.

»Grizhni-Matriarchin, es fällt uns wirklich schwer, uns zu verständigen. Ich glaube auch nicht, daß sich das jemals ändern wird.«

»Ich fürchte, Ihr habt recht, Zmadrc R'dsvyllsch.« Sie brachte ein schwaches Lächeln zustande.

Der Zmadrc wußte, was ein menschliches Lächeln in den meisten Fällen in etwa zu bedeuten hatte, und so leuchtete er auf und zog seine inneren Augenwülste zusammen. »Aber es gibt noch etwas, was ich Euch sagen möchte, und hier werden unsere Unterschiede einer Verständigung nicht im Wege stehen. Ich bin mir — wie wir alle — bewußt, daß das Leben der Grizhni-Matriarchin bei uns weder leicht noch glücklich ist. Getrennt von anderen Eurer Art könnt Ihr weder Einssein noch Harmonie empfinden, und ohne Harmonie gibt es keine Zufriedenheit. Es liegt nicht in unserer Macht, daran etwas zu ändern, aber die Grizhni-Matriarchin sollte wissen, daß sie von Freunden umgeben ist.«

Verran war überrascht. In den ganzen siebzehn Jahren hatte noch nie ein Vardrul eine so persönliche Bemerkung an sie gerichtet. Sie war gerührt. Wie alle Vardrul erschien ihr der Zmadrc-Patriarch stets unaussprechlich fern und rätselhaft. Sie hatte immer einen leisen Groll gegen ihn gehegt, weil sie ihn als Rivalen um die Zuneigung ihres Sohnes betrachtet hatte. Jetzt erkannte sie seine Güte und Großzügigkeit, die es ihm ermöglichten, die Kluft zwischen zwei verschiedenen Rassen zu überbrücken, und bereute ihr früheres Mißtrauen. Diesmal war ihr Lächeln aufrichtig, als sie antwortete: »Ich danke Euch, Zmadrc R'dsvyllsch, und ich werde Eure Worte nicht vergessen. Mein Sohn wird bei seinen neuen Verwandten und bei seinem neuen Patriarchen gut aufgehoben sein.«

Zwei Kleine Vens später stand Verran am Ufer des Todesteiches der Zmadrc und sah zu, wie ihr Sohn als Zukünftiger von Zmadrc Vierzehn in die Sippe aufgenommen wurde. Man hatte schon erwogen, die Zeremonie zu verschieben, weil sich in den Hügeln darüber ein Trupp herzoglicher Gardisten aufhielt. Eine solche

Heimsuchung war ebenso ungewöhnlich wie unerfreulich. Selten, wenn überhaupt, ließen sich bewaffnete Gardisten so weit entfernt von der Stadt Lanthi Ume sehen. Die Vardrul reagierten auf diese Belästigung mit der für sie typischen Scheu. Sie tarnten die Eingänge zu ihren Höhlen mit Gestrüpp, verschwanden unter der Erde und wagten sich weder bei Tag noch bei Nacht mehr nach Oben. Wie sehr, überlegte Verran, unterschied sich doch das Verhalten der Vardrul von dem der Menschen! In einer ähnlichen Situation hätten die Menschen Posten aufgestellt, Kundschafter und Fährtenleser ausgeschickt und die Invasoren keinen Augenblick unbeobachtet gelassen. Wenn es die Umstände zu erfordern schienen, hätten sich die Menschen auf einen Angriff vorbereitet. Anders die Vardrul, deren Instinkt sie eher dazu trieb, zu fliehen und sich zu verstecken. Die Menschen hätten das vielleicht Feigheit genannt. Verran sah darin nur die natürliche Unsicherheit unschuldiger Wesen, die bisher noch völlig frei von räuberischen Impulsen waren.

Unschuldig? Ja, das sind sie wirklich — noch. Und wenn Terrs erreicht, was er will? Was dann?

Sie wollte nicht darüber nachdenken. Es war viel besser, sich auf das Bild vor sich zu konzentrieren. Auf Terrs Drängen hin hatte sich die Zmadrc-Sippe entschlossen, die schlichte Aufnahmezeremonie trotz der Gardisten durchzuführen. Diese Zeremonie würde nun gleich beginnen, und Verran sollte daran teilnehmen.

Zum ersten Mal in all den Großen Vens ihres Hierseins bekam sie tatsächlich einen Todesteich zu sehen, denn diese Orte galten als ganz persönliche Refugien der jeweiligen Sippen, die jedem Außenstehenden verschlossen waren. Soweit Verran es verstanden hatte, waren die Teiche nicht ein *Besitz* im Sinne der Menschen. Vielmehr respektierten die verschiedenen Familien freiwillig diese heiligen Orte, wo die Angehörigen einer Sippe zu einem ganz besonders intensiven Gefühl des Einsseins gelangen konnten, das sogar vor der engen Bindung an die Vardrul-Rasse als Ganzes Vorrang hatte.

Die Todesteiche waren gewöhnlich schwer zugänglich, oft konnte man sie nur durch gewundene Gänge erreichen, die so niedrig waren, daß man, mit dem Gesicht fast den Steinboden streifend, hindurchkriechen mußte. Diese Gänge wurden mit einem scherzhaften Vardrul-Ausdruck als ›Bauchschrapper‹ bezeichnet, so lautete jedenfalls die ungefähre Übersetzung. Andere Teiche waren von Gräben umgeben, die nur auf gefährlich schwachen und schmalen natürlichen Steinbrücken überquert werden konnten. Wäre dies auch hier der Fall gewesen, dann hätte Verran auf die Teilnahme verzichtet. Es gab viele Bereiche der Höhlen, die sie, anders als die von Geburt an an das Leben unter der Erde gewöhnten Vardrul, nicht zu betreten wagte. Auch das war wieder einer der zahllosen Unterschiede, die sie von ihren Gastgebern trennten. Terrs, der alle Hindernisse mit Entschlossenheit überwand, bewegte sich freilich mit der Unbefangenheit eines echten Ureinwohners durch jeden Winkel des unterirdischen Systems.

Zum Glück war der Todesteich der Zmadrc leicht zu erreichen — ungewöhnlich leicht sogar. Die Zmadrc waren bereits zur Zeit der ersten Flucht der Vardrul in die Höhlen des Nazara Sin eine blühende Sippe gewesen und hatten gleich einen der ersten Teiche von ausreichender Tiefe mit Beschlag belegt, die man in dem neuen Reich entdeckt hatte. Er lag nur ein paar hundert Meter vom Mvjri-Blendloch entfernt, einem der größten und auffallendsten Ausgänge nach Oben. Diese Pforten, besonders die größeren, wurden häufig als *Blendlöcher* bezeichnet, weil jeder Vardrul, der sich während des Tages mit ungeschützten Augen zu nahe heranwagte, unter Sehbeschwerden zu leiden hatte. Der Todesteich der Zmadrc lag am Ende eines breiten, schnurgeraden Korridors. Der Weg stellte keine hohen

Anforderungen, so daß im Sterben liegende Sippenangehörige ohne Schwierigkeiten in diese Kammer gebracht werden konnten. Zahllose Vardrul hatten hier ihr Leben ausgehaucht, und alles atmete Geschichte. In diesem geheiligten Raum gelang es vergleichsweise mühelos, Kontakt mit den Ahnen aufzunehmen, und die Weitergabe des dabei Erlebten war ein wesentlicher Bestandteil der Aufnahmezeremonie.

Die Seiten des Teiches waren trichterförmig nach innen geneigt. Durch das Felsenlicht schienen die blutwarmen Wellen, die am steinigen Ufer leckten, zu glühen. In etwas größerer Tiefe erlosch der Schein, aus Gründen, die man nie erforscht hatte. Man nahm an, daß die Felsstruktur sich veränderte, aber genau wußte es niemand. Warum auch immer, jedenfalls lag der Grund des Teiches in tiefer Dunkelheit, und so blieb die Ungestörtheit jener zahlreichen Söhne und Töchter der Zmadrc, die das letzte Einssein erreicht hatten, gewahrt.

Dutzende von Vardrul hatten sich um die eine Hälfte des Todesteiches herum aufgestellt. Die ganze Sippe war versammelt, um Zmadrc Vierzehns neuen Zukünftigen zu begrüßen. Ihre Körper leuchteten hell und flakkerten in einem einfachen, sich ständig wiederholenden Rhythmus. Diesmal konnte Lady Verran ausnahmsweise die Botschaft des Ftvyi entziffern — die Vardrul hießen ihren neuen Verwandten Terrs und jene Mitglieder seiner Familie willkommen, die jetzt als direkt mit den Zmadrc Verbundene geehrt werden sollten. Gewöhnlich schlossen sich bei solchen Zeremonien ganze Sippen zusammen, was für die Einigkeit der Rasse förderlich war. In diesem Fall bestand Terrs' Sippe freilich nur aus der Grizhni-Matriarchin und vielleicht noch aus Nyd, dessen Status nie eindeutig festgelegt worden war, und so standen an der Grizhni-Hälfte des Ufers lediglich zwei auffallend andersartige Gestalten. Verran senkte den Kopf und vollführte mit den Fingern, so gut sie konnte, die höflichen Begrüßungsgesten der Vardrul. Der junge Terrs tat es ihr nach, aber er wurde dabei nicht so sehr durch seine Anatomie behindert, denn er hatte für diesen Anlaß seine Finger in Tentakel verwandelt.

Als Verran ihren Sohn betrachtete, spürte sie eine gewisse Abneigung. Der Anblick seiner leuchtenden, vardrulähnlichen Hände mit den langgezogenen, widerlich biegsamen Fingern war ihr fast unerträglich. Wie lange würde es diesmal anhalten? In den Kleinen Vens, die verstrichen waren, seit er ihr seine neue Fertigkeit zum erstenmal vorgeführt hatte, hatte er mit fanatischem Eifer geübt. Man mußte wohl annehmen, daß seine kognitiven Fähigkeiten sich immer weiter verstärkten.

In einer der nächsten Kolorationen wird er lernen, die Wirkung zu konservieren, und dann werden seine Hände nie wieder menschlich sein. Als nächstes wird er dann seine Füße verändern, vielleicht auch sein Gesicht oder seine Augen. Die Verwandlung wird fortschreiten wie eine unheilbare Krankheit. Aber wird es ihn glücklich machen?

Terrs stand auf der Zmadrc-Seite, durch die ganze Breite des Teiches von seiner Mutter getrennt. *Wie es sich gehört,* dachte Verran trocken. Er trug wie gewohnt seine schlichte, graue Robe und stand groß und aufrecht da, größer als jeder andere im Raum. Was für ein intelligentes, kräftiges Gesicht er doch hatte, wie stolz könnte sie auf ihn sein, wenn nur — *wenn nur.* Terrs hatte seine Tentakel ineinander verschlungen. Seine Miene war dem Anlaß entsprechend ernst, aber Verran sah ihm an, wie zufrieden er war.

Kannst du nicht tun, worum er dich gebeten hat, kannst du nicht wenigstens versuchen, dich mit ihm zu freuen?

Versuchen? Vielleicht. Ob es mir gelingt? Zweifelhaft.

Neben Terrs stand, ebenfalls in ein Gewand gehüllt, Zmadrc Vierzehn.

Warum trägt sie das? Gehört es zur Zeremonie, ist es eine Tradition? Oder tut sie es, damit Terrs und ich nicht die ein-

zigen sind, die ihren Köper bedecken? Verran beobachtete Vierzehn scharf, als hätte sie die junge Vardrul noch nie zuvor gesehen. *Meine künftige Schwiegertochter. Sozusagen. Ob es wirklich so weit kommen wird? Nein, noch ist Zeit — sie werden ihre Meinung sicher ändern, ehe es zu spät ist!* Vierzehn war nur mittelgroß, also viel kleiner als Terrs, und so schlank, daß sie fast ausgemergelt wirkte, aber ihr Körper war sehr geschmeidig, und sie bewegte sich mit der Anmut und Sicherheit aller Angehörigen ihrer Rasse. Äußerlich unterschied sie sich kaum von anderen Vardrul ihres Alters, eine Ausnahme bildeten möglicherweise ihre riesigen Augen, die heller strahlten als das Felsenlicht, sehr intelligent und empfindsam blickten und selbst für eine Angehörige dieses großäugigen Volkes ungewöhnlich waren. Diese Augen ruhten nun auf Terrs. Verran war etwas zu weit entfernt, um ihren Ausdruck zu erkennen, aber wahrscheinlich hätte sie ihn ohnehin nicht zu deuten vermocht.

Warum hat dieses Mädchen — sie ist gar kein Mädchen, sie ist eine Brfva'ardtruliinjr, aber das kann ich nicht aussprechen, und deshalb werde ich sie einfach weiter als Mädchen bezeichnen —, warum hat sie sich ausgerechnet für einen Menschen als Bruder/Gemahl entschieden? Ich kann das einfach nicht begreifen. Zugegeben, sie hat Terrs immer gern gehabt, aber trotzdem — Bruder/Gemahl? Muß sie wirklich so weit gehen, um ihm zu beweisen, wie sehr sie ihn schätzt? Warum Terrs diese Verbindung will, weiß ich, das liegt auf der Hand. Aber warum sind die Zmadrc einverstanden? Ich kann ihrer Argumentation nicht folgen. Ich werde sie nie verstehen.

Vierzehn sprach gerade mit Terrs und flackerte und trällerte dabei mit einer Lebhaftigkeit, die seit ihrer frühesten Kindheit typisch für sie war. Verran stand zu weit entfernt, um die Worte zu hören, wahrscheinlich wäre ihr sowieso die Hälfte entgangen, denn Vierzehn hatte den Kopf voller Ideen und verfügte über ein gerüttelt Maß an jugendlicher Begeisterung, so daß sie alles doppelt so schnell herausflötete wie ein durchschnittlicher Vardrul. Terrs verstand sie natürlich ausgezeichnet. Er blickte ihr in die Augen, und in seinem Gesicht war nichts von der mißtrauischen Reserviertheit zu entdecken, die seiner Mutter so wohlbekannt war. Vierzehns Augenwülste vollführten wellenförmige Bewegungen, und ihr Hiir verstärkte sich.

Was hat das nun wieder zu bedeuten? fragte sich Verran.

Direkt hinter Terrs und Vierzehn stand der Zmadrc-Patriarch auf dem niedrigen flachen Sprecherstein. Dieser leicht erhöhte Standort lenkte die Aufmerksamkeit aller auf den Sprecher, ohne ihn jedoch räumlich allzusehr von seiner Sippe zu trennen.

Schweigen senkte sich über die versammelten Zmadrc. Eine rätselhafte, innere Stimme hatte allen mitgeteilt, daß ihr Patriarch gleich das Wort ergreifen würde. Er würde sich sehr kurz fassen und nur eine kurze Einführung zu dem Informationsaustausch geben, der der eigentliche Zweck dieser Aufnahmezeremonie war. Hierbei handelte es sich nämlich keineswegs um ein sinnentleertes Ritual, und die Bindungen, die in dieser Koloration geknüpft wurden, gründeten nicht nur auf Tradition. Am Ufer des Todesteichs der Zmadrc würden die Sippenangehörigen ihre Ahnen erkennen. Was sie dabei erlebten, würde an die Grizhni-Familie weitergegeben werden, und beide Sippen würden sich auf diesem Wege nahekommen und sich in einer Weise verstehen lernen, wie es anders nicht möglich war. Natürlich war allen klar, daß die Grizhni-Sippe auf Grund ihrer natürlichen Beschränkungen nicht die Möglichkeit hatte, ihrerseits gleichwertige Erkenntnisse über ihre Ahnen zu liefern, aber sie würde doch einbringen, was sie konnte — die Grizhni-Matriarchin würde eine Personenbeschreibung ihrer eigenen, unmittelbaren Vorfahren aus dem Hause Verras geben und über das Leben und den Charakter ihres verstorbenen Gemahls, des Fal Grizhni-Patriarchen berichten.

Sicher war das kaum mit einem Erkennen der Ahnen zu vergleichen, aber jede Information über den Grizhni, dessen Sieg über die Kälte den Vardrul die Höhlen eröffnet hatte, war wertvoll.

»Geliebte Freunde und Verwandte/Untertanen, wir haben uns hier in Gegenwart unserer Ahnen versammelt, um ein neues Mitglied in unserer Familie willkommenzuheißen«, verkündete der Zmadrc in gewohnter Einfachheit.

Wie gewöhnlich selektierte Lady Verran im Geiste alle nicht zu übersetzenden Phrasen und Begriffe automatisch aus, fast so, als hörte sie sie gar nicht. Erst nach dieser Aufbereitung konnte sie den meisten Vardrulgesprächen einigermaßen folgen.

»Fal Grizhni Terrs tritt als zukünftiger Bruder/Gemahl der jungen Zmadrc Vierzehn in unsere Sippe ein. Es ist wahrhaft ein Glück für unsere Familie, den Sohn des großen Fal-Grizhni-Patriarchen zu den Unseren zählen zu dürfen.«

Ein freudiges Summen erhob sich. Aufrichtig? Die Vardrul neigten nicht zur Heuchelei, aber es war durchaus möglich, daß die Tonfolgen nichts als einfache Höflichkeit ausdrückten. Zuverlässiger waren ihre wahren Gefühle am Grad ihrer Lumineszenz zu erkennen, da diese nicht ständig und ausschließlich dem Willen unterworfen war. Verran bemerkte, daß der Hiir der Zmadrc durchgängig stark und konstant war. Ihre Freude über Terrs' Aufnahme war also nicht nur vorgetäuscht.

»Die Aufnahme des Fal Grizhni Terrs knüpft für alle Zeiten ein festes Band zwischen den Sippen der Zmadrc und der Grizhni. Auch dies ist eine Ehre für die Zmadrc-Sippe«, fuhr der Zmadrc fort.

An dieser Stelle wäre vielleicht eine förmliche Antwort des Sprechers der Gastsippe angebracht gewesen, aber dank der ungewöhnlichen Umstände dieser Zeremonie war es zulässig, vom gewohnten Ablauf abzuweichen. Zmadrc Vierzehn trat neben ihren Vater auf den Sprecherstein, wandte sich Lady Verran zu und sagte in stockendem Lanthianisch: »Wir heißen die Familie Terrs Fal Grizhnis willkommen und hoffen, daß die Lady Grizhni und der Nyd Grizhni unsere Freude über diese Verbindung teilen.«

Verran war überrascht. Vor mehreren Großen Vens hatte sie einigen Kindern ein wenig Unterricht in Lanthianisch gegeben, und Vierzehn war eine Zeitlang eine vielversprechende Schülerin gewesen. Aber das Interesse war bald wieder abgeflaut, und sie hätte nicht erwartet, daß die junge Vardrul noch etwas behalten hatte. Sie selbst hatte ganz vergessen, wie überraschend menschlich sich die Vardrul manchmal anhören konnten. Vierzehns Stimme klang klar und lieblich und insgesamt — mädchenhaft. Nur die sehr melodiöse Sprechweise wirkte ein wenig fremdartig.

Das war eine hübsche Geste. Ob Vierzehn wohl selbst auf die Idee gekommen ist? Wenn ja, dann hat sie das Taktgefühl ihres Vaters geerbt, und das wird sie auch brauchen, wenn sie wirklich Terrs' Schwester/Gemahlin werden sollte. Nein, daran darf ich jetzt nicht denken. Offenbar wartete alles auf eine Erwiderung, und Verran antwortete in ihrem etwas gestelzten, sorgfältig artikulierten Vardrul-Gesang: »Die Grizhni-Sippe fühlt sich sehr geehrt. Wir sprechen unseren Dank aus und entbieten der Zmadrc-Sippe unsere herzlichsten Grüße.« Nicht gerade überschwenglich vielleicht, aber doch höflich genug, mehr hätte sie um alles in der Welt nicht herausgebracht. Die vielen Vardrul, die ihr so aufmerksam zuhörten, machten sie nervös, weil sie sich ihrer sprachlichen Schwächen noch mehr als sonst bewußt wurde. Neben ihr krächzte Nyd ängstlich. Es machte ihn immer unruhig, wenn er die nichtmenschlichen Silben von den Lippen seiner Herrin hörte.

Trotz ihrer Kürze wurde Verrans Antwort von den Zmadrc-Zuhörern offenbar wohlwollend aufgenommen. Viele der Anwesenden strahlten auf, und Terrs schenkte ihr sein seltenes Lächeln. Nun war die Reihe an ihm, was ihn aber nicht im mindesten einschüchterte. Zuversichtlich erstieg er den Sprecherstein, und hielt eine kurze Ansprache, in der er gelobte, der Zmadrc-Sippe die Treue zu halten, seine natürliche, unauflösliche Bindung an die Grizhni-Sippe bestätigte und seine Freude darüber zum Ausdruck brachte, daß er bald Zmadrc Vierzehns Bruder/Gemahl werden sollte. Terrs formulierte klar und treffend. Er fühlte sich in der Sprache der Vardrul völlig zu Hause und wirkte trotz seiner Jugend keineswegs unbeholfen oder unsicher. Sein sparsamer, aber kraftvoller Stil erinnerte Verran stark an seinen Vater.

Er hätte das Zeug zum Führer, dachte Verran. *Oder zum Adepten, wenn er wollte. Alle Möglichkeiten würden ihm offenstehen, wenn ich ihn nur dazu bringen könnte, diese Höhlen zu verlassen!*

Terrs hatte seine Rede beendet und kehrte an seinen Platz zurück. Nun war es Zeit, zu dem Teil der Zeremonie zu kommen, um den sich eigentlich alles drehte — die Zmadrc-Sippe würde ihre Ahnen erkennen und mit Worten dem neuen Sippenmitglied übermitteln, was sie dabei sah. Da der Kontakt mit den Ahnen sich auf Blutsverwandte beschränkte, konnten nur die Angehörigen der Zmadrc-Sippe die Ahnen der Zmadrc erkennen, und da die Vardrul zur Inzucht neigten, kam es nur selten vor, daß jemand fähig war, mit den Vorfahren verschiedener Sippen Verbindung aufzunehmen. Ein verbaler Austausch der in der Trance empfangenen Eindrücke förderte jedoch die Einheit und Harmonie der ganzen Rasse.

Wieder war Verran Zeuge, wie eine ganze Gruppe ihre Ahnen erkannte, und fühlte sich schlagartig an die Szene erinnert, die sie vor vielen Großen Vens draußen in der Gravula-Wüste am Fuß der Granitweisen beobachtet hatte. Auch jetzt konzentrierten sich die Vardrul vor ihr sehr intensiv, spannten alle Kräfte an, um sich mit ihrem Bewußtsein Glied um Glied an der dünnen Kette der Familienerinnerungen entlangzutasten, so weit zurück, wie ihre Entschlossenheit und ihre jeweilige Fähigkeit es zuließen. Ihre Gesichter waren leer, die Augenmuskeln entspannt. Wie damals zeigte das unstete Flackern des Hiir die Stärke der geistigen Anstrengung an. Verran erinnerte sich an den sehnsüchtigen Blick ihres Sohnes, an seine Verzweiflung an jenem längst vergangenen Abend. Terrs war jetzt älter und hatte seine Gefühle besser unter Kontrolle. Sein Gesicht war ruhig, fast maskenhaft starr, die Lippen fest zusammengepreßt. Aber obwohl Verran durch die ganze Breite des Teichs von ihm getrennt war, konnte ihr die Sehnsucht in seinen Augen nicht entgehen. *Genau wie immer,* dachte sie. *Er hat sich überhaupt nicht verändert und wird sich auch niemals ändern, nicht, solange er darauf besteht, hier unten zu bleiben.* Sie versuchte, seinen Blick auf sich zu lenken, aber es gelang ihr nicht.

Der kollektive Hiir verstärkte sich. Eine Vardrul-Gestalt, ein Vardrul-Gesicht nach dem anderen flammte auf, alle begegneten den Ahnen, erkannten sie. Nie war der Hiir so stark wie in Gegenwart der Ahnen, und in dieser Bastion des Einsseins, direkt am Ufer des Todesteiches war der Kontakt besonders intensiv. Als Verran zum letzten Mal Zeuge einer solchen Szene gewesen war, waren die Körper der Vardrul unter schweren Umhängen verborgen gewesen. Nun waren sie nackt, und das Fleisch der Zmadrc-Angehörigen leuchtete so unglaublich hell, daß Verran fast die Augen schmerzten. Die sonst so flexiblen Tentakel waren steif, unbeweglich. Die großen Augen waren weit geöffnet, aber blind, der Blick ganz nach innen gerichtet. Die Vardrul nahmen ihre Umgebung nicht mehr wahr.

Nur drei Gestalten im Raum des Todesteiches blieben dunkel und matt — zwei Menschen und ein Hybride. Nur drei Gestalten in der Höhle blieben isoliert, ausgeschlossen, unberührt von den uralten Strömen der Gedanken und Gefühle. Terrs' Gesicht wirkte jetzt nicht mehr so undurchdringlich. Sein Verlangen und seine Entschlossenheit waren deutlich zu erkennen.

Zmadrc R'dsvyllsch hob zu sprechen an. Nicht sein Rang als Patriarch der Sippe gab ihm das Recht, als erster das Wort zu ergreifen, sondern vielmehr seine Fähigkeit, mit den frühesten, entferntesten Ahnen in Verbindung zu treten, die keiner seiner Verwandten/Untertanen sonst zu erreichen vermochte. Er sprach langsam, als müsse seine Stimme unendlich weite Strecken zurücklegen; sie klang härter, weniger melodisch als sonst, so als käme sie aus der Kehle eines Geschöpfs, das von den Vardrul der heutigen Zeit im Wesen und im Denken weit entfernt war.

»Zmadrc — Zmadrc — Zmadrc — Nvgr'llnjr von den Zmadrc trauert um den Verlust des Himmels. Verlust — Schmerz — Zorn. Der Himmel — die Sterne — der Mond — alles ist verloren, gestohlen von den Menschen: Angst. Angst vor den Menschen, den Zerstörern. Angst. Schmerz. Verlust. Ich bin der letzte, der sich noch erinnert, und ich bin sehr alt. Bald werden nur noch die Ahnen dieses Wissen besitzen, die Lebenden werden nichts anderes mehr kennen als diese Höhlen, und sie werden den Himmel vergessen. Verlust — Schmerz — Zorn — Schmerz.«

Eine Pause trat ein, und als der Zmadrc wieder sprach, klang die Stimme, die nicht die seine war, schwächer. »Müde. Schmerz. Müde. Ich liege am Ufer des neuen Todesteiches, und der Schmerz hat mich noch immer nicht verlassen. Der Himmel ist verloren, die Sterne sind verborgen, aber eines Tages werden wir sie zurückfordern. Wir werden zurückkehren nach Oben, angeführt von einem Großen, wie es verheißen wurde. Den Himmel zurückfordern, den Mond, die Sterne. Rückkehr. Rückkehr. Rückkehr.«

Eine längere Pause, dann veränderte sich der Tonfall

des Zmadrc. Er sprach nicht länger mit der Stimme Nvgr'llnjrs von den Zmadrc, und was er nun sagte, war viel schwerer verständlich. Er sprach von der Rolle der Zmadrc bei der Entwicklung des Gleichgewichts des Hdsjri, und die Beschreibung war durchsetzt mit Wendungen, die Verran nicht einmal ansatzweise begreifen konnte. Die Szene vermochte sie nicht mehr so stark zu fesseln, ihre Aufmerksamkeit ließ ein wenig nach, und eine fast frevelhafte Frage schoß ihr durch den Kopf. *Woher wollen sie eigentlich wissen, daß das alles wahr ist? Wie können sie so sicher sein, daß die Ahnen eine vertrauenswürdige Informationsquelle sind? Wenn sie nun etwas erfahren, was ihre Vorfahren aufrichtig für wahr hielten, obwohl sie sich irrten?* Aber die Vardrul schenkten den Ahnen bedingungslos Glauben. Auch Terrs war überzeugt — das sah sie seinem verzückten Gesicht an. Terrs glaubte jedes Wort.

Nyd, der Hybride, war das einzige Wesen im ganzen Raum, dessen Aufmerksamkeit nicht auf das Erkennen der Ahnen gerichtet war. So bemerkte er als erster das Eintreffen einer neuen Gruppe von Vardrul. Sein erschrockenes Zischen riß seine Herrin aus ihren Gedanken, sie drehte sich um und erkannte sofort, daß etwas sehr Schlimmes geschehen sein mußte.

Die Neuankömmlinge waren matt, matt wie Menschen. Das Leuchten ihres Fleisches war erloschen, der Hiir auf der niedrigstmöglichen Stufe. Nur einer oder zwei flackerten noch schwach, und das Tempo ihrer Signale war hektisch. Der niedrige Hiir und dieses überschnelle, unregelmäßige Flimmern vermittelten überwältigend negative Empfindungen. Ein Blick in die starren Augen der neu Hinzugekommenen verriet Verran, um welche Gefühle es dabei ging — um fast panische Angst nämlich. Sie hatte schon verängstigte Vardrul gesehen und erkannte die Zeichen — extrem geweitete, konzentrische Augenwülste und verschleierte Augen: Einmal, vor vielen Großen Vens, als die Matriarchin der R'jnrllsch-Sippe sich zu leicht bekleidet, um die Winterkälte zu ertragen, nach Oben begeben hatte und in die Kältestarre gefallen war, hatte Verran tiefe Furcht in den Augen ihrer Verwandten/Untertanen gesehen. Aber niemals in der ganzen Zeit ihres Hierseins hatte sie erlebt, daß ein Vardrul auch nur annähernd so von Entsetzen erfaßt war, wie sie es jetzt beobachtete.

Etwa ein Dutzend der weißen Geschöpfe, meist Sippenangehörige der Lbavbsch- und F'tryll'jnr, liefen herein, einige von ihnen stießen gedämpfte, aber erstaunlich disharmonische Laute aus — das Gegenstück zu menschlichen Schreien. Durch die Störung wurde bei einer Reihe von Mitgliedern der Zmadrc-Sippe der Kontakt zu den Ahnen abrupt unterbrochen. Schockiert über den plötzlichen Verlust des Einsseins begannen die Zmadrc erstaunt und in schmerzlicher Verwirrung zu trällern. Die Bestürzung verstärkte sich, als die Neuankömmlinge hin- und hereilten und ihre noch in Trance befindlichen Freunde schüttelten und anstießen. Die unerklärliche Attacke hatte Erfolg. Innerhalb von wenigen Augenblicken schwächte sich der Hiir der Zmadrc-Sippe ab. Das grelle Leuchten des Fleisches wurde schwächer und ging in wildes Flackern über, als die Verbindung zu den Ahnen zerriß. Schrecken und Disharmonie traten an die Stelle der Trance. Die verstörten Ausrufe der Zmadrc mischten sich mit den Schreien der Lbavbsch und F'tryll'jnr, und kurze Zeit herrschte ein schreckliches Durcheinander. Es dauerte freilich nicht lange, bis die Neuankömmlinge sich verständlich machen konnten. Ihre Warnung war knapp und prägnant: »Menschen sind hier — sie töten uns — sie töten uns ...«

Menschen in den Höhlen? Es war fast unvorstellbar. Die Zmadrc waren eher erstaunt als verängstigt, und ihr Fleisch verdunkelte sich noch weiter.

»Versteckt euch — lauft weg — versteckt euch!«

Immer noch etwas betäubt nach dem plötzlichen Abbruch des Kontakts mit den Ahnen, reagierten die Zmadrc-Angehörigen träge. Mit lautem Trillern ihr Unverständnis zum Ausdruck bringend, warteten sie auf die Anweisung ihres Patriarchen. Aber Zmadrc R'dsvyllsch, dessen Bewußtsein zahllose Generationen durchwandert hatte, war immer noch benommen und konnte nicht sprechen.

Verran umklammerte Nyds Pranke. »Schnell, wir müssen zu Terrs.« Gemeinsam liefen sie um den Teich herum, aber noch ehe sie das gegenüberliegende Ufer erreicht hatten, erschienen bereits menschliche Gestalten im Eingang und strömten in die Todesteichkammer der Zmadrc.

Es war eine Schwadron lanthianischer Soldaten in der grüngoldenen Uniform der herzoglichen Garde. Die meisten trieften von Schweiß und farblosem Vardrul-Blut. Auch von ihren gezückten Schwertern tropfte die zähe, durchsichtige Flüssigkeit herab. Als die Lbavbsch und F'tryll'jnr sie erblickten, flüchteten sie schreiend, die meisten klugerweise zum Hintereingang der Höhle, einem selten benützten Felsspalt, der in die zerklüfteten Bauchschrapper des Hllsreg-Netzes mündete. Ein paar versuchten jedoch in blinder Panik an den Menschen vorbeizukommen und den Haupteingang zu erreichen, und diese wurden von den Soldaten sofort niedergemacht. Vier F'tryll'jnr fielen fast gleichzeitig, und ihre Büder stießen ein schmerzlich ungläubiges Flöten aus, als das letzte Licht aus den sterbenden Körpern schwand.

Die Gardisten zeigten nur wenig Interesse für ihre Vardrul-Opfer. Sie waren ja nicht ins Nazara Sin gekommen, um die Weißen Dämonen zu jagen. Der Anführer der Schwadron warf einen schnellen Blick durch den Raum, und seine Augen blieben an Terrs hängen, der zwischen den wie vom Donner gerührten Zmadrc stand. Ein Schrei entfuhr ihm: *»Da!«*

Die Soldaten rückten vor, und die Vardrul machten

ihnen verschreckt Platz. Viele der Zmadrc reagierten freilich in ihrer Verwirrung nicht schnell genug und wurden von den Gardisten skrupellos abgeschlachtet. Bald säumten zuckende, flackernde und schließlich im Tode erlöschende, weiße Leiber den Weg der Soldaten. Die Schmerzensschreie der Vardrul hallten schaurig zwischen den Stalaktiten wider. Viele der Zmadrc waren offenbar wie gelähmt vor Entsetzen und konnten sich von den Leichen ihrer Anverwandten nicht trennen. Auch diese Unglücklichen ereilte schnell ihr Schicksal.

Die Soldaten rückten immer näher an Terrs heran, aber der Junge schien es nicht zu merken, oder es kümmerte ihn nicht. Er bemühte sich gemeinsam mit Zmadrc Vierzehn, den benommenen Zmadrc-Patriarchen zu der Spalte an der Rückwand des Raumes zu führen. Zmadrc R'dsvyllsch war immer noch desorientiert und stützte sich schwer auf die Schulter des Menschen. Daß er dem eigentlichen Ziel der Gardisten so nahe war, würde ihn wahrscheinlich das Leben kosten, aber nur Verran erkannte, welch tödliche Folgen die selbstlose Hilfsbereitschaft ihres Sohnes haben würde. Ihr Instinkt sagte ihr, warum die Gardisten hier waren. Obwohl ihr Mund vor Angst ganz trocken war, schrie sie: »Terrs, *lauf weg!* Sie haben es auf dich abgesehen!«

Er vernahm den Zuruf, schenkte ihm aber keinen Glauben und wich nicht von der Seite des Zmadrc. Auch die Gardisten hatten die Warnung in lanthianischer Sprache gehört, der Kommandant fand schnell heraus, woher sie gekommen war, und befahl: »Bringt mir die Frau!« Drei der Soldaten lösten sich von der Hauptgruppe und verfolgten Verran, die ihre Schritte beschleunigte — umsonst. Sie schnitten ihr geschickt den Weg zu ihrem Sohn ab und rückten, die Schwerter zum Schlag erhoben, gegen sie vor. Verran beobachtete das alles merkwürdig ungerührt, ja, ungläubig. *Sie können mich doch nicht einfach töten wollen? So ganz nebenbei?*

Ein schneller Blick in die drei erbarmungslosen Gesichter und auf die drei bluttriefenden Schwerter belehrte sie eines Besseren, und sie dachte: *Sie werden es tun, ich werde sterben.* Aber nicht, ehe sie nicht wenigstens einen Versuch unternommen hatte, sich zu retten. Verran drehte sich um und begann zu laufen, und die Gardisten schwärmten aus, um sie einzufangen. Gleichzeitig begann Nyd zu fauchen und sprang. In diesem Augenblick waren die Gebrechen, die Schmerzen und die zunehmende Schwäche seines hohen Alters vergessen. Er war wieder Nyd, der beste und tapferste von Fal Grizhnis Dienern, und seine Aufgabe war es, Fal Grizhnis Gemahlin zu beschützen. Das Gefühl, endlich wieder gebraucht zu werden, verlieh ihm Schnelligkeit, Kraft und Vitalität. Der Hybride stürzte sich auf den nächsten Gardisten, der unter dem Anprall ins Wanken geriet. Schädel und Eingeweide des Mannes waren durch seinen Helm und seinen Brustpanzer geschützt, aber ein einziger Streich der dolchscharfen Klauen durchtrennte eine Arterie am rechten Arm. Blut spritzte in hohem Bogen heraus, das Schwert des Gardisten fiel klirrend auf den Steinboden. Verran stürmte auf die Waffe los, während Nyd sich den übrigen Feinden zuwandte. Der verletzte Soldat umklammerte seinen Arm und taumelte mit einem fast komisch anmutenden Quieken nach rückwärts. Am Rand des Todesteiches stolperte er, verlor den Halt und fiel mit einem gewaltigen Platschen ins Wasser. Sofort färbte sich der Teich vom Menschenblut rot, und das Felsenlicht beleuchtete mit sanftem, rosigem Schein den Todeskampf des verletzten Gardisten, der sich noch eine Weile keuchend und gurgelnd mit Händen und Füßen wehrte, bis er sich schließlich in sein Schicksal ergab, in den warmen Wellen versank und sich unpassenderweise den Ahnen der Zmadrc zugesellte.

Fast ohne zu verschnaufen, fiel Nyd den zweiten Gardisten an, der vor diesem haarigen, flammenäugigen Dämon überrascht zurückwich. Nyd folgte ihm, ohne einen Gedanken an den Feind in seinem Rücken zu verschwenden. Diese Unvorsichtigkeit hätte ihm das Leben gekostet, hätte Verran nicht bemerkt, in welcher Gefahr er schwebte, und ihr erbeutetes Schwert zum Einsatz gebracht. Mit zusammengebissenen Zähnen führte sie zwei schnelle tiefe Schläge. Der Soldat schrie auf und ging zu Boden, sie hatte ihm die Kniesehnen durchtrennt. Nyd nahm es kaum wahr, denn nun stieß sein eigener Gegner zu, überschätzte aber seine Reichweite. Flink wie in seiner Jugend wich der Hybride aus, schlüpfte unter die Deckung des anderen und hieb ihm die Klauen in das ungeschützte Gesicht, ein Glückstreffer, vielleicht auch ein Zeugnis für Nyds Zielsicherheit. Der Gardist wich kreischend zurück, die Krallen waren ihm in beide Augen gedrungen. Das Schwert fiel ihm aus der Hand, als er mit beiden Händen sein Gesicht bedeckte. Nyd zischte, schlug noch einmal zu, und diesmal stürzte der Soldat zu Boden und das Blut schoß ihm aus der aufgerissenen Kehle.

Jetzt war der Weg zu Terrs frei. Dem Jungen und Vierzehn war es gelungen, mit Zmadrc R'dsvyllsch etwa die Hälfte des Wege zum Hintereingang zurückzulegen. Der Zmadrc kam allmählich wieder zu sich, seine Bewegungen wurden koordinierter, und das erleichterte die Aufgabe. Eine Schar verschreckter Verwandter/Untertanen drängte sich um ihren Patriarchen. Verran sah zu ihrem Entsetzen, daß die Gardisten bereits den Rand dieser Gruppe erreicht hatten. Die Stahlklingen hoben und senkten sich mit mechanischer Regelmäßigkeit, und wo sie herabsausten, kamen Vardrul zu Tode. Wenn Terrs sich jetzt nicht beeilte, würde er den Ausgang nicht rechtzeitig erreichen — und das hieß, er würde ihn niemals mehr erreichen.

»Bring ihn weg!« befahl sie ihrem Gefährten atemlos. »Wenn er nicht will, wendest du Gewalt an.« Nyd krächzte zustimmend und sprang auf die Gruppe zu.

Verran folgte ihm dicht auf den Fersen. Sie erreichten Terrs in dem Augenblick, als ein Gardist Zmadrc R'dsvyllsch sein Schwert in die Brust stieß.

Ohne einen Laut stürzte der Zmadrc zu Boden. Einen Augenblick lang flackerte sein Fleisch noch in schnellem unregelmäßigen Rhythmus, dann berührte ihn Vierzehn, die Clan-Wärme flutete ein letztes Mal durch seine Adern, und sein Hiir flammte auf. Er richtete seine großen Augen auf Vierzehn und ihren Zukünftigen und summte leise, fast unhörbar: »Flieht. Lauft. Versteckt euch.« Die Muskelbänder um seine Augen wurden schlaff, als er das Bewußtsein verlor, dann wurde sein Fleisch so plötzlich dunkel wie der Himmel nach dem Erlöschen eines Blitzes. Dünne, zittrige Töne signalisierten das Entsetzen der umstehenden Verwandten/Untertanen über den Tod ihres Patriarchen. Aber wer sich die Zeit nahm, ihn zu betrauern, würde ihm mit Sicherheit folgen. Der Mörder des Zmadrc hob sein Schwert. Diesmal war der Hieb auf Terrs gezielt.

Verran schrie. Es war eine reine Instinktreaktion, doch in diesem Fall erwies sie sich als nützlich. Terrs blickte auf, erkannte die Gefahr und sprang zur Seite. Das Schwert des Gardisten pfiff dicht an seinem Ohr vorbei. Vierzehn stieß einen tremolierenden Schrekkensschrei aus. In Terrs' Gesicht kämpften die Angst und das Entsetzen des Vardrul mit der rachsüchtigen Wut des Menschen. Der Mensch behielt die Oberhand. Terrs' Hände nahmen ihre natürliche Gestalt wieder an. Er blickte sich schnell um, sein Auge fiel auf seine Mutter, die noch immer das blutige Schwert des toten Gardisten in Händen hielt. Ehe sie wußte, wie ihr geschah, hatte er ihr die Waffe entwunden. Terrs hatte keine Ahnung vom Schwertkampf, aber seine Kraft, sein Zorn und die schnellen Reflexe der Jugend kamen ihm zu Hilfe. Er machte einen Satz nach vorne, und der Stahl fuhr dem Gardisten durch die Kehle. Terrs trat zurück, der Soldat stürzte. Ein zweiter Ausfall, wieder fand ein

Gardist den Tod. Aber es konnte nicht so weitergehen — die Feinde des Jungen waren zu zahlreich und zu diszipliniert. Die Gardisten zogen sich zurück, verständigten sich kurz und schwärmten in einer gekonnten Zangenbewegung aus.

»Terrs, *lauf!*« flehte Verran. Er beachtete sie nicht, und sie wandte sich verzweifelt an Nyd. »Er *muß* hier weg!«

Mehr brauchte sie nicht zu sagen. Nyd packte Terrs von hinten und schleppte ihn zum Ausgang. Einen Moment lang leistete der Junge heftigen Widerstand, und der Hybride hatte alle Hände voll zu tun, um ihn zu bändigen. Dann brachten ihn der Anblick der vorrükkenden Gardisten und die flehentlichen Bitten von Verran und Vierzehn ein wenig zur Vernunft, und er wehrte sich nicht mehr. Vorsichtig lockerte Nyd seinen Griff. Alle vier drehten sich um und rannten auf den Ausgang zu, durch den eben in panischer Hast die letzten Vardrul verschwanden, wie Kaninchen, die in ihren Bau flitzen. Nacheinander zwängten sich Vierzehn, Verran, Terrs und Nyd durch die niedrige Öffnung. Einen Sekundenbruchteil später waren die Gardisten da, aber sie zögerten begreiflicherweise, ihre Beute in diesen schmalen, unbekannten Gang hinein zu verfolgen.

Verran war seit vielen Großen Vens nicht mehr durch einen Bauchschrapper gekrochen. Da sie die Unbequemlichkeit und Enge dieser niedrigen Tunnel verabscheute, beschränkte sie ihre Streifzüge gewöhnlich auf die breitesten, belebtesten Gänge der Höhlen. Das hatte nichts mit Trägheit zu tun, sondern war auf einen tief verwurzelten Urinstinkt zurückzuführen, der noch von Oben stammte und sie vor diesen extrem schmalen Korridoren warnte, wo die Felswände sie von allen Seiten zu erdrücken schienen und wo sie jedesmal von namenloser Angst überfallen wurde. Ein zweiter, eher praktischer Grund für ihre Abneigung war, daß die Bauchschrapper — besonders hier im Hllsreg-Netz —

den Fels wie ein sinnverwirrend unübersichtliches Labyrinth durchzogen. Man konnte sich leicht verirren, und gelegentlich passierte das sogar den jungen Vardrul, für die solche Irrgärten eine natürliche Anziehungskraft besaßen. Jetzt war das nicht zu befürchten, denn Zmadrc Vierzehn kroch voran, und sie kannte jeden Winkel des Netzes. Nein, die wirkliche Gefahr befand sich hinter ihnen, und während Verran auf Händen und Knien, die von dem ungewohnt rauhen Steinboden schon blutig geschürft waren, weiterkroch, lauschte sie angestrengt auf die Geräusche etwaiger Verfolger. Bisher hatte sie nichts gehört. Vielleicht scheuten die Gardisten den Tunnel — vielleicht waren sie aber auch so geschickt und behutsam, daß es ihnen irgendwie gelang, lautlos zu folgen. So sehr Verran sich auch bemühte, sie konnte die schrecklichen Bilder nicht verdrängen, immer wieder sah sie vor sich, wie silbrig blitzende Klingen farblos blutende Wunden schlugen, wie die Vardrul stürzten, sich verdunkelten, starben — *Wie viele?* —, und alles lief so reibungslos ab, so fachmännisch, ein so gewaltiges Blutbad in so kurzer Zeit — es war noch gar nicht zu begreifen ... *Und sie suchen nach Terrs, das weiß ich. Aber warum jetzt, nachdem man uns so viele Jahre unbehelligt gelassen hatte? Was ist in Lanthi Ume geschehen? Warum gerade jetzt?*

Die Decke wurde niedriger, Verran mußte sich auf die Ellbogen niederlassen. Sie bewegte sich unbeholfen, und das Kriechen war schmerzhaft. Zmadrc Vierzehn war an diese Art der Fortbewegung gewöhnt und huschte flink voraus. Schon hatte sie einen großen Vorsprung. *Ich hätte Terrs vor mir gehen lassen sollen, wahrscheinlich halte ich ihn auf.* Hinter sich hörte sie immer wieder ein leichtes Klicken, das sie erschreckte, bis sie es identifiziert hatte: Nyds Stachelkrause schabte gegen die Wände und die Decke des Tunnels. Nyd mit seinem massigen Körper und seinen Stacheln war gewiß nicht dafür geschaffen, durch unterirdische Gänge zu kriechen. Der arme Hybride mit seinen entzündeten Gelenken litt wahrscheinlich Höllenqualen, weit mehr als sie selbst. *Nyd hat uns da hinten das Leben gerettet. Wie oft hat er das nun schon getan?*

Der Bauchschrapper weitete sich, sie kamen nun leichter voran. Schließlich mündete der Tunnel in eine kleine Kammer mittlerer Höhe, wo Stalaktiten in durchsichtigen Trauben von der Decke hingen. Hier war ein anonymer Künstler am Werk gewesen, mehrere der steinernen Zapfen waren von oben bis unten mit Reliefs bedeckt. Seine Werkzeuge — primitive Meißel, ein Hammer, Töpfe mit Säure und Wasser, Pinsel und Lappen zum Polieren — lagen noch auf dem Boden. In der Kammer befanden sich bereits mehrere Vardrul. Zwei Lbavbsch und ein F'tryll'jnr, das Fleisch immer noch matt vor Entsetzen, kauerten an der gegenüberliegenden Wand. Sie warfen den Neuankömmlingen nur einen kurzen Blick zu, dann wandten sie ihre verschleierten Augen teilnahmslos ab. Kummer und Angst hatten ihnen offenbar die Sprache geraubt. Terrs brauchte jedoch Informationen. Er redete sie in der Vardrul-Sprache an, und diesmal ging es um so simple Dinge, daß Verran keinerlei Mühe hatte, ihm zu folgen. Sie bemerkte, daß ihr Sohn seine gewohnte, eiserne Selbstbeherrschung wiedergefunden hatte. Er gab sich gelassen und überraschend entschieden.

»Wo sind die anderen?« fragte er mit so gedämpfter Stimme, daß ringsum in den Tunnels nichts zu hören war.

»Sie haben sich überall im Hllsreg-Netz versteckt«, antwortete Lbavbsch Elf. »Ein paar haben auch Zuflucht in der Äußersten Dri'iz-Erweiterung gesucht. Einige haben die anderen Sippen gewarnt, damit unsere Brüder rechtzeitig fliehen und sich in Sicherheit bringen können.«

»Fliehen? Unsere Heimat verlassen? Nein«, sagte Terrs.

Vier Vardrul-Augenpaare betrachteten ihn erstaunt. Vierzehn summte fragend. Nyd, der ohnehin nichts verstand, achtete kaum auf das Gespräch. Verran hingegen begriff nur zu gut. *Fal Grizhni,* dachte sie.

»Wenn wir hierbleiben, gehen wir alle zu den Ahnen ein«, bemerkte F'tryll'jnr Rdsdr, der älteste Sohn des F'tryll'jnr-Patriarchen.

»Nicht, wenn wir uns verteidigen. Wir sind viele, die Soldatenmenschen sind wenige«, erklärte Terrs eindringlich.

»Die Menschen sind bewaffnet.«

»Auch wir müssen uns bewaffnen.«

»Sie sind unvorstellbar gewalttätig und schrecklich.«

»Es wurde bereits bewiesen, daß sie nicht unverwundbar sind.«

»Wir Vardrul sind keine Mörder«, summte Vierzehn.

»Und doch müssen die Vardrul ihre Heimat schützen, oder sie werden sie verlieren«, beharrte Terrs. »Außerdem, was ist mit Zmadrc R'dsvyllsch und all den getöteten Verwandten? Ist hier keine Verpflichtung entstanden?« Genauer ließ sich in der Vardrul-Sprache der Begriff der Rache nicht umschreiben.

Als Terrs den Namen ihres ermordeten Vaters erwähnte, flackerte Vierzehn heftig, und die Muskelbänder um ihre Augen zuckten. Ein schwacher Schein drang durch das bisher völlig matte Fleisch der beiden Lbavbsch, und F'tryll'jnr Rdsdrs Hiir verstärkte sich merklich. Terrs Anregung schien auf fruchtbaren Boden zu fallen.

Er wird diese sanften Geschöpfe zur Gewalt aufwiegeln, obwohl sie nicht dafür geschaffen sind, dachte Verran. *Er wird sie zerstören, und er wird sich selbst zerstören — genau wie sein Vater.* Laut sagte sie: »Terrs, es wurde schon genug Blut vergossen. Denke doch erst einmal in Ruhe nach!«

»Das tue ich, Mutter«, unterbrach er sie. »Ich sehe, daß man uns aus unserer Heimat vertreiben wird, wenn wir diese Menschen jetzt nicht aufhalten — ein für allemal aufhalten, ihnen solche Furcht einflößen, daß sie es nie wieder wagen, einen Fuß in unsere Höhlen zu setzen.«

»Auf diese Weise kannst du sie aber nicht aufhalten. Die Vardrul sind keine Kämpfer, und ein erfolgloser Widerstand wird die Wut der Gardisten nur noch mehr anfachen.«

»Haben sie sich bisher etwa gemäßigt?« fragte Terrs. »Außerdem braucht der Widerstand nicht erfolglos zu sein. Sieh dir F'tryll'jnr Rdsdr an.« Der Vardrul leuchtete jetzt sehr viel heller. Seine reglosen Züge verrieten, daß er tief in Gedanken war.

Verran zog die Augenbrauen zusammen, aber Nyd kam einer Antwort mit einem warnenden Zischen zuvor. Die Augen des Hybriden waren auf die Tunnelöffnung gerichtet. Alle Gespräche verstummten, alle Anwesenden lauschten gespannt. Die Angst ließ das Leuchten der Vardrul von neuem erlöschen. Ganz in der Nähe waren menschliche Stimmen zu hören. Einige Gardisten, die sich schließlich doch in das Hllsreg-Netz gewagt hatten, um ihre Beute zu verfolgen, kamen von Sekunde zu Sekunde näher. Verran stockte der Atem, und sie blickte sich nach einer Fluchtmöglichkeit um. Nicht weit entfernt spaltete ein Riß die Wand, und drei oder vier der Vardrul strebten bereits in diese Richtung. Vierzehn zögerte noch und blickte wie gebannt ihren Zukünftigen an, aber Terrs machte keine Anstalten, ihr zu folgen. Er erreichte mit zwei Schritten den Tunnel und postierte sich, das mitgebrachte Schwert zum Schlag erhoben, neben der Öffnung. Nyd folgte dem Beispiel seines jungen Herrn und kauerte sich ihm gegenüber nieder. Sein Gesichtsfell war gesträubt, und er fletschte seine Reißzähne. In diesem Moment wirkte er nicht mehr alt.

Terrs' Miene war eisig und gnadenlos, und wieder dachte Verran: *Fal Grizhni.*

Ein Scharren, ein Schlurfen, dann kam ein Gardist auf Händen und Knien aus dem Bauchschrapper gekrochen. Ehe der Mann noch ganz in der Kammer war, sauste Terrs' Schwert herab. Blut spritzte auf. Der Gardist brach lautlos zusammen und war auf der Stelle tot.

Er hat nicht einmal gezögert, dachte Verran, und neue Bestürzung mischte sich in ihr Entsetzen. *Er hat einen Mann getötet, kaltblütig diesmal, und es rührt ihn überhaupt nicht. Kenne ich meinen Sohn überhaupt? Wo hat er diese Brutalität gelernt?* Die Antwort kam wie von selbst. *Er brauchte sie nicht zu lernen, sie liegt ihm im Blut. Er verteidigt seine Heimat,* erinnerte sie sich selbst. *Er verteidigt alles, was ihm wichtig ist.* Sie blickte zu Vierzehn und sah, daß die Fingertentakel der jungen Vardrul starr waren und ihr Fleisch in komplexen, unverständlichen Rhythmen flackerte. F'tryll'jnr Rdsdr leuchtete hell und starrte wie hypnotisiert auf das grausige Schauspiel. Der Hiir der beiden Lbavbsch blieb erschreckend schwach.

Auf ein Zeichen von Terrs zerrte Nyd die Leiche zur Seite. Einen Augenblick später tauchte ein zweiter Gardist aus dem Gang auf, ein einziger Schwertstreich erledigte auch ihn. Als Nyd die Leiche aus dem Wege räumte, entfuhr F'tryll'jnr Rdshr ein vibrierendes Summen.

Der dritte Gardist verhielt sich klüger. Vielleicht warnte ihn sein Instinkt vor der Gefahr, vielleicht war er auch nur besser ausgebildet. Er machte sich noch vor dem Tunnelausgang zum Sprung bereit und schnellte sich waagerecht in den Raum. Terrs' Schwert verfehlte ihn um Haaresbreite. Zwei schnelle Stöße, fast Reflexbewegungen, und die beiden Lbavbsch waren tot. Sie stürzten gleichzeitig zu Boden, und ihr Leuchten erlosch. Ohne einen Augenblick innezuhalten, ging der Gardist auf Terrs los.

Ein vierter Soldat sprang mit gezücktem Schwert aus dem Tunnel und sah sich Nyds Zähnen und Klauen gegenüber.

Terrs parierte ungeschickt, wich zurück, parierte wieder. Der Soldat erkannte, daß er einen unerfahrenen Gegner vor sich hatte, fintierte, provozierte noch eine ungeschickte Reaktion, und die Klingen banden sich. Eine plötzliche Drehung des Handgelenks, Terrs' Waffe flog durch die Luft, und der Junge stand wehrlos da. Verran lief auf das Schwert zu, das in der Mitte des Raumes gelandet war, und sah, daß auch Vierzehn sich der Waffe näherte, aber sie würden sie beide nicht rechtzeitig erreichen. Nyd war mit seinem eigenen Gegner beschäftigt und konnte ihnen nicht zu Hilfe kommen.

Terrs wich vor dem Gardisten zurück, der ihn zuversichtlich und gekonnt bedrängte. Noch ein paar Schritte, und er würde mit dem Rücken an der Wand stehen.

»Lauf weg, Terrs!« flehte Verran, aber dazu war ihr Sohn nicht bereit.

»F'tryll'jnr Rdsdr!« rief er, und es war gleichzeitig eine Bitte und ein Befehl. »Hilf mir!«

F'tryll'jnr Rdsdr stand hinter dem Gardisten. Sein Hiir war stark, sein Gesicht undurchdringlich. In der Hand hielt er den Hammer, den der anonyme Bildhauer zurückgelassen hatte, aber er schien nicht recht zu wissen, was er damit anfangen sollte.

»F'tryll'jnr!« rief Terrs, und dann hatte der Vardrul einen Entschluß gefaßt. Er hob den Hammer und führte einen zaghaften Schlag, der vom Helm des Gardisten abprallte. Der Soldat wirbelte zu seinem neuen Gegner herum, und Terrs entfernte sich mit einem Sprung von der Wand. F'tryll'jnr Rdsrd schlug wieder zu, diesmal viel fester, und traf den rechten Arm seines Feindes direkt über dem Ellbogen. Das Gesicht des Soldaten verzerrte sich zu einer Schmerzgrimasse. Sein Arm hing kraftlos herab, vorübergehend gelähmt. Sofort wechselte er die Waffe in die linke Hand und griff damit den Vardrul an, verfehlte ihn jedoch, weil Terrs von der Seite gesprungen kam und seinen Arm festhielt. Als er den Jungen abschütteln wollte, prasselten zunehmend aggressivere Hammerschläge auf seinen Helm und seine Schultern herab. Einmal traf der Hammer seinen Bakkenknochen, und er zuckte instinktiv zur Seite. In diesem Augenblick entwand ihm Terrs das Schwert und trieb ihm die Spitze in die Kehle.

Damit war erst einmal alles vorüber. Auch Nyd hatte seinen Gegner erledigt, nun lagen vier Gardisten tot auf dem Steinboden und daneben die beiden ermordeten Angehörigen der Lbavbsch. Fünf Überlebende betrachteten das grausige Bild mit unterschiedlichen Mienen, Terrs mit starrer Feindseligkeit, Nyd mit schlichtem Triumph, Verran müde und benommen und Zmadrc Vierzehn mit vor Entsetzen trüben Augen. F'tryll'jnr Rdsdr stand ein Stück von den anderen entfernt. Sein Fleisch flackerte in unberechenbarem Rhythmus, seine Augen wanderten von den menschlichen Leichen zu dem Hammer in seiner Hand und wieder zurück, und blieben schließlich ganz an dem Werkzeug hängen. Von Zeit zu Zeit ließ er ein leises Summen hören, das aufdämmerndes Verständnis anzeigte, während er den vertrauten Gegenstand anstarrte, als habe er so etwas noch nie gesehen.

Bald darauf zogen die Gardisten aus den Höhlen ab. Ihre Beute, Fal Grizhnis Sohn, war ihnen erst einmal entschlüpft, und eine weitere Verfolgung erschien wenig aussichtsreich. Nach dem ersten Überfall hatten sich die Weißen Dämonen einfach in Luft aufgelöst, waren wie durch Zauberei verschwunden, hatten sich in die unergründlichen Tiefen ihres gräßlichen, unterirdischen Labyrinths zurückgezogen. Die endlosen, schwülen Korridore schienen verlassen. Nachforschungen blieben ohne Ergebnis, und die Soldaten hatten es eilig, wieder fortzukommen, denn hinter der draufgängerischen Maske lauerte die Angst. Die scheuen Vardrul fürchteten sie nicht, aber die Heimat dieser Vardrul, das war eine andere Sache. Menschen konnten sich in diesen Höhlen leicht verirren und auf Nimmerwiedersehen verschwinden. Ein solches Malheur war bereits geschehen. Ein Trupp von vier Mann unter dem Kommando des respekteinflößenden Fähnrichs Haenil hatte sich bereits vor Stunden in ein Netz niedriger Tunnel begeben und war nicht zurückgekehrt. Haenil und die anderen mußten sich hoffnungslos verlaufen haben — oder noch Schlimmeres. Wer wußte schon, welche Gefahren sich in diesen Gängen verbargen? Hier war alles so bedrückend, so unbeschreiblich fremd und feindselig, und so zogen die Gardisten, nachdem sie eine Weile nicht allzu gründlich nach ihren vermißten Kameraden gesucht hatten, nur zu gerne ab.

Eine volle Koloration verging, ehe die Vardrul sich aus ihren Verstecken hervorwagten. Einzeln und in kleinen Gruppen tauchten sie schließlich auf und sahen sich an, was die Gardisten angerichtet hatten. Der breite Korridor zwischen dem Mvjri-Blendloch — wo die Invasoren eingedrungen waren — und dem Todesteich der Zmadrc war übersät mit Leichen, aber keine einzige menschliche war darunter. Eine Reihe der kleinen Nischen und Höhlen, die vom Korridor abgingen, beherbergten ebenfalls Tote aus verschiedenen Sippen. Am grausigsten sah es freilich in der Todesteichkammer selbst aus. Dort war der Fußboden ganz weiß von Leichen. Dutzende lagen kreuz und quer um den Rand des Teichs herum. Andere, auf der Flucht niedergemetzelt, waren überall im Raum verstreut. Alle Angehörigen der Zmadrc-Sippe waren an diesem Ort versammelt gewesen. Drei Viertel von ihnen waren hier gestorben.

Die überlebenden Zmadrc strömten aus allen Richtungen zur Todesteichkammer, unter ihnen auch Verran, Nyd, Terrs und Vierzehn. In der Höhle war es ruhig. Die Vardrul waren von der Größe der Katastrophe sichtlich überwältigt und sprachen wenig. Ihr Hiir war äußerst schwach. Das Fleisch der Lebenden war fast ebenso stumpf wie das Fleisch der Toten. Vierzehn schwieg. Ihre Augen waren so trüb, daß sie fast undurchsichtig wirkten, und sie hielt Terrs' Hand fest umklammert.

Terrs führte sie zur Leiche des Zmadrc-Patriarchen. Die Augen des Zmadrc waren noch geöffnet. Terrs kniete nieder und schloß sie sanft. Verran sah überrascht, daß an den Wimpern ihres sonst so gleichmütigen Sohnes die Tränen glitzerten. Der Junge blickte zu ihr auf. »Willst du noch immer die Tugenden der Menschen preisen, Mutter?« fragte er leise. »Ist es dir noch immer so wichtig, daß ich die Sitten der Menschen kennenlerne?«

Darauf hatte Verran keine Antwort. Sie trat einen Schritt auf ihn zu, streckte ihm die Hand entgegen und sah ihm in die Augen. Als sie den Ausdruck darin bemerkte, blieb sie unvermittelt stehen.

»Sie sind eine Rasse von Ungeheuern«, fuhr Terrs fort, ohne die Stimme zu heben. »Ich verabscheue sie. Ich will nicht zu ihnen gehören, Mutter. Ich will nicht.«

05

Es war noch früh am Abend, als der Handwerker im blauen Kittel sich mit seinem Lehrling am Hintereingang des herzoglichen Palastes einfand. Man ließ die beiden ohne weiteres in die riesige Küche ein, wo sich Köche, Unterköche, Küchenjungen, Diener aller Arten — viele in den bunten Livreen ihrer zu Besuch im Palast weilenden, vornehmen Herren —, Wachposten, die dienstfrei hatten, Händler und viele andere drängten. In dem allgemeinen Durcheinander blieben die zwei doch recht alltäglichen Gestalten fast unbemerkt. Dennoch hätte jemand, der sich die Neuankömmlinge genauer ansah, einige interessante Beobachtungen machen können. Der Mann — ein großer, kräftiger Bursche mit kunstvoll aufgetürmtem Haarknoten und einer deutlich gespaltenen Nase — legte eine Ungezwungenheit und Arroganz an den Tag, die in deutlichem Widerspruch zu seinem bescheidenen Gewerbe standen. Der Lehrling, ein bartloser Knabe mit einer großen Mütze, unter der blonde Strähnen hervorschauten, blickte mit Augen in die Welt, die so hart und weise waren wie die eines Papageis. Zwischen sich trugen die beiden eine große, offensichtlich schwere Holzkiste.

In der Küche fragte niemand die beiden Handwerker nach ihrem Begehr, denn hier gingen Tag und Nacht Händler und Lakaien ein und aus. Von dort aus in die anderen Räume zu gelangen, war freilich nicht mehr ganz so einfach, denn draußen im Korridor stand ein Posten Wache, der alle unbefugten Eindringlinge abzuweisen pflegte. Als die Handwerker zuversichtlich der Dienstbotentreppe am Ende des Korridors zustrebten, versperrte ihnen der Soldat den Weg. »Was wollt Ihr hier?« fragte er.

Die Handwerker blieben stehen und betrachteten ihn

mit unerklärlicher Herablassung. Besonders der Lehrling strahlte Feindseligkeit und Verachtung aus. Einen Augenblick lang schien es fast, als wollten sie gar nicht antworten. Dann sagte der Mann jedoch recht höflich: »Maurermeister Yorquo, zu Euren Diensten. Ich bin mit meinem Lehrling gekommen, um nach dem Kamin im Privatgemach des Herzogs zu sehen.«

»Was ist los damit?«

»Heute ist eine große, schwarze Wolke aus Rauch und erstickenden Dämpfen aus der Kaminöffnung ins Zimmer gequollen. Dem gütigen Schicksal sei Dank, daß Seine Hoheit gerade nicht anwesend war! Es ist zu vermuten, daß der Rauchfang beschädigt ist, und man hat mich gerufen, um ihn zu begutachten und nötigenfalls zu reparieren.«

»Zu so später Stunde?«

»Ach, für Seine Hoheit nehme ich gerne jede Unbequemlichkeit auf mich. Yorquo ist der treueste Untertan des Herzogs.«

»Was ist in der Kiste?«

»Mein Handwerkszeug. Seht selbst.« Der Handwerker hob den Deckel und zeigte dem Posten eine Sammlung harmloser Gerätschaften.

»Man hat mich nicht informiert«, beklagte sich der Soldat.

»Werdet Ihr denn über alles informiert, mein Bester? Wird man Euch auch darüber aufklären, welche schrecklichen, möglicherweise tödlichen Folgen es haben könnte, wenn der Schaden am herzoglichen Kamin nicht behoben würde?«

»Na schön«, murmelte der Wächter verlegen. »Ihr könnt passieren.«

Die beiden Besucher bugsierten ihre schwere Kiste geschickt über die schmale Dienstbotentreppe ins zweite Stockwerk, wo sie einen mit schwarzem und rosa Marmor verblendeten Gang betraten, an dessen Wänden gewaltige Spiegel in massiven, mit Bergkristall besetzten Goldrahmen hingen. Der Lehrling musterte die Pracht mit anerkennendem Blick und murmelte: »Oh, sagenHAFT!«

»Das, meine liebste Josky, wäre die Umgebung, die dir von Rechts wegen zustünde — ich meine damit den Prunk, den Glanz und die Größe, von denen der geborene Aristokrat umgeben ist«, bemerkte der verkleidete Meuchelmörder Whurm Didnis.

»Das merke ich. Ich fühle mich hier wie zu Hause«, antwortete Lady Josky. »Keine Sorge, Euer Lordschaft, das alles wird einst wieder uns gehören, wartet nur ab. Wir beide können es erreichen. Und wo ist nun die Wohnung des Herzogs?«

»Seine Gemächer, Tochter. Seine Gemächer. Ich habe Lord Niemands Karte mitgebracht. Setz die Kiste ab.« Josky gehorchte, und Didnis kramte in seiner Tasche und zog schließlich einen grob skizzierten Plan heraus, den sie gemeinsam studierten. »Geradeaus — nach rechts — wieder nach rechts — und dann sind wir da. Unser Kunde Niemand versteht sich aufs Kartenzeichnen.«

»Mag sein.« Ächzend hob Lady Josky die Kiste wieder an, und die beiden gingen weiter. »Aber mir wäre sehr viel wohler, wenn wir mehr über Lord Niemand wüßten. Seinen richtigen Namen zum Beispiel.«

»Liebes Kind, was hätten wir davon?«

»Wenn wir seinen Namen wüßten, dann könnten wir ihn finden, wenn es nötig ist, und dann würde ich mich sicherer fühlen. Schließlich ist er uns noch die Hälfte des Honorars schuldig. Was ist, wenn wir den Auftrag erfüllen, und dann läßt er sich nicht mehr sehen, um zu bezahlen? Wir stünden ganz dumm da, und alle Welt würde über uns lachen. Das wäre mir so peinlich, daß ich den Kopf nicht mehr hochhalten könnte.«

»Meine Prinzessin, du wirst dir immer, unter allen Umständen, deinen Stolz bewahren können, denn du bist eine Whurm Didnis, und das allein genügt.«

»Nein, es genügt *nicht*, jedenfalls nicht, wenn uns so eine kleine Ratte wie Lord Niemand hereinlegt.«

»Meine liebe Lady Josky.« Whurm Didnis sprach jetzt mit einem Anflug väterlicher Strenge. »Dieser Zynismus steht einer jungen Dame vornehmer Herkunft nicht wohl an. Ihr müßt lernen, Euch auf die Ehrbarkeit Eurer Standesgenossen zu verlassen. Schließlich ist Lord Niemand ein Gentleman.«

»Und woher *wissen* wir das?«

»Der Instinkt lehrt uns, unseresgleichen zu erkennen. Außerdem sind Lord Niemands Hände weiß, weich und mit einem Ring geschmückt, der mindestens hundert Silber-Shorns wert ist. Das verrät schon einiges.«

»Na gut, aber ich möchte trotzdem ...«

Das Zwiegespräch wurde unterbrochen, weil ein bewaffneter Posten im Korridor auftauchte. Sofort fielen Didnis und seine Tochter in die Rolle des Maurers und seines Lehrlings zurück und passierten das Hindernis ohne Panne. Bald darauf hatten sie den Eingang zu den Privatgemächern des Herzogs erreicht.

Sie traten ein und strebten dem Schlafgemach zu, wo Lady Josky an der Schwelle stehenblieb und die schweren, vergoldeten Möbel, den Marmorfußboden und die gewölbte Decke mit den erotischen, in leuchtenden Farben ausgeführten Fresken bewunderte.

»Schau mal, Dad.« Josky zeigte mit dem Finger nach oben. »Sieh dir mal den Satyr mit den vielen Nymphen an. Wie kann ein einziger Satyr denn jemals hoffen ...«

»An die Arbeit, Kind«, befahl Whurm Didnis. »Wir müssen uns um unseren Auftrag kümmern.«

Das riesige Bett mit den stickigen, grüngoldenen Vorhängen stand auf einem kleinen Podest. Der Meuchelmörder und seine Tochter stellten ihre Kiste am Fuß der Plattform ab. Didnis hob den Deckel und entfernte hastig die oberste Schicht des Inhalts, woraufhin ein schlichter Lederbehälter mit einem sauber ausgeschnittenen runden Loch im Deckel sichtbar wurde. Diesen Kasten hob er vorsichtig heraus, stellte ihn auf den Boden und öffnete ihn. Er enthielt ein sehr massives, mit Schießpulver gefülltes Eisengefäß mit Deckel und eine Kerze, die unten dick mit Papier umwickelt war. Durch das Papier schlängelte sich eine zusammengerollte Lunte, die zu einem winzigen Zündloch in der Seite des Topfes führte.

»Nun hör mir genau zu, Prinzessin, denn ich werde dir erklären, wie diese ausgezeichnete Apparatur funktioniert.«

»Das weiß ich bereits«, erklärte Josky. »Ich weiß alles. Wir zünden die Kerze an, schließen den Kasten und schieben ihn unter das Bett des Herzogs. Dann verschwinden wir. Ein paar Stunden später, wenn der Herzog im Bett liegt und schläft, brennt die Kerze herunter, setzt das Papier in Brand und entzündet damit die Lunte, die das Schießpulver zur Explosion bringt. Dann macht es — KRAWUMM!« Sie spreizte die Hände und ließ sie sehr anschaulich vibrieren. »Und damit ist der Herzog erledigt.«

»Richtig, mein kluges Mädchen. Aber ein oder zwei wichtige Punkte hast du noch ausgelassen, die aus erzieherischen Gründen nicht übersehen werden sollten. Zum einen solltest du wissen, daß wir nicht *irgendeine* Kerze verwenden. Diese hier habe ich selbst entwickelt, sie brennt besonders langsam, und daher liegt eine Zeitspanne von mehreren Stunden zwischen dem Anzünden und der Explosion. Sonst könnte unsere Zündvorrichtung sich zu früh verzehren, lange, ehe Seine Hoheit sich zur Ruhe legt, und wir hätten unseren Einfallsreichtum und unseren Fleiß vergeudet. Hast du das verstanden?«

Josky nickte aufmerksam.

»Gut. Eines Tages, mein Kind, sehr bald schon, werde ich die Formel für das Kerzenwachs an dich weitergeben, denn du bist dessen würdig. Nun noch eine kleinere, aber doch wesentliche Sache. Ich spreche von der Kette, mit der wir den Deckel des Eisengefäßes sichern, damit nichts von der Wirkung unserer Apparatur ungenutzt verpuffen kann.«

»Die Kette!« Josky zeigte sich bestürzt. »Die habe ich vergessen. Es tut mir leid, Euer Lordschaft.«

»Du bist noch jung, und wir können nicht erwarten, daß du über Nacht zur Vollkommenheit gelangst. Keine Sorge, Tochter — deine natürliche Begabung wird sich durchsetzen. Und jetzt wollen wir zum Ende kommen.« Whurm Didnis griff in die Tiefen der Holzkiste und zog eine stabile Kette heraus, die er fest um den Deckel des Eisengefäßes wickelte, um dann die Enden mit einem Vorhängeschloß zu sichern. Aus der Tasche seines Kittels förderte er Feuerstein, Stahl und Zunderbüchse zutage und schlug damit eine Flamme, mit der er die Kerze entzündete. Danach verschloß er den Lederbehälter mit aller Sorgfalt. Schließlich schob er die Höllenmaschine vorsichtig tief unter das herzogliche Bett. Die Wärme über dem Loch im Deckel zeigte ihm, daß die Kerze noch brannte. Nun packte Didnis in aller Eile seine sämtlichen Utensilien wieder in die Holzkiste, klappte den Deckel zu und erhob sich. »Kommt jetzt, Lady Josky, wir müssen uns verabschieden. Wenn der Meuchelmörder seinen Auftrag erfüllt hat, verschwindet er so lautlos und schnell wie der Wohlstand von gestern. Komm, mein Kind.«

Die beiden verließen hurtig die herzoglichen Gemächer und eilten ungehindert auf dem gleichen Weg, auf dem sie gekommen waren, durch die Korridore, bis sie ein offenes Fenster erreichten und Josky plötzlich stehenblieb. Sie setzte die Holzkiste auf ihrer Seite ab, lief zum Fenster und spähte in den mit Laternen beleuchteten Garten hinab, wo sich eine Reihe von Gestalten ergingen, einige nach Art der lanthianischen Höflinge prunkvoll in Seide und Brokat gekleidet und mit Edelsteinen behängt, andere in den düsteren, mitternachtsschwarzen Gewändern der Esoteriker. Zwei Individuen fesselten ihre Aufmerksamkeit besonders. Das eine war klein, rundlich und geschlechtslos. In ihm erkannte sie das Ziel des Anschlags, den Herzog Povon Dil Shonnet. Das andere mit der bedrückten Miene und den hängenden Schultern war ihr ebenfalls vertraut. »Lord Niemand!« rief Lady Josky aus. »Sieh nur Dad — gleich da unten! *Das ist Lord Niemand!*«

»Lady Josky, kommt *weg* von dort!« flehte Whurm Didnis. »Man wird Euch noch sehen.«

»Jetzt haben wir die Chance, herauszufinden, wer er wirklich ist!« Lady Josky war nicht vom Fenster wegzubringen.

»Das ist doch im Moment nicht von Bedeutung! Wir müssen sofort von hier verschwinden! Mein liebes Kind, wenn du mich liebst ...«

»Natürlich liebe ich dich, Dad, aber das ist *wichtig*. Ich möchte es wissen. Ich *will* es!«

Whurm Didnis unterdrückte eine Antwort. Ein Wachposten war am Ende des Ganges aufgetaucht und kam auf sie zu. Lady Josky war das gerade recht. Sie riß bewundernd die Augen auf und fragte laut: »Himmel, Meister Yorquo, habt Ihr schon einmal so prächtige Menschen gesehen? Wer mögen sie wohl sein? Das wüßte ich für mein Leben gerne!«

Didnis verwünschte sie im stillen.

»Könnte vielleicht der Herzog selbst darunter sein?« überlegte Josky, die Naive mimend. »Oh, ich möchte so gern einmal den Herzog sehen! Dann könnte ich allen zu Hause davon erzählen!«

Der Posten blieb stehen und beobachtete die Szene mit nachsichtigem Lächeln.

»Wir müssen gehen, Junge«, knirschte Whurm Didnis. »Und zwar *sofort*.«

»Ach, seid doch nicht so hart mit dem Burschen, Sir«, mahnte der Posten lässig. »In seinem Alter muß ihm das doch alles wie ein Wunder vorkommen. Hier, mein

Kleiner …« Er trat ans Fenster und deutete hinaus. »Siehst du da unten den Gentleman in dem silbernen Gewand mit der großen Edelsteinkette? Nun, das ist Herzog Povon persönlich.«

»Himmel, was für ein würdiger Herr! Den Anblick werde ich nie vergessen, das schwöre ich. Und wer sind die anderen, Herr Wachposten? Lauter hohe Adelige?«

»So ist es, Junge. Dort neben Seiner Hoheit siehst du Lord Beskot Kor Malifon. Die Dame auf der anderen Seite — die große, dralle da —, das ist die Verlobte des Herzogs, die Keldhaam Gnuxia. Da drüben in dem blauen Anzug — der ältere Mann mit dem tragischen Blick —, das ist Trel Wate Basef, der Herr von Burg Io Wesha. Und die Schwarzgekleideten sind natürlich alles Adepten der Esoterikerloge.«

»Ist Großmeister Jinzin Farni auch dabei, Sir?«

»Nein, Junge. Großmeister Farni ist krank, so krank, daß er wohl bald sterben wird. Anscheinend kann ihm auch seine Magie die Gesundheit nicht erhalten.«

»Und wer«, fragte Josky und deutete mit dem Finger in den Garten hinab, »ist der dort, der ganz für sich allein steht, ein Stück entfernt von den anderen? Der Dürre mit dem fliehenden Kinn?«

»Das ist doch der einzige Sohn des Herzogs, Lord Sneever Dil Shonnet.«

»Der *Sohn* des Herzogs?«

»Gewiß. Er wird eines Tages selbst Herzog sein. Hör mal, Junge, ich glaube, er sieht, daß du ihn beobachtest. Er starrt direkt zu dir herauf. Sehr gesund sieht er nicht aus, was? Hoffentlich bekommt er nicht wieder einen seiner Anfälle.«

»SagenHAFT!«

»Euer Lehrling scheint ja ganz überwältigt«, bemerkte der Posten lächelnd.

»Das ist wahr — er ist ganz außer sich vor Bewunderung«, antwortete Whurm Didnis. »Dagegen hilft nur eines, nämlich ihn von hier wegzubringen, je schneller, desto besser. Komm jetzt, Junge, wir müssen gehen. *Bitte.*«

Nachdem Josky die gewünschte Information erhalten hatte, trödelte sie nicht länger. Wenige Minuten später hatten sie und ihr Vater das untere Ende der Dienstbotentreppe erreicht. Aber erst, als sie den Palast hinter sich gelassen hatten und in einem gemieteten Dombul über die Wasser des Lureis-Kanals glitten, wagte Whurm Didnis seine Tochter anzusprechen. »Liebes Kind, ich weiß, deine Absichten sind lauter, und deine Kaltblütigkeit ist bewundernswert. Aber man kann den Mut auch bis zur Tollkühnheit treiben, und in diesem Fall ...«

»Ach, laß es gut sein!« unterbrach ihn Josky. »Überlege doch nur, was wir erfahren haben! Lord Niemand ist *der Sohn des Herzogs!* Damit haben wir unser Glück gemacht, Dad! Jetzt wird sich das Schicksal der Didnis endlich zum Guten wenden!«

Das Dombul glitt weiter und war bald in der Nacht verschwunden.

Jinzin Farni, der Großmeister der Esoterikerloge, war viel zu krank, um am Empfang des Herzogs teilzunehmen, er lag an diesem Abend in seinem Schlafgemach in der Farni-Villa zu Bett. Die Villa — eigentlich nicht mehr als ein weitläufiges, eher bescheidenes, altes Haus — stand am weniger exklusiven Ende des Kanals von Ume in einem Viertel, das man nur höflichkeitshalber noch als vornehmen Stadtteil bezeichnen konnte. Viele behaupteten, Großmeister Farnis Lebensstil stünde im Widerspruch zur Würde seines Amtes, aber dafür spiegelte die behagliche, geräumige, wenn auch etwas verwahrloste Villa genau den Geschmack ihres Besitzers wider. Dort lebte der Adept ohne Anhang mit seinen Büchern, seinen Experimenten und einer kleinen Gruppe ergebener Diener, die ihm aufrichtig zugetan waren und sich große Sorgen um ihren kränkelnden

Herrn machten. Seit einigen Wochen zerbrachen sie sich nun schon die Köpfe, um ein Heilmittel für Jinzin Farni zu finden, aber all die selbstgebrauten Medizinen, die köstlichen Gerichte, die verbotenen Opfer an Ert und die Wundermittel, die man den schwimmenden Händlern abgekauft hatte, hatten sich als wirkungslos erwiesen. In diesem Fall gab es nur noch eine mögliche Erklärung — Farnis Krankheit wurzelte in Melancholie. Der Großmeister brauchte unbedingt Zerstreuung, frohe Stimmung, die Gesellschaft von Menschen, die ihm nahestanden, und letztere waren, da er weder eine eigene Familie noch enge Freunde besaß, nicht leicht aufzutreiben. Daher war der alte Butler besonders erfreut, als eine vertraute, hagere, ja schlaksige Gestalt an die Tür seines Herrn klopfte. »Herr Ril!« rief er herzlich und ließ Rillif Har Fennahar, Großmeister Farnis Lieblingsneffen, ein. »Willkommen daheim, Sir.«

»Vielen Dank, Drundle. Schön, dich wiederzusehen.« Fennahar trat über die Türschwelle ins Licht. Er war hochgewachsen, noch jung, hatte sonnengebleichtes, braunes Haar und ein von Natur aus helles, jetzt aber tief gebräuntes Gesicht, aus dem überraschend intelligente graue Augen blickten. Ihr ernster, besorgter Ausdruck wollte gar nicht zu dem Netz von Lachfältchen passen, das von den Augenwinkeln ausging. Har Fennahar hatte das Gesicht eines Mannes, der gern und oft lachte, aber im Augenblick wirkte er tief beunruhigt. Seine Reisekleidung war von guter Qualität, jetzt freilich arg mitgenommen und seit mindestens zehn Jahren aus der Mode. Sein Hut war schon fast ein Museumsstück, und er trug keinerlei Schmuck. Niemand hätte ihm angesehen, daß er Lord Har Fennahar war, Herr der mächtigen Fennahar-Dynastie und Besitzer eines der größten lanthianischen Vermögen.

»Wann seid Ihr zurückgekehrt, Herr Ril?« fragte Drundle.

»Erst vor einer Stunde. Ich habe den Brief meines

Onkels und deine Nachricht vorgefunden und bin gekommen, so schnell ich konnte. Wie geht es ihm, Drundle?«

»Nicht gut, Sir. Er verfällt von Tag zu Tag mehr. Ich habe allerdings die Hoffnung, daß Euer Besuch ihn aufmuntert und ihn vielleicht sogar auf den Weg der Besserung bringt. Warum geht Ihr nicht gleich hinauf, Herr Ril? Er wollte Euch sofort nach Eurer Ankunft sprechen.«

Fennahar nickte und sprang mit langen Sätzen, zwei Stufen auf einmal nehmend, die große Haupttreppe hinauf. Oben angekommen, begab er sich direkt zum Schlafgemach seines Onkels, blieb vor der Tür kurz stehen, um den besorgten Ausdruck aus seinem Gesicht verschwinden zu lassen, und klopfte dann. Eine schwache Stimme forderte ihn zum Eintreten auf.

Als Fennahar ins Zimmer kam, saß Großmeister Jinzin Farni aufrecht im Bett. Der Besucher mußte sich zusammennehmen, um sich seinen Schrecken über die Veränderung im Aussehen seines Onkels nicht anmerken zu lassen. Jinzin Farni war früher ein beleibter, sehr vitaler Mann mit mächtigem Brustkasten gewesen, und sein breites, grobes Gesicht hatte stets eine gesunde Röte gezeigt. Nun wirkte sein Körper schmächtig und abgezehrt, seine Arme waren dürr, die Hände zu Klauen abgemagert, Augen und Wangen eingesunken. Die gesunde Röte war einer fahlgrauen Blässe gewichen. Nur die kleinen, boshaft glitzernden, schwarzen Augen waren die gleichen geblieben, und nun leuchteten sie beim Anblick des Jüngeren auf. »Du bist also endlich wieder da«, bemerkte Farni. »Besonders beeilt hast du dich wohl nicht. Was war es denn dieses Mal?«

»Die Ruinen von Daipool, Onkel.«

»Schon wieder Ruinen? Hast du immer noch nicht genug davon? Das war jetzt deine vierte Expedition innerhalb von zwei Jahren. Wann wirst du aufhören, dich in der Welt herumzutreiben, mein Junge? Du bist der

Herr der Fennahar-Dynastie und wirst hier in Lanthi Ume gebraucht. Höchste Zeit, daß du seßhaft wirst, Verantwortung übernimmst und deine Besitzungen anständig verwaltest. Wenn das Vermögen der Fennahar vor die Hunde geht, liegt es an deiner Nachlässigkeit.«

»Ach, komm, Onkel Jin, hör auf zu predigen. Du weißt genausogut wie ich, daß mein Bruder Frev die Besitzungen zuverlässig betreut. Mehr noch, es macht ihm sogar Spaß. Er eignet sich dafür und macht es gut, viel besser, als ich es jemals könnte. Das Vermögen der Fennahar wird unter meiner Abwesenheit nicht leiden, wahrscheinlich wird es sogar davon profitieren. Aber das weißt du ohnehin.«

»Ja, aber ich war mir nicht sicher, ob du es auch weißt.« Ein Lächeln zuckte um Farnis bleiche Lippen. »Aber wirklich, Spaß beiseite, du kannst deine Pflichten nicht so einfach von dir wegschieben. Wie alt bist du jetzt? Etwa vierzig?«

»Fünfunddreißig.«

»Höchste Zeit, seßhaft zu werden, sich eine Frau zu suchen und Erben in die Welt zu setzen. Und sag jetzt nicht, daß Frev sich auch darum kümmern kann. Den Titel trägst immer noch du.«

»Ich habe ihn nie gewollt oder damit gerechnet, und ich wurde auch nicht darauf vorbereitet. Wenn nur der arme Stixen nicht gestorben wäre! Und was eine Frau angeht, dafür habe ich keine Zeit, Onkel.«

»Willst du denn keine eigene Familie, Ril? Du bist doch wohl kein — äh — Weiberfeind, oder?«

Fennahar trat etwas verlegen von einem Fuß auf den anderen. »Theoretisch nicht. Aber ich habe in den letzten fünf Jahren einfach keine standesgemäße Frau kennengelernt, die mir gefallen hätte.«

»Du warst ja in den letzten fünf Jahren auch kaum hier. Außerdem geht es nicht nur darum, ob sie dir gefällt. Mehrere der großen Familien haben gesunde Töchter im heiratsfähigen Alter. Warum nimmst du nicht eine davon zur Frau, damit wäre die Sache doch erledigt? Warum machst du ein solches Getue um einen so einfachen Vorgang?«

»Für dich ist es vielleicht einfach. Von dir verlangt man ja auch nicht, dich für dein ganzes Leben an ein kicherndes, sechzehnjähriges Dummchen zu binden.«

»Sie wird nicht immer sechzehn bleiben, auch wenn sie sich noch so sehr darum bemüht. Du mußt nur Geduld haben, mein Junge. Geduld.«

»Ich bin für diese jungen Mädchen zu alt, Onkel Jin. Ich habe nichts mit ihnen gemein. In ihrer Gegenwart fühle ich mich wie ein müder Greis. Ich habe zu lange gewartet, und jetzt kommen mir die Töchter der vornehmen Häuser vor wie Kinder. Manchmal wie reizende Kinder, aber hast du je versucht, dich mit einer davon zu unterhalten?«

»Wenn du eine findest, die hübsch, fügsam und fruchtbar ist, muß sie dann auch noch *reden* können?«

»Meiner Ansicht nach ja. Lebenslängliche Langeweile ist nicht mein Fall.«

»Dann nimm dir eine Geliebte — oder mehrere, wenn du willst.«

»Hört sich teuer an und reizt mich nicht genug, um mich von meinen Reisen abzuhalten. Als nächstes möchte ich nach Norden, um nach den Überresten von Prugids Grünem Turm zu suchen. Wenn ich sie nicht finde, dann ...«

»Du strapazierst meine Geduld ganz schön! Wirst du denn deiner eingestürzten Türme, deiner Tonscherben, deiner abbröckelnden Mauern niemals müde?«

»Solange sie so aufschlußreich bleiben, bestimmt nicht. In Daipool habe ich zum Beispiel eindeutige Spuren einer fremden Besiedlung entdeckt. Ich bin überzeugt davon, daß die Stadt von intelligenten, nichtmenschlichen Wesen erbaut wurde. Wenn das stimmt, dann könnte vor der Ankunft der Menschen die gesamte Insel Dalyon diesen Wesen gehört haben.«

»Theorie, Junge. Reine Hypothese und bis jetzt nicht zu beweisen. Außerdem hättest du dazu nicht nach Daipool zu fahren brauchen — ebensowenig wie nach Undriet, Jobaal oder Groß-Eivay. Meine Kognition hätte dir alle diese Orte zeigen können.«

»Das wäre aber nicht das gleiche gewesen.«

»Nein, sondern besser. Überlege dir doch nur einmal, wieviel Zeit du gespart hättest. Aber ich sehe dir an, daß du vernünftigen Argumenten nicht zugänglich bist. Du warst schon immer so störrisch wie ein Miskin mit schlechter Verdauung, Ril.«

»Das liegt sicher in der Familie, Onkel Jin.« Fennahar lächelte, trat näher und setzte sich auf einen Stuhl neben Farnis Bett. »Und ich hoffe sehr, daß diese Familiensturheit, die auch dir nicht fremd ist, dir helfen wird, deine Krankheit zu überwinden.«

»Nein, das glaube ich nicht. Eine Kombination aus Willenskraft und Kognition hat die Beschwerden seit Jahren in Schach gehalten, aber man kann die Folgen nicht endlos hinausschieben. Eine solche Krankheit kann man wie einen Schuldner eine Weile vertrösten, aber jetzt wird es mir wohl nicht mehr gelingen, mich vor der Bezahlung zu drücken.«

»Du gibst doch nicht etwa auf?«

»Nein, aber ich täusche mich auch nicht selbst mit unrealistischen Hoffnungen. Genug davon — das Thema ist nicht sehr erfreulich, und deshalb habe ich dich auch nicht rufen lassen.«

»Onkel Jin ...«

»Ich habe etwas mit dir zu besprechen, und das möchte ich jetzt tun, solange ich noch dazu in der Lage bin. Hör mir genau zu, denn die Sache ist wichtig.«

Fennahar begriff, daß der Adept wirklich nicht weiter auf seine Krankheit eingehen wollte, und nickte ergeben.

»Du wirst dich darüber freuen, mein Junge. Ich möchte dich nämlich auf eine von deinen Expeditionen schicken. Ja, das überrascht dich, nicht wahr? Ich werde dir auch sagen, warum. Aber erst noch etwas anderes: Bist du mit den Ereignissen um den Tod von Großmeister Fal Grizhni vor siebzehn Jahren vertraut?«

»In groben Zügen«, antwortete Fennahar. »Fal Grizhni, dein Vorgänger als Großmeister, wollte den Herzog stürzen. Irgendwie kam die Verschwörung ans Licht, und es erging der Befehl, Grizhni zu verhaften. Es gelang den Gardisten des Herzogs, den mit Kognition geschützten Grizhni-Palast zu stürmen, und im Verlauf dieses Angriffs wurde auch Grizhni selbst getötet. Der Palast brannte bis auf die Grundmauern nieder, und die verkohlten Überreste liegen bis auf den heutigen Tag unberührt da. Grizhnis Mitverschwörer, falls es welche gab, kamen ungestraft davon.« Fennahar warf seinem Onkel, dessen politische Zuverlässigkeit vor siebzehn Jahren in der Öffentlichkeit stark angezweifelt worden war, einen scharfen Blick zu, aber Farnis Gesicht verriet nichts. »Und das war, soweit ich weiß, alles. Natürlich ranken sich um den Namen Grizhni alle möglichen Gerüchte und Legenden, Geschichten von Geistererscheinungen, Racheschwüren, Verwünschungen und was nicht noch alles. Ich glaube an gar nichts davon.«

»Nein? O du klügster aller Neffen! Vielleicht solltest du *das* einmal lesen.« Farni zeigte auf einen Stapel vergilbter Papiere, die auf einem kleinen Tisch neben seinem Bett lagen.

Fennahar hob fragend die Brauen.

»Das ist eine von mir eigenhändig angefertigte Abschrift gewisser Geheimdokumente, die jetzt in den herzoglichen Archiven ruhen, und ich will gar nicht darauf eingehen, zu welchen Manövern ich vor Jahren greifen mußte, um sie in die Hand zu bekommen. Es handelt sich um die Notizen des Schreibers, der bei der offiziellen Untersuchung unmittelbar nach der Zerstörung des Grizhni-Palastes anwesend war. Du wußtest wohl gar nicht, daß überhaupt eine Untersuchung stattgefunden hatte?«

Fennahar schüttelte den Kopf.

»Die meisten Leute haben es vergessen. Terrs Fal Grizhni war jedoch einer unserer höchsten Adeligen und außerdem Großmeister. Er wurde ohne Gerichtsverfahren einfach niedergemacht, sein ganzer Haushalt kam mit ihm um, und der Palast wurde geschleift. Einige kleinmütige Bürger hielten dieses Vorgehen für ein wenig überzogen, und unser Herzog Povon wollte in aller Öffentlichkeit seine Hände in Unschuld waschen. Nachdem dieses Ritual abgeschlossen war, tat er, was er konnte, um die ganze Sache zu vertuschen, aber er versäumte es, alle Unterlagen zu zerstören. Daher existieren diese Protokolle, Augenzeugenberichte einer Reihe von Gardisten, die bei Fal Grizhnis Tod persönlich anwesend waren. Ihre verschiedenen Versionen sind verwirrend und manchmal widersprüchlich, stimmen aber in mehreren Punkten überein. Es scheint festzustehen, daß Grizhni sich einer Verhaftung widersetzte und dazu seine Kräfte ins Spiel brachte. Genauer gesagt, es hieß, er habe in dem unterhalb des Kanalniveaus gelegenen Raum, in dem er gefunden wurde, eine ganz eigenartige, schreckliche Finsternis erzeugt. Die Gardisten wurden ziemlich hysterisch, als die Rede darauf kam, aber ich habe ihren Worten entnommen, daß die Finsternis unnatürlich dicht war, an den Kräften zehrte, und einen deutlich wahrnehmbaren Geruch verströmte.«

»Was war der Zweck dieser Finsternis? Grizhni glaubte doch wohl nicht, sich vor den Gardisten verstecken zu können, oder?«

»Wenn du den Mann gekannt hättest, hättest du eine solche Frage nie gestellt. Terrs Fal Grizhni besaß ein Rückgrat aus Eisen und den Stolz eines Kaisers. Er hätte sich niemals versteckt. Nein, ich fürchte, er hatte etwas ganz anderes im Sinn. Mein Mund ist ganz trokken geworden. Gib mir einen Becher Wasser, mein Junge!«

Fennahar gehorchte. Farni nahm einen Schluck und fuhr fort: »Als die Gardisten des Herzogs in diesen Kellerraum eindrangen, sprach Fal Grizhni ein paar Worte mit ihnen und machte dabei angeblich gewisse Prophezeiungen. Grizhni soll behauptet haben, die Finsternis, die den Raum erfüllte, würde eines Tages wiederkehren und die gesamte Insel Dalyon bedecken, sie würde im Zentrum entstehen und sich bis zum Meer hin ausbreiten. Diese Finsternis sollte von Wesen bewohnt sein — von Grizhni geschaffen —, die die Menschheit quälen würden. Die Zeit sei gekommen, so sagte er ihnen, wenn ein Stern am Mittag schiene und ein Löwe einen Drachen gebäre.«

»Hast du eine Vorstellung, was das bedeutet, Onkel?« Fennahars Interesse war sichtlich geweckt.

»Eine Vorstellung? Ich habe Hunderte von Vorstellungen. Die Möglichkeiten sind unerschöpflich, und genau darin liegt das Problem. Aber darauf komme ich gleich. Die Finsternis zermürbte zusammen mit Grizhnis Drohungen die Gardisten so sehr, daß sie in Panik gerieten und ihn auf der Stelle töteten. Und damit wäre die Geschichte eigentlich zu Ende — wären da nicht diese Prophezeiungen, die mir keine Ruhe mehr lassen, seit ich sie gehört habe. Keine Ruhe? Ich bin eher entsetzt, da ich zu wissen glaube, was sie bedeuten.« Farnis Stimme wurde schwächer, er verstummte und nahm noch einen Schluck Wasser.

»Möchtest du wirklich weitersprechen, Onkel Jin? Solltest du dich nicht lieber ausruhen?«

»Noch nicht. Hör zu, Ril«, — Farni sprach mit einer ganz ungewohnten Eindringlichkeit —, »wenn meine Befürchtungen gerechtfertigt sind, dann schweben wir in Gefahr, und damit meine ich uns alle, nicht nur die Bürger von Lanthi Ume, sondern jedes menschliche Wesen auf der Insel Dalyon. Nach den Berichten der herzoglichen Gardisten kann kein Zweifel mehr daran bestehen, daß Großmeister Grizhni in den Minuten vor seinem Tod zur höchsten Kognition gelangt sein muß und sie auch eingesetzt hat. Ebenso deutlich zeigen Grizhnis eigene Worte, welches Ziel er mit dieser Kognition verfolgte. Er hat uns mit einem Fluch der Finsternis belegt, und das ist gleichbedeutend mit einem Todesurteil. Nein, mach kein so skeptisches Gesicht, mein Junge, ich meine es ernst. Grizhnis kognitive Finsternis war offensichtlich vergiftet. Wenn sie wiederkehrt und, wie er versprochen hat, das ganze Land bedeckt, dann muß die Menschheit fliehen oder sterben. Ich weiß nicht, wann dies eintreten wird, denn was er da von Drachen und Löwen erwähnt hat, könnte alles mögliche bedeuten. Aber ich habe keinen Zweifel daran, daß die Tage des Menschen auf dieser Insel gezählt sind.«

»Du hast ihn gekannt, Onkel. War er wirklich so rachsüchtig?«

»Fal Grizhni war ein eigenartiger Mensch, Ril. Natürlich ein Genie — bei weitem der größte Adept, den die Welt je gesehen hat. Er beherrschte die Kognition in außergewöhnlicher, bisher unerreichter Weise. Und meist hatte er auch edle Absichten. Auf eine sehr unpersönliche Art war er sogar gütig oder wollte es jedenfalls sein. Aber er hatte immer etwas in sich — einen eisigen, unbeugsamen, unbarmherzigen Zug — ein unversöhnliches Herz — und er war absolut unfähig, mit anderen Menschen umzugehen, sie zu verstehen oder sich ihnen verständlich zu machen. Er war keineswegs das Ungeheuer, das die Legende aus ihm gemacht hat, aber, um deine Frage zu beantworten — ja, wenn man ihn hart genug bedrängte, war er unglaublicher Grausamkeit fähig.«

»Ich verstehe nicht ganz. Wenn du das seit Jahren weißt, warum hast du nichts dagegen unternommen? Du bist ein großer Adept, bist Großmeister der Esoterikerloge und einer der mächtigsten Männer in dieser

Stadt. Wenn Grizhni uns wirklich verflucht hast, könntest du dann diesen Fluch nicht brechen?«

»Vielleicht. Vielleicht könnte ich es, aber nur, *wenn ich wüßte, was er getan hat*«, antwortete Farni. »Weißt du, obwohl es nicht den Anschein hat, ist die Kognition im Grunde genommen etwas sehr Rationales und Logisches. Auf unser Thema bezogen bedeutet das folgendes: Wie man der Kognition eines Adepten entgegenwirken kann, hängt ausschließlich davon ab, mit welcher Methode er ursprünglich zur Kognition gelangt ist. Diese Verfahren sind höchst individuell, und ihre Zahl ist fast unbegrenzt. Wenn ich sozusagen blind umhertaste, habe ich keine Chance, das aufzuheben, was Grizhni getan hat. Natürlich wäre es anders, wenn ich Zugang zu seinen Unterlagen hätte. Er hat seine Vorgehensweise sicher in einem Notizbuch oder etwas Ähnlichem schriftlich niedergelegt — das tun wir alle. Aber diese Unterlagen sind nicht aufzufinden.«

»Kann dir keiner der anderen Adepten helfen?«

»Nein. Ich bin nur deshalb Großmeister, weil ich mehr als alle anderen in der Stadt die Kognition beherrsche — die einzige Ausnahme ist möglicherweise Nulliad, und er ist ein Irrer. Wenn ich diese Sache nicht in Ordnung bringen kann, dann sind auch die anderen nicht dazu in der Lage. Aber du, Neffe, bist vielleicht genau der Mann, der uns allen helfen kann.«

Har Fennahar wartete stumm auf eine Erklärung.

»Ich war immer der Ansicht«, fuhr Farni fort, »daß es Fal Grizhni gelungen sein muß, wenigstens einige seiner Schriften zu retten. Er war so stolz auf seine Leistungen, daß er sicher einen Weg gefunden hat. Und ich habe da auch eine Theorie. Vielleicht erinnerst du dich daran, daß Grizhni sich eine junge Frau genommen hatte ...«

»Verran«, sagte Fennahar.

»Dris Verras' Tochter. Ja, ich glaube, sie hieß Verran. Du hast ein ausgezeichnetes Gedächtnis.«

»Eigentlich nicht. Aber ich kannte sie vor Jahren, als wir beide als Jugendliche Lanthi Ume unsicher machten. Sie war das hübscheste, aufgeweckteste und tapferste Mädchen, das ich je gesehen hatte. Und sie mußte mit siebzehn sterben«, schloß Fennahar, und es klang so verbittert, daß sein Onkel ihm einen verwunderten Blick zuwarf.

»Vielleicht auch nicht«, antwortete er, und jetzt war die Reihe an Fennahar, überrascht aufzusehen. »Niemand hat je mit letzter Sicherheit erfahren, was aus Lady Grizhni geworden ist. Vielleicht ist sie beim Angriff umgekommen, aber einige Leute glauben, daß sie fliehen konnte. Auch ich halte es für wahrscheinlich, daß Fal Grizhni seine Frau in Sicherheit gebracht hat. Ihr Wohl muß ihm damals besonders am Herzen gelegen haben, weil sie nämlich sein Kind trug. Wichtiger noch, ich glaube, daß er ihr einige seiner Schriften mitgegeben hat. Es gibt keinen Beweis dafür — meine Überzeugung gründet sich hauptsächlich auf meine Einschätzung von Grizhnis Charakter.«

»Willst du damit sagen, daß Verran, falls sie tatsächlich entkommen ist, auch heute noch am Leben sein könnte?«

»Möglich.«

»Wo?«

»Das ist die Frage. Meine Bemühungen, sie kognitiv aufzuspüren, haben bisher stets versagt. Bis vor ganz kurzer Zeit hatte ich nicht den leisesten Hinweis, wo sie sich aufhalten könnte.«

»Und jetzt?«

»Und jetzt«, sagte Jinzin Farni, »habe ich Grund zu der Annahme, daß sie sich zu den Vardrul des Nazara Sin geflüchtet hat.«

»Und was bringt dich auf diese Idee?«

»Das Verhalten unseres Herzogs in jüngster Zeit ist sehr aufschlußreich. Ich habe aus berufenem Munde erfahren, daß er seit Monaten von ständig wiederkehrenden Alpträumen geplagt wird. Ab und zu hörte man ihn im Schlaf schreien, Fal Grizhni sei aus dem Grab gestiegen, und er hat auch etwas von Höhlen und leuchtenden, weißen Ungeheuern gefaselt. Und dann, erst vor ein paar Wochen, habe ich Kenntnis davon erhalten, daß er eine Schwadron herzoglicher Gardisten ins Nazara Sin entsandt hat. Als die Gardisten zurückkehrten, waren einige von ihnen in den Schenken sehr gesprächig. Meine Agenten haben mir mitgeteilt, daß die Soldaten von einem Massaker unter den Weißen Dämonen aus den Höhlen erzählt haben. Einer hat sogar zugegeben, daß ihr Befehl lautete, einen menschlichen Jungen zu finden und zu töten — was ihnen aber nicht gelungen ist. Sie haben ihn zwar aufgespürt, aber er ist ihnen entkommen. Meine Freude über die Leiden Seiner Hoheit wird nur von meiner Freude über die Erkenntnisse übertroffen, die mir seine Visionen bescheren. Offenbar hat der Herzog das Versteck von Grizhnis Erben entdeckt und strebt nun danach, den Jungen zu vernichten. Was ganz natürlich ist.«

»Haben sie auch seine Mutter gesehen?« fragte Fennahar. »Ist Verran noch am Leben?«

»Ich weiß es nicht, aber darum geht es eigentlich auch gar nicht. Wichtig ist dabei, daß Grizhnis Sohn, der jetzt in den Höhlen lebt, möglicherweise die kognitiven Dokumente seines Vaters in Händen hat. Die brauchen wir dringend, und ich möchte, daß du sie uns beschaffst.«

»Gerne«, antwortete Fennahar, ohne einen Augenblick zu zögern.

»Das ging aber schnell. Kein Widerspruch, keine Vorbehalte? Hast du es auf die Dokumente abgesehen oder auf die Frau?« erkundigte Farni sich trocken.

»Eine Antwort erübrigt sich wohl, Onkel.«

»Gewiß. Wann kannst du aufbrechen?«

»Ich brauche etwa einen Tag, um meine Ausrüstung zusammenzustellen.«

»Ausgezeichnet. Ich habe Karten und ein paar kognitive Kleinigkeiten für dich.«

»Und ich habe ein paar Fragen an dich. Erstens, angenommen, ich finde die Vardrul überhaupt, wie soll ich mich mit ihnen verständigen? Ich spreche ihre Sprache nicht. Außerdem, wenn lanthianische Soldaten dort vor kurzem ein Blutbad angerichtet haben, werden diese Wesen doch jetzt alle Menschen verabscheuen. Es steht zu befürchten, daß sie mich töten, sobald sie mich sehen.«

»Viel wahrscheinlicher ist, daß sie sich vor dir verstecken, aber wir wollen hoffen, daß es nicht dazu kommt. Vor siebzehn Jahren hat eine Abordnung von Vardrul unter dem Schutz von Großmeister Grizhni heimlich Lanthi Ume besucht. Ich bin mit dieser Delegation im Grizhni-Palast zusammengetroffen, und damals wurden als Unterpfand ewiger Freundschaft Geschenke ausgetauscht. Meines habe ich noch. Schau in den Samtbeutel in der obersten Schublade der Kommode da drüben.«

Fennahar erhob sich, fand den Beutel, öffnete ihn und zog eine Kette aus bunten Kieseln heraus.

»Verwahre sie gut, Ril, und wenn du den Vardrul begegnest, dann zeige sie ihnen. Sie müßte etwas zu bedeuten haben. Was die Sprachbarriere angeht, so ist das kein Problem, wenn du den Jungen oder seine Mutter findest.«

»Glaubst du, sie werden mir die Unterlagen aushändigen?«

»Du mußt sie dazu überreden. Appelliere an ihr Pflichtgefühl, ihr Gewissen, ihre Menschlichkeit — setze alles ein, was wirken könnte. Wenn das unmöglich ist, mußt du an Diebstahl denken.«

»Ihr seid ein zynischer alter Schurke, Großmeister.«

»Und ich bin stolz darauf. Es ist für eine gute Sache, mein Junge.«

»Nehmen wir einmal an, ich müßte Grizhnis Unterlagen ohne fremde Hilfe finden. Wonach soll ich suchen, und wo soll ich suchen? Diese Höhlen sind doch riesig.«

»Du suchst nach Notizbüchern, Folianten, etwas in der Art. Sicher ist auch irgendein kognitives Hilfsmittel dabei. Selbst Fal Grizhni brauchte solche Dinge, um zur allerhöchsten Kognition zu gelangen. Und was das Finden angeht — da habe ich eine Kleinigkeit, die dir dabei helfen wird, keine Sorge. Ein silbernes Armband, das sich in der Nähe kognitiver Gegenstände erwärmt. Meine eigene Erfindung, sogar hübsch genug für Kor Malifons Handgelenk. Ich bin sehr stolz darauf.« Dessenungeachtet wurde Großmeister Farni von einem Schwindelanfall erfaßt. Der kalte Schweiß trat ihm auf die Stirn, und er sank in die Kissen zurück.

»Onkel Jin!« schrie Fennahar. »Ich werde einen Arzt rufen.«

»Das lohnt sich nicht«, flüsterte Farni. »Es nützt nichts, und ich will keine Fremden im Haus haben. Komm näher, Ril. Ich werde dir alles über die Vardrul erzählen, was ich weiß.«

»Sprich jetzt nicht, Onkel. Das kann warten.«

»Es kann nicht warten. Zu wichtig. Ich muß es dir *jetzt* sagen, solange ich noch Atem habe. Widersprich mir nicht, Junge. Komm näher. Beuge dich zu mir herunter. Kannst du mich hören? Gut.«

Als der Empfang zu Ende war, begab sich Herzog Povon erschöpft zu Bett und fiel sofort in tiefen Schlaf. Bald stellte sich, schrecklicher denn je, der Traum wieder ein. Die einzelnen Elemente waren vertraut — die Ruinen des Grizhni-Palasts, verkohlt und qualmend unter einem flammendroten Himmel; der höhlenähnliche Kerker, die Stalaktiten und Stalagmiten; und der schreckliche, von den Toten auferstandene Großmeister Terrs Fal Grizhni. Etwas war allerdings anders. Diesmal drängten sich viele jener leuchtenden, fahlen Fremdwesen, die der Weise Nulliad als Vardrul identifiziert hatte, in dem Kerker. Noch im Schlaf erinnerte sich Herzog Povon an die Worte des Weisen und erkannte, daß er die Weißen Dämonen aus den Höhlen vor sich hatte. Sie standen an den Wänden aufgereiht, klammerten sich an Felsformationen, hockten auf den geschwärzten Schutthaufen — es waren Dutzende, überall, der Kerker vermochte sie kaum zu fassen. Ihre riesigen, unheimlichen Augen waren starr auf Povon gerichtet, und er las Haß darin. Sie blickten ihn von allen Seiten an — strahlend, anklagend, gnadenlos. Es war unerträglich, und Povon bedeckte sein Gesicht mit den Händen. Als er einen Augenblick später den Kopf hob, waren die Dämonen merklich näher gekommen. Lautlos waren sie innerhalb eines Herzschlags vorgerückt. Er blinzelte, und schon waren sie ihm noch näher. Noch ein Lidschlag, jetzt waren sie so nahe, daß er die Adern unter ihrer durchsichtigen Haut schimmern sah; so nahe, daß sie ihn, wenn sie wollten, mit ihren grausigen Tentakelfingern berühren konnten. In der vordersten Reihe stand der tote Fal Grizhni, aus vielen Wunden blutend. Grizhni hob seine Arme in den Ärmeln der schwarzen Robe. Aber während er sie ausstreckte, veränderte sich sein Gesicht. Die Züge wurden schärfer, die Gesichtsbehaarung verschwand, das Fleisch wurde weiß und begann zu leuchten. Es war das Gesicht eines Vardrul, aber darin glühten noch immer Grizhnis schwarze, unergründliche Augen. Die eiskalte Hand des Adepten berührte Povons Gesicht. Die langen Finger wanden sich wie Schlangen. Es *waren* Schlangen, begriff der Herzog plötzlich, mit winzigen, leuchtenden Köpfen und nadelspitzen Zähnen. Sie krochen zischend über sein Gesicht, und er spürte, wie die gespaltenen Zungen über seine Augen schnellten. Und dann wuchsen sie, wurden länger und dicker, ihre Schuppen schabten über sein Fleisch, als sie herabglitten und sich fest um seinen Hals legten, immer fester, tödlich fest ...

Der Herzog erwachte, er zitterte und rang verzweifelt nach Luft, das Grauen überwältigte ihn wie nie zuvor. Er lag auf dem Rücken, den Mund weit aufgerissen, sein Gesicht war purpurrot angelaufen, die Augen traten ihm aus den Höhlen. Ein paar Augenblicke lang regte er sich nicht, war nur dankbar, daß er ungehindert atmen konnte, aber lange konnte er nicht still liegen. Sein ganzer Körper war schweißnass, die seidenen Laken klebten an ihm. Die Daunenmatratze unter ihm schien ihm unerklärlich warm zu sein, es kam ihm fast so vor, als qualmte sie. Povon warf die Laken ab, spürte aber kaum Erleichterung. Es gab nur eine Erklärung — Fieber. Er war krank, vielleicht gefährlich krank, und kein Freund, niemand, den er liebte, war an seiner Seite, um für ihn zu sorgen. Was die Diener anging, so waren sie faul und kaltschnäuzig. Er mochte leiden oder sogar einsam sein Leben aushauchen, niemand würde es erfahren, niemanden würde es kümmern. Er war mutterseelenallein. Der Gedanke an seine Einsamkeit trieb Povon Tränen in die Augen. Sie flossen noch schneller, als er an die Undankbarkeit der Menschen dachte, an seine Untertanen, die ihm kein Vertrauen, keine Loyalität, keine Zuneigung entgegenbrachten; an die Dreistigkeit seiner Feinde; die Gleichgültigkeit seiner sogenannten Freunde; die Treulosigkeit seiner Diener und die Verachtung seiner Verlobten. Dies alles lastete auf ihm, und man gönnte ihm keinen Trost. In den herzoglichen Gemächern war kein einziges Flakon mit einer Essenz mehr zu finden. Die Keldhaam Gnuxia hatte sie alle beschlagnahmt. Povon setzte sich im Bett auf. Die Tränen quollen ihm aus den Augenwinkeln, ein unterdrücktes Schluchzen schüttelte ihn. Kein Trost, und dabei hätte er ihn so dringend gebraucht! Nur wer in die Einsamkeit der Macht hineingeboren war, konnte ermessen, wie sehnlich sein Verlangen war, wie weit es das Alltagselend der gewöhnlichen Menschen überstieg! Aber dann fiel dem Herzog etwas ein. In der Geheimnische hinter dem Bildteppich im Alkoven am anderen Ende des Gemachs lag noch eine Flasche mit uraltem Brandy. Gnuxia wußte natürlich davon — ihr entging schließlich nichts. Aber die Abneigung der Keldhaam gegen jegliche Essenzen erstreckte sich nicht auf Alkohol, jedenfalls nicht mit der gleichen Schärfe, und daher durfte der Brandy bleiben, unter der stillschweigenden Voraussetzung, daß Povon ihm nur in Maßen zusprach. Jede Verletzung dieses unausgesprochenen Gesetzes hätte ganz schnell dazu geführt, daß auch diese letzte Quelle nächtlichen Trostes verschwand.

Immer noch leise weinend, stieg der Herzog aus dem Bett, eilte so schnell durch den Raum, wie seine dicken Beine ihn zu tragen vermochten, duckte sich in den Alkoven und schob den Bildteppich beiseite. Dann griff er in die Nische, holte den Brandy hervor und zog gierig den Korken heraus. Aber die Flasche gelangte nicht bis an seine Lippen, denn in diesem Moment erschütterte eine gewaltige Explosion das herzogliche Schlafgemach. Das große Bett, auf dem Seine Hoheit noch vor wenigen Augenblicken gelegen hatte, wurde in tausend Stücke zerrissen. Der schwere Holzrahmen brach auseinander, Pfosten und Betthimmel zersplitterten, die Matratze spie Wolken von Federn aus, und die Kissen flogen durch den Raum. Ein Schwall überhitzter Luft schleuderte den Herzog an die Rückwand des Alkovens. Die Flasche zerbrach in seiner Hand, der Inhalt ergoß sich über ihn. Povon fiel winselnd auf die Knie und riß die Arme hoch, um Gesicht und Kopf zu schützen. Tödliche, rotglühende Eisenstücke, Glasscherben und brennende Holzteile schwirrten durch die Luft, drangen aber nicht bis in den Alkoven vor. Gefährlicher waren die glimmenden Daunenklumpen, die im Zimmer umhergetrieben wurden. Die Federn landeten überall und steckten alles in Brand, was sie berührten. Einige setzten sich auch auf das mit Brandy durchtränkte Nachthemd des Herzogs, und sofort zuckten helle Alkoholflammen über den seidenen Saum. Povon kreischte auf, warf sich zu Boden und wälzte sich wie wild hin und her, um das Feuer zu ersticken. Während er noch schrie und um sich schlug, leckten Feuerzungen an den Überresten seines Bettes, an den Brokatvorhängen und an den Polstern der Möbel. Schnell füllte sich der Raum mit dichtem, grauem Rauch, der Povon den Atem nahm. Würgendes Husten mischte sich in die Schreie Seiner Hoheit.

Der Mordplan des Yans Whurm Didnis hätte vielleicht doch noch Erfolg gehabt, wären die drei herzoglichen Diener, die sich in den äußeren Räumen aufhielten, weniger eifrig gewesen. Nachdem sie sich von ihrem lähmenden Schrecken über den lauten Krach erholt hatten, eilten sie zu dem unverschlossenen Schlafgemach. Während einer Verstärkung herbeiholte, betraten die beiden anderen den von Feuer und dichtem Qualm erfüllten Raum und suchten nach ihrem Herrn, dessen Rufe allmählich immer schwächer wurden.

Der Herzog war halb benommen vom Rauch und starr vor Entsetzen und stand am Rande einer Ohnmacht, als die Diener ihn fanden. Sein Nachthemd war angesengt und schwelte stellenweise noch. Als die Bediensteten das sahen, rissen sie den Bildteppich von der Alkovenwand, wickelten ihren Herrn darin ein und trugen das ganze Paket behutsam aus dem Schlafgemach.

Hilfe traf ein, das Feuer wurde schnell gelöscht, man rief den Hofarzt. Aber lange, bevor er erschien, hatte sich Herzog Povon bereits so weit von seinem Schrekken erholt, daß er nach einem Flakon des Mondtraums von Uhanna verlangte. Als sein Wunsch nicht erfüllt wurde — die Keldhaam hatte es verboten —, klapperten ihm die Zähne. Sein Gesicht nahm die Farbe von Schweineschmalz an, und er zitterte heftig an allen Gliedern. Ein- oder zweimal setzte er zum Sprechen an, schien aber nicht fähig, einen zusammenhängenden Satz herauszubringen.

Die Nachricht von dem Anschlag auf den Herzog machte schnell die Runde im Palast, und die Bewohner, Hochgestellte wie Untergebene, strömten aus allen Richtungen auf die herzoglichen Gemächer zu. Auf Anweisung des Arztes durfte jedoch außer ein paar Kammerdienern, seiner Verlobten und seinem Sohn niemand zu ihm.

Sneever traf als erster ein, atemlos und ganz rot im Gesicht. Er trug noch immer den erbsengrünen Samtanzug, in dem er beim Empfang erschienen war. Offensichtlich fürchtete der junge Mann das Schlimmste, denn er war ganz außer sich vor Erregung, und aus seinen großen, blauen Augen sprach nacktes Entsetzen. Seine ersten Worte, als er die herzogliche Schwelle überschritt, lauteten: »Seine Hoheit — nicht tot?« Als ihn die Diener beruhigten, erbleichte Sneever — vermutlich vor Erleichterung. Das Sprechen schien ihm Mühe zu bereiten, doch schließlich brachte er heraus: »Wer wollte den Herzog töten?«

Niemand wußte es.

Sneever wurde zu seinem wie durch ein Wunder geretteten Vater geführt, und es gab ein rührendes Wiedersehen. Vater und Sohn schienen gleichermaßen sprachlos. Povon zitterte immer noch in unbeschreiblichem Entsetzen, aber da saß er, lebend und unverletzt. Lord Sneever unternahm einen erfolglosen Versuch, seiner Freude und Erleichterung Ausdruck zu verleihen. Ein paar unverständliche Krächzlaute entrangen sich seinen Lippen, dann gab er auf, von seinen Gefühlen überwältigt. Diese Empfindsamkeit machte auf die Anwesenden großen Eindruck, und die innige Sohnesliebe Seiner Lordschaft wurde allseits bewundert.

Kurz darauf betrat die Keldhaam Gnuxia die herzoglichen Gemächer. Nachdem sie sich überzeugt hatte, daß ihr Verlobter unverletzt war, erwies sich die Keldhaam als der Inbegriff mitleidloser Tatkraft. »Die Attentäter müssen gefunden und vernichtet werden«, erklärte sie. »Unter Qualen müssen sie sterben, damit ihr Tod all jenen als abschreckendes Beispiel diene, die es in Zukunft wagen könnten, sich gegen den Herzog zu verschwören. Das ist die einzige Möglichkeit, Eure Sicherheit zu garantieren, Verlobter. Ich sagte, es ist die einzige Möglichkeit. Könnt Ihr mich nicht hören?«

Sie erhielt keine Antwort. Povon starrte zu Boden.

»Habt Ihr denn gar keinen Mumm in den Knochen? Wollt Ihr so etwas mit Euch geschehen lassen, ohne Rache zu nehmen? Wollt Ihr keine Hand zu Eurer Verteidigung rühren?« fragte Gnuxia.

Schweigen. Der Herzog nagte einen Augenblick an seiner Unterlippe, dann flüsterte er: »Mir ist nicht wohl. Ich brauche den Mondtraum. Ich brauche ihn.«

»Nein, das kommt nicht in Frage. Ein solcher Mißbrauch von Körper und Geist ist der Tochter Seiner Herrlichkeit des Keldhar ein Greuel. Ich werde es nicht dulden.« Gnuxia verschränkte energisch die Arme und blickte finster auf ihn hinab. »Eines will ich jedoch gestatten — der Arzt mag Euch einen Schlaftrunk mischen.«

»O ja! Ja!«

»Vorausgesetzt — ich sagte, *vorausgesetzt* —, Ihr nennt mir den Namen des Feindes, der Euch nach dem Leben trachtet.«

Sneevers Herz begann zu rasen, seine Eingeweide schienen ein Eigenleben zu entwickeln. Sein Gesicht war gespenstisch bleich, aber wie üblich nahm niemand von ihm Notiz.

»Kommt, Verlobter. Sprecht. *Auf der Stelle*«, beharrte die Keldhaam.

Povon schloß die Augen, rieb sich die Schläfen und dachte angestrengt nach. Nur ein Name kam ihm in den Sinn, aber sobald der Gedanke einmal Fuß gefaßt hatte, erschien er ihm völlig logisch. »Grizhni«, murmelte der Herzog. »Fal Grizhni ist mein Feind, jetzt und immerdar. Er sucht mich zu vernichten, und heute nacht wäre es ihm fast gelungen. Grizhni.«

»Fal Grizhni ist seit langem tot.« Gnuxia verlor nun schnell die Geduld. »Was soll der Unsinn?«

»Grizhnis Sohn lebt. Die Soldaten haben ihn in jenen Höhlen gesehen, zusammen mit seiner Mutter. Er ist ein Dämon wie sein Vater, und er plant, mich zu vernichten. Zweifellos ist seine Mutter ihm dabei behilflich. Es ist wahr. Und Ihr habt recht, Keldhaam …« Er öffnete die Augen und sah sie fest an. »Ich muß mich verteidigen, und ich *werde* mich verteidigen. Beim nächsten Mal werden meine Gardisten nicht mehr scheitern. Ich werde sie ins Nazara Sin zurückschicken, und diesmal werden meine Feinde sterben. Kann ich jetzt diesen Schlaftrunk haben?«

06

»Sie werden wiederkommen«, sagte Verran. »Sie haben nicht erreicht, was sie wollten, und deshalb werden die Gardisten wiederkommen.«

»Laß sie kommen«, erwiderte Terrs. »Wir werden bereit sein.«

Mutter und Sohn standen Seite an Seite am Zugang zum Mvjri-Blendloch. Vor ihnen wölbte sich der große Ausstieg nach Oben, und durch die Öffnung war die schmale Sichel eines jungen Mondes zu sehen. Ein kühler, frischer Nachtwind trug den Duft nach Erde und grünen Pflanzen in die Höhle. Verran atmete sehnsüchtig ein. »Komm mit mir nach draußen, nur für ein paar Minuten«, schmeichelte sie, ohne sich bewußt zu sein, daß sie ein für ihren Sohn relativ bedeutungsloses Zeitmaß verwendete. »Ich habe etwas mit dir zu besprechen.«

»Wir können das Mvjri-Blendloch nicht benützen«, antwortete Terrs, froh darüber, eine Ausrede gefunden zu haben, um dem Ausflug nach Oben zu entgehen. »Von dieser Koloration an dient es den Vardrul nicht mehr als Pforte. In Zukunft ist es eine Falle, die ausschließlich für unsere Feinde bestimmt ist.«

Es klang unüberhörbar zufrieden, und Verran unterdrückte einen Seufzer, während sie die Bauarbeiten beobachtete. Seit mehreren Kleinen Vens schufteten die Vardrul nun schon am Fuß des Blendlochs, und jetzt gähnte gleich hinter dem Eingang eine große, tiefe Grube von mindestens zwölf Fuß Durchmesser. Die Ausschachtungsarbeiten waren beendet, und jetzt war eine Gruppe von Vardrul unter Leitung von F'tryll'jnr Rdsdr dabei, dem Projekt den letzten Schliff zu geben. Eine Reihe von spitzen Stalaktiten war aufrecht in den Boden der Grube gerammt worden. F'tryll'jnr Rdsdr und die anderen bemalten nun die dolchscharfen Spitzen mit einer dicken, fast gallertartigen Masse. Verran fiel auf, daß es die Vardrul sorgsam vermieden, mit dem Gallert in Berührung zu kommen. Der Grund dafür lag eigentlich auf der Hand, aber sie wollte ihre Vermutung bestätigt haben. »Gift?« fragte sie angewidert.

»Ja. Ein konzentrierter Extrakt des Tödlichen Strahlenpilzes. Jeder Eindringling, der in die Grube stürzt, wird die Stalaktiten berühren. Wenn er nicht aufgespießt wird, erledigt ihn das Gift binnen weniger Stunden. Er wird erst Schwäche empfinden, dann eine Lähmung, sein Geist wird sich verwirren, und schließlich wird er ins Delirium fallen, das zum Tode führt. Ich persönlich würde es vorziehen, aufgespießt zu werden«, schloß Terrs ungerührt.

»Hast du den Vardrul diesen Plan vorgeschlagen?« Auch darauf kannte sie die Antwort.

»Ja, und sie sind gleich darauf eingegangen. Ich war angenehm überrascht.«

Verran hörte die Herausforderung in der Stimme ihres Sohnes. »Du glaubst, ich werde Einwände erheben, nicht wahr?« fragte sie. »Du erwartest wohl eine Moralpredigt? Rührende Worte über die vielen Vorzüge von Friedfertigkeit und Vergebung?«

»Und Versöhnungsbereitschaft, Mutter.« Terrs' Lippen zuckten, ein Zeichen, daß er ein Lächeln unterdrückte. »Vergiß die Versöhnungsbereitschaft nicht.«

»Du weißt genau, daß ich Blutvergießen hasse. Aber ich sehe auch ein, daß es Zeiten gibt, zu denen es erforderlich und vertretbar ist. Wenn man sein Leben und seine Heimat verteidigen muß, ist Gewalt manchmal unvermeidlich. Was diese Giftfalle angeht«, — Verran zeigte auf die große Grube —, »so macht sie mich traurig, aber ich stelle ihre Notwendigkeit nicht in Frage — nur ihre Wirkung.«

»Hast du Vorschläge, Mutter?« Terrs war sichtlich erfreut darüber, eine unerwartete Verbündete gefunden

zu haben. »Die F'tryll'jnr, die R'jnrllsch und alle anderen wollen gerne mithelfen, aber sie tun nur, was ich ihnen sage. Sie entwickeln keine eigenen Ideen.«

»Das könnte sich vielleicht ändern. Im Moment ist deine Falle hier schön und gut, aber sie geht nicht weit genug. Sie wird eine Invasion der Gardisten nicht aufhalten können, denn sie ist zu klein, um eine ganze Schwadron aufzunehmen, und zu auffällig, um unbemerkt zu bleiben.«

»Sicher. Aber wenn ich fertig bin, wird sie nicht mehr zu sehen sein. Ich werde die Öffnung kognitiv tarnen.«

»Mit Kognition? Bist du schon so weit fortgeschritten?« Die Nachricht war nicht unbedingt erfreulich.

»Das wirst du sehr bald selbst sehen.«

»Wenn du dazu fähig bist, warum verbirgst du dann nicht einfach die verschiedenen Blendlöcher? Tarnst sie so, daß die Gardisten nie wieder hier hereinfinden können?«

Terrs' dunkle Augen flackerten. »Das kann ich noch nicht. Dazu reicht meine Kraft nicht aus. Ich könnte die Illusion nicht ständig aufrechterhalten. Die Blendlöcher müssen vorerst noch mit Gestrüpp, Laub und Steinen verborgen werden, und einige von ihnen werden wir zumauern. Aber ich bin in der Lage, mit meiner Kognition die Fallen zu verbergen, die wir hier am Mvjri, am Großen Kf'rj und am Fledermaustor von F'jnruu gebaut haben. Diese Blendlöcher werden die Menschen am ehesten entdecken, und sie werden wir schützen.«

»Das genügt nicht.« Verran schüttelte den Kopf. »Nicht, um ausgebildete Gardisten aufzuhalten.«

»Es wird sie behindern, sie verwirren und demoralisieren«, entgegnete Terrs. »Es wird ihr Urteilsvermögen trüben und ihre Zuversicht erschüttern. Und dabei sind das nur die ersten Hindernisse, auf die sie treffen werden. Ich habe eine Reihe von weiteren Fallen geplant, um unsere Höhlen zu schützen — die Schriften des Grizhni-Patriarchen haben mir dabei geholfen —, und mit der Zeit werden wir sie alle bauen. Außerdem habe ich die Absicht, meine Angehörigen aus der Zmadrc-Sippe und die Mitglieder der anderen Familien darin auszubilden, sich ihrer Haut zu wehren und, wenn nötig, auch zu töten.«

»Du willst sie ausbilden? Und wer wird dich ausbilden, Terrs? Was verstehst du von Kriegskunst, von Waffen und vom Töten?«

»Nur sehr wenig. Nur, was mein Verstand mir sagt. Ich weiß genug, um unsere Vorteile zu nützen — das heißt, unsere zahlenmäßige Überlegenheit und unsere Kenntnis der Höhlen. Ich weiß auch, daß das, was meinen Vardrul-Verwandten an Aggressivität und Grausamkeit abgeht, durch List und Heimlichkeit ausgeglichen werden muß. Und ich weiß, daß wir auf solche Maßnahmen nur so lange angewiesen sind, bis meine Kognition stark genug ist, um uns alle vor menschlichen Angriffen zu schützen. Und ich glaube, daß diese Zeit nicht mehr fern ist.«

»Was die Kognition angeht, so magst du recht haben — das kann ich nicht beurteilen«, gab Verran zurück. »Aber du redest, als hieltest du dich für — für einen General oder so etwas. Terrs, du bist erst siebzehn Jahre — das heißt, fünfundzwanzig Große Vens alt. Ein Vardrul ist in diesem Alter erwachsen, aber ein Mensch nicht.«

»Hältst du mich für ein Kind, Mutter?«

Verran schwieg. Wie er jetzt vor ihr stand — groß, von gefährlicher Entschlossenheit und eisernem Willen erfüllt —, hatte er nichts Kindliches an sich. So mußte sein Vater im gleichen Alter ausgesehen haben. »Nein, ein Kind bist du nicht mehr«, gab sie leise zu. »Aber du verfügst auch nicht über die Erfahrung eines Mannes. Mehr noch, du bist kein Vardrul. Was macht dich so sicher, daß sie bereit sein werden, dem Rat eines jungen Menschen zu folgen?«

»Sie tun es bereits. Du siehst es doch — sie schachten diese Grube auf meine Veranlassung hin aus. Sie vergiften die Stalaktiten, weil ich es vorgeschlagen habe. Ich habe nach allem in mir gesucht, was menschlich ist — nach aller Grausamkeit, aller Gerissenheit, aller Brutalität —, und ich habe mich entschlossen, diese abstoßenden, aber nützlichen Eigenschaften in den Dienst meiner Vardrul-Verwandten zu stellen. Merkwürdig, nicht wahr, daß die menschliche Roheit, die ich so verabscheue, nun zur Rettung für alles werden soll, was mir teuer ist?«

Nein, ein Kind ist er leider nicht mehr, dachte Verran. *Das kommt von dem unnatürlichen Leben, das er führt. Und auch — von seinem Erbe.* Laut antwortete sie: »Angeborene ›Roheit‹, wie du es nennst, Terrs, genügt nicht. Sie kann nichts an der Tatsache ändern, daß du nie kämpfen gelernt hast. Du verstehst nichts davon, du kannst nicht einmal mit einem Schwert oder sonst einer Waffe umgehen, und hier unten gibt es niemanden, der es dich lehren könnte. Die Gardisten des Herzogs sind dagegen Berufssoldaten — gut ausgebildet, diszipliniert und sehr erfahren. Du kannst nicht damit rechnen, sie allein auf Grund deiner Inspirationen zu besiegen.«

»Ich hoffe, ihre Erfahrungen gegen sie verwenden zu können.«

»Was willst du damit sagen?«

»Die Gardisten sind gewöhnt, Oben zu kämpfen. Ihr Wissen, ihre Erwartungen, ihre Reaktionen, alles beruht auf ihren Erfahrungen mit den Oben herrschenden Bedingungen. Sie haben keine Ahnung von unseren Höhlen. Wir leben hier in einer anderen Welt, und die Taktik von Oben — die einzige Taktik, die sie kennen — könnte sich hier als völlig ungeeignet erweisen. Wir werden es uns zunutze machen, daß sie sich in diesen endlosen Gängen nicht auskennen — wir werden sie in die Irre führen und verwirren —, und am Ende, wenn sie nicht mehr wissen, wo sie sind, wenn sie sich fürchten, werden wir sie vernichten.«

»Vielleicht, aber ich wäre mir da an deiner Stelle nicht so sicher. Diese Gardisten sind vielleicht doch nicht die unbeholfenen Tölpel, für die du sie hältst.«

»Was rätst du mir dann, Mutter? Sollen wir versuchen, uns vor ihnen zu verstecken, wenn sie kommen? Sollen wir ewig in Angst leben? Sollen wir unsere Heimat ganz aufgeben? Oder sollen wir uns einfach alle von ihnen töten lassen? Welche dieser Strategien empfiehlst du mir?«

»Keine, und das weißt du genau. Aber es gibt vielleicht noch einen anderen Weg, und darüber wollte ich mit dir sprechen. Du mußt mir zuhören, Terrs«, beharrte Verran so energisch, wie sie schon lange nicht mehr mit ihm gesprochen hatte. »Diese Gardisten sind gekommen, um nach uns beiden zu suchen. Einen anderen Grund gab es nicht. Ich weiß nicht, warum sie es nun, nach so vielen Jahren, schließlich doch noch auf Fal Grizhnis Sohn abgesehen haben, und ich weiß auch nicht, wie sie erfahren haben, daß wir hier sind. Aber ich weiß, daß alle diese Vardrul deinetwegen sterben mußten.« Sie sah das winzige Zucken, das über sein Gesicht ging, und es kostete sie Mühe, fortzufahren. »Es ist wahr, und du weißt es. Du weißt auch, daß noch viele von deinen Freunden und deinen neuen Verwandten sterben werden, wenn die Gardisten zurückkehren — und wieder werden wir der Grund dafür sein. Unsere Anwesenheit ist für unsere Wohltäter tödlich — das müssen sie inzwischen wohl auch selbst erkannt haben —, aber sie sind nicht skrupellos genug, um uns fortzuschicken. Daher ist es unsere Pflicht, ein Ende zu machen.«

»Dann willst du also die Höhlen verlassen, Mutter?«

»Das würde leider nicht genügen. Die Gardisten wüßten ja gar nicht, daß wir fort sind. Sie würden zurückkommen, um nach uns zu suchen, immer und immer wieder, und die Vardrul hätten Schreckliches zu erdulden. Die Soldaten und ihr Herr müssen davon überzeugt werden, daß sie keinen Grund mehr haben, wiederzukommen, und ich weiß auch, wie man das erreichen kann. Ich werde mich ihnen ausliefern.«

Es war ihr gelungen, Terrs aus seiner gewohnten Unerschütterlichkeit zu reißen. Er starrte sie unverhohlen erstaunt, erschrocken und ängstlich an, und zum ersten Mal seit vielen Großen Vens fühlte sich Verran an das Kind erinnert, das er einmal gewesen war. Der Jüngling war erst einmal sprachlos. Als er seine Stimme wiederfand, klang sie rauh vor Entrüstung. »Daran darfst du nicht einmal denken, Mutter! Diese Männer sind Barbaren. Sie würden dich ohne Zweifel töten.«

»Nicht unbedingt«, entgegnete sie ruhig. »Sie hätten eigentlich gar keine Veranlassung dazu. Ich halte es für viel wahrscheinlicher, daß sie mich nach Lanthi Ume zurückbringen würden, wo ich damit rechnen könnte, Unterstützung zu finden. Meine Familie, das Haus Verras, war nicht ohne Einfluß. Aller Wahrscheinlichkeit nach würde man mich nicht über Gebühr mißhandeln.« Sie konnte nur hoffen, daß es überzeugend klang.

Terrs ließ sich nicht täuschen. »Du weißt genau, daß das nicht stimmt, Mutter. Sie haben schon einmal versucht, dich zu töten — wenn Nyd nicht gewesen wäre, wärst du mit den Zmadrc gestorben.«

»Das war in der Hitze des Gefechts. Wenn ich hingegen nach Lanthi Ume zurückkehren und vor den Augen aller Höflinge im herzoglichen Palast erscheinen würde, so wäre das eine ganz andere Situation. Vor so vielen Zeugen würde es der Herzog wohl kaum wagen, mich hinrichten zu lassen, weil er befürchten müßte, von allen Seiten unter Beschuß zu geraten.«

»Meinst du? Er hat nicht gezögert, den Grizhni-Patriarchen zu ermorden«, erinnerte sie Terrs. »Zumindest würde er dich verhaften lassen.«

»Nun, das kann ich ertragen.«

»... um dann deinen Tod zu befehlen. Nein, Mutter, das ist unvorstellbar. Außerdem wäre dein Opfer wäre auf jeden Fall sinnlos. Wenn es deine Absicht ist, den Vardrul zu helfen, dann wirst du das auf diese Weise nicht erreichen. Was nützt es, wenn du dich auslieferst, solange unsere Feinde wissen, daß ich noch am Leben bin und mich in den Tiefen der Höhlen aufhalte? Man würde erst dich beseitigen, und dann würden die Soldaten wiederkommen, um mich zu holen.«

»Nicht, wenn sie dich für tot hielten«, gab Verran prompt zurück. »Erinnerst du dich an die vier Gardisten, die uns durch das Hllsreg-Netz gefolgt sind? Ich werde sagen, sie hätten uns eingeholt und dich getötet.«

»Der Herzog wird dir nicht glauben.«

»Ich werde klagen und weinen und mich gebärden, als sei ich ganz außer mir. Ich werde sehr überzeugend sein«, versicherte Verran. »Der Herzog wird mir schon deshalb glauben, weil ich ihm etwas erzählen werde, was er sehr gerne glauben möchte. Und von da an wird man dich und die Vardrul in Frieden lassen.«

Terrs genügte diese Antwort offensichtlich nicht, er sah sie scharf an, stellte im Kopf einige Berechnungen an und antwortete dann: »Ich würde dir auf keinen Fall gestatten, es alleine zu tun, Mutter. Wenn du darauf bestehst, nach Lanthi Ume zurückzukehren, dann werde ich dich begleiten.«

»Das ist das letzte, was ich will.«

»Trotzdem werde ich es tun, und du kannst mich schließlich nicht daran hindern. Das ist doch nicht mehr als gerecht, nicht wahr?«

Verran schwieg. Er hatte den schwachen Punkt genau getroffen, das war ihr klar, und einen Augenblick lang war sie so zornig, daß sie sich fast versucht fühlte, ihn beim Wort zu nehmen. Aber er bluffte sicher nicht — er würde tun, was er sagte. Wenn man zwei Menschen opferte, konnte man damit Dutzenden, möglicherweise sogar Hunderten von unschuldigen Vardrul das Leben retten. So betrachtet, war der Preis gering.

Aber einer dieser Menschen war ihr Sohn — ihr einziges Kind, der einzige Erbe Fal Grizhnis —, und sein Leben konnte sie nicht hingeben. Nicht für alle Vardrul im ganzen Universum. Verran war sich durchaus bewußt, daß es selbstsüchtig und ungerecht war, das Wohl ihres Sohnes über das einer ganzen Rasse sanftmütiger, intelligenter Wesen zu stellen, aber sie konnte nicht anders. Und Terrs wußte das natürlich genau. Er konnte ihre Empfindungen bis ins letzte einschätzen und war skrupellos genug, ihre Mutterliebe auszunützen. Verran juckte es in der Hand, und sie war nahe daran, ihn zu schlagen. Als sie wieder sprach, bebte ihre Stimme vor Zorn und Enttäuschung. »Das ist dumm. Ich sehe keinen Sinn darin. Warum sollen wir uns beide opfern, wenn einer genügt, um den Herzog von Lanthi Ume zufriedenzustellen?«

»Du hast recht, Mutter. Ich gehe besser allein nach Lanthi Ume«, gab Terrs gelassen zurück.

»Du weißt, daß ich es nicht so gemeint habe! Du bist egoistisch und kindisch, Terrs! Wenn du dir wirklich Sorgen um deine Vardrul-Freunde machen würdest, hättest du meinen Vorschlag angenommen, denn das wäre die Rettung für alle. Aber eigentlich ist es dir gar nicht wichtig, was das beste für sie ist, auch wenn du noch so große Worte machst. Nein, du willst keinen Frieden. In Wirklichkeit möchtest du nur mit deinen Fallen spielen, mit deinen selbstgebauten Waffen und deiner dilettantischen Strategie. Was du *wirklich* willst, ist die Chance zu kämpfen, die Chance, dich als großer Führer und genialer Taktiker zu beweisen. Stolz ist es, was dich treibt, nichts als Stolz. Und wenn die Vardrul — und übrigens auch die menschlichen Soldaten — zu Hunderten sterben, nun, was macht es schon aus? Wenn ein solches Blutbad den Ruhm des jugendlichen Generals Terrs Fal Grizhni begründet, sind sie nicht umsonst gestorben!«

Terrs starrte mit ausdruckslosem Gesicht auf sie hinab. »Wenn du wirklich entschlossen bist, nach Lanthi Ume zurückzukehren, kann dich niemand aufhalten. Aber wenn du gehst, werde ich dich begleiten. Die Entscheidung liegt bei dir, Mutter.« Sie schwieg unglücklich, und er fuhr fort: »Ich bin nicht so egoistisch, wie du glaubst. Ich strebe nicht nach Ruhm.«

»Sei ehrlich!«

Für den Bruchteil einer Sekunde flackerte Unsicherheit in seinen Augen auf und verschwand wieder. »Du schätzt mich falsch ein, und auch deine Vorstellungen von Friedenspolitik sind verfehlt. Du glaubst, wenn du dich opferst, würde das den Herzog beschwichtigen und die Vardrul retten. Im Moment stimmt das vielleicht sogar, aber auf lange Sicht würde es mehr schaden als nützen. Als die Menschen hier eingedrungen sind, haben sie furchtsame Schwächlinge vorgefunden. Deshalb werden sie zurückkommen, um zu plündern und zu töten. Was wir ihnen geben, spielt keine Rolle — dein Leben, mein Leben, die Lichtkristalle von J'frnial, was auch immer. Es wird nicht genug sein, es wird niemals genug sein. Sie werden immer mehr wollen, und sie werden immer wiederkommen, denn es ist ein unausweichliches Naturgesetz, daß die Starken die Schwachen unterdrücken.«

»Was verstehst du schon von unausweichlichen Naturgesetzen, du, der du noch nie einen Blick über diese gräßlichen Höhlen hinausgetan hast?«

»Es gibt nur eine Möglichkeit, wie wir uns retten können«, fuhr Terrs fort, als habe er sie nicht gehört. »Wir müssen den Menschen beweisen, daß wir die Kraft und den Willen besitzen, uns zu verteidigen. Wenn sie uns respektieren — und das heißt, wenn sie uns fürchten —, erst dann werden sie uns wahrhaft in Frieden lassen. Darin liegt unsere einzige Hoffnung.«

»Du weißt nicht ...«

Das Gespräch wurde unterbrochen, weil die Vardrul über eine an einem nahegelegenen Stalagmiten befestigte Strickleiter aus der Grube stiegen. F'tryll'jnr Rdsdr und seine Helfer stellten sich vor Terrs auf und meldeten, das Projekt sei abgeschlossen. Die Ausschachtungsarbeiten seien beendet, die angespitzten Steinpfähle eingesetzt und mit Gift bestrichen worden. Nun brauche der Fal Grizhni/Zmadrc Terrs das Ganze nur noch mit seiner Kognition unsichtbar zu machen.

Sie behandeln Terrs wie einen Patriarchen, dachte Verran. *Nein, schlimmer noch. Als wären sie Soldaten und er ihr Befehlshaber. Einerseits ist es ja verständlich. So jung er auch ist, er ist ihnen an Kraft, Stärke und Entschlossenheit überlegen. Das erkennen sie, und genau diese Eigenschaften benötigen sie jetzt. Kein Vardrul hätte sich diese hinterhältige Falle ausdenken können, die sie eben gebaut haben, dazu war ein Mensch erforderlich. Ich bin bloß neugierig, ob Terrs tatsächlich eine kognitive Tarnung zustande bringt.*

Offenbar sollte sie das gleich erfahren. Terrs trat an den Rand der Grube, griff in die Tasche seines Gewandes, holte die beiden farblosen Kristalle aus Zmadrc R'dsvyllschs Garten heraus und legte sie auf seine geöffnete Hand. Dann senkte er den Kopf, schloß die Augen und begann leise zu sprechen. Dank seiner Unerfahrenheit dauerte es ziemlich lange, aber endlich begannen die Kristalle zu glühen, und Verran spürte den vertrauten, unangenehmen Nervenkitzel. Die unheimliche Spannung, an die sie sich von früher erinnerte, lag in der Luft. Einen Augenblick lang geschah gar nichts, und ihre Unruhe steigerte sich. Dann begann sich der Boden vor ihr zu verändern. Anfangs ganz leicht, so leicht, daß sie ihren eigenen Augen nicht traute, begannen die scharfen Ränder der Grube zu flimmern und an Festigkeit zu verlieren. Verran rieb sich unwillkürlich die Augen, aber es gab keinen Zweifel — die Steinkante verschwamm, sie zitterte und bebte, als habe sich der Granit in Gallert verwandelt. Dann begann das Loch zu schrumpfen, die kreisrunde Öffnung verkleinerte sich langsam, wie die Mündung eines Sacks, wenn die Schnüre zugezogen werden. Immer kleiner wurde das Loch, schwand immer weiter, bis schließlich nur noch ein unglaublich kleiner, dunkler Punkt übrig war. Dann war auch er verschwunden. Im Zentrum der Grube war nur noch ein winziger Staubhügel auf scheinbar festem Fels zu sehen. Die beiden Kristalle erloschen, die Kognition hatte ihr Ziel erreicht, und Verran hörte ihren Sohn müde aufseufzen. Terrs ließ die Schultern hängen, und sein Gesicht war noch bleicher als gewöhnlich.

Die staunenden Vardrul summten leise, und ihr Fleisch wurde matt. Sie blickten von der geschlossenen Steinfläche zu dem jungen Adepten und wieder zurück, in ihren Augen stand ein Ausdruck, den Verran nicht zu deuten wußte, aber sie glaubte Verwirrung herauszulesen und vielleicht ein wenig Furcht. Endlich hob einer der Rjnrllsch-Angehörigen einen Stein auf und schleuderte ihn. Der Kiesel flog durch die Luft, sank herab und verschwand — als habe ihn der Fels verschluckt. Einen Augenblick später verriet ein winziges Geräusch, daß er zwischen den Stalaktiten auf dem Grund der Grube gelandet war. Das Trällern der Vardrul wurde lauter und eindringlicher. F'tryll'jnr Rdsdr kniete am unsichtbaren Rand nieder, beugte sich vor und legte die flache Hand auf den Boden. Er traf nicht auf Widerstand, die Hand versank in dem imaginären Stein. Der Hiir des Vardrul erlosch schlagartig. Mit einem zittrigen Aufschrei riß er die Hand zurück, sie war heil und unversehrt. Dadurch ermutigt, unternahm er einen neuen Versuch, diesmal griff er tief in das Loch hinein und beobachtete fasziniert, wie seine Hand und sein Arm bis zur Schulter hinauf langsam verschwanden. Andere junge Vardrul warfen nun ebenfalls Steinchen, um sie verschwinden zu sehen. Erregte Arpeggios lösten sich aus einem Dutzend leuchtender Kehlen.

»Du hast es also doch geschafft.« Verrans Zorn war

verflogen. Sie bemerkte besorgt, daß ihr Sohn völlig erschöpft, beinahe krank aussah. »Alles in Ordnung?«

»Ich brauche nur ein wenig Ruhe«, antwortete er. »Aber dazu ist jetzt keine Zeit, es gibt noch soviel zu tun. Die Fallenden Steine des Grizhni-Patriarchen — das muß ich als nächstes lernen. Dabei geht es nicht um eine simple Illusion — es ist schwieriger. Außerdem muß ich mir Waffen für die Sippenangehörigen überlegen, die großen braunen Fledermäuse müssen so abgerichtet werden, daß sie Eindringlinge angreifen.« Die Worte sprudelten heraus wie Wasser aus einer aufgestochenen Blase.

»Langsam, Terrs! Zerbrich dir jetzt darüber nicht den Kopf«, mahnte Verran. »Du bist erschöpft.«

»Ich muß aber jetzt darüber nachdenken. Wer weiß, wie bald die Soldaten wiederkommen? Dann müssen wir bereit sein. In dieser Koloration möchte ich noch die Fallen tarnen, die wir am Großen Kf'rj und am Fledermaustor von Fjnruu gebaut haben. Das muß sofort geschehen.«

»Du wirst den Vardrul nicht helfen, wenn du dich übernimmst und deine Gesundheit ruinierst. Selbst dein Vater mußte sich manchmal ausruhen.«

Ehe Terrs antworten konnte, tauchte Zmadrc Vierzehn aus einem Seitentunnel auf. Alle Anwesenden drehten sich nach ihr um, denn sie bot einen ungewöhnlichen Anblick. Vierzehn glühte auf und erlosch wieder wie eine Signallampe, ihr Hiir wechselte schnell zwischen höchster und schwächster Intensität. Hell-dunkel, hell-dunkel, hell-dunkel. Das Muster wiederholte sich sinnlos und kam in der Sprache des Ftvj dem Geplapper eines Idioten gleich. Ihre großen Augen waren weit aufgerissen und matt, die Augenwülste vollkommen glatt. Sie war wie betäubt und schien nichts um sich herum wahrzunehmen. Ihr leerer Blick schweifte blind durch den Korridor.

»Was ist los mit ihr?« flüsterte Verran. »Ist sie krank?«

»Krank vor Kummer«, antwortete Terrs ungewohnt bewegt. »Drei Viertel ihrer Sippe wurden von den Gardisten getötet, und es gelingt ihr nicht, sich aus dem Einssein zu lösen. Sie kann nicht loslassen, und deshalb ist sie auf Kosten ihrer eigenen Harmonie kolorationenlang ununterbrochen in Kontakt mit den Ahnen. Eine Verbindung mit den Toten über so lange Zeit ist zutiefst verwirrend, wie man mir erklärt hat, und so irrt sie einsam durch die Gänge, gefangen zwischen Vergangenheit und Gegenwart, nirgends zugehörig.«

»Armes Kind!« Verran streckte mitleidig die Hand aus, aber Vierzehn glitt an ihr vorüber, ohne sie zu bemerken. Die Vardrul, die hinter ihr zurückblieben, wurden matt. »Kannst du ihr denn nicht helfen, Terrs? Du oder sonst jemand?«

»Nein. Sie muß selbst entscheiden, ob sie zu den Lebenden oder zu den Toten gehören will. Sollte sie das ewige Einssein mit den Ahnen wählen, so ist das ihr gutes Recht.«

Verran starrte ihn entsetzt an. »Sie ist doch noch ein Kind! Du willst doch wohl nicht andeuten, daß sie vielleicht tatsächlich ...«

Dissonante Schreckensschreie unterbrachen sie. Taub für alle Warnungen, näherte sich Vierzehn dem Rand der unsichtbaren Grube. Terrs war trotz seiner Worte nicht bereit, seiner Zukünftigen zum ewigen Einssein zu verhelfen, sprang an ihre Seite und hielt sie sanft fest. Seine Berührung holte Vierzehn in die Gegenwart zurück. Ihre Augen wurden klar, sie blickte die Anwesenden an und erkannte sie. »Woher kommt diese Disharmonie?« flötete sie sanft, aber deutlich.

»Hier droht Gefahr«, antwortete Terrs. »Eine Todesfalle für die Menschen, aber auch für Vardrul tödlich.«

»Wo?« fragte Vierzehn verständnislos.

»Gleich innerhalb des Blendlochs. Verborgen durch die Kunst des Grizhni-Patriarchen«, erklärte Terrs.

Sie bewegte gehorsam ihre Tentakel, schien aber nicht wirklich zu verstehen. Von ihrer sonst so temeramentvollen, munteren Art war nichts mehr zu spüren.

»Ich glaube nicht, daß sie das begreift, Terrs«, bemerkte Lady Verran. »Diese verborgene Grube ist für alle eine Gefahr. Ihr müßt etwas dagegen unternehmen.«

»Das werden wir, Mutter«, versicherte er. »Wir werden Barrieren errichten und den Korridor von dieser Seite her absperren. Hier wird kein Vardrul zu Schaden kommen. Nur die Männer werden sterben, die man geschickt hat, um uns zu töten.«

In der Abenddämmerung wanderte eine einsame menschliche Gestalt durch die Hügel des Nazara Sin. Rillif Har Fennahar war müde, hungrig und verdrossen. Nachdem er in drei Tagen zu Pferd und zu Fuß die öde Gravula-Wüste durchquert hatte, hatte er damit gerechnet, ohne große Mühe den Weg zu den legendären Höhlen zu finden. Sicher, die Vardrul-Bewohner pflegten alle bis auf die größten Eingänge zu tarnen, aber Fennahar war mit der ausgezeichneten Karte seines Onkels versehen, auf der eigentlich nicht weniger als sechs Pforten genau verzeichnet sein sollten. Fennahar konnte jedoch keine einzige finden, vielmehr hatte er eine entdeckt, aber feststellen müssen, daß sie ganz frisch mit Steinen zugemauert worden war. Es hätte mehrerer Tage Arbeit mit einer Spitzhacke oder einer größeren Explosion bedurft, um die Wand zu durchbrechen. Die anderen Eingänge waren unauffindbar, vor allem deshalb, weil es keinerlei erkennbare Landmarken gab. Die Hügel des Nazara Sin waren kahl und eintönig, eine sich endlos wiederholende Landschaft. Jinzin Farnis Karte stützte sich hauptsächlich auf Bezugspunkte, die irgendwie aus dem Rahmen fielen — meist besondere Felsformationen. Aber diese Bezugspunkte waren verändert oder ganz entfernt worden. Fennahar war Geröllhaufen mit zerklüfteten Seiten und frischen Bruchkanten begegnet, die Bände sprachen. Die Landmarken waren erst vor kurzem und ganz bewußt beseitigt worden. Diese Antwort der Vardrul auf den Angriff auf ihre Heimat war einfach, aber wirkungsvoll, und die Karte war jetzt so gut wie unbrauchbar. Fennahar hatte den ganzen Tag lang die Hügel abgesucht, bis er sich die Füße wundgelaufen hatte und die Riemen des schweren Ranzens schmerzhaft in seine Schultern schnitten. Jetzt blieb er stehen, um sich ein wenig auszuruhen und die unwirtliche Umgebung zu betrachten. Die Nacht näherte sich schnell. Die Sonne war bereits hinter den Hügeln verschwunden, und der Wind war unangenehm kalt geworden. Die Suche im Dunkeln fortzusetzen, hatte keinen Sinn — er blieb besser hier, solange es noch hell genug war, um Reisig zu sammeln und ein Feuer anzuzünden. Morgen früh würde er seine Streifzüge wieder aufnehmen und sie vielleicht sogar bis zu der östlichen Hügelkette hin ausdehnen, die er bisher noch nicht erkundet hatte.

Fennahar griff nach den Riemen seines Ranzens und wollte gerade die Schnallen lösen, aber da erregte ein Schatten am Himmel seine Aufmerksamkeit, und er hielt inne. Im Osten, nicht weit entfernt, stieg ein großer Schwarm geflügelter Wesen auf und zeichnete sich schwarz vor den bleigrauen Wolken ab. Zehntausende waren es, und sie bildeten eine hohe zitternde Säule, die manchmal fast massiv zu sein schien. Das weiche Rauschen ihrer Flügel erfüllte die Luft. Einen Augenblick lang stand Fennahar nur staunend da, aber als er begriff, was sich da zum Himmel erhob, schwand seine Verwunderung. In der Dämmerung wagten sich die zahlreichen Fledermäuse aus den Höhlen, um nach Futter zu suchen. Das war ein Glücksfall! Er brauchte sich nur zu merken, wo die Tiere herausgekommen waren, dann wußte er auch, wie er in die Höhlen hineingelangen konnte.

Fennahar marschierte schnell nach Osten, die Augen auf die dunkle Säule geheftet, die sich vor ihm in der Luft drehte und hin- und herschwankte. Die Dämmerung verdichtete sich, die Welt wurde dunkel, und die geflügelten Gestalten über ihm waren zunehmend schlechter zu erkennen. Es würde nicht mehr lange dauern, bis die Nacht sie ganz verschluckt hatte. Trotz seiner Müdigkeit beschleunigte Fennahar seine Schritte und stolperte in seinem Eifer über Steine und Wurzeln. Vielleicht eine halbe Stunde lang eilte er so dahin. Dann waren die Fledermäuse nicht mehr zu sehen, und er mußte sich auf sein Gedächtnis verlassen, um die Stelle zu finden, von der sie sich erhoben hatten. Und dann entdeckte er, wonach er suchte — einen schwachen Lichtschein, einen geisterhaften, fahlen Fleck, der in der Luft zu schweben schien. Vor dem Hintergrund dieses unbestimmten Leuchtens waren die letzten Fledermäuse nur als bedrohliche Silhouetten zu erkennen. Fennahar eilte auf das Licht zu. Drei Minuten später hatte er ein großes Loch in einer Hügelflanke erreicht. Die Öffnung, mit toten Ästen und trockenen Grasbüscheln ein wenig getarnt, wäre bei Tageslicht überhaupt nicht aufgefallen. Bei Nacht sickerte jedoch das Licht der Felsen durch die Pflanzendecke, die man bewußt dünn gehalten hatte, um der Fledermausbevölkerung ihre nächtlichen Ausflüge zu gestatten. Und so fand Rillif Har Fennahar den Weg zu dem Blendloch, das die Vardrul als das Fledermaustor von F'jnruu bezeichneten.

Fennahar blieb neben dem Loch stehen und beobachtete mit skeptischer Miene, wie die letzten Nachzügler unter den Fledermäusen in der Dunkelheit verschwanden. Die Aussicht, sich allein, nur mit einem Jagdmesser bewaffnet in die Höhlen des Nazara Sin zu wagen, war keineswegs verlockend. Er erinnerte sich an die grausigen Legenden über die Weißen Dämonen aus den Höhlen, die sich angeblich mit Menschenfleisch mästeten, und das Unbehagen hätte fast die Oberhand über seine normalerweise unersättliche Neugier gewonnen. Vergebens rief er sich in Erinnerung, was sein Onkel ihm über die Schüchternheit, die Sanftmut und die Friedfertigkeit der Vardrul erzählt hatte. Das alles konnte seine Befürchtungen nicht vertreiben. Fennahar griff in seine Tasche und betastete die bunte Kieselkette, die Jinzin Farni vor siebzehn Jahren als Unterpfand ewiger Freundschaft von den Vardrul erhalten hatte. Er wog die Kiesel in der Hand und fragte sich, ob die Ewigkeit wohl siebzehn Jahre überdauern konnte. Ein brennender Schmerz an seinem linken Handgelenk riß ihn aus seinen düsteren Gedanken, und Fennahar blickte erschrocken hinab. Das Silberarmband, das sein Onkel ihm mitgegeben hatte, leuchtete schwach im weichen Felsenlicht. Das Metall war ungewohnt warm, fast heiß, ein sicheres Zeichen, daß ganz in der Nähe kognitiver Einfluß wirksam war. Er trat vorsichtig einen Schritt auf das Loch zu, und die Wärme verstärkte sich merklich. Fennahar dachte an Grizhnis Unterlagen und die kognitiven Hilfsmittel, die er suchen sollte, und runzelte die Stirn. Wenn sie in der Nähe wären, würde das die Wärme des Armbands erklären, aber die Vardrul würden doch Gegenstände von solch unschätzbarem Wert gewiß nicht so nahe an einem Ausgang zur feindlichen Außenwelt deponieren? Oder vielleicht doch? Vielleicht erkannten sie gar nicht, was für wertvolle Informationen sie da in Händen hatten? Oder war es ihnen gleichgültig? Wer konnte schon wissen, wie die Vardrul dachten, empfanden oder handelten? Die Wesen und ihr Reich waren in geheimnisvolles Dunkel gehüllt, ein Gedanke, der auf Har Fennahar wirkte wie Baldrian auf eine Katze. Der Hunger nach Wissen rumorte in seinem Geist. Ohne noch weiter zu zögern, schob er die Äste beiseite und schlüpfte durch das Fledermaustor von F'jnruu.

Kaum war er durch die Pforte getreten, als die Temperatur des Silberarmbandes auch schon immer heißer wurde, und Fennahar blieb stehen und sah sich vorsichtig um. Vor ihm erstreckte sich ein breiter, hoher Felskorridor. Wände, Decke und Fußboden strahlten ein schwaches Licht aus, das alles flach erscheinen ließ und keinerlei Schatten warf, was den Eindringling verwirrte. Fennahar konnte sich nicht orientieren, konnte weder Tiefe noch Entfernung abschätzen und wußte kaum, wohin er seinen Fuß setzen sollte. Der Korridor war fast völlig ebenmäßig, die Wände waren glatt, ohne Felsvorsprünge. Weder irgendwelche Seitengänge noch Kammern waren zu sehen. Ein paar kleine Nischen in der Nähe der Decke zeigten Spuren von Fledermäusen, waren aber jetzt verlassen. Weit und breit regte sich nichts, kein Lebewesen — weder Vardrul noch Mensch noch Fledermaus — ließ sich sehen. Fennahar spitzte die Ohren, hörte aber nichts. Wenn die Bewohner in der Nähe waren, dann hielten sie sich verborgen, und das konnte er ihnen kaum verübeln. Er erinnerte sich an Jinzin Farnis Worte — *Es ist viel wahrscheinlicher, daß sie sich vor dir verstecken* — und nickte vor sich hin. Irgendwie würde er die Vardrul von seinen friedlichen Absichten überzeugen müssen. Wie er das anstellen sollte, wenn die Wesen nicht zum Vorscnein kamen, war ihm noch nicht klar, aber er würde schon einen Weg finden. Er überlegte, ob er rufen sollte, befürchtete aber, daß der Klang einer lauten, menschlichen Stimme sie nur noch mehr verängstigen würde. Nein, er mußte den Bewohnern selbst gegenübertreten, sie beruhigen, eine Möglichkeit der Verständigung finden — bei dem Gedanken schlug sein Herz schneller. Soweit er wußte, hatte außer einigen Mitgliedern der Esoterikerloge kein Lanthianer jemals mit den Weißen Dämonen gesprochen. Wie würde es wohl sein, wenn man Wesen begegnete, die zwar intelligent, aber keine Menschen waren? Was würde er an fremdem Denken und fremden

Sitten kennenlernen — wenn er sie nur erst einmal gefunden hatte?

Von neuer Entschlossenheit erfüllt, machte Fennahar einen Schritt nach vorne, blieb aber gleich wieder stehen, weil die Temperatur des Armbandes erneut anstieg. Warum? Wo war die Quelle kognitiver Energie? Wieder sah er sich prüfend um. Vor, unter und über ihm gab es nur kahlen, schwach leuchtenden Fels. Hinter ihm, in beruhigender Nähe, lag der Eingang. Nirgends war eine Gefahr zu entdecken, aber in unmittelbarer Umgebung löste irgend etwas die kognitive Reaktion von Onkel Jins Silberreif aus. War es möglich, daß die Artefakte, die er suchte, vergessen in einer der Nischen hoch oben an der Decke lagen? Nisteten Fledermäuse zwischen den Schriften des Großmeisters Fal Grizhni? Fennahars Instinkte schrien eine Warnung, aber er bemühte sich, nicht darauf zu achten. Die Augen auf die nächstgelegene Nische gerichtet, ging er weiter. Beim dritten Schritt geschah das Unmögliche. Sein Fuß, sein Bein versanken, allem Anschein nach in massivem Fels, und er verlor das Gleichgewicht. Automatisch warf er sich nach hinten, schwankte einen Augenblick lang, verdrehte den Körper, schlug wild mit den Armen um sich und stürzte dann über den Rand in eine verborgenen Falle.

Fennahar fiel etwa zwölf Fuß tief. Kurz bevor er auf dem Boden aufkam, streifte etwas seinen Brustkorb — etwas, das scharf genug war, um die dicke Jacke und das Leinenhemd darunter zu zerreißen und ihm die Haut zu ritzen. Er spürte ein stechendes Brennen in der Seite und dann einen plötzlichen heftigen Schlag. Er war auf den Füßen gelandet, taumelte und warf sich nach vorn, um die Wucht des Aufpralls mit den Händen abzufangen. Einen Augenblick lang lag er still und atmete schwer. Als sich sein wild pochendes Herz beruhigt hatte, setzte er sich langsam auf, um zu sehen, ob er Schaden gelitten hatte. Seine Verletzungen waren überraschenderweise recht geringfügig. Er hatte sich zum Glück nichts gebrochen. Die Handflächen waren blutig geschürft. Beide Knie bluteten, ein Knöchel tobte, und über die Rippen zog sich eine lange flache Schramme. Sicher hatte er sich auch einige Prellungen und Zerrungen zugezogen, die erst später schmerzen würden, aber insgesamt schien alles glimpflich abgelaufen zu sein. Von dieser Sorge befreit, blickte Fennahar nach oben, um sich die Falle anzusehen, in die er gegangen war, und sofort schwand seine Erleichterung.

Er saß am Grund einer offenen, etwa zwölf Fuß tiefen Grube von zwölf Fuß Durchmesser, die die ganze Breite des Korridors einnahm. Von hier unten hatte er einen ungehinderten Blick auf die Decke. Völlig ungehindert. Fennahar erinnerte sich an den scheinbar geschlossenen Felsboden, der sich vom Eingang in unbekannte Tiefen erstreckt hatte, und begriff sofort, von wo der kognitive Einfluß ausging, auf den das Silberarmband auch jetzt noch mit einer fast unangenehmen Erwärmung reagierte. Die Falle war ganz bewußt kognitiv getarnt worden, durch eine rudimentäre, eindimensionale Illusion. Die Frage war nur — wer beherrschte hier die Kognition? Die Vardrul selbst befaßten sich gewiß nicht mit solchen Dingen — oder hatten sie vielleicht gelernt, sich der Informationen, die man ihnen anvertraut hatte, auf so grausame Weise zu bedienen? War diese Falle das Werk eines zu Besuch weilenden Adepten — vielleicht des Großmeisters Fal Grizhni persönlich? Oder war es möglich, daß Lady Grizhni und ihr Sohn noch immer an diesem Ort lebten und daß einer von ihnen oder alle beide sich solche Fähigkeiten angeeignet hatten? Der Sohn war noch ein Junge, aber die Mutter ...? Fennahar stellte sich die junge Verran Dris Verras vor, die er in Lanthi Ume gekannt hatte — es war überraschend, wie genau er sich an jeden Zug ihres Gesichts erinnerte — und hielt das für äußerst unwahrscheinlich. Damals war sie ein fröhliches, heiteres, temperamentvolles Mädchen gewesen. Falls sie sich jedoch, was freilich unwahrscheinlich war, immer noch hier befand — wie mochte sie sich in siebzehn Jahren verändert haben, wie verbittert mochte sie geworden sein? Verbittert genug, um diese Falle zu ersinnen, die eher dafür geeignet war, ihre Opfer zu töten, als sie zu fangen? Denn als Fennahar sich nun umsah, wurde ihm klar, wie knapp er dem Tod entronnen war. Der Boden der Grube starrte von senkrecht aufragenden, dicht beieinanderstehenden Steinspeeren. Nur durch einen unglaublich glücklichen Zufall war er dazwischen hinabgestürzt, ohne von den scharfen Spitzen aufgespießt zu werden. Vermutlich hatte er sich daran beim Sturz nach unten die Schramme über den Rippen geholt. Fennahar stand vorsichtig auf, um die Stalaktiten genauer zu untersuchen. An einer Stelle waren Blutflecken zu sehen, aber auch Spuren einer merkwürdigen, gallertartigen Masse, die der Forscher nicht zu identifizieren vermochte. Achselzuckend wandte er sich der Öffnung der Grube zu, die sich fast sechs Fuß über seinem Kopf befand.

Sechs Fuß waren eine lächerliche Höhe. Unvorstellbar, eigentlich eine Beleidigung, daß eine solch unbedeutende Distanz den findigen Rillif Har Fennahar von der Freiheit trennen sollte.

Für einen Sprung war es zu hoch. In jüngeren Jahren war Fennahar ziemlich sportlich gewesen. Hätte er sich bei einem Anlauf Schwung holen können, so wäre auch jetzt noch etwas zu machen gewesen, aber aus dem Stand war es aussichtslos. Er versuchte es trotzdem, legte seinen Ranzen ab und schnellte sich wie von einer Bogensehne abgeschossen nach oben. Mehrmals kam er mit den ausgestreckten Händen aufreizend dicht an den Rand der Grube heran, aber schließlich mußte er sich eingestehen, daß er es nicht schaffen würde. Nach dieser Anstrengung fühlte er sich ungewohnt müde. Er rang keuchend nach Luft, und einen Moment lang überkam ihn ein Schwindelgefühl, das ihn fast benommen machte. Es ging schnell vorüber, aber Fennahar war doch etwas verwundert. Hatte ihn der Sturz vielleicht mehr mitgenommen, als er bisher gedacht hatte?

Er untersuchte die Wände der Grube. Sie waren künstlich geglättet, boten keinen Halt für Hände oder Füße und neigten sich leicht nach innen. Hinauszuklettern war unmöglich. In seinem Ranzen hatte er ein langes Seil, aber oben gab es nichts, woran er es hätte befestigen können. Im Moment konnte er nichts damit anfangen.

Als nächstes kam er auf die Idee, daß die im Boden der Grube eingemauerten Stalaktitenspeere vielleicht nicht allzu fest in ihrem Mörtelbett saßen. Falls es ihm gelang, auch nur einen davon herauszuziehen, konnte er ihn eventuell als Werkzeug verwenden, um damit auch andere freizubekommen. Wenn er ausreichend viele der langen Stäbe aufeinanderschichtete, konnte er den Stapel besteigen und von dort aus den Rand der Ausschachtung erreichen. Eine andere Möglichkeit wäre, die Stalaktiten fest miteinander zu verbinden, so daß sie eine Art Kletterstange ergaben — dieser Plan hatte den Vorzug, daß schon drei Stäbe genügen würden, um die Kante zu erreichen.

Aber das waren bereits drei zu viel. Fennahar rüttelte an einem der Stalaktiten nach dem anderen, aber keiner ließ sich bewegen. Der Mörtel, in dem sie steckten, war noch ganz frisch und trotzte trotzdem der Spitze von Fennahars Messer. Weitere Versuche hätte die Klinge nicht ausgehalten, und deshalb gab Fennahar bald auf. Er mußte einen anderen Ausweg finden, aber sein Verstand arbeitete ungewöhnlich träge. Eine merkwürdige Mattigkeit hinderte ihn daran, sich zu konzentrieren, und das einzige, was ihm noch einfallen wollte, war, um Hilfe zu schreien. Das tat er denn auch, bis der ganze Korridor widerhallte, aber seine Rufe zeitigten keine Wirkung. Wenn sie überhaupt gehört wurden,

wurden sie nicht beachtet. Als seine Stimme heiser und seine Kehle wund war, verstummte Fennahar. Das Schwindelgefühl und die Atemnot kehrten wieder, diesmal von tiefster Erschöpfung begleitet. Stirn und Handflächen waren feucht vom Schweiß. Das alles kam ihm merkwürdig vor, aber er war zu müde und zu wirr im Kopf, um eingehend darüber nachzudenken. Er brauchte einen Augenblick Ruhe, einen Augenblick Zeit, um zu Atem zu kommen und sein Gleichgewicht wiederzufinden. Fennahar setzte sich, lehnte den Kopf an die Felswand, schloß die Augen und schlief sofort ein.

Er hatte keine Ahnung, wieviel Zeit vergangen war, als ihn seine Kopfschmerzen weckten. Widerwillig öffnete Fennahar die Augen. Um ihn herum schien sich nichts verändert zu haben, nur ihm selbst ging es schlechter. Er sah seine Umgebung wie durch einen Nebel, und seine Gliedmaßen waren eiskalt und schienen aus Blei zu sein. Seine Lungen hatten vergessen, was sie eigentlich zu tun hatten, und jeder Atemzug erforderte eine bewußte Anstrengung. Schlimmer noch — die merkwürdige Verwirrung, ja, Verstörtheit, das unerträgliche Gefühl geistiger Lähmung hatte sich verzehnfacht und wurde von quälender Mutlosigkeit begleitet. Trotzdem hatte ihn der Schlaf ein wenig erquickt, so daß sein Verstand nun trotz aller Trägheit fähig war, einen neuen Plan zu entwerfen.

Fennahar wandte sich seinem Ranzen zu, der neben ihm am Boden lag. Mit Fingern, die sich so dick wie Gurken anfühlten, durchwühlte er den Inhalt, bis er endlich die Seilrolle gefunden hatte und sie herausziehen konnte. Mit dem Seil in der Hand stand er mühsam auf und lehnte sich an die Wand. Seine Füße waren gefühllos, und er mußte erst nach unten sehen, um sich zu vergewissern, daß sie fest auf dem Boden standen. Beim Aufstehen war der Schwindel stärker geworden, er brauchte eine kleine Pause, ehe er an die Arbeit gehen konnte. Während er rastete, blitzte ein einzelner Gedanke durch seinen vernebelten Geist, war jedoch wieder verschwunden, ehe er ihn zu fassen vermochte.

Fennahar wankte zum nächsten Stalaktiten, einem brusthohen Speer, der dicht an der Wand stand. Nach einem halben Dutzend Fehlversuchen gelang es ihm, einen Knoten darumzulegen. Ein zweiter, höherer Stalaktit ragte etwa drei Fuß vom ersten entfernt in der Nähe der Wand auf. Oder waren es sechs oder gar zwölf Fuß? Fennahar stellte fest, daß er nicht mehr fähig war, Entfernungen exakt abzuschätzen. Alles, worauf er sich konzentrierte, schien wie wild vor seinen Augen hin- und herzuschwanken, sich abwechselnd zu nähern und wieder zurückzuweichen. Warum? Und wieder flackerte der verirrte Gedanke aus den Tiefen seines Bewußtseins auf, verflüchtigte sich jedoch, ehe er ihn zu fassen bekam.

Er stolperte drei Schritte weit zu dem zweiten Steinpfahl, spannte das Seil und knüpfte mit größter Mühe einen zweiten Knoten. Danach ging es etwas leichter. Unsicher hin- und hertaumelnd, wand Har Fennahar das Seil mehrfach in straffen Achterschlingen um die beiden Stalaktiten und sicherte schließlich das freie Ende mit einem Dreifachknoten, der fast über seine Kräfte ging. Als er fertig war, legte er wieder eine Ruhepause ein. Er mußte mühsam nach Atem ringen, seine Lungen schmerzten, es schien unmöglich, sie mit Luft zu füllen. Aus seinen Händen war jedes Gefühl geschwunden, und die merkwürdige Kälte und Taubheit griff bereits auf seine Arme über. Unvermittelt setzte er sich. Seine Beine hatten einfach unter ihm nachgegeben.

Fennahar blickte nach oben und begutachtete sein Werk. Er hatte straffe, feste Seilschlingen gebunden, die etwa vier Fuß hoch über dem Boden eine etwas unsichere Plattform bildeten. Vorausgesetzt, das Seil war ausreichend gesichert, mußte es theoretisch möglich sein, die Plattform zu besteigen, um von dort aus mit einem Sprung den Rand der Grube zu erreichen. Ein gut trainierter Mann mit kräftigen Armen konnte sich dann hinaufziehen. Fennahar war jedoch im Moment alles andere als gut in Form, und was seine Arme anging, so bereitete es ihm schon Schwierigkeiten, sie überhaupt zu bewegen, an akrobatische Kunststücke war gar nicht zu denken. Trotzdem, er mußte es versuchen. Der Forscher schüttelte bedächtig den Kopf, um wieder klar sehen zu können, aber vergeblich. Er war krank, dafür mußte es einen Grund geben, und er sollte etwas dagegen unternehmen — aber mit solchen Problemen konnte er sich jetzt, mit seinem verwirrten, halb erstarrten Geist, der nichts als Ruhe verlangte, nicht befassen.

Langsam stemmte er sich hoch und wankte zu den Seilen. Unter Aufbietung aller Kräfte hob er eine Hand, legte sie um die Seile und Knoten und hängte sich dann mit seinem ganzen Gewicht daran. Wozu sollte das gut sein? Irgendwann fiel es ihm wieder ein — er wollte die Spannung prüfen, sich vergewissern, daß seine Konstruktion auch sicher war. Eine Seilbrücke, die sein Gewicht nicht trug, wäre sinnlos gewesen.

Die Schlingen waren fest und gaben nicht nach. Kein Grund zu befürchten, sie würden ihren Zweck nicht erfüllen. Fennahar schickte sich an, sich auf die Plattform hinaufzuziehen, aber mit seinen gefühllosen Armen und Beinen erwies sich dieses Vorhaben als unmöglich. Er bemühte sich auch nicht lange. Bereits beim zweiten Versuch verlor er das Gleichgewicht und stürzte zu Boden. Der Aufprall trieb ihm die Luft aus den Lungen und einen Teil der Nebel aus seinem Gehirn. Der Gedanke, der schon seit einer Weile in den Tiefen seines Bewußtseins lauerte, konnte endlich durchdringen. Har Fennahar blickte von den gallertverschmierten Spitzen der Stalaktiten auf die blutige Schramme über seinen Rippen und begriff endlich, daß er vergiftet worden war.

Nun wurde sein Verstand mit außerordentlicher Schnelligkeit klar und scharf. Er war zutiefst beunruhigt, wußte jedoch, daß er nicht zu verzweifeln brauchte. Zu den ›kognitiven Kleinigkeiten‹, die Onkel Jin ihm mitgegeben hatte, gehörte auch ein Universalmittel, das die Kraft besaß, die Wirkung jedes bekannten Giftes außer Kraft zu setzen. Das Mittel befand sich in einer kleinen verkorkten Phiole, die irgendwo in seinem Ranzen steckte. Er brauchte nur die Phiole zu finden und den Inhalt zu schlucken, und schon würde er wieder gesund sein; natürlich noch immer in Gefangenschaft, aber das war im Moment eher zweitrangig.

Fennahar lag ausgestreckt auf dem Boden. Der Ranzen war nur ein paar Fuß entfernt, aber er mußte alle seine noch verbliebenen Kräfte zusammennehmen, um sich das kleine Stück vorwärtszuziehen. Als er die Hand ausstreckte, fiel sie wie tot auf den Segeltuchbeutel. Unbeholfen fummelte er an der Schnalle herum. Seine tauben, fast steifen Finger gehorchten ihm nicht mehr, und nun spürte der Forscher, wie sich die ersten Spuren von Panik in den Tiefen seines Gehirns regten. Panik konnte er sich nicht leisten. Er wartete einen Augenblick, um sich zu beruhigen, dann machte er sich wieder über die Schnalle her, und wieder scheiterte er. War es tatsächlich möglich, daß er, der unversehrt die Meerenge von Vor überwunden und allen Gefahren Jobaals getrotzt hatte, nun sterben sollte, weil er nicht fähig war, einen Segeltuchranzen zu öffnen? Trotz seiner Verzweiflung amüsierte ihn die Ironie seiner Situation.

Mit letzter Kraft schob sich Fennahar noch ein Stück näher heran, um die Schnalle mit seinen Zähnen zu bearbeiten. Nachdem er ein paarmal vorsichtig gezogen hatte, konnte er das eine Ende des Riemens herausholen, den Dorn aus dem Loch schieben und die Klappe öffnen. Als sie zurückfiel, klaffte die Tasche auf, der Inhalt, eine Unmenge von ordentlich verstauten Utensilien, wurde sichtbar. Bei dem Anblick wurde Fennahar erneut von Hoffnungslosigkeit überwältigt. Irgendwo zwischen all diesen Habseligkeiten befand sich das lebensrettende Mittel. Wie lange würde er in seiner jetzigen Verfassung brauchen, um es zu finden? Und wenn er es fand, wie sollte er die Flasche entkorken, wenn er sie nicht einmal halten konnte? Wie auch immer, damit würde er sich befassen, wenn es soweit war. Grimmig machte er sich an die schier unmögliche Aufgabe, die Tasche Stück für Stück auszuräumen. Die Arbeit erschöpfte ihn, er wurde immer schwächer. Auch seine Sehkraft ließ nach, und wenn es so weiterging, würde er das Fläschchen nicht einmal mehr erkennen, falls er es schließlich doch noch fand. Bei der Stärke der Symptome war es erstaunlich, daß er kaum Schmerzen hatte. Sein Kopf tat weh, und seine Lungen brannten, aber sonst spürte er wenig, außer einer durchdringenden Kälte, die er freilich gern gegen Schmerzen eingetauscht hätte.

Trotz seiner tödlichen Schwäche warnte ihn sein Instinkt, daß er nicht allein war. Har Fennahar hob den Kopf und erblickte — vielleicht bildete er es sich auch nur ein — zwei eckige Gesichter mit riesigen Augen, die über den Rand der Grube zu ihm herabspähten. Beide Gesichter schienen zu leuchten, aber vielleicht narrten ihn auch seine angegriffenen Sehorgane. Die übernatürlich strahlenden Augen waren von nichtmenschlicher Intelligenz erfüllt. Waren die Wesen wirklich da, oder halluzinierte er? Fennahar versuchte zu sprechen, versuchte ihnen zu sagen, daß er in Freundschaft kam, daß er ihnen nichts Böses wollte, aber seine Zunge gehorchte ihm nicht, kein zusammenhängender Satz kam aus seinem Mund. Er hörte sein eigenes, sinnloses Gestammel und sah, wie sich die Gesichter über ihm verdunkelten. Sich verdunkelten? Unmöglich. Seine Augen spielten ihm gewiß einen Streich. Noch einmal bemühte er sich verzweifelt, aber vergeblich zu sprechen, und dann fiel ihm das Geschenk seines Onkels ein. Er wölbte seine leblosen Finger zu einem plumpen Löffel, steckte sie tief in die Tasche, zog die Schnur aus bunten Kieseln hervor, die der Kognoszent Jinzin Farni einst als Unterpfand ewiger Freundschaft erhalten hatte und bemühte sich, sie den Zuschauern über sich zu zeigen. Die Kiesel entglitten seiner kraftlosen Hand, aber zuvor sah er noch, wie die Gesichter der beiden Beobachter plötzlich aufstrahlten. Einen langen Augenblick starrte er noch verwirrt und geblendet in das Licht, dann versank die Welt in tröstlicher Dunkelheit.

07

Als Rillif Har Fennahar erwachte, lag er auf dem Rükken, und ein gräßliches, behaartes Gesicht beugte sich über ihn. Wilde, lohgelbe Augen funkelten ihn aus wenigen Zoll Entfernung an. Er zuckte zusammen und keuchte unwillkürlich auf. Das Ungeheuer zischte, zog die Lefzen zurück und ließ gelbliche Zähne sehen. Seine Klauen waren nur um Haaresbreite von Rils Kehle entfernt. Fennahar lag reglos wie ein Toter, und das schien das Wesen ein wenig zu besänftigen, das drohende Zischen verstummte freilich nicht.

»Hör auf damit, Nyd! Hör *sofort* auf!« Das war eine Frauenstimme irgendwo in der Nähe, aber Fennahar wagte nicht, den Kopf zu drehen, um zu sehen, wo sie herkam. Eben erst aus tiefem Schlaf erwacht, war er völlig verwirrt, wußte nicht, wo er war, und wunderte sich daher auch nicht darüber, hier eine menschliche Stimme Lanthianisch sprechen zu hören.

Das Wesen fauchte und ließ die Klauen spielen.

»Nyd, ich meine es ernst. Laß ihn in Ruhe. Er ist nicht so wie die anderen.«

Nyd krächzte zweifelnd und zog sich sichtlich widerwillig zurück. Jetzt konnte Fennahar einen schnellen Blick auf seine Umgebung werfen. Er lag auf einer Matte auf dem Fußboden eines unregelmäßig geformten Raumes, vermutlich irgendwo in den Tiefen der Höhlen des Nazara Sin. Neben ihm stand sein geschlossener Ranzen. Gedämpftes Felsenlicht erhellte eine Reihe durchscheinender, natürlicher Säulen, kunstvoll gemeißelt und mit eingeätzten Mustern versehen, einen phantastischen Stalaktitenkatarakt und verschiedene Steinformationen von spitzenähnlicher Zartheit. Über eine Wand zog sich ein roter Schleimvorhang, der dem Felsenlicht einen angenehm rosigen Schimmer verlieh.

Eine andere Wand war zum größten Teil mit einem großflächtigen Mosaik aus farbigen Steinchen und grünen Kristallen bedeckt, das eine sonnenbeschienene Waldlichtung mit Blumen und verschiedenen Waldtieren, darunter Hirschen, Füchsen, Ornaven und Eichhörnchen, darstellte. Ein kleines Stück von ihm entfernt kauerte das behaarte Wesen mit den schrecklichen Zähnen, das es offenbar gar nicht mehr erwarten konnte, ihm an die Kehle zu gehen. Dahinter stand die Frau, die gesprochen hatte, klein, schlank, blond, in einem schlichten, grauen Gewand. Ihr zartgeschnittenes Gesicht mit den großen Augen kam ihm sehr bekannt vor. In und unter den blauen Augen waren neue, schwache Schatten zu sehen. Der zarte Schmelz der Jugend war ein wenig verlorengegangen — Jochbeine und Kinnlinie zeichneten sich etwas schärfer ab als früher. Die immer schon helle Haut war jetzt auffallend bleich. Davon abgesehen hatte sich am meisten ihr Gesichtsausdruck gewandelt — von dieser tief verwurzelten, unauslöschlichen Traurigkeit war in ihrer Mädchenzeit nichts zu bemerken gewesen. Trotz allem hatte sie sich erstaunlich wenig verändert.

»Verran«, sagte er. Seine Stimme klang ein wenig schwach, und er fühlte sich ungewohnt müde, fast ausgelaugt, aber sonst wohlauf. Seine Augen waren klar, seine Gliedmaßen nicht mehr gefühllos, und die Übelkeit hatte sich gelegt.

Sie trat heran und betrachtete ihn forschend. »Ril?« fragte sie unsicher. »Ril Har Fennahar?«

Er nickte. »Was ist geschehen?«

»Weißt du das nicht mehr? Du bist gleich hinter dem Fledermaustor von F'jnruu in eine Fallgrube gestürzt. Dem Himmel sei Dank, daß du nicht aufgespießt wurdest, aber du hast dich an einem vergifteten Steinspeer verletzt. Man hat dich schreien hören, aber Terrs ... aber man beharrte darauf, daß man dich, einen widerrechtlich eingedrungenen, menschlichen Feind, da unten sterben lassen müsse. Die Vardrul — das sind die Bewohner dieser Höhlen — sind dazu jedoch nicht fähig. Nachdem du fast eine Koloration — ich meine, mehrere Stunden lang — da unten gewesen warst und sie an den heraufdringenden Geräuschen hörten, daß du noch lebtest und Schmerzen hattest, konnten sie es nicht länger ertragen. Lbavbsch Hfu und R'jnrllsch Fr'dr gingen zur Grube, um nach dir zu sehen. Sie stellten fest, daß du noch am Leben warst, und sie fanden das Freundschaftszeichen, das du bei dir hattest, und daraufhin holten sie dich sofort heraus.«

»An sie kann ich mich erinnern. Ich sah sie über mir, wie sie auf mich herabschauten.«

»Nein.« Verran schüttelte den Kopf. »Sie konnten dich zwar hören, aber sehen konnten sie dich sicher nicht.«

»Ach ja, natürlich nicht. Die Grube war ja kognitiv getarnt. Jemand, der sich auf Kognition versteht ...«

»Sie haben dich herausgeholt«, unterbrach Verran, der die Erwähnung der Kognition sichtlich unangenehm war, »und haben dir das Gegenmittel gegen den Tödlichen Strahlenpilz eingeflößt. Inzwischen hatte das Gift jedoch schon zu wirken begonnen, und es war nicht sicher, ob das Gegengift noch helfen würde. Außerdem, wer konnte schon wissen, ob eine Vardrul-Medizin auch bei einem Menschen anschlagen würde? Du warst drei Kleine Vens lang abwechselnd bewußtlos und im Delirium, und niemand konnte vorhersagen, wie es ausgehen würde.«

»Drei was?«

»Kleine Vens. Das sind fast drei Tage.«

»So lange?« Mit einiger Mühe hob Fennahar eine Hand an sein Kinn und betastete die Bartstoppeln. Was er spürte, überzeugte ihn, aber die Bewegung entlockte Nyd ein drohendes Fauchen. Fennahar erstarrte.

»Nyd, wenn du dich jetzt nicht anständig benimmst, bin ich sehr enttäuscht von dir.«

Sofort beruhigte sich der Hybride.

»Da ich hier die einzige bin, die Erfahrung mit kranken Menschen hat«, fuhr Verran fort, »fiel die Wahl natürlich auf mich, als es darum ging, wer dich pflegen sollte. Man brachte dich hierher in einen meiner Räume, und als ich dich sah, glaubte ich dich zu erkennen, war mir aber nicht völlig sicher. Ich tat, was ich konnte, um es dir bequem zu machen, und hoffte das Beste. Als vor zwei Kolorationen das Fieber sank und du einschliefst, war ich sicher, daß du genesen würdest. Diese Nachricht ließ den Hiir der Patriarchen aufleuchten, es hätte sie nämlich sehr belastet, jemanden getötet zu haben, der vielleicht in Freundschaft gekommen war.«

Sie legte eine kleine Pause ein und sah ihn aufmerksam an. Fennahar begriff, daß sie ihm mißtraute — unter den gegebenen Umständen eine sehr begreifliche Reaktion. Er lächelte so beruhigend wie möglich. »Ich bin in Freundschaft gekommen.«

»Zu welchem Zweck?« fragte sie unverblümt, sicher in der Hoffnung, ihn in seiner gegenwärtigen Schwäche überrumpeln zu können.

Fennahar zögerte nur einen winzigen Moment, um seine Antwort abzuwägen, und entschied dann, daß er es nicht wagen konnte, ihr den wahren Grund seines Besuches anzuvertrauen. Sie war sichtlich argwöhnisch und hatte vielleicht auch ein wenig Angst — mit einiger Berechtigung, wenn man bedachte, was sie hinter sich hatte und in welcher Lage sie sich gegenwärtig befand. In diesem Stadium würde sie noch keinesfalls bereit sein, ihm die Dokumente ihres verstorbenen Gemahls auszuhändigen. Er mußte erst ihr Vertrauen gewinnen, ehe er dieses Thema anschnitt. Und so antwortete Fennahar, obwohl er sich dafür selbst verabscheute: »Ich bin gekommen, um die Höhlen zu erforschen und ihre Bewohner kennenzulernen. Es gibt hier so vieles zu entdecken.« Sie schien nicht überzeugt, und er fuhr fort: »Weißt du noch, wie wir in unserer Jugend mit allen unseren Freunden durch den Strudel unterhalb der Vayno-Brücke gefahren sind?«

Sie nickte zögernd.

»Damals habe ich zu allen möglichen Winkelzügen gegriffen, um mit dir allein auf ein Fingerhutfloß zu kommen. Einmal bin ich sogar soweit gegangen, Drunie Cru Beffel fünfzig Dakkles zu bezahlen — mein Taschengeld für einen ganzen Monat —, damit er mir seinen Platz neben dir überließ. Und da ich damals sechzehn Jahre alt war, bildete ich mir noch etwas auf meine Raffinesse ein und war felsenfest überzeugt, du hättest nie etwas gemerkt. Weißt du noch?«

Sie mußte unwillkürlich lächeln. »Ich erinnere mich.«

»Und während wir auf dem Floß saßen, pflegte ich dir von meinen Hoffnungen und Plänen zu erzählen und versuchte mir einzureden, es würde dich interessieren. Wahrscheinlich habe ich dich tödlich gelangweilt, aber du warst so nett, es dir nicht anmerken zu lassen.«

»Ich habe mich nicht gelangweilt«, erklärte Verran. »Ich fand zwar, daß du nichts als Träume im Kopf hattest, aber gelangweilt habe ich mich bestimmt nicht. Du hast immer ... laß mich überlegen, was war es noch? O ja, du hast über Reisen gesprochen ... wolltest das Innere von Dalyon erforschen ... Berge besteigen ... Ruinen durchstöbern ... die Legenden der Fliegenden Vindual überprüfen ... die Kinder der Verlorenen Illusionen finden ... nach seltsamen Tieren und noch seltsameren Menschen suchen ... über das Meer nach Szar oder Strell segeln ... lauter wundervolle Dinge, die nie jemand wirklich tut. Ich war sicher, daß du schließlich wie alle anderen als Gentleman am herzoglichen Hof enden würdest. Deine Geschichten haben mir gefallen, aber geglaubt habe ich nicht daran. Wie lange ist das nun schon her, es war doch eine glückliche Zeit!« Sie lächelte, und in ihr weißes Gesicht war eine Spur von Farbe gekommen.

»Du hättest mir ruhig glauben können, Verran, es ist nämlich wahr geworden. Ich bin viel gereist, habe fremde Länder besucht, wie ich es mir als Junge erträumt hatte, und es war genauso, wie ich es mir erhoffte. Und nun bin ich endlich in diese berühmten Höhlen gekommen und möchte in Erfahrung bringen, soviel ich nur kann — und ich bin in Frieden gekommen, mit einem Freundschaftszeichen der Vardrul.«

»Woher hast du diese Kiesel, Ril?«

»Von meinem Onkel Jin. Du erinnerst dich an den Kognoszenten Jinzin Farni?«

»Natürlich. Er war einer von Lord Grizhnis wichtigsten Verbündeten.«

»Jetzt ist er Großmeister der Esoterikerloge.«

»Farni wurde der Nachfolger meines Gemahls? Das ist gut. Ich habe schon befürchtet, Gless Vallage sei an seine Stelle getreten.«

»Vallage? Der ist seit siebzehn Jahren unheilbar wahnsinnig. Er hat den Verstand verloren, etwa ... etwa zu der Zeit, als du verschwunden bist. Soviel ich höre, ist er ein bedauernswertes Wrack. Und was Onkel Jin angeht ... er gab mir das Freundschaftszeichen, das er von den Abgesandten der Vardrul erhalten hatte, als sie damals Lanthi Ume besuchten. Er hat mir auch die Karten in dieser Tasche dort gegeben ...« Fennahar hob die Hand, und Nyd fauchte und setzte zum Sprung an.

»Hör auf, Nyd! Ich schäme mich für dich!« schalt Verran, und das Fauchen des Hybriden ging in ein reumütiges Winseln über. »Du weißt nicht mehr, wann du einen Freund vor dir hast, und das ist traurig.«

Nyd klapperte zerknirscht mit den Krallen.

»Aber du bekommst Gelegenheit, deinen Fehler wiedergutzumachen. Hier ...« Verran griff in die Tasche ihres Gewandes, zog eine Handvoll Kiesel heraus und wählte sorgfältig ein halbes Dutzend nach ihrer Farbe aus. »Bring das zum F'tryll'jnr-Patriarchen.« Sie ließ die Steine in die ausgestreckte Pranke des Hybriden fallen, dann wandte sie sich wieder an Fennahar. »Bist du hungrig, Ril?«

Er merkte erst jetzt, daß er einen Bärenhunger verspürte. »Ja. Sehr.«

»Das ist ein gutes Zeichen.« Sie drehte sich zu dem Hybriden um und trug ihm auf: »Bring unserem Gast bitte etwas zu essen. Und vergiß nicht, Nyd, er *ist* unser Gast.«

Der Hybride ließ ein eifriges Krächzen hören und verschwand.

»Du darfst es Nyd nicht allzu übel nehmen«, entschuldigte sich Verran. »Es ist nicht seine Schuld. Er ist eigentlich nicht bösartig, er glaubt nur, mich beschützen zu müssen, und nach allem, was in jüngster Zeit geschehen ist, ist er sehr nervös. Wir wurden von Gardisten des Herzogs angegriffen, und sie haben Dutzende von unbewaffneten Vardrul einfach niedergemacht. Seither sind wir alle sehr vorsichtig geworden.« Sie sah ihn fest an.

»Von einem Angriff habe ich gehört«, gab er zu. Es hatte keinen Sinn, sich völlig unwissend zu stellen, das würde sie ihm nicht abnehmen.

»Weißt du den Grund dafür?«

Jetzt betrat er gefährlichen Boden. Wenn er ihr die Wahrheit sagte, erregte er möglicherweise ihren Zorn, oder sie bekam Angst. Wenn sie sich ständig verfolgt fühlte, wurde sie vielleicht noch so verbittert, daß sie sich entschloß, ganz Dalyon der Rache ihres Gatten — und ihrer eigenen — zu opfern. Andererseits wollte sie ihn vielleicht mit dieser Frage nur prüfen und kannte die Antwort bereits, in diesem Fall würde er seine ohnehin schon heikle Lage noch weiter verschlechtern, wenn er auszuweichen versuchte. Endlich, und das war das schlichteste und einleuchtendste Argument, befand sie sich in Lebensgefahr und mußte gewarnt werden. Er entschied sich dafür, mit Einschränkungen aufrichtig zu sein. »Ich besitze nicht das Vertrauen des Herzogs, aber ich glaube, die Gardisten suchten nach dir und deinem Sohn, Verran. Sie wissen, daß ihr euch hier versteckt.«

Sie nickte. »Und du hast es ebenfalls gewußt. Du warst nicht überrascht, als du aufgewacht bist und mich in diesem Raum gesehen hast.«

»So scharfsichtig wie eh und je.«

»Und du weißt auch, daß ich einen Sohn geboren habe, der noch lebt. Wie wurde das alles bekannt?«

»Ich habe es von Onkel Jin erfahren. Er hat seine Schlüsse seinerseits aus dem Verhalten des Herzogs gezogen. Offenbar hatte Seine Hoheit in letzter Zeit prophetische Träume.«

»*Träume?* Willst du damit sagen«, fragte Verran langsam, »daß der Angriff ... alle diese Morde ... der Schmerz und die Angst ... daß es zu alledem nur kam, weil jemand *Träume* hatte?«

»Ja, und möglicherweise war das noch nicht alles. Du bist hier nicht mehr sicher, Verran, und dein Sohn — noch weniger. Ihr müßt anderswo Zuflucht suchen.« Er überlegte nicht, ob dieser Rat seinem Vorhaben dienlich war oder nicht. In diesem Augenblick dachte er nur an ihre Sicherheit. Seine aufrichtige Sorge schien sie zu rühren, und das Mißtrauen schwand aus ihren Augen. Als er das sah, regte sich sein Gewissen.

»Ich möchte gerne von hier fort. Ich sehne mich nach der Sonne«, antwortete Verran, ohne zu merken, wie pathetisch das klang. »Aber wir können nicht einfach weglaufen und die Vardrul auf Gnade oder Ungnade den Gardisten ausliefern. Wir können nicht zulassen, daß sie unseretwegen sterben müssen.«

»Hast du je daran gedacht, Dalyon ganz zu verlassen und dann dem Herzog einen Brief zu schicken? Dann müßte Seine Hoheit sich damit abfinden, daß er euch nicht mehr erreichen kann.«

»Ein interessanter Vorschlag, aber Terrs wäre nie damit einverstanden.«

»Dein Sohn?«

»Ja. Er ist überzeugt davon, daß wir die Gardisten mit Gewalt zurückschlagen müssen. Er hat beträchtlichen Einfluß über eine Reihe seiner Vardrul-Freunde gewonnen, und inzwischen unterstützen sie diese Ansicht.«

Fennahar konnte ein Lächeln nicht unterdrücken. »Aber dein Sohn kann doch wohl nicht älter sein als siebzehn Jahre. Wieviel Gewicht können die Vardrul der Ansicht eines so jungen Burschen denn schon beimessen?«

»Junger Bursche? Du kennst Terrs nicht. Er ist seinem Vater sehr ähnlich. Er ist in einer ungewöhnlichen Umgebung aufgewachsen und hat einen ganz eigenartigen Charakter. Was die Vardrul angeht — aus ihrer Sicht ist Terrs erwachsen, und ich glaube, sie begreifen gar nicht, wie jung er nach menschlichen Begriffen noch ist.«

»Er ist seinem Vater ähnlich? Dann hat Terrs' Kognition die Falle getarnt, in die ich getappt bin?«

Sie sah ihn scharf an, und er glaubte, ihr Zögern zu begreifen. Wenn der Herzog erfuhr, daß Großmeister Grizhnis Sohn gelernt hatte, die ererbten kognitiven Fähigkeiten einzusetzen, dann würde das seine Angst und seine daraus resultierende Feindseligkeit gefährlich steigern. Andererseits war der Herzog auch jetzt schon ein unversöhnlicher Feind, der Fragesteller erschien einigermaßen vertrauenswürdig, und außerdem war es ohnehin fast unmöglich, die Sache zu verheimlichen. Im gleichen Moment, in dem Fennahar mit seinen Überlegungen so weit gekommen war, gestand Verran achselzuckend: »Ja. Aber er weiß noch nicht viel.«

Und woher hatte er das Wenige gelernt? Offensichtlich doch aus den Dokumenten seines Vaters. Onkel Jin hatte recht gehabt. Diese Unterlagen mußten hier irgendwo sein. Fennahar hätte aus verschiedenen Gründen gerne aufrichtig mit Verran gesprochen — ihr reinen Wein eingeschenkt und sie um ihre Hilfe gebeten. Aber wenn sie ablehnte, war er völlig und endgültig gescheitert. Dieses Risiko konnte er nicht eingehen, dazu stand zu viel auf dem Spiel.

Fennahars nachdenkliches Schweigen schien Verran zu beunruhigen. Sichtlich bemüht, ihn von den kognitiven Fähigkeiten ihres Sohnes abzulenken, fragte sie: »Kannst du mir von Lanthi Ume erzählen, Ril? Oder ermüdet dich das Sprechen?«

»Nein. Ich unterhalte mich noch immer gern mit dir. Daran scheint sich nichts geändert zu haben.«

»Dann sag mir, was in der Stadt vorgegangen ist. Ich habe die ganze Zeit über nichts gehört, aber kein Kleines Ven ist vergangen, ohne daß ich an zu Hause gedacht hätte. Wie geht es meinen Dris-Verras-Verwandten? Was ist aus allen unseren Freunden geworden — Drunie, Zerril, Naxin und den anderen? Und Brenn Wate Basef — ist er inzwischen ein großer Adept, und ist er glücklich? Ich würde es ihm wünschen. Was ist mit der Stadt selbst? Ist das Gemeine Volk immer noch so aufgebracht? Sind die schrecklichen Dinge eingetroffen, die Lord Grizhni befürchtet hat? Hat der Herzog die Schatzkammern geleert? Sind wir bankrott? Gibt es eine Hungersnot? Haben der Keldhar von Gard Lammis oder der Herzog von Hurba jemals einen Angriff versucht?«

Sie hielt inne, um Atem zu holen. Fennahar betrachtete sie mitfühlend — teils wegen ihrer langen Gefangenschaft, teils aber auch, weil sie es nicht über sich brachte, die Frage zu stellen, die ihr doch so deutlich vor allen anderen auf der Seele brannte. Er wußte nicht, wie er ihr helfen konnte, aber sie brauchte auch keine Hilfe. Sie sah ihm fest in die Augen und sagte ruhig: »Und du mußt mir alles über Lord Grizhni erzählen, was du weißt. Daß er vor langer Zeit gestorben ist, ist mir bekannt. Aber ich möchte erfahren, wie es dazu kam.«

»Allzu genau bin ich darüber auch nicht informiert. Auf Befehl ihres Herrn haben die Gardisten des Herzogs vor siebzehn Jahren den Grizhni-Palast gestürmt. Ich weiß nicht, ob du damals auch dort warst oder nicht. Wo du dich in dieser Nacht aufgehalten hast, ist immer ein Geheimnis geblieben.«

»Als der Angriff begann, war ich im Palast. Dann hat Lord Grizhni mich mit Nyd fortgeschickt, durch einen Tunnel. Er hat versprochen, er würde nachkommen.«

»Aber dazu hatte er keine Gelegenheit mehr. Als die Gardisten ihn in einem unterirdischen Raum entdeckten, versuchten sie, ihn in Haft zu nehmen. Grizhni weigerte sich.« Sollte er ihr von den Drohungen und Prophezeiungen des Adepten erzählen? Lieber noch nicht. »Die Soldaten gerieten in Panik und töteten ihn auf der Stelle.«

»Hat er mit ihnen gesprochen?«

»Ein paar Worte wurden wohl gewechselt, aber nicht viele. Dein Gemahl muß sehr schnell gestorben sein, fast sofort.«

»Dann war er die ganze Zeit, während Nyd und ich die Gravula-Wüste durchquerten — während ich in den Hügeln des Nazara Sin umherirrte — während ich ständig an sein Gesicht dachte — da war er bereits tot?«

Fennahar schwieg.

»So schnell«, murmelte Verran. »Aber keine Verhaftung, kein Prozeß, keine öffentliche Hinrichtung. Das hatte ich am meisten gefürchtet — das wäre das schlimmste gewesen. Ich bin froh, daß ihm das erspart geblieben ist.«

»Er hat nicht gelitten, Verran.«

»Und jetzt weiß ich endlich Bescheid.« Sie brauchte eine Weile, um das zu verarbeiten, was sie eben erfahren hatte, und Fennahar beobachtete aufmerksam ihr Gesicht. Er sah Frieden darin, sie schien sich mit ihrem Schicksal abgefunden zu haben, und das machte ihm

Mut. Verbittert war sie also nicht. Außerdem befriedigte es ihn, daß sie die Ereignisse der Vergangenheit so distanziert betrachtete, ja, es erleichterte ihn fast, obwohl er sich das kaum erklären konnte.

Verran blickte auf, sah, daß seine Augen auf sie gerichtet waren, und lächelte ein wenig. »Starr mich nicht so an, Ril. Man könnte glauben, du erwartest, daß ich auf der Stelle in Tränen ausbreche. Früher wäre das vielleicht passiert, aber das ist ein halbes Leben her.«

»Ein halbes Leben an diesem Ort«, sinnierte Fennahar, sorgfältig bemüht, sich nicht anmerken zu lassen, wie sehr ihn das berührte. Was für ein Schicksal für ein Mädchen, das für die Sonne bestimmt war!

»Ganz so schlimm war es nun auch wieder nicht. Die Vardrul sind sehr freundlich, und außerdem hatte ich meinen Sohn. Aber du hast meine Fragen noch nicht beantwortet, Ril.« Sie schien ganz ausgehungert nach Neuigkeiten. »Willst du mir nicht erzählen, was in Lanthi Ume geschehen ist.«

Er berichtete nach bestem Wissen. Er sprach von Herzog Povons Torheiten, von seiner Schwäche, seiner hemmungslosen Verschwendungssucht. Er sprach vom wachsenden Einfluß des Keldhar von Gard Lammis und von Povons Zweckverlöbnis mit der Keldhaam Gnuxia. Er sprach vom Widerstand der Esoterikerloge gegen die herzogliche Politik und berührte auch die persönliche Feindschaft zwischen Herzog Povon und Großmeister Jinzin Farni. Er beschrieb den Niedergang des Handels, das wachsende Haushaltsdefizit, das Überhandnehmen der Fremdverschuldung. Er erzählte von der Korruption der Günstlinge des Herzogs, vom Verfall der herzoglichen Garde unter dem schwerfälligen Kommandanten Kronil und von der Lasterhaftigkeit des Adels. Er sprach vom wachsenden Elend des Gemeinen Volkes von Lanthi Ume — von seinem Hunger, seiner Enttäuschung, seiner Unzufriedenheit und seinem Groll. Er erwähnte Vorgs Rebellion, die Salzfischunruhen, Jeeps' Verschwörung und den Kwaes-Whetnitz-Aufstand. Er streifte die Stiefelsteuer und Worps' Selbstverstümmelung und vergaß auch nicht die Gerüchte, daß vor kurzem wieder ein Anschlag auf den Herzog verübt worden sei. Das Thema war so fesselnd, daß er Nyds Rückkehr fast überhört hätte.

Verran summte ein paar melodische Silben. Fennahar drehte sich um und erblickte den Hybriden, der ein Tablett mit Essen trug. Nyd wurde von einer kleinen Gruppe von Vardrul begleitet, und Fennahar erschauerte vor Staunen und Entzücken, als er die fremdartigen Gestalten mit den riesigen Augen voll unbegreiflicher Intelligenz, mit den schlangenähnlichen Fingern und der sanft strahlenden, flackernden Haut zum erstenmal genauer betrachten konnte. Mit den Vardrul war ein menschlicher Jüngling eingetreten, der auf seine Art fast ebenso interessant war wie seine Gefährten. Der Junge — offensichtlich Verrans Sohn Terrs — war hochgewachsen, hielt sich sehr gerade und war noch etwas zu mager für seine Größe. Sein bleiches, scharf geschnittenes Gesicht mit der Hakennase zeigte eine überraschende Ähnlichkeit mit dem Großmeister Fal Grizhni, den Fennahar vor Jahren ein paarmal kurz gesehen hatte. Besonders auffallend waren Terrs' reservierte, undurchdringliche Miene und die schwarzen Augen, die sich nun prüfend auf den Kranken hefteten — der ganze Mensch strahlte eine unbeschreibliche Fremdartigkeit aus. Woran das lag, war schwer zu beurteilen — es mochte mit dem Ausdruck seiner Augen oder dem Zug um seine Lippen zusammenhängen, vielleicht auch mit der Art, wie er seine Gesichtsmuskeln gebrauchte. Wie auch immer, dieses wohlgeformte Gesicht wäre in jeder Gruppe von Menschen aufgefallen und hätte überall eine gewisse Befangenheit ausgelöst.

Die ganze Gruppe trat näher. Einer der Vardrul — ein großes, leuchtendes, hageres Wesen, dessen Geschlecht trotz seiner Nacktheit nicht zu bestimmen war — hielt Jinzin Farnis bunte Kieselkette in der Hand. Mühsam stemmte Fennahar sich zum Sitzen hoch, mehr konnte er nicht tun, zum Stehen war er noch zu schwach. Dicht vor ihm blieben die Besucher stehen, und der Anführer begann zu sprechen. Für Fennahar war der melodische Redeschwall ebenso unverständlich wie die Gesten und das Mienenspiel, von denen er begleitet wurde, aber es waren Klänge von unheimlicher Schönheit, fast wie ein Gesang der Ert. Der Forscher lauschte gebannt, und wenigstens in diesem Moment schien die Bedeutung der Worte keine Rolle zu spielen.

Verran übersetzte: »Der F'tryll'jnr-Patriarch, der Lbavbsch-Patriarch, der R'jnrllsch-Patriarch, der neue Zmadrc-Patriarch, der F'tlyrlbsch-Patriarch und der junge F'tryll'jnr Rdsdr sowie der junge Fal Grizhni Terrs überbringen dir die Grüße ihrer jeweiligen Sippen. Der F'tryll'jnr-Patriarch entschuldigt sich für das Mißgeschick, das dir zugestoßen ist, und bittet dich zu berücksichtigen, daß diese disharmonischen Verteidigungsmaßnahmen der Sippenangehörigen in einer Zeit allgemeiner Gefahr getroffen wurden. Er ist glücklich über die offensichtliche Besserung deines Zustandes und hofft, daß das schreckliche Erlebnis dein Ruu — äh, deine geistige und seelische Verfassung — nicht ungebührlich beeinträchtigt hat. Er bringt seine Freude über die Ankunft eines neuen, menschlichen Freundes zum Ausdruck. Du bist hier willkommen.«

Schuldbewußtsein. Diese Wesen waren so arglos und liebenswürdig, obwohl sie kurz zuvor von Menschen angegriffen worden waren. Sie hießen ihn willkommen, obwohl er sich fast als Spion bei ihnen eingeschlichen hatte. Fennahar bemühte sich, seine Skrupel zu überwinden. Er war gewiß kein Feind, und er wollte ihnen nichts Böses. Die Schuldgefühle wurden schwächer, aber sie verschwanden nicht ganz. Laut antwortete er: »Ich danke Euch für eure Freundlichkeit. Der Unfall hat mir weiter nicht geschadet, und ich bitte Euch, nicht mehr daran zu denken. Ich bin Rillif Har Fennahar, ein Gentleman aus Lanthi Ume, verwandt mit dem Kognoszenten Jinzin Farni, der als Nachfolger von Großmeister Fal Grizhni die Esoterikerloge leitet.«

Verran übersetzte schnell, wobei sie die Worte *Kognoszent, Esoterikerloge* und *Großmeister* unverändert ließ. Vermutlich waren solche Begriffe nicht in die Vardrul-Sprache zu übertragen. Fennahar bemerkte, wie die Vardrul auf Grizhnis Namen reagierten. Ihr Fleisch begann rhythmisch zu flackern, und ein leises Trällern erhob sich. Der junge Terrs beobachtete alles aufmerksam, aber seine schwarzen Augen blieben undurchdringlich.

»Ich komme in friedlicher Absicht, ohne jede Feindschaft«, fuhr Fennahar fort, immer wieder Pausen einlegend, damit Verran übersetzen konnte. »Ich möchte die Höhlen und ihre Bewohner näher kennenlernen und hoffe, daß gegenseitiges Verständnis Vardrul und Menschen vielleicht zu Freunden machen wird. Deshalb bitte ich Euch um Erlaubnis, eine Weile bei Euch bleiben zu dürfen.«

Die Vardrul strahlten auf und summten. Terrs' ausdruckslose Miene veränderte sich nicht. Was sie dachten, war unmöglich zu erkennen. Verrans Reaktion schien positiv zu sein, aber das war nicht verwunderlich. Trotz ihrer verständlichen Bedenken mußte sie nach menschlicher Gesellschaft gleich welcher Art ausgehungert sein, nachdem sie siebzehn Jahre lang hier unten isoliert gewesen war.

Der F'tryll'jnr-Patriarch trat vor, flötete und sang sehr ausdrucksvoll und gab Fennahar sodann feierlich die Kieselkette zurück. Danach senkte er den Kopf und verschlang seine Fingertentakel zu einem erstaunlichen Knoten.

»Die Geste des F'tryll'jnr signalisiert Harmonie«, erklärte Verran. »Er heißt dich um deiner selbst wie auch um des Jinzin-Farni-Patriarchen willen, an dessen Namen man sich noch erinnert, herzlich willkommen. Mangels genauerer Informationen hat er dir den Titel Har-Fennahar-Patriarch verliehen, und seine Grüße gelten auch allen deinen Verwandten/Untertanen. Du wirst als geschätzter Gast angesehen, und er bittet dich, die Höhlen als Heimat deiner Sippe zu betrachten. Du kannst herumstreifen, wo immer du willst.«

Fennahar senkte den Kopf. »Ich fühle mich sehr geehrt.«

»Ich persönlich würde dir jedoch raten, dich von den Todesteichen fernzuhalten. Eine Sache der Höflichkeit.«

»Ich werde daran denken.«

Nun trat ein Vardrul nach dem anderen vor, um mit melodischem Geplapper den für seine jeweilige Sippe charakteristischen, individuellen Gruß zu entbieten. Eine Stimme sprach lanthianisch: »Ich begrüße Euch im Namen der Fal-Grizhni-Sippe und schließe mich der Begrüßung der Zmadrc-Sippe an.« Die Stimme klang überraschend voll und sicher. Der Sprecher verfügte trotz seiner Jugend über das Selbstbewußtsein eines Erwachsenen.

»Ich danke Euch, Lord Grizhni.« Aus dem Augenwinkel bemerkte Fennahar Verrans überraschte Miene. Terrs selbst zeigte keine Verwunderung über diese ungewohnte Form der Anrede. Dem Gesicht des Jungen war überhaupt so gut wie nichts zu entnehmen. »Ich danke Euch allen.« Fennahar streckte die Hand aus. Terrs starrte sie verständnislos an.

Verran errötete tief. »Er will dir die Hand schütteln«, erklärte sie sichtlich verlegen. »Das ist ein menschlicher Brauch, ein Zeichen der Freundschaft und der Einigkeit oder auch ein Gruß.« Sie merkte, daß sie lanthianisch gesprochen hatte und übersetzte ihre Bemerkung hastig in die singende Vardrul-Sprache.

Terrs machte keine Anstalten, die dargereichte Hand zu ergreifen. Seine Stimme klang kalt, als er sagte:

»Der Fennahar-Patriarch wird sicher verstehen, daß mir menschliche Gewohnheiten völlig fremd sind.«

Seine Gefährten kannten solche Vorbehalte nicht. Der kollektive Hiir verstärkte sich, als ein Vardrul nach dem anderen sich verneigte und sorgfältig und sehr gründlich die Hand des Menschen schüttelte.

Nachdem alle Vardrul den Neuankömmling begrüßt hatten, zogen sie sich schweigend zurück. Nur die Menschen blieben. Auf ein Zeichen von Verran stellte Nyd sein Tablett vor Fennahar ab, und der Forscher machte sich über eine Mahlzeit her, die aus sämiger Suppe in einem Trinkgefäß mit zwei Griffen, einem Pilzeintopf aus einem halben Dutzend verschiedener Sorten, aus geschwärzter Foer-Wurzel und einem nicht zu identifizierenden, aber wohlschmeckenden bernsteingelben Gelee bestand. Beim Essen spürte er den prüfenden Blick des jungen Terrs auf sich ruhen.

Nachdem Verrans Sohn den Forscher ein paar Minuten lang schweigend beobachtet hatte, sagte er schließlich: »Fennahar-Patriarch, die weisesten Vertreter der Vardrul haben Euren Absichtserklärungen Glauben geschenkt, und dem muß ich mich vorläufig wohl anschließen.«

Fennahar staunte. Wo hatte der Junge nur diese steife, förmliche Ausdrucksweise und diese frühreife Entschiedenheit gelernt? Er war mit seinen siebzehn Jahren tatsächlich schon eine ausgeprägte Persönlichkeit. Laut bemerkte er freundlich: »Ein Patriarch bin ich gewiß nicht, Lord Grizhni. Es wäre mir lieber, Ihr würdet mich Ril nennen — oder Fennahar, wenn Ihr wollt.«

Terrs vollführte mit den Fingern die Vardrul-Geste der Zustimmung. Fennahar ließ sich seine Überraschung nicht anmerken.

»In Anbetracht des erst kürzlich erfolgten Angriffs der Menschen auf unsere Höhlen«, fuhr Terrs fort, »habt Ihr Euch einen recht merkwürdigen Zeitpunkt für Euren Besuch ausgesucht.«

»Du bist unhöflich, Terrs«, tadelte Verran.

»Sollen wir um der Höflichkeit willen auf den Selbstschutz verzichten, Mutter?«

»Damit hat er nicht unrecht, Verran«, bemerkte Fennahar, sein Unbehagen kaschierend. »Es ist eine ehrliche Frage, und ich werde sie gerne beantworten. Ich habe mich ganz bewußt entschlossen, zu diesem Zeitpunkt hierherzukommen, weil ich fürchtete, es könnte die letzte Gelegenheit für mich sein, Zutritt zu den Höhlen zu bekommen. Wenn die Menschen ihre Angriffe weiter fortsetzen, muß man natürlich damit rechnen, daß bald alle Eingänge verschlossen oder sonstwie gesichert werden. Außerdem hielt ich es gerade jetzt für angebracht, den Vardrul zu demonstrieren, daß es auch Menschen gibt, die guten Willens sind, wenn überhaupt noch Hoffnung auf künftige Freundschaft zwischen den beiden Rassen bestehen soll.«

»Freundschaft zwischen den beiden Rassen? Das ist nur ein Traum. So etwas ist einfach unmöglich«, erklärte Terrs.

»Und warum?«

»Die Menschen sind von ihrem Wesen her aggressiv und räuberisch. Das läßt sich wohl kaum leugnen. Die Menschen verstehen sich weniger auf Freundschaft denn auf Eigennutz. Sie werden andere Geschöpfe, die weniger stark und skrupellos sind als sie selbst, immer unterdrücken.«

»Ihr seid so zynisch wie ein hurbanesischer Geldverleiher.«

»Ich habe allen Grund dazu. Mein Adoptivvolk wurde von den Menschen aus seiner Heimat vertrieben. Das ist, zugegeben, sehr, sehr lange her. Weit näher liegt mir die Verfolgung und Ermordung meines Vaters, des großen Grizhni-Patriarchen durch die Menschen. Noch unmittelbarer habe ich den Tod von Dutzenden meiner Zmadrc-Verwandten vor Augen, das Blutbad, das unter anderen Sippenangehörigen veranstaltet wurde, den Mordversuch an meiner Mutter und das Leid und den Schmerz meiner Zukünftigen Zmadrc Vierzehn. Das sind Lektionen, die ich mir zu Herzen genommen habe.«

Fennahar antwortete nicht sofort. Endlich räumte er ein: »Auf der Grundlage des Anschauungsmaterials, das Euch zur Verfügung steht, sind Eure Schlußfolgerungen nicht unvernünftig. Freilich ist dieses Material begrenzt und einseitig. Um Euch mit dieser Frage auch nur mit einem gewissen Maß an Objektivität auseinandersetzen zu können, braucht Ihr zusätzliche Informationen.« Er sah, daß Verran bei diesen Worten ein wenig lächelte, und erriet, daß diese Antwort ganz in ihrem Sinne war.

Terrs schwieg nachdenklich. Daß die Argumentation seiner Mutter durch einen offensichtlich intelligenten, unbeteiligten Dritten so spontan bestätigt wurde, schien einen gewissen Eindruck auf ihn zu machen, er war jedoch nicht bereit, seine Position kampflos aufzugeben. »Welche Art von Informationen?«

»Ihr solltet soviel über die Menschen in Erfahrung bringen wie irgend möglich, über ihre Werke und über die Länder, die sie bewohnen. Ihr solltet Euch mit der Geschichte, der Philosophie, der Kunst und Architektur, mit den Sprachen und der Literatur, der Mathematik und den mechanischen Erfindungen der Menschen befassen, mit der Kognition ...«

»Kognition?« Terrs konnte sein plötzlich aufgeflammtes Interesse nicht verbergen.

»Gewiß. Ihr hättet die Möglichkeit, Euch das Wissen der größten Adepten anzueignen, wenn Ihr wolltet.«

»Ein interessanter Vorschlag, aber undurchführbar. Meine Mutter und ich können nicht nach Lanthi Ume zurückkehren.«

»Nein, aber es gibt andere Städte und andere Adeptenorganisationen. Die Kognition läßt sich an den verschiedensten Orten studieren. Euch steht da oben eine ganze Welt offen, Terrs — eine unendlich vielfältige Welt. Reizt es Euch nicht, sie zu sehen?«

Die Aussicht auf Fortschritte in der Kognition übte eine mächtige Anziehung auf den Jungen aus, und einen Moment lang schien er in Versuchung zu geraten, aber das war bald vorüber. »Auch hier unten in unseren Höhlen steht mir eine ganze Welt offen, und sie ist groß genug, um mich voll und ganz auszufüllen«, entgegnete er unnachgiebig.

Fennahar seufzte. Das Gespräch ermüdete ihn allmählich. Die Krankheit hatte ihn geschwächt, und außerdem schien es fast unmöglich, den eisernen Willen von Fal Grizhnis Sohn in größerem Maße zu beeinflußen. Er sah, daß Verran ihn beobachtete, als sei er ihr Kampfgefährte, aber es war nicht viel zu gewinnen, wenn er den Streit fortsetzte — damit würde er Terrs' Widerstand nur noch verstärken. Besser war es, erst einmal Schluß zu machen. »Hier unten existiert in der Tat eine ganze Welt«, gestand er daher zu. »Aber vielleicht kann sie sich nicht für immer völlig von der Welt der Menschen darüber abschließen. Es wäre klug, zu wissen, mit wem und womit man es zu tun hat, schon allein zu Eurem eigenen Schutz. Ich hoffe, Ihr werdet wenigstens das Wissen nicht ablehnen, das Euch unmittelbar zur Verfügung steht.«

»Eure Beschreibungen und Erinnerungen an Oben?« Terrs gab sich gleichgültig.

»Ich habe Besseres zu bieten. Hier in meinem Ranzen stecken drei Bücher ...«

»Menschliche Schriften?« In Terrs' Augen leuchtete freudiges Interesse auf. »Bücher aus der Stadt? Ich habe schon von gedruckten Büchern gehört, aber noch nie eines gesehen.«

»Aber Ihr könnt lesen?«

»Seit ich fünf Große Vens alt bin.«

Fennahar beugte sich vor, öffnete die Segeltuchtasche, zog drei kleine Bände heraus und reichte sie Terrs.

»Nicht gerade die beste Auswahl«, bemerkte er bedauernd. »Aber wohl auch nicht die schlechteste. Da ist Juffials Werk über die Flora und Fauna Dalyons. Weiterhin Ches Kilmos *Aufstieg der Kognition.* Und das letzte ist besonders gut — Vhere Khrennevheres *Das Eismeer; Erkundungen.«*

»Das Meer?« Die Neugier schien Terrs' eiserne Zurückhaltung zu unterminieren. »Habt Ihr es je gesehen? Seid Ihr tatsächlich darauf gefahren?«

»Oft und oft, und ich möchte dieses Erlebnis nicht missen«

»Wie ist es dort?«

»Schöner und abwechslungsreicher, als ich es zu beschreiben vermag. Lest Khrennevhere. Er kann viel besser mit Worten umgehen als ich, aber selbst ihm ist es nicht möglich, alles zu vermitteln. Das Meer muß man unmittelbar erleben. Es liegt allen Lanthianern im Blut.«

»Ich werde Khrennevhere gewiß lesen und die anderen ebenso. Und wenn ich fertig bin, wärt Ihr dann vielleicht bereit, Euch mit mir über den Inhalt zu unterhalten?«

»Selbstverständlich.« Fennahar blinzelte und unterdrückte mit Mühe ein Gähnen. Die Schläfrigkeit drohte ihn zu überwältigen, obwohl er sich alle Mühe gab, dagegen anzukämpfen.

»Ril, du bist erschöpft«, schaltete sich Verran sofort ein. »Du mußt dich ausruhen.«

Der Forscher leugnete es nicht.

»Terrs, Nyd, wir gehen.«

Terrs nickte Fennahar kurz zu und folgte dann seiner Mutter zum Ausgang. Nyd hob nur noch das leere Tablett auf, dann ging er ebenfalls. Ehe Verran den Raum verließ, blickte sie noch einmal über die Schulter, lächelte dem Forscher zu und bildete mit den Lippen ein lautloses ›Danke.‹ Dann war Fennahar allein.

Er legte sich auf die Matte zurück und schloß die Augen. Bilder von Verran und ihrem beunruhigend exaltierten Sohn gingen ihm durch den Kopf. Er war todmüde. Trotz seiner sich überstürzenden Gedanken übermannte ihn der Schlaf fast sofort.

Nur wenige Kleine Vens vergingen, bis Lady Verran eine gewisse Absonderlichkeit im Verhalten ihres neuen Gastes auffiel. Anfangs tat sie es als Einbildung ab. Schließlich war Rillif Har Fennahar ins Nazara Sin gekommen, um die Höhlen zu erforschen, und sein unbändiger Wissensdurst war eigentlich ganz natürlich. Er hatte sich dank seiner kräftigen Konstitution und wahrscheinlich auch dank seines angeborenen Optimismus schnell von seiner Krankheit erholt. Zwei Kolorationen, nachdem er das Bewußtsein wiedererlangt hatte, hatte er bereits seine Schlafmatte verlassen, um mit seinen Erkundungen zu beginneh. Abgesehen von einer leichten Schwäche, die ihn zwang, sich häufig auszuruhen, schien seine Gesundheit nicht gelitten zu haben, und seine Neugier auf alles und jedes war unersättlich. Insoweit bestand kein Grund, hinter Har Fennahars ausgedehnten Streifzügen durch die Korridore, die Grotten und sogar die Bauchschrapper ein Geheimnis zu wittern — jedenfalls sollte es keinen Grund geben. Aber Verran wurde den Verdacht nicht los, daß etwas nicht stimmte. Irgendwie erschien ihr seine Wißbegier zeitweise ... übertrieben ausgeprägt. Warum zum Beispiel konnte er es nicht lassen, selbst in den gewöhnlichsten Löchern, Nischen und Spalten der Felswände unaufhörlich herumzustochern? Und warum dieses Unbehagen, ja, diese Verlegenheit, wenn ihn jemand dabei ertappte? Die einzige Erklärung, die sich aufdrängte, war, daß er nach etwas suchte, und das brachte Verran auf die Idee, er könnte ein Spion des Herzogs von Lanthi Ume sein, der herausfinden sollte, wie stark die Weißen Dämonen waren und auf welche Weise sie ihre Verteidigung vorbereiteten. Aber das war nun wirklich absurd. Nachdem der erste Angriff der Gardisten auf keinen nennenswerten Widerstand gestoßen war, hatten der Herzog und seine Soldateska keinen Anlaß, die Vardrul überhaupt für wehrhaft zu halten. Wozu sollten sie also einen Spion schicken? Außerdem war Rillif Har Fennahar eines solchen Doppelspiels ganz gewiß nicht fähig. Der Junge, den Verran vor so vielen Jahren in Lanthi Ume gekannt hatte, war bemerkenswert offen und vertrauenswürdig gewesen. Der Mann schien sich wenig verändert zu haben, jedenfalls wollte sie das gerne glauben.

Sie wollte es gern glauben. Ja, daran konnte kein Zweifel bestehen. Er gefiel ihr — jetzt noch mehr als früher —, seine Intelligenz und seine augenscheinliche Gutmütigkeit zogen sie an — und sie wollte ganz entschieden nur das Beste von ihm denken.

Gib acht, mahnte Verran sich selbst. *Natürlich gefällt er dir. Du bist seit so vielen Jahren hier unten eingesperrt, so ausgehungert nach menschlicher Gesellschaft, daß dir wahrscheinlich fast jeder gefallen würde.*

Rillif Har Fennahar ist aber nicht jeder.

Richtig. Er erinnert dich an deine glückliche Jugend, und aus diesem Grund ist er doppelt anziehend. Aber Vorsicht. Laß dir von solchen Dingen den Blick nicht trüben. Sei auf der Hut.

Wovor? Selbst wenn er böse Absichten haben sollte, ein einzelner Mann stellt keine große Bedrohung dar.

Nicht? Und wenn dieser einzelne Mann vom Herzog von Lanthi Ume geschickt worden wäre, um deinen — Fal Grizhnis Sohn zu ermorden? Die Gardisten sind bei ihrem ersten Versuch gescheitert. Wenn der Herzog nun zu raffinierteren Methoden gegriffen hätte?

Das ist lächerlich — absolut lächerlich! Ich benehme mich allmählich wie eine überängstliche, wirrköpfige alte Frau. Ril würde sich niemals für so etwas hergeben. Ril ist anständig und ehrenwert. Ich kenne ihn.

Berichtigung. Du kanntest ihn — und das ist ein halbes

Leben her. Jetzt hat das nichts mehr zu bedeuten. Menschen verändern sich.

Sicher — wie ich. Ich bin offenbar hart und mißtrauisch geworden. Nun, ich habe allen Grund dazu. Aber was Ril angeht, so glaube ich keinen Augenblick lang, daß er auch nur im Traum daran denkt, meinem Sohn etwas anzutun. Ganz im Gegenteil, er versucht, Terrs zu helfen — ihn für das Leben Oben zu interessieren. Und Terrs zeigt Wirkung, das sieht man deutlich — er ist viel interessierter, als es in seinem ganzen Leben der Fall war. Er hat alle drei Bücher gelesen und bekommt zum ersten Mal den Eindruck, daß nicht unbedingt alle Menschen schlecht sein müssen, auch wenn es einige tatsächlich sind. Und die Möglichkeit, die Kognition weiter zu studieren, fasziniert ihn. Ril übt einen so guten Einfluß auf ihn aus, vielleicht gelingt ihm sogar, was ich nie geschafft habe — Terrs aus diesen Höhlen und zurück nach Oben zu locken, auch wenn es nur für einen Besuch wäre. Und wenn Ril das fertigbringt, dann kümmert es mich keinen Dakkle, warum er wirklich hierhergekommen ist. Dann hat er meinen Segen.

Schön. Aber das heißt nicht, daß du dich einfach schlafenlegen kannst. Wie immer du auch empfindest, es kann nicht schaden, Fennahar im Auge zu behalten.

Einverstanden. Das läßt sich machen.

Wo war er jetzt? Wieder auf einem seiner endlosen Streifzüge? Untersuchte er die kunstvoll gemeißelten und geätzten Felsreliefs in der Jnr'l-Schlucht? Grübelte er über den Schattenfriesen? Beobachtete er, wie die Kinder sich in der Sprache des Ftvyi verständigten? Bei dem Gedanken mußte sie lächeln. Es schien im Leben und in den Gebräuchen der Vardrul nichts zu geben, was nicht Rillif Har Fennahars lebhaftes Interesse weckte. Er führte seine Erkundungen jedoch so diskret durch, daß seine Neugier bisher nirgends Anstoß erregt hatte, jedenfalls hatte Verran nichts dergleichen bemerkt. Es war natürlich immer schwierig, die Reaktionen der Vardrul einzuschätzen, aber sie glaubte zu erkennen, daß die Anwesenheit des Forschers höchstenfalls ein Minimum an Disharmonie auslöste.

Vielleicht war er gar nicht in den Höhlen unterwegs. Vielleicht saß er irgendwo mit Terrs zusammen, und die beiden waren in eines ihrer vielen, endlosen Gespräche vertieft. Es konnte kein Zweifel daran bestehen, daß ihr Sohn die Unterhaltungen mit dem Forscher genoß.

Genau wie ich, ich genieße sie fast so sehr wie früher die Gespräche mit Lord Grizhni. Aber das ist kein guter Vergleich — Ril ist ganz anders.

Anders und viel zugänglicher. An Rillif Har Fennahar war nichts Fernes, Eisiges oder Einschüchterndes, er war ein Mann, der Respekt einflößte, ohne Angst zu verbreiten.

Und was tut er jetzt gerade? Nun, ich kann ja nachsehen. Er hat sicher nichts dagegen, und außerdem soll ich ihn ja im Auge behalten, nicht wahr?

Verran erhob sich von ihrem Stuhl — einem merkwürdigen, selbst fabrizierten Gebilde, dem einzigen Sitzmöbel in den gesamten Höhlen des Nazara Sin. Sie hatte ihn gefertigt, indem sie von Oben herangeschaffte Holzstücke in mühsamer Kleinarbeit zu einem Rahmen zusammengefügt und die Sitzfläche und die Lehne mit einem gewebten Netz überzogen hatte. Nun wollte sie schon nach Nyd gerufen, aber dann überlegte sie es sich anders. Der Hybride war wieder einmal krank, wie so oft in den letzten Kleinen Vens. Im Augenblick hatte er sich in der kleinen Nische auf der anderen Seite des Ganges zusammengerollt, die er sich vor so langer Zeit als Schlafquartier erkoren hatte. Zu solchen Zeiten lehnte er jede Hilfe ab. Wenn Verran versuchte, sich ihm zu nähern, pflegte er sie mit traurigem Krächzen fortzuwinken, offenbar wollte er nur allein sein. Verran seufzte. Sie hatte keine Ahnung, was dem Hybriden fehlte, von seinem hohen Alter einmal abgesehen, und sie wußte nicht, was sie für ihn tun konnte, außer, seinen Wunsch nach Einsamkeit zu respektieren. In ein oder zwei Kolorationen würde es ihm sicher wieder besser gehen. So war es — bisher — immer gewesen.

Gemächlich wanderte Verran durch die Gänge. Sie brauchte sich nicht zu beeilen — Fennahar konnte überall sein, und es war durchaus möglich, daß sie ihn erst bei Anbruch der Violetten Koloration wiedersah, wenn er an der gemeinsamen Zmadrc-Lbavbsch-Mahlzeit teilnahm. Allerdings hatte sie drei oder vier Stellen im Sinn, wo er vielleicht zu finden war, und auf jeden Fall würde ihr die Suche die Zeit vertreiben.

Zuerst ging sie zum Blutenden Stalaktiten. Fennahar hatte den Wunsch geäußert, die geeichten Gefäße zu untersuchen, in denen sich die vom Stein tropfende Flüssigkeit langsam sammelte und die als Zeitmesser dienten; es war also gut möglich, daß sie ihn dort fand. Er war jedoch nicht da. An der Jnr'l-Schlucht, in der K'fdrs-Grotte und in den Zmadrc-Lbavbsch-Gärten hatte sie nicht mehr Glück. Natürlich konnte er auch irgendwo in den Tiefen des Hllsreg-Netzes auf dem Bauch herumkriechen, aber sie hatte nicht vor, ihm dorthin zu folgen. Vorher würde sie lieber noch im Dr'bsch B'sch B'sch J'farl nachsehen, der ›Kaskadenkammer‹. Diese Höhle war nach ihren beeindruckenden, erstarrten Wasserfällen aus durchsichtigem Stein benannt, ein Anblick, den Har Fennahar sich gewiß nicht entgehen lassen wollte.

Und dort war er auch. Sie erspähte ihn durch den gewölbten Eingang, ehe sie die Kammer selbst erreichte, und bereits aus dieser Entfernung fiel ihr auf, daß er sich sehr merkwürdig benahm. Einen Augenblick lang glaubte sie schon, er klettere senkrecht die Wand hinauf wie ein Insekt. Als sie näher kam, sah sie jedoch, daß er sich Hand über Hand an einem Seil nach oben zog, das mit einem Haken zwischen den Felsvorsprüngen nahe der Decke befestigt war.

Er führt etwas im Schilde, dachte Verran und schämte sich ein wenig ihres eigenen Argwohns. Vielleicht hatte der Mann nichts weiter vor, als die sensationellen Felsformationen dort oben genauer zu untersuchen. Und doch ...

Sie trat ganz leise näher, aber Fennahar war so in sein Tun versunken, daß ihre Vorsicht fast überflüssig schien. Der Forscher hatte bei seiner Kletterpartie mit allen möglichen Schwierigkeiten zu kämpfen und nahm um sich herum nichts wahr. Verran schlüpfte in die Kaskadenkammer, kauerte sich hinter einen vorspringenden Felsen und beobachtete den Lanthianer weiter.

Der Aufstieg schien ihn sehr anzustrengen, vermutlich war er von seiner eben überstandenen Krankheit doch noch geschwächt. Sie sah, daß seine Stirn vor Schweiß glänzte und erinnerte sich, wie belastend die heiße, schwüle, feuchte Luft in den Höhlen sein konnte, wenn die Lungen nicht daran gewöhnt waren. Auf halber Höhe hielt Fennahar inne und hing in der Luft wie eine entmutigte Raupe. Nach einer kurzen Pause kämpfte er sich weiter und erreichte wenig später sein Ziel. Zum ersten Mal bemerkte Verran die drei dicht beieinanderliegenden Nischen hoch oben an der Wand der Kaskadenkammer, die von tropfenden Stalaktiten teilweise verdeckt wurden. Der Forscher spähte suchend durch den Stalaktitenvorhang, dann streckte er unerklärlicherweise die linke Hand nach den Öffnungen aus.

Was hat er nur vor? fragte sich Verran, während sie beobachtete, wie das Felsenlicht auf dem Silberarmband um Fennahars linkes Handgelenk funkelte. *Er kann unmöglich hineingreifen. Er scheint es auch gar nicht versuchen zu wollen. Was macht er nur, und wonach sucht er?*

Wonach er auch immer suchte, er fand es offensichtlich nicht. Fennahar ließ sich wieder nach unten gleiten. Als seine Füße den Boden berührten, fuhr sein Kopf ruckartig zum Eingang herum. Verran drückte sich flach an die Wand und hielt den Atem an, aber das war gar nicht nötig — sein Blick war nicht auf ihr Versteck gerichtet. Offenbar hatte ein Geräusch im Korridor seine Aufmerksamkeit erregt. Jetzt hörte Verran es auch — schnelle Schritte, jemand näherte sich hastig. Eilends schüttelte Fennahar das Seil herunter, wickelte es auf und verstaute es in seinem Ranzen, der ihn fast überallhin begleitete. Kaum war es verschwunden, als Lbavbsch Hfu auch schon im Laufschritt die Kaskadenkammer betrat.

Hfus Hiir war bedrohlich schwach, und seine Augenmuskeln waren starr vor Besorgnis. »Ich suche den jungen Fal Grizhni Terrs«, teilte der Vardrul Har Fennahar mit. »Wißt Ihr, wo er zu finden sein könnte?«

Fennahar runzelte die Stirn. Er verstand kein Wort, aber den Namen hatte er herausgehört. »Fal Grizhni Terrs?« wiederholte er. »Was ist los? Ist Terrs vielleicht etwas zugestoßen?«

Lbavbsch Hfu war ebenfalls ratlos. »Fal Grizhni — wo?« fragte er übertrieben deutlich. Der Fennahar-Patriarch hatte offenbar den Namen erkannt. »Grizhni? Wo? Grizhni? Grizhni?« Die Erweiterung der äußeren Augenwülste und das Senken der Tonhöhe deuteten an, daß er eine Frage stellte, aber mit diesen Konventionen war Har Fennahar nicht vertraut.

Der Forscher zuckte die Achseln, spreizte die Hände und schüttelte leicht den Kopf, um auszudrücken, daß er nichts verstand. Mit diesen Gesten wußte wiederum Lbavbsch Hfu nichts anzufangen.

Verran wurde immer unruhiger. Die Rolle des Lauschers behagte ihr nicht. Außerdem brauchten Fennahar und Lbavbsch Hfu offensichtlich ihre Hilfe. Es wurde Zeit, daß sie sich zeigte, und sie konnte nur hoffen, daß die beiden nicht auf die Idee kamen, sie hätte ihr mißglücktes Gespräch belauscht. Sie stand auf und schlenderte so lässig wie möglich um den Felsen herum. Ihre Befürchtungen stellten sich als unbegründet heraus. Fennahar und Lbavbsch wandten sich ihr erleichtert zu und schienen ganz selbstverständlich davon auszugehen, daß sie den Kaskadenraum einfach nach ihnen betreten hatte.

»Was ist los?« erkundigte sich Verran in der Sprache der Vardrul.

»Grizhni-Matriarchin, ich suche den Fal Grizhni Terrs«, antwortete Lbavbsch, und sein Fleisch flackerte schnell und unregelmäßig. »Große Gefahr und großes Leid. Die Zukünftige des Fal Grizhni, die junge Zmadrc Vierzehn ...«

»Sie ist doch nicht zu ihren Ahnen eingegangen?« summte Verran erschrocken, weil sie sich an die Worte ihres Sohnes erinnerte.

»Noch nicht, aber sie steht ganz kurz vor der Vereinigung. Sie ist ...« Nun folgte ein Schwall von Silben und komplizierten mimischen Veränderungen, aus denen Verran nicht mehr klug wurde.

»Langsamer, Lbavbsch Hfu! Ich verstehe nicht. Langsamer.«

Der Vardrul bewegte die Tentakel. »In ihrer Verwirrung und ...« — der nun folgende Begriff war rätselhaft — »... ist die junge Zmadrc Vierzehn nach Oben gegangen, ohne ausreichend geschützt zu sein. Vor kurzem haben zwei ihrer Verwandten sie draußen auf dem Hang entdeckt, sie war nackt und befand sich in tiefer Kältestarre.«

Verran stockte der Atem. Die Kältestarre war gefürchtet, sie konnte zur Tollheit, zum Schwachsinn oder zum Tod des Opfers führen.

»Man hat sie in die Wärme der Höhlen und in die liebevolle Obhut ihrer Familie zurückgebracht, aber bisher sind alle Versuche, sie ins Bewußtsein zurückzuholen, gescheitert«, fuhr Lbavbsch fort. »Man hofft, daß vielleicht die Anwesenheit ihres Zukünftigen ...« Nun folgte ein unverständliches Verb. »... für das Ruu von Zmadrc Vierzehn.«

»Mein Sohn ist oft in der Bastion und versucht, das Problem der Fallenden Steine zu meistern.«

»Da ist er jetzt nicht.«

»Und in letzter Zeit hält er sich oft im Mvjri-Korridor auf, wo er die großen braunen Fledermäuse abrichtet, damit sie tun, was er ihnen befiehlt.«

»Dann wollen wir dort nachsehen, Matriarchin.«

Fennahar hatte dem Wortwechsel einigermaßen verwirrt zugehört und erkundigte sich nun: »Was ist geschehen, Verran? Irgend etwas ist doch passiert?«

»Es geht um Zmadrc Vierzehn«, erklärte sie hastig. »Eine junge Vardrul, der Terrs besonders ... zugetan ist, ist sehr krank geworden. Terrs sollte jetzt bei ihr sein, deshalb müssen wir ihn suchen.«

Fennahar nickte wortlos, hob seinen Ranzen vom Boden auf, und zu dritt verließen sie die Kaskadenkammer und begaben sich auf dem schnellsten Weg zum Mvjri-Korridor. Obwohl sie sich nach Kräften beeilten, dauerte es ziemlich lange, bis sie die scheinbar endlose Folge von sich windenden und verzweigenden Gängen hinter sich gebracht hatten. Eine kleinere Überflutung in der Gr'fjnr-Verbindung zwang sie zu einem Umweg, und als sie ihr Ziel erreichten, mußten sie feststellen, daß Terrs bereits fort war. Einer der F'tryll'jnr-Angehörigen stand noch im Korridor und erklärte, Fal Grizhni Terrs sei vor kurzem zur Todesteichkammer der Zmadrc gerufen worden, wo seine Zukünftige in tiefer Kältestarre liege. Es sei zu hoffen, daß all die vielen Generationen von Ahnen, die an diesem Ort ruhten, auf das Ruu der im Koma befindlichen Zmadrc Vierzehn Einfluß nehmen würden — entweder, um sie ins Bewußtsein zurückzurufen, oder um sie sanft und allmählich zu letzten Vereinigung zu führen.

Lbavbsch Hfu wollte den Kummer der Zmadrc-Sippe nicht stören. Die Grizhni-Matriarchin brauchte als offizielle Angehörige der Sippe in diesem Fall keine Rücksicht zu nehmen. Und Fennahar? Verran warf ihm einen etwas unsicheren Blick zu. Er hatte keine Ahnung von den Feinheiten der Vardrul-Sitten und würde wenig Verständnis für die Bedeutung der Todesteichkammer aufbringen, die für die Vardrul fast ein Heiligtum war. Eigentlich dürfte sie nicht zulassen, daß er sie begleitete, aber sie brachte es nicht über sich, ihn fortzuschicken. Die Aussicht, an den Schauplatz des jüngsten Massakers zurückzukehren, um sich um die sterbende Vierzehn zu kümmern, war bedrückend, und der Gedanke, Fennahar dabeizuhaben, erschien ihr merkwürdig tröstlich.

Nur weil er ein Mensch ist? Vielleicht. Nein.

Sie sagte nichts, und Fennahar, der in seiner Ahnungslosigkeit keinerlei Bedenken hatte, blieb auf dem kurzen Weg durch den Mvjri-Korridor zur Todesteichkammer der Zmadrc an ihrer Seite.

Seit den Trauerfeierlichkeiten der Zmadrc nach dem Angriff der Gardisten war Verran nicht mehr in diesem Raum gewesen. Nun betrat sie ihn mit großem Widerstreben. Sie hörte, wie Fennahar neben ihr beim Anblick des leuchtenden Teichs und der vielen Vardrul, die sich darum drängten, den Atem anhielt. Die Zmadrc-Familie — was noch davon übrig war — hatte sich um ihre schwerkranke Schwester geschart. Der kollektive Hiir war fast erschreckend schwach — noch schwächer sogar, als es bei solch traurigen Anlässen der Brauch war. Die junge Vierzehn war bei ihren Verwandten außerordentlich beliebt, das war klar zu erkennen. Außerdem erweckte die allgemein herrschende tiefe Schwermut — sogar Verran spürte sie, obwohl sie gewöhnlich die Empfindungen der Vardrul nicht zu deuten vermochte — den Eindruck, daß die Anhäufung von Katastrophen in jüngster Zeit in der Sippe ihre Wirkung zeigte.

Vierzehn lag am Rand des Teiches am Fuß des Sprechersteins. Man hatte neben ihr ein Feuer entzündet, um sie zu erwärmen und aus ihrer Betäubung zu holen — bestenfalls eine unsichere Heilmethode, aber die einzige, die die Vardrul kannten. Auf den ersten Blick schien sie tot zu sein. Sie regte sich nicht, die großen Augen waren geschlossen, die Augenmuskeln so glatt, daß sie fast unsichbar waren, die Fingertentakel steif ausgestreckt, das Fleisch matt und ohne Licht. Bei näherem Hinsehen war jedoch ein ganz leichtes Heben und Senken ihrer schmalen Brust erkennbar. Neben ihr kniete Terrs und hielt, eher konzentriert als bekümmert, den Kopf gesenkt. Der Junge versuchte offenbar eine kognitive Heilung. Seine Lieblingskristalle ruhten in seiner ausgestreckten Hand, und seine Lippen bewegten sich. Er hatte jedoch keinen Erfolg, die Kristalle blieben ebenso matt wie Vierzehns Haut.

Als Verran näher trat, bemerkte sie die Schweißperlen auf der Stirn ihres Sohnes, seine Blässe, seine Erschöpfung. Er setzte seine äußerst strapaziösen kognitiven Bemühungen wohl schon seit längerer Zeit fort und spürte nun die Auswirkungen. Verran wußte aus ihrer Erfahrung mit Adepten, daß verbissenes Beharren im Angesicht des Scheiterns kaum Aussicht auf Erfolg hatte. Die Kognition verlangte einen zielgerichteten, starken Ausstoß geistiger Kraft — fast eine Art Inspiration —, und dazu war ein ermüdeter, entmutiger Geist wohl nicht fähig. Natürlich wußte das auch Terr, und als seine Mutter ihn länger betrachtete, bemerkte sie, wie sehr ihn Zweifel und Niedergeschlagenheit quälten — Ablenkungen, die an sich schon die Kognition blokkieren würden. Der Junge hörte auf zu sprechen und richtete die Augen eindringlich auf das Gesicht seiner Zukünftigen. Die Kristalle in seiner Hand hatten sich nicht verändert, und Vierzehn erwachte nicht aus ihrem todesähnlichen Schlaf. Terrs sank in sich zusammen, die ausgestreckte Hand fiel herab. Einen Augenblick lang kniete er reglos da, das Kinn vorgereckt, offensichtlich bemüht, seine Fähigkeiten in den Griff zu bekommen. Dann richtete er sich auf, atmete tief ein und wollte von neuem beginnen.

Ehe die kognitiven Silben über seine Lippen kamen,

meldete sich Har Fennahar zu Wort. »Ich glaube, ich kann Euch helfen.«

Alle Anwesenden drehten sich um und starrten den Forscher überrascht an. Die Vardrul, die ihn nicht verstanden hatten, begannen zu flackern und zu summen. Verran spürte, wie sie errötete. Sie hätte sich niemals träumen lassen, daß ihr Begleiter eine so grobe Taktlosigkeit begehen würde.

Terrs blickte auf, in seinen schwarzen Augen glitzerte eisiger Zorn, doch als er sah, daß Fennahar es ehrlich meinte, fragte er nur ungeduldig: »Seid Ihr denn so vertraut mit den Gebrechen der Vardrul?«

»Keineswegs.«

»Dann lenkt mich bitte nicht noch einmal von meiner Aufgabe ab. Meine Kognition ist ihre einzige Hoffnung.«

»Nein, denn die Kognition des gegenwärtigen Großmeisters der Esoterikerloge steht ihr zur Verfügung.«

Terrs begriff sofort. »Ihr habt ...«

»Ein Universalmittel mitgebracht, das von Jinzin Farni entwickelt wurde.« Fennahar kniete neben Vierzehn nieder und öffnete seinen Ranzen. Aus dem Durcheinander in seinem Inneren zog er eine kleine Phiole hervor und entkorkte sie schnell.

»Warte — ist das Mittel nicht für Menschen bestimmt?« gab Verran zu bedenken. »Woher wissen wir, daß es Vierzehn nicht schaden wird?«

»Onkel Jin hat gesagt, es sei ›universell‹«, gab Fennahar zurück. »Wir können nur hoffen, daß er das auch wörtlich gemeint hat.«

»Sie stirbt, und meine Kognition kann ihr nicht helfen«, gestand Terrs zögernd ein.

Fennahar warf dem Jungen einen fragenden Blick zu. Terrs nickte fast unmerklich. Fennahar hob vorsichtig Vierzehns Kopf und Schultern an und goß ihr etwa die Hälfte des Inhalts der Phiole in den Mund. Obwohl das Vardrul-Mädchen nicht bei Bewußtsein war, schluckte sie krampfhaft. Fennahar ließ sie wieder auf den Boden sinken, und sie blieb reglos liegen.

Lange Zeit geschah nichts, und Terrs' Gesicht schien sichtlich zu altern. Dann begann sich vor den Augen der stummen Zuschauer Vierzehns Hiir zu verstärken. Zuerst ganz schwach, dann mit wachsender Intensität begann ihr Fleisch zu leuchten. Die Vardrul ließen ein erstauntes Trällern hören, und Verran spürte, wie ihr brennende Tränen in die Augen stiegen. Selbst Terrs wurde von seinen Gefühlen überwältigt, und in seinem sonst so teilnahmslosen Gesicht spiegelte sich eine fast schmerzliche Erleichterung.

In der Todesteichkammer wurde es heller, als der kollektive Hiir der Zmadrc-Sippe allmählich anstieg. Die Lichtfülle erreichte ihre höchste Stufe, als Vierzehn erwachte, den Blicken ihres Zukünftigen begegnete, und deutlich vernehmbar summte: »Ich habe von den Ahnen geträumt, und ich war bei ihnen.«

»Noch nicht«, antwortete Terrs leise. »Ruh dich jetzt aus.«

Sie bewegte schwach ihre Tentakel und sank fast sofort in einen natürlichen, strahlenden Schlaf. Terrs betrachtete sie eine Weile schweigend, dann blickte er auf und richtete seine Augen fest auf Rillif Har Fennahar. Nach kurzer Überlegung streckte Grizhnis Sohn seinen Arm in Schulterhöhe gerade nach vorne, seine Hand war steif, die Finger leicht gespreizt, der Daumen vollkommen senkrecht. Als Fennahar ihn verwirrt ansah, erklärte Terrs: »Ich möchte Euch die Hand schütteln.«

08

Die Fenster über Grues Speisehaus waren hell erleuchtet, eine Dreistigkeit, die verkündete, wie sicher sich die Bewohner des zweiten Stockwerks fühlten. Als Sneever Dil Shonnet die wackeligen Stufen an der Außenseite des Gebäudes hinaufstieg, spürte er, wie seine sorgfältig gehegte Selbstsicherheit allmählich abbröckelte. Sein Mund war trocken, seine Hände feucht, und sein rechtes Augenlid zuckte krampfhaft. Und dafür bestand doch nun gewiß kein Grund! Er war gekommen, um einem gedungenen Knecht, der sich als unfähig erwiesen hatte, gehörig die Meinung zu sagen, das war alles. Der Meuchelmörder Whurm Didnis hatte bei der ihm übertragenen Aufgabe kläglich versagt und einen strengen Tadel verdient. Nach einem so jämmerlichen Fehlschlag hatte er wohl kaum mehr ein Anrecht auf die Bezeichnung ›Berufsmörder‹. Didnis mußte sich entschuldigen und versprechen, sich umgehend zu bessern, oder den Lohn zurückerstatten, den er, man konnte fast sagen, unter Vorspiegelung falscher Tatsachen, angenommen hatte. Und man würde ihn auch ein wenig zappeln lassen. Der Meuchelmörder sollte schon eine Weile winseln und Besserung geloben, ehe Lord Niemand ihm eine zweite Chance einräumte.

Lord Niemand! Lord Niemand wurde damit gewiß fertig. Dieser Gedanke flößte Sneever neuen Mut ein, und er lächelte unter seinem Visier. Die Maske, die sein fast kinnloses Gesicht verbarg ... der große Schlapphut, der sein sich lichtendes Haar verdeckte ... der weite schwarze Mantel, der seiner schmächtigen Gestalt Fülle verlieh ... die Stiefel und Handschuhe aus schwarzem Leder ... die ganze exotische Aufmachung löschte seine bisherige Identität aus und machte ihn frei. Im Schatten dieser herrlichen Anonymität vollzog sich eine tiefgreifende Verwandlung. Lord Niemand war kühn, wagemutig und unerschrocken, Eigenschaften, von denen Sneever Dil Shonnet nicht einmal zu träumen wagte. Im Gewand des Lord Niemand konnte der verachtete, verlachte Erbe des Herzogs sein wahres Ich verwirklichen — selbstsicher, gebieterisch und vollkommen furchtlos. Lord Niemand war jemand, mit dem man rechnen mußte. Der Meuchelmörder sollte sich hüten!

Sneever erreichte den Treppenabsatz und blieb stehen, um einen Blick auf seine behandschuhten Hände zu werfen. Sie waren völlig ruhig — nicht das geringste Zittern. Sein Atem ging regelmäßig. Nur sein hartnäkkig weiterzuckendes rechtes Augenlid verriet, daß er von einer gewissen Anspannung nicht ganz frei war. Er holte tief Atem und klopfte energisch an die Tür.

»Wer ist da?« kam von innen Didnis' Stimme.

»Euer Auftraggeber. Laßt mich sofort ein!« Sneevers Stimme klang beträchtlich tiefer und bestimmter als sonst. Einen Augenblick lang war alles still, dann hörte er Schritte, und schließlich ging die Tür auf, und Yans Whurm Didnis stand in seiner ganzen Pracht vor ihm, in tiefrote, verschlissene Seide gekleidet, reichlich mit goldfarbenem Schmuck behängt, den Bart mit unechten Rubinperlen geschmückt. Didnis betrachtete seinen Besucher ohne große Begeisterung, doch nach kurzem Zögern gab er die Tür frei, und Sneever betrat die Wohnung mit den abgewetzten, vergoldeten Möbeln, den zerbrochenen Kristallspiegeln, dem ganzen billigen Flitter, den er noch so gut in Erinnerung hatte. Am Tisch saß Lady Josky und schnitzte mit der Spitze eines Dolches ihre Initialen in das Holz. Als der Besucher eintrat, bedachte sie ihn mit einem langen, abschätzigen Blick und wandte sich dann wieder ihrer Beschäftigung zu. Sneever konnte nicht umhin zu bemerken, wie geschickt sie die Klinge handhabte. Sein Selbstvertrauen geriet ein wenig ins Wanken, festigte sich aber schlagartig wieder, als ihm einfiel, daß Lord Niemand schließlich jeder Situation gewachsen war.

Sneever stolzierte schweigend durch den Raum, setzte sich an den Tisch und schenkte sich lässig einen Becher Wein ein. Er trank ohne Hast, und erst, als er fertig war, ließ er sich herab, das Wort an seinen Gastgeber zu richten. »Ihr habt Euren Auftrag verpfuscht. Seine Hoheit ist noch am Leben.«

»Da ich nichts Gegenteiliges gehört habe, hatte ich das bereits vermutet«, gab der Meuchelmörder zu. Übermäßig zerknirscht schien er nicht zu sein.

»Ich bin sehr unzufrieden.«

»Das Leben von uns Sterblichen ist leider reich an Enttäuschungen.«

»Ihr solltet das nicht so leicht nehmen, Sir.« Unbewußt verschränkte Sneever die Arme und stellte sich ebenso in Positur, wie es die Keldhaam Gnuxia zu tun pflegte. *»Ich sagte, ich bin unzufrieden.* Ihr habt Geld angenommen und nichts dafür geleistet. Ist das ehrlich? Ist das anständig? Ist dies der edlen Abstammung würdig, deren Ihr Euch so lauthals rühmt? Ist der Stammbaum der Didnis vielleicht nicht ganz so makellos, wie man mich glauben machen wollte?«

»Niemals, Sir!« rief der Meuchelmörder aus.

»Dann beweist es.«

»Ich warte auf den rechten Zeitpunkt, den rechten Ort und die rechte Gelegenheit. Seit der Explosion hat der Herzog seinen Palast nicht mehr verlassen, und ich wage mich kein zweitesmal dorthin ...«

»Ihr wagt es nicht? *Wagt* es nicht?« Sneever gestattete sich ein vornehm gedämpftes, verächtliches Schnauben. Sein Puls raste, aber diesmal eher vor freudiger Erregung als vor Angst, denn er bemerkte, daß der andere im Nachteil war. Yans Whurm Didnis verteidigte und entschuldigte sich, während ausnahmsweise einmal Sneever Dil Shonnet die Rolle des Angreifers spielte. Oder vielmehr Lord Niemand. Was war sein zweites

Ich doch für eine beeindruckende Persönlichkeit! »Hat Lord Niemand denn einen Feigling in seine Dienste genommen?«

»Keineswegs. Lord Whurm Didnis entstammt einem alten Kriegergeschlecht. Aber es gibt so etwas wie Vorsicht ...«

»*Vorsicht* ist wohl kaum das, was Ihr für Euer Gewerbe benötigt. Der wahre Meuchelmörder zeichnet sich vor allem durch zwei Eigenschaften aus: Erfahrung im Töten und ganz schlichten, unerschütterlichen Mut.«

»Beides zusammen ist keinen halben Dakkle wert, wenn es nicht begleitet wird von der Weisheit ... der Vorsicht ... dem Urteilsvermögen, ohne die der erfahrene Berufsmörder nicht mit Erfolg rechnen kann.«

»Pah — nichts als Schönfärberei, Didnis, Ihr wollt damit nur rechtfertigen, daß Ihr versagt und im Anschluß daran nichts unternommen habt. Ich werde mir das nicht weiter anhören. Ihr spielt Euch als den Meister aller Meuchelmörder auf, und doch würde sich jeder grüne Neuling für Eure Leistung schämen. Ich will unverzüglich Taten sehen. Solltet Ihr dazu nicht in der Lage sein, so werdet Ihr den Betrag zurückerstatten, den Ihr bereits erhalten habt, und ich werde meinen Auftrag anderweitig vergeben.«

»Das wird nicht nötig sein«, versprach Didnis, sichtlich um seinen Ruf besorgt. »Der Herzog hat sich in den letzten Tagen in seinen Palast eingeschlossen, und dort kommt selbst der geschickteste, raffinierteste Attentäter nicht an ihn heran. Er muß jedoch bald wieder auftauchen. Anfang nächster Woche beginnt die Parnis-Regatta, und nach altem Brauch muß der Herzog die Rennen offiziell eröffnen. Seine Hoheit wird kommen — ebenso wie Lord Yans Whurm Didnis. Damit dürfte die Sache erledigt sein.«

»Darum möchte ich auch gebeten haben«, gab Lord Niemand zurück. »Ich bin bereit, Euch noch eine Chance zu geben, aber es wird die letzte sein. Ich kann Euch nur raten, schnell zu handeln. Und seht zu, daß Ihr es diesmal richtig anpackt.«

Whurm Didnis richtete sich würdevoll auf, aber seine Überheblichkeit hatte doch beträchtlich gelitten. »Ich verstehe mein Handwerk, Sir. So gut wie niemand sonst. Seine Hoheit braucht sich nur einmal in der Öffentlichkeit zu zeigen, und der Ausgang unseres Unternehmens ist gesichert. In diesem Punkt braucht Ihr Euch keine Sorgen zu machen.«

»Ich? Ich mache mir keine Sorgen.« Lord Niemands Stimme klang gelassen, hatte aber jetzt einen leicht drohenden Unterton. »Das Schlimmste, was mir passieren kann, ist, daß ich mich an einen anderen Fachmann wenden muß. Im Gegenteil, der Meuchelmörder, der sich unfähig zeigt, die einzige Tätigkeit auszuüben, zu der er taugt, hat Grund zur Sorge — um seinen künftigen Lebensunterhalt nämlich. Nehmt Euch in acht, Bursche.« Sneever war von tiefer Genugtuung erfüllt, aber er hatte den Bogen nun endgültig überspannt. Bei den letzten Worten hob Lady Josky, die sich während des gesamten Gesprächs bisher ungewohnt zurückhaltend gezeigt hatte, den Kopf und fixierte den Besucher mit ihren kalten Knopfaugen. »So spricht man nicht mit dem Lord Yans Whurm Didnis«, bemerkte das Mädchen mit unheilverkündend ruhiger Stimme.

»Prinzessin, unser Gast ist verständlicherweise beunruhigt«, versuchte Didnis sie zu beschwichtigen.

»Na und? Das ist doch keine *Entschuldigung,* Euer Lordschaft! So kann er nicht mit uns reden!« Josky wandte sich wieder an Sneever. »Ich habe Euch ein paar Dinge zu sagen, aber ich werde nicht sprechen, solange Ihr diese alberne Maske tragt. Nehmt sie ab.«

Lord Niemand ließ sich nicht herab, ihr direkt zu antworten. »Didnis«, bemerkte er, »ich würde Euch raten, diese dreiste kleine Göre besser zu erziehen. Ich verliere allmählich die Geduld.«

»Und ich nicht weniger!« fuhr Josky auf, und ihre harten Augen glitzerten gefährlich. »Wollt Ihr nun diese Maske abnehmen, oder muß ich Seine Lordschaft bitten, Euch dabei behilflich zu sein?«

»Mein liebes Kind ...«, wandte Didnis ein.

»Ich weiß genau, was ich tue, Dad!« rief sie. »Du wirst schon sehen!« Lord Niemand regte sich nicht, und sie fügte hinzu: »Ihr könnt auf die Maske ruhig verzichten. Wir haben bereits gesehen, was darunter-steckt, Herr *Sneever Dil Shonnet!*«

Der Sohn des Herzogs starrte sie entgeistert an. Sie hatte also am Abend des Empfangs tatsächlich herausgefunden, wer er war! In diesem Augenblick starb Lord Niemand eines schnellen und gewaltsamen Todes. Übrig blieb nur der bedauernswerte Sneever, schwach und ängstlich wie immer. Er spürte, wie sein Gesicht heiß wurde und sein Augenlid zu zucken begann. Fast von selbst griffen seine zitternden Hände nach den Bändern seines Visiers. Als er den forschenden Blicken seiner Gastgeber sein Gesicht darbot, war es blutrot und verlegen. Josky und ihr Erzeuger wechselten bedeutungsvolle Blicke.

»So ist es schon besser.« Lady Josky nickte grimmig. »Und jetzt will ich Euch folgendes sagen. Erstens werdet Ihr es nie, nie wieder gegenüber Seiner Lordschaft oder mir an der Höflichkeit und dem Respekt mangeln lassen, die uns auf Grund unserer edlen Herkunft zustehen. Vergeßt nicht, Ihr seid zu uns gekommen, nicht umgekehrt. Ihr seid auf uns angewiesen, nicht etwa wir auf Euch. Deshalb brauchen wir uns von Euch nichts gefallen zu lassen und, was noch mehr ist, wir werden es auch nicht tun. Vergeßt das nicht, oder Ihr bringt Euch in alle möglichen Schwierigkeiten. Habt Ihr mich verstanden, Herr *Sneever?*«

Sneevers Kopf wackelte zustimmend.

»Dann sagt es auch.«

»Ich habe Euch verstanden.«

»Ich will es hoffen, um Euretwillen. Und noch etwas. Der Betrag, dem Ihr so nachjammert — er genügt nicht. Wenn Ihr wollt, daß wir unser Leben aufs Spiel setzen, um den Herzog zu erledigen, dann kostet das etwas mehr.«

»Wir — wir haben uns doch bei unserem letzten Treffen auf die Bezahlung geeinigt«, stammelte Sneever.

»Ihr habt uns übervorteilt«, gab Josky zurück, ohne mit der Wimper zu zucken. »Ihr habt unsere Unwissenheit ausgenützt.«

»Unwissenheit?«

»Über den Umfang Eurer Brieftasche. Wir wußten nicht, wer Ihr seid, und wir wußten nicht, was Euch der Tod Seiner Hoheit einbringen würde. Wir dachten, es ginge nur um eine gewöhnliche Vendetta, und deshalb waren wir bereit, Euch zum Vorzugspreis behilflich zu sein. Das ist das Problem mit uns Aristokraten — wir sind einfach zu gutmütig. Und dann finden wir heraus, daß Ihr der nächste Herzog von Lanthi Ume sein werdet, wenn wir Euren Dad um die Ecke gebracht haben. Ihr habt uns zum Narren gehalten, aber damit ist jetzt Schluß. Ihr werdet doppelt so viel bezahlen wie vereinbart.«

»Das ist Er … Erpressung!«

»Aber Sir«, schaltete sich Whurm Didnis gönnerhaft ein. Die Angriffslust seiner Tochter und die Verlegenheit, in die sein Besucher dadurch geriet, hatten das etwas angeschlagene Selbstbewußtsein des Meuchelmörder voll wiederhergestellt. Nun zeugten seine Gesten von Zuversicht, und er gab sich wieder sehr herablassend. »Die Lady Josquilliniu hat die Vernunft und die Gerechtigkeit auf ihrer Seite. Schließlich steht für Euch ein großes Herzogtum auf dem Spiel. Wenn Ihr auf den Thron kommt, werdet Ihr doch sicher nicht vergessen, wer die Verbündeten waren, die Euch hinaufgeholfen haben?«

»Wenigstens nicht, wenn Ihr ein anständiger Mensch seid, soviel ist sicher«, bemerkte Lady Josky.

»Ihr werdet es doch gewiß nicht vergessen, mein Freund? Ihr könnt sicher sein, daß *wir* uns daran erinnern«, versprach der Meuchelmörder.

Sneevers Gesicht war immer noch puterrot, und er zuckte mürrisch die Achseln. Sein Augenlid zitterte wild. »Wir nehmen an, daß Euer Schweigen Zustimmung bedeutet.«

»Und wir gehen auch davon aus, daß Ihr einverstanden seid, uns hier und jetzt eine gewisse Anzahlung zu leisten«, bemerkte die Tochter des Meuchelmörders.

Sneever tastete nach seiner Brieftasche, was ihm Gelegenheit gab, seine sich überstürzenden Gedanken ein wenig zu ordnen. Als er sprach, schwankte seine Stimme. »Ich werde bezahlen. Aber Ihr müßt tun, was Ihr versprochen habt, und zwar bald. Das müßt Ihr!«

»Das werden wir auch, mein lieber Lord Niemand!« versprach Whurm Didnis freundlich. »Wartet nur in aller Ruhe ab. Der künftige Herzog kann sich auf seine Freunde verlassen.«

»Und umgekehrt.« Lady Josky nahm den Arm ihres Vaters. »Vergeßt es nicht.«

»Trinkt!« Die Keldhaam Gnuxia hielt einen großen Becher in der Hand, der bis zum Rand mit einer zähen grünlich-braunen Flüssigkeit gefüllt war. »Bis auf den letzten Tropfen.«

Herzog Povon beäugte die Masse mißtrauisch. »Was ist das?«

»Ein Mittel gegen Eure Bleichsucht, Verlobter. Eine Arznei gegen die Schwermut. Ich sagte, Ihr sollt trinken.« Ihre schwarzen Brauen zogen sich drohend zusammen.

Der Herzog richtete sich im Bett auf. »Ich weigere mich«, verkündete er beherzt. »Das ist nicht nötig, Keldhaam.«

»Meint Ihr? Ich wünschte, es wäre so! Aber Ihr liegt nun seit vierzehn Tagen zu Bett, und daraus muß ich wohl schließen, daß Ihr krank oder verzagt oder beides seid. Das zweite Gebrechen ist unheilbar. Das erste glücklicherweise nicht. Der Absud, den ich Euch hier reiche, wird Euer Blut von den schmutzigen Säften reinigen, die für Eure gegenwärtige Mattigkeit, Eure Schwäche und Eure grundlosen Ängste verantwortlich sind. Scheut nicht zurück vor den körperlichen Beschwerden, mit denen dieser Reinigungsprozeß verbunden ist. Der Erfolg ist den Preis in jedem Fall wert. Trinkt also, Verlobter. Trinkt jetzt, *sofort!*«

»Ich will nicht!«

Gnuxias große Hand umfaßte den Becher fester. Sie würdigte den Herzog keiner Antwort.

»Ich habe an Körper und Geist viel gelitten, Keldhaam«, versuchte Povon ihr zu erklären. »Der jüngste Anschlag auf mein Leben hat mein Inneres zutiefst aufgewühlt und mich beinahe den Glauben an die Menschheit verlieren lassen. Eine Phase ungestörter Ruhe ist unerläßlich für die Wiederherstellung meines geistigen und seelischen Wohlbefindens. Mein verletzter Geist braucht Zeit, um sich zu erholen. Was mir fehlt, ist Frieden, Keldhaam. Keine Medizinbrühe. Nur Frieden.«

»Pah, das könnt Ihr wohl kaum beurteilen. Überlaßt das lieber klügeren Köpfen. Außerdem hattet Ihr schließlich Frieden, Verlobter — mehr als zwei Wochen lang —, und es hat nichts genützt. Ihr seid ebenso schwach, wirrköpfig und verängstigt wie am Abend der Explosion. Vielleicht sogar noch mehr. Dieses Stärkungsmittel, das ich eigenhändig zubereitet habe, wird Euch wiederherstellen. Und nun sträubt Euch nicht länger.«

Povon nahm widerstrebend den Becher entgegen und roch argwöhnisch daran. Ein übler Gestank drang ihm in die Nase. Er blickte auf und sah die Augen seiner Verlobten erbarmungslos auf sich ruhen. Hier gab es keine Hoffnung auf Gnade. Die Verzweiflung schärfte den Verstand des Herzogs, und ihm wurde klar, daß er nur eine einzige Möglichkeit hatte, dem Trank zu entrinnen. Er stellte den Becher unberührt beiseite, schlug die seidenen Laken zurück, schwang seine kurzen Beine über den Rand des hohen Bettes und sprang auf den Boden. »Das Mittel ist überflüssig. Meine Gesundheit ist wiederhergestellt, und ich bin bereit, meine herzoglichen Pflichten aufzunehmen.«

»Was hat das zu bedeuten?«

»Ich leide noch immer unter schweren, seelischen Qualen, Keldhaam, aber Lanthi Ume kann nicht ewig führerlos bleiben. Mein Volk braucht mich.«

»Ihr seid aber sehr plötzlich genesen.«

»Gewiß. Mein Pflichtgefühl läßt sich nicht mehr unterdrücken.«

»Pflicht? Seit wann weiß denn ein Lanthianer überhaupt, was das heißt? Ich setze mehr Vertrauen in meine Arznei als in Euer Pflichtgefühl.«

»Eure Skepsis war zwar vorherzusehen, aber deshalb ist sie nicht weniger deprimierend. Was muß ich tun, um Euch zu überzeugen, Keldhaam?«

»Worte genügen nicht, ich will Taten sehen. Zeigt, daß Ihr Tapferkeit und Kraft besitzt. Zeigt Mut, Entschlossenheit, Festigkeit. Setzt mich in Erstaunen, Verlobter. Beweist mir, daß Ihr ein Mann seid.«

»Das brauche ich nicht zu beweisen. Ich bin der Herzog.«

»Ihr wart der Herzog. Jetzt seid Ihr ein Gefangener.«

»Was wollt Ihr damit sagen?«

»Ihr wagt Euch nicht aus diesem Zimmer, weil Ihr einen neuen Anschlag auf Euer Leben fürchtet. Ein wahrer Herrscher würde sich niemals so würdelos verhalten. Mein Vater, Seine Herrlichkeit der Keldhar, hätte seine Feinde schon lange aufgespürt und vernichtet. Sogar der Herzog von Hurba hätte das getan. Aber Ihr unternehmt nichts. Ihr zittert nur, Ihr sperrt Euch in Euer Schlafgemach ein, Ihr versteckt Euch unter Euren Federkissen. Folglich seid Ihr kein Herzog, sondern nur ein elender Häftling. Ich führe diese Schwäche auf ein Überhandnehmen der Schwarzen Galle zurück und auf zahllose Verunreinigungen Eures Blutes. In solchen Fällen ist entweder eine gründliche, systematische Reinigung oder ein völliger Austausch des Blutes angezeigt. Wir werden erst das eine und dann das andere versuchen, nach allen Regeln der Kunst.«

»Nein! Das ist unnötig! Ich bin wiederhergestellt, und mit meinem Blut ist alles in bester Ordnung!« Als er ihre ungläubige Miene bemerkte, fügte er hinzu: »Ich werde Euch den Beweis liefern, den Ihr verlangt. Ich werde meine mächtigen Feinde — Fal Grizhnis Sohn und die Mutter dieses jungen Dämons — aufspüren und töten lassen. Morgen früh werden meine Gardisten ins Nazara Sin marschieren. Ich habe lange genug gezögert. Zu lange schon habe ich törichterweise Gnade walten lassen, zu lange haben meine Feinde meine Gutmütigkeit ausgenützt. Aber damit ist jetzt Schluß! Morgen brechen die Gardisten auf. Nun, Keldhaam, genügt Euch das?«

»Für den Augenblick.« Sie nickte langsam. »Ihr seid so wirr im Kopf wie immer, und Euer Verdacht ist mehr als absurd. Selbst dem schwächsten Verstand muß doch einleuchten, daß Eure Feinde innerhalb dieser Stadt weilen. Für mich besteht kein Zweifel daran, daß Ihr sinnlos Zeit, Mühe, Kosten und Soldaten vergeudet, wenn ihr dort draußen in der Wildnis nach ihnen sucht. Aber wenigstens sucht ihr überhaupt, und das ist schon ein Schritt in die richtige Richtung, es ist immerhin besser als gar nichts.«

Drei Nächte später schien der Mond auf die Hügel des Nazara Sin herab. So hell waren seine Strahlen, daß die vier Gestalten, die durch einen verborgenen Eingang die Höhlen verließen, keine künstliche Beleuchtung brauchten. Drei der Gestalten waren menschlich, gesund und kräftig. Die vierte war nichts von alledem.

Lady Verran trat ins Freie und sog gierig die kühle, frische Luft in ihre Lungen. Hinter ihr kamen Terrs und Har Fennahar, die gemeinsam den schwankenden Nyd stützten. Nur ihre Sorge um Nyds Zustand hinderte Verran daran, sich aus vollem Herzen über einen der seltenen Ausflüge nach Oben zu freuen. Andererseits war das ganze Unternehmen ja nur Nyds wegen veranstaltet worden. Der Hybride war kränker, als sie ihn je gesehen hatte, so krank wie noch nie in seinem ganzen Leben. Niemand wußte, was ihm fehlte; Nyd konnte seine Beschwerden nicht artikulieren, und in den Höhlen gab es niemanden, der sich mit der Anatomie der Hybriden ausgekannt hätte. In den Höhlen? Wahrscheinlich auch nirgendwo sonst. Terrs Fal Grizhni hatte die Wesen gezüchtet, er allein hatte sie völlig verstanden, und sein Wissen war mit ihm gestorben. Verran seufzte wie so oft, wenn sie an das Leben mit ihrem nun schon so lange verstorbenen Gemahl dachte. Wieviel hätte er ihr erklären können, wenn sie nur genug Verstand besessen hätte, ihn zu fragen! Wie viele nie wiederkehrende Gelegenheiten hatte sie einfach vorübergehen lassen!

Sie wandte sich um und sah Nyd an. Der ergraute Kopf des Hybriden hing kraftlos herab, sein Schritt war unsicher, und er stützte sich schwer auf seine menschlichen Begleiter. Sobald er jedoch ins Freie trat, richtete er sich auf, holte tief Luft, und sein Brustkorb weitete sich. Er hob den Kopf, blickte zuerst über die Hügel — an sich eine rauhe, unwirtliche Landschaft, aber für Nyd offensichtlich schön — und dann hinauf zum Mond und zu den Sternen. Die matten Augen begannen zu glänzen, und ein inbrünstiges Krächzen drang aus seiner Kehle.

Verran lächelte. Das war also die Medizin, die Nyd

brauchte. Frische Luft ... scharfe Winde ... offenen Himmel über sich ... Oben. Wenn etwas ihn beleben und seine Genesung beschleunigen konnte, dann war es die Luft des Oben. Das hatte er von Zeit zu Zeit nötig. *Genau wie ich,* dachte sie.

Nyds Nüstern blähten sich, er schnüffelte. Die Düfte, die vom Wind herangetragen wurden, schienen ihn in Erregung zu versetzen. Mit einem Zischen schüttelte er seine Helfer ab, im Moment brauchte er keine Stütze mehr. Mit hoch erhobenem Kopf und einigermaßen sicheren Schritten gelangte er ohne Hilfe bis auf die nächstgelegene Anhöhe, von wo aus er den Wind leichter prüfen konnte. Verran versuchte nicht, ihm zu folgen. Er sollte ein wenig für sich sein können — das hatte er sein ganzes Leben lang selten genug gehabt. Sie wandte ihre Aufmerksamkeit lieber ihren menschlichen Gefährten zu und bemerkte Rillif Har Fennahars etwas resignierte Miene. Natürlich, Ril hielt die Freuden des Oben schließlich für selbstverständlich. Der Anblick des Nachthimmels, der kahlen Höhen und der verkümmerten Pflanzen ließ ihn ungerührt, ihr wäre es früher nicht anders ergangen. Nein, für Ril waren die unterirdischen Höhlen viel wunderbarer und faszinierender.

Wie lange das wohl so bleiben würde, wenn er wüßte, daß er sie nie mehr verlassen könnte?

Ihr Blick wanderte weiter zu Terrs. Der Junge ging auf und ab, die schwarzen Augen manchmal auf den Boden mit seinen Gräsern, dann wieder auf den edelsteinbesetzten Himmel gerichtet. Seine Haltung, entschied sie, war die eines Gelehrten — objektiv, konzentriert, distanziert, aber aufmerksam. Und das war ein großer Schritt vorwärts. Bisher hatte Terrs überhaupt kein Interesse an den Dingen gezeigt, die das Oben zu bieten hatte. Es war ihr beinahe so vorgekommen, als sei es für ihn eine Frage des Stolzes, alles zu verachten, was zum Reich der Menschen gehörte. Das schien sich nun zu ändern, und dafür konnte es nur eine Erklärung geben — Fennahars Einfluß. Die Gespräche mit dem Forscher, seine Erzählungen hatten die Neugier des Jungen in einem Maße geweckt, wie es Verran nie gelungen war, das zeigte sich allein schon daran, daß Terrs sich bereiterklärt hatte, an diesem nächtlichen Ausflug teilzunehmen. Natürlich hatte auch seine aufrichtige Zuneigung zu Nyd etwas mit diesem Entschluß zu tun, aber er verriet doch ein gründliches Umdenken. Viele Große Vens lang hatte Verran sich bemüht, ihren Sohn nach Oben zu locken, wenn auch nur für einen kurzen Spaziergang, und immer war sie gescheitert. Jetzt war er endlich hier, über der Erde, und wer konnte sagen, was noch folgen würde? Vielleicht gefiel es ihm ja auch. Vielleicht würde er die Höhlen jetzt häufiger verlassen. Vielleicht — Verran gestattete sich, ein wenig zu träumen —, vielleicht ließ er sich mit der Zeit sogar dazu überreden, eine der großen Küstenstädte zu besuchen. Natürlich nicht Lanthi Ume, aber vielleicht Gard Lammis oder Rhel.

Vielleicht lernt er, sich damit abzufinden, daß er ein Mensch ist, und dann könnte er auch mit sich selbst ins reine kommen. Und Ril führt ihn in diese Richtung — vorausgesetzt, es gibt überhaupt jemanden, von dem Terrs sich führen läßt.

Sie sah den Forscher an und lächelte. Überrascht und erfreut über die Herzlichkeit in ihrem Blick, zog er die Augenbrauen in die Höhe.

Nun näherte sich ihr Sohn. Sein Verhalten war beherrscht wie immer, aber Verran glaubte, ein leichtes Unbehagen zu spüren.

»Fennahar, fühlt Ihr Euch in dieser riesigen Leere nicht ein wenig verlassen?« Terrs blickte kurz zu den Sternen auf. »Die unvorstellbare Weite dieses Raums — das Fehlen von Wänden und einer sichtbaren Decke —, kommt Ihr Euch da nicht unbedeutend, schutzlos, sogar verwundbar vor?«

»In gewissem Sinne trifft das zu«, räumte Fennahar

ein, »aber ich würde das nicht nur als negativ betrachten. Es ist nicht sehr angenehm, an seinen wahren Platz im großen Weltenplan erinnert zu werden, aber ich glaube, es tut uns ganz gut.«

»Dann ertragt Ihr die Öde des Oben um der moralischen Erbauung willen?«

»Moralische Erbau ...« Fennahar begann zu lachen, und das Geräusch hallte merkwürdig zwischen den Hügeln wider. Als er den verständnislosen, leicht gekränkten Blick des Jungen bemerkte, nahm er sich zusammen. »Es tut mir leid, Terrs, aus Eurer Sicht ist es eine durchaus vernünftige Frage. Für mich dagegen ist die Vorstellung, man müsse das Land und den Himmel ›ertragen‹, einfach abwegig. Wie die meisten Menschen finde ich beides sehr schön.«

»Worin liegt die Schönheit? Diese Szene ist nicht ganz ohne Interesse für mich. Aber schön? Das kann ich nicht finden.«

»Seht Euch doch um. Sind diese schroffen, zerklüfteten Hügel nicht großartig?«

»Sie sind steril und trostlos, besonders unter diesem eisigen Wind.«

»Für mich atmet diese kühle, frische Brise Leben und Freiheit, während ich die Atmosphäre in den Höhlen als schwül und bedrückend empfinde.«

»Diese sanfte Wärme bedrückend? Sie ist der Inbegriff der Vollkommenheit.«

»Dann betrachtet den Abwechslungsreichtum, die Zartheit, die Komplexität der Pflanzen, die uns umgeben, und bedenkt, daß es nur eine sehr kleine kärgliche Auswahl dessen ist, was das Oben zu bieten hat.«

»Sicher, die Flora des Oben ist den verschiedenen Pilzen der Höhlen weit überlegen«, gab Terrs zu. »Aber wie kann sich diese vergängliche Vegetation mit der Farbe, der Leuchtkraft, der Perfektion und der Beständigkeit unserer Kristallformationen messen, die viele Große Vens überdauern?«

»Blumen haben einen Vorteil«, bemerkte Lady Verran. »Sie sind lebendig.«

»Das ist wahr, aber nicht von Bedeutung, Mutter. Die Frage der Lebendigkeit steht nicht zur Debatte.«

»Vielleicht würdest du anders denken, wenn du jemals eine Blume *gesehen* oder vielleicht gerochen hättest, besonders eine Rose. Aber nachdem du diese Möglichkeit nie hattest, wie sollst du dir ein Urteil bilden?«

Terrs schwieg.

Seht Euch den Himmel an«, empfahl ihm Fennahar. »Die Sterne, der prachtvolle Mond — sie müssen doch gewiß Eure Phantasie anregen?«

Terrs blickte auf, und seine Augen wurden unwiderstehlich vom Vollmond angezogen. Es schien, als könne er sie gar nicht mehr davon lösen. »Sie — mißfallen mir nicht«, gestand er schließlich sehr widerwillig, als würden ihm die Worte mit Gewalt entrissen. »Sie scheinen etwas zu verkünden, man müßte die Botschaft nur zu entziffern wissen. Vielleicht mit Höherer Kognition ...« Wieder schwieg er einen Augenblick lang, dann faßte er sich. »Aber ihr Licht ist schwach und kalt, kein Vergleich mit dem Felsenlicht der Höhlen.«

»Vielleicht würdet Ihr den Schein von Laternen oder Kerzen vorziehen, sie leuchten hell und warm«, gab Fennahar zurück. »Und wenn die offenen Hügel des Nazara Sin keinen Reiz für Euch haben, dann würden Euch vielleicht die mit Mauern und Dächern versehenen Gebäude der Städte der Menschen gefallen. Oder der Baldachin eines großen Waldes. Die Welt ist von einer unendlichen Vielfalt, Terrs, die sich mit Worten nicht annähernd ausdrücken läßt. Wenn Ihr sie verstehen wollt, müßt Ihr sie mit eigenen Augen sehen.«

Terrs antwortete nicht sofort, und Lady Verran warf ihm einen überraschten Blick zu. Gewöhnlich lehnte ihr Sohn ohne Zögern und gnadenlos auch die versteckteste Ermunterung ab, das Oben zu erkunden. Diesmal war es anders. Diesmal stand er mit verschränkten Armen und leicht gesenktem Kopf in Gedanken versunken da. Fennahars Worte mußten gewirkt haben. In zunehmender Erregung wartete sie auf seine Antwort.

Endlich blickte Terrs auf. »Besteht denn eine Möglichkeit, daß ...«

Die Frage wurde nie beendet, denn in diesem Augenblick stieß Nyd, der noch immer auf der Hügelkuppe stand, ein lautes Zischen aus, dem eine Reihe drängender Krächzlaute folgte. Die Menschen verstummten. Nyd wiederholte seine Signale.

»Er will uns warnen«, erklärte Verran, an Fennahar gewandt, und ohne ein weiteres Wort eilten sie alle drei auf die Kuppe zu. Nyd spähte angestrengt in die Dunkelheit. Als die anderen eintrafen, hob er den mächtigen Arm, winkte und zischte wieder. Verran folgte der Bewegung und sah im Südosten, in Richtung auf Lanthi Ume, ganz schwach eine kleine Gruppe rötlicher Lichter zwischen den Hügeln aufblinken. Ihr Herz machte einen Satz.

Auch die anderen hatten den Lichtschein bemerkt.

»Lagerfeuer«, sagte Terrs tonlos. »Sie sind zurückgekommen.«

»Die Gardisten?« fragte Fennahar.

»Es war nur eine Frage der Zeit«, sagte Verran.

»Verran, du, Terrs und Nyd, ihr müßt unverzüglich von hier fort. Ich glaube nicht, daß die Gardisten vor dem Morgengrauen angreifen werden. Bis dahin könnten wir schon auf halbem Wege nach Gard Lammis sein. Und wenn wir dort ankommen, bringe ich euch auf ein Schiff, das nach Strell fährt.«

»Nein.« Terrs sagte es mit eisiger Ruhe. »Mutter mag tun, was sie will, und wenn sie geht, wird Nyd sie begleiten. Aber ich lasse mich nicht aus meiner Heimat vertreiben.«

Fennahar starrte ihn an. »Das ist Wahnsinn. Offenbar begreift Ihr nicht, in welcher Gefahr ...«

»Er begreift es durchaus, Ril.« Verrans Stimme klang hoffnungslos. »Es wird dir nicht gelingen, ihn umzustimmen. Und was mich angeht, so habe ich nicht vor, meinen Sohn zu verlassen.«

»Was willst du dann tun? Willst du dich mit den Vardrul in den Tiefen der Höhlen verstecken? Es muß Gänge geben, die die Gardisten niemals finden würden ...«

»Nein, wir werden weder fliehen, noch uns verstekken«, erklärte Terrs.

»Ihr habt keine andere Wahl.«

»O doch! Wir werden uns verteidigen.«

»Junge, Ihr wißt nicht, was Ihr sagt. Ihr glaubt doch nicht ernsthaft, daß Ihr gegen die Gardisten des Herzogs eine Chance habt? Sie würden Euch töten, und Eure Vardrul-Freunde müßten höchstwahrscheinlich mit Euch sterben. Von Eurer Mutter, die Euretwegen hierbleibt, ganz zu schweigen. Wollt Ihr das auf Euer Gewissen laden?«

»Einige von uns werden vielleicht umkommen«, gestand Terrs leidenschaftslos zu, »aber das ist ein geringer Preis, wenn wir damit erreichen, daß unsere Höhlen künftig sicher sind. Das Opfer lohnt sich und ist im höchsten Sinn harmonisch. Außerdem, wie können wir uns denn davor fürchten, zu unseren Ahnen einzugehen?«

Fennahar schüttelte entmutigt den Kopf. »Ich will erst gar nicht so tun, als könnte ich diese Einstellung verstehen. Ich kann nur annehmen, daß Ihr lieber am Leben bleiben würdet. Was den Schutz für die Höhlen angeht, so habt Ihr wenig Aussichten, wenn Ihr Euch auf einen Kampf einlaßt, denn die Vardrul sind nun einmal keine Krieger. Dazu sind sie zu weich, zu sanftmütig.«

»Alles kann sich ändern. Die Sippenangehörigen lehnen es nicht ab, sich gegen Raub und Mord zur Wehr zu setzen«, bemerkte Terrs gelassen und hob die Hand, um einem Einwand des anderen zuvorzukommen.

»Fennahar, wir haben jetzt keine Zeit, um darüber zu diskutieren. Die Gardisten werden innerhalb einer Koloration hier sein, und wir müssen uns beeilen, um ihnen den gebührenden Empfang zu bereiten. Ich habe alles für diesen Augenblick vorbereitet. Ihr könnt versichert sein, sie werden uns gerüstet finden.« Ohne eine Antwort abzuwarten, drehte Terrs sich auf dem Absatz um, stieg den Hügel hinunter und strebte auf den Höhleneingang zu.

Nyd, der alles verstanden hatte, zischte aufgeregt und lief hinter seinem jungen Herrn her. Seine Schwäche war wie weggeblasen. Fennahar und Verran wechselten vielsagende Blicke. Dann wandte sich Verran mit einem leichten Achselzucken ebenfalls den Höhlen zu. Einen Augenblick später folgte auch Fennahar.

09

Die Sonne ging gerade auf, als die Schwadron herzoglicher Gardisten unter der Führung des Kommandanten Kronil das Mvjri-Blendloch erreichte, das die Soldaten freilich nicht unter dieser Bezeichnung kannten. Für sie war das Loch im Hang einfach der Höhleneingang, der ihnen bei ihrem letzten Besuch so gute Dienste geleistet hatte — mehr oder weniger vertrautes Gelände. Damals war die Öffnung nicht verteidigt worden, und auch jetzt schien sie verlassen. Trotzdem war es ratsam, nicht allzu siegessicher zu sein. Zwar hatten die Weißen Dämonen aus den Höhlen angesichts ehrlichen, menschlichen Heldentums eine zutiefst verachtenswerte Feigheit an den Tag gelegt, aber immerhin waren sie Meister des Verrats. Unter diesen gräßlichen, haarlosen Schädeln verbarg sich eine fremdartige Heimtücke, die nicht zu durchschauen war. Vorsicht war angezeigt, und deshalb schickte Kronil zwei seiner zuverlässigsten Untergebenen als Kundschafter voraus.

Eine schnelle Durchsuchung ergab, daß nirgendwo Dämonen lauerten. Die gähnende Öffnung war leer, und Kronil ließ seine Schwadron im Laufschritt darauf zustürmen. Die ersten Soldaten passierten den Bogen, trampelten ein paar Schritte weit in den Korridor hinein, und dann verschwanden sie mit grauenhafter Plötzlichkeit — als hätte der massive Felsboden sie bei lebendigem Leibe verschluckt. Schreie des Schmerzes und der Panik waren zu hören, zum Teil schienen sie direkt aus der Erde zu dringen. Die Männer an der Spitze der Kolonne wollten anhalten, wurden aber von den Nachkommenden unerbittlich weitergedrängt, bis auch sie in den Felsboden stürzten. Die Schreie wurden lauter und hallten schaurig den gewölbten Korridor entlang. Kronil brüllte Befehle, und es gelang ihm so-

gar, sich Gehör zu verschaffen. Die Kolonne wurde langsamer, kam zum Stillstand, der Druck auf die Anführer ließ nach. Die ganz vorne Stehenden schwankten gefährlich am Rand des unsichtbaren Abgrunds. Ihre Kameraden zogen sie auf sicheren Boden zurück, die Ordnung wurde wiederhergestellt, Ruhe kehrte ein. Nun waren die Schreie, das Stöhnen und das Flehen von unten noch deutlicher zu hören.

Kronil befahl Schweigen. Dann legte er die Hände an den Mund und schrie auf den Fußboden hinab. Verzweifelte Rufe antworteten ihm. Eine Stimme erhob sich über die anderen: »Wir sind zu zehnt hier unten, Sir. Einer unversehrt, fünf verletzt, zwei sterbend, zwei tot.«

»Wer spricht da?«

»Sergeant Vhoro, Sir.«

»Wo seid Ihr?«

»Direkt unter Euch in einer Grube. Es ist eine Falle, voll mit angespitzten Steinpfählen. Vier der Männer sind darauf gelandet, ihnen ist nicht mehr zu helfen. Das Loch erstreckt sich über die ganze Breite des Korridors.«

»Wie tief?«

»Etwa zwölf Fuß, Sir. Und vielleicht zehn bis zwölf Fuß breit.«

»Ein offenes Loch?«

»Ja, Sir. Ich kann Euch deutlich sehen.«

»Wir sehen Euch nicht. Wir sehen gar nichts.«

»Nein, Sir. Hier ist Kognition am Werk, Sir. Kann nicht anders sein.«

Bei dem Wort überlief es Kronil eiskalt, aber er faßte sich schnell wieder. Die Gardisten waren verpflichtet, den Wünschen Seiner Hoheit zu gehorchen, ganz gleich, wie grausam, gefährlich oder schwachsinnig diese Wünsche auch sein mochten. Befehl war schließlich Befehl — eine sehr beruhigende Maxime, ohne die das Leben sehr viel komplizierter wäre. »Zu breit, um einen Sprung zu riskieren«, überlegte der Kommandant, dann traf er eine Entscheidung. »Na schön, Vhoro. Wir lassen uns an Seilen hinab, und Ihr müßt uns leiten. Ihr sorgt dafür, daß die Männer nicht mit den Pfählen in Berührung kommen, um das übrige kümmern wir uns. Sobald wir unten sind, werde ich drei oder vier Leute dazu abkommandieren, die Verwundeten nach oben zu hieven, die anderen rücken weiter vor. Verstanden?«

»Verstanden, Sir.«

Jeder Gardist hatte eine Rolle Seil bei sich. Nun befestigten zwei von ihnen ihre Taue an nahegelegenen Stalagmiten und ließen sich vorsichtig hinab. Staunend beobachteten sie, wie ihre Körper im Fels versanken, ohne daß sie etwas davon gespürt hätten. In der heißen, feuchten Luft gab es kein Hindernis, und auch als sie scheinbar in den Boden eindrangen, verschwanden die im schwachen Felsenlicht erstrahlenden Wände des Korridors nicht. Sie befanden sich in einer offenen Grube und konnten ihre Kameraden über sich deutlich erkennen. Mit Schreien und Rufen vergewisserten sie sich, daß die anderen sie auch noch hören konnten, dann erst wagten sie, sich umzublicken, die nach innen geneigten Wände und die mörderischen Steinpfähle zu studieren und nach ihren verletzten Kameraden zu sehen. Gardist Jhorneels war auf grausige Weise gestorben, ein spitzer Steinspeer war ihm in die Brust gedrungen und im Rücken wieder ausgetreten. Ähnlich war es dem dünkelhaften Gardisten Fohness ergangen, er war seitlich auf einen Pfahl gestürzt, und der hatte sich unter seinem Arm hindurch in seinen Hals gebohrt. Gardist Uaitte lag auf dem Boden, seine Brust und sein liebevoll gepflegter Schnurrbart waren mit Blut befleckt. Vaitte lebte noch, aber wohl nicht mehr lange. Neben ihm befand sich ein zweiter sterbender, der Gardist Whurose, aus seinem weit aufgerissenen Unterleib quollen die Eingeweide heraus. Die anderen hatten diverse Knochenbrüche, Schnittwunden und

Prellungen aufzuweisen. Einige von ihnen waren schwächer und träger, als ihre Verletzungen es zu rechtfertigen schienen, aber im Moment hatte niemand Zeit, sich darüber Gedanken zu machen. Von den Opfern war nur Sergeant Vhoro unverletzt geblieben.

Die Vorhut meldete, sie habe die Grube wie beschrieben vorgefunden, und nun kletterten auf Befehl des Anführers die nächsten Gardisten schnell an den Seilen hinunter, eilten auf die andere Seite des Loches und bildeten, indem jeder Mann auf die Schultern eines anderen kletterte, eine menschliche Leiter. Der oberste Gardist hielt sich an der Kante der Grube fest, um das Bauwerk zu sichern, und dann stiegen die übrigen Soldaten daran nach oben. Nicht mehr als zwei oder drei hatten den Korridor erreicht, als es dort plötzlich überall von leuchtenden, weißen Gestalten wimmelte.

Die gespenstischen Wesen waren wie aus dem Nichts erschienen, und daß sie so völlig lautlos gekommen waren, verstärkte die Wirkung des Angriffs entscheidend. Schon ihr Aussehen war schreckenerregend — gräßliche Zerrbilder menschlicher Wesen, mit übermäßig langen, dürren Gliedmaßen, fleischlosen Gesichtern und unbeschreiblich fremdartigen Augen. Sie waren mit Steinen bewaffnet und trugen Spieße, die aus angespitzten Stalaktiten gefertigt schienen — guten menschlichen Klingen aus Stahl keineswegs gewachsen, aber ohne Zweifel tödlich, wenn sie von geschickter Hand geführt wurden. An der Spitze der Weißen Dämonen marschierte ein hochgewachsener, junger Mann von etwas merkwürdigem Aussehen, und in ihm erkannten die Gardisten ihre Beute — Fal Grizhnis Sohn, den sie auf Geheiß ihres Herrn töten sollten. Erstaunlich, daß der Junge es wagte, sich so offen zu zeigen. Die Gardisten hatten jedoch wenig Zeit, sich über diese Tollkühnheit zu wundern: Grizhnis Sohn stieß einen unheimlichen, schrillen Schrei aus, und die Dämonen stürmten vorwärts.

Nun brauchte sich niemand mehr über die Stille zu beklagen — der Korridor hallte wider vom melodischen Geschrei nichtmenschlicher Stimmen. Die Laute waren von fremdartiger Schönheit, aber für die Gardisten war dies alles schlicht ein Alptraum — der Anblick, die Geräusche, der völlig unerwartete Angriff durch einen Trupp der bisher so ängstlichen Dämonen. Scheinbar von unerklärlicher Erregung ergriffen, stürzten sich die Wesen furchtlos in den Kampf. Ihr Fleisch strahlte einen geisterhaften Schein aus, als sie ihre Steine schleuderten und mit ihren spitzen Stangen zustießen. Was ihnen mit den primitiven Waffen an Treffsicherheit abging, machten sie mit schierer Begeisterung mehr als wett. Die drei Gardisten, die bereits aus der Grube gestiegen waren, hatten kaum Zeit, ihre Schwerter zu zücken, als sie bereits von allen Seiten umringt wurden. Wo sie auch hinsahen, ragten gräßliche, leuchtende Körper auf. Wütende Schläge regneten auf ihre Schilde herab, sie konnten der Übermacht nicht standhalten und wurden an den Rand des Loches zurückgedrängt. Kurze Zeit leisteten sie dort noch verzweifelten Widerstand und beförderten drei Dämonen ins Jenseits, dann wurden sie durch Stalaktitenstöße schnell nacheinander wieder hinabgestürzt. Alle drei landeten auf den angespitzten Säulen und zappelten dort wie Würmer am Angelhaken eines Fischers. Die Dämonen drängten an den Rand der Falle heran. Ihr Anführer schien erraten zu haben, daß man dort unten eine Menschenpyramide errichtet hatte, und obwohl er sie vermutlich nicht sehen konnte, schätzte er richtig ein, wo sie sich befand. Auf ein Zeichen von ihm schleuderten die Dämonen ihre Steine blindlings auf die unsichtbaren Soldaten. Offenbar waren sie darin geschult worden, denn die Geschoße trafen erstaunlich genau und mit voller Kraft ihr Ziel. Mit einem Schlag fiel die menschliche Leiter in sich zusammen, ihre Bestandteile stürzten auf die Säulen. Ein Mann klammerte sich verbissen an der Kante fest. Zwei exakt plazierte Fußtritte schleuderten ihn zu seinen unglücklichen Kameraden hinab. Im Inneren des Loches verhielten sich die klügsten unter den noch lebenden Gardisten ganz still und warteten ab, sie vertrauten darauf, daß die kognitive Illusion über ihren Köpfen sie vor den Augen ihrer Feinde verbarg. Andere besaßen ein weniger gutes Gedächtnis, vergaßen die Tarnung und versuchten, an den Seilen auf der äußeren Seite des Loches hinauszuklettern. Sie wurden von den gut gezielten Steinen der Dämonen getroffen, sobald ihre Köpfe die trügerische Oberfläche durchdrangen.

Etwa ein Viertel der Gardisten waren mit leichten Wurfspießen bewaffnet, obwohl man kaum damit gerechnet hatte, daß diese Waffen wirklich zum Einsatz kommen würden. Diese Männer wurden nun nach vorne beordert. Einen Augenblick später flogen die Spieße über die Grube und richteten große Verwirrung unter den Dämonen an. Vier der Wesen stürzten tödlich getroffen zu Boden, und das Licht schwand schnell aus ihren Körpern. Die anderen ließen einen melodischen Aufschrei hören, und ihr Fleisch flackerte auf widerliche Weise heftig auf. Ein zweiter Schwarm von Spießen fällte drei weitere Dämonen, der Rest ergriff die Flucht, obwohl ihr menschlicher Anführer sich nach Kräften bemühte, sie davon abzuhalten. Die Stimme des jungen Mannes wurde immer lauter. Trotz der fremden Sprache und der unverständlichen Gebärden war seine Enttäuschung unverkennbar. Seine Bitten fanden nur in einem Punkt Gehör. Ein paar Dämonen blieben lange genug stehen, um die zu Boden gefallenen Wurfspieße aufzuheben, ehe sie im Gefolge ihrer Brüder entflohen. Widerstrebend folgte ihnen auch Grizhnis Sohn.

Und das war gut so, überlegte Kommandant Kronil, während er den letzten Weißen Dämonen nachsah, bis sie um eine Biegung des Korridors herum verschwanden. Wären die Feinde nicht so feige gewesen, dann hätten sie den Vormarsch der Gardisten schon gleich zu Anfang am Rand dieser verdammten, unsichtbaren Falle zum Stehen bringen können. Die Grube hätte ein leicht zu verteidigendes und fast unüberwindliches Hindernis abgegeben, hätten die Höhlenbewohner nur genügend Verstand und Mut besessen, um ihre Stellung zu halten. Jetzt war jedoch der Weg frei.

Diesmal konnten die Gardisten ungehindert in die Grube hinab- und auf der anderen Seite wieder hinaussteigen. Wer von den Verwundeten noch gehen konnte, wurde nach oben in Sicherheit gebracht und bekam Anweisung, sich zurückzuziehen. Man bemerkte zwar, daß einige der Männer ungemein träge und schwer von Begriff zu sein schienen, aber den Grund dafür ahnte man noch nicht: Die Toten und die offensichtlich dem Tod Geweihten ließ man in dem Loch zurück, während alle noch kampffähigen Soldaten weiter vorstießen, um nach Fal Grizhnis Sohn zu suchen.

Die Dämonen hatten nicht alle Wurfspieße an sich genommen. Einer ragte noch aus dem Körper eines leblosen, weißen Wesens. Sie hatten vielleicht nicht gewagt, ihn zu berühren, aber derartige Skrupel waren Kommandant Kronil fremd. Er stellte einen gestiefelten Fuß auf die Kehle der Leiche, riß den Spieß heraus und reichte ihn dem Gardisten Wruppo, einem Rekruten ohne besondere Fähigkeiten, der deshalb mehr oder weniger entbehrlich war. Wruppo wurde nach vorne befohlen. Er sollte ein paar Meter vor der Kolonne hergehen und den Spieß nach der Art eines Blinden als Stab verwenden, um den Boden auf weitere, verborgene Fallen zu überprüfen.

Die Gardisten setzten sich in Marsch. Keine neuen Fallen wurden entdeckt, und als ihre Zuversicht zurückkehrte, steigerte sich auch ihr Tempo, bis sie sich schließlich im Laufschritt einen Korridor entlangbewegten, der so verlassen aussah wie ein Friedhof um Mitternacht. Keine Dämonen erschienen, um ihnen den

Weg zu versperren — diese Memmen hatten einfach nicht genügend Courage, um einen richtigen Kampf zu führen. Ein Hinterhalt war jedoch keineswegs auszuschließen, und deshalb war Wachsamkeit geboten.

Diese Einstellung wurde bald belohnt. Die Gardisten erblickten ein hageres, weißes Gesicht, das vor ihnen aus einem Spalt in der Wand herausspähte und sofort wieder verschwand, als es sich entdeckt sah. Die Soldaten stürmten hinterher, drängten sich in wildem Durcheinander durch den Spalt und betraten einen Seitentunnel, der weit weniger geräumig war als der eben verlassene Korridor. Nicht weit vor ihnen, im schwachen Schein des Felsenlichts deutlich zu erkennen, floh der Weiße Dämon. Kronil wollte das Wesen haben, denn wenn es einmal gefangen war, ließ es sich vielleicht mit irgendwelchen Mitteln dazu bewegen, den Aufenthaltsort von Grizhnis Sohn zu verraten. Zumindest konnte es ihnen als Führer durch die Höhlen dienen. Der Kommandant drängte seine Männer rücksichtslos weiter, aber der Abstand zwischen ihnen und ihrer Beute verringerte sich nicht. Die Bewegungen des Dämons waren schwer einzuschätzen, denn seine wahre Geschwindigkeit wurde durch seine widerlich fließende Gangart kaschiert. Unvermittelt änderte er die Richtung, glitt wie ein knochenloses Gespenst durch eine schmale Ritze im leuchtenden Fels, und einen Augenblick lang schien es, als hätten sie ihn endgültig verloren. Als die Gardisten ihm folgten, gelangten sie in einen niedrigen, abschüssigen Gang. Der Dämon war nicht mehr zu sehen. Leicht geduckt gingen die Männer weiter, und als sie um eine scharfe Biegung kamen, erhaschten sie einen flüchtigen Blick auf das Wesen, das nicht weit vor ihnen durch einen Torbogen schlüpfte. Einen Moment lang blieb es stehen, blickte mit einem undurchdringlichen Ausdruck, den Kronil als Hohn empfand, über die Schulter zurück, und dann war es fort. Die Männer jagten ihm nach, passierten den Bogen, folgten einem schmalen Schacht und betraten schließlich einen großen, unglaublich hohen Raum, dessen gewölbte Decke und leuchtende Wände mit einer dicken Schicht azurblauen Schleims überzogen waren. Das Ganze wirkte wie eine widerliche Parodie auf den Himmel der oberirdischen Welt, und Kommandant Kronils Abscheu und Verachtung steigerten sich bei diesem Anblick. Der Dämon war nirgendwo zu entdekken. Direkt vor ihnen, nur ein paar Schritte von der Einmündung des Schachts entfernt, endete der Boden an einer Klippe, die schroff und senkrecht Hunderte von Fuß tief zu einer Gruppe zerklüfteter Felsen hin abfiel. Kronils Lippen verzogen sich zu einem grimmigen Lächeln. Hatte der Dämon etwa gehofft, die Gardisten würden sich aus dem Tunnel drängen und Hals über Kopf über den Klippenrand stürmen? Glaubte das Wesen tatsächlich, daß seine Männer so leicht zu übertölpeln waren? Es würde bald eines Besseren belehrt werden. Kronil blickte schnell nach rechts und links. Auf beiden Seiten durchschnitten breite Spalten die Wände. Durch eine davon war der Weiße Dämon vermutlich entkommen, aber man wußte nicht, durch welche. Kronil entschied sich für den rechten Ausgang und holte tief Luft, um einen Befehl zu brüllen, doch ehe er auch nur den Mund öffnen konnte, ertönte ein fremdartig melodischer Schrei, ging ihn ein klagendes Tremolo über und verstummte wieder. Dann folgte ein durchdringender, fraglos von menschlichen Lippen stammender Pfiff.

Sofort erfüllten dunkle, geflügelte Gestalten, die zu Hunderten, vielleicht gar zu Tausenden jenem Ruf gefolgt waren, die Luft. Sie hatten glutrote Augen, scharfe, kleine Zähne und große, ledrige Schwingen, die den Gardisten ins Gesicht schlugen und ihnen die Sicht nahmen. Die schrillen Schreie der Tiere vibrierten knapp oberhalb der Hörschwelle, aber die schlagenden Schwingen ratterten wie ein Trommelwirbel.

Kronil spürte und hörte, wie Klauen auf seinem Helm Halt suchten. Wild flatternde Flügel verdeckten ihm die Sicht und versetzten ihm überraschend schmerzhafte Schläge. Er griff nach oben, packte den Angreifer, zog ihn herunter und stellte fest, daß er eine riesige, braune Fledermaus in der Hand hielt. Mit einem Aufschrei des Ekels drehte er dem Tier den Hals um und schleuderte den Körper von sich. Doch schon war eine neue Fledermaus über ihm und klatschte ihm mit den Schwingen heftig ins Gesicht. Auch ihr machte er den Garaus, aber dann waren zwei weitere da, und er konnte nicht mehr sehen, nicht mehr atmen. Die Tiere griffen offensichtlich ganz bewußt an — sie waren so abgerichtet, daß sie gezielt auf die Augen losgingen, und als der Kommandant den heimtückischen Plan seiner Feinde durchschaute, geriet er in rasenden Zorn. Er schüttelte die Tiere ab und verschaffte sich einen Augenblick lang klare Sicht. Seine Männer waren fast eingehüllt von einer lebendigen, wirbelnden Wolke. Schreiend und fluchend stolperten die Gardisten blind durch den Raum, schlugen mit den Händen ziellos in die Luft und trafen sich dabei manchmal gegenseitig. Aber das war alles nicht so schlimm. Die Fledermäuse waren zwar widerlich, wirklichen Schaden konnten sie jedoch nicht anrichten. Andererseits konnte man ihnen nicht wirksam begegnen, obwohl sie eher lästig als bedrohlich waren, und deshalb war es wohl besser, den Rückzug anzutreten. Ehe Kronil freilich einen entsprechenden Befehl geben konnte, war ein trillernder Ruf zu hören, und die Weißen Dämonen kamen in die Höhle geströmt.

Wieder brachten sie Steine und Stalaktiten mit, aber diesmal trugen viele auch die erbeuteten Wurfspieße in den Händen. Bei ihnen war Grizhnis Sohn, der als wahrer Erbe seines verräterischen Vaters mit diesen natürlichen Feinden der Menschen gemeinsame Sache machte. Alle Bedenken, die Kronil bei der Vorstellung, einen Halbwüchsigen hinzumetzeln, geplagt hatten, verflüchtigten sich bei diesem Anblick. Es würde fast ein Vergnügen sein, diesen Jungen zu töten. Aber dieses Vergnügen war nicht so leicht zu haben, wie der Kommandant schnell feststellen sollte.

Die Dämonen hatten ihren Kampfgeist wiedergefunden, und die Gardisten, von den Fledermäusen geblendet, abgelenkt und verwirrt, gerieten ernstlich ins Hintertreffen. Die singenden Angreifer trieben die Soldaten schnell bis an den Rand der Klippe zurück, wie es ohne Zweifel von Anfang an die Absicht des jungen Grizhni gewesen war. Nun, da sich die dilettantischen Stöße und Schläge der weißen Wesen als ebenso tödlich erwiesen wie die geübten Hiebe rhelischer Söldner, wurde ein Gardist nach dem anderen über die Kante gedrängt. Die Männer stürzten schreiend ab, und es war ein merkwürdiges Bild, wenn die sich anklammernden Fledermäuse die fallenden Körper mitten in der Luft losließen, sich mit einem Schlag ihrer dunklen Schwingen geraderichteten und aus dem Abgrund nach oben schossen, um sich auf die noch vorhandenen Feinde ihrer Herren zu stürzen.

Die Gardisten leisteten verbissenen Widerstand, und ein wachsender Haufen weißer Leichen war der Lohn für ihre Mühe. Aber trotz heftigster Gegenwehr taumelte einer von Kronils Männer nach dem anderen in sein Verderben. Allmählich, es war fast unglaublich, gewannen die Weißen Dämonen und ihre widerlichen Verbündeten die Oberhand. Mit jedem Menschen, der in den Abgrund stürzte, wuchs die Zuversicht der Dämonen, und in gleichem Maße steigerte sich die Heftigkeit ihrer Attacken. Ihre Schläge wurden kräftiger, brutaler. Einige ihrer Stöße waren raffiniert plaziert und zeigten eine katastrophale Wirkung. Die Dämonen lernten schnell, und besonders gefährlich waren jene, die sich mit den mit Stahlspitzen versehenen Wurfspießen der Menschen bewaffnet hatten. Ihr Anführer, der menschliche Jüngling, kämpfte mit eisiger Entschlossenheit wie ein wahrer Sohn der Ert. Auf einmal mußte Kommandant Kronil erkennen, daß seine Schwadron völlig ausgelöscht zu werden drohte. Die Befehle des Herzogs auszuführen, kam nun nicht mehr in Frage — das unmittelbare Ziel war, sich selbst zu retten. Wenn seine Männer sich nicht zurückzogen, würden sie hier bis zum letzten Mann den Tod finden.

Kronil verschaffte sich einen Augenblick lang Luft und ungehinderte Sicht, indem er die Fledermäuse beiseite schlug, die sich noch an ihn klammerten, und schrie seine Befehle: Alle Gardisten, die noch sehen und sich bewegen konnten, folgten ihrem Kommandanten zum linken Ausgang. Die anderen hauchten am Fuß der Klippe ihr Leben aus.

In heilloser Verwirrung flüchteten die Soldaten durch einen Tunnel, in dem es keinerlei Orientierungsmöglichkeit gab. Nur noch etwa die Hälfte der ursprünglichen Streitmacht war übrig. Hinter sich hörten sie ein wirres Summen, das gelegentlich von trillernden, flötenden Tönen und einer einsamen, gebieterisch klingenden, menschlichen Stimme unterbrochen wurde. Kronil brauchte sich nicht umzudrehen, um die Laute zu deuten. Grizhnis Sohn drängte seine Gefährten, ihren Vorteil nicht aufzugeben, und die Wesen zögerten. Fähige Soldaten hätten sich die Gelegenheit sicherlich zunutze gemacht und die fliehenden Gardisten verfolgt. Glücklicherweise schienen die Weißen Dämonen für dergleichen keinen Instinkt zu besitzen.

Instinkt. Welche Art von Instinkt würde er wohl brauchen, um seine Leute wieder nach draußen zu führen? Der Weg zu der Pforte, durch die sie die Höhlen betreten hatten, führte durch den schrecklichen Raum mit der Klippe. Vor ihnen lag ein Labyrinth, in dem sie so lange umherirren konnten, bis sie alle Hungers starben. Sie mußten, erkannte Kronil, einen anderen Ausgang suchen — es gab gewiß viele davon — oder sich den Weg freikämpfen, auf dem sie gekommen waren, eine Alternative, von der seine Männer sicher nicht begeistert sein würden. Die Lage war schwierig, gewiß, aber keineswegs aussichtslos. Trotz ihrer Gerissenheit blieben die Weißen Dämonen auch weiterhin minderwertige Gegner. Ihre Unerfahrenheit und Ungeschicklichkeit lagen offen zutage. Mittels einer hinterhältigen Taktik hatten sie sich einen vorübergehenden Vorteil zu verschaffen gewußt, aber sie würden ihn nicht lange halten können. Alles, was die Gardisten brauchten, war ein freier Raum — möglichst ohne Klippen und Fledermäuse —, wo sie sich umdrehen und die Dämonen ungehindert angreifen konnten. Sobald sie die Chance bekamen, unter einigermaßen gleichen Bedingungen zu kämpfen, waren die Dämonen endgültig erledigt, und dann konnte man sich in aller Ruhe mit Fal Grizhnis Sohn beschäftigen. Dieser Gedanke gab Kronil neuen Auftrieb. Der Junge würde sterben, wie Seine Hoheit es befohlen hatte, aber — nicht zu schnell. Die Schwadron hatte einiges auszustehen gehabt, und die Männer verdienten eine Entschädigung, das würde ihnen ihre Zuversicht und ihren Optimismus wiedergeben. Die langsame Vernichtung eines Feindes würde die allgemeine Moral heben und außerdem den überlebenden Dämonen eine Warnung sein. Eine Strategie dieser Art wäre Kronils Vorgänger, des tief betrauerten Haik Ulf, würdig gewesen und würde deshalb sicher erfolgreich sein. Alles, was man jetzt brauchte, war genügend Platz, um sich umzudrehen und zu kämpfen.

Als seien die Gebete des Kommandanten erhört worden, endete der Tunnel in diesem Augenblick, und die Gardisten betraten einen Raum, in dem üppige Kristallformationen wucherten, von prächtigen Pilzen durchsetzt. Auch eine sprudelnde, heiße Quelle war vorhanden, sie war zweifellos der Grund für die feuchte, unerträglich schwüle Atmosphäre. Kronil und seine Leute waren unwissentlich in die Zmadrc-Lbavbsch-Gärten eingedrungen, eine weite, geräumige Höhle, die keineswegs leer war. Hier und dort standen unbewaffnete Dämonen in Gruppen beieinander, sie waren sichtlich weniger beherzt als ihre kriegerisch gesinnten Brüder und stoben beim Anblick der Soldaten entsetzt nach allen Richtungen davon. Einige flüchteten sofort durch den großen Torbogen in der gegenüberliegenden Wand, andere, die weniger Geistesgegenwart besaßen, drängten sich verschreckt auf der anderen Seite der Quelle zusammen. Von weit größerem Interesse für Kommandant Kronil war jedoch eine aus dem Rahmen fallende Dreiergruppe, die bereits dem Ausgang zustrebte.

Zwei der Gestalten waren Menschen, einen davon erkannte er. Jene zierliche, blonde Frau war Lady Grizhni, nicht das wichtigste Ziel, aber doch dem Tod geweiht. Sie wurde von einem hochgewachsenen, schlanken Mann begleitet, dessen Kleidung von lanthianischem Schnitt war und der einen angespitzten Stalaktiten in der Hand trug. Sein Gesicht kam Kronil aufreizend bekannt vor. Gewiß konnte man ihn von Zeit zu Zeit auf den Kanälen von Lanthi Ume sehen — gelegentlich vielleicht sogar bei Hofe? Wer immer er war, mit seiner Anwesenheit hatte man nicht gerechnet, aber sie konnte sich vielleicht als nützlich erweisen. Vermutlich kannte er sich in den Höhlen ein wenig aus, und wenn man ihm dieses Wissen einmal entlockt hatte, würde man gewiß etwas damit anfangen können. Die dritte Gestalt — ein groteskes, behaartes Stachelwesen — war unverkennbar ein Dämon, allerdings nicht verwandt mit den Weißen Dämonen aus den Höhlen, sondern eine spezielle Züchtung, die ihre Existenz dem Großmeister Terrs Fal Grizhni verdankte. Solche Wesen hatten vor siebzehn Jahren den Grizhni-Palast unter Einsatz aller Kräfte verteidigt. Kronil erinnerte sich nur zu gut an sie, an ihren Mut und ihre Zähigkeit. Damals hatte man geglaubt, alle diese widernatürlichen Bestien seien getötet worden, aber offenbar hatte doch eine überlebt, um dem Sohn ihres Herrn zu dienen. Wie auch immer. Was vor siebzehn Jahren begonnen hatte, konnte heute zu Ende gebracht werden.

»Nehmt den Mann gefangen und tötet die anderen!« befahl Kronil seinen Männern.

Das ließen sie sich nicht zweimal sagen, denn nachdem die Hälfte von ihnen den Dämonen zum Opfer gefallen war, dürsteten sie nach Rache. Müdigkeit und Angst waren vergessen, die Gardisten stürmten mit wildem Geschrei auf die Gruppe los. Verzagt wie immer, wollten die Dämonen flüchten, aber sie konnten der Mordlust nicht entgehen. Stahlklingen blitzten im Felsenlicht auf, und innerhalb von wenigen Sekunden war der Boden mit schneckenbleichen Körpern übersät. Einige waren reglos und matt, andere flackerten und zuckten noch. Die Soldaten vergeudeten keine Zeit mit den Verwundeten, die man hätte leicht erledigen können, sondern richteten ihre Bemühungen vielmehr darauf, die unverletzten Dämonen an der Flucht zu hindern. Das gelang ihnen erfreulich gut. Die Gardisten Lhorno, Dreevid und Krufaure — drei tüchtige Soldaten, die schnell reagierten und über Initiative verfügten — sprangen sofort auf den größten Ausgang zu und postierten sich davor. Dank dieser klugen Maßnahme wurde verhindert, daß eine größere Zahl von Gegnern entkommen konnte, und alle Dämonen, die versuchten, gegen die Blockade anzurennen, mußten bald einsehen, wie sinnlos dieses Unterfangen war. Die drei Männer waren gute Schwertkämpfer, besonders Krufaure war hervorragend — der Rückhandschlag, mit dem er einem flüchtenden Dämon den Hals durchtrennte, war ein Meisterstück. Der Kopf des Wesens flog wie ein Vogel davon und landete aufrecht auf einer großen Kristallspitze, wo er hängenblieb wie der Schädel eines Verräters auf einem Spieß — ein Anblick, der auf die Männer ungeheuer ermutigend wirkte. Weniger spektakuläre Leistungen als Krufaure, aber auf ihre Weise fast ebenso wirksam, erbrachten Lhorno und Dreevid, deren Sehwerter nach rechts und nach links aufblitzten und die Gliedmaßen von den fremdartigen Dämonenkörpern hackten. Ströme von farblosem Blut flossen zu ihren Füßen über den Boden.

Anstatt sich mit Lhornos, Dreevids und Krufaures geschickten Klingen anzulegen, hasteten die Dämonen lieber auf die kleineren Ausgänge zu. Dort, wo die engen, schmalen Durchgänge nur jeweils einem einzelnen Zutritt gewährten, sammelten sich die Flüchtlinge in panischen Trauben — leichte Beute für die Gardisten, die von hinten über sie herfielen. Der Stahl biß zu, die Dämonen stürzten zu Boden, und die fremdartig schönen Melodien ihrer Todesschreie erfüllten die Luft.

Von einigen seiner Kameraden gedeckt, stürmte Kommandant Kronil auf Lady Grizhni zu und schnitt ihr schnell den Weg ab, ehe sie noch die Hälfte der Entfernung zum nächsten Ausgang zurückgelegt hatte. Mit hocherhobenem Schwert grinste er sie wölfisch an. Schreiend wich die Frau zurück. Gleichzeitig sprangen ihre beiden Begleiter herbei, eine Torheit, wie sie von dem Vieh nicht anders zu erwarten, bei dem Mann freilich weniger verständlich war — er mußte wirklich ein absoluter Einfaltspinsel sein, wenn er sich einbildete, mit seiner lächerlichen, selbstgebastelten Waffe aus Stein etwas gegen ausgebildete, herzogliche Gardisten ausrichten zu können!

»Lauf, Verran!« schrie der Mann — er war zweifellos Lanthianer —, und das war alles, was er noch sagen konnte, dann war der Gardist Wruppo über ihm. Der Befehle seines Vorgesetzten eingedenk, zielte Wruppo ziemlich tief, um seinen Kontrahenten nicht zu töten, sondern nur kampfunfähig zu machen, und das war sein Verderben. Da der Gardist die primitive Waffe seines Gegners nicht für eine Gefahr hielt, machte er einen unüberlegten Ausfall und schoß dabei ein wenig über das Ziel hinaus. Der andere sprang zur Seite, und im nächsten Augenblick traf die Spitze des Stalaktiten Wruppo mitten ins Gesicht.

Wruppo ging zu Boden. Der namenlose Lanthianer ließ sofort den Steinpfahl fallen und bückte sich, um dem Gestürzten das Schwert zu entwinden. In diesem Augenblick war er ungedeckt, und Gardist Tebbo machte sich die kurze Schwäche sofort zunutze. Wie ein Blitzschlag fuhr seine Klinge hernieder. Der Schlag wäre sicher tödlich gewesen, wäre der Gardist nicht mitten im Schwung durch den klirrenden Aufprall eines Steins auf seinem Helm abgelenkt worden. Das Schwert verfehlte sein Ziel. Tebbo hob die Augen und erblickte Lady Grizhni, die, den vernünftigen Rat ihres Beschützers mißachtend, gerade im Begriff war, ein zweites Geschoß zu schleudern. Die Frau hatte einen unerwartet kräftigen und zielgenauen Wurf. Tebbo duckte sich, und der Stein sauste nur knapp an seinem Ohr vorbei. In diesem Augenblick erhob sich sein Gegner und griff ihn an. Der Fremde wußte mit einem Schwert umzugehen. Tebbo und seine Kameraden mußten feststellen, daß ihnen der Weg zu Lady Grizhni versperrt war.

Kommandant Kronil hatte wenig Gelegenheit, das Schicksal seiner Untergebenen zu verfolgen, denn die dämonische Bestie, mit der er jetzt kämpfte, nahm seine Aufmerksamkeit voll in Anspruch. Sie war offenbar sehr alt. Ihr graues Fell und die gelben Reißzähne ließen Schwäche vermuten, aber das täuschte. Da das Geschöpf völlig frei von Angst war und keinerlei Rücksicht auf sein eigenes Leben nahm, war es brandgefährlich. Innerhalb von wenigen Sekunden fuhren seine Klauen ein halbes Dutzend Mal so dicht vor Kronils Augen durch die Luft, daß dieser die Bewegung spürte. Angesichts seines Alters war das Wesen erstaunlich schnell. Es wich scheinbar mühelos den Schwertstößen des Gardisten aus, duckte sich mit ausgestreckten Klauen in seine Deckung und schlüpfte wieder heraus, und fast noch ehe Kronil das erste Brennen spürte, quoll bereits das Blut aus einer frischen, langen Schramme an seinem Schenkel. Mehr vor Zorn als vor Schmerz fluchend, verstärkte der Kommandant seine Anstrengungen. Er erkannte nun, daß der Feind noch bedrohlicher war, als er zuerst angenommen hatte, aber er glaubte sich nicht wirklich in Gefahr, bis es der Bestie erneut gelang, mit einem Satz an ihn heranzukommen. Diesmal riß sie ihm das Gesicht von der Wange bis zum Kinn auf.

Kronil wich zurück, und sein Feind folgte — in fauchender, mörderischer Wut, die keine Verschnaufpause zuließ. Eine Finte, ein Zischen, noch ein unglaublicher Satz, und die zuschnappenden Fänge ritzten die Kehle des Kommandanten. Ein abwehrender Schwertstreich ging um Haaresbreite daneben. Das Wesen schien davonzuschweben, unerreichbar, unverwundbar. Und zum erstenmal seit Beginn des Kampfes hielt Kronil eine Niederlage für möglich. Einen flüchtigen Augenblick lang dachte er an Scheitern, sogar an Tod. Aber zum Glück besaß er keine besonders lebhafte Phantasie, und so gelang es ihm, sich derart unergiebige Gedanken aus dem Kopf zu schlagen. Was das Wesen vor ihm auch immer sein mochte — ob Dämon oder Mischlingsbestie —, man konnte es auf jeden Fall töten. Das wußte er genau, denn er war selbst dabeigewesen, als damals die anderen aus dieser Brut im Palast ihres Herrn abgeschlachtet wurden. In jener Nacht hatte er Dämonen getötet, und heute würde er dem letzten davon den Garaus machen. Von neuem Mut erfüllt, führte Kronil einen kraftvollen Stoß. Vielleicht verlieh ihm die Zuversicht größere Schnelligkeit, vielleicht ließen die Kräfte des greisen Dämons auch endlich nach, jedenfalls drang die Klinge tief in den behaarten Oberarm des Wesens, und eine Blutfontäne spritzte auf.

Die Bestie zischte wütend und wich ein paar Schritte zurück. Kronil hatte erst einmal freie Bahn und nützte die Gelegenheit, um sich an Lady Grizhni heranzumachen, die immer noch mit Steinen auf seine Gardisten warf. Sie war so damit beschäftigt, daß sie ihn gar nicht bemerkte, aber der Dämon kreischte, ein schrecklicher, heiserer Aufschrei der Angst, des Zornes und des Hasses, der die Aufmerksamkeit seiner Herrin erregte. Die Frau drehte sich um und starrte Kronil an. Der wirbelte schnell herum, gerade noch rechtzeitig, um zu sehen, wie der Dämon sprang. Das Wesen stieg vom Boden auf wie von unsichtbaren Schwingen getragen. Seine Züge waren gräßlich verzerrt, es fletschte die Zähne, ein unablässiges Fauchen drang tief aus seiner Kehle. Obwohl der Kommandant sonst nicht leicht zu beeindrucken war, verspürte er einen Anflug fast abergläubischer Furcht, aber das ging schnell vorüber. Er stellte sich breitbeinig hin und umfaßte seine Waffe fester. In diesem Moment schien seine Wahrnehmungsfähigkeit fast übernatürlich geschärft: Für den Bruchteil einer Sekunde schien der Dämon über ihm in der Luft zu hängen, fast wie erstarrt am höchsten Punkt seiner Flugbahn, und genau in diesem Augenblick stieß Kronil zu. Seine Klinge durchbohrte die Brust des Wesens: Sein Instinkt hatte ihn geleitet, und er wußte mit absoluter Sicherheit, daß er seinen Gegner getötet hatte.

»*Nyd!*« Ein verzweifelter Schrei von Lady Grizhni.

Das Fauchen war plötzlich verstummt. Der Dämon war tödlich verletzt, aber sein Schwung trug ihn noch weiter, er krachte auf Kronil herunter und riß ihm den Schwertarm nach hinten. Der Gardist spürte, wie ihm die Klauen in die Brust drangen, sie hätten ihm das Herz aus dem Leibe gerissen, hätte es nicht der Brustpanzer geschützt. Dann versuchte das Wesen, ihm mit letzter Kraft die Zähne in die Kehle zu schlagen. Kronil zog mühsam sein Schwert heraus und versetzte dem Dämon einen heftigen Stoß, der ihn taumeln und zu Boden stürzen ließ. Grizhnis Frau rannte herbei, kniete an seiner Seite nieder und wiegte seinen gräßlichen

Kopf in den Armen. Sie weinte aus irgendeinem Grund — wahrscheinlich aus Angst, daß sie die nächste sein würde, womit sie natürlich vollkommen recht hatte.

Jetzt sprach sie auch noch, faselte etwas wie: »Mein lieber, tapferer Freund — Lord Grizhni wäre so stolz auf dich!«

Die erlöschenden Augen des Dämons waren auf ihr Gesicht gerichtet, er stieß ein letztes, leises Krächzen aus und verschied.

Kommandant Kronil hatte die unerklärliche Szene wie gebannt beobachtet, aber jetzt riß er sich zusammen und rückte weiter vor. Die Frau hob ihr tränenüberströmtes Gesicht und funkelte ihn an. Ihr haßerfüllter Blick wurde ängstlich, als er sein Schwert hob. Sie stand auf und wich zurück, ihre Augen suchten nach einer Waffe, nach einer Fluchtmöglichkeit, nach Rettung. Ihr zweiter Beschützer, der namenlose Lanthianer, war von Gardisten umringt und kämpfte verzweifelt. Von dieser Seite hatte sie keine Hilfe zu erwarten. Die einzigen Waffen, die ihr zur Verfügung standen, waren die Steine unter ihren Füßen. Sie bückte sich, hob einen davon auf und schleuderte ihn. Er prallte von Kronils Brust ab, ohne Schaden anzurichten, und der Kommandant stieß ein bellendes Gelächter aus. Nun ergriff die Frau die Flucht, und er rannte los, um ihr den Weg abzuschneiden. Die Schramme in seinem Schenkel machte sich allmählich bemerkbar, und Kronil war nicht darauf erpicht, seine Beute durch den ganzen Raum zu verfolgen. Es war besser, der Sache schnell ein Ende machen, und das hätte er auch getan, wäre ihm nicht ein grausam unglücklicher Zufall in die Quere gekommen.

Auf der anderen Seite des großen Raumes wimmelte es plötzlich von Weißen Dämonen. Sie kamen in Scharen durch den Tunnel, den die Gardisten erst vor wenigen Minuten benützt hatten, in den Raum geströmt. Die Dämonen waren ausgeruht, sie strotzten vor Energie, und sie waren samt und sonders bewaffnet. Bei ihnen war Grizhnis Sohn, der jetzt eindeutig eher als Jäger denn als Gejagter auftrat. Er hatte die menschlichen Eindringlinge bis hierher verfolgt, und die Größe seiner Streitmacht ließ vermuten, daß er unterwegs Verstärkung gesammelt hatte. Der junge Grizhni ließ einen flötenden Befehl hören. Sein Gefolge antwortete mit einem melodischen Summen, und dann griffen sie an.

Lady Grizhni war auf der Stelle vergessen. Kronil bemühte sich, seine erschöpften Männer mit lauten Zurufen anzufeuern, aber alle Anstrengungen waren vergeblich. Die Kampfkraft und die zahlenmäßige Überlegenheit der Weißen Dämonen erwiesen sich als unwiderstehlich, und die Gardisten wurden schnell überwältigt. Die Wesen handhabten ihre Steine und Stalaktiten und die aufgesammelten Wurfspieße mit aberwitziger Begeisterung. Sie waren überall, ganze Horden, und der Anblick ihrer getöteten Verwandten, die in lichtlosen Haufen an den verschiedenen Eingängen übereinanderlagen, fachte ihren Zorn sichtlich an. Die Melodien, die die schwüle Luft erfüllten, klangen düster. Stein und Stahl wurden mit tödlicher Sicherheit zum Einsatz gebracht, und trotz ihrer Kampferfahrung waren die herzoglichen Gardisten nicht mehr als eine Herde Schlachtvieh. Kommandant Kronil mußte zusehen, wie seine Schwadron Mann für Mann vernichtet wurde. Die übel zugerichteten Soldaten fielen um wie die Fliegen. Nur die Gardisten Lhorno, Dreevid und Krufaure waren noch in der Lage, den Befehlen ihres Anführers zu gehorchen und sich rückwärts zu dem Ausgang vorzukämpfen, den sie zuvor so wacker verteidigt hatten, aber nicht einmal bei ihnen wußte man, ob es ihnen letztlich gelingen würde, sich in Sicherheit zu bringen. Kommandant Kronil hatte auch keine Zeit, darüber nachzudenken, er hatte mit anderen Schwierigkeiten zu kämpfen. Der junge Grizhni hatte sich mit dem namenlosen, lanthianischen Gentleman zusammengetan, und die beiden schienen sich den Kommandanten als besonders lohnendes Ziel ausersehen zu haben. Unablässig und ohne auf einen fairen Kampf auch nur im mindesten Wert zu legen, stieß Grizhni mit seinem erbeuteten Wurfspieß zu, während der andere Kronil mit seinem Schwert bedrängte. Außerdem stand Grizhnis Frau noch ein Stück daneben und plagte den Kommandanten mit verteufelt gut gezielten Steinwürfen. Trotz allem wäre Kronil mit seinen Feinden vielleicht fertiggeworden, wären die heimtückischen Weißen Dämonen nicht gewesen, die sich, nachdem sie die Untergebenen abgeschlachtet hatten, nun dem Befehlshaber zuwandten. Sie umdrängten ihn in einer großen, leuchtenden Traube und tönten ihm mit ihrer abscheuliche Musik die Ohren voll. Kronil schlug und stieß wild um sich, aber vergebens. Wie riesige weiße Grillen zirpend, rückten die Wesen immer näher. Als er sein Schwert zum Schlag erhob, packte irgend jemand — oder irgend etwas — von hinten seinen Arm. Kronil verlor das Gleichgewicht. Das Schwert wurde ihm aus der Hand und der Helm vom Kopf gerissen. Nun schützte ihn nichts mehr mehr vor den Schlägen seiner Feinde. Ein Stein aus einer leuchtenden Faust streifte seinen Hinterkopf, hinter seinen Augen schien etwas zu explodieren. Der Kommandant sackte zusammen, Dunkelheit senkte sich auf ihn herab.

Er konnte nicht lange bewußtlos gewesen sein, doch als er erwachte, war die Schlacht vorüber. Kronil lag auf der Seite, alles tat ihm weh, und er litt unter hämmernden Kopfschmerzen. Als er versuchte, sich zu bewegen, stellte er fest, daß man ihm die Handgelenke hinter dem Rücken gefesselt und ihm auch die Knöchel mit Stricken zusammengebunden hatte. Ganz in seiner Nähe vernahm er leises Gemurmel. Trotz des Schlags auf den Kopf funktionierte sein Verstand noch einigermaßen. Seine Feinde brauchten nicht gleich zu erfahren, daß er wieder bei sich war. Wenn sie sich unbelauscht glaubten, ließ sich aus ihren Gesprächen vielleicht etwas erfahren. Es war besser, noch eine Weile den Bewußtlosen zu spielen.

Der Kommandant öffnete ein wenig die Lider, warf vorsichtig einen Blick um sich und stellte fest, daß er den Fußboden mit einer Menge menschlicher und dämonischer Leichen teilte. Verwundete sah er nicht. Vermutlich waren die verletzten Dämonen an einen anderen Ort gebracht worden, wo man ihnen die erforderliche, widernatürliche, medizinische Behandlung angedeihen ließ, falls man diese Bezeichnung hier überhaupt verwenden konnte. Hier und dort bewegten sich kleine Gruppen Weißer Dämonen durch den Raum und schienen Ausschau zu halten, ob sich von den Gefallenen noch jemand regte. Aber die bleichen Gestalten lagen fast alle völlig still, und ihr Leuchten war erloschen. Nur ein kleines Stück von Kronil entfernt befand sich die Leiche des behaarten Wesens, das ihn mit seiner Anhänglichkeit an seine Herrin in solche Bedrängnis gebracht hatte. Eine der Gruppen hatte sich um diesen Leichnam versammelt. Grizhnis Sohn war darunter, zusammen mit seiner Mutter und dem Lanthianer, dessen Name Kronil noch immer nicht einfallen wollte. Bei den Menschen standen mehrere Dämonen. Ein Gespräch war im Gange, das wenigstens zum Teil auf Lanthianisch geführt wurde. Kronil lauschte gespannt und konnte auch tatsächlich einiges verstehen.

»Was habt Ihr zu ihnen gesagt, Terrs?« Das war der Lanthianer.

»Ich habe ihnen erklärt, der Anführer der Gardisten müsse hingerichtet werden«, antwortete Grizhnis Sohn, ohne eine Miene zu verziehen.

Kronil lächelte grimmig vor sich hin. Das hatte er sich bereits gedacht. Nun mußte man nur noch sehen, ob diese Riesenmaden auch die Nerven dazu haben würden. Trotz der Niederlage seiner Schwadron war

Kommandant Kronils hochmütige Verachtung für seine fremdartigen Gegner ungebrochen.

»Das ist unnötig«, bemerkte der Lanthianer. »Die Gardisten wurden vernichtend geschlagen. Den einzigen Überlebenden zu töten, wäre sinnlose Graumsamkeit.«

»Er ist nicht der einzige Überlebende«, widersprach der Jüngling. »Drei von seinen Leuten sind entkommen.« Lhorno, Drevid und Krufaure hatten es also geschafft, wie? Gut. Krufaure würde Seine Hoheit überreden, einen weiteren Angriff zu befehlen, darauf konnte man sich verlassen. Und beim nächstenmal würde in diesen verfluchten Höhlen doch wohl hoffentlich alles Leben ausgelöscht werden. Diesen Gedanken fand Kronil sehr tröstlich.

»Er kann Euch nichts mehr tun, Terrs.«

»Er kann uns nichts tun? Ich begreife Euch nicht, Fennahar. Seht Euch doch um.« Die Stimme des Jünglings hatte sich verändert, sie klang nicht mehr kalt, beherrscht oder gleichmütig. Plötzlich hörte man, wie jung er wirklich war, hörte seinen Schmerz und seinen fast verstörten Haß. »Seht Euch die toten Angehörigen an — wie viele sind es? Wie viele unschuldige Opfer hat die menschliche Blutgier gefordert? Wie viele dieser harmlosen, mit sich und der Umwelt im Einklang lebenden Wesen wurden nur um der nichtigen Träume eines Mannes willen hingemetzelt? Und was werden wir noch alles ertragen müssen, wenn wir uns nicht wehren, wenn wir unsere Stärke nicht unter Beweis stellen? *Seht Euch die Toten an, Fennahar, und dann sagt mir noch einmal, daß diese menschlichen Kreaturen uns nichts tun können!«*

Grizhnis Witwe murmelte etwas, aber so leise, daß Kronil es nicht verstehen konnte. Er warf unter halb geschlossenen Lidern vorsichtig einen Blick auf sie und sah, daß ihr die Tränen über die Wangen liefen. Warum? Das konnte er nicht begreifen. Schließlich hatte ihre Seite doch gesiegt. Jedenfalls vorerst.

»Uns bleibt gar keine andere Wahl, Mutter«, versicherte ihr der Junge etwas weniger schroff. »Aber sobald unsere Heimat außer Gefahr ist, werden wir wieder zum friedlichen, von Freundlichkeit getragenen Leben der Vardrul zurückkehren.«

»Falls ihr euch dann noch daran erinnern könnt«, antwortete die Frau.

»Der Mann hat Nyd getötet, Mutter.«

Sie antwortete nicht. In diesem Moment wandten sich die Weißen Dämonen, die sich leise unterhalten hatten, an Grizhnis Sohn. Ein unverständliches, melodisches Hin und Her folgte, und am Ende übersetzte Lady Grizhni, Ihrer Meinung nach für Fennahar, aber in Wirklichkeit auch für Kronil: »Die Patriarchen und Matriarchinnen der Sippen sind nicht bereit, gegen den gefangenen Gardisten Gewalt anzuwenden.« Sie wirkte überrascht und vielleicht auch ein wenig erleichtert.

»Nicht unbedingt konsequent, nicht wahr?« fragte Fennahar. »Eben haben sie noch eine ganze Schwadron ausgelöscht.«

»Da haben sie sich verteidigt, und die Gardisten waren bewaffnet. Aber jetzt geht es um etwas anderes. Sie lehnen es ab, eine Waffe gegen ein gefesseltes, hilfloses Wesen zu erheben. Sie sagen, sie werden ihm keine einzige Schramme zufügen, denn das würden sie als unharmonisch — das heißt, unmoralisch ansehen.«

In Kronil keimte neue Hoffnung. Es war so, wie er vermutet hatte. Diese Wesen waren weich, schwach und töricht. Sie hatten weder genug Verstand, noch genug Mumm in den Knochen, um ihre Feinde zu töten, solange sie die Chance dazu hatten. So unglaublich es war, es bestand die Möglichkeit, daß er doch noch lebend hier herauskam. Und wenn dies so war, dann würde er eines Tages zurückkehren und den Weißen Dämonen zeigen, wie tödlich unangebracht ihre Skrupel gewesen waren.

»Werden sie dabei bleiben?« fragte Fennahar.

»Zweifellos«, versicherte ihm die Frau.

Kronil schwankte zwischen Erleichterung und tiefer Verachtung. Nun war es nicht mehr nötig, eine Ohnmacht vorzutäuschen. Er stemmte sich zum Sitzen hoch und machte ganz bewußt Grizhnis Sohn auf sich aufmerksam.

Der junge Grizhni erwiderte Kronils unverschämten Blick scheinbar leidenschaftslos. Unmöglich zu erraten, was hinter diesen ausdruckslosen schwarzen Augen vor sich ging. »Wir werden keine Gewalt anwenden«, erklärte der Jüngling schließlich, und Kronil spürte, wie sich wieder Unbehagen in ihm breitmachte. »Glücklicherweise gibt es auch einen anderen Weg.«

Sie trugen ihn wie einen Mehlsack durch ein Labyrinth von Gängen — zweifellos fürchteten sie die Verwüstungen, die ein richtiger Mann anrichten konnte, wenn sie ihm auch nur die Knöchel losbanden, überlegte der Kommandant. Die Berührung der knochenlosen Tentakel war ihm unaussprechlich zuwider. Sollte er aus diesen Höhlen tatsächlich lebend herauskommen, dann würde er in einem der Badehäuser ein paar Dakkles springen lassen und sich so lange schrubben, bis er blutete. Erst dann würde er sich wieder sauber fühlen.

Die Aussicht auf ein Bad schien weniger fern als erwartet, denn nach einer Weile erreichten sie einen unterirdischen Fluß — einen breiten, klaren Wasserlauf, der flink über die leuchtenden Steine schoß. Kronil erstarrte in den Händen seiner Häscher. Wollten sie ihn etwa an Händen und Füßen gefesselt ins Wasser werfen und zusehen, wie er ertrank?

Seine Befürchtungen erwiesen sich als unbegründet. Am Ufer wartete ein Boot, ein windiges kleines Ding aus wasserdichtem Gewebe, das über einen leichten Rahmen gespannt war. Das offensichtlich nur für einen einzigen Insassen bestimmte Fahrzeug enthielt einen schmalen Sitz, an dem die Dämonen den Kommandanten nun festbanden. Ein Ruder gab es nicht. Sie wollten ihn also mit der Strömung davontreiben lassen, wie? Das war ein Fehler, das würden sie bald genug merken — es sei denn, sie hatten vor, Löcher in den Bootsboden zu bohren.

Sie taten es nicht. Schweigend ließen sie ihren Gefangenen zu Wasser. Einen Augenblick, bevor das Boot sich vom Ufer entfernte, wandte sich Grizhnis Sohn an den Kommandanten und erklärte knapp: »Wir werden Euch mit keiner Waffe berühren. Die Strömung des Flusses wird Euch weit forttragen, und Ihr werdet nicht zurückkehren.«

»Darum solltest du beten, Junge.« Mehr sagte Kronil nicht. Es hatte keinen Sinn, die Wesen jetzt noch zu reizen — nicht, wenn die Rettung so nahe schien.

Wenn er an der Spitze einer größeren Streitmacht von Gardisten zu den Höhlen zurückkehrte — wenn die Weißen Dämonen endgültig ausgerottet waren —, dann war der Zeitpunkt gekommen, sich mit Grizhnis Sohn über dieses Thema ausführlich zu unterhalten.

Das Boot glitt ins Wasser und wurde sofort von der Strömung erfaßt. Kronil konnte es sich nicht versagen, noch einmal über die Schulter zu schauen und den gleichmütigen Gestalten am Ufer zuzurufen: »Die Gardisten waren nicht zum letzten Mal hier! Und glaubt mir, auf mein Wort könnt ihr bauen!«

Wenn sie ihn hörten und auch verstanden, so ließen sie es sich nicht anmerken. Sie wurden jetzt schnell kleiner. Die Strömung war stark, und bald hatte Kronil sich weit von ihnen entfernt. Er warf den Kopf zurück und lachte laut. Das Echo hallte lange nach. Er war in Sicherheit. Er war so gut wie frei. Zweifellos hatten diese hirnlosen Dämonen sich eingebildet, daß er ewig gefesselt und hilflos dahintreiben, daß er sich im gräßlichen Labyrinth ihrer Höhlen verirren und schließlich an Hunger und Angst zugrundegehen würde. Diese Toren! Diese albernen, weibischen, schwachen, wehleidigen

Einfaltspinsel! Sie hatten von Menschen im allgemeinen und von Kommandant Kronil im besonderen nicht die leiseste Ahnung, soviel war klar. Die Knoten, mit denen er gefesselt war, saßen fest und sicher, aber weder Mensch noch Dämon vermochte einen Knoten zu knüpfen, der Kommandant Kronil auf Dauer widerstehen konnte. Er würde nicht allzulange brauchen, um sich zu befreien. Da es keine Möglichkeit gab, das Boot zu steuern, würde er ans Ufer schwimmen müssen, aber das war kein großes Hindernis — es gab kaum einen Lanthianer, der nicht schwimmen konnte. Würde es ihm jedoch gelingen, einen Ausgang zu finden, wenn er einmal auf festem Boden stand? Ganz gewiß — er brauchte ja nur dem Fluß zu folgen, der zweifellos an irgendeinem Punkt die Höhlen verließ. Daran hatten diese gehirnweichen Dämonen natürlich nicht gedacht. Grinsend machte sich Kronil über die Knoten in den Faserstricken her.

Es war nicht einfach. Die groben, von der Feuchtigkeit leicht aufgequollenen Seile ließen sich fast nicht bewegen. Die Knoten waren gut plaziert und unerreichbar. *Fast unerreichbar.* Die Dämonen waren offenbar nicht darin geübt, vernunftbegabte Feinde so raffiniert zu fesseln, daß diese sich nicht befreien konnten, und hatten unvorsichtigerweise einen Knoten gerade in Reichweite der suchenden Finger des Gefangenen geknüpft. Wenn Kronil seine Muskeln anspannte, konnte er an diesem Knoten ziehen, auch wenn er sich dabei schnell die Handgelenke blutig schürfte. Bald spürte er, wie sich die Schlinge zu lockern begann. Es würde nicht lange dauern, bis er diesen Knoten bewältigt hatte, und dann würde er sich mit dem nächsten beschäftigen.

Der Kommandant war so in seine Aufgabe vertieft, daß ihm gar nicht auffiel, wie das Felsenlicht allmählich schwächer wurde. In dem Tunnel, durch den der Fluß strömte, wurde es ständig dunkler, und je mehr das

Licht schwand, desto reißender wurde die Strömung, desto schneller schoß das Boot dahin. Alle diese Veränderungen vollzogen sich jedoch so allmählich, daß Kronil sie nicht wahrnahm. Endlich erregten jedoch die sich vertiefenden Schatten seine Aufmerksamkeit. Er hob den Kopf, als das Boot um eine scharfe Biegung fuhr, und in diesem Augenblick erlosch das Felsenlicht ganz. Das Boot machte mit der Strömung einen Satz, und einen Augenblick später raste Kronil in völliger Dunkelheit den Fluß hinunter. Die Finsternis war irgendwie merkwürdig — es herrschte eine drückende Wärme —, aber daneben spürte Kronil etwas unaussprechlich Bedrohliches, Fremdes, Unbekanntes — was ihm dennoch vertraut war. Einen Augenblick lang konnte er es nicht einordnen, aber dann erinnerte er sich. Vor siebzehn Jahren, als er Haik Ulf in jenen schrecklichen, unterirdischen Raum im Grizhni-Palast begleitet hatte — in die letzte Zuflucht des Großmeisters —, hatte dort die gleiche Atmosphäre geherrscht. Ja, ganz genauso. Dunkelheit, Verwirrung, Entsetzen und ein Gefühl der Hilflosigkeit, das sich nur mildern ließ, indem man tötete. Womit hatte Grizhni doch noch Sekunden vor seinem Tod gedroht? Mit einer von Entsetzen erfüllten Nacht, einer Nacht ohne Ende. Einer Nacht wie dieser? Kronil schauderte unter seinen Fesseln, dann nahm er sich zusammen. Dies war nicht die Zeit, um die Nerven zu verlieren. Mehr noch, es bestand gar kein Grund dafür. Das Licht war erloschen, aber es würde wiederkommen. Selbst wenn nicht, gab es keinen Anlaß zur Besorgnis. Er brauchte kein Licht, um die Fesseln zu lösen, und er brauchte auch kein Licht, um das Ufer zu erreichen.

Kronil machte sich wieder an die Arbeit. Er hatte gerade den ersten Knoten aufgeschnürt, als er vor sich in der Ferne ein Poltern hörte. Donner? Tobte über ihm ein Gewitter? Näherte er sich einem Ausgang? Das Poltern verstärkte sich, als das Boot näher kam, und steigerte sich schnell zu einem ohrenbetäubenden Lärm, der zu stetig, zu gleichmäßig war, um ihn mit Donner zu verwechseln. Und als Kronil, der schneidige Soldat, das Geräusch schließlich identifizierte, konnte er einen Schauder nicht unterdrücken.

Ein Wasserfall.

So wie es sich anhörte, mußte er ziemlich groß sein. Irgendwo weiter vorn, schon ganz in der Nähe, stürzte der Fluß über den Rand einer Klippe, und das Boot schoß geradewegs ins Verderben. Jetzt, da der Kommandant erkannt hatte, in welcher Gefahr er schwebte, stemmte er sich mit aller Kraft gegen seine Fesseln, rieb sich aber nur die Haut von den Handgelenken. Die Seile rührten sich nicht von der Stelle.

Die Strömung hatte das Boot fest im Griff, und es raste nun so schnell voran, daß der Fahrtwind Kronils schweißnasses Gesicht kühlte — unter anderen Umständen ein angenehmes Gefühl. Er spürte, wie das Wasser unter dem Bug immer unruhiger wurde, das Tosen erfüllte die Finsternis. Ein zorniges Fauchen entfuhr ihm, er kämpfte noch wütender gegen die Stricke. Seine Hände und die Seile um seine Handgelenke waren warm und klebrig von Blut.

Eine Sekunde, bevor das Boot über den Rand des Katarakts schoß, der den Vardrul als die ›Unsichtbaren Fälle‹ bekannt war und sich etwa einhundertfünfzig Fuß tief in völlige Finsternis stürzte, wurde Kommandant Kronil ganz ruhig. Als der Bug sich schwindelerregend unter ihm neigte, zuckte ein letzter, klarer Gedanke durch sein Gehirn: Die weißen Dämonen waren bei weitem nicht so weich, wie er gedacht hatte.

10

DIE NACHRICHT, DASS DIE SCHWADRON vollständig aufgerieben worden war, stürzte Herzog Povon in tiefe Niedergeschlagenheit. Die Lasten, die er zu tragen hatte, gingen fast über seine Kräfte. Er hatte seine besten Gardisten einschließlich des Kommandanten verloren, und wofür? Fal Grizhnis Sohn war immer noch am Leben, und die Mutter des jungen Teufels ebenfalls. Auch die meisten der grausigen Weißen Dämonen hatten den Angriff überstanden und gierten, wie es der eiskalten Bosheit ihrer Gattung entsprach, zweifellos nach Rache. Man schmiedete Komplotte gegen ihn, davon war Povon überzeugt, und dieses Wissen quälte ihn Tag und Nacht. Bis in sein Schlafgemach waren seine Feinde schon vorgedrungen, um dort einen Anschlag auf sein Leben zu verüben, und es war gewiß damit zu rechnen, daß sie es wieder versuchen würden. Aus diesem Grund wurde der herzogliche Palast wie ein Schatzgewölbe bewacht. Kein Fremder durfte auch nur einen Fuß auf den herzoglichen Kai setzen und schon gar nicht das Gebäude betreten. In den vergangenen zwei Wochen waren drei Eindringlinge gefaßt worden, und Herzog Povon überlegte noch immer, was mit ihnen geschehen sollte. Er hatte große Lust, sie alle drei hinrichten zu lassen, obwohl sie einhellig ihre Unschuld beteuerten, aber eine solche Maßnahme würde ihn gewiß wieder der Kritik von Unzufriedenen und Staatsfeinden aussetzen, die sich keine Gelegenheit entgehen ließen, um ihren Herzog zu schmähen. Diesem Gesindel schien es gar nicht in den Sinn zu kommen, daß die so oft mißbrauchte Redefreiheit nur der Duldsamkeit des Herzogs zu verdanken war. Das hatte man nun davon, überlegte Povon, daß man ein gnädiger, aufgeklärter Herrscher war — die Geduld und Toleranz, die man an den Tag legte, wurden von den Feinden nur ausgenützt! Die größten Tugenden wurden gegen einen verwendet! Der lanthianische Pöbel verstand nichts anderes als Grausamkeit. Eine Demonstration seiner Macht würde ihm den Respekt des Gemeinen Volkes sichern, aber Povon zögerte; das Beispiel seines Vorfahren Herzog Braizeiani Dil Shonnet, der die Zeiten, die die öffentlichen Flößer auf dem Wasser verbrachten, mit einer Steuer belegt hatte und dafür den violetten Krustentieren zum Fraß vorgeworfen worden war, schreckte ihn ab.

Das Gemeine Volk von Lanthi Ume war ein gehässiger, unberechenbarer Haufen. Ebenso gehässig, unberechenbar und wegen der langen Verlobungszeit seiner geliebten Tochter inzwischen beunruhigt, zeigte sich der Keldhar von Gard Lammis. Er verlangte nun die sofortige Rückzahlung des Darlehens, mit dem der Bau des Finzifoyl-Palais finanziert worden war. Im Moment kam eine solche Rückzahlung mehr als ungelegen. Zwischen den Zeilen hatte man dem Brief des Keldhar allerdings entnehmen können, daß die Erstattung des Darlehens auf unbestimmte Zeit verschoben werden könnte — daß er vielleicht sogar ganz und gar darauf verzichten würde —, falls sich die Herzogin von Lanthi Ume für ihren Gemahl verwendete. Die Unterstützung der Keldhaam Gnuxia war also wichtig, von fast unschätzbarem Wert. Am ratsamsten wäre gewesen, der Eheschließung endlich zuzustimmen, aber diesmal zögerte der Herzog ausnahmsweise, sein Einverständnis zu geben. Die Keldhaam Gnuxia — für immer? Ohne ihr je wieder entrinnen zu können? Eine fast unerträgliche Aussicht. Die Alternative — Bankrott, innere Unruhen, öffentliche Demütigung — war freilich ebensowenig annehmbar. Die Lösung des Dilemmas lag eigentlich auf der Hand. Ein erfolgreicher militärischer Schlag gegen die Stadt Gard Lammis würde viele Schwierigkeiten ein für allemal beseitigen. Und obwohl Herzog

Povon kein besonders streitbarer Herrscher war, dachte er doch eingehend darüber nach, ob es nicht möglich wäre, gewisse Hitzköpfe mit außenpolitischen Differenzen zu beschäftigen. Eine Analyse der finanziellen, politischen und militärischen Situation Lanthi Umes überzeugte ihn jedoch bald von der Undurchführbarkeit dieses Plans, und er zog andere Mittel in Betracht. Die Möglichkeit eines Attentats mußte er schnell ausschließen. Die Eliminierung des Keldhar von Gard Lammis würde schließlich nicht die Schulden von Lanthi Ume eliminieren. Die Beseitigung der Keldhaam war eine ebenso ungeeignete Lösung. Ihr plötzlicher Tod würde peinliche Fragen aufwerfen. Außerdem hatte der Keldhar noch eine zweite Tochter, die dem Vernehmen nach ebenso despotisch war wie Gnuxia selbst. Den Keldhar und seine Minister zu bestechen, kam nicht in Frage, und für eine Erpressung existierten seines Wissens keine Gründe.

Herzog Povon verirrte sich noch in wildere Gedankenspiele und erwog als letzten Ausweg, sich selbst das Leben zu nehmen. Er fand es reizvoll, vom Frieden, der Ruhe und der Würde des Grabes zu träumen, aber mit dem Weg dorthin vermochte er sich nicht anzufreunden. Er brauchte nur an Messer, Giftfläschchen oder Hanfschlingen zu denken, schon trat ihm der kalte Schweiß auf die herzogliche Stirn, und ein Grauen stieg in ihm auf, das nur durch reichlichen Genuß des Mondtraums von Uhanna zu lindern war. Povon besaß eine winzige Phiole dieser Essenz, die ihm Beskot Kor Malifon freundlicherweise überlassen hatte. Bisher war es ihm gelungen, diesen Schatz zu verbergen, indem er die Phiole an einer dünnen Kette unter seinen Kleidern um die Taille trug. Im Moment genügte diese Methode noch. Nach der Heirat freilich — Povon schauderte und zog das Fläschchen hastig hervor. Welch ein lächerlich kleines Behältnis! Wie ungenügend die Menge, die es enthielt! Trotzdem, es war ein Glück, überhaupt etwas zur Verfügung zu haben. Er mußte sehr vorsichtig und sparsam damit umgehen. Nach einem schnellen Blick durch das leere, von einer Lampe erhellte Zimmer — das zweitbeste Schlafgemach im Palast, das er vorübergehend mit seiner Anwesenheit beehrte, solange sein eigener Raum nach dem Brand noch nicht fertig renoviert und neu eingerichtet war — entkorkte der Herzog die Phiole und genehmigte sich einen winzigen Schluck des Mondtraums.

Die kleine Menge wirkte fast sofort. Povons nächtliche Melancholie verschwand auf der Stelle. Seine Spannung löste sich, seine düstere Stimmung hellte sich auf, und er war wieder in der Lage, ohne Angst in die Zukunft zu blicken. Ja, die unmittelbare Zukunft war sogar ausgesprochen erfreulich, denn am nächsten Morgen begann die Parnis-Regatta, die von alters her von Seiner Hoheit persönlich eröffnet wurde. Dieses Jahr hatte Povon angesichts des jüngsten Anschlags überlegt, ob er es wirklich wagen sollte, sich so schutzlos in die Öffentlichkeit zu begeben. Es war jedoch nicht zu leugnen, daß die Würde des Hauses Dil Shonnet seine Anwesenheit verlangte. Außerdem waren Bootsrennen seine große Leidenschaft, und er hatte bereits mehrere Wetten abgeschlossen. Deshalb hatte ihn eine Besprechung mit seinen engsten Beratern zusammen mit einem verstohlenen Schluck Mondtraum bald davon überzeugt, daß mit ein paar einfachen Vorsichtsmaßnahmen seine Sicherheit absolut zu gewährleisten sei. Das prächtige Floß, von dem aus er seine feierliche Ansprache halten sollte, würde erst am Spätnachmittag des Tages vor der Regatta an die Mündung der Parnis-Lagune geschleppt werden. Für den Rest dieses Tages und während der Nacht sollten es herzogliche Truppen unter Führung des neu ernannten Kommandanten Krufaure scharf bewachen. Jeder Lanthianer, den die Gardisten beim Betreten des Sperrgebietes ertappten, würde auf der Stelle und ohne vorherige Befragung getötet werden. Am frühen Morgen, kurz vor dem Eintreffen des Herzogs, würde man das Floß dann über und unter Wasser genauestens nach Sprengladungen, Brandsätzen, Höllenmaschinen und ähnlichen unerwünschten Apparaturen absuchen. Der Herzog würde auf streng geheimgehaltenen Schleichwegen, umgeben von einer Truppe von Gardisten, zur Lagune gelangen. Sobald er seinen Platz an Bord des Floßes eingenommen hatte, würden die Soldaten einen Schutzring um das Sperrgebiet bilden. Auf diese Weise konnte der Herzog von Lanthi Ume relativ gefahrlos seine Tapferkeit und seinen Patriotismus demonstrieren. Es schien die beste Lösung zu sein, und die Inspiration dazu verdankte er dem Mondtraum, den er wiederum der Großzügigkeit Beskot Kor Malifons zu verdanken hatte. Beskot war doch wirklich ein verständnisvoller Freund! Mit welcher Loyalität er sich um die Bedürfnisse seines Herrschers kümmerte! Ob er wohl auch bereit war, diesen Freundschaftsdienst in naher Zukunft zu wiederholen? Denn Povons Vorräte gingen wirklich zur Neige. Auf jeden Fall würde es sich lohnen, die Parnis-Regatta zu besuchen!

Povon warf einen letzten, liebevollen Blick auf die winzige Phiole, verbarg sie wieder unter seiner Kleidung, stieg in sein zweitbestes Bett und wartete lächelnd auf den Schlaf.

Der Tag der Regatta dämmerte strahlend und lieblich herauf. Der Himmel war erfreulich blau, und der Morgensonnenschein funkelte auf den tanzenden Wellen der Parnis-Lagune. Im Zentrum der Lagune erhob sich *Nes' Sieg,* das Heiligtum der Esoterikerloge. Die geheimnisvolle, düstere Insel kognitiven Ursprungs wurde von den Bürgern von Lanthi Ume gewöhnlich mit schiefen Blicken angesehen, aber heute wirkte sie ungewohnt zugänglich, fast einladend.

Auf dem Wasser drängten sich die Boote. Seit drei

Tagen strömten sie schon in Scharen in die Stadt, denn die Parnis-Regatta zog Teilnehmer bis von Hurba her an. Nun schwamm eine Vielzahl von Schiffen auf der Lagune und wartete auf die Große Parade, mit der die Festlichkeiten traditionsgemäß begannen. Bei diesem Festzug würden die Boote, begleitet von eigens für diesen Anlaß komponierter Musik, langsam drei Runden um die Lagune drehen, und die Eigner der Schiffe, die in den einzelnen Kategorien besonderes Aufsehen erregt hatten, würden aus der Hand des Herzogs eine Belohnung erhalten. Natürlich gab es Hunderte von verschiedenen Segelschiffen, Dombuli, Sendilli und Renn-Jistylli mit messerscharfem Bug, und bei einigen davon waren Neuerungen in der Konstruktion zu bewundern. Zum Beispiel fiel auf, daß die zwölf Ruder des Jistylls *Hohe Kognition,* das dem letztjährigen Sieger Gwem Feemo gehörte, sensationell verlängert worden waren, und die Auswirkung dieser Veränderung auf die Schnelligkeit des Bootes war das Thema fieberhafter Diskussionen unter den Rennbegeisterten. Die kleinen Boote waren ausnahmslos frisch gereinigt und gestrichen, poliert, bis sie glänzten, und über und über mit bunten Wimpeln, Bändern und Rosetten geschmückt. Sie boten einen interessanten Anblick, wurden jedoch überstrahlt von den großen, prächtigen Venerisen, zwischen denen sich auch die *Sublimity* des Herzogs befand, für die meisten Lanthianer ein allzu vertrauter Anblick. Unmöglich zu übersehen war Kor Malifons überwältigende *Goldene Begeisterung,* die besonders wegen ihres vergoldeten Masts und der Segel aus Goldstoff auffiel. Auch Cru Beffels makabre *Schlag Mitternacht* mit ihren schwarzen Segeln, auf denen silberne Sterne und eine Mondsichel prangten, mit der Galionsfigur in Form eines Totenschädels und den silbernen Beschlägen fehlte nicht, und die übrigen Schiffe dieser Kategorie waren kaum weniger prächtig anzusehen. Im Kielwasser der hoch aufragenden Venerisen fuhren kleinere, fast ebenso kunstvoll gestaltete Boote, die auf ihre Weise noch bemerkenswerter waren. Sie gehörten der besonderen Klasse der Schauboote an, die man auch Capricen nannte, und ihre Erbauer hatten ihren wildesten Phantasien freien Lauf gelassen. Die Capricen legten es darauf an, das Publikum in Staunen zu versetzen, und überboten sich gegenseitig in grotesker Extravaganz. Sie waren zwar als Schiffe völlig unbrauchbar und in manchen Fällen kaum schwimmfähig, aber der überschäumende Einfallsreichtum ihrer Erbauer war beeindruckend. Juf Lohnins *Vipernnest,* eine Neuheit in diesem Jahr, war von wahnwitziger Monstrosität. Der ganze Rumpf war so geschnitzt, daß er einem riesigen, sich windenden, ineinander verschlungenen Knäuel aus tausend rotgoldenen Schlangen glich, wobei jedes einzelne Tier bis zur letzten, winzigen Schuppe und bis zum lidlosen Glasauge genauestens nachgebildet war. Die Segel waren gefleckt wie Schlangenhaut, und die Flaggen zeigten ein Schlangenwappen. Fast ebenso bemerkenswert war Lord Bess Dreneress' *Zauberwald* mit ihren drei gekrümmten Masten, die einen weit gespannten Baldachin aus Ästen und Zweigen mit Blättern aus gehämmertem, leuchtend grün emailliertem Kupfer trugen. Die fast schon gefährlich toplastige *Zauberwald* wurde von Galeerensklaven vorwärtsbewegt. Sie reagierte nur langsam, und eine steife Brise hätte sie wahrscheinlich zum Kentern gebracht, aber darauf kam es nicht an. Banale Zweckmäßigkeit spielte bei einer Caprice keine Rolle, ja, solchen Überlegungen haftete sogar der Makel der Vulgarität an. Die Ästhetik war alles.

An den Ufern der Parnis-Lagune drängten sich die Schaulustigen. Auch auf dem Pier der Insel konnte man ein paar schwarzgekleidete Gestalten auf- und abgehen sehen, denn selbst die würdevollen Adepten der Esoterikerloge waren gegen die Verlockungen der berühmten Regatta nicht völlig gefeit. Begehrte Standorte, von denen aus man einen guten Blick auf den Regattakurs hatte, waren bei den rüpelhafteren Bürgern heiß umkämpft. Trotz der frühen Stunde war es bereits zu mehreren Schlägereien gekommen, die von der Bürgerwache geschlichtet werden mußten. Die herzogliche Garde war vollauf damit beschäftigt, das herzogliche Floß zu bewachen, und dachte nicht daran, sich in die Streitigkeiten des Gemeinen Volks einzumischen, und so hatte es geschehen können, daß einige Ordnungshüter von den impulsiven Lanthianern übel zugerichtet wurden.

Am glücklichsten waren die Bürger daran, die ein Haus an der Lagune besaßen, besonders wenn es sich in der Nähe des herzoglichen Floßes befand, das die Start- und die Ziellinie der verschiedenen Bootsrennen markierte. Für Fensterplätze in diesen Gebäuden wurden unmäßig hohe Summen bezahlt, und deshalb war es merkwürdig, daß der Vezhni-Turm, der an der Einmündung des Lureis-Kanals in die Parnis-Lagune stand und von dem aus man direkt auf das herzogliche Floß sehen konnte, ganz verlassen war. Lord Trune Vezhni, der in nicht näher bezeichneten Geschäften von Lanthi Ume abwesend war, hatte vor seiner Abreise keinen Mieter mehr finden können. Nun war der Turm bereits seit Monaten verschlossen und leer, und so wäre es auch noch weiter geblieben, wäre nicht im Morgengrauen des Regattatages ein Fremder erschienen.

Dieser Fremde, ein gebückter, augenscheinlich sehr alter Mann, war in ein schäbiges Gewand aus schlammfarbener Wolle gehüllt. Ein tief in die Stirn gezogener, verdreckter Hut verbarg sein Haar und beschattete sein Gesicht, so daß seine Züge im schwachen, grauen Licht des frühen Morgens fast nicht zu erkennen waren. Ein zerlumpter, nachlässig um den Hals gewundener Schal verdeckte wie zufällig die Kinn- und Mundpartie. Darunter schauten zottige weiße, mit roten Fäden durchsetzte Bartsträhnen hervor. Ein aufmerksamer Beobachter hätte vielleicht bemerkt, daß das weiße Haar verkrustet und steif wirkte, als sei es mit Mehlpaste eingestrichen, wohingegen die roten Fäden echt waren. Unter dem weiten, braunen Gewand steckte ein athletischer, jetzt gebeugter Körper, und die Hände, die aus den fadenscheinigen Ärmeln hervorschauten, waren die eines Mannes in den besten Jahren. Neben dem Fremden ging eine kleine, kräftig gebaute Frau in einem Kittel aus graubraunem Mischgewebe. Sie hatte ein Kopftuch um ihr Haar gebunden und trug einen mit Lappen und Scheuerbürsten gefüllten Eimer. Allem Anschein nach war sie eine gewöhnliche Putzfrau. Aber auch hier hätten einem aufmerksamen Beobachter die schwachen, mit Holzkohle aufgetragenen Schatten unter den Augen und den Wangenknochen auffallen können, die das sehr junge Gesicht im schwachen Licht trügerisch alt erscheinen ließen.

Die Gegend um den Vezhni-Turm war fast menschenleer, als die beiden dort eintrafen. Die Regattazuschauer hatten sich noch nicht versammelt, würden aber sehr bald kommen. Nicht weit entfernt lungerte gelangweilt ein Trupp schläfriger Gardisten um das herzogliche Floß herum, das sie die ganze Nacht über hatten bewachen müssen. Aber der Turm stand zwischen den Gardisten und der Straße. Daher bemerkten die Soldaten nicht, daß sich Fremde näherten, sahen nicht, daß der Alte zu dem mit einem Vorhängeschloß gesicherten Hintereingang humpelte, und konnten auch nicht würdigen, mit welch flinken und souveränen Bewegungen er das Schloß öffnete. Seine Begleiterin war dafür um so scharfsichtiger.

»Gute Arbeit, Euer Lordschaft«, bemerkte sie fachmännisch.

»Die Fähigkeiten eines Schlossers gehören mit zu den wichtigsten Eigenschaften des erfolgreichen Meuchelmörders, Prinzessin«, antwortete Whurm Didnis liebevoll. Er zog das Schloß aus der Klammer, stieß das Tor weit auf, und die beiden betraten den Vezhni-Turm mit einer Selbstverständlichkeit, als seien sie die rechtmäßigen Bewohner. Didnis schloß die Tür hinter ihnen und legte die Riegelstange vor. Sie standen in einer großen, schattigen, unmöblierten Eingangshalle. Ein paar verirrte, graue Lichtstrahlen, die durch die Ritzen der geschlossenen und verriegelten Läden hereindrangen, bildeten die einzige Beleuchtung, aber es war hell genug, daß die beiden die schmale Treppe fanden, die sich bis in die Turmspitze wand. Didnis verzichtete jetzt darauf, den gebrechlichen Greis zu mimen, Josky ließ ihren Eimer fallen, und sie machten sich an den Aufstieg. Die ersten fünf Stockwerke waren sehr geräumig, von da an verjüngte sich das Gebäude immer mehr, und alle weiteren Stockwerke enthielten nur noch einen bescheidenen runden Raum. Schließlich hatten der Meuchelmörder und seine Tochter den muffig riechenden Dachboden erreicht, in dessen Mitte eine Leiter vom Boden zu einer Falltür in der Decke führte. Didnis kletterte hinauf, öffnete ohne Mühe die Klappe und zog sich auf die Beobachtungsplattform an der Spitze des Vezhni-Turms hinauf. Josky folgte ihm.

Obwohl es der Vezhni-Turm an Höhe und Pracht mit vielen anderen lanthianischen Gebäuden nicht aufnehmen konnte, hatte man von hier oben doch eine beeindruckende Aussicht. Vater und Tochter blickten über die hüfthohe Brüstung, die um die ganze Plattform herumführte. Unter ihnen breitete sich Lanthi Ume aus, Straßen und Kanäle waren fast ausgestorben, so ruhig konnten die Bewohner ihre Stadt nur selten erleben. Im Osten zauberte das rosige Licht des Morgenrotes gerade die ersten Reflexe auf die blanken Kuppeln und Kacheln und ließ ihre kräftigen Farben aufleuchten. Doch zum größten Teil lag Lanthi Ume noch unter den Nebelschleiern der Morgendämmerung. Hier und dort leuchteten rötlichgelbe Laternen an Fenstern oder namenlosen Türen; sonst schlummerte alles in unbestimmten, grauen Schatten.

Am Fuß des Turmes ergoß sich der Lureis-Kanal in die Parnis-Lagune. Whurm Didnis zeigte auf die Einmündung, wo eine quadratische Masse sich dunkel vom silbrigen Wasser abhob. »Da, meine liebste Josky, direkt unter uns ist das herzogliche Floß vertäut. Siehst du es?«

»Ich bin nicht blind, Euer Lordschaft«, antwortete seine Tochter und verzog ungeduldig das Gesicht. »Beachte die erhöhte Plattform auf dem Floß und darauf den Thron, von dem aus Seine Hoheit die Festlichkeiten beobachten wird.«

»Ich bin kein *Baby*, Euer Lordschaft!«

»Sieh es dir genau an, Prinzessin. Von dort aus genießt Seine Hoheit einen ungehinderten Blick auf fast den ganzen Regattakurs. Umgekehrt haben die an den Ufern der Lagune versammelten Bürger einen ungehinderten Blick auf Seine Hoheit. Auf diese Weise zeigt der Herzog, daß er den Aufgaben und auch Pflichten, die mit seinem hohen Rang und seinen Privilegien untrennbar verbunden sind, in ausreichendem Maße nachkommt.«

»Ich weiß, Dad. Das hast du mir alles schon erzählt.«

»Gewiß wird dir auch nicht entgehen, daß uns nur jene kleine Spanne klarer, freier Luft vom herzoglichen Floß trennt.«

»Ich *weiß*, Euer Lordschaft! Ich bin schließlich nicht *dumm!*«

»Meine Josky ist das klügste Mädchen auf der ganzen Welt.«

»Dann behandle mich auch dementsprechend. Warum stochern die Soldaten überall auf dem Floß herum?«

»Ach ja.« Whurm Didnis lachte herzlich. »Sie suchen es nach Sprengladungen ab. Vielleicht halten sie das für eine kluge Vorsichtsmaßnahme.«

Josky kicherte.

»Nun, Prinzessin«, fuhr der Meuchelmörder fort, »hat man dir im Rahmen deiner Ausbildung die Vorbereitung unserer Waffe und die Obhut darüber anvertraut. Das ist eine große Verantwortung, aber ich bezweifle nicht, daß du fähig bist, sie zu tragen. Jetzt bekommt mein Liebling die Gelegenheit, zu glänzen und ihren Vater mit Stolz zu erfüllen!«

»Pah, das ist doch zu einfach.« Trotz ihrer gespielten Bescheidenheit wirkte Josky sehr befriedigt und schien sich ihrer Bedeutung voll bewußt. Mit einem Lächeln lüftete sie ihren Kittel und löste mehrere Gegenstände, die an einem darunter verborgenen Gürtel befestigt waren. »Ich habe schon immer vermutet, daß diese albernen Röcke zu etwas gut sein müssen.« Schnell setzte sie die einzelnen Teile zusammen, fügte den kleinen, steifen Bogen an den Holzschaft und bewegte mittels eines Hebels das Zahnrad und den Haken, der daraufhin die Bogensehne faßte und sie in die Auslöserkerbe schob. Schließlich legte sie einen Bolzen mit kantiger Spitze in die zusammengesetzte Armbrust ein. »So. Fertig.«

Whurm Didnis untersuchte die Waffe. »Ausgezeichnet, Prinzessin. Schnell, methodisch und fehlerlos. Wie ich es erwartet hatte.«

»Und was nun, Euer Lordschaft?«

»Nun warten wir ab. Irgendwann wird unsere edle Beute auf dem Floß direkt unter uns Platz nehmen. Wir beobachten ihn in aller Ruhe. Wir zielen sorgfältig. Eine Berührung des Auslösers, und der Bolzen fliegt. Der Herzog von Lanthi Ume stürzt, ein neuer Herzog nimmt seinen Platz ein, und das Haus Whurm Didnis hat den Lauf der Geschichte verändert.«

»Werden wir berühmt sein?«

»In gewissen Kreisen.«

»Das gehört sich auch so. Schließlich sind wir die Besten.«

»Das Erbe meiner Josky offenbart sich in ihrer streitbaren Tapferkeit. Du bist ebenso mutig wie deine selige Mutter, mein Kind, und das ist das höchste Lob, das ich zu vergeben habe.«

»Wie war sie, Euer Lordschaft?«

»Von feurigem Temperament, Prinzessin. Sie besaß große Zähigkeit, unbezähmbare Kühnheit und ein edles Herz. Außerdem konnte sie so geschickt mit einem Dolch umgehen, wie ich es noch bei keiner Frau erlebt habe. Und du bist ihr Ebenbild.«

»Vielen Dank, Euer Lordschaft.« Sichtlich bemüht, ihre tiefe, töchterliche Rührung zu verbergen, blickte Josky auf das herzogliche Floß hinunter. Einen Augenblick später fragte sie: »Wie lange wird es noch dauern, bis Seine Hoheit auftaucht?«

»Zwei Stunden, vielleicht auch mehr.«

»Du meinst, wir müssen hier stundenlang tatenlos herumsitzen?«

»Von dieser Plattform aus haben wir eine herrliche Aussicht. Wir werden zusehen, wie sich die Boote für die Regatta versammeln.«

»Boote sind *langweilig,* Dad.«

»Viele Leute würden für einen solchen Tribünenplatz eine Menge Geld bezahlen.«

»Nun, von mir aus können sie ihn umsonst haben. Ich finde es langweilig. Außerdem, wie kann ich mit leerem Magen an Boote denken? Ich habe schließlich noch nicht gefrühstückt.«

Lächelnd lehnte Whurm Didnis die Armbrust gegen die Brüstung. »Du glaubst doch wohl nicht, daß ich meinen Liebling Hunger leiden lassen würde? Was wäre ich denn für ein Vater? Seht her, Lady Josky — ich habe für uns beide vorgesorgt.« Mit diesen Worten griff der Meuchelmörder in eine seiner geräumigen Taschen, zog ein mit einer Serviette umhülltes Bündel hervor, entfaltete es und breitete es auf dem Dach aus. Die Serviette enthielt einen kleinen Laib Rosinenbrot, eine

Scheibe Käse, Äpfel, Birnen und zwei kleine Kuchen mit Zuckerguß. Aus einer anderen Tasche förderte er einen Krug mit Bier und ein Büschel Weintrauben zutage.

»Frühstück!«

»Ein Picknick, mein Kind. Ein Picknick bei Sonnenaufgang.«

»Das ist schön. Womit sind die kleinen Kuchendinger gefüllt?«

»Mit Mandelcreme, glaube ich.«

»Oh, sagenHAFT!«

»Greift zu, Mylady, greift zu.«

Sie ließen sich nieder und ließen sich ihr Frühstück schmecken, während ringsum die Welt erwachte. Die milde, feuchte Wärme des sonnigen Frühlingsmorgens verdrängte schnell die nächtliche Kühle. Kanal und Lagune glitzerten unter dem strahlenden Himmel, die Seevögel schwangen sich kreischend durch die Lüfte, und die Menschen begannen sich allmählich an den Ufern der Parnis-Lagune zu versammeln. Die ersten, die unbedingt die besten Plätze am Ufer ergattern wollten, kamen fast unmittelbar nach Didnis und Lady Josky. Dann wurden es immer mehr, fröhliches Stimmengewirr drang zu dem Meuchelmörder und seiner Tochter hinauf. Innerhalb von Minuten war aus dem dünnen Rinnsal ein nicht abreißender Strom geworden, die Lanthianer kamen zu Tausenden aus allen Richtungen, beladen mit zugedeckten Eßkörben, mit Decken, um sich daraufzusetzen, und mit breiten Strohhüten, um sich vor der Sonne zu schützen. Zum Geplapper menschlicher Stimmen und zum Geschrei der Vögel gesellte sich das Plätschern der Ruder, als die letzten Boote in die Parnis-Lagune glitten, um ihre Plätze für die Große Parade einzunehmen. Die unvermeidlichen Hausierer erschienen mit Amuletten, Kinkerlitzchen, Spielsachen, Tüchern, Süßigkeiten und tragbaren Kohlepfannen. Bald mischte sich der Duft nach gebratenem Fleisch mit dem Geruch nach Brackwasser, Rauch, Gewürzen, Abfall und Menschen. Dicht hinter den Hausierern kamen die Jongleure, Akrobaten, Rattenfänger, Bettler und Straßenmusikanten, deren Darbietungen auf dem Fest für ausgelassene Stimmung sorgen würden. Und schließlich waren die Ufer der Lagune dicht bepackt mit Schaulustigen. Die einzigen freien Plätze befanden sich unter dem großen bunten Segeltuchbaldachin mit dem Bogenrand, der links vom herzoglichen Floß einer Tribüne mit gepolsterten Sitzen Schatten spendete.

»Es sind doch noch Plätze frei«, bemerkte Josky und deutete auf die Tribüne. »Warum hocken diese Narren auf dem Boden, wenn es bequemere Sitzgelegenheiten gibt?«

»Weil sie wissen, wohin sie gehören, mein Schatz«, antwortete Whurm Didnis. »Diese Tribüne ist den höheren Ständen vorbehalten — den Angehörigen der großen Häuser von Lanthi Ume. Siehst du die Fahnen, die über die verschiedenen Sitzreihen drapiert sind? Pfirsich und Elfenbein für Dule Parnis, Malve für Wate Basef, Bernstein für Gless Vallage, Rosa und Grau für Rion Vassarion, und so weiter und so fort. Man muß die Bedürfnisse der höheren Stände berücksichtigen, das ist nicht mehr als recht und billig. Eines nicht mehr fernen Tages wird sich die Fahne der Didnis zu all den anderen gesellen.«

»Wie sieht denn die Fahne der Didnis aus, Euer Lordschaft?«

»Die Farben unseres edlen Hauses, mein Kind, sind leider im Nebel der Vergangenheit verlorengegangen.«

Joskys Gesicht verfinsterte sich.

»Das macht nichts«, tröstete der Meuchelmörder. »Da wir von Adel sind, haben wir ein Recht auf ein Wappen und eine Fahne. Da wir den Namen Didnis tragen, sind wir furchtlos und unternehmungslustig, und es steht uns durchaus zu, unsere Embleme selbst zu wählen. Was für eine Fahne wollen wir haben, Josky? Es ist an dir, das für alle Zeiten zu entscheiden.«

Joskys Gesicht hellte sich wieder auf. »Ich kann mir aussuchen, was ich will?«

»Was du willst.«

»Für immer?«

»Du hast das Wort eines lanthianischen Adeligen.«

»Nun denn.« Josky überlegte. »Ich glaube — Silber. Das ist die Farbe eines Schwerts. Und rot ist die Farbe des Blutes. Das paßt doch zu uns, nicht wahr? Silber und Rot für das Haus Whurm Didnis.«

»So soll es sein, mein Liebling! Und eines Tages wird diese Fahne von Lanthi Ume bis an die Küsten des Eismeers in hohem Ansehen stehen. Warte nur ab.«

»Ich weiß, Euer Lordschaft. Eines Tages werden wir so reich und angesehen sein, wie wir es verdienen. Besonders wenn wir diesen schwachsinnigen Lord Niemand ein für allemal in der Tasche haben. Aber wo ist nun eigentlich dieser Herzog?«

Wie als Antwort auf ihre Frage begannen unten die Musikanten aufzuspielen, und die Klänge eines Marsches wurden bis zur Spitze des Vezhni-Turms hinaufgetragen.

»Er kommt, Prinzessin, er kommt!«

Josky sprang an die Brüstung und beugte sich weit hinaus.

»Vorsichtig, Lady Josky!« warnte Didnis. »Dieser Turm ist angeblich unbewohnt, vergeßt das nicht. Macht niemanden auf unsere Anwesenheit aufmerksam.«

»Ich bitte um Verzeihung, Euer Lordschaft.« Josky trat zurück und kauerte sich hinter der Brüstung nieder, aber sie war so aufgeregt, daß es ihr nicht gelang, professionelle Gelassenheit zu wahren. Sie wippte leicht in der Hocke hin und her, und auf ihren Wangen brannten zwei rote Flecken. »Schau, da ist er, er steigt gerade aus seiner Sänfte! Deutlich zu sehen und leicht erreichbar!

Komm, wir holen ihn uns, Dad!« Sie griff nach der Armbrust.

Whurm Didnis entwand ihr sanft die Waffe. »Noch nicht, mein Kind. Noch nicht gleich. Du hast das Feuer eines echten Vollbluts, aber du mußt lernen, dich in Geduld zu fassen. Warte noch ein wenig.«

»Aber *warum,* Dad? Da ist er doch! Jetzt haben wir unsere Chance!«

»Ach, dieses jugendliche Ungestüm! Nun hör mir gut zu, meine kleine Josky, und lerne von mir. Gewiß ist unsere Beute in Reichweite, und möglicherweise würde ein gut gezielter Schuß den Herzog in diesem Augenblick zu Boden werfen, aber dieses Verfahren hätte gewisse Nachteile. Erstens befindet sich der Herzog inmitten seiner Freunde und Bediensteten. Sie drängen sich dicht um ihn. Die hochgewachsene, stattliche Frau an seiner Seite verdeckt ihn fast völlig, obwohl wir so hoch über ihnen sind.«

»Na und? Wir könnten ihn trotzdem erwischen, da bin ich ganz sicher.«

»Zweitens ist er in Bewegung. Sieh nur, mit welch energischen Schritten er auf das Floß zugeht. Beachte seine ungewohnte Wachsamkeit, seine ruckartig unberechenbaren, fahrigen Bewegungen. Er spürt ganz offensichtlich, daß er in Gefahr schwebt, und ist daher keineswegs ein einfaches Ziel.«

»Wir brauchen doch gar keine leichten Ziele, wir nicht.«

»Endlich zieht Seine Hoheit im Moment alle Blicke auf sich!«

»Was tut er?«

»Alle sehen ihn an, und wenn wir ihn jetzt erledigen, wird man ziemlich genau feststellen können, woher der Schuß abgegeben wurde, was wiederum unsere Chancen verringert, ungehindert zu entkommen.«

»Das ist mir egal, Euer Lordschaft! Ich fürchte mich nicht! Kommt, wir tun es!«

»Kind, Kind.« Whurm Didnis schüttelte lächelnd den Kopf. »Dein Mut und deine Begeisterung sind bewundernswert, aber du mußt ein wenig Klugheit lernen. Nun höre auf deinen Vater. Unnötige Risiken zahlen sich niemals aus. Ich weiß, es fällt dir schwer, das zu glauben, aber wenn du älter bist, wirst du feststellen, daß ein gewisses Maß an Vorsicht dein Leben um Jahrzehnte verlängern kann.«

»Vorsicht — pfui! Und was ist mit Ruhm, Dad? Was ist mit Ehre?«

»Man muß am Leben bleiben, um sie genießen zu können. Sieh hinab, Prinzessin. Die Gardisten helfen jetzt Seiner Hoheit vom Vezhni-Kai auf das herzogliche Floß. Gleich wird der Herzog auf seinen erhöhten Thron steigen, wird davor stehenbleiben, zur Menge sprechen und das Zeichen zum Beginn der Großen Parade geben. Die Musik wird anschwellen, die Boote werden sich in Bewegung setzen, und die Aufmerksamkeit der Menge wird sich auf die Schiffe richten. In diesem Moment wird der stehende Herzog ein deutlich sichtbares, absolut freies Ziel für den einzigen Schuß bieten, den die Umstände uns gestatten. Außerdem wird in der allgemeinen Verwirrung niemand sagen können, woher der Angriff erfolgte, und wir können uns ohne Hast entfernen. Nun sag mir, sind alle diese Vorteile es nicht wert, noch einen Augenblick zu warten?«

»Na ja, vermutlich schon«, räumte Josky ein. »Aber ich kann kaum noch stillsitzen, Euer Lordschaft!«

»Nur noch einen Moment, Mylady. Nur einen kurzen Augenblick noch.«

Unten bestieg Herzog Povon seinen Thron, und die Augen von Lanthi Ume wandten sich dem herzoglichen Floß zu. Die Zuschauer verstummten in Erwartung der Ansprache ihres Herrschers. Die Hausierer stellten ihr Geschrei ein, die Straßenmusikanten ihren Gesang, die Bettler ihre Klagen. Niemand unterhielt sich mehr, und die Stille, die sich über die Parnis-Lagune legte, wurde nur durch die Schreie der unbelehrbaren Seevögel gestört. Das ehrerbietige Schweigen der Bürger war zum großen Teil nichts als eine leere Geste, denn jedermann wußte, daß die Ansprache des Herzogs für die Mehrzahl der an den Ufern versammelten Zuschauer nicht vernehmbar sein würde. Herzog Povon war zwar ein erfahrener Redner, aber er konnte nicht hoffen, daß seine Stimme bis in die fernsten Winkel der Parnis-Lagune dringen würde. Seine Worte würden nur von jenen gehört werden, die sich mehr oder weniger in seiner unmittelbaren Umgebung befanden — von seinen Freunden, den Familienangehörigen und den Gardisten, die auf dem Floß postiert waren; von der in Samt und Seide gekleideten Aristokratie, die bequem unter dem großen Baldachin zu seiner Linken saß, und von einer etwas weniger distinguierten Gruppe, für die man zur Rechten Plätze freigehalten hatte. Auch die Schaulustigen an den Fenstern und auf den Dächern einiger umliegender Gebäude würden ihn verstehen, einschließlich der beiden auf der Spitze des Vezhni-Turms. Trotz alledem war das Schweigen der Lanthianer ein ermutigendes Zeichen, denn es brachte zum Ausdruck, daß die Bürger ihren Herrscher weiterhin schätzten, was wiederum bewies, daß Herzog Povons systematische Bemühungen, vor dem Gemeinen Volk die wahre Ursache seiner wirtschaftlichen und sozialen Schwierigkeiten zu verbergen, von Erfolg gekrönt waren. In letzter Zeit war es zunehmend schwieriger geworden, solche Täuschungen aufrechtzuerhalten, aber offenbar war das Gemeine Volk immer noch ahnungslos und daher loyal.

Der Herzog trat an den Rand der Plattform. Der gepolsterte Thron mit dem quastenbesetzten Baldachin stand mehrere Schritte hinter ihm. Nichts befand sich zwischen dem herzoglichen Haupt und dem Himmel. Povon stand völlig ungeschützt vor den Augen Lanthi Umes. Trotzdem wirkte er selbstbewußt. Sein Auftreten war entschieden, sein Blick war ruhig. Das Unbehagen, das ihn auf der gefährlichen Wegstrecke vom herzoglichen Palast zur Parnis-Lagune gequält hatte, war verflogen, denn hier fühlte er sich wohlbehütet. Das Floß selbst war nur wenige Minuten vor seiner Ankunft gründlich untersucht worden. Seine Balken waren fest zusammengefügt und frei von Sprengladungen. An Bord befanden sich nur vertrauenswürdige Personen — zu den wenigen Auserwählten zählten Familienmitglieder, enge Freunde, zwei der höchsten Würdenträger der Stadt und mehrere Gardisten, die ihre Tapferkeit bereits unter Beweis gestellt hatten, darunter Kommandant Krufaure. Weitere Soldaten hatten sich auf dem Vezhni-Kai postiert, um den Zugang zum Floß zu bewachen. Bewaffnete, herzogliche Agenten schlenderten, als gewöhnliche Zuschauer verkleidet, durch die Menge. Das herzogliche Floß war vollkommen sicher. Hier brauchte Seine Hoheit weder den Knall von Schießpulver noch das plötzliche Auftauchen eines messerschwingenden Fanatikers zu befürchten. Hier war Povon außer Gefahr.

Der Herzog begann mit seiner Ansprache. Seine geschulte, geübte Stimme drang beachtlich weit über das Wasser. Er sprach lange und ausführlich über lanthianischen Stolz, lanthianische Tradition, lanthianischen Mut und lanthianische Solidarität. Rings um die Lagune wurden die Zuschauer unruhig und warteten darauf, daß die Große Parade endlich begann.

Oben auf dem Turm zappelte auch Lady Josky unruhig hin und her, aber aus anderen Gründen. Ihre funkelnden Augen huschten vom Ziel zu ihrem Vater, weiter zur Armbrust, an der Didnis nun entlangspähte, und wieder zum Ziel zurück. Mehrmals schien sie zum Sprechen anzusetzen, verschluckte aber jedesmal ihre Worte. Endlich konnte sie sich nicht länger beherrschen und platzte heraus: »Euer Lordschaft, laßt es *mich* machen!«

»Wie?« Didnis drehte sich um und starrte sie verblüfft an.

»Laß *mich* den Herzog erledigen, Dad! *Bitte!*«

»Lady Josquinilliu.« Didnis schüttelte sanft tadelnd den Kopf. »So etwas tut man nicht. Nachdem jetzt der entscheidende Moment gekommen ist, dürft Ihr mich nicht von meiner Aufgabe ablenken.«

»Ich dachte, es sei *unsere* Aufgabe, Euer Lordschaft! Sind wir nicht Partner? Machen wir nicht alles gemeinsam?«

»Gewiß, mein Kind, aber du mußt doch verstehen ...«

»Glaubst du vielleicht, ich komme mit der Armbrust nicht zurecht? Du hast mich selbst ausgebildet und weißt, daß ich immer ins Ziel treffe. Hast du kein *Vertrauen* zu mir, Dad?«

»Ich vertraue dir blind, mein Kind, aber ...«

»Aber *was?* Wenn wir Partner sind, wenn du mir *wirklich* vertraust und das nicht nur so dahinsagst, dann mußt du mir jetzt eine Chance geben. Wenn du es ehrlich meinst, kannst du gar nicht anders. Außerdem *will* ich es, Dad!«

»Meine liebste Josky, ich habe den höchsten Respekt vor deinen Fähigkeiten ...«

»Aber du handelst nicht danach!«

»Ich setze absolutes Vertrauen in dich, trotz deiner Jugend und Unerfahrenheit ...«

»Unerfahrenheit — ha! Ha, Dad! Und was war damals, als ich Cheevo Gubbs mit dem Lebenden Draht erledigt habe — ganz allein? Und als der Verrückte Hubid dich gegen die Wand gedrängt hatte und dir das Messer an die Kehle hielt, und ich ihn von hinten aufgespießt habe? Wo wärst du da ohne mich gewesen?«

»Zweifellos erledigt.«

»Richtig. Erledigt. Du bist mir also einiges *schuldig,* Dad!«

»Mehr, als Worte zu sagen vermögen, Prinzessin.

Aber dies ist schließlich der wichtigste Auftrag meiner ganzen Laufbahn, und ich finde ...«

»*Deine* Laufbahn! *Dein* Auftrag! *Dein* Ruhm! Immer gehört alles *dir!* Das ist nicht fair, ich kann es nicht mehr hören! An mich denkst du überhaupt nicht!«

»Das ist nicht wahr, mein Liebling.«

»Dann beweist es, Euer Lordschaft! Laßt mich einen Schuß auf den Herzog abgeben! Ich *will* es! Ich kann es, und *ich will es!*«

»Meine Josky, verlang nicht von mir ...«

»Aha! Jetzt weiß ich endlich, was du wirklich von mir hältst!« Josky lief puterrot an. Ihre Augen blitzten wütend, und sie hämmerte mit der Faust auf die Brüstung. »Ich hasse dich!«

»Bitte, liebes Kind!«

»Ich werde dich immer hassen und dir nie verzeihen! *Niemals!*« Die Zornestränen liefen ihr über die Wangen.

Whurm Didnis gab nach. »Genug damit!« flehte er kläglich. »Mein Liebling soll ihren Willen haben!«

»Oh, sagenHAFT!« Im heißen Wind der Freude trockneten Joskys Tränen fast sofort. »Ich liebe dich, Dad! Gib mir die Armbrust!«

Widerstrebend reichte ihr Didnis die Waffe. »Du hast nicht mehr als einen Schuß, mein Schatz. Ziele sorgfältig. Nimm die Brüstung als Auflage.«

»Ich weiß, ich weiß!« Sie stützte sich auf die Balustrade und spähte fachkundig am Schaft entlang.

»Schieß erst, wenn der Herzog das Zeichen für den Beginn der Parade gibt. Er wird mit seiner Rede sehr bald fertig sein, also halte dich bereit.«

»Ich weiß, ich weiß. Sei jetzt still, du machst mich nervös.«

Unten fand der Herzog noch immer kein Ende. Er ging auf die lanthianische Geschichte ein, auf das lanthianische Bootswesen, den lanthianischen Wettkampfgeist. Seine Zuhörer raschelten, zappelten, husteten, fächelten sich und kauten. Und oben auf dem Turm fragte Lady Josky laut: »Will der alte Schwätzer denn ewig weiterfaseln?« Das lange Warten zehrte offensichtlich an ihren Nerven. Sie nagte an ihrer Unterlippe, und hin und wieder ging ein leichtes Zittern durch den Finger auf dem Abzug. »Nun beeil dich doch!« drängte sie gereizt.

»Ganz ruhig und methodisch, Prinzessin«, riet Whurm Didnis. »Wie bei einer Schießübung.«

»Ich weiß. Würdest du bitte den Mund halten? Du bist genauso schlimm wie der Herzog.«

»Du mußt ganz genau zielen.«

»Das habe ich *getan.*«

»Zieh den Abzug langsam durch!«

»Du machst meine ganze Konzentration kaputt!«

»Jetzt, Liebling, ich glaube, jetzt ist er fast ...«

»Endlich!« Josky hatte die unvollendete Bemerkung ihres Vaters falsch aufgefaßt und riß mit einem fast krampfhaften Ruck den Abzug durch. Die Bogensehne straffte sich mit einem lauten Schwirren, und der Bolzen raste auf das herzogliche Floß zu. Vater und Tochter warteten nur noch so lange, bis der Ausgang feststand.

»Du hast ihn verfehlt!« rief Whurm Didnis.

»Du hast mich erschreckt, und deshalb habe ich zu früh durchgezogen! Laß mich noch einen zweiten Schuß abgeben!«

»Keine Zeit, Prinzessin, keine Zeit. Laß den Bogen hier, und komm jetzt.«

»Nur noch einen ganz schnellen ...«

»Nicht jetzt.«

Mit ungewohnter Entschiedenheit trieb Whurm Didnis seine Tochter zur Falltür zurück. Von unten war ratloses Stimmengewirr zu hören, und das veranlaßte die beiden, sich zu beeilen. Flink ließen sie sich durch die Falltür hinab, kletterten die Leiter hinunter und liefen über die Wendeltreppe in Spiralen nach unten. Ein paar Minuten später standen sie wieder in der Eingangshalle, hielten sich aber nur kurz auf, um Joskys Eimer mit den Lappen und Bürsten zu holen, dann eilten sie zu der Tür, durch die sie hereingekommen waren, hoben die Riegelstange an und spähten hinaus. Draußen war die Straße völlig verlassen, aber auf der anderen Seite des Gebäudes, zum Wasser hin, waren drängende, fragende Stimmen und Schreie zu hören. Der Meuchelmörder und seine Tochter schlüpften aus dem Turm. Didnis zog das Vorhängeschloß aus der Tasche, hängte es wieder in den Haken ein und ließ es zuschnappen. Dann gingen die beiden — eine gewöhnliche Putzfrau und ihr greiser, nichtssagender Begleiter — um den Vezhni-Turm herum, machten einen Bogen um die danebenliegende Parnis-Kuppel, eilten den Fußpfad entlang, der zwischen zwei hochherrschaftlichen Häusern aus rosa Marmor hindurchführte, und tauchten sodann in der erregten Menge unter, die an den Ufern der Parnis-Lagune hin- und herwogte.

Herzog Povon war so in seine Ansprache an das lanthianische Volk vertieft, daß er den Armbrustbolzen nicht sah, der von der Spitze des Vezhni-Turms herunterraste und seinen Kopf nur um wenige Zoll verfehlte. Er spürte nur ganz kurz einen leichten Luftzug. Die winzige Brise küßte seine Wange und war auch schon vorüber. Er hätte der Sache gar keine Beachtung geschenkt, hätte er nicht einen Augenblick später einen Schmerzensschrei gehört. Povon unterbrach seine Rede und blickte von seiner Plattform hinab. Beskot Kor Malifon lag lang ausgestreckt auf den teppichbelegten Brettern des Floßes. Seine Schulter war blutbefleckt. Hinter dem Kopf des Verwundeten hatte sich ein kurzes, bedrohlich aussehendes Geschoß mit der Spitze tief in die Planken gebohrt. Povon reagierte prompt. »Man hat Euren Herzog angegriffen!« verkündete er, kletterte mit bewundernswerter Behendigkeit von seiner luftigen Höhe herunter und flüchtete sich zwischen seine getreuen Gardisten. Innerhalb eines Herzschlags hatten die Soldaten ihren Herrn umringt und einen massiven Wall aus Fleisch und Stahl gebildet, der ihn vor allen erdenklichen Gefahren schützte. Hinter dieser lebenden Mauer hockte Povon und klapperte vor Entsetzen mit den Zähnen. Ringsum marschierten die Gardisten auf, Informationen und Befehle wurden ausgetauscht, kleine, schnelle Trupps kamen und gingen. Povon achtete nicht darauf. Alles, was für ihn zählte, waren die festen Schranken, die ihn vom Untergang trennten.

Das plötzliche Verschwinden Seiner Hoheit verwirrte die Zuschauer, von denen niemand den Schuß bemerkt hatte. Der Herzog war von seiner Plattform herabgestiegen, ohne vorher das Signal für die Große Parade gegeben zu haben. Die Boote in der Lagune lagen noch immer vor Anker, während auf dem herzoglichen Floß unbegreiflicherweise hektische Betriebsamkeit herrschte. Innerhalb von Sekunden entstanden die ersten Gerüchte. Schließlich bemerkten die dem Floß am nächsten stehenden Bürger, daß jemand verletzt worden war. Die Nachricht breitete sich aus wie eine Seuche, und hundert verschiedene Deutungen wetteiferten darum, von der Öffentlichkeit akzeptiert zu werden. Es hieß, an Bord des Floßes sei ein Kampf ausgebrochen. Man erzählte sich, die herzoglichen Gardisten revoltierten. Angeblich war einer der hohen Adeligen getötet worden. Ungeachtet der Beteuerungen zahlreicher Klatschmäuler wußte freilich niemand genau Bescheid, und so wartete die Menge in fieberhafter Unschlüssigkeit.

Die Keldhaam Gnuxia ließ sich davon jedoch nicht anstecken. Als Mitglied des herzoglichen Kreises hatte Gnuxia sich darauf eingestellt, eine lanthianische Lustbarkeit über sich ergehen lassen zu müssen, die noch anstößiger war als sonst üblich. Als künftige Herzogin dieses rückständigen Volkes hatte sie keine andere

Wahl, als viele der bedauerlichen Exzesse dieser Menschen zu erdulden, wenn auch nicht zu ermutigen. Jetzt hatte sich freilich eine Situation ergeben, mit der sie bestens umzugehen wußte. Gnuxia erfaßte mit einem schnellen Blick in die Runde den verletzten Höfling, den aus den Planken ragenden Bolzen und schließlich die umliegenden Gebäude. Was sich abgespielt hatte, bedurfte keiner weiteren Erklärung. Schließlich wandte sie sich an den Kommandanten Krufaure, der sich mit anderen Gardisten um den völlig konfusen Herzog geschart hatte.

»Woher kam der Schuß?« wollte Gnuxia wissen.

»Dem Aufschlagswinkel nach zu urteilen, muß er von einem jener drei hohen Gebäude dort drüben abgegeben worden sein«, antwortete der Kommandant mit einer erläuternden Geste.

»Und?«

»Man hat zu jedem der Häuser bereits Suchtrupps ausgeschickt, Keldhaam. Alle Bürger, die innerhalb oder in der Nähe der Gebäude angetroffen werden, werden verhört und durchsucht.«

»Seine Hoheit ist unverletzt?«

»Vollkommen.«

»Und der sterbende Schwan dort?« Gnuxia deutete mit dem Daumen in Kor Malifons Richtung.

Krufaure hüstelte und hob die Hand, vielleicht, um sich über seinen glänzenden, blonden Schnurrbart zu streichen, vielleicht auch, um ein Lächeln zu verbergen. »Sergeant Pohniu, der einiges davon versteht, hat mir mitgeteilt, daß Lord Kor Malifons Wunde nur sehr oberflächlich ist. Trotzdem wurde ein Arzt gerufen.«

Zweifellos war der Mann ebenso kompetent wie gutaussehend. »Das genügt, Kommandant. Ich bin zufrieden. Ich sagte, ich bin zufrieden.«

»Es freut mich, Euren Beifall gefunden zu haben, denn ich empfinde große Achtung vor dem Urteil der Keldhaam.«

»Ich erwarte einen Bericht von Euch, sobald Eure Suchtrupps zurückkehren.«

»Man wird alle Informationen unverzüglich an die Keldhaam weiterleiten. Ich werde persönlich dafür sorgen.«

»Gut. Nun denn, soweit ist alles sehr vernünftig geregelt, Kommandant. Ich muß Eure Umsicht loben. Und jetzt gebt Euren Männern Anweisung, mir Zugang zu meinem Verlobten zu gewähren.«

»Wie die Keldhaam wünscht.« Krufaure neigte seinen Kopf mit dem gepflegten, blonden Haar, drehte sich um und gab seinen Männern einige Instruktionen, woraufhin sie sich teilten und Gnuxia den Weg zu ihrem jämmerlich zusammengekauerten Herzog freimachten. Der Kommandant blickte ihr nach. »Das ist eine prachtvolle Frau«, bemerkte er übergangslos, dann wandte er seine Aufmerksamkeit den jammernden Höflingen und Würdenträgern zu, die in ihrer hemmungslosen Verzweiflung das Floß unter Wasser zu setzen drohten.

Gnuxia begab sich an die Seite ihres Verlobten. Der Herzog kauerte auf dem Teppich, seine Augen waren glasig, der Schweiß stand ihm auf der Stirn. Gnuxia verschwendete keine Zeit damit, ihn zu bemitleiden. »Nun?« fragte sie. »Was gedenkt Ihr zu unternehmen?«

Povon schwieg.

»Ich fragte, was Ihr zu unternehmen gedenkt. *Sprecht!*«

Der Herzog sah ein, daß ihm eine Antwort nicht erspart bleiben würde. »Wie geht es meinem Freund Beskot?« versuchte er sich aus der Affäre zu ziehen.

»Er gebärdet sich so ängstlich und feige wie ein Weib, aber in Gefahr ist er nicht.«

Povon atmete erleichtert auf. Der Trost des Mondtraums von Uhanna ging ihm über alles, und nun sah es doch so aus, als würde die letzte, noch verbliebene Quelle nicht auch noch versiegen. Diese Erkenntnis gab ihm neuen Mut. »Mich schützen«, murmelte er fast unverständlich. »Meine Feinde angreifen. Angreifen. Grizhni. Angreifen.«

»Ihr kämpft gegen Hirngespinste, Verlobter«, bemerkte die Keldhaam ungeduldig. »Ich sage Euch ...«

»Ich werde angreifen«, verkündete der Herzog mit solcher Heftigkeit, daß Gnuxia erst einmal verstummte. »Ich werde den größten Angriff führen, den die Welt je erlebt hat. Ich werde eine gewaltige Streitmacht zusammenziehen, das Nazara Sin überfallen und meine Feinde ein für allemal ausrotten.«

»Das ist doch Torheit!«

»Alle«, beharrte Povon fast wie im Wahn. »Alle auf einmal. Grizhnis Sohn — Grizhnis Witwe — den lanthianischen Verräter, der die beiden unterstützt — die Weißen Dämonen — alle. Alle sollen sie sterben. Erst dann werde ich in Frieden und Sicherheit und frei von Alpträumen leben können. Erst dann.«

»Ihr würdet viel besser daran tun, Euch zu überlegen ...«

»Eine große Streitmacht«, wiederholte der Herzog. »Und völlige Vernichtung. Völlig.«

In diesem Punkt legte Seine Hoheit eine ungewöhnliche Entschlossenheit an den Tag. Er würde sich durch kein vernünftiges Argument von seiner Absicht abbringen lassen, soviel war klar, denn die Keldhaam Gnuxia hatte bereits alles versucht, ohne Erfolg zu haben. Gegen Povons Blutdurst war nicht anzukommen.

Die gründliche Suchaktion der herzoglichen Garde führte nicht zur Verhaftung des gescheiterten Attentäters. Auf der Plattform des unbewohnten Vezhni-Turmes entdeckte man eine Armbrust und die Überreste einer Mahlzeit, aber keinen Hinweis, wo sich die Besitzer dieser Gegenstände aufhalten könnten. Niemand war dabei beobachtet worden, wie er das Gebäude betrat oder verließ. Der — oder die — Mörder waren wie vom Erdboden verschwunden.

Im Lichte der bedauerlichen Vorfälle dieses Morgens wurde die Parnis-Regatta verschoben. Vierundzwanzig Stunden später begann die Große Parade ohne herzogliche Eröffnungsansprache mitten in einem Wolkenbruch, begleitet von heftigen Winden, die die *Zauberwald* zum Kentern brachten.

11

Lady Verran hatte sich nicht mit der Absicht auf den Weg gemacht, Rillif Har Fennahar nachzuspionieren. Nur durch Zufall hatte sie ihn in einiger Entfernung in einem der Korridore erspäht, und sein sonderbares Verhalten hatte ihre Aufmerksamkeit erregt. Danach ließ ihr die Neugier keine Ruhe mehr. Sie schlenderte unauffällig hinter ihm her, und je länger sie ihn beobachtete, desto sonderbarer benahm er sich. Fennahar ging langsam, und sein Blick schweifte so wachsam über Wände und Fußboden, daß dahinter mehr als nur beiläufiges Interesse zu stecken schien. Jede Bewegung wirkte zielgerichtet und wohlüberlegt: Alles in allem vermittelte er den Eindruck eines Mannes, der einen Auftrag hatte. Er schien wieder einmal nach etwas zu suchen. Aber wonach? Und warum rückte er nicht mit der Sprache heraus und fragte einfach nach dem betreffenden Gegenstand, anstatt heimlich herumzuschnüffeln? Noch dazu, wenn solche Heimlichkeiten seinem ganzen Wesen so fremd zu sein schienen? Und warum vor allem schwenkte er seine linke Hand so merkwürdig hin und her?

Fennahar hielt den Arm ausgestreckt wie eine Wünschelrute. Manchmal hob er ihn zur Decke, dann senkte er ihn wieder zum Boden hin. Als er zu einer Weggabelung kam, bewegte er die linke Hand zuerst in die eine, dann in die andere Richtung, als warte er auf ein Zeichen von einer übersinnlichen Macht. Nach kurzem Zögern wandte er sich dem linken Ast zu, und Verran folgte ihm in geringer Entfernung. Bald wurde offenbar, daß er dem tief unter der Erde gelegenen Raum zustrebte, der das großartige, von Fal Grizhni geplante und kognitiv betriebene Heizungssystem beherbergte. Verrans Unbehagen wuchs. Was konnte Fennahar mit dem Heizungssystem vorhaben? Wurde er nur von wissenschaftlichem Interesse geleitet, oder wollte er etwas beschädigen? Die Zerstörung von Fal Grizhnis Anlage würde die Vardrul auf einen Schlag riesiger Tunnelsysteme berauben, deren Bewohnbarkeit nur durch die Kognition gesichert war. Ein lauter Schrei, ein trillernder Ruf hätte innerhalb von wenigen Augenblicken Dutzende von Vardrul auf den Plan gerufen. Es wäre kein Problem gewesen, Fennahar aufzuhalten. Aber Verran schwieg. Der Mann vor ihr hatte erst vor wenigen Kleinen Vens im Kampf gegen die herzoglichen Gardisten sein Leben riskiert, um die Höhlen zu verteidigen — wohl kaum die Handlungsweise eines Feindes. Außerdem versicherten ihr ihre tiefsten Instinkte, daß er vertrauenswürdig war. Und doch ...?

Was hat er vor?

Er folgte dem steil abfallenden Gang bis hinunter zu dem Raum, den die Vardrul nur selten zu betreten wagten. Grizhnis Mechanismus war so konzipiert, daß er auf unbegrenzte Zeit selbständig mit höchster Leistung arbeitete und keinerlei Wartung brauchte. Eine so perfekte Anlage ließ man am besten völlig in Ruhe, und deshalb hielten sich die Vardrul meist in respektvoller Entfernung. Der Raum war leer, als Fennahar ihn erreichte. Verran sah, wie er am Eingang stehenblieb und das Silberband an seinem linken Handgelenk betastete, und dabei kam ihr zum erstenmal in den Sinn, daß dieser Reif vielleicht mehr als nur ein Schmuckstück sein könnte, an das sich sentimentale Erinnerungen knüpften. Fennahar berührte das Metall vorsichtig mit den Fingerspitzen, streifte dann das Armband von seinem Handgelenk und steckte es in eine Tasche. Fast, dachte Verran, als habe ihm das Silber das nackte Fleisch verbrannt. Warum?

Sich immer noch das linke Handgelenk reibend, trat Fennahar in den Raum. Aus ihrem Versteck hinter einem Stalagmiten im Korridor konnte Verran sehen, wie er sich der eigentlichen Energiequelle näherte. Sie erstarrte. Der Forscher hatte jedoch eindeutig nichts Böses im Sinn. Obwohl er die Anlage mit großem Interesse von allen Seiten betrachtete, machte er keine Anstalten, sie zu berühren. Endlich wandte er sich anderen Dingen zu, er durchstreifte den Raum, um jede Ritze und jede Spalte mit großer Sorgfalt zu kontrollieren. Viel gab es nicht zu sehen, und die Suche war bald beendet. Fennahar stand reglos da, runzelte die Stirn und war offenbar tief in Gedanken versunken. Einmal schüttelte er den Kopf, wie um einen unangenehmen oder abwegigen Gedanken zu vertreiben. Dann berührte er die Tasche, in der das Armband steckte, und seine Miene wurde noch finsterer. Unvermittelt drehte er sich um und strebte dem Ausgang zu. Verran hatte kaum Zeit gehabt, sich weiter zurückzuziehen, als er auch schon herauskam. Er blieb nur so lange stehen, bis er sich den Silberreif wieder angelegt hatte, dann machte er sich mit zielbewußten Schritten auf den Weg durch den Korridor. Verran starrte ihm einen Moment lang nach, dann nahm sie ihre heimliche Verfolgung wieder auf.

Er führte sie zu den Tunnels und Grotten zurück, die sie am besten kannte. Ja, er führte sie direkt zu dem künstlich geglätteten und symmetrisch gestalteten Bogen, der den Eingang zu ihren eigenen Gemächern bildete, und dort blieb er stehen und rief ihren Namen. Er wollte ihr also einen Besuch abstatten. Verran hätte fast geantwortet, aber anhaltende Zweifel und ungestillte Neugier lähmten ihr die Zunge. Er rief noch einmal nach ihr, dann legte er lauschend den Kopf an die gewebten Portieren, die den Eingang verhüllten. Nach einem schnellen schuldbewußten Blick den Gang entlang schlüpfte er hindurch.

Verran stockte der Atem, sie schwankte zwischen Verwirrung, Staunen und Empörung. Was wollte er, und *wie konnte er es wagen, unaufgefordert ihre Privaträume zu betreten?* Flüchtig ging ihr durch den Sinn, ihre extreme Reaktion auf sein Eindringen zeige deutlich, wie wenig die Vardrul bisher ihre Denkweise hatten beeinflussen können — die Vardrul hatten nämlich kaum einen Sinn für persönlichen Besitz und besaßen in ihrer Sprache kein Wort, das den Begriff des ›Eindringlings‹ ausgedrückt hätte. Vor allem verstärkte jedoch das Gefühl, verraten worden zu sein, ihren Zorn. Verran nahm sich nicht die Zeit, ihre Gefühle genauer zu analysieren, sondern trat schnell an den Bogen, schob den Vorhang beiseite und blickte in den Raum. Fennahar war gerade dabei, alles zu durchsuchen, er durchstöberte schnell ihre wenigen Habseligkeiten, schnüffelte hinter den Stalagmiten herum und fuhr mit den Händen über die Bildteppiche, die sie eigenhändig gewebt hatte. Als sie das sah, machte ihr Herz einen Satz, und sie blieb einen Augenblick stehen, um ihrer Gefühle Herr zu werden. Erst dann trat sie ein.

Er stand mit dem Rücken zu ihr, über eine kleine Nische gebeugt, in der sie ihre kostbaren Schreibutensilien aufbewahrte, und begutachtete den Inhalt — die selbstgefertigten Federn und die Tinte, die Stoffrollen, die ihr als Papierersatz dienten. Verran holte tief Atem. Als sie sprach, klang ihre Stimme ganz ruhig, und sie wiederholte unwillkürlich die Worte, die Terrs Fal Grizhni gebraucht hatte, als er sie vor siebzehn Jahren in seinem Arbeitszimmer überrascht hatte. »Was wollt Ihr hier?«

Fennahar richtete sich ruckartig auf und fuhr zu ihr herum. Einen Augenblick lang war sein Gesicht bleich, dann stieg eine tiefe Röte in seine Wangen. In diesem Augenblick hatte er große Ähnlichkeit mit dem sechzehnjährigen Jungen, den sie in Lanthi Ume gekannt hatte, und diese Erinnerung machte sie gefährlich wehrlos. Er sagte nichts.

»Nun, Ril?«

Fennahar fand die Sprache wieder. »Es tut mir aufrichtig leid, Verran.«

Sie sah ihn nur an.

»In einer Hinsicht bin ich froh, daß dies passiert ist. Jetzt kann ich dir wenigstens erzählen, warum ich hier bin. Das wollte ich schon die ganze Zeit.«

»Warum hast du es dann nicht getan? Wäre das denn so schwierig gewesen?«

»Ja. Ich wußte nicht, wie du reagieren würdest. Ich weiß es noch immer nicht.«

»Worauf reagieren?« Ihr Gesicht wurde hart. »Hat dich der Herzog von Lanthi Ume geschickt?«

»Nein, mein Onkel Jinzin Farni hat mich geschickt.«

»Wozu?«

»Um die Aufzeichnungen und Notizbücher deines Gemahls zu holen.«

»Wie kommt er — oder du — darauf, daß sie hier sein könnten?«

»Onkel Jin hat immer geglaubt, daß du sie in Verwahrung hast, aber bis vor kurzem hatte er keine Ahnung, wo du zu finden sein könntest.«

»Aha, ich verstehe. Das war es also, wonach du in den vergangenen Kleinen Vens ständig gesucht hast.«

»Du hast mich gesehen?«

»Oft genug. Und jetzt weiß ich endlich, was du vorhast. Jinzin Farni möchte also seine Macht vergrößern, indem er sich des Wissens und der Geheimnisse seines Vorgängers bemächtigt.«

»Das ist nicht seine Absicht.«

»Du bist also unter einem Vorwand hierhergekommen und hast dich als Freund ausgegeben. Anstatt ehrlich um das zu bitten, was dein Onkel will, hast du uns belogen, uns etwas vorgeheuchelt und insgeheim unsere Privaträume durchsucht.« In ihren blauen Augen blitzte eiskalte Verachtung.

»Ja. Das alles ist wahr, und es gibt keine Entschuldigung dafür. Die einzige Erklärung, die ich zu bieten habe, ist, daß ich es nicht riskieren konnte, dir die Wahrheit zu erzählen — dazu stand zuviel auf dem Spiel.«

»Die Macht und das Ansehen Jinzin Farnis stehen auf dem Spiel. Sind sie so viel wert?«

»Du verstehst nicht, Verran. Es steckt viel mehr dahinter, so viel mehr, daß ich nicht gewagt habe, mich dir anzuvertrauen, obwohl es mich danach drängte. Wenn Fal Grizhnis Schriften nicht gefunden werden, ist eine Katastrophe unvermeidlich. Viele werden sterben, alle werden leiden, und schließlich wird die gesamte Insel Dalyon für die Menschheit verloren sein.«

Wortlos wartete sie auf eine Erläuterung.

»Ehe Großmeister Grizhni starb«, fuhr Fennahar fort, »hat er einen Fluch der Finsternis ausgesprochen, der, wenn er zur Wirkung gelangt, das ganze Land für Menschen unbewohnbar machen wird. Diese Finsternis wird eines Tages im Zentrum der Insel entstehen und sich zum Meer hin ausbreiten, sie wird giftig sein und dem Vernehmen nach der Menschheit jeden moralischen Halt nehmen. Kein Mensch kann hoffen, lange darin zu überleben, und wer nicht aus Dalyon fliehen kann, wird sterben. Dieser Fluch verschont niemanden, weder Freund noch Feind, weder Mann noch Frau oder Kind.«

»›Denn ich spüre den Drang, solches Unheil über meine Feinde und ihre Nachkommen zu bringen, daß diese Insel für alle Zeiten davon gezeichnet wäre‹«, zitierte Verran leise und schauderte, als sie sich an den Gesichtsausdruck ihres Gemahls an jenem Tag erinnerte.

»Verran?«

»Das hat er einmal vor langer Zeit zu mir gesagt, und ich habe es nie vergessen«, erklärte sie. »Bitte sprich weiter!«

»Man kann wohl kaum den Standpunkt vertreten, daß die persönliche Unbill, die Fal Grizhni erleiden mußte, einen so gewaltigen Racheakt ohne Ansehen der Person rechtfertigen würde. Fal Grizhni hat sein Leben verloren. Dafür nimmt oder zerstört er nach seinem Tod das Leben von Tausenden von Unschuldigen. Selbst Jinzin Farni, der Grizhnis Anhänger war und mit ihm sympathisierte, kann das nicht hinnehmen. Mein Onkel hat vor Jahren von diesem Fluch erfahren und hält sich für fähig, die Kognition zu brechen, vorausgesetzt, er bekommt Zugang zu den Informationen, die in Grizhnis Unterlagen enthalten sind. Nachdem er vor kurzem herausgefunden hatte, wo du dich aufhältst, hat er mir ein Armband gegeben, das sich in der Nähe kognitiver Einflüsse erwärmt, und mich dann hierhergeschickt, damit ich die Schriften an mich bringe. Und das ist alles.«

Verran verarbeitete das alles eine Weile schweigend. Sie war innerlich zutiefst aufgewühlt, aber ihre Gefühle wurden von der festen Überzeugung beherrscht, daß Rillif Har Fennahar die Wahrheit sprach. Bis zu diesem Augenblick war sie noch gar nicht auf die Idee gekommen, daß ihr Gemahl vielleicht eine Möglichkeit gefunden haben könnte, sich zu rächen. Was sie jedoch nun erfahren hatte, leuchtete ihr sofort ein. Sie zweifelte auch nicht daran, daß sein Racheplan, wenn er überhaupt in Kraft trat, gewaltige Auswirkungen haben würde. So etwas paßte nur zu genau zu Fal Grizhni.

»Aber du hast es mir erst gesagt, als du gar nicht mehr anders konntest«, bemerkte sie schließlich langsam. »Wenn du die Bücher entdeckt hättest, hättest du sie dann genommen und dich heimlich davongemacht?«

»Ach, du hast sie also?«

Ihre Lippen spannten sich, als sie ihren Fehler erkannte, aber die Worte waren bereits heraus. »Sie sind hier«, gestand sie knapp. »Aber du hast meine Frage noch nicht beantwortet. Hättest du sie einfach an dich genommen ohne ein Wort zu sagen? Hättest du meinem Sohn sein Erbe gestohlen, die einzige Erinnerung an seinen Vater?«

Er konnte ihrem Blick nicht standhalten. »Ich weiß es

nicht. Ich hätte mich selbst dafür gehaßt, aber vielleicht wäre es nötig gewesen. Ich konnte dich doch wohl nicht gut um Erlaubnis fragen.«

»Wieso nicht? Warum konntest du nicht aufrichtig sein? Warum konntest du mir nicht sagen, was Lord Grizhni getan hat, und mich um Hilfe bitten?«

»Ich wußte nicht, ob du sie mir gewähren würdest. Schließlich hast du nicht nur deinen Gemahl verloren, sondern auch deine Heimat, deine Stadt, alles, was du hattest. Es wäre nicht verwunderlich, wenn dich das verbittert hätte. Was weiß ich, du könntest die Pläne deines Gemahls sogar unterstützen, aus Loyalität gegenüber seinem Andenken.«

Könnte das sein? Früher einmal hätte ich alles verziehen und verteidigt, was Lord Grizhni tat — alles. Ich dachte, das erfordere die Loyalität. Und jetzt? Plötzlich sah sie im Geist das Gesicht ihres Gemahls vor sich. Sie sah wieder das seltene Lächeln, das ihn so völlig verwandeln konnte, dieses Lächeln, das außer ihr nur wenige Sterbliche je erblickt hatten. Aber sie sah auch die finstere, starre Miene, die er gewöhnlich der Welt gezeigt hatte, und bei der Erinnerung daran fröstelte sie. *Ihr habt falsch gehandelt, Mylord,* sagte sie zu dem Bild. *Diesmal kann ich Euch nicht folgen. Ihr habt die Finsternis anstelle des Lichts, den Tod anstelle des Lebens gewählt, so einfach ist das im Grunde genommen. Ihr habt wohl getan, was Ihr mußtet. Ihr habt gewählt, wie es Euch Euer Wesen und die Umstände Eures Lebens diktierten. Aber ich werde nicht so entscheiden.*

»Ich unterstütze seine Pläne nicht«, sagte sie. Das Bild ihres Gemahls verblaßte und versank wieder zwischen den heiligsten Erinnerungen ihres Lebens, wo es hingehörte. Jetzt stand Rillif Har Fennahar vor ihr. Sie blickte ihm fest in die Augen und wiederholte: »Ich unterstütze seine Absichten keineswegs.«

»Dann wirst du mir helfen?«

»Indem ich dir Lord Grizhnis Bücher übergebe, damit du sie dann rasch nach Lanthi Ume zurückbringen kannst?«

Er nickte.

»Ja«, antwortete sie nach kurzem Zögern. »Du sollst sie haben.«

»Ich wünschte, ich wäre vernünftiger gewesen und hätte mich dir gleich anvertraut, Verran ...« Die Worte schienen ihm ein wenig schwerzufallen. »Selbst wenn ich diese Unterlagen gefunden und sie ohne dein Einverständnis mitgenommen hätte — ich hätte sie bei Onkel Jin abgeliefert — und hinterher wäre ich zurückgekommen. Ich wäre wiedergekommen, um dir alles zu erklären.«

»Ja. Nachdem es geschehen war.«

»Besser als gar nicht.«

»Aber nicht viel.« Sie konnte sich ein Lächeln nicht verkneifen, aber es verschwand schnell, als sie bemerkte: »Wenn du dich hier wieder blicken ließest, nachdem du diese Unterlagen gestohlen hättest, dann müßtest du dich nicht nur mit meinem Groll auseinandersetzen. Du müßtest auch mit Terrs rechnen. Er würde dir nie verzeihen, und bei der Stellung, die er hier innehat, könnte er dich seinen Zorn empfindlich spüren lassen. Für die Vardrul ist er inzwischen eine Art Anführer geworden. Einige sprechen ihn sogar als Grizhni/Zmadrc-Patriarch an. Außerdem hat er sie gelehrt, Gewalt anzuwenden. Wenn er ihnen befehlen würde, dich zu züchtigen — sogar, dich zu töten —, ich glaube, sie würden ihm gehorchen. Und wenn du das Eigentum seines Vaters stehlen würdest, das ihm sehr kostbar ist, würde er das wohl tun. Die Angriffe auf seine Heimat und der Mord an seinen Freunden haben alles zutage gefördert, was an Brutalität und Rachsucht in ihm steckt. Ich glaube, er würde tatsächlich so weit gehen, dich töten zu lassen.«

»Er wäre zutiefst empört, und dazu hätte er auch allen Grund. Aber Terrs und ich kennen uns inzwischen recht gut. Ich glaube, der Junge betrachtet mich als seinen Freund. Meinst du nicht, er ließe sich vielleicht dazu bewegen, mir zu verzeihen ...«

»Gerade wegen eurer Freundschaft würde ihn ein solcher Verrat um so schmerzlicher treffen. Und was das Verzeihen angeht — nun, er ist der Sohn seines Vaters.«

»Und wenn ich nun die Unterlagen nehme, und er findet heraus, daß du mir geholfen hast?«

»Das ist etwas anderes. Schließlich wurden die Schriften mir übergeben. Ob es Terrs nun paßt oder nicht, ich habe das Recht, so über sie zu verfügen, wie ich es für richtig halte.«

»Du bist böse auf ihn, nicht wahr?«

»Ja«, antwortete sie ein wenig überrascht, »das stimmt.«

»Dann hör zu, Verran. Wenn ich von hier fortgehe, werde ich also nicht mehr zurückkehren können.« Sie sah ihn erschrocken an, und er fuhr schnell fort. »Deshalb möchte ich dich bitten, mit mir zu kommen. Du kannst nicht weiter so leben, an einem solchen Ort. Hier gehst du langsam aber sicher zugrunde. Ich weiß, daß dir Lanthi Ume verschlossen ist, aber an der Straße nach Hurba gibt es, gar nicht allzu weit von hier, eine kleine Stadt mit einem anständigen Gasthaus. Wenn ich dich zu diesem Gasthaus brächte, könntest du dort auf mich warten, bis ich meine Angelegenheiten in Lanthi Ume erledigt habe. Dann würde ich zu dir kommen, und wir könnten miteinander fortgehen, nach Strell vielleicht oder nach Szar ...«

»Aber Ril, was ist mit deinen Besitzungen, den Verpflichtungen gegenüber deiner Familie ...«

»Du vergißt, daß ich von Agenten des Herzogs gesehen und zweifellos auch erkannt wurde. Ich habe zugunsten der Weißen Dämonen gegen die Gardisten Partei ergriffen. Schon allein deshalb könnte man mir durchaus vorwerfen, ich habe Lanthi Ume verraten.

Auch für mich ist es schwierig geworden, in die Stadt zurückzukehren. Wenn ich meinen Onkel besuche, werde ich es im geheimen tun müssen.«

»Das ist ja schrecklich! Aber es ist doch sicher noch nicht zu spät, um deinen Frieden mit dem Herzog zu machen! Der Einfluß deines Onkels ... das Ansehen deiner Familie ...«

»Das ist nicht so wichtig, an alledem liegt mir nichts. Was mich jetzt am meisten berührt, ist deine Entscheidung. Willst du mit mir kommen? Wir könnten heiraten, Kinder haben. Seit ich dich wiedergesehen habe, ist mir klargeworden, warum ich nie jemand anderen heiraten wollte. Komm mit mir — wir wären glücklich miteinander.«

Ja, dachte sie. *Wir wären wirklich glücklich. Es wäre nicht das gleiche wie mit Lord Grizhni — einen zweiten Lord Grizhni wird es niemals geben. Aber mit Ril wäre es in mancher Hinsicht sogar besser. Ihn würde ich verstehen. Wir könnten zusammen lachen, es gäbe keine Schatten, wir würden uns nahe sein, wie es unter gleichgearteten Menschen üblich ist. Und wir hätten Kinder, die im Sonnenlicht aufwachsen würden — normal, gesund, froh, am Leben zu sein, Menschen zu sein. Glückliche, liebevolle Kinder, nicht so wie ...*

»Terrs«, sagte sie laut. »Was ist mit Terrs?«

»Er könnte mit uns kommen.«

»Er würde nie von hier fortgehen.«

»Sei dir da nicht so sicher. Er wird allmählich neugierig auf die Welt. Nicht nur das, es drängt ihn sehr, mehr über die Kognition zu erfahren, und das kann er hier nicht.«

»Ich glaube trotzdem nicht, daß er mitkommen würde.«

»Und wenn schon? Terrs ist erwachsen, Verran. Er ist alt genug und klug genug, um selbst zu entscheiden, und er wird sich dabei wahrscheinlich auch nicht von Rücksichten auf dein Wohl oder deine Wünsche beeinflussen lassen.«

»Das weiß ich. Aber die Vorstellung, meinen Sohn einfach *seinem Schicksal zu überlassen* ...«

»Obwohl es vielleicht genau das ist, was er selbst will?«

»Er wäre der einzige Mensch in den Höhlen — ständig von herzoglichen Gardisten gejagt ...«

»Du könntest es also nicht über dich bringen, dich von ihm zu trennen?«

»Ich weiß es nicht.« Sie schüttelte den Kopf. »Wenn mein Sohn mitspielt, dann werde ich gern mit dir gehen. Ich wünsche es mir sehr. Aber wenn Terrs nicht nachgibt — dann weiß ich nicht. Ich kann mich nicht so schnell entscheiden, ich brauche Zeit zum Überlegen.«

Fennahar nickte, und Verran sah, daß er sich, nicht ganz mit Erfolg, bemühte, seine Enttäuschung zu verbergen. Fast hätte sie auf der Stelle zugestimmt, mit ihm zu gehen. Der Wunsch war fast überwältigend stark, und die Worte schwebten ihr schon auf den Lippen. Aber anstatt sie auszusprechen, schlug sie vor: »Laß uns zuerst die Sache mit Lord Grizhnis Unterlagen klären. Wir müssen einen Weg finden, sie in die Hand zu bekommen.«

»Du sagtest aber doch, du könntest damit verfahren, wie du es für richtig hältst.«

»Sicher, aber ich weiß nicht, ob es klug wäre, sich auf Formalitäten zu versteifen. Terrs wird nicht damit einverstanden sein, wenn er es herausfindet.«

»Wenn man ihm die Situation so erklärt, wie ich sie dir erklärt habe ...«

»Terrs ist nicht wie ich, Ril. Was Oben geschieht, kümmert ihn nicht oder nur wenig. Ich glaube, er würde alles tun, was in seinen Kräften steht, um die Schriften seines Vaters zu behalten, und er hat mittlerweile sehr viele Möglichkeiten.«

»Vielleicht schätzt du den Jungen falsch ein.«

»Vielleicht. Aber das ließe sich nur feststellen, indem man ihm einfach die Wahrheit sagte. Du hast dich mir erst anvertraut, als du keine andere Wahl mehr hattest. Würdest du es jetzt riskieren wollen, bei meinem Sohn anders zu verfahren?«

Fennahar schüttelte widerstrebend den Kopf. Nachdem er einen Augenblick überlegt hatte, fragte er: »Ist an die Unterlagen so schwer heranzukommen?«

»Ja, in gewissem Sinne schon. Sie werden in einer der ältesten Höhlen, der Bastion, aufbewahrt. Der Raum selbst ist weder versperrt, noch wird er bewacht — solche Vorsichtsmaßnahmen sind bei den Vardrul unbekannt. Allerdings hält sich Terrs selbst fast ständig dort auf, besonders in letzter Zeit. Er hat sich aus Lord Grizhnis Unterlagen einiges über die Kognition angeeignet. Und seit dem letzten Angriff der Gardisten studiert er ununterbrochen — er versucht, neue Möglichkeiten zu finden, um die Höhlen zu verteidigen, weißt du. Er verbringt jede Koloration in der Bastion — seit mehreren Kleine Vens ist er nicht mehr herausgekommen. Er würde nicht einmal essen, wenn ich ihn nicht ständig bedrängte, und ich glaube nicht, daß er überhaupt schläft. Er ist ununterbrochen mit seinen Versuchen beschäftigt, und ich weiß nicht, was zuerst versagen wird, seine Kraft oder sein Verstand.« Sie beherrschte sich mit Mühe. »Kurz und gut, die Unterlagen sind niemals unbewacht.«

»Kannst du mich zur Bastion führen?«

»Kein Problem. Ich bringe dich zur Violetten Koloration hin, da schläft fast alles. Terrs wird freilich nicht schlafen.«

»Nun, dann muß man ihn überreden, sich etwas Ruhe zu gönnen. Hier kommt der mütterliche Einfluß ins Spiel.«

»Der ist nicht vorhanden.«

»Das kann nicht sein. Der Junge ist doch inzwischen sicher erschöpft, glaubst du nicht, daß du ihn dazu bringen könntest, in seinen eigenen Raum zu gehen, um etwas zu essen und sich auszuruhen?«

»Er hat keinen eigenen Raum und wollte auch nie einen. Er schläft in den Gemeinschaftsgrotten der Zmadrc.«

»Dann eben in deine Gemächer. Hierher. Irgendwohin, wo du ihn im Auge behalten kannst.«

»Ich weiß nicht. Es wird nicht einfach sein, aber ich werde tun, was ich kann.«

»Ich müßte die Bastion nur ein paar Augenblicke lang für mich allein haben.«

»Und danach wirst du endgültig fortgehen.«

»Ja. Und ich möchte gerne, daß du mich begleitest. Bis zum Kolorationswechsel dauert es sicher noch mehrere Stunden. Wirst du diese Zeit nützen, um über meinen Vorschlag nachzudenken?«

Sie nickte. »Ich könnte gar nicht anders, selbst wenn ich wollte. Aber ich habe ja noch nicht einmal mit Terrs gesprochen. Und wenn nun ein Wunder geschähe — wenn er bereit wäre, mit uns zu gehen — und dann entdecken müßte, daß du ihm hinter seinem Rücken die Schriften entwendet hast? Er würde nie wieder einem Menschen vertrauen. Ril, können wir nicht noch ein wenig warten? Noch ein bißchen mehr Zeit vergehen lassen …«

»Ich wage es nicht. Fal Grizhnis Schriften müssen nach Lanthi Ume zurückgebracht werden — das ist das wichtigste, und es bedeutet, daß ich sie von hier fortschaffen muß, ehe die Gardisten wieder in die Höhlen einfallen. Daß sie kommen werden, wissen wir beide. Außerdem könnte Fal Grizhnis Fluch jederzeit über uns hereinbrechen. Vielleicht dauert es noch Jahrhunderte, vielleicht ist es auch morgen schon so weit. Wir kennen den Zeitpunkt nicht, und wir können nicht davon ausgehen, daß uns noch eine Frist bleibt. Außerdem ist der Adept, der am besten dazu befähigt ist, den Fluch zu brechen — mein Onkel Jin nämlich — todkrank. Ich fürchte, er wird nicht mehr sehr lange leben. Wenn er nicht mehr ist, gibt es keinen Kognoszenten von vergleichbarem Können mehr und auch niemanden, der so klar durchschaut, in welcher Gefahr wir schweben. Onkel Jin muß diese Unterlagen unverzüglich bekommen. Nein, Verran. Ich habe ohnehin schon zu lange gewartet.«

Sie versuchte nicht, ihn umzustimmen. »Schön. Beim Kolorationswechsel schlagen wir zu. Bis dahin möchte ich alleine sein. Ich muß nachdenken.«

Stunden später — die Wände bestimmter Tunnel und Grotten hatten die unbestimmte Braunfärbung angenommen, die den Wechsel von der Roten zur Violetten Koloration anzeigte — näherte sich Lady Verran der Bastion. Sollte sie mit ihrem Sohn im Schlepptau wieder auftauchen, dann wußte Fennahar, der sie beobachtete, daß die Luft rein war und er seinen Diebstahl begehen konnte.

Kein Diebstahl, mahnte sie sich selbst. *Die Schriften gehören mir, und er nimmt sie mit meinem Einverständnis an sich.* Ganz überzeugen konnte dieses Argument sie freilich nicht, und sie wurde immer nervöser, je näher sie der Kammer kam. Von innen hörte sie Stimmengemurmel.

Jemand ist bei ihm. Sie lauschte eine Weile und konnte die Worte gut verstehen.

»Nun dauert es nicht mehr lange, bis mein Zukünftiger mein Bruder/Gemahl wird.«

Verran erkannte die Stimme von Zmadrc Vierzehn.

»Das ist wahr. Meine Disharmonie schwindet von Koloration zu Koloration mehr«, gab Terrs summend zur Antwort.

»Bald wird das Ruu der Sippe phasengleich mit dem Lvjirri sein.«

Wovon redeten sie nur? Sobald Verran die Bastion betrat, wußte sie es. Terrs' Fortschritte waren nicht zu übersehen. Seine Hände, die sie bereits mehr als einmal verändert gesehen hatte, leuchteten weiß, die Finger hatten sich in Tentakel verwandelt. Das hätte sie

noch einigermaßen gelassen hinnehmen können. Zum erstenmal hatte der Jüngling jedoch die Transformation noch weiter ausgedehnt. Nun leuchteten auch seine Arme und Beine, und das Fleisch wirkte etwas durchsichtig. Seine bloßen Füße lumineszierten ebenfalls, die Zehen waren ähnlich verlängert und schienen knochenlos wie die Finger. Weitere körperliche Veränderungen wurden, falls vorhanden, von seinem Gewand verborgen. Gesicht, Kopf und Haar waren menschlich geblieben. Unter seinen Augen lagen tiefe Schatten, das ganze Gesicht war hager und grau vor Schlafmangel und Erschöpfung. Gleichzeitig spiegelte seine Miene jedoch eine tiefe Zufriedenheit, die fast schon an Triumph grenzte. Vierzehn stand ganz dicht bei ihm und hatte ihre Tentakel um die seinen geschlungen.

Verran unterdrückte sorgfältig alle Anzeichen von Verwunderung und Abscheu. Mit ruhiger Stimme und heiterem Gesicht begrüßte sie ihren Sohn und seine Zukünftige, die den Gruß höflich auf Lanthianisch erwiderten. Terrs' Augen wurden zuerst hart und trotzig, doch als er bemerkte, daß seine Mutter es nicht auf einen Streit anlegte, blickten sie allmählich wärmer. Er hatte anscheinend mit offener Mißbilligung gerechnet, doch als seine Erwartungen sich nicht erfüllten, trat wieder der zufriedene Ausdruck in seine Züge. Verran war froh darüber, damit verbesserten sich die Aussichten auf einen Erfolg ihrer Mission. Sie warf einen schnellen Blick durch den kleinen Raum. Auf einer Seite hatte ihr Sohn sich eine Schräge aufgestellt. Davor auf dem Boden lagen ein Foliant, eine Rolle Pergament, eine Ledermappe mit Notizen und eine dünne Goldplakette mit eingravierten Worten und Figuren — Fal Grizhnis kostbare Hinterlassenschaft mit ihrer Fülle an geheimen, kognitiven Erkenntnissen. Sie durfte sich nicht allzu auffällig für die Schriften interessieren — Terrs machte sich sonst gewiß seine Gedanken. Ganz bewußt wandte sie die Augen ab.

»Ich habe dich seit vielen Kleinen Vens nicht mehr gesehen«, erklärte sie ihrem Sohn ruhig. »Ich habe mir Sorgen gemacht.«

»Das war nicht nötig. Ich war sehr beschäftigt, aber das ist alles.«

»Wann hast du das letztemal gegessen? Oder geschlafen?«

»Das weiß ich nicht genau, ich habe nicht darauf geachtet.«

»Das dachte ich mir. Du wirst noch krank werden«

»Das ist nebensächlich. Ich habe etwas weit Bedeutsameres mit dir zu besprechen. Mutter, in den vergangenen Kleinen Vens habe ich mit meinen Studien und Übungen Erfolge erzielt, die weit über alles bisher Erreichte hinausgehen.«

»Das sehe ich«, antwortete Verran mit einem Blick auf sein lumineszierendes Fleisch. Mühsam wahrte sie ihre erzwungene Gelassenheit.

»Ja, die Selbstverwandlung ist ein Bereich, in dem ich vorangekommen bin. Aber es gibt einen zweiten, weit wichtigeren. Mutter...« In seiner Begeisterung ließ Terrs seine teilnahmslose Maske fallen, ein Lächeln erhellte sein fahles, müdes Gesicht. »Mutter, ich habe endlich gelernt, die Technik der Fallenden Steine zu meistern.«

»Was soll das heißen? Was sind die Fallenden Steine?«

»Genau das, was der Begriff ausdrückt — Steine, die mit Hilfe der Kognition umgestürzt werden. Hast du eine Ahnung, was das für die Verteidigung der Höhlen bedeuten kann? Wir brauchen uns vor keinem Überfall mehr zu fürchten. Wir haben ein Mittel, um uns wirksam zu schützen. Mutter, ich glaube, die Fallenden Steine werden die Rettung für uns alle sein.«

Verran hatte selten, wenn überhaupt jemals erlebt, daß ihn etwas so stark bewegte. Verschwunden war die undurchdringliche Gelassenheit, die eisige Zurückhaltung. Seine Augen strahlten, in seinem Gesicht spiegelte sich leidenschaftlicher Eifer. Als Vierzehn, die die lanthianischen Worte verstanden hatte, die Stimmung ihres Zukünftigen spürte, leuchtete sie auf und umfaßte seine Hand fester.

Das ist es, was ihm wirklich wichtig ist, dachte Verran. *Er strebt die Kognition nicht um ihrer selbst willen an — oder um damit Macht zu erlangen —, sondern um sie zur Verteidigung seiner Heimat, seiner Familie und seiner Freunde einzusetzen. Er ist ebensowenig ein umgänglicher Mensch wie sein Vater, aber er ist großzügig und hat ein weites Herz. Ich bin stolz auf ihn.* In diesem Moment wurde ihr klar, daß sie vorhatte, ihrem Sohn genau das zu rauben, womit er die Kognition, die er so selbstlos einsetzte, studieren konnte, und plötzlich regte sich ihr Gewissen. *Ich hasse diese Heimlichtuerei! Am liebsten würde ich ihm einfach die Wahrheit sagen, und Ril ergeht es nicht anders. Aber ich habe Angst davor. Hoffentlich wird er uns verzeihen, wenn er dahinterkommt.* Laut sagte sie: »Ich verstehe nicht ganz, was es mit diesen Fallenden Steinen auf sich hat. Sind sie wirklich oder nur eine Illusion wie die Tarnung der Fallen, die ihr gebaut habt?«

»Sie sind wirklich, deshalb ist es ja ein so großer Schritt nach vorne. Ich bin von der Illusion zur Realität gelangt, und der Unterschied — nun, ich will gar nicht versuchen, es zu erklären. Es ist viel besser, wenn ich es dir demonstriere.«

»Vielleicht solltest du gerade jetzt nicht versuchen, zur Kognition zu gelangen, Terrs. Du hast dich überanstrengt und bist erschöpft …«

»Ich möchte, daß du das siehst.« Terrs löste sich sanft von Vierzehn, trat an die Schräge, bückte sich und hob die Goldplakette seines Vaters auf. »Nun, Mutter, siehst du die Stalaktitengruppe dort drüben?« Er zeigte auf eine Traube schlanker Steinzapfen. »Behalte sie im Auge.« Terrs senkte den Kopf, begann in singendem Tonfall Silben zu sprechen und fuhr mit einem hellen, knochenlosen Finger die auf der Plakette eingravierten Muster nach. Verrans Blick wanderte unruhig von den Stalaktiten zu dem unermüdlichen Tentakel und wieder zurück. Terrs hatte seine kognitive Technik verbessert, und dadurch war auch sein Selbstbewußtsein gewachsen, das war unübersehbar. Der Jüngling sprach leise und sicher. Er gelangte bereits beim ersten Versuch zur Kognition, elegant, mit einem Minimum an Worten und Gesten.

Wenn Lord Grizhni nur seinen Sohn noch hätte sehen können! dachte Verran, und dann war keine Zeit mehr für traurige Erinnerungen, denn die bezeichneten Stalaktiten zitterten, rasselten wie klappernde Zähne, lösten sich von der Decke und krachten mit den Spitzen voran auf den Boden, wo sie zersprangen. Verran fuhr heftig zusammen. Steinsplitter und Staub spritzten durch den Raum, ein Bruchstück kam neben ihren Fuß zu liegen. Sie beugte sich hinunter, um es zu untersuchen, und stellte fest, daß die Kanten sauber und scharf waren, wie mit einem Skalpell abgetrennt.

»Nun, Mutter?« Ausnahmsweise wirkte Terrs nicht im mindesten distanziert oder undurchschaubar. Er triumphierte ganz offen, und dazu hatte er auch allen Grund.

»Das ist verblüffend. Du hast die ganze natürliche Begabung deines Vater geerbt. Oh, wenn du ihn nur gekannt hättest!«

»Sei nicht traurig, Mutter. Ich habe die feste Absicht, den Grizhni-Patriarchen und auch seine Vorfahren kennenzulernen. Wie du siehst, bin ich fast so weit.«

Verran suchte ihren Sohn von diesem für sie unerfreulichen Thema abzulenken. »Diese Fallenden Steine — soll das heißen, daß du in der Lage bist, irgendwelchen Eindringlingen Stalaktiten auf den Kopf fallen zu lassen?«

»Ja, jederzeit. Und nicht nur diese dürftigen Stäbchen, Mutter. Mit meiner Kognition bin ich in der Lage, auch die größten Steinformationen, die massigsten Felsbrocken in Bewegung zu setzen. Ganze Kompanien von Gardisten können auf einen Schlag zermalmt werden. Das wird sie lehren, uns in Ruhe zu lassen. Von nun an ist unsere Sicherheit garantiert. Ich werde es dir zeigen. Siehst du diesen großen Stein dort?«

»Halt, Terrs! Keine weiteren Demonstrationen, du bist bereits erschöpft. Du mußt essen und dich ausruhen, sonst wirst du noch krank.«

»Ich bin nicht müde«, widersprach Terrs, aber das stimmte ganz offensichtlich nicht. Die letzte, kognitive Anstrengung hatte ihn viel Kraft gekostet. Seine Schultern hingen matt nach vorn, und seine Bewegungen waren ungewöhnlich ziellos.

»O doch, du bist müde. Wenn du dich jetzt nicht hinlegst, wirst du bald umfallen. Und wenn du mir nicht glaubst, dann schau dir nur deine Hände und Füße an.«

Terrs sah gerade noch, wie das Leuchten in seinem Fleisch erlosch, und wie seine Gliedmaßen wieder ihre menschliche Gestalt annahmen. Einen Augenblick lang schien er ganz starr vor Überraschung. Dann entstand eine senkrechte Falte zwischen seinen Brauen, und er bemühte sich, freilich erfolglos, seinen Extremitäten ihr vardrulhaftes Aussehen zurückzugeben.

»Es hat keinen Sinn, Terrs«, sagte Verran. »Du bist einfach zu müde. Bitte komm mit mir, iß etwas und gönne dir eine halbe Koloration Schlaf.«

»Ich habe keine Zeit, ich muß weitermachen ...«

»In deinem jetzigen Zustand kannst du nicht vernünftig arbeiten, du verschwendest nur deine kostbare Zeit. Und wenn du dir deine Gesundheit ruinierst, wirst du überhaupt nicht mehr arbeiten können, und schon gar nicht so, daß etwas dabei herauskommt.«

»Die Fal Grizhni-Matriarchin hat recht«, bemerkte Vierzehn, und ihr Leuchten, das in regelmäßigem Rhythmus stärker und schwächer wurde, verlieh ihren Worten sanften Nachdruck. »Der Fal Grizhni Terrs ist fast krank vor Müdigkeit. Seine Zukünftige bittet ihn, auf die Matriarchin zu hören.« Terrs wurde wankend, und sie fügte hinzu: »Geh und ruhe dich aus, ich werde inzwischen den Todesteich aufsuchen, denn ich habe schon seit Kolorationen die Ahnen nicht mehr erkannt.«

»Zmadrc Vierzehn verbringt zu viel Zeit mit den Toten«, bemerkte Terrs leise.

»Ich kann doch meine Sippe nicht verlassen. Fast alle meine Verwandten sind zu den Ahnen eingegangen. Ich gehöre zu ihnen.«

»Vergiß die Lebenden nicht.«

»Ich vergesse weder die Lebenden, noch die Toten. Du brauchst nicht um mich zu fürchten, Zukünftiger. Du kannst dich ganz beruhigt schlafenlegen.«

Terrs bewegte zustimmend die Finger und folgte seiner Mutter mit nachsichtiger Miene aus der Bastion. Nachdem er sich jetzt damit abgefunden hatte, seine Bemühungen für eine Weile zu unterbrechen, verriet jeder schleppende Schritt seine Erschöpfung. Verran mußte ihr Tempo verringern, sonst wäre er nicht nachgekommen. Als sie die von knollenförmigen Stalaktiten halb verborgene Nische passierten, in der, wie sie wußte, Har Fennahar kauerte, warf sie einen nervösen Blick auf ihren Sohn. Er wirkte müde, zerstreut, in sich gekehrt ... Offensichtlich hegte er keinen Verdacht. Wieder meldete sich ihr Gewissen, und sie blickte beschämt zu Boden.

Als sie ihre Gemächer erreichten, setzte sie ihm eine einfache Mahlzeit vor, die er ohne Interesse und Appetit verzehrte. Danach erklärte er sich nach nur halbherzigen und oberflächlichen Protesten bereit, sich auszuruhen, streckte sich auf einer Matte aus und war innerhalb von wenigen Sekunden eingeschlummert. Im Laufe der Koloration verdunkelte sich der Schleim an den Tunnelwänden vor den Räumen von Braun zu Violett, aber der Jüngling schlief weiter. Verran beobachtete ihn, studierte das weiße, hagere Gesicht und versuchte zu erfassen, was dahinter lag. Wie immer waren ihr Geist und Herz ihres Sohnes verschlossen. Unwillkürlich schweiften ihre Gedanken zu einer anderen Person ab, die sie leichter verstehen konnte — zu Rillif Har Fennahar.

Wir sind zu keiner Einigung gelangt, dachte sie. *Ich habe ihm keine definitive Antwort gegeben. Ich konnte es nicht. Und nun geht er fort. Wahrscheinlich ist er in diesem Augenblick schon auf dem Weg nach Lanthi Ume. Von dort aus wird er sich zu dem Gasthaus an der Straße nach Hurba begeben, und dann wird er warten — ein paar Tage lang. Wenn ich nicht komme, wird er wissen, wie ich mich entschieden habe. Dann wird er hoffentlich mit dem Herzog Frieden schließen und sein Leben als Lord Fennahar wiederaufnehmen. Und ich werde ihn nie wiedersehen, werde nie wieder beobachten können, wie sich seine Stirn in Querfalten legt, wenn er etwas nicht begreift, werde nie mehr hören, wie komisch seine Stimme überschnappt, wenn er lacht. Irgendwann wird er eine lanthianische Dame heiraten — zweifellos eine, die viel jünger ist als ich —, und er wird glücklich sein. Während ich hier festsitze —* Noch während sie das dachte, meldete sich eine kleine Stimme aus einer anderen Ecke ihres Bewußtseins zu Wort. *Du Närrin, du sitzt doch gar nicht fest. Die Türen zu deinem Kerker sind weit offen, du brauchst nur hinauszugehen. Terrs kommt bestens ohne dich zurecht. Geh einfach fort.*

Kindisch und verantwortungslos. So einfach ist es nicht.

O doch, meine Liebe! Es ist so einfach.

Die Koloration schritt fort, ohne daß Lady Verran zu einer Entscheidung gelangt wäre. Sie kämpfte noch immer mit sich, als Terrs' Stellvertreter, F'tryll'jnr Rdsdr, an ihrer Tür erschien.

»Matriarchin«, summte der Vardrul, und Terrs erwachte davon. »Fal Grizhni Terrs — ich bringe eine Nachricht. Man hat uns verraten. Der Mensch Har Fennahar hat versucht, die Erbstücke des Fal Grizhni-Patriarchen fortzuschaffen, obwohl dieser weder sein Vorfahr noch sein Angehöriger ist. Wir haben ihn an der Schwelle des Jnriff-Ausgangs ertappt, er hatte die gestohlenen Gegenstände bei sich. Er wollte fliehen, aber man hat ihn zurückgehalten. Soweit ist alles gut, und die Erbstücke sind in Sicherheit, aber was soll mit dem Dieb geschehen? Soll man ihn ausstoßen, damit er sein Wissen über unsere Höhlen an unsere Feinde verrät? Oder ...« F'tryll'jnrs nächste Frage enthüllte, wie weit Terrs' Einfluß sich bereits ausgewirkt hatte »... soll er allein zu den Unsichtbaren Fällen geschickt werden?«

12

Man hatte Fennahar in einen kleinen Raum nicht weit vom Jnriff-Ausgang gebracht und bewachte ihn dort. Beim Anblick der vier hochgewachsenen, mit erbeuteten Schwertern bewaffneten F'tryll'jnr-Angehörigen, die sich gleich vor der Kammer postiert hatten, war Verran im ersten Moment überrascht. Posten, Waffen und alles, was damit verbunden war, waren dem Lebensstil der Vardrul traditionell fremd. Aber die Zeiten änderten sich, erinnerte sie sich nüchtern. Die Zeiten änderten sich sogar sehr schnell, seit sie sich dazu entschlossen hatte, ihren Sohn in diesen Höhlen aufwachsen zu lassen.

Terrs blieb kurz bei einem der Posten stehen. »Was ist mit den Schriften des Fal-Grizhni-Patriarchen?« erkundigte er sich.

»Sie wurden wieder in die Bastion gebracht«, antwortete der Vardrul, und die leichte, von einer langsamen Steigerung des Hiir begleitete Entspannung seiner äußeren Augenwülste drückte aus, daß die Aufgabe erfolgreich gelöst worden war. »Sie sind unbeschädigt und stehen unter Bewachung.«

Terrs zuckte mit den Fingern und betrat mit Verran die Kammer. F'tryll'jnr Rdsdr — in dieser Angelegenheit keineswegs als Angehöriger zu betrachten — machte keine Anstalten, ihnen seine Gegenwart aufzudrängen, sondern blieb mit seinen eigenen Verwandten draußen im Gang zurück.

Der Raum war völlig leer. Fennahar saß deprimiert, in nachdenklicher Haltung mit dem Rücken an die Wand gelehnt auf dem Boden, hatte die langen Beine angezogen und das Kinn auf die verschränkten Arme gestützt. Als die anderen hereinkamen, hob er den Kopf. Seine Miene verriet nichts, er gönnte Verran kaum einen Blick. Einen Augenblick lang war sie verwundert, fast gekränkt, dann begriff sie. *Er will mich schützen. Er will nicht, daß Terrs auf die Idee kommt, ich könnte ihm geholfen haben.* Unwillkürlich huschten ihre Augen zu ihrem Sohn, dessen Gesicht so starr war wie das einer weißen Schattenskulptur. Sie ließ sich dadurch freilich nicht täuschen. *Er ist außer sich, völlig durcheinander,* dachte sie. *Er gibt sich alle Mühe, es zu verbergen, aber ich kenne diesen Blick. Er hat sich noch nicht entschieden, was er unternehmen will.*

Als der Gefangene sich erhob und ihn ansah, bemerkte Terrs ruhig: »Fennahar, man sagte mir, Ihr hättet versucht, die Schriften des Grizhni-Patriarchen aus den Höhlen zu schaffen. Hat man mich falsch informiert?«

»Nein«, sagte Fennahar.

»Der äußere Anschein trügt oft. Ich möchte Euch nicht unrecht tun. Zweifellos wolltet Ihr die Schriften nur Oben bei Tageslicht untersuchen?«

»Nein, Terrs.«

»Vielleicht wolltet Ihr angesichts der jüngsten Überfälle die Erbstücke in ein anderes Versteck bringen, wo sie besser geschützt gewesen wären?«

»Nein.«

»Es gibt doch gewiß eine einfache Erklärung, die Euch von jeder Schuld reinwäscht?«

Wie gerne er das glauben würde, dachte Verran. *Mein armer Terrs!*

Fennahar schüttelte den Kopf.

»Und doch kann ich Euch nicht für einen Dieb halten«, beharrte Terrs, und Verran hörte die zunehmende Bestürzung und den wachsenden Zorn hinter der bemüht leidenschaftslosen Stimme. »Das ist unmöglich. Haben wir uns nicht die Hand geschüttelt?«

Fennahar errötete. »Terrs, es gibt eine Erklärung, aber sie spricht mich nicht frei von Schuld. Wenn Ihr alles gehört habt, werdet Ihr mir hoffentlich verzeihen können. Aber ehe ich fortfahre, muß ich Euch eine Frage stellen. Ihr seid mit dem Inhalt der Notizbücher des Großmeisters Grizhni wohlvertraut. Sagt mir, ist in diesen Unterlagen die Beschreibung einer kognitiven Technik enthalten, die angewendet wird, um eine ganz bestimmte, intensive, sich selbständig ausbreitende, bösartige Finsternis zu erzeugen?«

»Was in den Unterlagen meines Vaters steht, geht Euch nichts an, Fennahar. Außerdem habt Ihr im Moment keine Fragen zu stellen, sondern nur welche zu beantworten.«

»Bitte sag ihm, was er wissen will, Terrs«, schaltete Verran sich ein, und ihr Sohn warf ihr einen überraschten Blick zu. »Es gibt einen Grund für seine Frage, und der ist sehr wichtig. Bitte, tu mir den Gefallen!«

»Schön, Mutter«, gab Terrs etwas widerstrebend nach. »Wenn du es so willst. Ja, einige Seiten in den Notizbüchern des Grizhni-Patriarchen sind einer Beschreibung der von Fennahar angesprochenen Technik gewidmet. Ich habe mich bisher nicht damit befaßt, da sie meine Fähigkeiten weit übersteigt — meiner Schätzung nach wären nur die allergrößten Adepten dazu in der Lage. Wie habt Ihr davon erfahren?« wandte er sich wieder an den Forscher.

»Von meinem Onkel Jinzin Farni. Terrs, Ihr verfügt über einiges Wissen. Wie würde sich eine solch kognitive Finsternis Eurer Ansicht nach auswirken, wenn man sie über die Insel Dalyon hereinbrechen ließe?«

»Vernichtend für alle, die Oben wohnen«, antwortete Terrs nach kurzem Überlegen. »Katastrophal, und das nicht nur für die Menschen. Auch die Tiere und die auf das Tageslicht angewiesenen Pflanzen — alles würde leiden. Warum fragt Ihr?«

»In den letzten Augenblicken vor seinem Tod hat Euer Vater, Großmeister Grizhni, diese Finsternis entfesselt. Wir wissen nicht, wann der Fluch wirksam wird, aber jedes menschliche Wesen auf der Insel muß ständig darauf gefaßt sein, irgendwann getötet oder von hier vertrieben zu werden.«

»Ich habe den Bericht über den Tod des Lichts oft gelesen und mir darüber Gedanken gemacht. Ich bewundere die Kraft eines Geistes, der fähig war, so etwas zu ersinnen. Aber ich hätte mir niemals träumen lassen, daß der Grizhni-Patriarch so weit gegangen sein könnte, seine Kognition auf so schreckliche Weise einzusetzen. Woher wißt Ihr, daß er das getan hat?«

»Er sprach noch davon, ehe er starb, wohl wissend, daß kein Mensch mehr seine Pläne verhindern konnte.«

»Wie muß er die Stadt und alle ihre Bewohner gehaßt haben«, überlegte Terrs. »Die Menschheit als Ganzes muß ihm ein Greuel gewesen sein. Zweifellos hatte er seine Gründe dafür.«

»Er hatte keinen Grund, seine Rache gegen Unschuldige zu richten.«

»Gibt es denn so etwas wie einen unschuldigen Menschen? Alle neigen sie doch von Natur aus zu Gewalt und Zerstörung. Sie haben den Grizhni-Patriarchen getötet und seine Sippe vertrieben. Sie sind in die Höhlen gekommen und haben die Vardrul-Angehörigen niedergemetzelt. Sie werden immer wieder töten, hemmungslos, ohne Mitleid. Würde die ganze menschliche Rasse ausgerottet, die Welt wäre ein angenehmerer Ort. Vielleicht wußte der Grizhni-Patriarch sehr genau, was er tat.«

»Großmeister Grizhni handelte ohne Rücksicht auf Vernunft oder Gerechtigkeit. In seiner letzten Tat vereinigen sich alle schlechten Eigenschaften des Menschen, die Ihr so beklagt. Aber nicht alle Menschen sind Mörder, Terrs — einige sind nicht weniger sanft und friedfertig als die Vardrul. Wir haben es nicht verdient, in Bausch und Bogen verdammt zu werden, und deshalb hat mich der gegenwärtige Großmeister der Esoterikerloge hierher in die Höhlen geschickt, um Fal Grizhnis

Unterlagen zu beschaffen, denn sie können dazu dienen, die Kognition Eures Vaters zu brechen.«

»Und deshalb habt Ihr versucht, die Schriften zu stehlen.« Terrs' Zorn wurde immer größer, aber seine Stimme blieb leise. »Ihr habt mich und diese Wesen, die wir den Fehler begingen, Euch zu vertrauen, belogen, betrogen und bestohlen.«

»Das ist wahr. Ich sehe jetzt ein, daß ich von Anfang an hätte aufrichtig zu Euch sein sollen, aber ich wagte es nicht. Es war Unrecht, und es tut mir leid.«

»Eure Freundschaftsbeteuerungen waren falsch«, fuhr Terrs fort, und seine leise Stimme war so bitter wie ein Sturm auf dem Eismeer. »Ihr wolltet nur unseren Argwohn einschläfern. Es gab niemals wahre Freundschaft. Alles war Lüge, und das Händeschütteln war nur eine Farce.«

»Nein, da irrt Ihr Euch. Die Freundschaft und die Achtung, die ich für Euch empfinde, sind echt und sind es immer gewesen.«

»Ihr seid ein Lügner, Fennahar, wie alle Menschen. Zweifellos hat Euch das Possenspiel erheitert. Gewiß habt Ihr über unsere törichte Leichtgläubigkeit gelacht und Euch amüsiert, als wir uns so leicht übertölpeln ließen.«

Oh, das war ein schlimmer Schlag für ihn, dachte Verran, und als nächstes drängte sich ihr unwillkürlich der Gedanke auf: *Jetzt wird er zurückschlagen.*

»Glaubt mir, ich habe nie gelacht«, protestierte Fennahar.

»Ich habe wenig Anlaß, Euch zu glauben, nachdem Ihr Euch als Verräter erwiesen habt«, gab Terrs kalt zurück. »Wie soll ich dem Wort eines überführten Lügners noch vertrauen? Ich neige nicht dazu, den gleichen Fehler mehr als einmal zu begehen.«

»Ich habe Eure Vorwürfe zweifellos verdient. Ich habe mich der Heimtücke schuldig gemacht, aber nicht in dem Ausmaß, wie Ihr glaubt. Ich habe nicht Wertschätzung vorgetäuscht, um Euer Vertrauen zu gewinnen und Euch dann zu verraten. Es mag vielleicht den Anschein haben, aber solch ein Schurke bin ich nicht. Hört zu, Terrs. Wenn ich in dem Alter geheiratet hätte, in dem es die meisten Männer tun«, — seine Augen wanderten unwillkürlich zu Verran, aber er wandte den Blick gleich wieder ab —, »dann könnte ich jetzt durchaus einen Sohn in Eurem Alter haben. Und seit ich Euch näher kennengelernt habe, kam es mir oft fast so vor, als wäret Ihr ...«

Terrs' Gesicht schien so schnell aufzutauen, an manchen Stellen zu zerspringen und wieder zu gefrieren, daß die anderen dem Wechsel seines Mienenspiels fast nicht zu folgen vermochten. »Schluß damit«, befahl er schroff, und sein eiskalter Zorn schien sich zum Teil auch gegen seine eigene, vorübergehende Schwäche zu richten. »Diese weinerlichen Ausflüchte sind ebenso vulgär wie unaufrichtig, und ich verabscheue sie. Verhöhnt meine Intelligenz nicht noch weiter.«

»Junge, mir ist es mit jedem Wort ernst.«

»Ihr seid ein Lügner, Fennahar.« Das Glitzern in Terrs' Augen erinnerte an Großmeister Fal Grizhnis Gesichtsausdruck, wenn er in gefährlicher Stimmung gewesen war. »Ich lasse mich nicht ein zweites Mal zum Narren halten. Ihr seid ein menschlicher Lügner, die ganze Unaufrichtigkeit und Heimtücke Eurer Gattung ist Euch zu eigen. Der Grizhni-Patriarch hat in seiner Weisheit das Wesen des Menschen durchschaut und demgemäß seine Kognition eingesetzt. Wer weiß, vielleicht hat mein Vater sogar die Verfolgung der Vardrul vorausgesehen und die Hand aus dem Grabe gestreckt, um uns zu retten, indem er diese Insel von unseren menschlichen Feinden befreite?«

»Terrs. Ihr wollt Aufrichtigkeit? Ihr sollt sie haben. Die Verfolgung der Vardrul ist eine direkte Folge Eurer Anwesenheit in ihren Höhlen, nichts sonst. Ihr allein bringt die gesamte Rasse in Gefahr. Wenn Eure Gefühle für die Vardrul wirklich echt sind, werdet Ihr diese Bedrohung von ihnen nehmen, indem Ihr die Höhlen verlaßt und Euren Platz in der Welt der Menschen einnehmt, wohin Ihr gehört.«

Terrs kurzes Zögern ließ erkennen, daß er die Berechtigung dieses Vorwurfs spürte. »Ihr wißt nicht, was Ihr sagt. Ihr verlangt, daß ich mich von meiner Sippe trenne, obwohl das für mich gleichbedeutend mit dem Tod wäre.«

»Die Trennung braucht nicht vollständig und nicht für immer zu sein. Auf jeden Fall bringt Ihr Eure Sippe in Gefahr, indem Ihr hierbleibt, und zusätzlich gefährdet Ihr das Leben Tausender unschuldiger Menschen, wenn Ihr mir nicht gestattet, Lord Fal Grizhnis Unterlagen zu Großmeister Jinzin Farni zu bringen.«

»Nach allem, was geschehen ist, wagt Ihr es noch, ein solches Opfer zu verlangen?« Einen Augenblick lang drohte Terrs' Zorn die Fesseln seiner eisigen Selbstbeherrschung fast zu sprengen.

»Das Opfer wäre nur vorübergehend, denn Onkel Jin würde Euch die Schriften unverzüglich zurückgeben, sobald er damit fertig wäre.«

»Tatsächlich? Man muß wohl davon ausgehen, daß der Großmeister Farni in gleichem Maße vertrauenswürdig ist wie sein Verwandter Fennahar. Eure Argumente sind überzeugend, und ich muß sie in Betracht ziehen. Nicht weniger überzeugend sind freilich die Argumente von F'tryll'jnr Rdsdr, der sich dafür ausgesprochen hat, Euch zu den Unsichtbaren Fällen zu schicken.«

Er würde es tun, dachte Verran. *Er würde es tatsächlich tun. Er entwickelt sich allmählich zu einem Ungeheuer. Er jagt mir Angst ein.*

Fennahar hatte es die Sprache verschlagen, nicht aber Verran, die sich, äußerlich ruhig, einschaltete und erklärte: »Wenn du das tust, Terrs, dann kannst du mich gleich mitschicken.«

Er wandte sich ihr mit nachsichtiger Miene zu. »Mutter, das ist nicht deine Sache.«

»Meinst du? Überleg doch einmal, mein kleiner Diktator. Es gibt nämlich noch ein paar Dinge, die man dir bisher vorenthalten hat. Zum Beispiel wußte ich, was Ril vorhatte, und habe ihm dabei geholfen. Das überrascht dich? Bist du vielleicht doch nicht so allwissend, wie du glaubst? Tatsache ist, daß Ril recht hat, ob du es nun einsiehst oder nicht. Deshalb habe ich dich vor kurzem aus der Bastion herausgelockt, damit er hineinkonnte.«

»Das hast du um seinetwillen getan? Nicht meinetwegen, wie du behauptet hast?«

»Beides. Jedenfalls habe ich ihn aktiv unterstützt, und wenn er sich eines großen Verbrechens schuldig gemacht hat, dann gilt das auch für mich. Außerdem gibt es noch einen Punkt, den du offenbar übersehen hast. Jene Schriften Lord Grizhnis wurden mir übergeben. Sie sind mein Eigentum, nicht das deine.«

»In deinen Händen sind sie wertlos. Du kannst nichts damit anfangen.«

»Aber ich habe das Recht, über sie zu verfügen. Ich kann sie Großmeister Jinzin Farni schicken, wenn ich will.«

»Ich weiß nicht, ob ich das erlauben könnte.«

»Erlauben? Wofür hältst du dich eigentlich? Das hast nicht du zu entscheiden.«

»Wirklich nicht, Mutter?«

Sie beschloß, den Fehdehandschuh lieber nicht aufzuheben. »Noch ein letztes. Du sprichst von deiner Sippe und davon, wie hart eine Trennung für dich wäre. Die Wahrheit ist, daß ich und meine Dris-Verras-Verwandtschaft — und die Verwandtschaft meiner Mutter in Gard Lammis — die einzige Sippe sind, der du angehörst, nur sie sind von deinem Blut. Und du willst sie nicht einmal kennenlernen. Was die anderen angeht — die Zmadrc zum Beispiel —, so sind sie zwar sehr gütig, aber du wirst nie zu ihnen gehören, denn es wird dir niemals gelingen, dich von Grund auf zu wandeln. Dein Vater hätte dir das sagen können. Selbst wenn es dir gelingt, durch Kognition dein Aussehen zu verändern — selbst wenn du die Ahnen erkennst —, selbst wenn du dich so weit umgestaltest, daß du mit Zmadrc Vierzehn Kinder zeugen kannst — im Herzen wirst du immer ein Mensch bleiben. Du magst dich drehen und wenden, wie du willst, dem wirst du nicht entkommen!«

»Mutter, ich hatte ja keine Ahnung, daß du so sehr gegen mich bist. Wenn du willst, daß wir von nun an Feinde sind ...«

»Ich will nichts dergleichen! Oh, Terrs ...«, ihre Stimme wurde weich, »wenn du wirklich wie ein Vardrul leben willst, dann mußt du auch so sanft und gütig sein wie sie. Kein echter Vardrul würde zulassen, daß Tausende von unschuldigen Wesen sterben. Die Vardrul haben Achtung vor allem Leben, genau wie die edelsten unter den Menschen. Wenn du Leben rettest, vereinst du das Beste beider Rassen in dir. Laß Ril die Schriften von Lord Grizhni nach Lanthi Ume bringen. Wenn der Fluch der Finsternis gebrochen ist, wird er sie dir zurückgeben. Trotz deines Zornes weißt du im Innersten, daß er sein Versprechen halten wird. Trenne dich von ihnen, Terrs. Beweise, daß du würdig bist, sowohl Vardrul als auch Mensch zu sein.«

Terrs antwortete nicht sofort. Der Zorn wich langsam aus seinen Augen, seine Züge entspannten sich, und er sah wieder aus wie ein junger Mann. Verran beobachtete ihn atemlos und merkte dabei, daß ihre mütterliche Zuneigung bei weitem nicht so stark verringert war, wie sie gedacht hatte. Terrs warf einen kurzen Blick auf Fennahar — einen Blick, der Schmerz und Unsicherheit verriet. Dann setzte er zum Sprechen an. Aber wie immer seine Entscheidung ausgefallen wäre, er wurde durch das Eintreten F'tryll'jnr Rdsdrs unterbrochen, der die Nachricht von einem neuen, diesmal an zwei Stellen erfolgenden Angriff der Menschen brachte. Die Soldaten hatten Bretter über die verborgenen Fallen gelegt und strömten nun zu Hunderten in die Höhlen. Zwei Verteidigungstruppen — eine unter dem Kommando von Lbavbsch Hfu, die andere vom R'jnrllsch-Patriarchen angeführt — waren bereits unterwegs, um die Eindringlinge zurückzuschlagen, aber auf die Anweisungen des Fal Grizhni Terrs konnte man nicht verzichten.

Terrs zuckte kurz mit den Fingern. Diese Neuigkeit hatte Har Fennahar offenbar völlig aus seinem Gedächtnis verdrängt. Ohne ein weiteres Wort strebte er, gefolgt von seinen Vardrul-Kameraden, dem Fledermaustor von F'jnruu zu.

Verran sah Fennahar an. »Du gehst besser gleich, solange du noch kannst«, riet sie ihm atemlos. »Vergiß Lord Grizhnis Unterlagen. Wenn dir dein Leben lieb ist, mußt du fliehen.«

»Und du?«

»Ich weiß noch nicht. Ich werde erst einmal meinem Sohn folgen.«

»Er will sicher nicht, daß du dich in Gefahr begibst, Verran. Und ich auch nicht.«

»Was er will oder was du willst, kümmert mich keinen Dakkle. Ich will mich vergewissern, ob mein Sohn in Sicherheit ist, und damit Schluß. Ich gehe jetzt«, fauchte sie und drehte sich auf dem Absatz um.

»Gut, dann komme ich mit.« Er unterdrückte den Impuls, sie mit Gewalt zurückzuhalten und folgte ihr aus der Höhle.

Lbavbsch Hfu war für einen Vardrul sehr aggressiv und mutig, nach menschlichen Begriffen jedoch kein Krieger. Er führte eine einigermaßen disziplinierte, aber ungenügend ausgebildete Gruppe ausgesuchter Sippenangehöriger an. Jeder Vardrul war mit einem angespitzten Stalaktiten oder einer erbeuteten Menschenwaffe versehen, mit letzteren konnte freilich keiner besonders gut umgehen. Jeder Vardrul brachte auch den festen Vorsatz mit, für die Verteidigung der Höhlen bis zum letzten Atemzug zu kämpfen, aber für einen Kampf fehlten ihnen die primitivsten Voraussetzungen. Schlichte Kampfbereitschaft ohne die dazu nötige Erfahrung war eine schlechte Grundlage. Da der junge Fal Grizhni Terrs mit seiner brillanten Strategie nicht zur Verfügung stand, gerieten Lbavbsch Hfu und sein Gefolge schon bald in erhebliche Schwierigkeiten.

Im Korridor stauten sich menschliche Soldaten — eine bunte Mischung aus den Resten der herzoglichen Garde, so vielen rhelischen Söldnern, wie Herzog Povon sich hatte leisten können, und allem möglichen Gesindel, das man sich in den Schenken zusammengesucht hatte. Bisher waren die Männer nicht über den F'jnruu-Korridor hinausgekommen. Aber die Gardisten waren bereits dabei, in gewohnt fachmännischer Manier ein Blutbad anzurichten, die Rhelier standen ihnen in nichts nach, und immer mehr weiße Vardrul-Leichen bedeckten den Boden. Eine Attacke der großen, braunen Fledermäuse war gescheitert. Diesmal hatten die Männer lange Eisenketten mitgebracht, die sie über ihren Köpfen schwangen, um die Tiere in der Luft zu treffen. Angesichts eines solchen Widerstandes hatten die Fledermäuse mit entsetztem Quieken die Flucht ergriffen. Damit blieben nur die Sippenangehörigen, um den Korridor zu schützen, und ihr kollektiver Hiir war bereits recht schwach. Sie konnten nicht damit rechnen, die Stellung lange zu halten.

Deshalb wurde das Eintreffen des Fal Grizhni Terrs in Begleitung einer Handvoll F'tryll'jnr-Angehöriger mit starkem Ruu von den Vardrul-Truppen mit großer Erleichterung und abrupt aufstrahlendem Leuchten begrüßt. Der junge Fal Grizhni besaß einen Kampfinstinkt, der den Sippenangehörigen fremd war, und man konnte sich darauf verlassen, daß er eine unerwartet wirksame Gegenstrategie entwickeln würde. So war es in der Vergangenheit gewesen, und gewiß würde er auch jetzt nicht versagen. Sein Ruu war unerschütterlich, seine Entschlossenheit ebenfalls, und Angst kannte er nicht. Daher waren Lbavbsch Hfu und die anderen sehr überrascht, als der Fal Grizhni Terrs das Signal für den allgemeinen Rückzug flötete. Verwirrt gehorchten die Sippenangehörigen und wichen, verfolgt von den laut rufenden Soldaten, die ihre menschliche Beute erspäht hatten, tiefer in den F'jnruu-Korridor zurück. Einige Nachzügler wurden auf der Flucht erschlagen, aber der größte Teil von Hfus Gruppe erreichte den Rachen von J'nr, so benannt nach den horizontal aus dem Boden ragenden, konischen Felsen, die den Eingang zur dahinterliegenden Langen Kehle bewachten.

Sobald sie einmal in der Kehle waren, wurde es leichter, sich den Verfolgern zu entziehen. Der schmale, zerklüftete Gang mit den vielen, unvorhersehbaren Unebenheiten bereitete den in den Höhlen aufgewachsenen Vardrul keine besonderen Schwierigkeiten. Für die Menschen war er freilich ein Problem. Sie kamen nur langsam voran, stolperten, stürzten manchmal sogar oder stießen sich schmerzhaft an Felsvorsprüngen, die aus den Wänden oder der Decke ragten. Als sie die Kehle endlich hinter sich hatten und in die weite Säulenhalle traten, hatten die Vardrul einen großen Vorsprung gewonnen.

Die merkwürdig geformte Säulenhalle bestand aus einem ungefähr kreisrunden, offenen Raum mit hoher Decke, von der ungewöhnlich dicke Stalaktiten herabhingen, und einer Reihe von massiven, natürlich entstandenen Steinpfeilern. Nicht weniger als sechs Ausgänge führten in unregelmäßigen Abständen ringsherum nach draußen. Der Fal Grizhni Terrs befahl seinem Gefolge mit einer Handbewegung, sich zu zerstreuen, und die Vardrul verschwanden in den verschiedenen Spalten und Ritzen in den Wänden. Terrs selbst zog sich in eine Spalte zurück, die der Öffnung der Kehle in etwa gegenüberlag und wo er zwar außer Sicht war, aber doch den gesamten Raum gut überblicken konnte. Der junge Mann sah sich eine Weile in aller Ruhe um. Dann zog er eine dünne Goldplakette mit eingravierten Worten und Figuren aus der Tasche seines Gewandes, senkte den Kopf, begann zu sprechen und fuhr dabei mit einem Finger die Figuren auf der Plakette nach. Die Sippenangehörigen in der Spalte nebenan beobachteten ihn verständnislos. Obwohl es ihnen nicht möglich war, sich auf das Tun des Fal Grizhni Terrs einen Reim zu machen, schwächte sich der kollektive Hiir nicht ab, denn alle waren überzeugt, daß der Sohn sich gewiß als würdiger Nachfolger des legendären Grizhni-Patriarchen erweisen würde.

Während Terrs noch murmelte, strömten die Gardisten in die Säulenhalle. Immer mehr Männer traten aus der Kehle und blieben angesichts der zahlreichen Ausgänge verwirrt stehen. Während sie noch zögerten, gelangte der junge Terrs zur Kognition.

Boden, Wände und Decke erbebten. Die Stalaktiten klirrten, und in den großen Steinpfeilern begann es wie Donner zu grollen. Die erschrockenen Flüche der Soldaten mischten sich mit den staunenden Arpeggios der Vardrul-Zuschauer. Die Schreie der Menschen steigerten sich zu einem schrillen Kreischen, als die Stalaktiten erzitterten, von oben bis unten Sprünge bekamen und sich von der Decke lösten, um wie ein Hagel von Wurfspießen auf die Köpfe der Eindringlinge herabzustoßen. Die stürzenden Steine richteten beträchtlichen Schaden an. Einige Soldaten wurden direkt getroffen und waren sofort tot. Andere wurden nur gestreift und erlitten Knochenbrüche und Verrenkungen. Auf alle prasselte ein Regen von schmerzhaften Steinsplittern nieder. Dies alles war jedoch nur das Vorspiel. Der Steinschauer hatte noch nicht aufgehört, als die großen, vom Boden bis zur Decke reichenden Säulen sichtbar ins Wanken gerieten. Während noch die Stalaktiten herabstürzten, erbebten die Pfeiler, spalteten sich und schwitzten Steinsplitter aus. Ehe die Soldaten noch ganz begriffen hatten, was da von oben auf sie herabkam, wurde die Höhle von einer gewaltigen Explosion erschüttert, die riesigen Säulen lösten sich oben und unten, schwankten und stürzten um wie Bäume in einem Hurrikan. Beim Aufprall auf dem Boden zersprangen sie in tausend Stücke. Ein paar Augenblicke lang herrschte das Chaos, riesige Steine hüpften und rollten dahin wie Kiesel, erstickende Staubwolken stiegen auf, und verängstigte Männer schrien aus Leibeskräften. Als die Trümmer zur Ruhe kamen und der Staub sich gesetzt hatte, wurde die grauenvolle Katastrophe in ihrem ganzen Ausmaß erkennbar. Dutzende von toten Gardisten und Söldnern lagen herum, schrecklich zerquetscht, mit gebrochenen Gliedern. Viele andere hatten weit weniger Glück gehabt, sie lebten noch — aber unter tonnenschweren Felsmassen begraben. Diese armen Teufel schienen vorerst noch keine Schmerzen zu empfinden. In ihren glasigen, erschrockenen Augen spiegelte sich wenig Verständnis. Ein bedauernswerter Söldner, dem ein Felsen von der Größe eines Doppel-Sendills die Beine zermalmt hatte, versuchte tatsächlich, den Stein mit bloßen Händen beiseite zu schieben. Ein anderer lag flach auf dem Bauch, ein großer Steinspeer hatte seinen Knöchel durchbohrt, er versuchte wegzukriechen und schien nicht begreifen zu können, warum er nicht von der Stelle kam.

Einige der Gardisten hatten weniger schwere Verletzungen erlitten. Von diesen waren viele bei Bewußtsein und stöhnten leise, ihre Gliedmaßen waren unnatürlich verkrümmt, in manchen Fällen hatten sich scharfe Knochenenden durch das Fleisch gebohrt. Ein paar Soldaten waren noch auf den Beinen, aber selbst die, die noch einigermaßen Glück gehabt hatten, waren blutüberströmt.

Noch während sich die Männer, halb betäubt angesichts der Plötzlichkeit und Größe dieses Unglücks, umblickten, schrillte ein scharfer Pfiff durch die feuchte Luft, und die Vardrul kamen in die Säulenhalle gestürmt. Aus jeder Öffnung, aus allen Richtungen strömten sie gleichzeitig herbei, eine leuchtende Horde, mit Stahl und Stein bewaffnet. Sie griffen ohne Zögern an, und die wenigen noch kampffähigen Gardisten wurden fast sofort überwältigt. Die meisten der noch Bewaffneten fanden nicht einmal Zeit, ihre Schwerter zu heben. Benommen, geschwächt und zahlenmäßig weit unterlegen, waren sie eine leichte Beute. Mit nie gekannter Brutalität töteten die Vardrul ohne Gnade, verschonten weder die Hilflosen noch die Sterbenden. Minuten später war kein einziger menschlicher Soldat mehr am Leben.

Die Einsicht, welche Grausamkeit in ihnen steckte, hätte die Vardrul vielleicht mit Entsetzen erfüllt, aber sie nahmen sich gar nicht die Zeit, über ihre eigene Handlungsweise nachzudenken. Sogar Terrs erbleichte, als er die verstümmelten Leichen sah. Für eine gemeinschaftliche Selbstreflexion war jedoch keine Zeit. Der Angriff am Fledermaustor von F'jnruu war zwar mit Bravour niedergeschlagen worden, aber am Mvjri-Blendloch brauchte der R'jnrllsch-Patriarch noch immer Unterstützung. Dorthin eilte nun der Fal Grizhni Terrs, gefolgt von den Vardrul.

Die Schwadron am Mvjri-Blendloch wurde von Kommandant Krufaure persönlich angeführt, und hier waren die besten wie die übelsten Elemente der ganzen Streitmacht versammelt. Krufaure war der lasterhafte Abschaum aus den Schenken unterstellt, den man für diese Mission in aller Eile angeworben hatte, und zum Ausgleich hatte er zusätzlich die besten seiner noch lebenden Gardisten und die kampferprobtesten Rhel-Söldner um sich geschart. Der Kommandant konnte nur hoffen, daß diese Mischung im ganzen wenigstens einigermaßen ihrer Aufgabe gewachsen sein würde. Und als die Soldaten in geordneter Formation über die improvisierte Plankenbrücke stapften, die die verborgene Grube am Mvjri-Blendloch überspannte, sah es auch ganz so aus, als würde sich diese Hoffnung erfüllen. Diszipliniert marschierten die Männer weiter durch den Mvjri-Korridor bis zum Strahlenden Kreuzweg, wo sie in einen Hinterhalt der Verteidigungstruppen des R'jnrllsch-Patriarchen gerieten. Die Vardrul-Attacke zeigte eine unerwartet durchschlagende Wirkung. Die Wesen waren ungewohnt aggressiv und hatten das Überraschungsmoment auf ihrer Seite, so daß sie für kurze Zeit tatsächlich die Oberhand gewannen. Bei dem nun folgenden Gefecht ging es so hoch her, daß niemand bemerkte, wie sich zwei lanthianische Rekruten diskret empfahlen. Die beiden sonderten sich von der Nachhut der Schwadron ab und entfernten sich leise durch den Mvjri-Korridor.

Einer dieser Männer, sehr treffend Froschgesicht Fouvo genannt, trug das sternenförmige Brandmal des kleinen Diebes auf der rechten Hand. Sein Begleiter, der schlaksige Beebie Jurner, war ein harmloser Taugenichts. Beide Männer gehörten zu den Rekruten, die erst vor kurzem in Snouts Taverne in Lanthi Ume angeworben worden waren. Beide waren chronisch unzufrieden, und beide verabscheuten jede militärische Disziplin. Bei so vielen Gemeinsamkeiten war es nicht verwunderlich, daß ihre Freundschaft schnell aufgeblüht war. Je näher sie sich kamen, desto mehr Berührungspunkte hatten sie entdeckt, unter anderem verband sie ein starker Hang zu leicht verdientem Geld.

»Leicht verdientes Geld«, bemerkte Froschgesicht Fouvo, während er und sein Freund auf leisen Sohlen durch den Mvjri-Korridor schlichen. Sie hatten ihre Kameraden bereits ziemlich weit hinter sich gelassen, aber der Kampflärm, durch die Echos noch verstärkt, war keineswegs geringer geworden. »Hier muß es leicht zu verdienendes Geld geben, darauf würde ich mein Leben verwetten. Du brauchst nur die Augen offenzuhalten.«

»Wonach?« erkundigte sich Beebie Jurner.

»Nach allem, was einträglich aussieht«, riet Fouvo. »Hör mal, niemand weiß, was es hier nicht alles zu entdecken gibt. Gold, Juwelen, Schätze, alles mögliche.«

»Wo?«

»Wo? Nun, überall! Überall, mein Freund. Manchmal sucht sich das Glück die seltsamsten Verstecke. Sieh dich nur gründlich um.«

Sie sahen sich um, fanden aber nichts als im Felsenlicht leuchtende Wände, farbigen Schleim und kunstvolle Felsformationen — an sich zweifellos interessante Dinge, die aber wenig Gewinn versprachen. Und schließlich bemerkte Beebie Jurner, dem bei dieser unerlaubten Entfernung von der Truppe nicht ganz wohl war: »Wir rennen noch in unser Verderben, wenn wir hier herumlaufen, als wären wir in der Kripnis-Gasse. Wieso bist du so sicher, daß es hier irgendwo Gold gibt, Froschgesicht?«

»Es wäre nur logisch, meinst du nicht auch? Schätze werden doch immer unter der Erde versteckt, oder? Jedenfalls haben diese Weißen Dämonen wahrscheinlich Tausende von Reisenden getötet, ausgeraubt und aufgefressen. Und die Beute muß doch wohl noch irgendwo sein. Man darf nur die Hoffnung nicht aufgeben.«

Sie schlichen weiter den Korridor entlang und hielten wachsam Ausschau nach Feinden oder Raubgut. Anfangs entdeckten sie keines von beiden, als sie jedoch das Ende des Ganges erreichten, stießen sie auf etwas, das fast ebenso gut war.

Fouvo und Jurner standen am Eingang zu einem breiten, hohen Raum, dessen hervorstechendstes Merkmal ein leuchtender, trichterförmiger Teich war. Sie hatten die Todesteichkammer der Zmadrc entdeckt, ohne natürlich deren Bedeutung zu erkennen. Der Raum war nicht ganz leer. Auf einem niedrigen, flachen Stein am Ufer des Teiches stand völlig reglos eine einzelne Gestalt. Ihr Fleisch leuchtete hell, fast so hell wie Feuer, und die riesigen Augen wirkten unheimlich entrückt, als blickten sie in andere Welten.

»Was *ist* das?« fragte Beebie Jurner und schluckte krampfhaft.

»Das ist einer von *denen*. Bist du blind?«

»Ich weiß, daß es einer von denen ist, aber der hier kommt mir irgendwie komisch vor.«

»Komisch sind sie alle«, bemerkte Fouvo mürrisch.

»Nein, der hier ist anders. Warum greift er uns nicht an oder läuft weg wie die anderen?«

»Wer weiß? Und wen kümmert es?« Offenbar war die Sache aber doch faszinierender, als Fouvo zugeben wollte, denn nachdem er die Gestalt einen Augenblick lang scharf beobachtet hatte, bemerkte: »Weißt du, ich glaube, der sieht uns gar nicht.«

»Warum sollte er uns nicht sehen? Er hat doch die Augen ganz weit offen. *Weit* offen — igitt!«

»Ob offen oder nicht, er sieht uns jedenfalls nicht, und ich glaube auch nicht, daß er uns hört. Paß auf.« Fouvo schnalzte scharf mit den Fingern, und das Geräusch hallte mehrfach wider. Der Weiße Dämon regte sich nicht und ließ nicht erkennen, daß er bei Bewußtsein war.

»Ich glaube, du hast recht. Glaubst du, er ist *tot*, Froschgesicht?«

»Nein. Siehst du nicht, wie er atmet? Außerdem leuchten sie nicht so, wenn sie tot sind.«

»Was hat er dann? Schläft er? Ist er krank? Oder schwachsinnig?«

»Woher soll ich das wissen? Von hier aus kann man nicht viel erkennen. Komm, wir gehen näher ran.«

»Ist das nicht gefährlich?«

»Dummkopf, zwei bestens bewaffnete Männer gegen einen unbewaffneten Dämon! Und ein guter Mann nimmt es doch jederzeit mit einer ganzen Dämonenbrut auf.«

»Das meine ich nicht. Aber was ist, wenn er krank ist, Froschgesicht? Wenn er irgendeine Dämonenseuche hat? Und wenn wir uns anstecken und selbst in Weiße Dämonen verwandelt werden? Was dann?«

»Beebie, du hast noch weniger Courage als eine Feldmaus, und du wirst dein ganzes Leben lang keinen halben Dakkle wert sein. Bleib hier, wenn du willst. Ich werde mir das genauer ansehen.«

Das Schwert in der Hand näherte sich Froschgesicht Fouvo dem in Trance befindlichen Ungeheuer. Einen Augenblick später folgte auch Jurner. Die Nähe der Menschen schien auf den Weißen Dämon keinen Eindruck zu machen, er stand weiter reglos und ohne Bewußtsein da. Fouvo und Jurner untersuchten ihn sorgfältig und entdeckten an diesem Geschöpf, das ihnen so aufreizend ähnlich und gleichzeitig unähnlich war, vieles, was ihr Interesse erregte. Nachdem Fouvo sich alles genau angesehen hatte, wurde er sehr nachdenklich, während Jurner sich mit beleidigenden Witzeleien vergnügte, an denen der Weiße Dämon jedoch nicht im mindesten Anstoß nahm. Nach einer Weile wurde er das Spiel leid und ging dazu über, das Wesen mit seiner Schwertspitze anzutippen. Diesmal erzielte er eine Reaktion. Die Haut des Dämons begann zu flackern, und die Muskelbänder um seine Augen zuckten furchterregend. Erneutes Anstoßen verstärkte die Wirkung, aber bald verlor auch dieser Zeitvertreib an Reiz, und Jurner bemerkte: »Alles gut und schön, aber es bringt uns nicht weiter. Komm, laß uns dieses Ding töten, und dann sehen wir zu, daß wir daß wir von hier verschwinden.«

»Wie? Töten?« Fouvo war bestürzt. »Das kommt überhaupt nicht in Frage! Mann, merkst du denn nicht, wenn dir das Glück ins Gesicht starrt? Genau danach haben wir doch gesucht!«

»Was? Nach diesem Monster?«

»Du sagst es! Nach einem Monster, nach unserem eigenen Privatmonster, mit dem wir tun und lassen können, was wir wollen. Beebie, wenn wir dieses Wesen mit nach Lanthi Ume nehmen, es in einen Käfig stekken und zur Schau stellen, hast du eine Ahnung, wieviel die Leute bezahlen werden, um es zu sehen? Einen leibhaftigen, atmenden, kinderfressenden Weißen Dämon?«

»Eine Menge. Köpfchen hast du, Froschgesicht, das muß man dir lassen«, stellte Jurner bewundernd fest.

»Das will ich nicht leugnen. Ich hatte schon eine Menge gute Ideen, aber das ist eine meiner besten. Die Frage ist jetzt nur, wie wir unseren Dämon hier rauskriegen, ohne daß der Große Krufaure und die anderen uns dabei erwischen. Sie hätten sicher was dagegen. Laß nur, ich hab's schon. Wir bleiben noch ein wenig hier. Es wird nicht lange dauern, bis die Gardisten den Tunnel gesäubert haben und weiter in die Höhlen vorstoßen. Sobald die Luft rein ist, rennen wir den Tunnel entlang, raus aus den Höhlen und zurück nach Lanthi Ume, und dann kann's losgehen. Die Dakkles werden in Strömen fließen. Mehr als Dakkles — Silber-Shorns. Unser Glück hat sich gewendet, Beebie — wir sind reich!«

Von dieser herrlichen Aussicht waren sie eine Weile wie verzaubert, aber schließlich nahm Beebie Jurner seinen Verstand soweit zusammen, daß er vorschlug: »Wir sollten den Dämon lieber fesseln, sonst wacht er noch auf und kommt vielleicht auf dumme Gedanken.«

»Gute Idee. Hast du ein Seil dabei?«

Jurner nickte. Wie alle Soldaten des Angriffstrupps hatte man ihn mit einer Rolle Seil ausgestattet, denn dafür gab es an einem Ort wie den Höhlen des Nazara Sin mannigfache Verwendung. Nun wickelte er es ab und näherte sich dem flackernden Weißen Dämon, um ihm eine Schlinge um den Hals zu legen. Bei der Berührung verdunkelte sich das Fleisch des Wesens mit einem Schlag. Es war endlich wieder zu Bewußtsein gekommen, die großen Augen wurden lebendig, und wurden sofort matt vor Entsetzen.

Zmadrç Vierzehn befand sich in tiefem, intensivem Kontakt mit den Ahnen und nahm daher die Ankunft der beiden Lanthianer nicht wahr. Vielleicht war sie sich aber auf irgendeiner Ebene ihrer Gegenwart doch bewußt, denn die Ahnen schienen sich ein wenig zurückzuziehen, und sogar der mächtige, beruhigende Gefühlsstom, der von ihrem Vater, dem Zmadrc-Patriarchen ausging, verlor etwas von seiner Unmittelbarkeit. Instinktiv bemühte sich Vierzehn, das sich auflösende Band wieder zu verstärken, und eine Weile gelang es ihr auch, sich gegen jegliche Ablenkung von außen abzuschotten. Die Ahnen riefen nach ihr, und das Gefühl des Einsseins mit ihnen wurde mit jedem Kleinen Ven stärker. Ihre Gedanken und Empfindungen durçhdrangen sie, und ihre Stimmen waren stärker als die Stimmen aller anderen außer der ihres Zukünftigen.

Einer körperlichen Berührung durch Fremdwesen konnte jedoch auch die innigste Verbindung mit den Ahnen nicht standhalten. Vierzehns Bewußtsein weilte in einer anderen Welt, aber trotzdem registrierten ihre Nerven und ihr Gehirn eine starke Disharmonie, als das Seil sich um ihre Kehle legte. Bestürzt zogen sich die Ahnen zurück, die Verbindung war zerrissen. Noch unter dem Schock der abrupten Trennung stehend, erwachte Vierzehn aus ihrer Trance und sah zwei menschliche Soldaten neben sich. Während einer von ihnen sie an beiden Armen festhielt, straffte der andere die Schlinge um ihren Hals. Der plötzliche Übergang von dem warmen Gefühl des Einsseins mit den Ahnen in die Wirklichkeit eines menschlichen Angriffs war so grauenvoll, daß Vierzehns Geist ihn fast nicht ertragen konnte. Ihr Hiir fiel schlagartig ab, ihre Augen trübten sich, ihr wurde vor Angst ganz übel. Ein schriller, mißtönender Schrei löste sich von ihren Lippen.

Dieses Lebenszeichen seitens des bisher stummen, reglosen Vardrul schien die Soldaten zu überraschen, und sie wichen hastig ein paar Schritte zurück. Vierzehn zog sich das Seil über den Kopf und warf es zu Boden. Trotz ihrer Verwirrung und Benommenheit waren ihre Bewegungen flink und fließend, als sie herumwirbelte und auf den nächsten Ausgang zustürmte.

»Schnell, er entkommt uns!«

»Halt ihn fest, Beebie!«

Vierzehn hörte und verstand die Rufe. Einer der Menschen sprang auf sie zu. Mit einer geschickten Wendung entzog sie sich den ausgestreckten Händen und den grausamen Fingern mit den steifen Gelenken. Eine Finte, eine plötzliche Richtungsänderung, und sie war an den Menschen vorbei, unter dem Torbogen hindurch und draußen im Mvjri-Korridor.

Sie setzten ihr nach. In unbegreiflicher Rachsucht wollten sie sie einholen. Vierzehn flüchtete, aber schon sehr bald spürte sie vor sich eine starke Disharmonie. Der Korridor hallte wider von menschlichen Schreien, darunter mischten sich die melodisch flötenden Stimmen ihrer eigenen Angehörigen und das Klirren von Waffen. Wieder war eine Schlacht im Gange, wieder eine dieser gräßlichen Orgien des Blutvergießens, die in letzter Zeit schon mehrfach das Leben in den Höhlen zum Alptraum gemacht und Vierzehn veranlaßt hatten, mehr als sonst Trost bei den Ahnen zu suchen. Der Korridor war ihr versperrt. Die Kämpfe vor ihr stellten eine größere Gefahr dar als die Menschen, die ihr auf den Fersen waren, und außerdem konnte sie den Anblick des Gemetzels nicht ertragen. Vierzehn bog in den ersten Seitentunnel ein, auf den sie traf, aber es gelang ihr nicht, ihre Verfolger abzuhängen. Sie konnte ihre schweren, aber erstaunlich schnellen Schritte hören, und Angst erfüllte sie und löschte jede Spur von Frieden und Harmonie in ihr aus.

Vierzehn beschleunigte ihre Schritte und lief auf verschlungenen Pfaden durch ein Labyrinth winziger Gänge. Allmählich wurde sie müde, und das machte sie im Verein mit ihrer Verwirrung unvorsichtig. Oft stolperte sie, manchmal stieß sie sich ihr fast lichtloses Fleisch an den Felsvorsprüngen. Das Entsetzen hatte ihr Urteilsvermögen und ihre Wahrnehmungen vernebelt. Sie wußte weder, wo sie war, noch, wohin sie sich flüchten konnte. Warum diese Wesen sie wie in einem Alptraum verfolgten, obwohl sie doch wach war, vermochte sie nicht zu begreifen. Sie wußte nur, eine nicht zu begründende, unterschwellige Erkenntnis, daß eine Gefangennahme schlimmer wäre als der Tod, denn ein solches Schicksal wäre gräßlicher als alles, was sie sich in ihrer Phantasie auszumalen vermochte.

Sie konnte sie jetzt nicht länger hören — vielleicht hatte sie sie irgendwo in den Tiefen der gewundenen Gänge abgeschüttelt —, aber stehenzubleiben wagte sie nicht. Immer weiter stolperte sie, mit wild pochendem Herzen, keuchendem Atem, riesig geweiteten Augenwülsten. Oft warf sie ängstliche Blicke über die Schulter nach hinten und achtete kaum auf den Weg vor sich. Selbst als die Decke sich senkte und sie zwang, in die Hocke zu gehen, und als die Luft im Tunnel verräterisch kühl wurde, nahm sie keine Notiz von ihrer Umgebung. In diesem Zustand trat sie aus einem verborgenen Loch in einem Hang ein paar hundert Meter nördlich des Mvjri-Blendlochs nach Oben in den grellen Schein des Sonnenlichts.

Die gnadenlose Helligkeit wirkte wie Säure auf ihre ungeschützten Augen. Ein schmerzliches Trällern entfuhr ihr. Sie riß einen Arm hoch, um ihr Gesicht zu schützen, wich zurück, wollte unwillkürlich Zuflucht in der sanften Dämmerung der Höhlen suchen, zögerte aber dann. Sie konnte nicht wieder hinab, denn hinter ihr waren die Männer mit ihren Schwertern und Seilen, ihren grausam knochigen Händen, ihren undurchschaubaren und unbeschreiblich beängstigenden Plänen. Sie konnte ihnen nicht entgegentreten. Alles andere, nur das nicht.

Vierzehn kämpfte sich mühsam hügelan. Die Luft des Oben war rauh, trocken und unerträglich kalt für ihr ungeschütztes Fleisch — so quälend, daß sie fast die Betäubung der Kältestarre begrüßt hätte. Schlimmer noch als die Kälte war freilich das Licht — das schreckliche, alles andere auslöschende Sonnenlicht, das ihre empfindlichen Augen unerträglich peinigte. Vierzehn war geblendet. Die Welt ringsum verlor sich in brennendem Weiß. Sie bedeckte ihre Augen mit den Händen, und das Weiß wurde zu etwas erträglicherem Schwarz, aber der Schmerz ließ nicht nach. Ihre Augen brannten, hatten vielleicht nicht wiedergutzumachenden Schaden gelitten. Die Welt um sie herum war fremd, und sie war zum erstenmal allein, abgeschnitten von ihrer Sippe, ja, von allen anderen ihrer Rasse. Und das war vielleicht das schrecklichste.

In Panik, blind und völlig verwirrt wanderte Vierzehn dahin. Sie wagte nicht, in der Hoffnung auf Rettung durch ihren Zukünftigen stehenzubleiben, denn die Menschen konnten sie nur allzu leicht finden. Sie wagte auch nicht, laut nach ihren Verwandten zu rufen, denn die Menschen konnten sie nur allzu leicht hören. So blieb ihr nichts anderes übrig, als ziellos durch die kahlen Hügel streifen und zu hoffen, einen anderen Zugang zu den Höhlen zu finden, nach denen sie sich wie nach einem verlorenen Paradies sehnte.

Da Zmadrc Vierzehn ihres Augenlichts beraubt war, hatte sie keine Ahnung, daß sie auf dem Grat des ›Stachelrückens‹ dahinwanderte. Kein sechster Sinn warnte sie vor der Gefahr, als sie sich dem Rand der Kren-Klippe näherte. Der Sturz in den Abrund erfolgte plötzlich und völlig unerwartet. Es ging so schnell, daß sie keine Zeit hatte, sich zu fürchten, und als ihr Körper am Fuß der Klippe auf den Felsen aufschlug, empfand sie keinen Schmerz, sondern nur Freude und tiefste Harmonie. Denn in diesen letzten Augenblicken ihres Lebens waren die Ahnen bei ihr, nahmen Verbindung mit ihr auf, zogen sie sanft an sich und heilten sie mit ihrer Wärme.

Als der Fal Grizhni Terrs an der Spitze seiner Entsatztruppen den Strahlenden Kreuzweg erreichte, hielten die Vardrul unter Führung des R'jnrllsch-Patriarchen immer noch entschlossen die Stellung gegen die menschlichen Eindringlinge. Er bemerkte auch seine Mutter, die weit hinter den Vardrul-Linien stand, um die Kämpfenden nicht zu behindern. An ihrer Seite befand sich Har Fennahar, nur mit einem armseligen, kurzen Stalaktiten bewaffnet, den er irgendwo aufgelesen haben mußte. Das Stirnrunzeln des jungen Terrs verriet seinen Ärger, vielleicht auch seine Sorge über ihre Anwesenheit, aber jetzt war nicht der rechte Zeitpunkt, um solche Dinge anzusprechen. Zum zweiten Mal in dieser Koloration gab der Jüngling flötend das Signal zum allgemeinen Rückzug, und zum zweiten Mal verschwand seine Armee in den Tiefen der Höhlen. Die Menschen folgten kläffend wie Hunde und wurden in die tiefen, inneren Gänge gelockt.

In der Nähe des Mvjri-Blendlochs gab es keine Stelle, die sich auch nur entfernt so gut für den Einsatz der Fallenden Steine geeignet hätte wie die Säulenhalle. Terrs mußte sich mit der K'fdrs-Grotte begnügen, einem künstlich erweiterten Raum mit einer Gruppe mächtiger Stalaktiten und einer einzelnen, gewaltigen Säule. Diese Säule, der K'fdrs-Pfeiler, war von oben bis unten mit unvorstellbar alten, eingemeißelten Glyphen und Runen bedeckt, aber trotz ihrer historischen Bedeutung hielt man sie in diesem Fall für entbehrlich.

Als die Gardisten und Söldner in die leere Grotte gestürmt kamen, krachte ein Hagel von Steinen auf sie hernieder. Einige wurden getötet, viele andere waren verletzt und taumelten benommen durch den Raum. Als der K'fdrs-Pfeiler umstürzte, zermalmte er noch einige mehr und erfüllte alle Überlebenden mit Entsetzen. Trotz ihres Schreckens über die Fallenden Steine waren die Gardisten freilich noch nicht ganz besiegt. Die Verluste waren hier bei weitem nicht so hoch wie in der Säulenhalle. Viele der Soldaten waren noch auf den Beinen, und ihr Kommandant Krufaure war völlig unverletzt. Als die vereinten Vardrul-Streitkräfte Lbavbsch Hfus und des R'jnrllsch-Patriarchen summend in die Höhle kamen, wartete bereits Arbeit auf sie.

Die restlichen Soldaten mußten nun um ihr Leben kämpfen und strebten verzweifelt dem Ausgang zu. Was ihnen an Zahl fehlte, machten sie mit erbarmungsloser Brutalität wett, die Vardrul fielen zu Dutzenden, und ihr Licht erlosch. Eine Weile sah es so aus, als könnten die überlebenden Menschen durchbrechen, aber allmählich gewannen die Sippen allein schon durch ihre zahlenmäßige Überlegenheit die Oberhand. Unermüdlich hoben und senkten sich Steine, Speere und gestohlene Schwerter in den Händen der Vardrul, und ein Gardist nach dem anderen wurde überwältigt. Jeder Soldat, der zu Boden ging, verschwand für eine Weile unter einer Traube grell leuchtender Gestalten, und wenn diese sich wieder zurückzogen, blieb nur noch eine verstümmelte Leiche zurück. Die Vardrul stimmten Gesänge von unheimlicher Schönheit an, die sich merkwürdig mit den heiseren Schreien der sterbenden Menschen mischten. Der Blutrausch hielt so lange an, bis schließlich nur noch Kommandant Krufaure und der kleine Gardistentrupp an seiner Seite am Leben waren. Krufaure kämpfte mit fast übermenschlicher Vernichtungswut. Wieder und wieder fiel sein berühmter Rückhandschlag, und so mancher Vardrul-Kopf hatte sich bereits von seinem Körper getrennt. Die unbändige, nicht nachlassende Energie des Kommandanten beflügelte eine Reihe seiner engsten Gefährten, und sie setzten sich nun fast ebenso erbittert und rücksichtslos zur Wehr wie ihr Anführer. Krufaure und seine Männer verteidigten sich so wirkungsvoll, daß es ihnen tatsächlich gelang, sich einen Weg aus der K'fdrs-Grotte zu bahnen. Sobald sie draußen waren, gaben sie Fersengeld und rannten, verfolgt von einer Gruppe der erbittertsten Sippenangehörigen, um ihr Leben. Nur ein paar Meter vor ihren Feinden erreichten sie das Mvjri-Blendloch. Mit donnernden Schritten rannten sie über die Planken, die die Fallgrube überspannten, dann blieben sie stehen, um in aller Eile die Brücke abzubauen. Nachdem sie ihre Verfolger auf diese Weise aufgehalten hatten, verließ der klägliche Rest der Gardisten die Höhlen des Nazara Sin. So gab es doch noch einige Überlebende, die die Nachricht von der Niederlage nach Lanthi Ume bringen konnten.

Während des scheinbar nicht enden wollenden Kampfes stand Lady Verran relativ geschützt an der Mündung einer Felsspalte in der Wand der K'fdrs-Grotte und sah zu. Har Fennahar, mit einem angespitzten Stein bewaffnet, wich nicht von ihrer Seite. Die improvisierte Waffe erwies sich jedoch als überflüssig, denn die beiden schweigenden Menschen gerieten kein einziges Mal in Gefahr. Als die Schlacht zu Ende ging und die Soldaten schließlich in die Flucht geschlagen waren, trat Verran aus dem Spalt und ging auf ihren Sohn zu. Nur deshalb war sie überhaupt zum Mvjri-Blendloch gekommen, aber als sie jetzt neben Terrs stand, brachte sie kein Wort heraus.

Terrs hatte sich an der schrecklichen Vernichtung der letzten in der Grotte gefangenen, noch lebenden Soldaten nicht beteiligt. Die Verwundeten, die Sterbenden, die Bewußtlosen — auf alle war gleichermaßen eingeschlagen und eingestochen worden, und überall lagen die Toten. Terrs hatte daran nicht teilgenommen, aber er hatte auch keinen Versuch gemacht, es zu verhindern. Er hatte die Steine auf seine Feinde herabstürzen lassen, hatte gegen die Überlebenden gekämpft und zwei von ihnen getötet — und Verran hatte alles beobachtet. Nun war er mit Blut und Schweiß verschmiert, und seine Miene — eine merkwürdige Mischung aus Triumph und Grauen — stieß sie so ab, daß sie keine Worte fand. Statt dessen sah sie schweigend zu, wie die Vardrul ihre eigenen Verletzten versorgten — wie die Wunden verbunden, schwache, noch lebende Körper vom Gewicht darüberliegender Leichen befreit und erloschene Augen für immer geschlossen wurden. Es war ziemlich still, denn die unverletzten Vardrul gingen ihrer Tätigkeit in tiefem Schweigen nach, als könnten sie, indem sie sich völlig in ihre Aufgabe vertieften, das Nachdenken über ihre eigenen Taten noch ein wenig länger hinausschieben. Auch die verwundeten Sippenangehörigen schrien oder stöhnten nicht — von ihnen war nur ein leises, pulsierendes Summen zu vernehmen, das Verran unbeschreiblich ans Herz griff. Auch Terrs schauderte, als er es hörte, und erst jetzt wagte seine Mutter, ihm die Hand auf den Arm zu legen. Er nahm sie und hielt sie fest, wie er es seit frühester Kindheit nicht mehr getan hatte. Während sie Hand in Hand dastanden und die grausige Szene betrachteten, nahmen sie nicht wahr, wie ein für tot gehaltener Gardist, der direkt hinter ihnen auf dem Boden in seinem Blut lag, wieder zum Leben erwachte. Ob er nun wirklich bewußtlos gewesen war oder eine Ohnmacht nur vorgetäuscht hatte, jedenfalls rappelte er sich langsam auf. Aus einer Stirnwunde strömte ihm das Blut über das Gesicht, und seine Bewegungen waren schleppend, verrieten aber fanatische Entschlossenheit. Nachdem er mit Mühe auf die Beine gekommen war, stand er einen

Augenblick lang schwankend da und machte dann ein paar schlurfende Schritte. Seine fiebrigen Augen waren starr auf Terrs Fal Grizhnis Rücken gerichtet. Er hob sein Schwert.

Weder Terrs noch Verran bemerkten ihn, aber die unsicheren Schritte drangen an Har Fennahars Ohren, der ein Stück entfernt stand. Der Forscher drehte sich gerade noch rechtzeitig um, um zu sehen, wie die Klinge über dem ungeschützten Kopf des jungen Terrs zitterte. Sofort sprang er zwischen den Soldaten und sein Ziel und versuchte mit seiner Steinwaffe den Streich zu parieren. Die Stahlklinge sauste pfeifend herab und zerschmetterte den Stalaktiten. Steinsplitter flogen durch die Gegend und trafen Fennahars Kopf. Die Klinge wurde ein wenig abgelenkt, schrammte an der Brust des Forschers entlang und riß eine klaffende Wunde. Mit einem Aufschrei taumelte Fennahar zurück und stürzte blutüberströmt zu Boden. Erst jetzt wirbelten Verran und Terrs erschrocken herum, sahen aber nur noch, wie der Gardist von F'tryll'jnr Rdsdrs Wurfspieß durchbohrt wurde.

Fennahar lag reglos, er hatte die Augen geschlossen, und unter der verblaßten Sonnenbräune war sein Gesicht totenbleich. Verran lief zu ihm und rief seinen Namen, ohne jedoch eine Antwort zu erhalten. Der Forscher lebte noch, war aber nicht bei Bewußtsein und verlor immer mehr Blut. Die Vardrul in der Höhle hatten sich bereits so sehr an den Anblick von Gewalt gewöhnt, daß sie dem Vorfall kaum Beachtung schenkten. Terrs trat jedoch heran und kniete neben dem Verletzten nieder.

Verran riß Streifen von ihrem Gewand ab und drückte sie auf die Wunde, um den Blutstrom zu stillen. Ein Stoffstück nach dem anderen färbte sich rot und mußte weggeworfen werden. Ihre hektischen Bewegungen verrieten ihre zunehmende Nervosität. Ihre Hände begannen zu zittern. »Er wird verbluten«, flüsterte sie.

»Nein, Mutter. Ich verspreche dir, er wird gesund werden. Wenn die Blutung nicht von selbst zum Stillstand kommt, verfüge ich inzwischen soweit über die Kognition, um für seine Genesung garantieren zu können.«

»Keine Kognition! Wir wollen sie nicht! Sie ist grausam!«

»Nicht immer. Sie wird ihn retten, wenn andere Mittel versagen, und das bin ich ihm schuldig, denn schließlich habe ich ihm die Hand geschüttelt, und er wurde um meinetwillen verletzt.«

»Dann siehst du jetzt also ein, daß er dein Freund ist.«

»Ja«, sagte Terrs nach einer Pause. »Ich habe es eingesehen.«

»Darüber bin ich froh. Wenn du nämlich sein Freund bist, dann wirst du auch meinen Entschluß verstehen. Ril hat mich gebeten, mit ihm fortzugehen, und ich habe vor, es zu tun.«

»Du willst die Höhlen verlassen? Wann hast du das beschlossen?«

»Ich weiß es nicht genau. Irgendwann, wahrscheinlich ohne mir dessen überhaupt bewußt zu sein. Aber jetzt bin ich sicher. Wenn er gesund wird, werde ich mit ihm von hier fortgehen. Ich werde nach Oben zurückkehren und seine Frau werden. Das ist das Leben, das ich mir wünsche. Ich habe meine Wahl getroffen.«

»Mutter, bist du sicher?«

»Es steckt noch mehr dahinter«, fuhr sie fort, ohne auf seine Frage einzugehen. »Ril muß Lord Grizhnis Unterlagen nach Lanthi Ume zurückbringen. Sie sind mein Eigentum, und ich habe es ihm gestattet. Wir werden die Schriften mit uns nehmen. Nicht für immer, das verspreche ich dir, aber erst einmal kommen sie fort von hier.«

Terrs antwortete nicht. Er warf ihr nur einen überraschten Blick zu, und in seinem Gesicht kämpften deutlich sichtbar widerstreitende Empfindungen.

Verran blickte in die wild funkelnden, schwarzen Augen. »Es wäre mir sehr lieb, wenn du mitkämst«, sagte sie. »Nicht unbedingt für längere Zeit — du brauchst dich nicht auf Dauer von deinen Vardrul-Freunden zu trennen. Aber du bist ein Mensch und solltest die Welt des Oben kennenlernen. Eine Trennung wäre für beide Seiten — für dich, wie für die Vardrul — nur von Vorteil, und wenn du daran zweifelst, dann brauchst du dich nur umzusehen. Mehr noch, du bist mein Sohn, und auch wenn wir uns bekämpfen, liebe ich dich, weil du ein Teil von mir bist, und ich werde dich immer lieben. Komm mit uns.«

Er schwieg noch immer. Verran beschäftigte sich wieder mit dem Verwundeten. Fennahars Blutung hatte nachgelassen, fast aufgehört. Seine Verletzung war weniger ernst, als sie befürchtet hatte. Die Lider des Forschers zuckten, aber er hatte das Bewußtsein noch nicht wiedererlangt. Ringsum versorgten die Vardrul ihre Verwundeten und Sterbenden, während Verran ihre Verbände auflegte und Terrs mit sich rang. Durch das Eintreffen einer Gruppe von R'jnrllsch-Angehörigen, die den schlaffen, lichtlosen Körper von Zmadrc Vierzehn trugen, wurde der junge Mann aus seinen Gedanken gerissen. Terrs schien kaum zu hören, was die Vardrul berichteten, als die kleine Leiche vor ihm auf den Boden gelegt wurde, er schaute nur mit völlig unbewegtem Gesicht auf die Überreste seiner einstigen Zukünftigen hinab. Diese reglose, starre Haltung behielt er so lange bei, daß Verran ihren eigenen Kummer vergaß und sich um ihn zu ängstigen begann. Um das schreckliche Schweigen zu brechen, flüsterte sie die einzigen Worte, die ihr in den Sinn kamen, so unzulänglich sie auch waren: »Terrs, es tut mir so leid.«

»Es braucht dir nicht leid zu tun«, antwortete er ganz ruhig. »Sie ist bei ihren Ahnen. Das ist kein Grund zur Trauer.«

»Du — hast recht«, preßte sie heraus. Seine eisige

Ruhe erschreckte sie. Sie wandte den Blick ab und drückte das Tuch fester auf Fennahars Wunde.

»Wenn jemand sich endgültig mit seiner Sippe vereinigt, ist das ein Anlaß zur Freude«, sagte Terrs. »Die junge Zmadrc Vierzehn ist wohlauf und in Sicherheit.«

»Ja. Und du?«

»Was mich angeht«, fuhr Terrs fort, »so werde ich mich eine Weile in die Einsamkeit zurückziehen, um über ihr Glück zu meditieren und über meinen künftigen Weg nachzudenken. Es gibt viel zu überlegen. In dieser Zeit werde ich allein sein, ganz allein und in voller Harmonie. Wie könnte es anders sein? Alles ist gut.«

Verran hörte ein leichtes Zittern in seiner Stimme, blickte schnell auf und sah, daß sein Gesicht naß war von Tränen, wie ein Eisblock, der in der Wüstenhitze schmilzt.

13

»Wir müssen ein Ende machen, Euer Lordschaft«, bemerkte Lady Josky.

Vater und Tochter saßen in dem bekannten Raum oberhalb von Grues Speisehaus beim Abendessen. Draußen war die Nacht dunkel und stürmisch. Drinnen brannten die Lampen, das Feuer tanzte im Kamin, es war warm und behaglich. Auf Yans Whurm Didnis' Zügen fand diese Behaglichkeit jedoch keinen Widerschein. Didnis wirkte niedergeschlagen, er saß zusammengesunken auf seinem Stuhl und beäugte sein Essen ohne große Begeisterung.«

»Wir müssen die Sache beenden«, beharrte Josky.

Didnis seufzte. Offenbar war das Thema altbekannt, aber deshalb nicht weniger unerfreulich. Er hob seinen Becher an die Lippen, schwenkte den schlechten Jahrgang mit großem Gehabe im Mund herum, bevor er schluckte, und antwortete zögernd: »Mylady, so wie die Sache steht, können wir nichts tun.«

»Ich kann nicht verstehen, warum du das sagst!«

»Lady Josquinilliu. Seit dem unglückseligen Vorfall bei der Parnis-Regatta hat sich Herzog Povon in seinem Palast verschanzt, und dahin können wir ihm nicht folgen. Und da dem so ist, ist er für uns nicht zu erreichen, und wir sind machtlos.«

»Das sind wir *nicht!* Hör auf mich, Dad! Wir müssen diesen Herzog erledigen. Wir haben versprochen, daß wir es tun, wir haben uns dafür bezahlen lassen, und jetzt müssen wir auch liefern. Sonst können wir nicht mehr erhobenen Hauptes durch diese Stadt gehen. Jeder wird sich über uns ins Fäustchen lachen, und so will ich nicht leben, auf keinen Fall. Wir müssen etwas *tun.*«

»Mein Schatz, unter deiner mädchenhaften Fassade

schlägt das Herz eines Tigers, aber in diesem Fall ist nichts zu machen. Der Herzog ist für uns momentan in weite Ferne gerückt. Jetzt müssen wir uns in Geduld üben.«

»Darin irrt sich Euer Lordschaft. Ihr irrt Euch sogar ganz gewaltig«, erklärte Lady Josky mit Nachdruck. »Wir können eine Menge tun, und wir werden noch heute abend damit anfangen.«

»Ich verstehe nicht.«

»Dann hör zu und laß es dir erklären. Die Sache ist nämlich die, daß der Herzog sich nicht die ganze Zeit in seinem Palast verkriecht, wie du behauptest. Er verläßt ihn durchaus hin und wieder, aber das wissen nicht viele Leute, denn der alte Knacker ist der gleiche Hasenfuß wie sein Sohn, und deshalb treibt er sich heimlich in der Gegend herum.«

»Meine Prinzessin sollte ihre Manieren nicht vergessen.«

»Ich bitte um Verzeihung, Dad, aber es ist zufällig wahr. Jedenfalls erzählen sich die Leute, der Herzog würde so ziemlich alles tun, um diesem Unhold von einem Weib aus Gard Lammis zu entkommen, das er heiraten soll, und deshalb schleicht er sich bei Nacht aus dem Palast und verbringt einige Zeit auf seiner Venerise, um sich dort das Gehirn zu vernebeln.«

»Die Leute erzählen sich das? Welche Leute?«

»Jedermann. Ihr solltet Euch öfter mal die Zeit nehmen, um Euch mit den Leuten auf dem Marktplatz zu unterhalten, Euer Lordschaft. Das täte Euch gut.«

»Wir machen uns nicht mit dem Pöbel gemein, Mylady. Solche Beziehungen sind unter unserer Würde.«

»Aber wie sollen wir sonst erfahren, was vorgeht? Und wie können wir unsere Arbeit machen, wenn wir nicht wissen, was sich so tut? Und wenn wir unsere Arbeit nicht richtig machen, wenn wir nicht die Besten sind, die es gibt, dann halten wir die Ehre des Hauses Didnis nicht hoch, nicht wahr?«

Darauf wußte der Meuchelmörder keine Antwort.

»Nun denn«, schloß Josky triumphierend, »so liegen die Dinge. Ich habe also erfahren, daß der Herzog manchmal nachts auf den Kanälen herumsegelt, wo die Keldhaam Gnuxia ihn nicht piesacken kann.«

»Tatsächlich? Und wann ist der Herzog unterwegs?«

»Das hat man mir nicht gesagt.«

»Und wohin pflegt er in solchen Fällen zu segeln?«

»Hierhin, dorthin, überallhin.«

»Liebes Kind, diese Information ist nicht uninteressant, aber in ihrer gegenwärtigen Form für uns praktisch unbrauchbar.«

»Ha! Schon wieder falsch, Euer Lordschaft. Ich habe nämlich einen Plan. Wir machen folgendes: Wir nehmen uns genügend Proviant mit und verstecken uns als blinde Passagiere auf dem Boot. Dann kommt es nicht darauf an, wann der Herzog absegelt und wohin. Wann immer, wo immer, wir sind ganz in seiner Nähe und können uns aussuchen, wann wir ihn um die Ecke bringen.«

»Lady Josky, das ist gewiß ein abenteuerlicher Plan, aber völlig undurchführbar.«

»*Warum* undurchführbar?« fragte Josky, das Kinn streitlustig vorgereckt.

»Aus einem ganz einfachen Grund — wir können nicht auf die Venerise des Herzogs gelangen. Wenn die *Sublimity* nicht gebraucht wird, liegt sie vor dem herzoglichen Palast vor Anker. Wie du weißt, wird der herzogliche Kai Tag und Nacht bewacht. Zu anderen Zeiten, wenn Seine Hoheit an Bord ist, hält sich dort eine Wache auf. Man würde uns festnehmen, ehe wir auch nur einen Fuß an Deck gesetzt hätten.«

Um Joskys Lippen zuckte es ungeduldig. »Glaubst du, daran hätte ich nicht gedacht? Von wegen, von der Wache habe ich bereits gewußt, ich bin nämlich kein kleines Kind mehr. Aber ich weiß auch, wie man mit diesem Problem fertig wird. Mehr noch, es muß heute nacht geschehen. Jetzt hört zu, Euer Lordschaft. Im Augenblick, in dieser Minute liegt die *Sublimity* am Alten Markt-Pier, und dort bleibt sie so lange, bis die Schnitzereien neu vergoldet, die Decks frisch lackiert und die Gardinen und Behänge gereinigt sind. Bis dahin hat die Besatzung Urlaub.«

»Wer hat dir das erzählt?«

»Ein Bettler auf der Werft, dem ich unser altes Brot gebe. Und Leather Greanah, die mit den Seeleuten herumzieht, sagt das gleiche.«

»Liebes Kind, das ist aber kein passender Umgang für eine Tochter des Hauses Didnis.«

»Damit sollten wir uns jetzt nicht weiter befassen, wir haben wichtigere Dinge zu bedenken. Euer Lordschaft — wir werden jetzt unsere Sachen zusammensuchen, etwas Proviant einpacken und uns zu dieser Venerise begeben.«

»Langsam, mein Kind. Du bist zu hastig, zu ungestüm. Dies ist eine Angelegenheit, die viel Überlegung und Planung erfordert.«

»Nein. Wir haben genug überlegt und geplant. Und wie weit sind wir damit gekommen? Jetzt muß gehandelt werden, und wir werden *jetzt* handeln, sonst verpassen wir noch unsere Chance. Ich habe es gründlich satt, hier herumzusitzen und nichts zu tun. Das haben wir lange genug gemacht. Ich will etwas *unternehmen*, Dad!«

»Mein Schatz, es gibt so etwas wie Vorsicht ...«

»Dieses ewige Gerede von Vorsicht steht mir bis zum Hals! Ich sage dir, ich möchte diesen Auftrag ein für allemal erledigt haben. Wenn wir das nicht schaffen, ist unser Ruf dahin. Ich will heute noch zum Boot, ich *will* es, und ich werde hingehen. Und wenn Ihr nicht mitkommen wollt, Euer Lordschaft, dann gehe ich eben alleine, und die Sache hat sich!«

Sie starrte ihn herausfordernd an, und Didnis sank in sich zusammen. »Frieden, mein Liebling. Ich beuge mich. Du sollst diesen Weg nicht alleine gehen, nicht ohne deinen Vater an deiner Seite.«

»Oh, sagenHAFT! Ich liebe dich, Dad!« Impulsiv sprang sie von ihrem Stuhl auf, lief um den Tisch herum, umarmte ihren Vater und drückte ihm einen schallenden Kuß auf die Schädeldecke.

»Ich liebe dich auch, meine Josky!« Tränen der Rührung stiegen dem Meuchelmörder in die Augen. »Und jetzt wollen wir uns bereitmachen.«

So schnell wie möglich packten die beiden zu essen und zu trinken und verschiedene Waffen ein. Danach legten sie warme Kleidung an, denn die Luft war feucht, setzten Visiere und Hüte auf, stiegen von ihrer Wohnung auf die Straße hinunter und strebten leise durch die schmalen Gassen zum Strichwasserkanal hinunter. Dort ließen sie sich von einem öffentlichen Dombul bis zur Grünen Mole fahren, wo sie ausstiegen und ihren Weg zu Fuß fortsetzten.

Der Alte-Markt-Pier, windig und regennaß, wirkte wie ausgestorben. An einem nahegelegenen Gebäude hingen zwei Laternen und warfen ein trauriges, schwaches Licht auf den nassen Holzkai, auf die mit glitschigen Algen überzogenen Werftanlagen, auf Kistenstapel unter Segeltuchplanen und auf die verschiedensten Schiffe, vom winzigen Dombul bis zur großen, hochseetüchtigen Handelsgaleere. Die *Sublimity* war leicht herauszufinden, denn sie war eines der größten Schiffe und mit ihren massigen Decksaufbauten am Bug und am Heck und den ungewöhnlichen Proportionen unmöglich zu verwechseln.

»Da«, sagte Didnis und deutete auf das Schiff. »Sieht verlassen aus.«

»Worauf warten wir dann noch?« fragte Lady Josky, und ihre klare Stimme übertönte das Plätschern des Regens.

»Leise, Kind. Der Weg ist frei, und wir warten auf nichts mehr.«

»Gut, Dad! So ist es richtig! Es geht los!«

Zusammen begaben sie sich zum Fallreep, und als sie nirgendwo eine Wache entdeckten, gingen sie hastig an Bord.

Die *Sublimity* war leer, jedenfalls schien es so. Didnis und Josky blieben im Regen stehen und betrachteten staunend das Mosaikdeck, die goldene Takelage und die geschnitzten Masten mit den Intarsien: Wie die meisten Lanthianer hatten sie diese Wunder bisher nur aus der Ferne gesehen. Jetzt konnten sie sich alles in Ruhe genau betrachten, in jedem Winkel herumschnüffeln und nach Herzenslust ihre Kommentare abgeben.

»Gold, mein Kind. Auf solche Dinge solltest du achten. Diese Drahteinlage in der Luke ist aus purem Gold. Auch die Scheiben, die in die Masten eingesetzt sind.«

»Glaubst du, man könnte sie abstemmen?«

»Mylady Josquinilliu.« Whurm Didnis' Stimme klang streng. »Wir sind keine Banditen und auch keine Diebe. Du willst doch wohl unserem Beruf keine Schande machen?«

»Ich bitte um Verzeihung, Euer Lordschaft.«

»Kind, eines darfst du nie vergessen — auch der kleinste Diebstahl schadet unserer Ehre und entwürdigt unseren Adel. Ein eher praktischer Aspekt ist, daß man damit unerwünschte Aufmerksamkeit auf sich lenkt.«

»Das habe ich nicht bedacht«, gestand Josky.

»Keine Sorge, Tochter. Du hast vortreffliche Instinkte, und die Erfahrung wird sie noch schärfen. Nun komm, wir wollen uns mit der *Sublimity* bekannt machen.«

Gemeinsam erforschten sie das Schiff, das freilich nicht ganz so verlassen war, wie sie gedacht hatten. Weit unter Deck, am Ende eines schmalen, mit Lagerräumen gesäumten Ganges stießen sie auf eine polierte Tür mit einer ungewöhnlich massiven, vergoldeten Riegelstange. Didnis hob die Stange an, öffnete die Tür, und die beiden spähten in den dahinterliegenden

Raum. Im schwachen Licht einer kleinen Öllampe, die sie sich aus den Mannschaftsquartieren ausgeliehen hatten, erblickten sie drei große, rechteckige Blöcke, die wie Bahren aussahen. An jede Bahre war mit weißen, glänzenden Seilen ein erbärmlich abgemagerter Gefangener gefesselt. Die weichen, feuchten Leinen glitten wie Schlangen über Fußboden und Wände, hingen in phantastischen Mustern von der Decke und hafteten gierig an den Körpern der Gefangenen. Die Männer waren nicht bei Bewußtsein. Zwei lagen stumm und reglos unter dem Gewicht der Seilbündel, der dritte wimmerte mitleiderregend im Schlaf. Das Eindringen der beiden weckte sie nicht.

»Was *ist* das?« flüsterte Josky ehrfürchtig.

»Das sind die Elenden, denen man die Lebenskräfte aussaugt, um damit dieses Schiff anzutreiben«, erklärte Didnis. »Sieh nur, meine Josky, sieh — jetzt frißt die *Sublimity!*«

Die Seile, mit denen der stöhnende Mann gefesselt war, begannen sanft zu pulsieren, und schließlich gab das Opfer keinen Laut mehr von sich und versank noch tiefer in seiner Ohnmacht.

»Oh, groTESK!« stellte Lady Josky fest.

Didnis schloß leise die Tür. »Kein schöner Anblick«, gab er zu, »und doch müssen wir froh darum sein.«

»Froh? Warum, Euer Lordschaft?«

»Die Lebenskräfte, die man diesen Gefangenen abzapft, liefern die Energie, die die Venerise benötigt, um alle Funktionen ohne menschliche Hilfe ausführen zu können. Das heißt, die *Sublimity* braucht keine Besatzung.«

»Ach, jetzt begreife ich. Für ein phantastisches Ding dieser Größe«, — Josky bezog mit einer weit ausholenden Geste das gesamte Schiff ein —, »wären sonst vielleicht Dutzende von Seeleuten erforderlich. So benötigt der Herzog nur eine Handvoll von seinen hübschen Dienern zu seiner Betreuung. Das heißt, wir brauchen gar nicht so sehr zu befürchten, daß uns jemand stören könnte.«

»Genau, mein Kind. Du hast mit deinem gewohnten Scharfblick genau ins Schwarze getroffen. Aber genug davon. Die Zeit vergeht. Laß uns unseren Rundgang fortsetzen und zusehen, daß wir ein Versteck finden.«

Endlich entschieden sie sich für einen der Lagerräume — ein dunkles, stickiges Loch voller Fässer, Säcke und Kisten. Sie vereinbarten, abwechselnd Wache zu halten, Didnis als erster. Dann richteten sie sich hinter einer Wand aus aufeinandergestapelten Holzkisten so behaglich ein, wie es unter diesen Umständen möglich war. Der Meuchelmörder faltete seinen Umhang zu einer dünnen Matte zusammen, ein Mehlsack diente als klumpiges Kissen, und auf diesem improvisierten Lager streckte sich Lady Josky aus und deckte sich mit ihrem eigenen Umhang zu. Es war schon sehr spät, und selbst Joskys beispiellose Vitalität hatte sich ein wenig erschöpft. Trotz des unbequemen Bettes schlief sie sofort ein und erfreute sich die ganze Nacht hindurch des unbeschwerten Schlummers der sorgenfreien Jugend, während ihr Vater an ihrer Seite Wache hielt.

Die Zeit verrann, in dem engen Lagerraum war es langweilig und unbequem, aber zum Glück für den Meuchelmörder und sein Kind gingen die ohnehin schon weit fortgeschrittenen Renovierungsarbeiten auf der *Sublimity* flott voran und waren bald ganz beendet. Am Nachmittag des zweiten Tages wurden frische Vorräte geladen und die Kombüse aufgefüllt. Gegen Abend kamen der Steuermann und drei Diener an Bord. Diese Gruppe war noch weit kleiner als die kleinste Mannschaft, die Herzog Povon normalerweise beschäftigte. Vermutlich wollte Seine Hoheit, wenn er sich der Kontrolle der Keldhaam Gnuxia entzog, das Risiko einer Entdeckung dadurch verringern, daß er die Zahl der in seine nächtlichen Exkursionen Eingeweihten möglichst einschränkte. Natürlich würde Gnuxia ohnehin bald alles erfahren, aber vielleicht konnte man diesen Schwarzen Tag noch ein wenig hinausschieben. Aus welchem Grund auch immer, die Venerise war jedenfalls so gut wie leer, ein Umstand, der Whurm Didnis sehr gelegen kam.

Als in dieser Nacht die großen grüngoldenen Segel gesetzt wurden, war der sternenübersäte Himmel klar. Auf die entsprechenden kognitiven Befehle hin löste sich die *Sublimity* ohne jedes Aufsehen vom Alten-Markt-Pier und fuhr durch die Kanäle, bis sie den herzoglichen Kai erreichte.

Ungewohntes Gepolter über ihren Köpfen verriet den blinden Passagieren, daß etwas Ungewöhnliches im Gange war. Die kleine, behende Josky wurde als Kundschafterin ausgeschickt und kehrte bald mit der Nachricht zurück, der Herzog sei eingetroffen.

»Ein Steuermann, drei Lakaien und der Herzog«, meldete Lady Josky. »Das wird ein Kinderspiel. Fangen wir an.«

»Noch nicht, Mylady.«

»Und warum nicht?«

»Wir befinden uns noch in Rufweite vom Herzogspalast.«

»Na *und?*«

»Im und um den Palast herum ist stets ein Trupp Gardisten postiert. Im Falle einer Panne wollen wir doch nicht, daß sie auf uns aufmerksam werden.«

»Ach ja, das ist wohl richtig. Euer Lordschaft ...« Joskys Augen leuchteten. »Ich glaube, Ihr seid der beste Vater und der beste Attentäter auf der ganzen Welt.«

Didnis errötete vor Freude. »Still, mein Kind! Ich werde sonst noch eitel.«

»Hoffentlich werde ich eines Tages so wie du.«

»Kind, du wirst noch besser werden. Du bist auf dem besten Weg dazu.«

Hand in Hand kauerten sie in ihrem Versteck, bis die

Venerise wieder abgelegt hatte. Sie hätte an jede Stelle der Stadt fahren können, von der Vayno-Festung, die den Zugang vom Festland her bewachte, bis nach Jherova, dem äußersten der berühmten Neun Eilande von Lanthi Ume — überall wäre sie dem wachsamen Auge der Keldhaam Gnuxia entgangen. Aber als endlich der Anker fiel und Lady Josky sich hinauswagte, um Informationen zu sammeln, kehrte sie bald in höchster Erregung zurück.

»Wir sind zu Hause!« rief sie in aufgeregtem Flüsterton. »Diese Badewanne ist vor dem Destula-Pier vor Anker gegangen. Es ist nicht zu glauben, was?«

»Nur mit Mühe«, gab Whurm Didnis zu. »So idyllisch und stimmungsvoll unsere Gegend auch sein mag, sie zieht nur selten vornehme Besucher an. Was mag wohl das Ziel Seiner Hoheit sein?«

»Was kümmert es uns? Hier sind keine Gardisten, und wenn er ruft, wird niemand kommen. Los jetzt!«

»Es wäre klüger zu warten, bis alle schlafen.«

»Kein Warten mehr! Jetzt, Dad! *Jetzt!*«

Didnis nickte langsam, und im schwachen Licht der Öllampe hüpfte sein Schatten an der Wand. »Du hast recht, mein Schatz. Die Zeit ist gekommen. Wir beginnen damit, alle möglichen Zeugen unserer Tat zu eliminieren.«

»Die Lakaien?«

»Genau!«

Leise verließen sie den Lagerraum und schlichen zur Kombüse, wo der Koch gerade die letzten Sahnerosetten auf das Schokoladen-Kastanien-Dessert des Herzogs spritzte. Ein Stich mit dem Stilett des Meuchelmörders, und die Sahne färbte sich rosa.

Von der Kombüse begaben sie sich zum Vordeck, wo Povons Kammerdiener dabei war, die Seidenlaken in der Koje seines Herrn mit Lavendelwasser zu besprengen. Ein zweiter Stoß, und der Diener lag quer über dem besudelten herzoglichen Bett.

Mittschiffs schlief der bewaffnete Posten. Seine Pflichtvergessenheit wurde mit dem Tode bestraft.

Nun blieb nur noch der Steuermann, und der war nicht so leicht zu finden. Nach einem vergeblichen Streifzug fauchte Lady Josky ungeduldig: »Genug! Wir können uns später um ihn kümmern! Es ist Zeit, Dad! *Los* jetzt!«

Didnis nickte folgsam. Ohne ein weiteres Wort stiegen sie zum erhöhten Achterdeck hinauf, wo Herzog Povon gerade dabei war, bei Kerzenschein sein gebratenes Moorhuhn zu verzehren. Die herzoglichen Pupillen waren stark geweitet, das herzogliche Antlitz strahlte vor Glückseligkeit. Zur Feier seiner geglückten Flucht vor Gnuxias Wachsamkeit hatte Povon mit dem Mondtraum von Uhanna auf seine Gesundheit angestoßen. Dank der langen Enthaltsamkeit war seine Toleranz sehr herabgesetzt, und die Essenz wirkte ungewöhnlich stark. Seine Hoheit hatte die Absicht gehabt, sich erst einmal in aller Ruhe zu stärken, ehe er sich zum Weisen Nulliad begab, um dessen Rat zu erbitten. Beim Anblick der Eindringlinge änderte Povon jedoch seine Pläne und hob sein Glas.

»Ach, ich bekomme Gesellschaft. Wie schön«, bemerkte er kichernd.

Didnis und Josky wechselten unbehagliche Blicke.

»Ihr könnt Euch zu mir setzen. Seid doch so freundlich und eßt mit mir«, befahl der Herzog mit einer gnädigen Geste. »Die Fenchelcreme kann ich Euch empfehlen. Sie schmeckt ausgezeichnet. Nicht weniger Lob verdient die Gemüseterrine.«

»Oh, groTESK!« rief Lady Josky aus.

»Was sagtest du, mein Kind?« erkundigte sich Seine Hoheit.

»Gemüse ist *Schrott!*«

»Sie meint, Hoheit, daß wir nicht hier sind, um an Euerem Mahl teilzunehmen«, erklärte Whurm Didnis.

»Nicht?« Povon schob die Unterlippe vor, schien mit

einem geistigen Problem zu ringen, gab schließlich auf und fragte lallend: »Wozu seid Ihr dann hier?«

Whurm Didnis zog wortlos sein Stilett.

Herzog Povon betrachtete staunend die Waffe. »Wozu habt Ihr sie mitgebracht?«

»Für Eure Hoheit. Macht Euch bereit.«

»Wer *seid* Ihr?« Povon runzelte die Stirn, als habe ihn etwas geärgert, ohne daß er sich noch so recht erinnern konnte, was es war.

»Ich werde Euch sagen, wer wir sind«, schaltete sich Lady Josky ein, ehe ihr Vater antworten konnte. »Dies ist der Lord Yans Whurm Didnis, der größte Meuchelmörder in ganz Lanthi Ume, wahrscheinlich sogar auf der ganzen Welt. Und ich bin Lady Josquinilliu Whurm Didnis, die einzige Tochter und einzige Gehilfin seiner Lordschaft. Euer Sohn Sneever hat uns dafür bezahlt, Euch um die Ecke zu bringen, und jetzt ist der Augenblick gekommen, in dem wir uns unseren Lohn endlich verdienen werden. Jetzt wißt Ihr, wer wir sind!«

»Mylady, es ist nicht nötig, das alles auszuplaudern ...« mahnte Whurm Didnis.

»Warum nicht, Dad? Ich bin stolz darauf, und ich wollte sehen, was er für ein Gesicht macht.«

Herzog Povons Miene erfüllte ihre Erwartungen nicht. Er schien etwas beunruhigt, vielleicht ein wenig verstört, aber mehr auch nicht.

»Mein Kind, ich möchte dich dringend bitten, strengste Zurückhaltung zu üben. Es besteht kein Anlaß, die Zielperson über alles aufzuklären.«

»Warum nicht, Euer Lordschaft? Was kann es schaden? Was macht es für einen Unterschied?«

Wie um auf ihre Frage zu antworten, erhob sich Herzog Povon aus seinem Stuhl, ohne seine glasigen Augen von der Waffe des Meuchelmörders zu lassen. Die Erkenntnis, daß er sich in Gefahr befand, war endlich durch den rosigen Nebel des Mondtraums bis in sein Gehirn vorgedrungen, und jetzt stimmte der Herzog ein gewaltiges Geschrei an: »Steuermann! *Mord!* Steuermann, hoho!« Mit unsicheren Schritten wich er zurück, bis ihn die Heckreling aufhielt.

»Schnell, Dad! Hol ihn dir!«

Didnis' Arm zuckte nach vorn, und sein Stilett flog so schnell durch die Luft, daß das Auge ihm nicht zu folgen vermochte. Die Klinge traf, und durch die Wucht des Aufpralls kippte der Herzog rücklings über die Reling. Mit einem Schrei stürzte Povon vom hohen Achterdeck kopfüber in den Strichwasserkanal. Es gab einen riesigen Platsch, dann schlugen die schmutzigen Fluten über ihm zusammen. Didnis und Josky liefen zur Heckreling und spähten auf das Wasser hinab. Sie sahen nichts.

»Fischfutter«, bemerkte Josky. »Ihr habt es geschafft, Euer Lordschaft! Ihr habt den Herzog erwischt.«

»Ich bin mir da nicht so sicher.« Didnis schüttelte den Kopf. »Wo ist er?«

»Auf dem Grund natürlich. Wo sonst?«

»Irgend etwas ist nicht ganz in Ordnung.«

»Ach was, du machst dir zu viele Sorgen. Wenn ihn deine Klinge nicht sofort getötet hat, dann wird er verbluten. Wenn er nicht verblutet, dann wird er ertrinken. Du hast ihn in jedem Fall.«

»Ich hoffe nur, daß du recht hast, liebes Kind. Trotzdem, jede Unsicherheit ist mir zuwider.«

Das Zwiegespräch wurde unterbrochen, weil sie hinter sich auf dem Deck leise Schritte vernahmen. Didnis und Josky wirbelten herum und sahen sich dem starr blickenden Steuermann gegenüber, der dem Ruf seines Herrn gefolgt war. Sie reagierten schnell und sprangen gleichzeitig auf ihn los. Der Steuermann drehte sich um und flüchtete, die beiden blinden Passagiere blieben ihm dicht auf den Fersen. Auf dem Quarterdeck gelang es ihnen, ihn in die Ecke zu treiben. Josky zog ihren Dolch. Didnis holte sein Ersatzmesser heraus. Gemeinsam näherten sie sich ihrem Opfer.

Der Steuermann stieß einen erstickten Schreckensschrei aus. Seine Beine knickten ein, er sank in die Knie. Ein Blick in die erbarmungslosen Gesichter der beiden Fremden, und er wußte, daß er dem Tode geweiht war. Verzweifelt suchte er nach einem Zaubermittel, um das Gespenst zu bannen.

»Tut es nicht!« flehte er. »Ich werde Euch nicht verraten, das schwöre ich! Ich habe Euch nie gesehen, ich bin blind und taub.«

Als sein Jammern wenig Wirkung zeigte, versuchte er es auf andere Weise. »Ich kann Euch helfen, o ja! Das Boot ist randvoll mit Kleinodien. Ich kann Euch die Geheimfächer zeigen, in denen sie verstaut sind.«

Josky sah ihren Vater fragend an. Didnis schüttelte kaum merklich den Kopf.

»Es ist wahr!« beteuerte der Steuermann, der den unheilverkündenden Blickwechsel bemerkt hatte. »Ich kann Euch nützlich sein! Ich kann Euch zur Flucht verhelfen! Dieses Boot fliegt wie der Wind, wahrscheinlich habt Ihr es schon gesehen. Ich kenne die besonderen Kommandos. Ich kann Euch innerhalb von wenigen Minuten aus Lanthi Ume heraus und in Sicherheit bringen! Ihr könnt die Venerise behalten oder sie im Ausland für ein Vermögen verkaufen, aber Ihr müßt mich am Leben lassen, denn ohne mich fährt sie nicht! Vertraut mir, ich werde alles tun, was Ihr wollt!«

Wieder wechselten die beiden Mörder vielsagende Blicke, und Josky bemerkte: »Das Boot ist viel mehr wert als das, was Lord Niemand uns bezahlen wird. Und für eine solche Tat hätten wir doch eigentlich eine kleine Zusatzbelohnung verdient?«

»Eine unerwartete Chance. Man muß wählen. Reiche Belohnung und dafür größere Gefahr. Vor- und Nachteile, und innerhalb eines Lidschlags soll entschieden werden. Warum kann das Leben niemals einfach sein?« Whurm Didnis blickte finster über das Wasser. Was er am Ufer sah, machte weitere Überlegungen hinfällig.

Da, im Mondlicht deutlich erkennbar, zog sich gerade eine vertraute, rundliche, triefend nasse Gestalt aus dem Wasser. Sie ließ sich längelang auf den Destula-Pier fallen, ruhte einen Augenblick aus, raffte sich dann wieder auf, legte die Hände an den Mund und schrie: *»Hilfe! Mord!«*

Didnis und Josky erstarrten, und ihre Klingen berührten die Kehle des Steuermanns.

Herzog Povon warf einen verängstigten Blick über die Schulter zu seinem Schiff zurück, dann machte er sich, unablässig weiterschreiend, aus dem Staub. Seine Hilferufe entfernten sich, hallten noch einen Moment lang nach, dann war alles still.

Josky erwachte unvermittelt zum Leben. »Wenn wir ihn noch erwischen wollen, müssen wir schwimmen. Kommt, Euer Lordschaft!« Sie lief zur Decksreling und wollte hinüberklettern.

Didnis hielt sie mit einer resignierten Geste zurück. »Sinnlos, mein Kind. Sinnlos. Du brauchst es gar nicht erst zu versuchen.«

»Was soll das heißen? Diesen feigen Fettwanst haben wir in fünf Minuten eingeholt. Komm schon, Dad!«

»Bedauerlicherweise unmöglich. Völlig ausgeschlossen.« Didnis schüttelte so heftig den Kopf, daß seine Bartperlen klirrten. »Mylady, Ihr wißt, wie unübersichtlich und verworren die Destula ist. Diese Gegend bietet tausend Fluchtwege, zehntausend Verstecke. Wenn die Beute hier einmal verschwunden ist, ist sie für immer verloren.«

»Das glaube ich nicht! Wir werden irgendeinen Weg finden!«

»Der Herzog ist schon jetzt nicht mehr zu sehen. Wo willst du mit der Suche beginnen, wenn wir einmal am Ufer sind?«

»Ich weiß es nicht. Wahrscheinlich gibt es viele Möglichkeiten«, räumte Josky nach kurzem Überlegen ein. »Aber wir müssen es wenigstens versuchen!«

»Kind, Kind. Wenn du älter bist, wirst du lernen, daß es töricht ist, seine Energie auf sinnlose Unternehmungen zu verschwenden. Der gereifte Verstand erkennt, wann alle Mühe vergeblich ist.«

»Und was willst du damit sagen?« Josky wirkte ziemlich geknickt. »Soll das heißen, wir müssen einfach nach Hause gehen und warten, bis uns wieder eine Chance über den Weg läuft, ihn zu fassen? Das könnte Wochen dauern!«

»Ganz so einfach ist es nicht, Mylady. Wir können nicht nach Hause gehen und auf eine neue Chance warten. Wir können überhaupt nicht mehr nach Hause gehen.«

»Was willst du damit sagen? Warum nicht?«

»Weil du, meine stürmische Prinzessin, in deinem Überschwang dem Herzog verraten hast, wer wir sind. Der Herzog kennt jetzt unsere Namen und unsere Gesichter, er weiß, wer unser Auftraggeber ist, und sobald er sich in Sicherheit gebracht hat, wird er zweifellos die ganze Stadt auf uns hetzen.«

»Du meinst — selbst wenn wir ihn jetzt noch kriegen würden, bekämen wir nichts dafür bezahlt?«

»Aller Wahrscheinlichkeit nach wird niemand mehr da sein, der uns bezahlen könnte. Lord Sneever muß sich, fürchte ich, auf plötzliche und einschneidende Veränderungen in seinem Leben gefaßt machen. Er kann einem leid tun!«

»Ach ja. Vielleicht hätte ich das doch besser unterlassen.«

»Es war unvorsichtig. Manchmal bringt der jugendliche Übermut meine Prinzessin in Schwierigkeiten.«

»Ich bitte um Verzeihung, Euer Lordschaft.«

»Wir müssen alle aus unseren Fehlern lernen, mein liebes Kind.«

»Vermutlich. Aber was machen wir jetzt? Jetzt sind wir doch bettelarm.«

»Lady Josquinilliu, kein Meuchelmörder mit Selbstachtung, der noch eine Klinge besitzt, wird lange mittellos bleiben. Opfer gibt es in Hülle und Fülle, und unsere Dienste sind überall gefragt. Glücklicherweise sind wir nicht länger auf die Launen unserer Auftraggeber angewiesen, um ein angenehmes Leben zu führen. Auch wenn alles nach einem Mißgeschick aussieht, kann daraus großes Glück erwachsen.«

»Was soll das?« Joskys Augen wanderten zu dem zitternden Steuermann, der immer noch zu ihren Füßen kniete, und sie begriff, was ihr Vater meinte. »Ach so, das Boot. Ja, jetzt verstehe ich.«

»Genau, das Boot. Angesichts der Gefahren, in die wir uns begeben haben, steht es uns doch gewiß zu. Und nachdem wir mit dieser Venerise ein Vermögen gemacht haben, wird das Haus Didnis wieder unter die großen Dynastien gezählt werden.«

»SagenHAFT, Dad! Und wo fahren wir nun hin?«

»Wohin wir wollen. Vielleicht zeige ich meiner Josky die prächtigen Städte jenseits des Meeres. Wir könnten Szar oder Strell besuchen, oder wir könnten die wolkengekrönten Türme des ruhmreichen Nu Yuivawn bestaunen. Vielleicht reisen wir auch ins Innere von Dalyon und errichten dort ein eigenes Königreich, dann wäre meine Josky wirklich eine echte Prinzessin. Was würde meiner Josky denn am besten gefallen?«

»Es hört sich alles gut an, Euer Lordschaft. Aber es ist wirklich grotesk, daß wir Lanthi Ume verlassen müssen, ohne unseren Auftrag erfüllt zu haben. Ich hasse es zu verlieren, wirklich. Und einfach so davonzulaufen — das sieht ja so aus, als hätte man uns verbannt oder so.«

»Mylady, kein Unternehmen, das im Erwerb eines Schiffes wie diesem gipfelt, kann als Fehlschlag angesehen werden. Wir dürfen uns im wahrsten Sinne des Wortes als Sieger betrachten. Und was das Davonlaufen angeht, davon kann gar keine Rede sein. Wir verachten die Stadt. Die Derbheit der Lanthianer hat uns abgestoßen, und wir ziehen uns gekränkt zurück. Wir verbannen *sie*. Wir beglücken einen anderen Ort mit unserer Gegenwart. Sei guten Mutes, mein Schatz. Lanthi Ume ist nicht die Welt.«

Josky nickte, und ihre Augen glänzten. Einen Augenblick lang standen die beiden Hand in Hand da und waren in die Betrachtung ihrer goldenen Zukunft versunken. Dann verlangte die Wirklichkeit wieder ihr Recht, und Whurm Didnis wandte sich an den Steuermann. »Steh auf, Bursche«, befahl er.

Der Steuermann gehorchte eilfertig.

»Du wirst uns unverzüglich aus der Stadt bringen. Wenn dir dein Leben lieb ist, dann wirst du allen meinen Befehlen und den Befehlen der Lady Josquinilliu ohne Widerrede, Vorbehalt oder Zögern gehorchen. Du wirst die Venerise steuern, sie in Ordnung halten und für unser persönliches Wohl sorgen. Hast du das verstanden?«

Die bedauernswerte Geisel nickte.

»Gut. Dann fort von hier, volle Kraft voraus.«

Unter den prüfenden Blicken seiner beiden neuen Herren stieg der Steuermann vom Quarterdeck herunter und stellte sich ans Ruder. Die erforderlichen kognitiven Befehle wurden erteilt, die Venerise hob ihren Bug aus dem Wasser und flog davon wie ein Falke, dem man die Fesseln gelöst hat.

»Oh, saaaaaaaaaaaaaagenHAFT!« rief Lady Josky entzückt aus, und der Fahrtwind riß ihr die Worte von den Lippen.

An schlafenden Palästen und Villen flitzten sie vorbei, den Kanal entlang, vorüber an Parks, Gärten, Türmen und Denkmälern, Marktplätzen, Elendsvierteln und Prachtbauten, die im Mondlicht glitzerten. Endlich erreichten sie Jherova, umfuhren diese äußerste Insel in nordwestlicher Richtung und tasteten sich dicht an die unregelmäßige Küstenlinie heran. Als die bunten Lichter von Jherova hinter ihnen lagen, rasten sie weiter in die Dunkelheit hinaus. So verschwand die *Sublimity* aus Lanthi Ume, und welches Ziel sie schließlich ansteuerte, blieb ein Geheimnis.

Fast hysterisch vor Angst hastete Herzog Povon durch die Destula. Er hatte sich in dieser fremden, unheimlichen Gegend verirrt, und weit und breit war niemand zu sehen. Er war naß bis auf die Haut, und die Messerwunde in seiner Schulter brannte unerträglich. Die Mörder, die ihm, nach ihrer eigenen Aussage, sein Sohn Sneever — *Sneever!* — auf den Hals gehetzt hatte, verfolgten ihn vielleicht, vielleicht aber auch nicht. Die friedvolle, harmonische Stimmung, in die ihn der Mondtraum versetzt hatte, war verflogen, und jetzt schirmte nichts mehr seinen Verstand vor der unerfreulichen Wirklichkeit ab. Schmerz und Angst waren Empfindungen, an die Povon nicht gewöhnt war. Tränen mischten sich in das Kanalwasser, das von seinem herzoglichen Antlitz tropfte.

Immer tiefer trugen ihn seine kurzen Beine in das Elendsviertel hinein, aber schon bald geriet er außer Atem, rang keuchend nach Luft, und seine Kräfte erlahmten. Stehenzubleiben wagte er nicht, aber seine Schritte wurden langsamer, und er nahm, wenn auch widerstrebend, mit allen Sinnen seine Umgebung wahr. Er befand sich in einer schmalen Gasse, in der es penetrant nach Exkrementen roch. Auf beiden Seiten ragten verfallende Wohnblöcke in den Himmel, ihre Fassaden berührten sich beinahe über seinem Kopf und tauchten alles in schwarze Schatten, bis auf einen schmalen Streifen in der Mitte der Straße, wo im Mondlicht ein widerlich aussehender, offener Rinnstein glitzerte. Auf den allgegenwärtigen Müllhaufen trieben sich ganz dreist die Ratten herum. Sie ergriffen nicht einmal die Flucht, als er näher kam, sondern beobachteten ihn ohne jede Scheu mit ihren Knopfaugen. Povon hatte freilich den Verdacht, daß auch intelligentere Augen seinen

Weg verfolgten. Die Gasse war menschenleer, vor jedem Fenster, das er sah, waren die Läden fest geschlossen, aber wer wußte schon, welch bedrohliche Gestalten in jenen dunklen Nischen lauerten. Povon spürte mit plötzlicher, schrecklicher Gewißheit, daß auch andere Blicke als die der Ratten auf ihn gerichtet waren, und zwar keineswegs in wohlwollender Absicht. Die Angst kroch ihm eiskalt durch alle Adern, er bekam eine Gänsehaut, sein Haar sträubte sich im Nacken, und allmählich erstarrte er ganz. Nur das warme Blutrinnsal aus seiner Schulter blieb von dieser Kälte unberührt. Ein dünnes, gequältes Jaulen löste sich aus seiner Brust, und er wich in die Schatten zurück, wie gelähmt vor Entsetzen, aber im Moment jedenfalls vor Beobachtung geschützt. Dort kauerte Seine Hoheit nun in der übelriechenden Dunkelheit, hilflos, von heftigen Angstschauern geschüttelt. Doch aus dem Schmerz und der Verwirrung kristallisierte sich mit solcher Kraft und Sicherheit ein Gedanke heraus, daß der Herzog ihn laut aussprach.

»Das ist nicht rechtens. Ich bin der Herzog, ich dürfte niemals leiden müssen. Jemand sollte sich meiner annehmen.«

Die geflüsterten Worte drangen zischend durch die stumme Gasse, aber nur das Schnattern der Ratten antwortete ihnen. Dennoch hatten sie eine Saite der Wahrheit so stark zum Klingen gebracht, daß Povon noch einmal wiederholte:

»Jemand sollte sich meiner annehmen.«

Aber wer? Wer würde dem Herzog beistehen?

Ein Gesicht blitzte vor seinem geistigen Auge auf — ein wachsbleiches, basiliskenäugiges Antlitz mit hoher Stirn und bizarren Falten.

»Nulliad«, murmelte Seine Hoheit.

Er entsann sich, daß er schon einmal hierhergekommen war, um Nulliads Rat zu suchen. Er entsann sich auch, daß es damals genügt hatte, den Namen des Geächteten zu erwähnen, um die Rabauken der Destula zu zähmen. Nulliad war jemand, der Einfluß hatte, bei ihm war sicher Hilfe zu finden, vielleicht sogar Trost. Bei Nulliad würde der Herzog in Sicherheit sein. Aber wo in diesem abscheulichen Kaninchenbau sollte er den Geächteten suchen? Povon entsann sich dunkel einer Gasse, deren Eingang mit einem Steinsalamander gekennzeichnet war und von der aus ein kurzer Durchgang in eine finstere Sackgasse geführt hatte. Stirnrunzelnd versuchte er sich weiter zu erinnern. Um diese Gasse zu erreichen, mußte man ein Stück weit am Wasser entlanggehen, dessen war er sich fast sicher. Er mußte also zum Kanal zurückkehren.

Es kostete Herzog Povon einige Überwindung, die schützenden Schatten zu verlassen. Widerwillig erhob er sich und ging stolpernd und vorsichtig den Weg zurück, den er gekommen war. Immer wieder blieb er, die Hand fest an seine blutende Schulter gepreßt, stehen, um angestrengt auf etwaige Verfolger zu lauschen, aber er vernahm nie ein verdächtiges Geräusch. Schließlich trat er zwischen zwei gespenstisch anmutenden, verlassenen Lagerhäusern hervor und sah das Mondlicht auf den Wellen des Strichwasserkanals funkeln. Povon blickte prüfend nach allen Seiten. Die *Sublimity* war nicht mehr da. Seine geliebte Venerise war mit allen, die an Bord gewesen waren, verschwunden. Seine Bediensteten, deren wichtigstes Anliegen seine Rettung hätte sein müssen, hatten ihn in dieser schrecklichen Gegend im Stich gelassen. Sie waren treulos, unzuverlässig und nur auf ihren eigenen Vorteil bedacht wie alle seine Untertanen. Vielleicht — der Herzog mußte bei dem Gedanken hart schlucken —, vielleicht waren sie sogar Verräter. Hatten sie sich gegen ihn verschworen? Wenn ja, dann würde er es ihnen vergelten. Es gab viele angenehme Arten, Rache zu nehmen, aber jetzt war nicht die rechte Zeit für solche Überlegungen, auch wenn sie noch so trostreich waren. Povon wandte sich nach links und stolperte den Uferwall entlang. Der

Schmerz in seiner Schulter wurde immer schlimmer, solche Qualen hatte er noch nie erlebt, ein pochendes Brennen, fast wie ein lebendes Wesen, das ihn verwirrte, fast überwältigte. Er begann leise zu schluchzen, und die Tränen ließen die mondbeschienene Welt vor seinen Augen verschwimmen. Hilflos taumelte er weiter, vorbei an dunklen, verkommenen Behausungen, an verlassenen Piers und an drei vermummten Männern, die in ihrer Reglosigkeit so bedrohlich wirkten, daß er nicht wagte, sie um Hilfe zu bitten.

Er war so in sein eigenes Elend versunken, daß er kaum auf den Weg achtete, bis ein scharfes Zischen ihn plötzlich innehalten ließ. Der Herzog wischte sich die Tränen aus den Augen, blickte zu Boden und entdeckte, daß er von lauernden Gestalten umringt war. Ratten konnten es nicht sein, dafür waren sie zu groß. Einen Moment lang starrte er sie verständnislos an, dann blickte er auf und stellte fest, daß er die Brücke der Arglistigen Katzen erreicht hatte. Auf dem schrundigen, uralten Bogen drängten sich Hunderte von wilden Katzen, eine ganze Bevölkerung, die völlig autark war. Die Tiere kauerten reglos da und beobachteten ihn mit ihren eigentümlich violetten Augen. Povon durchzuckte ein kurzer Schreck. Hatte es nicht einmal Gerüchte gegeben, daß diese Tiere bösartig seien? War vor Jahren nicht ein Plan im Gespräch gewesen, die gefährlichen Streuner zu beseitigen? Povon selbst hatte sich gegen dieses unnötige und kostspielige Unternehmen ausgesprochen.

Er hatte fast den Eindruck, als wollten ihn die Katzen warnen, ihm sogar drohen. Man würde seine Anwesenheit, so schienen sie ihm mitteilen zu wollen, auf oder in der Nähe der Brücke der Arglistigen Katzen nicht dulden. Aber das war doch lächerlich. Er war schließlich der Herzog von Lanthi Ume und dachte gar nicht daran, wegen ein paar streunender Miezen einen Umweg zu machen.

Nulliad und die sichere Zuflucht befanden sich jenseits der Brücke. Povon ging weiter, und die Katzen drängten erbost näher heran. Sie versperrten ihm nicht nur nach vorne den Weg, nun waren sie auch hinter ihn. Er konnte keinen Schritt tun, ohne gegen sie zu stoßen. Sein Seidenschuh berührte einen geschmeidigen Körper. Ein zorniges Jaulen ertönte, das Tier wirbelte herum und schlug seine Krallen und seine nadelspitzen Zähne in die herzogliche Wade. Povon schrie auf und trat um sich, aber die Katze ließ sich nicht abschütteln. Endlich beugte er sich hinunter, packte sie beim Nackenfell, riß sie los und schleuderte sie in den Strichwasserkanal.

Daraufhin brandete ein ganzer Chor furchterregender Zischlaute auf, es klang so bedrohlich, daß der Herzog zusammenzuckte, stehenblieb und schließlich zurückweichen wollte. Dabei trat er auf zwei Katzen, die sich prompt fauchend in seine Knöchel verbissen. Povon stampfte heftig auf und schleuderte eines der Tiere in hohem Bogen durch die Luft. Sofort traten zwei andere an seine Stelle, und die wurde er nicht mehr los. So klein und leicht sie auch waren, ihre Bosheit kannte keine Grenzen, und ihre winzigen Zähne gruben sich tief in sein Fleisch. Der Herzog heulte auf vor Schmerz und Angst, und das wilde Gezeter der Brückenkatzen schwoll noch weiter an. Eines der Tiere landete mit einem gewaltigen Satz auf der Schulter des Eindringlings, wo es sich kreischend und kratzend festklammerte. Seine Krallen rissen dem Herzog das Gesicht auf, seine Zähne drangen seitlich in seinen Hals ein. Er begann heftig zu bluten und trat und schlug schreiend um sich. Immer mehr Katzen stürzten sich auf ihn, er geriet unter dem Ansturm ins Wanken und taumelte nach hinten, bis eine besonders gerissene, gelenkige Gestalt sich zwischen seine Beine zwängte. Der Herzog stolperte und fiel längelang auf den Uferwall. Augenblicklich war er unter einem sich windenden, kreischenden, kratzenden Haufen von Dutzenden von Katzen verschwunden, die ihn völlig bedeckten und sich wie besessen an seine Kehle und sein Gesicht klammerten. Er konnte nicht einmal mehr Atem holen, um einen Hilfeschrei auszustoßen. Er war blind, taub, bewegungsunfähig. Die eigenartig süßliche Ausdünstung ihres Fells drang ihm, gemischt mit dem Geruch seines eigenen Blutes, in die Nase. Er blutete aus hundert Bissen und Kratzern, Blut füllte seine Augen, und allmählich verließen ihn die Kräfte, und er wehrte sich nur noch halbherzig, als die Katzen begannen, an seinem Körper zu zerren. Langsam, stockend, aber unerbittlich wurde er davongezogen.

Als man die Leiche des Herzogs zwei Tage später in der kleinen Gasse hinter dem verlassenen Lagerhaus, ein kleines Stück von der Brücke entfernt, entdeckte, wies sie aufschlußreiche Verletzungen auf. Seine Hoheit war so entstellt, daß weitere drei Tage vergingen, bis man ihn identifizieren konnte.

Nach dem Tod seines Vaters nahm Lord Sneever Dil Shonnet den Herzogstitel an. Seine Einsetzung wurde, wie beim Abgang eines Herrschers, dem man mißtraut hatte, und beim Regierungsantritt eines kaum verheißungsvolleren Erben nicht anders zu erwarten, vom Volk mit teilnahmsloser Resignation aufgenommen. Doch auch wenn die Begeisterung der Lanthianer sich in Grenzen hielt, Lord Sneever war vor Freude ganz außer sich.

Endlich Herzog zu sein! Endlich herrschen zu können! Endlich Herr über alles zu sein, was er sah! In diesen Bahnen bewegten sich Herzog Sneevers Gedanken, während seine Habseligkeiten unter seiner Aufsicht aus seinen ehemaligen Gemächern in die Suite gebracht wurden, die vordem sein Vater bewohnt hatte. Gewiß, das Leben war auch jetzt nicht ganz ohne Rätsel und Probleme — aber das war es schließlich nie. Einige ungelöste Geheimnisse lagen Sneever immer noch auf der Seele. Was hatte zum Beispiel Herzog Povon vorgehabt, als er in der Nacht seines Todes ohne Begleitung durch die Destula schlenderte? Wohin war die große, kognitiv betriebene Venerise *Sublimity* samt ihrer Besatzung verschwunden? Und, vor allem, was war aus dem Meuchelmörder geworden, hatte er seinen Auftrag nun erfüllt oder nicht? Warum meldete sich Whurm Didnis nicht, um seinen Lohn einzufordern, nachdem er doch offenbar Erfolg gehabt hatte? Aber hatte er denn wirklich Erfolg gehabt? Herzog Povon war tot, gewiß, aber er war weder durch eine Axt noch durch ein Messer umgekommen, sondern vielmehr durch die Krallen und Zähne aggressiver Katzen. Konnte der Meuchelmörder tatsächlich für sich in Anspruch nehmen, die Tat vollbracht zu haben? Hatte er ein Recht auf Entlohnung, falls er auftauchte? War Didnis für das Verschwinden der *Sublimity* verantwortlich? Kurz, was hatte sich tatsächlich zugetragen?

Herzog Sneever dachte lange darüber nach, ohne jedoch zu einer befriedigenden Lösung zu kommen. Es hatte auch keinen Sinn, sich mit unlösbaren Rätseln zu beschäftigen, noch dazu, wenn es so viel angenehmere Dinge gab, mit denen man sich die Zeit vertreiben konnte. Die Pflichten der Regentschaft wurden durch die Freuden mehr als aufgewogen, das war jedenfalls Sneevers Ansicht. Der Respekt, die Ergebenheit, die Schmeicheleien, die man ihm jetzt entgegenbrachte, träufelten Balsam auf seine alten Wunden. So war er eines Abends, zwei Wochen nach den Trauerfeierlichkeiten für Herzog Povon, in bester Stimmung, als die Keldhaam Gnuxia an der Tür seiner neuen Gemächer erschien und Einlaß begehrte. Gnuxia war überwältigend wie immer, aber diesmal konnte sie ihn nicht mehr schrecken. Er hatte dieses Gespräch erwartet und war in der Lage, die Verlobte seines Vaters mit Gelassenheit, sogar mit Festigkeit zu begrüßen.

Sneever empfing sie in seinem privaten Audienzraum, während ihre Frauen im Vorzimmer blieben. Die prächtige Umgebung verlieh ihm zusammen mit seiner neuen Stellung ungewohntes Selbstvertrauen. Seine nervösen Ticks waren unter Kontrolle, sein Benehmen würdevoll wie nie zuvor. Zum erstenmal fühlte er sich der Keldhaam Gnuxia gewachsen. Er lehnte sich in seinem großen Sessel zurück und setzte eine gönnerhaft freundliche Miene auf. Dann begann er seine sorgfältig geprobte Ansprache: »Meine liebe Keldhaam, wir sind Schicksalsgenossen. Ich habe einen geliebten Vater verloren und Ihr einen ebenso verehrten Verlobten. Wir teilen unseren Kummer miteinander, und doch fürchte ich, daß Euer Leid das meine noch übertrifft, denn Ihr steht nun allein, eine hilflose Frau, eine Fremde in unserer Mitte. Die aufrichtige Zuneigung, die ihr während Eures Besuches in den Herzen aller Lanthianer erweckt habt, mag Euch vielleicht ein Trost sein, aber — leider! — kann sie an Eurer traurigen Situation nichts ändern. So ist es nicht mehr als recht und billig, daß ich in meiner Eigenschaft als Herzog alles tue, was in meiner Macht steht, um das Los einer Frau zu erleichtern, die beinahe — meine Mutter geworden wäre. Seid versichert, daß ihr so lange unter meinem Schutz steht, bis es Euch beliebt, Eurer zweifellos brennenden Sehnsucht nach Eurer lammischen Heimat und Euren Anverwandten nachzugeben. Obwohl wir uns tief mit Euch verbunden fühlen, werden wir nicht versuchen, Euch dieses Trostes zu berauben. Daher, verehrte Dame, wird unser gemeinsamer Kummer uns bis zum Morgen Eurer Abreise vereinen.«

»Mehr als nur der Kummer wird uns vereinen«, teilte Gnuxia ihm mit, und etwas in ihrem Tonfall veranlaßte ihn, in plötzlichem Unbehagen zu ihr aufzuschauen.

»Keldhaam?«

»Erst heute habe ich einen Brief von meinem Vater, Seiner Herrlichkeit dem Keldhar von Gard Lammis, bekommen«, verkündete Gnuxia wild entschlossen. »Ihr selbst werdet zweifellos in naher Zukunft durch einen offiziellen Abgesandten eine ähnliche Nachricht erhalten. Angesichts der Neigung Lanthi Umes zur Schlamperei und zur Saumseligkeit wird sich diese Botschaft vielleicht verzögern, und deshalb habe ich es auf mich genommen, Euch über die Anschauungen meines Vaters zu unterrichten. Seine Herrlichkeit hat den Wunsch oder vielmehr den *Entschluß* zum Ausdruck gebracht, daß wir beide die Ehe miteinander eingehen. Wie Ihr richtig vermutet, sehne ich mich nach Gard Lammis. Seiner Herrlichkeit ist jedoch am besten gedient, wenn ich weiterhin hier in Lanthi Ume bleibe, und deshalb muß ich mich mit dieser Heirat abfinden. Sir, ich erkläre mich bereit, Eure Frau zu werden.«

Sneever starrte sie entgeistert an, schnappte einen Moment lang nach Luft und würgte schließlich heraus: »Keldhaam, ich kann mir nicht vorstellen, wie das möglich sein sollte.«

»Es wird geschehen, denn Seine Herrlichkeit wünscht es so.«

»Es ... es kann aber doch nicht recht sein. Ihr wart mit meinem Vater verlobt.«

»Sir, Ihr habt auch die Verpflichtungen Eures Vaters geerbt, nicht nur seine Privilegien. Ich, die Keldhaam Gnuxia, die Tochter Seiner Herrlichkeit des Keldhar, war die größte Verpflichtung Eures Vaters.«

»Ich ... ich bin n-nicht sicher, daß das Gesetz dies erlaubt.«

»Wenn nicht, dann wird man dieses unbedeutende Gesetz eben ändern.«

»Aber ... d-das heißt doch ...«

»Wir müssen etwas gegen Euer Stottern unternehmen, Verlobter. Daß ein Herrscher, wenn auch nur über eine Stadt wie Lanthi Ume, unter einem Sprachfehler leidet, kann nicht einfach hingenommen werden. Vielleicht ist eine Kur angebracht. Ich werde mich sofort damit befassen. Euer Vater war mit meinen Heiltränken wohlvertraut und wußte sie gebührend zu schätzen. Ihr werdet seinem Beispiel folgen.«

Zum ersten Mal seit Herzog Povons Tod begann Sneevers rechtes Augenlid zu zucken. Gnuxia beobachtete es mit beunruhigender Aufmerksamkeit.

»Es ... ich kann im Augenblick nicht an Heirat denken«, murmelte Herzog Sneever endlich. »Noch nicht. Nicht ... nicht, bis der Krieg vorüber ist.«

»Krieg? Was für ein Krieg? Was redet Ihr da für einen Unsinn?«

»Der Krieg meines Vaters gegen die Weißen Dämonen aus den Höhlen. Der Kampf meines tapferen Vaters muß zu einem rühmlichen Ende gebracht werden.«

»Krieg? Das sieht einem Lanthianer ähnlich, einen mickrigen, kleinen Zusammenstoß als *Krieg* zu bezeichnen. In Gard Lammis würden wir höchstens von einem Scharmützel sprechen. Und es sah Eurem unglücklichen Vater ähnlich, seine sterblichen Gardisten gegen Dämonen zu hetzen, die übernatürliche Kräfte besitzen! Kommandant Krufaure, mit dem ich einige sehr informative Gespräche geführt habe, hat mir die ganze Geschichte beschrieben.«

»Trotzdem muß der Krieg zu Ende geführt werden«, beharrte Sneever nicht sehr überzeugend.

»Der Krieg *ist* zu Ende«, erklärte Gnuxia. »*Ich sage, er ist zu Ende!* Dieses törichte Unternehmen, von Anfang an sinnlos und schlecht geplant, ist nur den verachtenswerten Lastern Eures Vaters entsprungen, es war die verfaulte Frucht seiner Rauschträume. Er hat damit nur Geld, Männer, Waffen und Zeit verschwendet. Zu seinen Lebzeiten war Euer Vater vernünftigen Argumenten nicht zugänglich, aber nun, da er tot ist, werden wir diese Torheit nicht fortsetzen. Es wird keine weiteren Angriffe auf die Höhlen des Nazara Sin geben. Damit ist endgültig Schluß. Seine Herrlichkeit macht sich große Sorgen um den Zustand der lanthianischen Wirtschaft und wird mich in dieser Ansicht ohne Zweifel bestärken. Der Krieg ist zu Ende, habt Ihr mich verstanden, Verlobter?«

Sneever nickte stumm.

»*Ich fragte, ob Ihr mich verstanden habt.* Antwortet, Sir!«

»Ja, Keldhaam. Ja.«

»So ist es gut. Ich werde Euch jetzt verlassen, aber ich werde bald mit einem von mir selbst entwickelten Trank wiederkommen, der Euch von Euren offenkundigen Stimmbandbeschwerden befreien wird. Danach werden wir uns mit Euren anderen Schwächen befassen, denen ich hiermit den Krieg erkläre, denn ich sage stets allen körperlichen und moralischen Unvollkommenheiten den Kampf an. Seid versichert, Sir, Ihr befindet Euch in guten Händen. Und nun lebt — vorerst — wohl.«

Die Keldhaam Gnuxia machte auf dem Absatz kehrt und verließ den Audienzraum. Sneever sah ihr reglos nach, nur seine beiden Augenlider zuckten krampfhaft.

Ein paar Tage später traf der Brief des Keldhar ein, und sein Inhalt war genau so, wie Gnuxia es vorhergesagt hatte. Seine Herrlichkeit betonte die zahllosen Vorteile einer solch glänzenden Verbindung und erbat dringend die Unterschrift des neuen Herzogs auf einem offiziellen Verlöbniskontrakt. Zuerst wollte Seine Hoheit ablehnen, doch nach einer Unterredung mit seinem Schatzmeister und verschiedenen Buchhaltern, in deren Verlauf ihm zum erstenmal die Größe und die Konditionen der Schulden an Gard Lammis bekanntgemacht wurden, hielt es Herzog Sneever für angebracht, sein Einverständnis zu geben.

14

Die grosse braune Fledermaus schoß in die Höhle und landete vor Lady Verran. Sie bückte sich, löste den winzigen Beutel vom Halsband des Tieres, öffnete ihn und schüttelte eine Sammlung bunter Kiesel heraus. Überrascht sah sie die Steine an.

»Was ist das?« wollte Har Fennahar wissen.

»Ich werde gerufen«, erklärte sie ihm. »Von Terrs.«

»Endlich. Gehst du jetzt gleich zu ihm?«

Sie nickte. »Nach allem, was geschehen ist, habe ich fast ein wenig Angst vor dem Wiedersehen. Er hat so viel durchgemacht und sich so verändert, daß ich ihn kaum mehr zu kennen glaube. Und jetzt, nach diesem langen Schweigen, weiß ich nicht, wie ich mich ihm gegenüber verhalten soll.«

»Möchtest du, daß ich mitkomme?«

»Das wäre schön«, antwortete sie sofort, dann fügte sie zögernd hinzu: »Wenn es dein Zustand erlaubt.«

»Aber natürlich erlaubt es mein Zustand«, antwortete er, und sie widersprach nicht, denn er sagte offensichtlich die Wahrheit.

Fennahars Wunde war mit ausgekochten Fasern genäht worden und jetzt so gut wie verheilt. Er war wieder gesund und bei Kräften und konnte es fraglos kaum erwarten, die Höhlen zu verlassen, das sah sie seinem Gesicht, seinen Augen, jeder seiner Bewegungen an. Er brauchte frische Luft und Sonnenschein, er wollte fort, und er wollte, daß sie ihn begleitete. Während sich die Kleinen Vens, in denen Terrs sich in die Einsamkeit zurückgezogen hatte, dahinschleppten, hatte der Forscher sie allerdings kein einziges Mal zu einer Entscheidung gedrängt, und dafür war sie ihm dankbar. Solange ihr Sohn mit seinen ganz persönlichen Dämonen rang, konnte sie ihn wohl kaum im Stich lassen.

So unwahrscheinlich es auch sein mochte, aber vielleicht wollte oder brauchte Terrs doch den Trost, den ihm die Gegenwart seiner Mutter geben konnte. Andererseits besaß Fennahar zwar bewundernswertes Taktgefühl und große Geduld, aber beides war nicht unerschöpflich. Wie lange konnte sie ihm noch zumuten zu warten?

Doch jetzt würde die Ungewißheit bald ein Ende haben, und Verran stellte fest, daß sie von einer merkwürdigen Unruhe befallen war. In welcher geistigen Verfassung würde Terrs sich nach der langen Einsamkeit befinden? Es gab verschiedene Möglichkeiten, aber eines war gewiß — die Isolation würde deutliche Spuren hinterlassen haben. Daran hegte sie keinen Zweifel.

Zusammen gingen sie durch die Korridore und erreichten bald die Mündung des schmalen Tunnels, der zur Bastion führte. Dort hatte Terrs die letzten Kleinen Vens ganz allein verbracht. F'tryll'jnr Rdsdr und ein paar seiner bewaffneten F'tryll'jnr-Angehörigen hielten Wache am Eingang. Verran war betroffen — die Posten waren ein neues und unerfreuliches Zeichen für die Veränderungen, die sich in den Höhlen breitmachten. Einen Moment lang fürchtete sie schon, man würde Fennahar den Zutritt verweigern, aber die F'tryll'jnr machten keine Anstalten, die Menschen aufzuhalten, sondern trällerten nur höflich, als die beiden sich seitlich durch die schmale Öffnung schoben.

Am Ende des Ganges verhüllten Faserportieren den Eingang zur Bastion. Verran blieb stehen, ihr Herz schlug schneller. Unwillkürlich tastete sie nach Fennahars Hand, fand sie und umklammerte sie fest. Erst dann rief sie laut: »Terrs? Bist du da?«

»Komm herein, Mutter!«

Seine Stimme hatte sich doch verändert? Oder hatte sie diesen herrlich melodischen Klang schon immer gehabt? Verran und Fennahar schlüpften durch die Vorhänge und blieben wie vom Blitz getroffen stehen.

Terrs war unbekleidet. Selbst ohne das natürliche Felsenlicht hätte das Leuchten seines Fleisches genügt, um seine Metamorphose sichtbar zu machen. Arme, Beine, Rumpf — alles war erschreckend verändert. Auf seinem Kopf ruhte der Blick seiner Mutter jedoch am längsten. Terrs' dichtes, schwarzes Haar, seine Augenbrauen und Wimpern, alles war verschwunden. Die Konturen des Schädels unter der leuchtenden Kopfhaut wirkten ein wenig fremdartig. Die Züge waren straffer, eckiger geworden, und die Lippen waren fast verschwunden. Konzentrische Muskelwülste umgaben die Augen, und sie stellten Terrs' einzigen Makel dar, denn während die Augen der echten Sippenangehörigen hell waren, hatte der Verwandelte seine tiefschwarze Iris behalten. Trotzdem spiegelte sich in diesen seltsamen Hybridenaugen ein neuer Ausdruck — Friede? Ruhe?

Harmonie. Harmonie, das ist das richtige Wort, dachte Verran und wunderte sich, daß sie so gelassen reagierte. Fennahar drückte ihre Hand so fest, daß es schmerzte, und er war bleich geworden. Sie selbst war jedoch ganz ruhig. Erst jetzt wurde ihr bewußt, wie lange sie sich schon auf diesen Augenblick vorbereitet hatte. Ihre schlimmsten Befürchtungen waren schließlich eingetroffen, aber es brach ihr nicht das Herz. Sie konnte sich mit dem Geschehenen abfinden, ja, irgendwie war sie sogar froh, daß das Warten vorüber war. Laut fragte sie nur: »Bist du nun endlich zufrieden, Terrs?«

»Mehr als nur zufrieden, Mutter.« Keine Frage, seine Stimme hatte einen ganz neuen, fremdartigen Klang. »Zum ersten Mal bin ich nicht mehr allein — nicht im Gefängnis meines eigenen Ich isoliert.«

»Was soll das heißen?«

»Mutter, ich bin endlich mit den anderen in Verbindung getreten. Ich habe die Ahnen erkannt. Ich habe den Fal-Grizhni-Patriarchen geschaut. Ich habe seine Macht gespürt, seinen Zorn und alles, was er war. Nun ist alles klar.« Sein Leuchten steigerte sich bei seinen

Worten, sein Triumph manifestierte sich in der Stärke seines neuen Hiir.

»Du warst Lord Grizhni nahe?«

»Ich habe sein Ruu gespürt, und jetzt gehöre ich einer Sippe an.«

Er nahm ihre Hand, schlang seine Tentakel um ihre Finger, und sie sah, wie sein Fleisch unglaublich strahlend weiß aufglühte, als er zum ersten Mal die Clan-Wärme erlebte — jenen Strom des Einsseins und des Verstehens, der nur bei der Berührung eines Sippenangehörigen entsteht.

Verran glaubte, auch in ihren eigenen Nerven eine schwache Reaktion zu spüren. Einbildung? Sie war nicht sicher. Einen Augenblick lang herrschte Schweigen, während sie beobachtete, wie sein flackerndes Fleisch und das Wogen seiner Augenwülste Reaktionen auf Erlebnisse widerspiegelten, die sie niemals teilen, niemals begreifen konnte. Endlich sagte sie: »Ich freue mich für deine ... deine neue Harmonie. Ich bin froh, daß du erreicht hast, woran dein Herz so sehr hängt. Aber ich weiß nicht, was ich dir noch sagen soll.«

»Das liegt daran, daß es nur noch sehr wenig zu sagen gibt.« Terrs' Leuchten wurde schwächer, und er ließ unvermittelt ihre Hand los. »Vor kurzem hast du mir erklärt, daß du mit Fennahar die Höhlen verlassen willst. Das ist ein weiser Entschluß, denn dieser Ort ist für Menschen nicht geeignet. Damals hast du mich gedrängt, dich zu begleiten. Meine Verwandlung gibt dir die Antwort. Ich gehöre jetzt endgültig hierher, und ich kann nicht mehr fortgehen. Es ist sehr selbstlos von dir, dich über meinen Erfolg zu freuen, Mutter, denn du bist dir doch sicher bewußt, daß er die Trennung für uns bedeutet.«

Verran senkte wortlos den Kopf, aber Fennahar bemerkte: »Terrs, es ist auch jetzt noch möglich, daß Ihr uns begleitet. Mit Eurer Kognition seid Ihr in der Lage, die Veränderung rückgängig zu machen, wenn Ihr das wollt.«

Terrs rollte die Tentakel in der verneinenden Geste der Vardrul ein. »Der Gedanke, meine alten Mißbildungen wieder anzunehmen, erfüllt mich mit solchem Abscheu, daß ich glaube, zu diesem Zweck gar nicht zur Kognition gelangen zu können. Dem widerstrebenden, unkonzentrierten Geist verweigert sich die Kognition.«

»Wollt Ihr es denn nicht einmal versuchen, nur für kurze Zeit, Eurer Mutter zu Gefallen?«

»Fennahar, wir haben uns die Hand geschüttelt, aber diese Bitte muß ich Euch abschlagen. Mein Platz ist hier, und eine andere Heimat begehre ich nicht. Ich werde die Kräfte, die ich besitze, zur Verteidigung der Sippen einsetzen. Ich werde die großen Blendlöcher versiegeln und die kleinen Eingänge mit meiner Kognition tarnen, vielleicht sind wir dann für immer vor den Überfällen der Menschen sicher. Ich werde eine Schwester/Gemahlin wählen, und meine Sippe wird wachsen.«

Überrascht fragte Verran: »Und Zmadrc Vierzehn ...?«

»... Wird in meiner Erinnerung stets weiterleben. Aber ich muß mir eine neue Gemahlin wählen, um die Fal-Grizhni-Sippe an diesem Ort fortzusetzen. Das wäre auch der Wunsch der Grizhni-Ahnen.« Die beiden Menschen schwiegen, und nach einer kurzen Pause fragte Terrs: »Wo wollt ihr nun hingehen?«

»Nach Szar oder vielleicht nach Strell«, antwortete Fennahar. »Nach Lanthi Ume können wir nicht zurück, aber wir werden keine Not leiden. Dafür wird mein Bruder Frev sorgen.«

Während er sprach, schweifte Verrans Blick durch die Bastion und blieb schließlich an einer Nische hängen, in der ein Foliant, eine Pergamentrolle, eine Ledermappe und eine dünne Goldplakette lagen. »Die Unterlagen«, sagte sie. »Lord Grizhnis Dokumente. Wir müssen sie mitnehmen.«

»Nein, Mutter.« Terrs sagte es ruhig, aber entschieden.

»Ich verspreche dir, daß du sie zurückbekommen wirst. Du weißt, wie verzweifelt sie benötigt werden.«

»Nein. Ich habe die verschiedenen Sippenangehörigen angewiesen, nicht zu gestatten, daß die Schriften die Höhlen verlassen.«

»Wie kannst du es wagen? Diese Unterlagen wurden mir übergeben!«

»Aber nicht, damit du sie entgegen den Wünschen und Absichten des Grizhni-Patriarchen verwendest. Du handelst jetzt als sein Gegner. Du versuchst, seine Pläne zu durchkreuzen, aber ich werde sie verteidigen.«

»Was weißt du von Lord Grizhnis Plänen?«

»Sehr viel. Ich habe den Fa-Grizhni-Patriarchen erkannt, Mutter. Ich habe ihn *kennengelernt.* Sein Zorn war bitter und endlos wie der Tod. Er sehnte sich danach, Rache an seinen Mördern zu nehmen. Es war seine Absicht, Lanthi Ume heimzusuchen, die Stadt für immer in Finsternis zu begraben, der Menschheit die Insel Dalyon zu entreißen. Ich werde mich nicht gegen dieses Vorhaben des Patriarchen stellen, und ich werde auch nicht zulassen, daß du es tust. Die Absichten des Patriarchen werden sich erfüllen.«

»Terrs, er hat in großem Zorn gehandelt, auf dem Gipfel seiner Erbitterung. Güte und Gnade waren deinem Vater jedoch keineswegs fremd. Wenn er mehr Zeit gehabt hätte, Zeit, um zu überlegen ...«

»Wir können nicht davon ausgehen, daß er dann seine Meinung geändert hätte. Das Erkennen der Ahnen hat mich viel gelehrt. Die Kognition meines Vaters kündigt an, daß wir Vardrul unsere Höhlen verlassen werden. Unsere Sippenprophezeiungen weissagen das Kommen eines großen Herrschers, der uns zurück nach Oben führen wird, in das Land, das von Rechts wegen unser ist. Vielleicht bin ich dieser Herrscher, vielleicht ist es auch einer meiner Nachkommen. Gewiß hat diese Hoffnung den Grizhni-Patriarchen zu seinem Handeln inspiriert, und seine Kognition wird das Oben auf unsere Ankunft vorbereiten. Wir wissen nicht, wann diese Veränderung eintritt, aber der Patriarch mag friedlich ruhen in der Gewißheit, daß wir bereit sein werden, wenn sie kommt.«

»Hast du kein Gefühl für Gerechtigkeit? Kein Mitleid?«

»Doch, Mitleid mit den Sippenangehörigen, die von den Menschen verfolgt werden. Aber nun komm, Mutter, müssen wir bis zum Ende streiten? Wir werden bald Abschied nehmen. Laß uns Frieden schließen.«

»Das ist doch auch mein Wunsch, Terrs! Nur ... verstehst du denn nicht? Begreifst du nicht, wie viele leiden werden? Bedeuten dir denn die Unschuldigen deiner eigenen Rasse gar nichts?«

»Es ist nicht mehr meine Rasse.«

»Glaubst du?« Sie sah ihn fest an. »Du hast noch sehr viel von den Menschen in dir, Terrs, und so wird es immer sein. Immer.«

»Wenn ja, dann werde ich es sicher überwinden. Ich bin ein Vardrul.«